沐笙箫

别来无恙

[上册]

沐笙箫 著

青岛出版社

图书在版编目（CIP）数据

别来无恙 / 沐笙箫著. --青岛：青岛出版社，2019.1
　　ISBN 978-7-5552-6654-9

Ⅰ. ①别… Ⅱ. ①沐… Ⅲ. ①长篇小说－中国－当代 Ⅳ. ①I247.5

中国版本图书馆CIP数据核字(2018)第012587号

书　　名	别来无恙
著　　者	沐笙箫
出版发行	青岛出版社
社　　址	青岛市海尔路182号（266061）
本社网址	http://www.qdpub.com
邮购电话	010-85787680-8015　13335059110 0532-85814750（传真）　0532-68068026
责任编辑	郭林祥
责任校对	耿道川
特约编辑	崔悦
装帧设计	蒋晴
照　　排	梁霞
印　　刷	三河市航远印刷有限公司
出版日期	2019年1月第1版　2019年1月第1次印刷
开　　本	32开（880mm×1230mm）
印　　张	15
字　　数	350千
书　　号	ISBN 978-7-5552-6654-9
定　　价	55.00元

编校印装质量、盗版监督服务电话　4006532017　0532-68068638

建议陈列类别：畅销·青春文学

目 录 [上册]

Chapter 01　她爱了他十八年　　　　　1

Chapter 02　有本事让我再次爱上你吗?　40

Chapter 03　墨大少想学追女人　　　　78

Chapter 04　我对我的爱已经仁至义尽　118

Chapter 05　洛蔷薇的蝴蝶胎记　　　　160

Chapter 06　第二人格叫墨枭　　　　　200

目 录 [下册]

Chapter 07　我亲你一下那算初吻吗?　　237

Chapter 08　曾经那么爱过，谁会舍得　　278

Chapter 09　她曾经送他的所有礼物　　318

Chapter 10　洛蔷薇，把孩子生下来　　358

Chapter 11　我爱你，我爱你，我爱你　　400

Chapter 12　新婚快乐，我的女孩　　435

Chapter 01
她爱了他十八年

"哇——"

凌晨，江城疯人院的急救室内传来一声婴儿响亮的啼哭。

洛蔷薇双手攥紧身下的床单，下身撕裂般的疼痛让她不停发抖，鲜血不断从她张开的双腿间流淌下来，滴落一地。

她艰难地张着嘴："给我看看……我的宝宝……"

一名护士见她下身出血严重，小声对医生道："外面一个人都没有，要不要打电话叫墨少过来？"

医生还未回答，急救室的门忽然被推开，一个穿着貂皮大衣的女人走了进来。她扫视一圈，直接走到手术台边，伸手抢过护士准备抱给洛蔷薇看的孩子。

洛蔷薇惊讶地瞪大眼睛看着她，想要抢回孩子，却虚弱得抬不起手。

"哎哟，居然还生了个男孩啊，堂姐你真厉害呢。"洛红樱看着怀里小小的婴儿，嘴角勾起看似甜美的笑容，"不过好可惜呢，这么可爱的孩子竟然活不过一天。"

她说着，长长的指甲直接在孩子的脸蛋上划出一道血痕，边用力划着边笑道:"乖宝宝,不要怨我,要怨就怨你妈,谁让她不知死活抢我的男人呢。"

才出生的婴儿痛得大哭起来!

"洛红樱,你放开……我的孩子!"洛蔷薇嗓音涩哑却急切,"这是墨时澈的孩子,你不可以伤害他……"

"是吗?"洛红樱不屑地冷笑道,"鬼知道这孩子是谁的种,毕竟你跟燕楚那小白脸被时澈捉奸在床,还被媒体拍到照片上了头条,丢尽时澈跟墨家的脸。"

洛蔷薇双眼猩红死死瞪着洛红樱:"是你陷害我!洛红樱!你别以为我不知道是你设计的……"

啪——

洛红樱扬手狠狠给了洛蔷薇一巴掌:"给我闭嘴!不要脸的贱女人,是我又怎么样,被时澈厌恶痛恨的人是你,现在在他身边的是我!"

洛蔷薇嘴角被打出血来,她低声笑着,笑声凄厉而疯狂:"洛红樱,如果被墨时澈知道是你捅死了他母亲,你说他会不会恨死你……"

啪!洛红樱又用力甩了洛蔷薇一巴掌,如胜者般毫不留情地嘲笑道:"可惜时澈说过这辈子都不想再见到你,现在你在他眼里才是出轨、捅死他母亲,还几次试图害死他奶奶的疯女人。"她语气陡然一转,"不过你毕竟是我的堂姐,所以黄泉路上我不会让你孤单的,我会让你的孩子去陪你——"

话音刚落,洛红樱直接松开手,小小的孩子从她臂弯中掉下去,重重地摔在了地上!

"啊——"洛蔷薇浑身一震,整个人瞬间崩溃,疯了一般挣扎着要扑过去。

手术台并不大,洛蔷薇浑身是血地跌到地上,抬头却看见一摊鲜血中已经不会动的小婴儿。

"宝宝……"她忍着剧痛,匍匐着一点一点爬过去。

颈部忽然一凉,弯下腰的洛红樱已经将针头扎进她的皮肤,用高跟鞋踩着她的脸冷笑道:"堂姐,你早就该去死了,我觉得你应该感谢我,大发慈悲让你跟你生的孽种死在一起。"

剧毒药物被注入身体里，洛蔷薇瞳孔一点点涣散……

彻底窒息的前一秒，她仿佛看见一个高大俊美的男人站在前方，一双黑眸冷漠而无情地看着她。

然后他转身离她而去，没有再回头。

她知道这不是真的他，只是她的幻觉，他怎么会来这里呢，他那么厌恶她，肯定永远不想再见到她了……

墨时澈，我爱了你十八年，却落得这样的下场。

洛蔷薇以为自己已经尝过什么是最痛，但这一刻想起他，还是感到入骨剧痛。

爱成恨……终究绝望。

如果有来生……

痛。

全身上下的痛仿佛都集中在脑袋上，一阵阵撕裂般的感觉拉扯着神经。

"蔷薇，蔷薇你快醒醒……"

急切的女声在耳边响起，洛蔷薇缓缓睁开眼睛，入目是一张熟悉亲切的女人脸庞。

这是她死去的……妈妈？

洛蔷薇动了动唇，有些不真实地喊道："妈……"

"哎，终于醒了。"母亲丁繁英扶着洛蔷薇站起身，手里的粉饼在她脸上擦了擦，"快上台去，时澈该等着急了，你说你这孩子好端端的怎么会昏倒……"

洛蔷薇混混沌沌地被两名侍者搀扶着走上台，浑身的负重感让她不由得低下头，却发现身上穿着洁白镶钻的鱼尾婚纱。

这是……她跟墨时澈结婚时穿的婚纱！

而且这里竟然是酒店正厅，四周坐满了参加婚宴的宾客，她正站在正中央的红毯上，被最绚丽的灯光以及无数目光包围着。

面前忽然笼上一片阴影，洛蔷薇抬起头，男人俊美冷硬的脸庞清晰地映在她的眼眸中——

五官完美得无可挑剔，唇薄而无情，一双天生冷漠的黑眸毫无温度地看着她，浑身笼罩着清冷矜贵的气场。

洛蔷薇看着面前这张她曾经深深痴迷爱恋过的脸，嘴角扬起嘲讽的笑。都说女人是红颜祸水，她怎么觉得男人有时候比女人要祸害人得多。

这男人就是个典型。

右手忽然被不算温柔地执起，墨时澈修长的手指拿着戒指，朝着她的无名指上套去——

洛蔷薇愣了一下，下意识地就屈起了手指，阻止戒指套入。

墨时澈眯起眼眸，低沉好听的嗓音冷漠响起："我没那么多时间陪你玩游戏，到了这一步你该满意了，也该演够了，嗯？"

他此话一出，洛蔷薇更是惊讶——这句话，他们结婚的时候他没说过。

她记得那时他给她戴戒指，她不仅矫情地哭了，还抱住他想要吻他，但因为他很反感，所以她只亲到了他的嘴角。

难道梦境……还可以改变原本场景的？

在她怔着的瞬间，墨时澈已经面露不耐，强硬地将戒指套入她的无名指。

洛蔷薇猛地抽回手，像是触碰到什么病毒一般，立即就想将戒指拿下来。

手腕再度被攥住，她整个人被墨时澈拉到了他面前，几乎跟他的胸膛相贴——

男人的嗓音依旧冷淡，却带着危险的愠怒："洛蔷薇，既然是你给我下药又逼我对你负责，现在我如你所愿了——这是我的婚礼，你别试图惹我。"

他给她戴戒指，这女人竟然一副厌恶的神情？

以前天天黏着他用尽手段都要嫁给他，刚才宣誓的时候还一脸甜蜜，现在交换戒指了给他演这一出？

男人炙热的呼吸喷洒在脸上，洛蔷薇整个人都蒙了："你……你是活的？"

墨时澈俊脸一黑，神色也更冷了："洛蔷薇，你今天非得挑事是吧？"

洛蔷薇却仿佛没有听见，脸色苍白地摇着头："我不要，放开我，我不要再跟你结婚了……"

她挣扎的幅度太大，细长的鞋跟踩住了裙摆，整个人向后栽去——

失去平衡的感觉让她忍不住惊呼，然而不等她发出声音，细腰便被一只有力的胳膊搂住，男人的俊脸朝她压了下来，然后将她所有的惊呼声吻了回去。

洛蔷薇惊诧地瞪大眼睛，唇瓣上冰凉而真实的触感令她更加惊慌，她伸手推着他，却怎么也推不开。

墨时澈本来只想吻住这女人喋喋不休的嘴，免得她在礼台上大呼小叫丢人现眼。

但不知道为什么，一触到她柔软甜美的唇，他整个人都好似沦陷了，不受控地撬开她的齿关，舌尖深入同她纠缠……

台下顿时响起一阵起哄声，主婚人也没想到会有这一幕。全江城都知道墨家少爷是被洛蔷薇用非常手段逼婚的，这会儿怎么还主动亲上了……

他忙缓解气氛说道："看来我们的新郎忍不住，肯定是因为新娘今天太美了，来，大家祝福的掌声热烈一点！"

于是洛蔷薇就在这热烈的掌声中被吻了足足三分钟。

台下，坐在家属桌的洛红樱看着这一幕，气得牙都快咬碎了！

这该死的贱人！不知道又用了什么手段，竟然能让时澈吻她！

吻到最后，洛蔷薇忍无可忍，直接一口咬了下去。

墨时澈薄唇倏地一痛，他皱眉离开她的唇，舌尖压住嘴角，在众人的祝福声中携着她走下礼台。

洛蔷薇一颗心怦怦直跳，不敢相信自己竟然尝出了血的味道。

她……还活着？！

洛蔷薇脚步虚浮地来到后台，身侧的男人仍旧搂着她，眼神却显示出他很不悦,声音冷沉:"洛蔷薇,你敢咬我?"

"咬你怎么了?"洛蔷薇深吸口气,目光桀骜而冷艳,挑衅意味十足,"你强吻我,没咬死你都算我心地善良。"

墨时澈冷冷勾唇:"以前整天缠着我求我吻你,现在说我强吻?"

洛蔷薇眨着漂亮的大眼睛:"对啊,墨大少爷不知道女人都是善变的吗?"

墨时澈目光深邃地看着这个瞬间变脸的女人,而后冷漠地转身迈着长腿离开。

洛蔷薇看着他挺拔的背影,紧绷的神经一下子松懈下来,随即又浑身僵硬。

她身后是一面大镜子,她缓缓转过身,看着镜中一袭燕尾婚纱的美丽女人,手抚向自己细滑的脸蛋,又往下落在脖颈间深蓝色的蝴蝶胎记上,指尖真实的触感令她忍不住颤抖。

以前洛红樱捅死墨时澈的母亲嫁祸给她,并借此把她送进了疯人院,又买通了里面的护士,每天换着花样虐待她,还用刀划花了她的蝴蝶胎记,说她是妖怪。

以前……

一想到这两个字,洛蔷薇就觉得自己活过的那二十二年都喂狗了——

就是因为她以前太爱墨时澈,所以在他面前她都刻意压制自己的真实性格,装得听话又乖巧,殊不知这样的伪装才最让他厌恶、反感。

而现在……不管她到底为什么能回到一年多前的今天,既然老天爷给了她一次机会,她就不会再像以前一样。

她要活出她洛蔷薇原本的颜色,她要为惨死的宝宝、残缺的人生报仇!

洛蔷薇在后台站了不到十分钟,立即有人过来找她,让她准备一下去酒宴上敬酒。

洛蔷薇对着镜子深吸口气,拍了拍僵硬的脸,转身走了出去。

她上楼来到更衣间,情况果然跟以前一样——

原本应该伺候她更衣的女孩已经不见了，给她留了一张字条，说是肚子疼去厕所。当然，这只是借口而已。

一旁的衣架上挂着一件漂亮的大红色刺绣抹胸长裙，是她要穿出去敬酒的。

可等她欢欢喜喜地换好衣服出去，洛红樱会穿一件跟她一模一样的长裙，惹得她发脾气大吵大闹，然后被提前动过手脚的长裙会从她身上掉下来，被所有人看见她的身体，令她成为江城墨家的一大笑柄。

正是这件事，让墨时澈对她的厌恶以及排斥更深了，导致婚后他不愿理睬她，甚至不愿跟她共同出入公共场合。

洛蔷薇拿起那件大红色长裙，仔仔细细地检查了一遍，果然发现后背以及腰部的扣子都被拆得松了，穿上后只要她动作幅度大一点，裙子就会立即从身上滑落。

她暗暗埋怨自己以前的粗神经，不过转念一想，正是因为自己一直粗心大意，洛红樱才不去花多少心思掩藏……

想着，洛蔷薇立马在试衣间内搜寻，果然很快就找到了藏在衣柜下面的袋子，里面装着一件一模一样的长裙，是洛红樱待会儿要穿的！

洛蔷薇漂亮的眼眸微微上挑，伸手拿起桌上的剪刀——

婚宴还在热闹地进行着。

洛蔷薇一袭大红色长裙，下楼来到位于正厅中央的主桌。

主位上坐着一个雍容华贵的白发老太太，是墨家最有威信的当家祖母，墨时澈的奶奶。

她正侧头跟身旁的老太太说话，那是洛蔷薇和洛红樱的奶奶，也是洛家的掌权人。

可能因为都是祖母执掌家族，所以两位老太太话题特别投机，再加上洛家世代学医为墨家服务，所以两人关系就更加亲密了。

洛老太太率先看见洛蔷薇走过来，脸色也没见喜悦，只是不咸不淡地说了一句："蔷薇啊，这是你的婚礼，大家都在等你敬酒，你磨磨蹭蹭的，让别人怎么看我们洛家？"

闻言，墨老太太原本板着的脸更难看了，冷淡地看了洛蔷薇一眼，连口都没开。

洛老太太喜欢堂妹洛红樱不喜欢自己，这点洛蔷薇很清楚。

她是妈妈在外面生下来的，后来才被爸爸带回洛家，洛老太太原本死活不肯让她妈妈进门，但最终还是拗不过大儿子，允了这门婚事。

结果婚后没多久爸爸就车祸去世了，从此她跟妈妈就被洛老太太认定为灾星，对她们百般厌恶排斥，也更加喜欢二儿子跟二孙女洛红樱。

曾经，她对洛老太太始终心怀憧憬，期望她能关爱自己，听见这句话忍不住怒火跟委屈，直接发了脾气，结果让气氛变得极为尴尬，也让在场的人知道她跟娘家关系很不好，变本加厉地蔑视、欺负她。

洛蔷薇咬了咬唇，随即上前几步，倒了杯热茶递到洛老太太面前，低眉顺目地道："奶奶您先消消火，我想打扮得漂漂亮亮出来给大家看，毕竟我代表的也是洛家，没想到耽误了点时间，是我没考虑周全，对不起。"

没想到平日里嚣张刁蛮的大孙女竟会乖巧得体地道歉，洛老太太差点以为自己在做梦！

她极为诧异地看了洛蔷薇一眼，但也找不出反驳的话来，只得接过茶杯，有些尴尬地干咳一声："没关系，你知道错就好。"

边上有人笑呵呵地奉承道："洛大小姐真懂事体贴，难怪平时对女人不感兴趣的墨大少会喜欢她，长得又这么漂亮，到时候给您生的重孙子肯定也俊俏得很，老太太您有福气咯。"

洛蔷薇羞赧地垂着眸，给在座的长辈一一倒茶，墨老太太听见"重孙子"三个字，板着的脸总算好看一些，端起茶杯吹了吹。

"奶奶！"

蓦地，一道甜美悦耳的嗓音响起，洛红樱迈着优雅的步伐走过来，落落大方，极有名门闺秀的风范。

她直接扑进墨老太太怀里，抱着她的胳膊甜甜地撒娇，笑容可爱娇俏，一下子就把老人家哄得乐呵呵的。

洛蔷薇心中无声冷笑，洛红樱果真如此张扬地出场，不过她那张清纯

8

的脸以及从小培养的名媛气质,确实给她加了不少分,再加上嘴甜会撒娇会哄人……所以大家都喜欢她。

洛老太太立即眼尖地问道:"红樱,你的裙子怎么跟蔷薇一样?"

此话一出,所有人都看了过来,窃窃私语的讨论声也跟着响起。

"天哪,怎么跟新娘子撞衫了?"

"肯定是洛蔷薇模仿洛红樱呗,毕竟墨大少就喜欢这种风格……"

"对啊,洛蔷薇可是一直拼了命地在模仿啊,洛红樱买过的衣服她都要买一模一样的。啧啧,也不看看这是婚礼……"

洛红樱闻言抬起头,像是才看见洛蔷薇一般,惊讶地睁大眼睛:"哎呀,堂姐你的裙子跟我的一样呢,也是奶奶送你的吗?"

"小丫头乱说什么呢,"墨老太太亲昵地拍拍她的手,"这件长裙是我找爱德华大师亲手设计的,全球就你这一件,我去哪里再找一件送给你姐姐?"

她这句话出口,局势已经很明显——虽然洛蔷薇是墨家孙媳妇,但受宠的显然是洛红樱。

在场众人眼里的蔑视更浓重了,跟洛红樱玩得好的姐妹掐尖了声音道:"肯定是洛蔷薇羡慕红樱呗,所以就去弄了件一模一样的咯……"

大家顿时哄笑,洛红樱俏脸上张扬着得意的笑容,语气却仍旧不显:"你们别这么说,姐姐也没有恶意的。"

"我是羡慕啊。"洛蔷薇神色平静无波,"有两个奶奶这么疼爱你,真好。"

洛红樱嘴角的笑容微微一僵,她有些不敢相信洛蔷薇这时候竟然没有发脾气。

她看着洛蔷薇漂亮的大眼睛,眸中仍旧跟以往一样闪烁着亮晶晶的光芒,但不知道为何,似乎少了点什么,又多了些什么,仍旧张扬,却不再浮夸;仍旧美艳,却不再明媚。

洛红樱倒了杯酒,走到洛蔷薇面前,娇笑着道:"堂姐,我敬你一杯,恭喜你跟时澈喜结连理。"

洛蔷薇走过去拿酒杯,就在那一刹那,洛红樱猛地伸出脚,想要把她绊倒——

却不料洛蔷薇像是早知道一般，躲开的同时，直接一脚踩在她的脚背上！

洛红樱疼得猛地往后退，正想借题发挥，但她动作太急，身上的抹胸长裙扣子忽然崩开，整件滑落下来，露出只有胸贴跟底裤的白皙身体……

在场所有人眼睛都看直了！

要知道，洛红樱一直是以江城第一名媛的身份自居的，又是娱乐圈的笑容女神，自然成了所有女人心目中的标准榜样。

而她一直引以为傲的，正是自己完美无污点的人生轨迹。

与她相比，洛蔷薇的人生就显得恶劣得多，她蛮不讲理、冲动脾气差、从小到大唯一会做的事就是追墨时澈，几乎用尽了一切手段，死皮赖脸地缠着他，甚至恐吓所有接近他的女人……

而今天一向女神般的洛红樱竟然在公共场合出这样的丑，简直是直接毁了她苦苦维持的完美形象！

"啊！"洛红樱尖叫一声，飞快地蹲下身去，这件会掉的长裙明明应该在洛蔷薇身上，怎么会……

她忽然反应过来，猛地抬头瞪向洛蔷薇："是你……"

"是我？"洛蔷薇蹙着柳眉，似是很不解地反问，"这不是奶奶送你的衣服吗，怎么会突然就破了？"

顿了顿，她睁大眼睛，难以置信地结巴道："难道你想说……是我伙同奶奶故意的吗？"

这话既把自己跟墨老太太归到一边，又重点点明洛红樱现在在怀疑墨老太太。

洛红樱震惊地看着洛蔷薇，没想到这话居然是她说的，几乎忍不住脱口而出："明明应该是……"

"行了！"墨老太太出声喝住了她，脸上有些挂不住，很不悦地道，"婚礼上大吵大闹像什么，也许是运输途中不小心弄破了，快去换件衣服，这样子成何体统！"

洛红樱用力咬住下唇，但也识趣地没有继续说下去，马上有人拿了披风过来将她裹住，带着她走向试衣间。

众人都惊讶不已，纷纷用异样的眼光看着洛红樱狼狈的背影……

洛蔷薇这刁蛮的性格在江城是树了不少敌的，马上就有看她不爽的人出来道："洛二小姐真是可怜，新娘子身为姐姐就这么看着呀，该不会是你羡慕嫉妒了，所以犯老毛病了，故意使坏吧？"

洛蔷薇顿时皱起柳眉，然而不等她开口反击，一道低沉磁性的嗓音忽然传来——

"你也说了是新娘。"

墨时澈一身黑色手工西装，迈着长腿走过来，挺拔的身影在洛蔷薇身边站定，侧首看向方才说话的人，俊美的脸上喜怒难辨："所以，在我的婚礼上说我的新娘，是不是不太好？"

他此话一出，四周顿时安静下来，刚才看洛蔷薇不爽的那些人也都默默噤了声。

洛蔷薇闻言也有些惊讶地看了他一眼，但随即释然地勾唇笑了。

男人的面子不能踩，尤其是这样的场合，好歹她现在还挂着墨太太的头衔呢。

墨老太太本来脸色极黑，这会儿看到孙子顿时眉开眼笑："好了好了，今天是我们澈儿大婚的日子，一点小插曲过去就过去了，大家都快入座吧，让他们小两口敬酒。"

洛蔷薇从墨老太太身上收回视线，敛了眼眸，嘴角微弯。

墨时澈侧首，正好看见她垂着脸蛋，一副笑得轻蔑又自嘲的模样，眉头顿时皱了起来。

他竟然从她的笑容里看出了……晦涩跟悲戚。

在他对这个向来讨厌的女人的认知里，那不该是属于她洛蔷薇的笑容。

男人不由得压低声音道："洛蔷薇——"

他才喊完她的名字，洛蔷薇却忽然抬起脸，眼里没了方才的晦涩，笑容明艳地勾住他的胳膊："老公，奶奶都发话了，我们去敬酒吧？"

老公？

墨时澈黑眸微眯，但也没有多说，任由她拉着敬酒。

一场婚宴下来，洛蔷薇的表现堪称完美。

连墨老太太都喜笑颜开地跟人聊着天，毕竟新孙媳妇儿没给她丢脸，不管喜不喜欢，这日子总是高兴的。

敬了一圈酒下来，虽然喝的是红酒，洛蔷薇还是有些醉了，脚步跟着虚浮，娇艳的脸蛋染着红晕，分外诱人。

有几个男人忍不住盯着她看，想要跟她多喝几杯，洛蔷薇也不拒绝，笑眯眯地跟人家碰杯。

然后就被身后黑着脸的墨时澈夺了酒杯，一路搂着她走到后方僻静的走廊上。

墨时澈一松开手，洛蔷薇就摇晃着向后趔趄，整个人靠在了墙壁上。她显然是喝多了，还打了个酒嗝，拍着胸口一副懒洋洋的半醉模样。

墨时澈朝她迈了一步，低沉冷峻的气场瞬间笼罩住她，他低头看她："你很开心？"

洛蔷薇像是才发现他还在这里，蹙着眉看了他一眼。

开心吗？当然开心啊。

如此幸运地得到重活一世的机会，她是该庆祝庆祝呢。

"洛蔷薇，我在跟你说话，"墨时澈长指抬起她的脸，让她直视自己，"你到底在搞什么鬼，准备换风格，玩新的花样了？"

"哎呀，这都被你看出来了。"洛蔷薇仰着染上酡红的脸蛋，双眸略迷离地看着他，"怎么，不习惯了？那行啊。"

她伸出纤臂勾住他的脖子，整个人妖娆地贴在他的胸膛上，嘴唇贴着他的耳骨："那我们离婚吧，明天就离婚，从此以后你是你我是我，谁也别再犯贱，怎么样？"

墨时澈低头看着贴在身上红唇娇艳的女人："犯贱？"

洛蔷薇笑容妩媚，却叹了口气："是犯贱啊，谁让我瞎了眼这么爱你，十七年呢……"

细腰忽然被一把搂住，随即她整个人都被重重抵在了墙上。

墨时澈高挺的鼻尖几乎抵着她的，清晰强势的字眼从薄唇间逸出：

"洛蔷薇，我不管你玩什么花样，现在离婚你想都别想。是你自己搞出跟我在酒店床上被媒体拍到这种戏码逼我娶你，那么在我说结束之前，你就必须得是墨太太。"

"合着结婚是我逼的，离婚还得求你？"洛蔷薇挑起眉尖，随即又懒懒地笑了，"当墨太太也可以啊，反正你养着我给我买漂亮衣服，不过按你的条件满足我有点难呢……"

墨时澈从牙关里蹦出几个字："满足你难？"

洛蔷薇笑道："对啊，毕竟我们睡过嘛，你自己清楚。哦对，我要送你一个新婚礼物，准备了好久呢，乖，你先把眼睛闭上。"

墨时澈皱紧眉头看着她，洛蔷薇冲他眨眨眼睛放电，然后……他深深看了她一眼，竟然真的闭上了眼睛。

洛蔷薇趁机挣开他的手，悄悄往后退了几步，才道："睁开吧。"

墨时澈睁开眼睛，然后就看到站在身前不远处的洛蔷薇对着他……竖起一根中指。

墨时澈，"……"

"唔，我想你大概就我中指这样吧？不过无所谓，反正我不指望你能满足我。"

洛蔷薇看着男人迅速黑了的俊脸，挑衅地冲他挑了挑眉："不服打我啊，你家暴我我就可以起诉离婚了。好了，礼物我送完了，不谢。"

她说完转身就走，此时恰好有几个服务员端着盘子走过来，外面就是喧闹的婚宴大厅，墨时澈不可能追出去捉住她教训。

她就是掐准了这一点。

这女人……

墨时澈眯起清冷的黑眸，嘴角挑起一抹兴味的弧度。

洛蔷薇回试衣间将身上的大红长裙换下来后，开始认真仔细地卸妆洗脸护肤，不再为了那些不重要的人委屈、怠慢自己。

房门忽然被推开，母亲丁繁英看到她坐在镜子前，忙焦急地走进来："哎呀蔷薇啊，你怎么还在这涂脸，外面红樱陪着墨老太太呢，你还不快点出去！"

洛蔷薇擦好面霜，起身拉过丁繁英："妈，你坐这嘛，让我好好看看你。"

丁繁英叹了口气，握紧她的手："我一个老太婆有什么可看的，蔷薇，你现在终于如愿以偿跟时澈结婚了，但也要好好把握机会，好好抓住时澈的心，别让红樱钻了空子……"

"她喜欢学狗那就让她钻啊，喜欢当三陪就让她陪。"

洛蔷薇无谓地弯着唇，上下打量着丁繁英，忽然倾身抱住她，闷闷地道："妈，你要好好的，我会保护你的，不会再让你操心了。"

上一世她被墨时澈抓到跟燕楚在床上"偷情"之后，被所有人唾弃辱骂，墨老太太甚至把她打到住院，只有丁繁英昼夜不分地照顾她，却在帮她买饭的途中被车撞死了……

丁繁英一愣，随即感慨地笑了："你这孩子怎么突然伤感起来了，跟妈还客气什么。马上酒宴结束就要去蜜月旅行了，你快准备一下。"

洛蔷薇轻拍着她的背，宽慰微笑："我知道的，妈你先跟陈叔的车回家吧，别担心，我会处理好人际关系的。"

安抚送走了母亲，洛蔷薇随手将大红长裙丢到酒店衣柜内，并没有打算带走。

墨老太太送给洛红樱的东西，她穿着都嫌脏了身体。

至于蜜月，见鬼去吧，她才不想去！

她现在有很多更重要的事要做——首先，得找到燕楚。

收拾妥当后，洛蔷薇穿着花瓣长裙走出来，此时酒宴上宾客都已经散得差不多了，她知道墨家人都不待见自己，也懒得再去触霉头，径直朝酒店外走去。

蓦地，身后传来一道低沉磁性的熟悉男音，语调清冷矜贵："洛蔷薇，你要干什么？"

洛蔷薇脚步一顿，缓慢地转过身去，扬唇微笑："我当然是准备走了啊，墨总大白天的突然眼瞎？"

墨时澈面无表情："走去哪里？"

她仍旧在笑:"当然去做我想做的事啊,现在都倡导婚姻自由,你总不会新婚第一天就要干涉我的生活吧?"

"你的生活?"男人冷冷地嗤笑,"我怎么记得是谁说过,这辈子要时时刻刻跟我绑在一起,死也要跟我葬在一起?"

洛蔷薇眼皮一跳,想到曾经说过这种话就想一巴掌扇死自己,她挑了挑眉:"噢,可能我确实说过,但你也知道,人总有眼瞎的时候,你刚才不就是吗?"

墨时澈怒极反笑:"我以前怎么没发现你这一张嘴这么能说。"

洛蔷薇食指玩着微卷的发梢,懒懒地道:"多谢夸奖,你没发现的事还多着呢,我走了。"

然而她才走出一步,便被走上前的男人一把拽住,墨时澈紧攥着她纤细的小臂,嗓音极度不悦:"我说过你可以走了?"

"你管得着吗,松开我!"

洛蔷薇反感地皱眉,正跟男人在门口推搡着,忽然听见纷至沓来的脚步声,紧接着是墨老太太急促的声音:"找你们半天,在这干什么呢?"

洛蔷薇眸中的小火苗一敛,她转过身笑眯眯道:"哎呀,原来是奶奶,我跟老公……时澈在这说话呢,他非要我在这亲他一下,我害羞。"

墨时澈垂眸冷冷瞧着这个一瞬间变脸的女人。

而站在墨老太太身边的洛红樱顿时咬紧牙关,脸上的表情又嫉妒又忍着怒,但她偏又楚楚可怜地低下头去,仿佛伤心了那般。

墨老太太果然成功被洛红樱的反应吸引过去,她向来知道洛红樱对墨时澈的心意,当下怜爱地拍拍洛红樱的手:"飞机已经准备好了吧,是不是马上可以出发了?"

随从忙道:"是,飞机已经等着了,地点是瑞士,这个季节去雪山滑雪最适合。"

洛蔷薇闻言顿时皱了皱脸蛋,瑞士啊……那糟心的蜜月她可不想再来一次,想想就要原地爆炸。

墨老太太点点头:"那红樱就跟我们一块去吧,她从小多少也学了点医,到那边人生地不熟的,有个照应。"

她说着看向洛蔷薇，似乎在等她的反应。

"好啊，妹妹去我当然高兴，"洛蔷薇一笑，随即懊恼地皱眉，"可是如果我们都去了，就没人照顾有哮喘的奶奶了。要不然我不去了吧，我留下来照顾奶奶。"

洛老太太显然没想到洛蔷薇会这么说，她自然希望洛红樱能跟墨时澈多相处增进感情，忙接话道："难得蔷薇这么孝顺，我都有点不忍心拒绝。要不就你们去吧，反正红樱也很会照顾人的。"

洛蔷薇走过去挽住洛老太太的胳膊，笑得甜美："那就这么定了，有红樱妹妹代替我照顾你们我就放心了。"

"是吗？"一直沉默的墨时澈忽然出声，锐利深沉的目光直射向满脸笑容的女人，"这是我的蜜月，你身为我的妻子不去，还想找人代替你的位置？"

洛老太太忙道："时澈你别误会，蔷薇也是想照顾我……"

墨时澈语调冷漠，说着敬语却毫无敬意："让洛红樱留下来照顾您。"

洛红樱闻言浑身一震，没想到问题竟绕回自己身上，她委屈地咬唇道："时澈说得对，确实是我该留下照顾奶奶的。"

她说着走了过来，洛老太太立马不乐意了："可是红樱……"

"行了，争来争去做什么。"墨老太太打断道，摆摆手，"都去都去，亲家母家里也有儿子可以照顾，不用孙女一直跟着吧。"

洛老太太还想说些什么，但看着墨老太太有些难看的脸色，没敢再开口。

洛家虽然是有名的医学世家，但是这些年一直依附着墨家，相当于附属家族，一切自然是墨老太太说了算，方才洛老太太一直擅自做主，她其实已经不高兴了。

事已至此，洛蔷薇也只能去了。

眼见墨时澈一副要拎她上车秋后算账的模样，洛蔷薇忙走过去挽住墨老太太的胳膊，甜甜地撒娇道："奶奶，我扶你上车，我陪你坐，你晕车的话我帮你按摩太阳穴。"

墨老太太看她一眼，似乎觉得不可思议，板着脸推开她："用不着，你跟时澈坐一块儿去吧，我一个老太婆不用你操心，以前也没见你操过什么心。"

洛蔷薇被推开仍旧笑眯眯的，站在墨老太太身边不走："奶奶你说什么呢，哪有你这么漂亮又端庄的老太婆，爷爷年轻的时候肯定整天炫耀自己娶的媳妇漂亮。"

"瞎说什么！"墨老太太闻言瞪了她一眼，但原来冷肃的表情有了些微松动。

洛蔷薇突然仔细地看着她："哎，奶奶你今天这个唇色是纪家的最新款吗？"

墨老太太一愣："看得出来吗？"

她怕太张扬，所以擦得很浅……

洛蔷薇甜笑道："嗯，很适合，纪家新款搭配你这身正好。"

墨老太太轻哼一声："那当然。"

洛蔷薇一边说着一边扶她上了车，自己也跟着坐了进去。

站在一旁的洛红樱见状愣了愣，刚要开口，就见洛蔷薇按下车窗，惊讶地对她道："哎呀堂妹，没位置了，要不我下来让你……"

"不用来回折腾了，"墨老太太坐在车内道，"红樱就坐另一辆车吧。"

洛红樱顿时气得想跺脚，面上却只得温柔地笑道："好的奶奶。"

洛蔷薇依偎在墨老太太身边，仰起脸蛋冲窗外的洛红樱挑了挑眉："只能暂时委屈妹妹了噢，机场见。"

然后趁着没人注意，洛蔷薇在洛红樱能看到的角度，冲着她比了个笔直的……中指。

洛红樱："……"

墨时澈站在不远处，将这一幕尽收眼底。

甚至轿车开走时，车内的墨老太太被洛蔷薇哄得竟然难得地笑了。

她什么时候这么会哄长辈了，或者说……这么笑里藏刀？

男人眯起眼睛，不期然回想起在酒店走廊内，洛蔷薇勾住他的脖子身体贴住他的那一幕，女人诱人的花香气息仿佛还在他鼻间萦绕，下腹蓦地涌起一股燥热——

男人身前忽然走过来一道人影，柔柔的女声响起："时澈。"

思绪被打断，墨时澈不悦地皱眉，整张脸都冷了下来。

"你在想什么呢？"洛红樱站在他面前，温婉地道，"奶奶跟堂姐坐一辆车走了，我坐你的车吧，我们现在走吗？或者你还要去别的什么地方，我陪你。"

墨时澈闻到她身上的香水味，跟洛蔷薇身上的截然不同，男人顿时眉头拧得更紧："我不习惯跟人共坐一辆车，你自己走。"

望着疾驰而去的轿车，洛红樱站在原地气得就差大吼大叫。她刚才分明看到墨时澈想去搂洛蔷薇上车的！

该死的洛蔷薇，这又是玩的哪一出，以为这几个小动作气得到她？！

洛红樱捏紧双手，暗自咬牙。

等到了瑞士，她一定会让洛蔷薇过一个"永生难忘"的蜜月！

抵达瑞士时已经是深夜，一行人在一家五星级度假酒店入住。

洛蔷薇看着提着大包小包的侍者，以及跟在墨时澈身边笑容满面的洛红樱，只觉得可笑。

其实墨老太太的态度很明显，一对夫妻的蜜月却让洛红樱跟着来，又怎么可能没有别的意思呢。

洛蔷薇正靠在大厅的鱼缸边沉思着，面前忽然笼上一道高大的身影，紧接着是冷淡的悦耳嗓音："你是准备住大厅吗？"

洛蔷薇抬头就看见一张俊美无俦的男人脸庞，她微微挑眉："也可以啊，不然我就睡大厅沙发？看着皮质也挺好的。"

她说着看向站在他身后的洛红樱，摸了摸鼻子："而且这里天气这么冷，我身娇体弱的堂妹一个人睡恐怕不行吧，不然让我老公跟你住一间陪你吧？"

墨时澈像是这才发现身后还有个女人，皱眉回头，洛红樱忙微笑着将手里的保温杯递给他："时澈，这里气温低，尤其现在是寒夜，你身体不能受寒，喝点我泡的暖身姜汤吧。"

洛蔷薇笑了笑，站直身体："你们在这慢慢喂，本小姐就先走了。"

她说完擦过他的肩膀就要走——

墨时澈一把拽住她的胳膊，将她拽到自己身前，深邃的眼睛紧紧锁着她的脸蛋："洛蔷薇，你是不是忘了来这里做什么，还是说你想看看我能忍你到什么地步？"

洛蔷薇娇娇地笑着，踮起脚凑到他耳边："看我堂妹对你多关心啊，再说我这不是在成全你们嘛，你不谢谢我还这么凶，真没意思。"

话音刚落，洛蔷薇明显感觉到身前男人的呼吸重了几分，她正准备挣开他，下一秒身体骤然一轻，整个人直接被拦腰抱起——

"是吗？"墨时澈低下头，薄唇几乎要碰到怀里女人的唇瓣，他哑声轻笑，"那我亲自抱你回房间，当作谢礼。"

洛蔷薇："……"

洛红樱独自站在那，看着高大的男人抱着不停蹬腿吵闹的女人走进电梯，气得一张俏脸都变了颜色。

她发誓，一定要在蜜月度假中，让时澈更加厌恶洛蔷薇，一眼都不想再看到她！

男人将洛蔷薇抱回房间，重重地将她丢在了大床上，下一秒，男人健硕的身体就压了下来——

墨时澈长腿抵着床沿，双手撑在她身侧，极浓的男性荷尔蒙气息瞬间包围住了她，他低哑地轻笑："洛蔷薇，你要的谢礼是这个吗？"

洛蔷薇这才微睁开眼，看着上方近在咫尺的俊脸，呼吸间满是他的味道，她扬唇道："我刚刚才成全了你跟堂妹，墨总转身就给我这么大的礼物，真是有够狼心狗肺的。是不是男人都是这个德行啊，吃着碗里的看着锅里的。"

墨时澈微眯着眼，语气夹杂着某种不明的笑意："别人是什么德行我不清楚，但你的德行我清楚得很，怎么，不择手段地激我，吃着碗里的……想我吃你，嗯？"

洛蔷薇笑得更加肆无忌惮，纤臂勾住男人的脖子，如兰的香气微微从唇间吐出："想不到墨总这么清楚我的德行，没错，我就是这么不要脸，不爽你可以选择离婚啊。"

墨时澈低下头，看着她媚眼如丝的模样，身体莫名紧绷，他冷冷笑道："你是吃准了我不会跟你离婚，所以把这个词挂在嘴边，不怕我真的答应？"

"答应就答应呗，大不了我再改嫁，反正我这么美，多的是男人想娶我……唔。"

话未说完，男人的脸迅速压了下来，洛蔷薇在同一时间抬起手，手指抵在了他欲吻住她的薄唇上。

"收起你这不切实际的愚蠢想法，"墨时澈开口时像是在吻她的手指，"我墨时澈睡过的女人，你问问江城谁敢娶。"

"那就不嫁啊，我自力更生，谁说非得靠男人了，我靠脸靠身材靠才华。"洛蔷薇笑眯眯地看着他，"怎么着，墨总这是生气了？"

二人靠得极近，呼吸交织，墨时澈看着她弯起的明艳眉眼。她分明在笑，眼睛里却丝毫没有笑容，也没真的在看他，全然没了以往对着他的那些痴恋与专注。

这种认知让他莫名感到不舒服，甚至有种难以形容的不爽感。墨时澈推开她的手指，俊脸危险地逼近她："看来为了让你不要辛苦地自力更生，我今天还非吃你不可了。"

他说着伸手去脱她的衣服，洛蔷薇蒙了一下，外套已经被他拉开，露出里面紧身收腰的薄毛衣，她一把扣住他的手腕："不行！"

男人显然对这两个字很不满，抬眸看她："婚后来度蜜月，我身为合法丈夫要跟你上床，你跟我说不行？"

洛蔷薇："……"

"而且你不是说我满足不了你吗？"墨时澈手掌落在她细腻的腰间，抚摸着向上，"现在就证明给你看，包你满意，嗯？"

话音刚落，他的吻就落了下来，从她的额头、眉心、鼻子一点点往下吻，路过唇瓣最后来到锁骨处，在她颈间的蝴蝶印记上来回亲吻着。

洛蔷薇这下彻底蒙了，竟紧张得有些不知所措，直到感觉到男人的手已经钻进她的毛衣，炙热的指尖游走在她的肌肤上……

　　她顿时就慌了，伸手推他："不……不可以……"

　　但身上的男人哪里听得见，完全沉溺于她带着香气的肌肤中，亲昵的吻逐渐变得炙热，双手引导着脱下她的毛衣。

　　就在他微撑起身体脱衬衫的那一刻，洛蔷薇倏地从他身下往后撤，墨时澈反应极快，大手一把扣住她纤细的脚踝，嗓音因情欲而沙哑："洛蔷薇，你别告诉我你想玩新姿势。"

　　他指腹摩挲着她细嫩的脚踝肌肤，眯起黑眸危险地看着她，警告意味极浓——

　　都到这个份上了，她难道是想跑？

　　他从懂事起就知道，这个女人喜欢他，整天疯狂地追着他，尽管他再怎么表现出不喜欢她，她都会毫不畏惧地黏上来。

　　洛蔷薇暗骂自己没用，他不过挑逗一下她竟然身体发软。她手肘向后撑着身体，冲他笑："看来墨总会很多姿势哦？"

　　墨时澈仍旧拽着她的脚踝，单手解着衣扣，薄唇勾起英俊魅惑的笑："你想要，我岂有不会的道理。"

　　眼见着他脱下衬衫，展露出肌理分明的健硕胸膛，洛蔷薇却忽然出声："等等！"

　　男人动作一顿，目光幽深地看着她。

　　洛蔷薇迎上他的目光，眼神变得妩媚而勾人，她坐起身将自己的毛衣脱下，又去脱紧身铅笔裤。

　　所有动作她都放得很缓慢，更像是刻意在勾引他。

　　墨时澈自然而然地松开手，长腿半跪在床沿，喉结因被勾起的欲望而上下滚动着，兴味浓厚地看着她脱衣服。

　　然而下一秒，脱得只剩下黑色内衣裤的洛蔷薇忽然撑起身体，从另一边滑下了床。

　　男人一愣，顿时有种被耍了的感觉，洛蔷薇用手遮挡着雪白起伏的胸口，先他一步出了声："墨总，我要先去洗澡才行。"

他盯着她："做完再洗。"

"我习惯洗了再做，我们可是坐了一天飞机呢，"她耍性子似的嘟着嘴，"不洗我就不跟你做，或者你希望我不配合你……"

墨时澈觉得下腹有股邪火在烧，他俊脸紧绷，哑声道："去洗，给你十分钟。"

"女人洗澡哪止十分钟，我自然想洗得干干净净的。"

洛蔷薇娇笑着进了浴室，一双白皙的腿就这么明晃晃地从他眼前走过，还不忘侧首朝他抛个媚眼。

完完全全……一副妖精模样。

墨时澈若不是清心寡欲惯了，绝对会忍不住冲过去把她扒光。

他原以为婚后会被迫面对她的虚假伪装跟刁蛮脾气，没想到……有那么点意思。

一向高冷禁欲的墨总开始隐隐期待新婚娇妻从浴室里出来的画面——十七年了，他第一次对这个女人有所期待。

然而世事总是难料的。

期待了两个小时后，洛蔷薇还是没出来，墨时澈无数次去敲被反锁的门，得到的回答都是还没洗好。

就在男人黑着脸准备叫前台送钥匙上来时，门总算开了。

氤氲的水汽中，穿着黑色丝质浴袍的洛蔷薇走了出来，吹得半干的长发披在身后。墨时澈冷着俊脸坐在黑色皮椅上："还知道出来，我以为你在里面修仙，准备得道了。"

"哎呀洗得仔细了点嘛，这不也是为了你嘛。"

洛蔷薇笑看他一眼，径自走到酒柜边拿出一瓶威士忌，不疾不徐地倒入杯中。

墨时澈视线始终紧锁着她，像是想看看她到底还要玩什么把戏。

洛蔷薇却在掐算时间。

上一世的今晚，差不多十一点的时候洛红樱来敲门，故意冷嘲热讽，惹得自己忍不住发了脾气，导致墨时澈厌烦直接走了，一晚上在酒吧都没回来。

果不其然，她才倒完一杯酒，门铃就响了，柔柔的女声紧接着响起："时澈，你在房间吗？"

"哟，这不是堂妹的声音吗？"洛蔷薇纤手端着酒杯，漫不经心地摇晃着，"你的追求者来了，是墨总亲自开门，还是我来？"

"我在等你，"墨时澈像是根本没注意到有谁来了，双眸一眨不眨地紧盯着她，嗓音隐含着被无视的不悦，"洗澡十分钟，你洗了两个半小时，你现在欠我两个小时二十分钟。"

那眼神仿佛在说——我全要做回来。

洛蔷薇仰头灌了口酒，走过去开门。

门外，洛红樱抱着个粉红的保温盒，化了淡妆的脸精致如瓷娃娃，笑容也是恰到好处的："时澈……"

看清面前的人，她脸色微变，但仍旧笑着："是姐姐，时澈在吗？我是来给他送药的，他每天睡前都要喝。"

"不就在那坐着嘛，不过貌似生气了，原来是没吃药，难怪这么可爱呢。"

洛蔷薇边说边走过去，弯下腰，伸手勾住男人的脖子，直接坐在了他的腿上。

站在门外的洛红樱攥紧了手！

"老公，堂妹来找你了，你就别气了嘛，"洛蔷薇整个人靠在他的胸口，端着酒杯的手凑到他唇边，嘟囔着要喂他，"乖，喝一点酒，待会儿我陪你做，用你最喜欢的姿势，好不好？"

墨时澈眯着眼睛看着她一副笑眯眯的模样，脸蛋酡红像鲜嫩的苹果，让人忍不住想要凑过去咬上一口，产生将其据为己有的欲念。

这女人，在吃醋吗？

这个认知让男人心情莫名愉悦，他竟微低下头，顺着她手里的玻璃杯抿了一口酒。

"你……"洛红樱彻底看不下去了，在她的认知中，墨时澈怎么可能这样亲近洛蔷薇，"你们……"

"我们怎么了？"洛蔷薇疑惑地侧头看她，"这些不都是夫妻该做的事情吗？"

洛红樱紧咬着牙，一张漂亮的脸涨得通红，看得出她在克制。

洛蔷薇妖娆地笑道："堂妹既然送药来，放下了就走啊，是想看我们夫妻的隐私吗？"

洛红樱气得就差冲上来打她，但墨时澈在场，她什么也没做，在门边的柜子上放下保温盒，捂着嘴跑了出去。

洛蔷薇挑了挑眉，正要从男人身上下来，细腰被一只有力的臂膀搂住："去哪？"

"给你腾位置啊，"洛蔷薇笑，"娇滴滴的美人儿跑了，你还不去追？"

男人目光沉沉地注视着她："等着做夫妻该做的事。"

洛蔷薇伸手在他的胸口捶了一下，娇嗔道："可是刚才堂妹来找你，我忽然就被恶心得没兴趣了呢。"

她说着凑到他的俊脸上，吧唧亲了一口："乖啊，先睡觉，睡眠不足的女人会变老，男人会慢性阳痿噢。"

她说完从他身上站起来，仰头喝完杯中的酒，走到大床边掀开被子侧身躺了下去。

墨时澈竟有些沉溺在她方才亲的那一口上，回过神后猛地站起，大步走到床边："洛蔷薇！"

他弯腰扳过她的肩膀，却发现她已经……睡着了……

墨时澈："……"

这该死的女人，绝对是故意的。

翌日一早。

洛蔷薇醒来时全身舒坦，眯着眼睛伸了个懒腰，却发现自己的双腿都被缠着，根本动弹不得。

她别过脸，入目是男人放大清晰的俊颜，睫毛长而浓密，高挺的鼻梁下薄唇微抿，身上则是一件黑色紧身背心，露出大部分肌理分明的健硕上身。

他的一只手也横在她的细腰上,亲昵地搂着她,手掌放置的位置……正好托在她的左胸下方,看上去就像是掌心紧裹着她的柔软。

洛蔷薇愣了几秒,而后猛然坐起身来,一脚踢了过去:"墨时澈!你为什么会在我的床上?!"

墨时澈直接被踢醒,眼睛微微睁开,眼神带着几分晨起的慵懒气息看着她:"这也是我的房间,我为什么不能在床上?"

洛蔷薇愤愤然咬着唇:"谁允许你搂着我睡的?!还趁机摸我!"

"我没搂着你,"墨时澈坐起身,微乱的短发在晨光中性感随性,令人心动,"是你昨晚睡着了自己缠上来的,至于摸你,我身为丈夫需要趁机吗?"

洛蔷薇:"……"

她以前怎么没发现,这男人不要脸起来也是个高手。

洛蔷薇懒得再跟他说,径自下床洗漱。

待她化好淡妆选好搭配的衣裙出来,房门早已被来叫用早餐的侍者敲了好多遍,洛蔷薇施施然来到三楼餐厅,远远地就看见洛红樱和墨时澈坐在靠窗的桌子边。

洛红樱坐在墨时澈边上,因为昨晚的事本就不爽,这会儿见洛蔷薇姗姗来迟,一边舀汤一边嘲讽道:"堂姐怎么来得这么迟呀,我们都吃了一半了,奶奶身为长辈还在等你呢。"

墨老太太本就生气洛蔷薇迟到,听见这句话一张脸都拉了下来,极为不高兴。

"奶奶——"洛蔷薇没搭理洛红樱,坐过去抱住墨老太太的手臂,咬着唇娇羞地道,"对不起奶奶,我来迟了,主要是昨晚很晚才睡,而且太困了早上起来才洗澡洗头发,所以就耽误了时间……"

洛红樱手里的叉子猛地一顿,划过餐盘发出略微刺耳的声音。

墨老太太皱眉,虽然还是冷着脸,但闻言还是觑了她一眼:"昨晚你跟澈儿都没睡好?"

她一早就看见孙子黑沉着张俊脸,眼下还有淡淡的黑眼圈,一看就是没休息好。当然,她不知道墨时澈那是气的。

"对呀，我们都累着了呢，"洛蔷薇表情更为羞赧，支支吾吾地道，"都是因为时澈……"

墨老太太不悦的脸色已然淡了不少："既然你们合得来就最好，蜜月期间要是能怀上孩子，明年年中就能生了。"

洛蔷薇表情一僵，脑海中浮现出那个被洛红樱残忍摔死的孩子的样子——

巨大的悲恸毫无征兆地涌上心头，眼眶刹那间泛红，洛蔷薇忙捂住嘴低下头。

墨老太太见状一愣："怎么了？这是想吐？"

"没事……"洛蔷薇哑哑地哽道，"我……去一下洗手间。"

墨老太太盯着她飞快冲向洗手间的背影，忍不住皱眉："澈儿，你快跟过去看看，别又让她闹出什么事情来，真不让人省心。"

洗手间内。

洛蔷薇弯腰撑在洗手池边，一遍又一遍掬起冷水扑到脸上，眼泪忍不住往外涌。

她告诉自己不要再想，但她根本控制不了悲痛的情绪。

她正咬着唇哭出声来，外面传来男人低沉的嗓音："洛蔷薇？"

洛蔷薇又是一震，随即手忙脚乱地擦干净脸上的眼泪，对着镜子用随身粉饼补妆。

墨时澈站在女洗手间门口，这个点没什么人，他等了一会儿不耐烦了，伸手要推门，门却忽然被拉开。

洛蔷薇面色平静地走了出来，看也没看他，直接朝外走去。

墨时澈俊脸一沉，一把拽住她的胳膊，看进她的眼底，却发现上面蒙着一层薄薄的水雾，他一时竟无法看透她的想法，面无表情地问："你在哭什么，难道听说要给我生孩子就难受到这个地步吗？"

"对啊，确实很难受，"洛蔷薇仰头看他，嗓音坚定而认真，"所以，墨时澈，我们永远不要有孩子，等这波风头过去，结束这场可笑的婚姻后分道扬镳，这是对你我而言最好的结果。"

"再可笑也是你逼的婚,"墨时澈低头看着她泛红的眼眶,嘴角勾起嘲讽的弧度,"我从来没想过开始,是你强行把自己的人生跟我的人生扭在一起,洛蔷薇,这是我的婚姻,"

顿了顿,他陡然加重语气,伸手抚上她冰凉的脸:"不是玩过家家,也不是你随心所欲的游戏,既然已经开始,你以为你想结束就能结束?"

墨时澈去休息区接工作电话,洛蔷薇缓了一会儿才回到餐桌。

墨老太太端着红茶杯子,却没喝几口,见她回来立即问道:"怎么好端端的想吐?"

"我也不知道,有点反胃,"洛蔷薇喝了口牛奶,微笑道,"可能是太晚睡导致的吧。"

洛红樱将手边的蛋羹推给她,笑着道:"堂姐你也真是的,都这么大人了还是这么迷迷糊糊拎不清的样子,要照顾好自己,要不然怎么能照顾好时澈呢。时澈的身体本就落下了病根,哪里能因为那种事劳累过度睡得这么晚呀……"

这话看似是打趣,实则隐含深意——讽刺洛蔷薇平时刁蛮任性又娇生惯养的,婚后肯定也不能照顾好丈夫。

果然,此话一出,墨老太太的脸色又不好看几分。

洛红樱见状不着痕迹地得意勾唇,她就不信这样的话都激怒不了洛蔷薇,洛蔷薇向来不允许别人说她半句不好!

但事实证明她仍旧错了——

洛蔷薇闻言只是勾了勾唇,波澜不惊地道:"堂妹说得对,我是该多学习怎么照顾人,毕竟我现在有老公了,说不定马上就会有孩子……"

说着,她看向洛红樱微微僵硬的脸色,继续笑着问道:"堂妹是不是也想早点当小姨呢?对了,大家都知道你是大才女嘛,我这么笨,你可不可以先给我跟时澈的孩子想几个小名备用呀,奶奶你说是不是?"

提到孩子的话题,墨老太太积极不少:"也是,我在起名这方面完全没经验,要是真有了肯定要起个好名字。红樱啊,这事到时候可能还真的要麻烦你了。"

洛红樱只得赔笑："我肯定尽力，奶奶不嫌弃就好。"

"奶奶怎么会嫌弃你呢，奶奶喜欢你还来不及，"墨老太太看着洛红樱知书达理的模样，边喝茶边叹气，"唉，真是可惜了啊……"

"奶奶别叹气嘛，"洛蔷薇笑眯眯地道，"我会努力给你生一个大胖曾孙，到时候家里就热闹了。"

"别光嘴上说！"墨老太太瞥她一眼，想了想还是夹了点牛肉放到她的盘子里，"先多吃点养胖自己，这么瘦怎么生啊！"

洛蔷薇甜甜地弯唇："是，谢谢奶奶。"

听着二人的对话，洛红樱气得差点咬破唇。她抬起头，正好对上洛蔷薇看过来的目光。

洛蔷薇就这么微笑地看着她，眼神却寒如冰刀。

洛红樱竟被她看得莫名一震，浑身冒冷汗。随即她又在心底冷笑，洛蔷薇凭什么恨她，该恨的人是她，是洛蔷薇抢走了她的男人！

洛红樱微微仰起脖子，毫不畏惧地回看着洛蔷薇——

洛蔷薇神色无波，手里的刀叉切着牛肉，动作缓慢而优雅。

慢慢来，一切才刚刚开始而已。

吃过早餐后，酒店的人过来通知今天可以滑雪，目前天气很安全。

这里是瑞士最高档的酒店，背靠着偌大的雪山，出来就是最为闻名的滑雪场。

洛蔷薇戴着针织滑雪帽走出来，看见墨老太太一派雍容地坐在安全休息区的椅子上，洛红樱则捧着热牛奶殷勤地站在她边上，时不时低头笑着同她说话。

洛蔷薇懒得掺和进去，正准备整理行装去滑个痛快，洛红樱却突然朝她这个方向看过来，笑着挥手喊道："时澈，这里！"

洛蔷薇还未转头，高大俊美的男人已经滑到她的身前。

墨时澈穿着深蓝色的滑雪服，188cm的身高，宽腰窄臀，修长的双腿包裹在雪靴中，身材比例完美到挑不出一丝毛病。

男人低头注视着她，眉头微微蹙起："傻站着在等我，嗯？"

洛蔷薇拨了拨长发，本想转身就走，但眼角余光瞥到不远处洛红樱殷切期盼的眼神，眼珠一转，伸手挽住了他的胳膊："对啊，我可等你很久了呢。"

墨时澈看了眼被她挽住的胳膊，没说什么，任由她挽着来到墨老太太坐的这边。

洛红樱看着二人亲密的样子，很生气却没有发作，面上始终保持着甜美得体的笑："时澈来了，我们是不是可以开始啦？"

洛蔷薇无声冷笑，洛红樱厉害就厉害在这——总能稳住自己，不轻易表露情绪，总把墨时澈的身体挂在嘴边，博得所有人的好感。

一行人到齐，滑雪场的管理员就送来了滑雪必备物品——一个小小的信号器。

"这个你们一定要挂在腰上，有指南针功能，也能定位你们所在的位置，雪场太大，丢了这个很容易迷路，遇到危险也没法求救，务必戴好。"

洛蔷薇正准备伸手去接，却见墨时澈将两个信号器都接了过来，先弯腰将其中一个挂在她腰上，认真系好，这才去系自己的。

洛红樱看见墨时澈的动作，不由得攥紧了手，忽然委屈地道："奶奶，我还不会滑雪呢，怎么办？"

"你不会吗？"墨老太太有些骄傲地哼道，"那就让时澈教你吧，他滑得可好了。"

"好呀！"洛红樱笑着应下，又咬唇看向洛蔷薇："堂姐，时澈教我，你不会不高兴吧？"

洛蔷薇略一挑眉，娇笑道："我肯定会吃醋呀，我老公只能教我。不过没关系，正好我也很会滑，就让我来教堂妹吧，女孩子之间还方便些。"

洛红樱还未接话，洛蔷薇就过来拉住她的手："走，姐姐教你啊。"

洛红樱脚上已经穿好滑雪板，来不及回头看其他人，直接就被拉进了滑雪场。

洛蔷薇确实很会滑，小时候她跟爸爸学过，又因为比较喜欢，经常滑，所以很熟练。

她滑得很快，洛红樱根本适应不了这种速度，双手紧紧抓着洛蔷薇的胳膊，吓得不停地叫："啊……你慢一点！慢点！"

"啊？妹妹你说什么？"洛蔷薇故意装作听不见，转过身的同时猛地抽回胳膊。

没了支撑物，洛红樱一个趔趄，整个人向前栽去，重重地扑在了雪地里！

"啊——"她吃了一大口雪，又冰又呛，痛得大叫。

"哎呀！"洛蔷薇见状赶忙上前，用脚上的滑雪板碰了碰她，"堂妹你怎么摔了呢，是不是很痛？真是的，这么简单的滑雪你都学不会，是智障还是脑瘫啊？"

"你……"洛红樱咬唇怒瞪着她，这里没其他人了，她也没什么可装的了，"洛蔷薇，你别欺人太甚！"

洛蔷薇柳眉一挑："啧啧，堂妹你看你又脑残了吧，我才刚开始你就说我欺人太甚，看来我不用点力还对不起你呢。"

她说着弯腰去拉洛红樱。

这里是雪地，完全没有任何可以扶的东西，洛红樱只有顺着她的力道才能站起来，然而身体还未站直，洛蔷薇又拉着她继续向前滑——

接下来的时间里，洛红樱几乎每隔几分钟就"意外"摔一次，已经数不清吃了多少口雪，身体摔麻了，帽子跟口罩也都摔掉了，冻得脸都乌青了……

洛红樱若不是因为性子好强死死忍着，几乎要哭出来。

最后，洛蔷薇强行拉着她滑到一个斜坡边，松开手时推了她一下，洛红樱控制不住往后滑了一段，然后整个人跌进了一个不大不小的坑里……

"洛、洛蔷薇！"洛红樱冻得声音都变了，也不知道是不是气的，浑身都在发抖，"你太过分了！快把我拉上去，否则我不会让你好过的！"

"是吗？"洛蔷薇冷笑一声，蹲下身，戴着手套的手重重拍了拍洛红樱的脸，"那你最好别让我好过，因为我也不会让你好过。跟你对我做的事相比，我这只不过是一碟开胃小菜，来日方长，咱们走着瞧。"

顿了顿，洛蔷薇朝四周随意看了几眼，笑容明艳地挑衅道："其实你也别太担心，卡在雪里死不了的，顶多就是落点腿麻、宫寒什么的病根。"

洛红樱气到几乎要吐血："你！"

"好了我去滑我的了，你继续卡着吧，拜。"

就在洛蔷薇站起身的那一刹那，洛红樱咬着牙伸出手，一把拽住洛蔷薇腰间挂着的信号器，用力扯了下来。

滑雪服太厚，洛蔷薇没有任何感觉，姿势漂亮利落地滑走，滑雪杆挑起的雪溅在洛红樱的脸上，洛红樱冷得又是一阵哆嗦，双眼因气愤而泛红。她大声喊叫却无人应答，试图从雪坑里爬出来也都失败了，只能死死陷在里面。

她咬牙捏着那枚从洛蔷薇身上扯下来的信号器，将其埋进了深厚的雪里，愤恨地捶着。

洛蔷薇那贱人最好找不到方向，失踪死在雪地里！

洛蔷薇酣畅淋漓地滑了一会儿，停下来时太阳已经被遮住了，原本湛蓝的天空变得灰蒙蒙的。

她皱眉，伸手去摸，却发现腰上原本挂着信号器的地方空了。

洛蔷薇心下微微一凉，又往前滑了一小段，可雪越下越大，她来的那条路已经不能滑了。

没有信号器当指南针，她本身又是个大路痴……简直寸步难行。

洛蔷薇站在雪地里，看着面前白茫茫的一片，下意识握紧滑雪杆，仰头看向阴霾的天空。

终归是她太大意了，她应该时刻刻防着每个人……

墨时潇滑了一小圈就接到工作上跨国的电话，等他再回到滑雪场，工作人员已经在收拾场地了。

其中一人上前对他道："墨先生，现在突降大雪，马上要封山了，请您跟家人尽快回酒店。"

墨老太太也被人扶着走过来，焦急地道："澈儿，你快让人去找找红樱还有洛蔷薇那丫头，她们都滑好久了……"

洛蔷薇还没回来？

墨时澈眉心一凝："我去找。"

说罢他不等墨老太太阻止，已经飞快地滑出。

这滑雪场很大，雪路曲折迂回，要找到人并不容易，墨时澈眯着眼睛滑着，视线冷冽锐利地扫过四周每一处可能有人的地方。

洛红樱好不容易才从雪坑里爬出来，正站起来，远远地就看到一道修长挺拔的身形，她赶忙故意摔倒，痛苦地大叫着："时澈！时澈我在这里……"

墨时澈朝她滑近，在她身前停下，目光淡漠地扫过她，没有任何表情波动，更没有要拉她的意思，只是问："洛蔷薇在哪？"

洛红樱一愣，没想到他第一句话竟然会这样问，她手撑着地面，委屈地咬着唇："她故意让我陷在这里，丢下我就跑了。时澈，她想害死我！"

男人面无表情："所以她丢下你的时候往哪边滑了？"

洛红樱越加嫉妒跟气愤了："我没看清楚，时澈，你拉我一下，我站不起来……"

"救援队就在我身后，会过来带你回去。"

丢下这句话，墨时澈再没看她一眼，转身直接滑走，留下洛红樱一个人在原地气得牙痒痒。

没有信号器，洛蔷薇找不到方向也确定不了位置，完全迷失在大雪中。

她站在茫茫白雪中，有些茫然地看着飘落的雪花，一时不知道下一步该怎么走。

寒风呼啸，雪也越下越大，很明显是要出现暴风雪了。

她深吸口气，正准备往右边走，身后忽然传来男人低沉磁性、带着些微冷厉的声音："洛蔷薇，给我站住！"

洛蔷薇一怔，转过身时男人已经滑到身前，手腕被他一把扣住："你是想偷偷进山修仙，还是冬眠？"

洛蔷薇看着他近在咫尺的俊脸，眼睛看太久雪产生了不真实的感觉，她微微眯大眼睛："你是……墨时澈？"

男人低头看她的脸蛋："不然你还想是谁，蜜月期就想换老公吗？"

洛蔷薇缓过神来，甩开他的手："不好意思有点弱视，我还以为是一头野猪。"

墨时澈也不怒，反而勾起了唇："野猪也比你知道路，所以你路痴到不如猪？"

洛蔷薇怒："所以你很骄傲？"

"你不是也嫁给我了？"

"……"

洛蔷薇放弃跟他沟通，转身要走，细腰却再度被男人一把揽住："路痴小姐，回去的路在这边。"

两人刚回到酒店大厅，就看见换了身衣服的洛红樱站在墨老太太身边，娇弱地抱着她的胳膊，低声抽咽般说着什么。

洛蔷薇眉心一跳，顿时有不好的预感，果不其然，她一走近墨老太太就开口了，语气带着几分平日里的严肃："蔷薇啊，我听红樱说你把她丢在雪地里，自己走了？"

"丢？"洛蔷薇皱了皱眉，"可是我自己都迷路了啊，怎么还有本事丢下堂妹，她自己不是回来了吗？"

洛红樱立即道："那是时澈发现了我，救了我！否则我肯定回不来了。"

洛蔷薇闻言心口微微一紧。

所以他并不是专门去找她的，也是去找洛红樱……她又忍不住自作多情了。

墨时澈侧首就看见她敛眸轻笑的模样，笑容透着几分薄凉跟……自嘲。

心口莫名就被重重敲了下，他皱眉看向洛红樱，嗓音冷淡："马上出现暴风雪,你被卡在雪坑里很正常,回来不就行了吗?"

洛红樱被他说得一愣——他竟然公然护着洛蔷薇?!

洛蔷薇倒没什么其他想法,他只是不想她们起争执吧,男人不都是怕麻烦嘛。

墨时澈没再看洛红樱,长臂将洛蔷薇揽到怀里:"奶奶,她冻着了有点不舒服,我们先回房了。"

洛蔷薇神色懒懒地任由他揽着,莫名没了开口的心情。

孙子发话了,墨老太太自然不会再说什么,点头应了声,又让人送点暖身补品过去。

由于瑞士突现暴风雪天气导致封山,其他游玩项目也只能被迫取消,原定一周的蜜月旅行只能缩短。

第三天一行人就坐上了回程的飞机。

洛蔷薇一坐飞机就晕机,飞机餐也没吃,一直迷迷糊糊半梦半醒地睡着,醒来时发现自己靠在墨时澈的肩膀上,两只手还紧紧地抱着他的一只胳膊,还有一点口水把他肩头的衬衫弄湿了……

洛蔷薇顿时大窘,忙捂着嘴坐直身体,男人低沉磁性的声音在耳边响起:"醒了。"

"嗯。"洛蔷薇故作淡定地抽了张纸,装作不经意地往嘴角擦去……

下一秒,身旁的男人又道:"你流口水了。"

"……"

洛蔷薇原本白皙的脸蛋一下子就红了,她有些羞愤地侧首瞪他:"你就不能不……"

墨时澈修长的手伸了过来,指腹擦拭着她嘴角的口水,低哑的嗓音难得地蓄着笑意:"我以为你只是会打呼,没想到还会流口水,还好意思说我是猪?"

"我哪有打呼!"

"嗯,只是猪打鼾。"

"……"

她之前怎么不知道他嘴巴这么欠？

洛蔷薇拍开他在自己脸蛋上摸来摸去的手："我自己擦。"

墨时澈挑眉看她："我都擦干净了你才说，得了便宜还卖乖？"

洛蔷薇气得弯唇笑了："合着你摸我的脸，还是我占了便宜？"

墨时澈淡淡地道："不知道以前是谁脱光了求着我摸。"

洛蔷薇解开安全带站起身，手腕几乎同一时间被男人拽住："这是飞机上，不闹，嗯？"

这无奈的语气满满都是暧昧……

洛蔷薇直接甩开手："我去找空姐要水喝，顺便活动一下筋骨。"

墨时澈这才收回手，双腿交叠："你吃了晕机药，不能喝咖啡。"

洛蔷薇没睬他，拽着长裙的裙摆就走，空姐问她想喝什么，她想了想还是要了杯冰咖啡。她一直爱喝，忍不住。

她回到座位上时，墨时澈正低头看着财经报纸，头也不抬地道："故意不听我的话？"

洛蔷薇莫名心虚地抿了抿唇，直接闭上眼睛："我又没喝咖啡，我睡了，别吵我。"

墨时澈抬头看她一眼，忽然毫无征兆地侧过身——

洛蔷薇感觉有人影朝自己靠近，睁开眼睛就看见男人已经近在咫尺的俊脸，下一秒就被深深地吻住了。

墨时澈半个身体压着她，一手扳着她尖尖的下巴，薄唇重重地吻着她，强势而亲昵地占着她的唇舌。

洛蔷薇蒙了几秒，随即反应过来要推他，可男人火热的舌很快就从她嘴里退了出来，墨时澈暧昧地轻舔着她的唇瓣："还敢说你没喝咖啡，嗯？"

边上座位的人在偷偷地笑，洛蔷薇一张脸涨得通红，咬唇伸手抵着他的胸膛："墨时澈，你恶不恶心？"

男人低低地笑："你问问他们夫妻接吻天经地义吗，你骗我你还有理了？"

洛蔷薇咬牙低声道："你先从我身上起来！"

墨时澈不动,鼻尖蹭着她娇嫩的脸蛋:"先承认自己喝了咖啡,并且跟我说你下次不敢了,会乖乖听我的话。"

洛蔷薇被他蹭得痒痒的,但又不好动作幅度过大地反抗他,毕竟这是在飞机上,她只得在他身上掐着:"墨时澈你是不是不准备要脸了?"

男人只当她在给自己挠痒,俊脸凑在她的肌肤上享受般轻嗅着:"你想要就给你,你以前不是说你的脸跟我的脸是万年难遇的夫妻相?"

洛蔷薇:"……"

她以前到底是有多智障!

一行人到达江城时已接近傍晚。

飞机刚降落,墨时澈开机就接到了电话,挂断后他起身淡淡地道:"奶奶,我带洛蔷薇先走,几个朋友有聚会。"

墨老太太当然不会反对:"好,注意安全啊。"

洛红樱想说什么,但墨时澈已经转身走了。

洛蔷薇头晕晕地坐在座位上,直到腰被人搂住才睁开眼:"到了吗?"

"已经降落了。"墨时澈圈着她的腰将她的身体提起来,"我们先走,带你去买衣服,跟我走,嗯?"

洛蔷薇不怎么舒服,自然也没心思跟力气去反对,靠在男人结实的胸膛上,任由他揽着走下飞机。

洛红樱在后面看着越发气愤,墨老太太催促了好几遍她才回过神来,挽着墨老太太走出机场,看到等候的来人忙挥着手道:"爸、妈!"

洛世荣跟尤玉莲赶忙迎上前,笑呵呵地道:"老太太、红樱,怎么样,这次去瑞士玩得开心吗?"

洛蔷薇的父亲,也就是洛家长子洛世清已经去世,洛家现在是由洛家次子,也就是洛蔷薇的二叔洛世荣在打理,洛氏集团也是在他手上。

洛世荣对墨家人自然是毕恭毕敬,也无比希望女儿能嫁给墨家嫡长子墨时澈,只是没想到竟然被洛蔷薇那该死的丫头抢去了!

尤玉莲满脸堆笑地道:"老太太应该是开心的呢,毕竟孙儿新婚,不过怎么这么快就回来啦？不是说要玩七天吗？"

洛红樱接收到母亲暗暗使的眼色，忙咬唇道："本来是要多玩几天的，奶奶还想去周边看看风景，没想到遇到暴风雪天气，只能提前回来了。"

"怎么会这么突然？"尤玉莲一脸惊讶的表情，随即叹了口气道，"果然蔷薇那丫头去哪都是这样，出身不好的孩子就是容易引来灾难……"

洛世荣立即撞了她一下："别说了！"

墨老太太皱着眉道："什么意思？让她说。"

"就是……蔷薇小时候我们给她算过命，老先生说她是灾星转世，会给人带来灾难，毕竟她爸爸把她带回洛家，没多久就车祸去世了，算是克死了父亲……"

顿了顿，尤玉莲故作犹犹豫豫地道："还有以前我们家的人一起出游，只要蔷薇去了就会出事，而且，她缠了时澈这么多年，时澈身体不好可能就跟这个有关……"

"你别瞎说！"洛世荣瞪她一眼，随即又搓着手道，"不过玉莲没说错，蔷薇这孩子确实有点扫把星，跟她沾边的朋友同学也都挺惨的……"

墨老太太闻言脸色顿时有些难看。

这些年她一直烧香拜佛，对这些东西很信，现在一听这些话，顿时如临大敌。

洛红樱观察着老太太的表情，知道效果达到了，于是故作焦急地道："爸妈你们别说了，奶奶我们回去吧，您刚下飞机，赶紧回去好好休息。"

墨老太太显然是担忧的，但眼下也没说什么，点了点头任由洛红樱搀着离开。

把老太太送回家，等她睡下了，洛红樱才从墨家出来。

洛世荣跟尤玉莲等在外面，见女儿出来忙道："老不死的睡了？"

洛红樱一脸不爽："嗯。"

洛世荣皱眉问："时澈跟洛蔷薇没跟你们一班飞机？"

"是同一班,但是时澈说有朋友聚会就带着洛蔷薇先走了。"

"你怎么回事?"尤玉莲手指戳了戳洛红樱的额头,"去之前你不是说这趟蜜月就搞定时澈吗,怎么他们还一起去见朋友了?!"

"你问我我问谁?"洛红樱气得跺脚,脸上露出和优雅名媛形象不相符的恨意,"鬼知道洛蔷薇怎么勾引的时澈,她现在跟变了个人似的,竟然还算计我!"

"我早说那丫头是个贱人,长得一副狐媚相……"洛世荣恨恨道。

尤玉莲打了他一下:"你说这些有什么用!现在得想个法子,必须把时澈抢到手。"

"没关系,我已经有办法了。"洛红樱忽然咬牙切齿地道,而后凑到父母耳边低声说了几句话,洛世荣和尤玉莲顿时睁大眼睛:"对对对,都忘了还有她……"

"等着吧,洛蔷薇跟我斗就是自寻死路,"洛红樱冷冷地笑道,"我会让她跪下来磕头求我!"

黑色的迈巴赫行驶在道路上。

车内播放着轻缓的英文歌,美丽纤细的女人靠在调低的座椅上,微卷的茶色长发遮住她侧着的一半脸蛋,只露出一个小巧的鼻尖。

她微微缩着双肩,浅色毛衣领口微开,随着她的呼吸,隐约可以看见雪白高耸的起伏……

驾驶座上,俊美的男人显然没法专心开车,视线时不时瞥向一旁。

这女人一定又是故意在勾引他,欲擒故纵的手段玩得还真是熟练,而且还……成功。

仪表盘上的手机忽然响了,他伸手接了,那端传来穆云深轻佻带笑的嗓音:"怎么着,到哪了?"

墨时澈淡漠地道:"十五分钟后到。"

身侧的女人似乎被吵醒了,极轻地唔了一声,男人眉心一皱,几乎是立即挂断了电话,低哑地道:"睡醒了?"

洛蔷薇却没有回答,皱了皱鼻尖,娇俏的模样颇像一只慵懒打盹的猫咪。

墨时澈嘴角勾起微不可见的弧度，然而下一秒，洛蔷薇忽然极轻地呢喃出声："男人怎么这么爱吃蛋糕，不要抢我的，阿楚……"

墨时澈俊脸一僵，手里的方向盘猛地一滑，车子失控地往护栏边冲去——

突如其来的晃动让洛蔷薇瞬间惊醒，下一瞬方向盘就被墨时澈控制住，车子一个急转弯后回到了正路上。

洛蔷薇惊魂未定，微撑起身体，睁大眼睛看着男人："你干什么？马路上秀车技飙车？"

墨时澈踩了刹车，车就这么停在路中央，他侧头看她，分明是面无表情的，洛蔷薇却从他的眼睛里看出了怒气。

许是有一段时间没见过他这样的眼神，洛蔷薇有些愣神，随即轻笑出声："墨大少爷这是怎么了，我补个觉也能惹怒你？"

墨时澈没说话，就这么盯着她，冷冽的目光仿佛要将她看穿。

他身为男人的尊严跟自傲的性格不允许他问出口——阿楚是谁。

一个她做梦都会喊出名字的男人，跟她有什么关系？

Chapter 02
有本事让我再次爱上你吗？

　　墨时澈眉心紧皱，一股前所未有的焦急跟烦躁情绪占据了他的思维，这种来自情感方面的情绪令他极度排斥，想要甩开，但又无法自控。

　　这么缠人又讨厌的女人，她不再喜欢他不再追他，不应该是好事吗？

　　思及此，墨时澈俊脸变得更加冷漠，他忽然收回视线，一打方向盘朝反方向开去。

　　洛蔷薇本来还被他盯得一脸茫然，现在见他掉头，皱眉道："你这是开去哪里？"

　　墨时澈双眼盯着前方，语调极淡："送你回家。"

　　回家？

　　洛蔷薇柳眉轻挑："不是你说要带我去买衣服见朋友吗？"

　　"衣服你自己可以买，我在不在没有意义，"墨时澈表情冷淡，语气透着近乎排斥的漠然，"至于见朋友，我没必要带一个我讨厌的女人去。"

　　讨厌。

　　这两个字清晰地敲在耳膜上，洛蔷薇放在腿上的手指一下子蜷缩起来，心口控制不住地震动收缩，眼睛也跟着微微睁大。

原来再次听到他这么说，还是做不到毫无反应啊……她还以为自己那颗千疮百孔的心已经刀枪不入了呢。

可随即她又弯唇笑了，其实有什么好惊讶的，他一直讨厌她，全江城的人都知道。

洛蔷薇纤指卷着发尾，笑着道："行啊，那送我回家吧。"

墨时澈没出声，洛蔷薇也不再开口，车内顿时安静下来，只有女人歪着头换歌按按钮的声音。

只不过这种沉默没能维持几分钟，男人又淡淡开口："你是不是有喜欢的人了？"

洛蔷薇动作一顿，抬眸看他，淡妆下睫毛仍旧浓密而迷人："墨大少爷怎么突然这么问？"

她说着撑起身体，红唇微嘬对着他的耳朵吹了口气："不是刚刚才说我讨厌吗，难不成你精神分裂？"

温暖而带着如兰香气的风拂过耳畔，墨时澈竟顿时觉得下腹有股邪火往上冒，他眉头一皱："坐好，如果你不想车毁人亡的话。"

她哼了哼："你真没意思，还赛车夺冠选手呢。"

"回答我的问题。"

"什么问题啊……噢，喜欢的人吗？有啊，怎么，你想成全我吗？"

轿车忽然一个急刹车，直接在路边停了下来。

洛蔷薇身体向前倾了下，又被安全带拽回来。一天内接连两次惊魂未定，她侧首怒瞪着男人："墨时澈，你故意的是不是？！"

男人双手握着方向盘，平视前方："下车。"

洛蔷薇愣了下，随即皱眉："你叫我在这里下车？"

这里是主干道，根本打不到车，四周也只有这一条人行道，连个店面都没有。

男人看也没看她一眼："我不想重复第三遍，下车。"

洛蔷薇深吸口气，懒得再跟他废话，推开车门下车。

男人随即发动引擎离开。

洛蔷薇咬唇:"滚蛋!墨时澈你这个大浑蛋!"

夜欢会所。

墨时澈走进包厢时就看见斜倚在门边的男人,他冷漠皱眉:"傻戳在这里做什么,改行接客了?"

穆云深唇间叼着根烟,双手环胸,红枫色手工衬衫领口性感地微微敞开,烟雾缭绕间,将他一张俊美的脸衬得越发轻佻而妖孽。

他勾唇轻笑:"是谁惹你了,新婚后第一次见面就损我?"

墨时澈不睬他,长腿径直往包厢内走去,穆云深站直身体,朝他身后看去:"怎么就你一个人来了,你那小娇妻没来?"

墨时澈在长沙发上坐下,从穆云深的烟盒里拿了支烟,穆云深走过去一把抢过打火机:"疯了吗,医生说你必须戒烟。"

墨时澈又伸手去拿酒瓶,穆云深抬手握住瓶身,带着痞气的凤目上挑着瞪他:"你是受什么刺激了,我今天在这你就别想喝,别到时候那玩意儿发作了又把我弄出一身伤,上次差点没给我毁容。"

墨时澈俊脸上神色难辨,他忽然松开手,瓶子向边上倒去,酒液洒了穆云深一裤子。

穆云深顿时黑了脸,抽了张纸巾擦裤子,而后挑眉邪笑道:"难不成你被女人放鸽子了?不应该啊,按理来说洛蔷薇蹉跎十七年好不容易嫁给你,应该时时刻刻黏着你不肯放手才对。"

墨时澈显然对他的用词很不满意,脸色更暗了:"蹉跎?"

"不是蹉跎吗?她不顾压力追了你十七年,没被你这性格冻死就不错了,说真的我挺佩服她的。"

穆云深轻吐出一口烟:"不过傻是真的傻,追你也追得没什么水平,这种女人只能当个花瓶,既然你被迫娶了就放家里,也没什么亏的。"

花瓶?

墨时澈眼神深暗,他怎么觉得洛蔷薇应该是个火药桶,威力不小,而且明显已经被点燃引线,每次看他那眼神就像是分分钟想炸死他。

她很明显是变了,至于原因,他不得而知。

其实这些年他几乎从未真正注意过洛蔷薇，或者说不需要他注意，那女人在他的生活中几乎无孔不入，他已经习惯她的存在。

但如果以后渐渐看不到她，或者——风波过去，离婚后再也看不到她。

会怎么样？

这么想着，他竟然有些不舒服，而且这种不舒服从他在婚礼上看见她低头晦涩自嘲地笑开始，变得越来越浓烈，仿佛从神经末梢一路蔓延到心脏深处。

墨时澈烦躁地拧眉，又伸手去拿酒，穆云深裤子还没擦干，刚要开口就瞥见他一脸阴郁，眯眼轻佻地笑道："不要摆出一副被女人甩了的烦躁脸，你也不怕我嘲笑你？"

墨时澈将酒倒入玻璃杯中，闻言挑眉道："梨儿前几天打电话回家，好像说谈了个男朋友。"

墨家跟穆家是世交，墨时澈跟穆云深又是江城众所周知的十几年的好哥们，而墨梨儿是墨时澈的妹妹，从小就跟穆云深有婚约。

穆云深动作一顿，薄唇随即勾了勾，眼神平静到看不出喜怒："谈呗，她在柏林我没办法跟去也管不到她。"

"她没跟你说？"

"你那小娇妻劈腿的时候会跟你说？"

墨时澈眼神一暗，下一秒就端起酒杯，直接把混合着冰块的酒泼在穆云深刚擦干的裤子上。

穆云深："……"

你大爷的！

洛蔷薇走了将近一个小时才打到车，好不容易回到墨家别墅，她扶着墙走上楼时，在楼梯口碰到了正要下楼的墨老太太。

洛蔷薇乖巧地微笑："奶奶，吃晚餐了吗？"

墨老太太刚想问她要不要一起吃，想到在机场洛世荣跟尤玉莲说的那番话，脸色一下子沉了下来，冷淡地道："没吃，你不是跟澈儿去朋友的聚会,怎么一个人回来了?"

"噢,他临时有事,"洛蔷薇拨了拨长发,简单地淡声带过,"我就先回来了。"

"好好的聚会就这么取消了?"墨老太太顿时更加觉得孙子跟她在一起就没好事,语气也更为嫌弃了,"怎么弄得一身都是灰?你已经嫁进墨家就该多注意形象,头发这么乱像什么样子,快去洗干净!"

洛蔷薇不着痕迹地蹙眉,但也没争辩,只是道:"好,奶奶我这就去洗澡。"

墨老太太哼了一声,不高兴地下了楼。

洛蔷薇抿着唇瓣站在原地,从瑞士回来的时候奶奶对她的态度虽然不算是特别好,但已经缓和不少,这突然又是怎么了?

难道说……她二叔二婶去接机的时候,在背后说了她什么坏话?

洛蔷薇冷冷地弯起唇,想想也只有这个可能了,不过她现在没空计较这些,只想洗一洗倒头大睡。

洛蔷薇醒来已经是翌日早晨,阳光透过窗户暖暖地洒进来。

这一觉睡得舒爽,洛蔷薇习惯性地翻了个身,双腿夹住被子伸懒腰,然后发现大床的另一侧是空的。

她微微愣了下,但也只不过一秒,心里没有任何其他感觉跟情绪。

洛蔷薇在床上赖了一会儿就起来了,洗漱好后换了条花瓣长裙,才走出卧室,就看见高大的男人从试衣间内走出来。

墨时澈穿着白衬衫、黑西裤,最简单的搭配在他身上却尽显英俊尊贵气息,他手里还拿着条领带,俊脸冷峻淡漠,黑眸落在她身上时微微眯起。

洛蔷薇显然也没想到会碰到他,但她也就只看了他一眼,极为疏离地摆了下手算是打招呼:"早啊。"

她说完就要下楼,胳膊却被一把拽住,男人低沉带着晨起特有的慵懒嗓音响起:"洛蔷薇。"

"怎么?"洛蔷薇停住脚步,懒洋洋地笑着回头,"墨大少爷有什么吩咐？"

"帮我打领带，"男人低头盯着她的脸，"这是妻子的职责。"

"……"

洛蔷薇暗自咬牙，美眸微微一转，随即娇笑着道："好嘛，我亲爱的老公，人家这就替你打，消消气哦。"

她说着扯过他手里的领带，涂着水红蔻丹的指甲一路从他的脖颈划过胸膛，暧昧又极具挑逗意味地慢慢往下……

最后，洛蔷薇将领带系在墨时澈精瘦的腰间，巧妙地打了个结，凸起的结正好垂在男人双腿之间的位置，看上去……莫名有些色情。

"好了。"洛蔷薇抬手拍了下那个凸起的结，嘲讽地笑了下，转身往外走去，经过书房时看见门开着，里面的沙发上放着还略显凌乱的被子和枕头。

洛蔷薇脚步微微一顿，不由得愣了一下，他昨晚睡在书房？

就这么几秒的愣怔，墨时澈是何等聪明的人，瞬间就明白了，几步走过去，扣住她的手腕："怎么，你以为我昨晚夜不归宿跟别的女人鬼混？"

洛蔷薇反应过来，听见他的话不知为何僵了一下，她甩开他的手，转头看他，表情极为冷艳："墨时澈，你想干什么就干什么，我管不着也不会不自量力去管，反正最后都要离婚分道扬镳，不如现在就开始习惯视而不见，你爽我也爽。行了就这样，合作愉快。"

墨时澈面无表情地看着她，眼眸犹如深不见底的黑洞，随时都能将她吸进去。

洛蔷薇说完迈步离开，却忽然又转身走到他面前，红唇微微噘起："噢对，我差点忘了，对于昨晚你把我丢在四环外的路边，然后害我走了一个小时累到吐血的行为，我想做出点表示。"

然后她盯着他的脸，优雅地抬腿……狠狠一脚踢在了他的膝盖上！

她显然踢得极为用力，可以听见咚的一声，墨时澈脸色骤变，眉头因疼痛一下子皱了起来。

"我表示完了，现在我们扯平了。"

洛蔷薇拽着裙摆冲他妩媚地笑了下，纤细曼妙的身影很快在走廊上消失。

墨时澈站在原地，薄唇紧抿。

昨晚他丢她下车的地方是安全的，更何况她如果有喜欢的人，为什么不叫过去接她？

所以肯定是假的，她喜欢的就是他，只不过她这是……死鸭子嘴硬？

思及此，倒不觉得膝盖那么痛了，墨时澈正准备下楼，忽然一股极其尖锐的疼痛蹿上脊背。

他神色猛地一变，瞳孔收缩，整个人几乎就要往下跪。男人扶住墙壁，第一反应就是咬破舌头让自己清醒，随即从裤袋里拿出药盒，倒出蓝色药片，熟练地吞咽下去。

直到药效一点一点上来，男人瞳孔中的猩红才渐渐褪去。

整个走廊空荡荡的，只有他沉重而压抑的呼吸声。

清晰又刺耳。

别墅一楼的餐厅内，洛蔷薇正跟墨老太太一起吃早餐，约莫过了二十分钟，墨时澈才从楼上下来。

洛蔷薇发现他竟然换了件黑色衬衫，连西装裤也换了，黑色短发有些潮，看样子应该是冲了个澡，重点是……他的脸色还那么苍白。

她踢他一下而已，就真的痛成这样了？

墨老太太见状皱眉，慈祥地喊道："澈儿，快来吃早餐，我们都在等你。"

墨时澈拿着西装外套往玄关处走去，呼吸很浅，语调也极淡："不了，我去公司。"

"这孩子，又不吃早餐！"墨老太太爱怜地瞪他一眼，而后又道："对了，今天本来下午你要跟蔷薇回趟洛家的，但是我想了想不用麻烦，晚上我们两家人一起在九州酒店吃个饭，就当回门了。"

墨时澈很随意地嗯了一声，换了鞋就走了。

洛蔷薇低头喝着虾仁粥，长长的睫毛投下一片阴影，其实墨老太太的意思很明显——不想让墨时澈陪自己回门。

不过无所谓，不回门更好，她懒得应付，更不想跟那男人装恩爱。

洛蔷薇一天都没出门，在家抱着笔记本电脑了解了下目前的情况。

她试着拨打了燕楚的号码，但提示是空号。

她要先想办法找到阿楚，这是最关键的，然后再考虑做其他事。

她不能什么都不做，就这么干等着跟墨时澈离婚。等她离开了墨家，洛家肯定也是回不去的，到时候她只剩一个人，洛红樱绝对不可能放过她——

她绝不能坐以待毙！

夜幕逐渐降临，洛蔷薇来到了九州酒店。

她下午提前出门去逛了逛，所以过来得比较早，其他人还没到齐，只一身盛装的洛红樱站在大厅门口期盼地张望着。

洛蔷薇红唇一勾，施施然地走过去："哟，这不是我那个滑雪摔成狗的堂妹嘛，在这公开接客呢？"

洛红樱维持着完美笑容的脸一变，她冷笑出声："堂姐嘴巴真是说不出什么好话来，我在这等奶奶。说来也奇怪，这种亲家双方的家宴，奶奶都不跟你一起过来，是有多不喜欢你啊？"

洛蔷薇扯唇笑了："是噢，我也觉得奶奶不太喜欢我呢，我想可能是你跟你那没皮没脸的爸妈嘴贱说我是灾星的缘故？"

洛红樱表情微微一僵，没想到洛蔷薇会猜到，但她也不怕："我爸妈只是实事求是，你不就是个人人厌恶的灾星？你凭什么嫁给时澈，你刁蛮又嚣张，没有一个地方配得上他！"

洛蔷薇扯了扯自己身上漂亮昂贵的花瓣长裙："不服气啊，那之前婚礼的时候你就把我身上的婚纱扒下来给自己套上啊！噢，我忘了堂妹是名门闺秀做不出这样的事，真是可惜了呢。而且谁不知道我洛蔷薇是江城第一美人，男人们都争破了头想娶我，我想配谁就配谁，我知道大家都嫉妒我……"

洛红樱越听越愤怒，脱口而出："我没嫉妒你！"

洛蔷薇柳眉一挑："我也没说你啊，不打自招了？"

洛红樱竟然被她噎得一时说不出话来，气得嘴唇都在颤抖，好半晌才道："你别得意，你这么不要脸，时澈绝对不会对你感兴趣多久的！"

"可是他说兴趣浓厚啊，还说喜欢我胸这么大，摸起来手感可好了。"

说着，洛蔷薇视线落在洛红樱高高隆起的胸前："我记得堂妹好像一直胸很小嘛，垫这么多层热不热啊？"

"你……你胡说什么！"洛红樱唯一自卑的地方就是自己天生胸小，但这点她一直掩藏得很好，这个贱人怎么会知道？！

洛蔷薇见洛红樱变了脸色，无声冷笑，忽然上前，伸手去摸洛红樱的胸："既然说我胡说，那给我捏捏看真假啊。"

洛红樱生怕被拆穿，听见这话吓得连忙退后，而她身后正好是酒店摆放的雕像，一根极其尖锐的棍子正巧对准了她的腰。

洛蔷薇瞥见那根棍子，嘴角冷冷一勾，猛地往前逼近——

见她靠近，洛红樱自然是下意识后退，整个人直接撞在了坚硬的雕像上，而那根棍子狠狠地顶在了她的腰上！

几乎是刹那间，一股剧烈又尖锐的疼痛蔓延全身，洛红樱疼得脸都扭曲了，忍不住尖叫出声："啊！"

她整个人站立不稳，狼狈地重重摔在地上，洛蔷薇立即呀了一声，走过去要扶她时又"不小心"踩在了她的脚背上。

"啊！"洛红樱又是一声痛呼，痛到流出眼泪，洛蔷薇蹲下身去扶她："堂妹你没事吧？"

洛红樱几乎疼得抽搐，死死咬唇，伸手一把推开洛蔷薇："你给我滚开！"

洛蔷薇也没躲，就这么被她推得往后跌坐在地上，恰好两名男服务员走过来，忙弯腰扶起她："洛小姐，你没事吧？"

洛蔷薇顺着他们的力道站起身，蹙着眉状似紧张地道："你们快去扶我堂妹呀，她肯定摔痛了。"

两名服务员闻言忙去扶洛红樱。

可洛红樱正在气头上，一时竟忘了自己名媛淑女的形象，面带怒意地狠狠推开二人，忍不住吼道："不要碰我！你们也配扶我？滚远点！"

服务员被她推开，惊了一下，原本带着爱慕的眼神也转为鄙夷跟不屑。

江城都相传洛家二小姐洛红樱如何温婉大方、知书达理，没想到竟然这么没礼貌还粗俗瞧不起人，是哪个瞎了眼的误传？！

这么想着，其中一名服务员扭头看向洛蔷薇，眼里流露出惊艳的神色。

洛家大小姐名声一直不太好，都说她嚣张跋扈又死皮赖脸地缠着墨家大少爷……但照刚才的情况来看，明显洛红樱才是坏的那一个。

两名服务员小声议论着走开了，临走前还忍不住多看了洛蔷薇几眼，甚至冲她笑。

洛红樱坐在地上看到这一幕，也意识到自己刚才失态了，气得牙都快咬碎了："洛蔷薇，你这个贱人，你故意的！"

洛蔷薇站在那，暖黄灯光洒在她的头顶，令她看起来仿佛戴着夺目的皇冠。她微笑着，冷冷地道："洛红樱，你看清楚了吗？你以前是怎么让别人厌恶我的，我只是还给你而已，这才一点点你就受不了了？我这人可是很记仇的。"

她说完不再看洛红樱，转身走向包厢，留洛红樱一个人在原地气得发抖。

现在时间还算早，距离开席还差半个多小时，洛蔷薇在包厢沙发上喝了点茶，随手拿了本时尚杂志翻看起来，看了没一会儿，手机忽然响了，来电显示——徐妈。

这是她在洛家唯一熟悉的用人，跟她妈妈丁繁英关系也很不错，唯一一个不会排挤她们母女的人。

一股浓重的不祥预感涌上来，洛蔷薇立即按下接听，那头徐妈焦急的声音传来："大小姐，你现在忙吗？"

"没有，怎么了？"

徐妈声音压得很低："是这样的，大夫人去后山摘草莓，说是要送新鲜的去给你吃，但是一直到现在都没回来，我有点担心，所以给你打个电话……她有没有去找你？"

洛蔷薇蓦地睁大眼睛，妈妈去后山了，一直没回来？！

她一下子坐直身体："她没来找我，她几点去的后山？"

"中午十二点多，这都快七点了，这么久……我怕出事。"

"我这就回去，如果半途我妈回来了就给我打个电话。"

洛蔷薇说完挂断电话，站起身就往外走。

包厢门忽然被推开，扶着腰的洛红樱走了进来，她显然已经补过妆，又恢复了那副气质温婉的名媛淑女模样："家宴马上就要开始了，堂姐这是急着去哪呢？"

洛蔷薇对上她幸灾乐祸的目光，顿时明白过来，冷了脸蛋："洛红樱，你对我妈妈下手？"

"堂姐说的这是什么话，我怎么可能对大伯母下手呢？"洛红樱看着她，笑容中透着高傲而恶毒的意味，"不过刚才我也接到了电话，用人说大伯母失踪了呢，该不会年纪大了老眼昏花，采草莓的时候在后山摔死了吧？"

洛蔷薇倏地攥紧双手，冷冷勾唇："你从这一刻起最好祈祷我妈妈别出任何事，否则我会让你千百倍还回来。"

她说完就要走出去，洛红樱却忽然拽住她的胳膊，用力抢过她手里的手机！

洛蔷薇一心都在妈妈身上，毫无防备地被她抢了去，下一秒，洛红樱将手机丢到地上，脚一抬就直接踩了上去。

尖细的高跟鞋鞋跟直接踩裂屏幕，发出刺耳的碎裂声响！

"堂姐的手机看来是彻底打不通了，你如果现在走了，奶奶他们待会儿来就找不到你了吧？"洛红樱看着洛蔷薇冷笑，"我很好奇，你缺席这么重要的一场家宴，后果会有多么严重。"

洛蔷薇骤然寒了双眸，死死盯着洛红樱，洛红樱忽然将声音压到最低："或者你也可以不去，大伯母无非就是惨死在后山……"

话音未落，洛蔷薇已经冲了出去。

50

她此刻管不了那么多，她不能再让妈妈出事了……

绝对不能！

洛红樱看着洛蔷薇冲出去的身影，得意地冷笑了一声，她早说过，跟她斗，洛蔷薇还不够格！

赢家只会是她洛红樱！

她弯腰捡起那破碎的手机，若无其事地将其包起来放进包里，又拿出自己的手机给墨老太太打电话，一转眼已经笑得温婉善良："奶奶，你们到哪啦？我已经到酒店啦，现在就我一个人，我在这等您呢……"

洛蔷薇几乎是飞奔出酒店的。

她拦了辆出租车，以最快的速度回到洛家，才下车走到门口，便被老管家拦住："对不起大小姐，你不能进去。"

洛蔷薇长发被吹得凌乱，站在铁门外："为什么？"

"这几天妖气比较重，家里请了法师来作法，"老管家面无表情地道，"所以不允许人随便进去，大小姐既然已经出嫁了，没什么事就先回去吧。"

洛蔷薇闻言冷笑一声，毫无疑问，这是洛红樱搞的鬼……不，可以说是洛家所有人一起搞的鬼。

洛蔷薇转过身，临走前突然回头娇媚一笑："其实妖气重也正常，毕竟一大家子妖怪住在里面，还有管家你啊，我记得你平时的午餐还不如洛红樱养的那只狗吧？不过你看门看得比它好。"

老管家顿时被气得黑了脸，忍不住打开铁门走出来，指着洛蔷薇骂："你个小丫头片子凭什么这么说我，老太太都没这么说过我！"

见大门开了，洛蔷薇走了进去，老管家这才反应过来，伸手拦她，洛蔷薇漂亮的眉眼蓦然变得凌厉："你敢碰我一下试试看？"

老管家顿住动作，想了想还是没叫人来。洛蔷薇现在毕竟嫁给墨时澈了，是墨家的人，如果拉扯中受了伤，墨家但凡有点不高兴就麻烦了。

他忍了口气，到底还是让开了路。

洛蔷薇飞快地走进去，徐妈本就在客厅等着，看见她忙偷偷地道：

"大小姐，大夫人还是没回来。"

"她走的时候拿了什么？"

"她没带手机，只拿了篮子跟工具。"

洛蔷薇点点头："好，我去找。"

九州酒店包厢内，墨老太太重重放下手里的茶杯："这么重要的家宴，都已经过去十五分钟了，竟然还没到，真是太不像话了！"

"奶奶您消消气，堂姐可能有什么事耽误了。"洛红樱站在边上，俯身拍着墨老太太的背，温婉又体贴地道，"别生气，气坏身子不值得。"

墨老太太平复呼吸，侧首看着她敛眉顺目的模样，顿时更惋惜了："要是你嫁过来多好，洛蔷薇那丫头就知道惹人生气出乱子，还会干什么！"

"奶奶，您别这么说，我……我也想，只是……"

洛红樱说着咬住唇，委屈又难受地低下头去，一副泫然欲泣的模样。

洛老太太赶忙故作惋惜地道："唉，亲家啊，这话我本不该说，但红樱真的是爱惨了时澈，当初在家哭了好几天没吃饭，要不是蔷薇横插一脚……"

洛世荣跟尤玉莲也跟着添油加醋，说洛红樱有多喜欢墨时澈……

洛红樱边听边偷偷抹眼睛，墨老太太看着心里越发不是滋味，都怪洛蔷薇那个臭丫头算计她孙子！

正在这时，高大挺拔的男人拿着手机从阳台走进来，墨老太太赶忙问道："澈儿，怎么样，打通了吗？"

"她的手机关机，应该是出了什么事，"墨时澈淡淡地道，"你们先吃，我去找。"

墨老太太气得头晕，挥了挥手："去吧，注意安全，等找到那丫头我一定要好好教训她一顿，家没家规的！"

墨时澈当作没听见，转身往门外走去，洛红樱忙起身追上去："时澈！"

她跑到墨时澈身边，伸手想拉他却被避开，男人低头看着她，语气淡

52

得很:"怎么?"

"我……我刚才来得早,"洛红樱回头看了眼一桌的长辈,咬着唇压低声音道,"堂姐刚才其实来过的,但是我听见她接了一个男人的电话,好像说忘记吃药会中标什么的,然后堂姐匆匆忙忙就出去了……"

男人……阿楚吗?忘记吃避孕药吗?

墨时澈脸上没什么表情,嘴角冷掀,深不见底的黑眸让人看不清他到底相信与否:"是吗?我怎么不知道你有偷听人打电话的爱好?"

"我……我只是不小心听到的。"洛红樱摸不透他的想法,乖巧地道,"其实我本来不想跟你说的……"

"可你还是说了。"

"……"

洛红樱被他一噎,顿时不知该如何接话。

他不是应该生洛蔷薇的气吗?!

不等她想清楚,墨时澈已经不再睬她,转身大步走了出去,丢下一句极为冷漠的话:"这几句话在我弄清楚事情真相前你最好烂在肚子里,乱嚼舌根的女人只适合当哑巴。"

洛红樱:"……"

他这是……相信了吗?

洛家有一片很宽阔的后山,种了各种各样的蔬菜水果,供自家食用,唯一的缺点是路不太好走,蜿蜒又崎岖,所以用人们也都是白天过来,天一黑就不会再来。

洛蔷薇的长裙裙摆早已被灌木丛刮得残破不堪,但她完全顾不上,拿着手电筒焦急地四处寻找着:"妈!妈,我是蔷薇,你能听见我的声音吗?"

四周只有冷风呼啸的声音,听着令人莫名绝望,洛蔷薇急得汗湿了全身:"妈!妈你应我一声!"

不知过了多久,就在她嗓子快要喊哑的时候,一道虚弱的声音从不远处传来:"蔷薇……"

洛蔷薇耳朵灵，瞬间就听见了，她循着声音找过去，赫然看见被困在一个小坑中的丁繁英！

"妈！"洛蔷薇激动地喊了一声，立即过去扶她，丁繁英却根本站不起来，哑声痛苦地道，"蔷薇，妈好痛……"

洛蔷薇低头看去，顿时心口一抽——只见丁繁英右腿被一根极粗的麻绳紧紧缠住，由于勒得太紧，勒出的血痕已经染红了绳子，伤口黑紫。

洛蔷薇扭头用手电筒照了照四周，果然看见一旁的树上有拴过绳子的痕迹。

很明显，这是洛红樱他们布置的陷阱！

洛蔷薇咬着牙，漂亮的大眼睛里闪过浓浓的怒意，丁繁英见她这副表情，忙握住她的手："蔷薇，你别乱想，妈只是没看见路摔倒了，是妈自己不小心……"

洛蔷薇敛了神色，没在此时多问，用手电筒附带的小刀小心翼翼地替妈妈割着腿上的绳子。

丁繁英的脚肯定是走不了了，这儿没有其他人，洛家也不可能派人来帮忙，洛蔷薇咬着手电筒，蹲下身将妈妈背了起来。

她本就很瘦，几乎用尽所有力气。

现在回洛家肯定是不安全的，她必须先把妈妈送到医院去。

思及此，洛蔷薇毅然转过身走向另一个方向。

黑色迈巴赫连闯好几个红灯，在路上疾驰。

一路上，墨时澈接到很多个心腹的电话，告诉他洛蔷薇并不在她以前经常会去的那些地方。

那她会去哪？

洛蔷薇没什么朋友，这一点墨时澈很清楚，她所有的时间都花在了他身上，她那刁蛮的性格以及太过漂亮的脸蛋，导致她跟别的女人也相处不来。

墨时澈微微眯起眼睛，如果说洛蔷薇在乎的人还有谁……

脑海中忽然闪过一个念头，他蓦地一打方向盘，掉头驶向洛家的方向。

洛蔷薇极为吃力地背着已经昏迷的丁繁英走在空旷的道路上，想找过路的车搭一程，可这附近太偏僻，很少会有车开过来。

洛蔷薇艰难地往前走着，每一步都是咬牙强撑着的，她甚至觉得只要自己稍微松一口气，就会倒下去。

蓦地，眼前闪过一道亮光，洛蔷薇抬头，只见一辆轿车在她前方不远处停了下来。

车门被打开，身形高大的男人迈着长腿走下来，逆着光一步步走近她，像是从天而降的神，在黑暗的尽头点亮了她的世界。

洛蔷薇浑身一震，下意识往后退了退："你……"

见她退后，墨时澈浓眉微皱，语气带着几分不悦："躲什么，不认识我？"

洛蔷薇闻言微微睁大眼睛，半晌竟然呆呆地回了一句："认识……你是……墨时澈。"

她怎么可能不认识他，她忘了谁也不会忘记他……这个她深深爱过又令她深深绝望的男人。

听她这么回答，墨时澈神色略微缓和，他朝她走去的同时伸出手来："把你……"

"不要！"洛蔷薇却犹如惊弓之鸟，猛地往后退了一步，因为背着妈妈，纤细的身体摇晃得仿佛下一秒就要摔倒，"不要，你别过来……"

她急促地喘息着，看着他的眼神防备又警惕，却又带着几分绝望的哀求，声音沙哑："都是我做的，都是我的错……"

她明显闪避的动作狠狠刺痛男人的眼，墨时澈瞳孔收缩，紧紧地盯着她，语气带着压抑的淡漠："你有什么错？"

洛蔷薇漂亮美艳的脸蛋上难得展现出柔弱跟迷茫，她低着头，哽咽着慢慢道："我不该爱上你，我不该追你这么多年，我已经知道错了，我向你道歉，对不起。这跟我妈妈没关系，不要伤害她，算到我身上就好，都算到我身上……"

墨时澈朝她伸出的手一下子僵住，俊脸也紧紧绷起，他就这么看着她，嘴角的笑容异常冷冽："洛蔷薇，爱我对你来说已经是种错了？"

　　什么叫都算在她身上，她以为他要对她做什么，她以为他来这里是要伤害她跟她妈妈？

　　她闻言抬头看着他，而后缓慢地摇摇头："我不爱你，不爱你了，以后都不要再爱你了，我可以发誓……"

　　墨时澈脑子里紧绷的弦一下子就断了，怒气不知从何而来，他完全克制不住："洛蔷薇！"

　　洛蔷薇被吼得身体狠狠一震，整个人吓得下意识往后退了几步，下一刻重心不稳，直接朝边上摔去。

　　几乎是同一时间，墨时澈大步上前，在她要摔下去时一把搂住了她，另一手顺势揽住了她妈妈。

　　洛蔷薇撞在他结实温暖的胸膛上，一下子有点眩晕。男人搂着她让她站稳后，这才松开手，低声道："站着等我，别乱动。"

　　他说完双手抱起丁繁英，转身走向轿车，洛蔷薇却伸手拽住了他的衣角："我妈妈……"

　　"不是受伤了要去医院吗？"他低头看着她沾了灰而显得脏兮兮的脸蛋，"难道你希望我把你们丢下，然后你就这么背着你妈去医院？"

　　洛蔷薇张了张嘴，好一会儿才反应过来，慢慢松开手，跟个说错话的孩子似的低下了头。

　　属于女人娇俏柔弱的可爱，让人忍不住想要保护她。

　　墨时澈眼神微动，他将丁繁英抱到轿车后座上，转身却发现女人正吃力地朝这边走过来。

　　他眉心一皱，几大步走过去用力搂过她，低哑的嗓音忍不住变得严厉："不是叫你在原地等我吗，谁让你自己走了？"

　　她就这么不想被他抱？还是说不爱他就不想让他碰了？

　　洛蔷薇又被吼得浑身一震，睁大眼睛抬头看他："为什么……凶我？"

　　墨时澈："……"

她还好意思问他？！

墨时澈胸口堵着一股气，想狠狠打她屁股，但到底还是强行忍住了，一把将她拦腰抱起："先不凶你，带你去医院。"

雨越下越大，墨时澈一路疾驰，以最快的速度到了江城第一医院。

他将丁繁英抱上楼，医生简单检查了下，丁繁英很快便被推进手术室。

她腿上的伤口需要隔菌处理，而且不确定麻绳上有没有导致破伤风的铁锈之类，也还要检查身上是否有其他伤。

洛蔷薇坐在手术室外的等候椅上，双手撑着膝盖，将脸深深埋入掌心中。

她早该想到洛红樱会对妈妈下手，为什么就没早点预防？让妈妈白白受这个苦。

她忍不住哽咽着，只觉得喉间干涩疼痛。

一阵冷风忽然从敞开的窗户吹过来，洛蔷薇冷得缩了缩肩膀，下一秒，脚步声在耳边响起，一件带着熟悉男性气息的外套落在了她身上。

男人磁性的声音跟着响起，低沉悦耳得像是安慰："住院手续已经办好了，是否需要其他手术治疗要等医生通知，不是什么大事，你不用太担心。"

洛蔷薇嘴唇泛白，什么话都没说。

墨时澈皱着眉头，低哑地问道："为什么不打电话给我？"

洛蔷薇一时没反应过来，蹙着眉头，像是在思考他这句话的意思。

墨时澈看她这副表情就知道，她压根没想过要打电话给他。

他突然很好奇，这些年来，他在这女人心里到底是以什么样的形象存在着，竟然这么不值得信任。

出了事，她竟不是第一个找他，是她从来认为他不可靠？

墨时澈抿着薄唇，这些疑问控制不住地在脑海中生根，迅速发芽，占领他的思绪。

他不知道这是种什么感觉，只知道这感觉让他极为不爽，甚至有想要发火的念头。在他的记忆中，能让他发火的事屈指可数。

他性格天生冷淡漠然，很少把什么人或事放在心上，或者说，很少有什么人和事值得他放在心上。

是不是妻子不把他当成第一依靠，伤害了他身为男人的尊严，所以他才如此生气？

思及此，男人原本冷沉下去的脸色又恢复淡然，墨时澈淡淡地道："把我的外套披上。"

"不用了。"洛蔷薇抬头道，"今天谢谢你送我跟我妈妈来医院，天都黑了，你应该也有其他事，你去忙吧。"

这是事情解决了就直截了当地赶他走吗？

墨时澈才压下去的不悦又被她这客气疏离的语气挑了起来，他冷着俊脸："大晚上的你希望我去忙什么事？"

他这语调跟脸色，在她看来却像是在质问，洛蔷薇想可能是自己前面那句话有想要干涉他的意思，于是摇摇头，低声道："那是你的事情，你放心，我绝对没有要管你的意思，我不会多事的。"

冷风吹得她头痛，脑袋都是僵的，她抬手揉着眼睛，胡乱组织着结束语："我在这等我妈妈出来就行，我会处理好的，不会再麻烦你跟你们家，谢谢你。"

又是谢谢。

她这是礼貌还是讽刺他？她洛大小姐什么时候对别人说过谢谢？

墨时澈面无表情地垂眸看着她："墨家现在不是你家吗？"

洛蔷薇原本以为她说完谢谢他就会走了，没想到他会这样问，她微垂着脸蛋，努力维持着清醒的状态，有些气弱地道："墨时澈，我现在真的不怎么舒服，如果我有哪里说错惹你不高兴能不能明天再说？或者我现在道个歉，对不起，你今晚先放过我吧，行吗？"

她真的没力气再跟他杠了，她现在觉得自己多说一个字都晕。

墨时澈薄唇不悦地抿起，然而还未等他开口，面前的女人身体忽然一软，朝边上倒了下去。

他反应极快地一把将她搂住，一边低头用薄唇贴着她冰凉的脸蛋，一边将她拦腰抱起，大步走向急救室。

　　洛蔷薇昏过去不到十分钟，丁繁英被推出了手术室。
　　好在丁繁英并没有感染破伤风，身上除了破皮也没有其他伤，就是腿上伤口有些深，但也没有大碍，清洗上药后只需要好好静养等待痊愈。
　　墨时澈的心腹连宿已经办好住院手续，丁繁英被转到高级病房，因为清洗伤口时打了麻药，所以还没醒过来。
　　医生也给洛蔷薇简单检查了下，她只是神经太过紧张，再加上受了寒又太累，所以才会昏倒，没什么别的问题，只需要好好睡一晚上就可以恢复。
　　但墨时澈非要医生替她抽血检查，确定血液检测结果也没大碍，他这才放心，俯身轻轻将洛蔷薇抱起。
　　昏睡中的她像是收起利爪的猫咪，少了平日里的刁蛮桀骜，多了几分安静乖巧，茶色的长发一半遮着脸蛋，有种凌乱而慵懒的美感。
　　墨时澈转身走出病房，对门外的连宿吩咐道："找个经验丰富的护工，二十四小时照顾丁繁英。"
　　"是。"连宿点头应下，看他怀里抱着熟睡的女人，又有些犹豫地低声问道，"那少爷，少奶奶现在怎么办？"
　　墨时澈眉眼一寒："怎么，你对她有兴趣想把她带回家吗？"
　　"不是……属下是问需要我把少奶奶送回去吗？"
　　男人俊脸更冷，嘴角却似笑非笑地挑起："你的意思是我不是人？"
　　连宿脊背一僵，哪还敢说什么："我的意思是少爷是世界上最帅的男人，少爷路上注意安全，少爷晚安！"
　　墨时澈这才收回目光，转身大步走向电梯。
　　然而才走出没几步，他又顿住脚步，淡淡开腔："让你去查阿楚这个人，查得怎么样了？"
　　连宿刚才都被吓忘了，闻言忙道："属下去查了这些年少奶奶身边所有来往过的朋友，没有一个人名字里有楚字，男女都没有。"
　　"没有吗？"墨时澈低头看着怀里的女人，像是在对她说，又像是在对自己说,"那就没有,没有最好。"

她的生命中不会有除他之外还能让她做梦都念着的男人。

肯定不会有。

虽然墨时澈跟洛蔷薇都不在,但毕竟双方长辈都来了,晚上在九州酒店的回门家宴还是照常进行。

只不过整个晚餐上都是洛老太太他们在说洛红樱跟墨时澈有多配,洛世荣甚至提议让洛红樱搬到墨家去住,方便陪着墨老太太,也能增进跟墨时澈的感情……

墨老太太不是完全没有动摇的,但还是没答应,毕竟洛蔷薇已经嫁过来了,自己再有不满,洛蔷薇也是长孙媳妇,只要她还在墨家,洛红樱住进来就不像个样子。

洛红樱倒是没说什么,只是没什么精神的样子,时不时看一下时间,故作担忧地叹一口气:"奶奶,这么晚了,时澈去找堂姐,会不会不安全?"

墨老太太本就在气头上,被她这么一说更气了,一晚上都黑着脸没吃什么。

晚餐彻底结束时已经九点多了,洛红樱坚持要送墨老太太回去。

她认为墨时澈肯定是找不到洛蔷薇的,按他的性子估计已经回家了,她现在过去应该能进他的房间,到时候添油加醋几句,墨时澈一定会对洛蔷薇在外面有野男人这一点更加相信。

或者今晚洛蔷薇回不来,自己若能留下来跟墨时澈一起住,那最好不过。

高档轿车在墨家别墅门口停下。

洛红樱扶着墨老太太下了车,正想问出来迎接的用人墨时澈是不是回来了,就见一辆黑色迈巴赫从不远处开过来,正好在他们面前停下。

男人从车上下来,洛红樱一喜,脸上露出甜美的笑,就要上前:"时澈,你回来……"

下一秒,她却看见墨时澈径直打开后车门,动作很轻很小心地从后座上将纤细的女人抱了出来。

女人显然还在熟睡，被男人抱起来还在睡梦中很不高兴地嗯了一声，惹得男人立即顿住动作，等她不再动了才完全站直身体，像是生怕吵醒她。

这在旁人看来，是极为呵护宠爱的举动。

而这个蜷缩在墨时澈怀里的女人，竟然是……洛蔷薇！

洛红樱如遭雷击，惊愕得愣住。洛蔷薇不是去洛家后山找丁繁英了吗？

而且她已经吩咐过洛家的管家，就算洛蔷薇能找到丁繁英，也不能让她们从洛家离开！

她是怎么出来的？！竟然还能在墨时澈的车后座睡着……

洛红樱难以置信地看着眼前这一幕，几乎要把牙齿咬碎，却又不能发作，只得极为勉强地挤出一个笑容："原来时澈找到堂姐了，那就好，我还担心堂姐出什么事呢。"

墨时澈只淡淡扫了她一眼，一秒不到就收回了目光，冲墨老太太颔首："奶奶，我们先上楼休息。"

"澈儿！"墨老太太喊住他，嗓音带着很明显的怒气跟训斥之意，"你把她给我叫醒，让她给我解释清楚今晚为什么缺席，否则墨家的家规不允许这样的长孙媳妇进门！"

洛红樱心里顿时燃起一丝希望，看来她今晚故意表现出的担忧奏效了！

然而就在洛红樱满心看戏，盘算着该怎么火上浇油时，墨时澈淡漠却极有穿透力的嗓音在夜风中响起："奶奶，今晚蔷薇的妈妈失踪了，她着急去找，这才耽误了家宴，确实也是她没考虑周全，但她性子向来张扬马虎，我做丈夫的应该时刻看着她陪着她，所以我代她向您道歉，是我没管好她，我下次会注意。"

洛红樱闻言浑身重重一震，她怎么也没料到，墨时澈竟然会这样帮着洛蔷薇说话！

他不是一直讨厌洛蔷薇的吗？！

墨老太太听见孙子这番话也皱起了眉头,虽然怒气没那么盛了,但语气还是很严肃:"可是今晚我们两家长辈都在,就她一个人缺席,像什么话!"

"我不是也不在嘛。"墨时澈抬眸看着墨老太太,俊美的脸上没有其他表情,"如果奶奶您要惩罚,那我肯定也不能进家门,既然如此,我就跟她在车上睡一晚,明天一早等她醒了,我再带她进门向您赔罪道歉,这样行吗?"

他这几句话听起来彬彬有礼,实则每一句都在护着洛蔷薇。

果然,墨老太太闻言愣了一下,随即反对:"不行不行,在车上哪能睡好,你回卧室去睡,把身体搞坏了怎么能行!"

墨时澈微微颔首:"好,那我们上楼了,奶奶晚安。"

墨老太太莫名觉得自己中了套:"澈儿,等一下!"

墨时澈顿住脚步,却没有转身,只是回过头很平静地陈述道:"奶奶,洛蔷薇是我的妻子,是我墨时澈明媒正娶的女人,您再生气这也是改变不了的事实,您为难她,就是为难我。"

如果说前面的话墨时澈只是在护着洛蔷薇,那最后这几句,就是完全要替她扛下今晚所有的不对跟失礼。

男人的话仿佛一只无形的大手,毫不留情地扇了洛红樱响亮的一巴掌!

洛红樱顿时感觉无处遁形,哪怕她真的算计到了洛蔷薇,让洛蔷薇吃了亏,但墨时澈的这几句话,足够说明自己惨败!

孙子都已经把话说到这个份上,墨老太太哪怕再有怒气也不可能再说下去了。

她有些惊讶地看了墨时澈一眼,而后叹口气摆摆手,摇头道:"算了,先带你媳妇上楼去休息吧,真够折腾人的,我也懒得跟你们年轻人瞎折腾了。"

墨时澈脸上始终没什么表情,转身走进别墅。

洛红樱僵硬地站在原地,看着高大的男人抱着洛蔷薇走进去,指甲几乎要将自己的掌心掐出血来。

她万万没想到墨时澈的态度会是这样。

难道这才结婚没多久，他就爱上洛蔷薇了吗？

不，不可能，他墨时澈只能是她洛红樱的男人！

她还有机会，她一定还有机会！

洛蔷薇醒来时已是翌日中午。

她其实是被饿醒的，卧室里开着恒温空调，极为舒适的环境让她一身的疲倦都跟着消散了。

她掀开被子看了看，发现身上原本脏兮兮的长裙被换成了睡衣，手上的泥也被洗得干干净净的。按照昨晚的情况来看，应该是墨时澈帮她洗的吧。

洛蔷薇缓了几分钟便起床洗漱，妈妈肯定还在医院，她得尽快赶过去。

她换好衣服下楼，走过客厅时，用人端着水杯跟一个小碟子走过来："少奶奶，这是少爷吩咐的，让您起床后就服用。"

洛蔷薇看着小碟子里的白色药片，微微蹙眉，她向来不喜欢吃药："不用了，我没什么事。"

"可是少爷说……"

"我会跟他说，我还有事，先走了。"

"还有……"用人有些为难，顿了顿才道，"老太太让我转告您，别去她房间给她道歉，她现在很生气，没有十天半个月消不了气。"

"……"洛蔷薇眼皮一跳，随即淡淡地道，"行，我知道了。"

医院里，丁繁英已经醒了，但脸色仍旧不太好，洛蔷薇不放心，认真地看过检查报告，又叫来医生仔细询问。

丁繁英看着她忙忙碌碌的身影，不由得叹了口气："蔷薇啊，你过来坐，歇一歇，妈没事，就想跟你说说话。"

洛蔷薇到床边坐下，握住丁繁英的手："妈，腿还疼吗？"

"不疼了，真的，就一点小伤而已。"

丁繁英脸上还有树枝划出的小血痕，手臂上也有瘀青，洛蔷薇看着心疼，唇瓣紧抿："妈，你老实告诉我，昨天在洛家后山，你是不是踩到陷阱才摔倒的？"

丁繁英眼神微微闪烁，却只是更用力地握紧洛蔷薇的手："不是的，是妈自己不小心……"

"是洛红樱跟奶奶联合想要害你对不对？"

"蔷薇！"丁繁英忙朝门口的方向看了看，压低声音道，"真的不是，都怪妈自己。你答应妈，千万别跟二小姐还有你奶奶吵架，别跟她们闹僵，对你没有好处的……"

洛蔷薇冷笑，就算她给洛家那群人做牛做马，也不可能得到一丝好处。

丁繁英看着她冷艳的脸蛋上满满的嘲讽，不由得有些愣怔，在她的印象中，她的蔷薇从来不是会这样冷笑的女孩子。

她是嚣张刁蛮、跋扈不讲理，喜欢墨时澈就不惜倾尽所有去追他，但她从来都是明媚开朗的，仿佛世间的一切在她眼里都是美好的。

但现在她的笑容不再阳光活泼，而是冷漠讽刺。

丁繁英顿时变得非常担忧，是不是蔷薇嫁进墨家后受了苦，她不开心吗？

她正想开口，病房的门忽然传来被推开的声音，丁繁英一喜，赶忙道："蔷薇，快去看看是不是时澈来……"

她话未说完，一道高傲嘲讽的女音传来："我的天哪，看来大伯母是摔坏了脑子呀，竟然出现臆想症了？"

只见洛红樱穿着华美的百褶裙，拎着一个果篮，姿态优雅地走进来："时澈刚刚才接我去做美容，现在累得在我的私人公寓睡着了呢，怎么可能到医院这种晦气的地方来，看一些无关紧要的人呢？"

洛蔷薇脸色一冷，蓦地从床边站起来，嘴角勾起抹冷笑："怎么，他终于也认为你丑得看不下去了，所以赶紧把你送去做美容？"

"你……"洛红樱一噎，随即又故意笑道，"你是不是嫉妒我，因为时澈从来不会送你去做美容？"

洛蔷薇脸色冰冷："那当然，他看见我这么美还需要带我去？谁丑谁去做。"

洛红樱："……"

丁繁英见状忙伸手扯了扯洛蔷薇的袖子，紧张地低声道："蔷薇啊，你别跟你堂妹这么说话，她也是来看我的……"

"还是大伯母是非分明，"洛红樱踩着高跟鞋走过来，将果篮重重地放在床头柜子上，"这是我送给你的，既然摔倒了就好好躺着，顺便想想为什么这么倒霉，别人不摔，就偏偏你摔呢？"

她说这话时看着丁繁英，话语中的警告意味极为浓厚。

丁繁英显然很怕她，闻言下意识缩了缩肩膀，强挤出笑点头道："谢谢二小姐关心，我会多注意的。"

"妈，"洛蔷薇忽然出声，扭头看向丁繁英，弯唇一笑，"你忘了吗？医生刚才来查房的时候说过，不能吃不干净的东西。"

她说着一扬手，直接将洛红樱送的果篮扫到了地上，各种水果顿时滚落一地。

洛蔷薇直接踩住脚边的一个橘子，脚尖用力，眼睛却盯着洛红樱："我有话跟你说，不如你出来一下？"

"蔷薇！"丁繁英吓得忙拉住她，"你胡闹什么，还不快跟你堂妹道歉！"

"好呀，我们出去好好把歉道了，"洛蔷薇娇娇地笑，"堂妹该不会是怂了吧？"

"对你我怎么可能怂，"洛红樱伸手摘下墨镜，冷笑，"出去就出去。"

洛蔷薇挣开丁繁英的手，转身率先走了出去，丁繁英想拉她，但腿不能动弹，只能坐在病床上干着急。

洛红樱随后也走了出去。

丁繁英的病房就在电梯边，此时是午休时间，走廊上空空荡荡的。

洛蔷薇站在光滑的大理石墙边，洛红樱不以为然地走到她面前，一副蔑视而不耐的表情："有什么事你就快说，我的时间可是很珍贵……"

话音未落，洛蔷薇直接扬起手，一耳光狠狠地甩在了洛红樱的脸上！

清脆的巴掌声格外清晰，洛红樱被打得偏过头去，好一会儿才反应过来，伸手捂住脸："你……你敢打我？！"

"我不止敢打你，"洛蔷薇眼神极其冰冷，眼底浮现出极深极浓的恨意，"我敢做的事情太多了，你想不想试试看？"

"你……"洛红樱被她的眼神震慑了下，颤抖着咬唇道，"你这个贱人！"

她说着扬手就要回扇洛蔷薇，手腕却被洛蔷薇一把扣住。

洛蔷薇另一只手顺势攥住洛红樱的肩，几步逼上前，用力将洛红樱重重地抵在了冰冷的墙壁上！

美艳的女人此时眼睛里全是刀刃般的冷意，洛蔷薇微微低下头，逼近洛红樱，每个字几乎都是咬牙挤出来的："洛红樱，你认为一个死过一次的人，能做出的最狠的事是杀人放火，还是玉石俱焚？"

洛红樱后背撞在墙壁上一阵疼痛，听见这话有些不解，但没多想，咬着牙道："你想怎么样，杀了我吗？"

洛蔷薇红唇贴着她的耳郭，轻笑道："杀人这种事只有你喜欢做，我可没那么狠心，更何况……"她的呼吸带出的气息犹如带刺的蔷薇，"就这么杀了你未免太轻松，你对我做过什么，你自己心里清楚，我觉得最好的办法就是让你一点一点还给我，还到我认为你痛得够了，你才可以去死。"

洛红樱听到这些话脊背莫名冒出寒气，她强自镇定道："呵，你能做什么？"

"噢，那先来个最简单的。"

话音刚落，洛蔷薇猛地抬起腿，膝盖用力顶向洛红樱的双腿之间！

巨大的疼痛如电击般传遍全身，洛红樱脸色唰地就白了，痛得都忘了惨叫。

洛蔷薇松开手退后，洛红樱整个人就顺着墙壁滑了下去，跌坐在冰冷的地砖上，双手捂在自己的双腿间，痛到浑身发抖。

洛蔷薇居高临下地睥睨着她，眯眼冷笑："我妈昨天也很痛，我觉得你也该尝尝痛的滋味，不过不知道人跟畜生对于痛的感觉是不是一样。"

洛红樱额头冒出冷汗，急促地喘着气，她忽然开口道："我也很想知道，你妈以后在洛家，会不会尝到更多痛苦。"

洛蔷薇闻言眼眸一缩。

洛红樱扶着墙，强忍着疼痛站起身来，同她对视："而且你也知道，你那个妈对我去世的大伯很痴情，所以是死也不会离开洛家的。只要她不走，我想，她的日子绝对会比现在更痛苦。"

洛蔷薇神色骤冷："洛红樱！"

洛红樱笑得狠毒："你妈是什么性子你很清楚，你信不信你不在的时候我扇她一百个巴掌，她都不会吭一声？"

洛蔷薇垂在身侧的手蓦地攥紧。

丁繁英死都不会离开洛家，这点确实没错。妈妈对爸爸太过痴情又心有愧疚，她说过死也不会走的，这一点洛蔷薇动摇不了妈妈。

洛红樱观察着洛蔷薇变换的神色，志在必得地笑了。洛蔷薇只有丁繁英这一个真心对她的亲人，又是她的妈妈，她绝对不可能无动于衷。

思及此，洛红樱更加得意了，靠着墙壁道："洛蔷薇，我现在心情很不好，如果你不向我道歉，你妈回洛家后我可能会让她比我更痛。"

洛蔷薇冷冷地勾起唇瓣："是吗，所以你想怎么样？"

"向我道歉，"洛红樱高傲地道，"跪下向我磕头，求我原谅。"洛红樱站直身体，高跟鞋踩了踩地面，"磕头不能少于十个，否则我是不会原谅你的。"

洛蔷薇眼睛死死盯着洛红樱，怒意在眼眸中涌动，却没再开口。

洛红樱是多么狠毒的人，洛蔷薇比谁都清楚，她也绝不能再连累妈妈因为她受苦受罪！

就在洛红樱要再度开口威胁洛蔷薇时，对面的电梯门叮的一声打开，高大俊美的男人迈着长腿从里面走出来。

洛红樱是正对着电梯的，一眼就看见了来人，迅速收起高傲的表情，伸手捂住脸，一脸委屈地道："你……你……"

洛蔷薇回头看见单手插兜走近的男人，了然地挑眉，啧，这脸变得还真是快啊，不愧是娱乐圈当红四小花旦。

墨时澈走向两个女人，很自然地站在了洛蔷薇身侧，先是低眸看了会儿她泛着冷意跟怒气的脸蛋，这才极为淡漠地扫了眼洛红樱："你们站在这做什么。"

"时澈，她，她打我……"

洛红樱捂着脸的手放下，脸上一个鲜红的巴掌印很明显，她的眼角很快涌出泪水："我是听说大伯母受伤了，才跟剧组请假专门过来探望，不知道为什么堂姐这么生气，把我拽出来就打我，还用脚踢我，非要，非要让我给她下跪……"

她边说边哽咽着，一张甜美的脸极为楚楚可怜。

墨时澈闻言眉头紧皱。

洛蔷薇嘲讽地勾起嘴角，这演技确实蛮不错的。

没办法，算她倒霉咯，每次算账打人的时候正好就被墨时澈撞见。

墨时澈低头就看见身侧的女人嘴角勾着笑，一副自嘲又无所谓的表情，像是心灰意懒等待刑罚的犯人，因为早已习惯受罚所以不会再辩解。

他的心脏又控制不住地剧烈收缩。

见他看过来，洛蔷薇甚至仰起脸蛋对上他的眼睛，扯着唇冷笑："听见了没，我又在嚣张跋扈地欺负人了，你想怎么弄我就直说，总之你们别再扯上我妈妈，我做的什么事都跟她无关。"

她这番话让他感到极不舒服，像是细细的针尖扎在他心上。

难道这女人觉得她妈妈是他弄成这样的吗？又或者在她眼里，他对她就只有折磨？

她把他当什么了？

墨时澈眼底聚起怒气，面无表情地看着洛蔷薇："你这话什么意思？"

洛红樱忙委屈地冲洛蔷薇道："堂姐，你不要误会，我跟时澈没有害过大伯母，时澈才不是这种人，他不会做这种事的……"

洛蔷薇语气更加轻蔑："是噢，你们都是好人，要不要给你们鼓鼓掌啊？"

洛红樱越发委屈，哽咽着咬唇："堂姐，我们真的没有……"

男人冷漠的声音打断了她的话："够了。"

洛红樱心底一喜，看来墨时澈还是向着自己的，她忙故作善解人意地道："时澈，你别生堂姐的气，她肯定也是太担心大伯母了，心情不好才把火撒在我身上，是我的错，是我来得不是时候……"

"是吗？"墨时澈薄唇冷启，漠然地道，"既然是你的错，那道歉。"

洛红樱一愣，一时没反应过来："时澈，你……你说什么？"

"不是你说自己错了吗，来得这么不是时候，"墨时澈看着她，眼神淡漠，"错了就道歉。"

"……"洛红樱根本无法反驳，张了张嘴，"对……对不起，堂姐。"

洛蔷薇皱眉看向墨时澈。怎么，他这是怕她还会找机会打洛红樱，所以想逼她说一句没关系，这件事就这么算了？

洛蔷薇拨了拨长发，冷然一笑："没关系……是不可能的，不管你们今天准备怎么整我，我这人都会记仇记一辈子。"

洛红樱听她说这种话顿时暗自高兴，呵，时澈听见了肯定会更加反感厌恶她，洛蔷薇还是原来那个没头脑的蠢女人！

墨时澈闻言没有说话，眸色极其深邃地盯着洛蔷薇，薄唇紧紧抿着。

这并不像是厌恶的神色，反倒更像是……想要从她身上寻找什么，或者说，想要靠近却又克制。

洛红樱见状一咬唇，忙按着腹部，柔弱惹人怜地蹙眉道："时澈，我肚子有点痛，不知道是不是堂姐刚才用膝盖顶那一下造成的……你能不能扶我去下面的诊室看看？"

"洛家不就是医学世家吗？"墨时澈表情漠然地道，"你既然当了我这么多年的私人医生，如果连这点小痛都不能自己解决，我是不是应该怀疑你的实际能力？"

洛红樱浑身骤然一僵，男人的下一句话紧跟着响起："既然我妻子不希望你来看她妈妈，你以后不用再来，不过我想也不会有以后，我不希望我的岳母再出什么事，你应该也是这么希望的吧？"

他这句话听着像是在交代，但又莫名地有一股……警告的味道。

洛蔷薇愣住，难道昨晚妈妈出事跟他没有关系？

洛红樱闻言眼泪一下子就下来了："时澈，我没有……"

墨时澈打断她的话，淡淡地道："既然没有就可以走了，我有话跟我妻子说，不希望有外人在场。"

洛红樱："……"

难道洛蔷薇对他来说已经不是外人了吗？！

洛红樱张了张嘴，想说什么但根本不知道该如何开口，最后只得委屈地扶着墙，抹着眼泪走了。

洛红樱一走，洛蔷薇顿时觉得四周空气都干净了，她微松口气，正准备转身走回病房，手臂却被男人一把拽住："给我站住。"

洛蔷薇回头看他，蹙眉道："你拽痛我了，放手。"

"你也知道痛，"墨时澈似笑非笑地看着她，"痛字你会写？"

"我当然会写。"洛蔷薇皮笑肉不笑地道，"倒是你，就算现阶段对我有点兴趣，也没必要跟洛红樱闹得这么僵吧，以后再去追累的也是你啊。"

墨时澈脸上布满阴鸷之色，攥着她手臂的五指猝然收紧。

洛蔷薇痛得低叫了一声，就听见男人声音低沉喑哑地道："我们已经结婚了，你妈也是我妈，你这个态度，是觉得我没有资格管吗？"

洛蔷薇一愣，随即轻笑出声："墨大少爷这话说得真是谦虚，是我没资格让你管，毕竟我们又不是相爱结婚的夫妻。"

墨时澈低头看着她的脸蛋："我是不是可以理解为，你想要相爱的夫妻生活？"

"是想要啊，"洛蔷薇仰脸灿烂一笑，"但绝对不是跟你，你放一亿个心。"

墨时澈刚缓和的脸色骤然又冷了下去，就在洛蔷薇转身要走时，他一个用力将她扯过来抵在墙壁上，单手撑在她头侧，将她笼罩在自己的胸膛跟墙壁之间，垂眸盯着她，每一个字都像是从牙关里咬出来的："洛蔷薇，我以前觉得你只是缠人又不害臊，但现在觉得你真是欠揍。"

他炙热的呼吸喷洒在她的脸上，又痒又撩人，洛蔷薇心脏莫名跳了下，她抗拒地皱起眉头，墨时澈见状不再说什么，凑过去就要吻她的唇。

洛蔷薇睁大眼睛看着他靠近的俊脸，不知为什么，一时竟有些失神跟紧张，忘了推拒，就这么浑身僵硬地站着。

男人的薄唇几乎就要碰到她的唇瓣，病房内却突然传来丁繁英焦急的声音："蔷薇！蔷薇你能听见妈妈说话吗？"

洛蔷薇蓦地回神，应声的同时一把推开了墨时澈："听见了！妈……我这就进去！"她说完转身一溜烟跑进了病房。

墨时澈猝不及防被她推开，身体向后两步，然后他抬头看见了站在那的连宿，拎着一袋子水果，显然是刚来的。

男人一张俊美的脸阴沉得几乎可以滴出水来："你看到了什么？"

连宿："……"

他不过就是看到少爷想亲少奶奶，但是被少奶奶推开了，一脸猥亵失败的表情……真相是这样的吗？

墨时澈朝他走近，活动着手腕："没关系，说出来。"

连宿看着墨时澈危险地一步一步逼近，吓得声音发抖："我、我……"

他忽然自暴自弃地把一大袋水果丢向墨时澈，然后转身飞快地奔向逃生通道："少爷对不起！我间歇性失忆了！"

"……"

洛蔷薇回到病房没多久，墨时澈竟然也进来了。

丁繁英本来在追问她跟洛红樱说了什么，看见来人顿时激动不已，撑着病床就想起来，被洛蔷薇按住了。

虽然墨时澈只是疏离礼貌地问候了几句，但丁繁英已经十分高兴，在这之前，墨时澈看都没看过她一眼，更别提跟她说话。

洛蔷薇伸手揉着有些不适的胃部，正想找借口赶他走，墨时澈却看了她一眼，而后对丁繁英说了句有事，转身离开了病房。

洛蔷薇搞不懂他突然怎么了，但他自己走了更好，省得她麻烦。

她好不容易把妈妈哄睡着，在病床边坐了一会儿，拿着热水壶起身走了出去。

然而走出病房没几步，胃部陡然剧烈收缩，洛蔷薇忙将热水壶放在一旁的椅子上，一手撑着墙壁，弯着腰等待着这阵疼痛过去。

她一直有慢性胃炎，加上吹风受寒，昨晚到现在又没吃东西，估计是发作了。

她向来怕痛，这才不过几分钟，小巧的鼻尖上就已经渗出了细密的汗珠。

胳膊忽然被人一拽，紧接着她就被一只大手搂了过去："怎么了？"

洛蔷薇一下跌进了男人的怀里，她愣了一下，抬起头来，入目是一张俊美到令人窒息的脸："你……"

他不是走了吗，怎么又回来了？！

墨时澈垂首低声问："胃痛了？"

刚才在病房看见她用手摁着胃部，他就猜到了。

"没有。"洛蔷薇抿唇，莫名抗拒被他看见自己这副虚弱的样子，不由得伸手推他，"你放开我，别抱着我……"

她的声音因为不舒服软软糯糯的，墨时澈听着莫名受用，眼里蓄着笑，低头用薄唇去贴她的额头。

洛蔷薇惊觉他的唇靠近，下意识扬手想要挡开，只听啪的一声，男人另一只手里拿着的保温盒被她打翻，一碗滚烫的红枣粥全部洒在了他的左手上，他的手几乎瞬间被烫红起泡。

洛蔷薇见状吓到了："你……没事吧？"

他刚才是特意去买粥的？

墨时澈对上她惊讶睁大的眼睛，微微勾唇："现在好了，我陪你一起痛，心里舒服点了吗？"

洛蔷薇咬唇解释："我没注意看，对不起……"

男人打断她的话："收起你这些对不起跟谢谢之类的话，你是准备改头换面做三好学生了？"

洛蔷薇别过脸去："我不舒服，你能不能先放开我？"

墨时澈搂着她坐到一旁的长椅上，将她摁坐在自己的腿上，拿出手机发了条短信，不到十分钟，还处在"间歇性失忆"中的连宿就重新买了一份红枣粥送上来。

墨时澈将保温盒递到怀里的女人面前："慢慢喝，全部喝完。"

"我不喜欢喝粥。"洛蔷薇蹙眉，低头看向他被烫得起了泡的左手，"你……不去包扎一下吗？"

"看你什么时候喝完，"男人盯着她，淡淡地道，"你喝完粥我就去，不然就让它这样。"

洛蔷薇睁大眼睛瞪他："你用你的手威胁我？"

"你可以不喝，我不逼你，"顿了顿，墨时澈又不轻不重地补上一句，"反正是你打翻粥烫伤我的，所以决定权全都给你。"

"……"洛蔷薇眼睛瞪得更大，"你现在如果不去处理上药会留疤，你不怕你这么好看的手变丑？"

男人淡淡地笑着："变丑了也是你老公的手，你都不怕，我有什么怕的。"

洛蔷薇："……"

她最终还是乖乖喝了粥，只不过喝之前忍不住哼了一声："我才不要欠你，不然以后不知道你会揪着手被烫伤这件事怎么欺压我。"

墨时澈微微挑眉："这么想跟我有以后？"

"……"

他平时那么高冷话少的一个人，怎么堵起人来这么溜？

洛蔷薇果断低头喝粥，不再自讨没趣。

墨时澈也确实很能忍，真的等洛蔷薇喝完整碗红枣粥，他才松开她起身去护士站处理烫伤。

洛蔷薇想跟着去却被男人赶回了病房，喝过热粥，胃暖了起来，痛感也消失不少，洛蔷薇坐在丁繁英的病床边，顿觉一阵抑制不住的困意袭来……

墨时澈回到病房时发现洛蔷薇又趴着睡着了，他放轻动作拦腰抱起她，正要走出去，就听见丁繁英小心翼翼的声音在身后响起："时澈，我……我有件事想问你，但希望……你别生气。"

"什么事，您说。"

"蔷薇在你们家是不是过得不开心？"丁繁英满脸担忧地道，"我感觉她好像没以前那么喜欢你了，而且今天还跟我说，可能以后会跟你离婚……你们吵架了吗？"

墨时澈良久地沉默着，直到丁繁英以为他不会回答时，他忽然平静又淡然地出声："没有吵架，不会离婚。"

洛蔷薇这一觉睡得很沉，昨晚虽然昏过去了，但因为心里担心妈妈所以没怎么睡好，今天算是彻底补了个觉。

她微微睁开眼睛，映入眼帘的奢华天花板让她蒙了一瞬，而后听到一旁门被推开的声音，紧接着是一阵扑面而来的热气。

洛蔷薇扭过头就看见一幅极具男性荷尔蒙诱惑气息的场景——

墨时澈从浴室走出来，下身只围着一条浅灰色浴巾，赤着精瘦健硕的上身，黑色的短发湿漉漉的，手里拿着一条毛巾，还未擦干的水珠顺着白皙的胸肌一路往下滑……

在她出神之际，墨时澈已经走到床前，高大的身形微微俯下，伸手去擦她的嘴角，低哑地笑："对我痴迷成这样吗，口水又要流出来了，你属小馋猪的？"

洛蔷薇："……"

流口水这个梗他到底要拿来说多久？！

洛蔷薇猛地回神，啪的一声拍开他的手，下一秒就被男人一把扣住手腕，轻松地将她拉到自己身前："洛蔷薇，"

他低下头，一手圈住她的细腰，语气危险地道："你再打我一下试试看，信不信我扒你裤子打你屁股？"

"你放开我！"

她越是这么喊，他搂着她的手臂就收得越紧，洛蔷薇完全被男人禁锢在怀里，她不服输地仰脸看着他："你不过就是想借口打我屁股来猥亵我,你以为我不知道?"

墨时澈也不否认,淡淡地笑:"既然你知道,那我不如直接来?我对脱你的裤子还是有那么一点期待的。"

"……"洛蔷薇被他的不要脸彻底打败,不耐烦地用力推他,"我不要!放手,我要睡觉了!"

墨时澈却真的松开了手:"好,睡觉。"

洛蔷薇正在奇怪他今天怎么这么好对付,就见男人极为自然地掀开被子躺了下来,还侧首对她道:"躺进去点。"

她顿时愣住:"你要睡在这里?"

"这是我的家、我的卧室、我的床,你是跟我睡过并且举行婚礼娶进门的妻子,"他平静地看着她,"我睡在这,哪里不对?更何况……"顿了顿,他又眯着眼道,"昨晚我也是睡这里的,你还抱我抱得很紧,怎么,睡过就翻脸不认人了?"

"……"洛蔷薇僵了僵,她知道自己睡着了确实喜欢抱个东西,是她理亏,于是拿过枕头掀被下了床,"行,那我去书房睡。"

下一秒就被一把攥住,她下意识伸手拍开他,却听男人猛地嘶了一声,洛蔷薇猛地想起他的手下午在医院被粥烫伤了,忙转过身去:"你……"

墨时澈坐在被子里,上半身就这么光着,两只手都藏在被子里,皱着眉,表情看起来很痛苦:"你是不是觉得我被烫得还不够,所以想把我打出血?"

洛蔷薇闻言咬了咬唇,心里多少是有点愧疚的,于是她重新爬上床凑过去,伸手去拉他的手:"你流血了?我帮你弄一下吧。"

墨时澈没说话,洛蔷薇只得掀开他的被子,然而她的手指才碰到他的手,忽然被用力一拽,一阵天旋地转之后,她整个人已经被男人压在床上。

墨时澈俯下身,手肘撑在她身侧,俊脸凑下来摩挲她的脸蛋,暧昧地哑声道:"想帮我弄一下吗?那不弄手,我们弄别的地方,嗯?"

洛蔷薇这才反应过来被他骗了,顿时怒了,皱眉推他:"你起来,墨时澈你再这样我真的生气了……"

"好，那不这样了，不生气，"男人虽然这么说着，吻还是落在她的嘴角上，没被烫伤的手抚着她细腻的腰线，低声诱哄着，"很晚了，我们现在睡觉，嗯？"

感受到从他身上散发出的滚烫温度，洛蔷薇浑身都变得紧绷起来，她想要躲开却被他吻住："唔……我不要……"

墨时澈撬开她的贝齿，霸道地探入，勾着她的舌纠缠深吻，长腿将她用力蹬着的纤腿压住，一手去扯她的睡裤……

女人在力量上本就不如男人，更何况墨时澈明显是练过的，她越挣扎，他的动作就越发强势猛烈，肢体摩擦间，呼吸更为炙热。

洛蔷薇被他吻得头晕目眩，感觉到他的手已经钻了进去，她骤然清醒，用力咬了下他的薄唇："墨时澈……你住手！不许碰我！"

墨时澈其实已经完全忍不住了，但触及她抗拒意味极浓的眼神，以及带着几分害怕的僵硬，动作到底还是顿住了。

他高挺的鼻尖抵住她的，喉结难耐地上下滚动："为什么不能碰你，洛蔷薇，你嫁给我了。"

"我不想！"

"我会很轻，"他嗓音沙哑地道，随即低头去吻她的锁骨，洛蔷薇却忽然开口："墨时澈，你为什么想跟我做？"

"你见过夫妻只结婚不做爱的？"

"就因为我们是夫妻？"

男人语气一下子就冷了下去："不然你还想怎么样？"

她想跟他离婚？

洛蔷薇闻言勾了勾唇，是啊，她还想怎么样，难道想他说因为爱她吗？

今天躺在他床上的女人换成洛红樱也一样吧。

洛蔷薇闭了闭眼睛，再睁开时语气更疏离了，别开脸淡淡道："我不想怎么样，只是我现在不想。"

墨时澈俊脸更冷，他强硬地扳过她的脸蛋，迫使她和自己对视："你现在不想，什么时候才会想？"

"心情好就想了啊，"洛蔷薇推开他从床上坐起来，皱眉娇嗔道，"你把我弄得又要去洗澡了，讨厌，我都困了。"

他仍紧盯着她，一只手已经伸出来："我抱你去洗？"

洛蔷薇无视他的手，径自下了床："自己洗比较快，我没什么睡意了，待会儿看个电影，你先睡吧。"

墨时澈看着她纤长白嫩的腿从床边晃过，还是没忍住伸手扣住了她的手腕，黑眸深邃："你还没说，你什么时候心情好才会想，我可以等，但你要给我准确的时间。"

"时间啊……"洛蔷薇懒懒地蹙眉，而后俯下身，美艳的脸凑近半跪在床上的男人，"等你下次让我怦然心动的时候，好不好呀？"她伸手摸了摸男人的俊脸，竟然在他薄唇上吧唧亲了一下，"墨总乖哦，自己睡觉。"

她说完就直起身体走向浴室，还"贴心"地替他关了房间的灯。

眼前突然陷入一片黑暗，墨时澈下意识眯起黑眸，静默了半分钟，而后缓慢地抬起手，指腹抚上刚才被她吻过的地方，喉结重重地滚动，下腹竟然又起了反应。

以前穆云深总说，漂亮的女人会比权力、地位更令男人欲罢不能，他对此从未有过任何感觉，甚至丝毫不以为意。

可此刻……他似乎，有一点体会到了。

他就不信，一个爱他的女人会在这么短的时间内就一点都不爱他了。

要她心动，不应该是很简单的事吗？

Chapter 03
墨大少想学追女人

洛蔷薇昨晚洗过澡看了部爱情电影，迷迷糊糊趴在书房桌上就睡着了，醒来时人却在卧室的大床上，不用想又是墨时澈抱她过来的。

洛蔷薇洗漱下楼，墨时澈已经去公司了，墨老太太坐在餐厅里，见她下来重重地放下茶杯："这都几点了，每天回得晚起得晚，除了睡就是玩！"

昨天又是澈儿把这女人抱回来的呢，娇宠得跟什么似的，从下午就开始睡了！

洛蔷薇拽着长裙裙摆走过去，在墨老太太对面坐下："奶奶，早上好。"

墨老太太一脸不悦："这都快十点了，还早上？"

洛蔷薇微笑："因为奶奶都是这个点吃早餐的，所以我也就现在下来陪您。"

"……"墨老太太被她一噎，脸色有点不自然，哼了一声道，"谁要你陪了，一个人吃饭多自在。"

洛蔷薇舀着用人递过来的甜圆子粥："可是奶奶一个人吃饭多无聊

啊，多个人还能说说话呢。"她弯着精致的眉眼，"奶奶，以后我陪您吃饭，您就不会孤单啦。"

墨老太太又哼了一声："你要是不想我孤单，就快点给我生个大胖曾孙。"

洛蔷薇微微一愣，随即嘟了嘟嘴："哎呀，我还以为奶奶不喜欢我，不会想要我给您生重孙子呢。"

她说着顿了顿，就在墨老太太要接话时，洛蔷薇立马又叹了口气道："我还在想，要不要去把孩子拿掉呢……"

墨老太太一怔，随即震惊地问道："你怀孕了？！"

洛蔷薇擦了擦嘴角："骗你的。"

"……"墨老太太睁大眼睛瞪着她，是真的被吓了一跳，"你……"

洛蔷薇起身坐到墨老太太身边，伸手抱住她的胳膊，仰脸冲她弯唇甜笑："好啦好啦，奶奶不要生气了嘛，迟早会怀上的，我们先吃饭，好不好？"

墨老太太本来被气个半死，正想训她几句，低头却看见身侧女人仰起的漂亮脸蛋，饱满诱人的红唇带着笑，笑容让人甜入心扉。

没想到这丫头笑起来，竟然这么……好看。

墨老太太纵然再不怎么喜欢洛蔷薇，也无法否认这一点——在江城，论美貌，洛蔷薇若是称第一，绝对不会有人反对。

她美得惊艳张扬，五官精致，眼角微微上翘，不是那种传统意义上的美女，而是带有异域风情的妩媚妖娆，像是能勾人心魄的妖精，再加上她脖子上深蓝色的蝴蝶胎记，更是招摇又惹眼。

墨老太太一时没动，就这么盯着洛蔷薇的脸看，洛蔷薇见状弯起一双大眼睛："奶奶是不是被我美呆啦？"

墨老太太再次一怔，脸噌地就红了，随即重重咳了一声："你胡说什么！"

洛蔷薇笑得更灿烂，人也朝墨老太太凑得更近了，墨老太太忙伸手推她："吃饭就吃饭，你坐这么近做什么！"

"让您好好看看我呀，奶奶，我很好看吧？"

墨老太太一张脸又红又有些尴尬,一时竟被堵得不知道接什么话,洛蔷薇在心底偷笑,这老太太……其实蛮可爱的嘛。

因为担心胃痛复发,洛蔷薇一天都没出门,窝在房间里抱着笔记本敷面膜,也查了查关于投资理财以及做生意方面的事。

洛红樱是一个麻烦的不定时炸弹,所以妈妈在洛家肯定是不安全的,但洛蔷薇又没办法强行带妈妈离开,说到底还是她自身实力不够——不说权势,她连让妈妈出来过上好日子的钱都没有。

四点多的时候她忍不住眯了一会儿,醒来时已经将近六点了。

她洗了脸下楼,正好碰到在玄关处换鞋的男人。

而出乎墨时澈意料的是,洛蔷薇竟然没有像往常一样不睬他,而是走过来接过他手里的西装,娇笑着道:"老公今天这么早回来呀,值得表扬噢。"

老公?

墨时澈挑眉,听见这称呼莫名一阵舒爽,低低地笑道:"今天这么乖,在家等我回来,嗯?"

"对啊,等了你一天呢,"洛蔷薇挽住他的胳膊将他拉进屋,"你快去洗手,准备开饭啦。"

这女人今天这么热情?

洗过手后,墨时澈来到餐厅,才刚坐下,墨老太太就让用人端来一个大瓷碗放到他面前,还亲手拿了勺子递给他:"澈儿,快趁热喝了。"

墨时澈低头看着面前的一大碗汤,顿时皱眉:"这是什么?"

墨老太太咳了一声:"哎呀,是牛鞭啦……"

墨时澈罕见地愣了一下,像是一时没反应过来。

墨老太太接着说道,话语中还带着几分期待:"我去问过我那几个老牌友了,都说吃什么补什么。你快喝了,很新鲜的!"

墨时澈黑了脸,几秒钟后淡淡道:"我不需要。"

墨老太太闻言开启感伤模式,叹道:"你那没良心的爸整天不回家,你妈又体弱住院,你小时候还不都是我一个人抱着哄着长大的,现在翅膀硬了就不听我的话嫌弃我了,你说我活着还有什么意思,不就是想要抱抱曾孙……"

洛蔷薇闻言立即坐过来,抱住她的肩膀安慰道:"奶奶不难过,您孙子还是很听话的,他肯定是爱您的嘛。"

她说着抬起头看向旁边的男人,眼眸带笑,却又有着鲜明的挑衅意味:"老公你说是不是呀?你舍得奶奶这么难过吗?"

墨时澈:"……"

所以她刚才对他那么热情,又是拿外套又是叫老公的……就是为了这一出?

这女人存心整他?!

最终,在墨老太太连续不断的悲伤攻击,以及洛蔷薇强有力的煽风点火之下,墨时澈满脸黑线地喝下了那超大一碗的补汤。

晚餐后,墨时澈立即想拉着洛蔷薇上楼,可洛蔷薇偏偏不紧不慢地吃着餐后甜点,平时一口都分成三口来吃。

墨时澈就坐在她对面看着她吃,好不容易等洛蔷薇放下叉子,男人正要起身拉她,却见洛蔷薇扶着墨老太太走到沙发边,开始陪她看电视。

"……"

墨时澈黑着脸站在桌前,走过来的用人拿着抹布道:"少爷请让一下,我擦桌子。"

男人抿着唇走到边上,又觉得站着有种专门在等她的感觉,于是也在另一边沙发上坐了下来。

洛蔷薇挑了部时间很长的老电影,也符合老年人的口味,墨老太太平日里孤单一个人,洛红樱哪怕再怎么经常过来,但她到底是个明星,要拍戏要出席活动,能陪墨老太太的时间不算太多。

这会儿能有个人陪着看电影,墨老太太就跟打开了话匣子似的,忍不住不停地跟洛蔷薇说剧情。

墨时澈自然是不可能参与讨论的,所以根本无法插话,只能一直坐在那,目光无数次落在洛蔷薇脸上,但她好像根本没看到他,没有任何反应。

终于等到电影结束，墨老太太打了个哈欠，抬头看向时间："呀，都快九点了！"

她这才注意到孙子竟然也难得地坐在沙发上陪自己，顿时更高兴了，转而看到一旁漂亮的孙媳妇，忙又语重心长地道："澈儿啊，你今晚要早点睡，不要到太晚，身体最重要，知道吗？"

墨时澈："嗯……"

他应声后站起身，伸手要去搂坐在那抚头发的女人，洛蔷薇却突然抬头惊讶地道："啊……九点了，我今天答应了妈妈晚上要去医院给她送排骨汤的，完了，我光顾着看电影，给忘了。"

墨时澈伸出去的手一顿。

墨老太太闻言皱起眉，但刚才也确实是自己一直跟洛蔷薇说剧情来着，果然，还是两个人一起看电影有意思啊！

思及此，她故意虎着脸瞪了洛蔷薇一眼："什么事都能忘，脑袋白长了吗？！万一你妈妈以为是我不让你去，我这张老脸还有地方搁吗？！"

洛蔷薇有些自责地低下头去，那娇软可人的神色看得墨老太太一阵心虚，一边转身上楼一边摆手道："行了行了，快让澈儿送你去，别大晚上出什么事，就知道添麻烦，哼！"

偌大的客厅内顿时只剩下他们两个人。

洛蔷薇接过用人拿来装着排骨汤的保温盒，冲黑着俊脸立在那的男人笑道："走吧老公，你不是要送我去给妈妈送汤吗？"

"……"

墨时澈薄唇紧抿，黑眸紧盯着她看了片刻，就在洛蔷薇以为他肯定不会送自己去的时候，男人却迈着长腿走了过来。

黑色迈巴赫在医院门口停下。

洛蔷薇解开安全带，正想说声谢谢，却见身侧的男人也解开了安全带，她愣了下："你也下车？"

"不是去给你妈妈送汤吗？"墨时澈侧首看她，嘴角噙着抹意味深长的笑，"我身为你老公，难道不应该搂着你上去问候一下岳母吗？"

洛蔷薇:"……"

说罢,墨时澈真的走到她这边,替她拉开车门的同时,俯身将她抱出来,搂着她的细腰往住院部走去。

丁繁英正准备关电脑睡觉,看到二人时不由得一愣:"蔷薇、时澈,这么晚了,你们怎么来了?"

墨时澈眼睛轻眯,低头看着怀里的女人。

洛蔷薇忙从他怀中挣脱出来,抢过他手里的保温盒:"妈,不是说好我今晚来给你送排骨汤吗?"

她几步跑到病床边,一个劲地冲丁繁英使眼色:"你不是一直说想喝吗,快尝尝看。"

丁繁英一脸茫然地看着她:"啊?我没有说要喝啊,而且这么晚了你还拖着时澈过来,万一耽误他休息怎么办?"

洛蔷薇:"妈,你先喝汤吧?"

真是……专门拆她台的!

丁繁英瞪了她一眼,又满脸笑容地跟墨时澈说话,只觉得这个女婿怎么看怎么满意,不仅长相身材完美,还这么疼女儿,哪个有钱有势的男人大晚上陪老婆来医院看丈母娘的啊。

真是上辈子修来的福气!

想到这里,她又忍不住掐了一下女儿的手背:"都怨你,大晚上瞎折腾什么,妈又没什么事了,你看时澈热得满头都是汗!"

洛蔷薇痛得皱起小脸,懊恼地咬唇道:"妈,你快喝吧,喝汤的时候不能说话。"

丁繁英接过她递来的保温盒,叹气:"妈说你几句你就不高兴了,你做妻子的得好好照顾丈夫,别总是任性啊!"

"妈别这么说,她平时很照顾我。"墨时澈眼里蓄着笑,目光炽热地看着洛蔷薇,"我现在有点热,想去浴室擦汗,你过来帮我一下,让妈先慢慢喝汤,嗯?"

洛蔷薇怔了下,还未开口拒绝,丁繁英立马伸手推她:"还不快去,发什么傻呢!"

洛蔷薇被推得跟跄了下，她委屈地回头看向重女婿轻女儿的妈妈，然后被男人搂住了细腰。墨时澈低低地在她耳畔笑道："小心点，迫不及待要帮我擦了？"

洛蔷薇："……"

这个不要脸的男人，竟然利用妈妈逼她就范！

才关上门，洛蔷薇还没来得及说话，墨时澈便直接将她摁在墙壁上，低头封住了她欲张开的唇，男人强势又带着浓浓侵略性的吻瞬间席卷了她。

墨时澈平时是不怎么抽烟的，唇舌间全是属于他的独特的男性气息，像是诱惑力极强的毒药，让人忍不住沉沦。

唇与舌的深入纠缠间，她能感觉到男人急促压抑的闷哼，炙热的呼吸喷洒在她的肌肤上，带起一阵让人战栗的热浪。

墨时澈是彻底忍到极限了，浑身肌肉紧绷，一股股炽热的火焰似随时要破体而出。

洛蔷薇的挣扎完全是徒劳，不知道吻了多久，男人退开时，她整个人差点瘫软下去。

墨时澈手臂牢牢地禁锢在她的腰间，洛蔷薇止不住娇声喘息着，双手抵着他的胸膛："快点放开！你的汗都黏到我身上来了！讨厌死了！"

男人低下头，啄吻着她的唇瓣，沙哑地道："那等你妈喝完汤就回家，我帮你洗澡，保证洗干净，你乖乖的，嗯？"

洛蔷薇抬眸对上他沾满浴火的黑眸，忽然撩唇笑了："墨总呀，我很好奇，以前我拼了命地勾引你，你都能镇定自若，怎么现在就忍不住了呢？"

"以前？"墨时澈用力咬了下她的唇瓣，喑哑的嗓音带着几分咬牙切齿的意味，"你都挑的什么破地方，办公室、停车场、酒店男洗手间、后花园……想被人拍艳照门？"

他居然都记得？

洛蔷薇愣了一下，随即又笑道："那现在在这里，你就不怕有人装针孔摄像头偷拍了？"

"不是说了回家洗澡吗？"男人低哑地笑，笑声性感得一塌糊涂，"或者就在这里，弥补一下你过去那些没成功的勾引？"

"……"

洛蔷薇别开脸，也避开了他那让她忍不住战栗的呼吸："不要，我妈就在外面，我紧张。"

男人危险地眯眸："骗奶奶给我喝补汤就不紧张了？"

洛蔷薇笑了笑："什么叫骗，我还不是为你的身体着想嘛。"

"那让你看看我的身体有多强，不辜负你的好意？"

正在这时，外面传来护工的声音："丁女士，要打针了。哎，你女儿来了是吗？"

墨时澈俊脸一沉，甚至有种想要出去打人的冲动。洛蔷薇拉住他的手，笑盈盈地道："别着急嘛老公，你先下去，弄完我就下去找你。"

墨时澈黑眸深深地看着她，忽然又凑过去吻住她的唇，吻到她快要无法呼吸，男人才极为不情愿地松开她，喉结上下滚动，抵着她的额头极为沙哑地道："我在车里等你。"

洛蔷薇也不生气又被吻了，弯唇笑了下："好啊。"

墨时澈下去后，洛蔷薇在浴室用冷水洗了好几遍脸，又用吹风机把头发吹干，这才出去。

打完针，丁繁英又是一通怪她，洛蔷薇借口说墨时澈有事先走了，然后脱了鞋在妈妈身边躺下，抱着她的胳膊撒娇。

母女二人谈心谈到十一点多，丁繁英才抵不住困意睡着了。

洛蔷薇轻手轻脚地下了床，拿了大衣就准备下楼吃消夜，顺便散散心。

然而她一走出医院大门，就看到熟悉的迈巴赫停在路边，车窗开着，男人靠在驾驶座上，搭到窗外的左手上佩戴着极富有品位的名表，指间夹着根香烟，烟雾缭绕间，使得他整个人散发着一股致命的男性荷尔蒙诱惑力。

洛蔷薇挑眉走过去，伸手想去拿他指间的烟，可墨时澈反应比她更快，扬手躲开她的手，同时扣住了她的手腕。

他的指腹暧昧地摩挲着她腕部的肌肤，男人于车内抬眸看她，眼角噙笑："怎么，突然想抽烟了？"

"对啊，我从来没抽过，想尝鲜啊。"

洛蔷薇弯眸笑着，忽然上前几步，纤细的手臂撑在车窗上，朝驾驶座上的男人俯下身去。

墨时澈本以为她要使什么坏，正眯眼看着，却见女人美艳的脸向他的脸靠近。

然后……她吻住了他，柔嫩的唇瓣贴在他的薄唇上，小软舌学着他的样子撬开他的齿关，青涩又大胆地探入、寻找、汲取……

墨时澈原本清冷淡漠的黑眸骤然明亮，似有一团火焰迅速灼灼燃烧。

洛蔷薇是睁着眼睛的，墨时澈很轻易就能望入她的眼底，他想在里面搜寻到类似于情难自禁的神色，却什么都没有。

洛蔷薇显然是不太会接吻的，所以吻着吻着就变成墨时澈占主导地位，勾着她的舌纠缠。

她也不在意，纤细的手伸进来攀上他的衬衫，一点一点顺着肌理分明的胸膛往下，经过紧绷的腹肌，来到下方……

墨时澈突然扣住她作乱的手，嗓音模糊沙哑地咬着她的名字："洛蔷薇，你想在这种地方做？"

洛蔷薇抽回手，同时也站直身体："忍不住吻你一下而已，你思想要不要这么邪恶？"

"忍不住？"墨时澈低哑地笑，握住她的手，鼻尖轻蹭着她的肌肤，"怎么，承认对我怦然心动了吗？"

洛蔷薇拨了拨被风吹起的长发，淡淡笑道："那倒谈不上，只是你刚才坐在车里抽烟的样子很帅，看到帅哥就吻了呗，不需要别的理由啊。"

墨时澈似笑非笑地道："帅哥？"

"对啊，你足够帅嘛。"

墨时澈嘴角笑意更浓也更冷："意思是你看到其他帅的男人也会吻？"

洛蔷薇笑眯眯的，一副不甚在意的模样："那就要看心情了。"

墨时澈眯着眼想要从她的表情中解读出某种特别的情绪，却一无所获，她并不像是在撒谎。

后方忽然驶来一辆红色法拉利，并排停在了墨时澈的迈巴赫边上。

车窗降下，露出男人一张轻佻妖孽的俊美脸庞，穆云深单手搭着方向盘，微微挑起凤目看着他们，眉眼间带着贵公子特有的桀骜纨绔。

洛蔷薇美眸微眯，走过去朝着车窗弯下腰，娇媚地笑道："这不是江城大名鼎鼎的少女杀手穆公子嘛，好久不见了啊。"

穆云深眉梢轻挑，斜睨一眼另一辆车上的墨时澈，嘴角含着意味深长的笑："洛大小姐突然这么热情，我有点反应不过来。"

"我对帅哥向来这么热情，"她双手合十抵在唇边，一副女人提要求时的软萌神色，"能不能麻烦穆公子赏根烟，我想尝尝味道，顺便借个火给我呗？"

她话音刚落，一旁传来车门砰地关上的声音，紧接着胳膊就被一拽，洛蔷薇直接被男人拽到了身后。

穆云深眼前骤然换了张黑沉冷漠的俊脸，男人冷冷地道："你来这里做什么。"

穆云深朝男人露出一个标准的反讽微笑脸："你说我来做什么，是狗打电话叫我来的。"

墨时澈似笑非笑："你还有能跟狗打电话的本事？"

"……"

穆云深挑眉，伸手拿过仪表盘上的烟盒，洛蔷薇见状正要上前去接，墨时澈眉眼一冷，直接把烟盒抢过来朝着草丛扔了出去。

"哎呀，你说说你这个人。"洛蔷薇鼓了鼓脸蛋，又笑着看向穆云深："不好意思哦穆公子，他脾气就是这么阴晴不定，你多包容一下，不过还是谢谢你。"

穆云深挑唇："洛大小姐太客气了，小事。"

墨时澈一张俊脸越来越黑，几乎要融入漆黑的夜色中……

他忽然转身牵住洛蔷薇的手，声音低沉地道："回家。"

"我不回去了，妈妈还在病房等我，她说一个人睡不着，我答应今晚陪她住的。"洛蔷薇仰脸看他,"我是下来帮妈妈买消夜的,顺便跟你说一声。"

她说着抽回手,笑了笑:"我买完就上去了,你先回去吧,今晚谢谢你送我过来。"

墨时澈一双黑眸紧紧盯着她,半晌动了动薄唇:"我明天早上来接你。"

"不用了,我也不知道几点起来,我自己打车回家。"

说罢,洛蔷薇转身就走,随意地扬手朝身后挥了挥:"晚安我亲爱的老公,开车小心哦。"

墨时澈盯着她消失在门口的纤细身影,薄唇紧紧抿着,一张俊脸上神色难辨。

穆云深无语到极点,索性用车门撞了他一下:"墨时澈,你疯魔了?"

墨时澈回过神,低头看向穆云深时眼神凌厉,冷冷地道:"你刚才叫她什么?"

"叫她?"穆云深一下子没反应过来,皱眉,"她不是洛家大小姐吗,我叫错了?"

"忘记我已经跟她结婚了?"

"你的意思我该叫她墨太太?"

"难不成你想把她当未婚女人看待吗,她说你帅你还嘚瑟上了?"

"……"穆云深气得都笑了,颇有深意地看着他难得绷起的脸,"我很好奇,你现在这是怎么回事,别告诉我你在吃醋。"

吃醋?墨时澈冷着俊脸,他需要吃什么醋?洛蔷薇已经嫁给他了,完完全全就是他的女人。

穆云深带着点痞性的声音又响起:"不过挺难得啊,洛大小姐竟然还夸我帅,她眼里不是向来除了你没有其他男人?"

墨时澈黑眸一冷,下一秒,他俯身拔出法拉利的钥匙,直接扬手将其丢到对面的喷泉水潭中。

穆云深大骂一声,推门下车,从衬衫口袋里拿出个装着蓝色药片的小盒子重重塞到墨时澈手里："老子对天发誓，下次要是再大半夜来给你送药我就是你孙子！"

二人靠得近了，穆云深闻到他身上的味道，顿时眯眼皱眉："你刚才抽烟了？"

墨时澈不说话，一副冷然思考的模样，穆云深见状冷笑一声："我看你这身体也别要了，等下次发作直接用刀捅死自己吧，还吃什么药。"

就在穆云深推开墨时澈准备去找人捞钥匙的时候，墨时澈忽然面无表情地开口，他像是思考了很久才得出答案，低哑的嗓音带着难得的固执："她不是真的觉得你帅，只是故意用你来气我而已，所以我完全没有吃醋的必要。"

顿了顿，他又补上四个字："我没吃醋。"

穆云深："……"

墨时澈大概是真的疯了吧！

翌日。

洛蔷薇一觉睡到自然醒，陪妈妈吃完早餐看了几集电视连续剧，手机设定好的闹铃就响了。

周五，十点整。

上一世每周的这个时间，燕楚都会在梧桐街中央花园的喷泉边弹吉他唱歌，有不少人专门过去等在那里，就为了看他。

洛蔷薇只能自己定时去找，祈祷老天爷保佑她能尽快找到阿楚。

等妈妈打完针，洛蔷薇洗漱过后就走出医院。

然而令她惊讶的是，那辆熟悉的黑色迈巴赫竟然还停在医院门口！

洛蔷薇以为自己看错了，有些难以置信地走过去，驾驶座上的男人显然已经看到了她，推门下车。

墨时澈高大的身形站在晨光中，惹眼又闪耀，惹得来往的人都盯着他看，他却只专注地盯着走近的美丽女人："醒了。"

洛蔷薇走到他面前，打量着他跟昨晚一样的衬衫西裤，蹙眉："你是刚来还是……没回去？"

男人淡淡地道:"你不是说不知道几点会醒,如果耽误接你你又要说我汤白喝了,在这里等就不会错过你出来。"

"……"

所以他就……睡在车里了?

洛蔷薇眼皮轻跳,抬手拨了拨长发:"那你今天不去公司了?"

有他在这挡道,不知道会不会耽误她今天找阿楚。

"晚点去,"墨时澈淡淡带过,深沉的黑眸盯着她,"你陪我回家洗漱,然后我陪你去吃早餐,不许拒绝我,否则我会找你要回昨晚的补偿。"

洛蔷薇:"……"

吃早餐的地方是洛蔷薇选的,在江城一个很不起眼的小巷子里,生意却很好。

这家店还是燕楚那个旷世大吃货发现的,强行带她来过,然后她也无法自拔地爱上了。

洛蔷薇熟练地点好餐,坐下时男人掀起眼皮看她:"你不是第一次来,"他淡声问道,"你怎么知道这里有个早餐店?"

她这种大小姐是不可能主动来这种地方的。

洛蔷薇眼皮跳了跳,淡淡噢了一声:"是我一个朋友以前带我来的。"

朋友?那个阿楚吗?

墨时澈抿起薄唇,俊脸无端地冷了下去,洛蔷薇以为他是嫌弃这里的环境,也懒得再说什么。

餐点很快被端上来,洛蔷薇喝着粥,正要去拿碟子里的咸鸭蛋,却被男人先一步拿走。

她撇撇嘴,正准备拿第二个,却见墨时澈修长的手指将咸鸭蛋剥开,然后用筷子把最好吃的咸蛋黄拨到了她碗里。

洛蔷薇微微一愣,心里生出难以形容的奇怪感觉,但也就是那么一秒钟,她勾唇笑了笑:"看不出来墨总这么贴心呢。"

墨时澈继续剥蛋，淡淡问道："你今天准备做什么。"

洛蔷薇咬着咸蛋黄，当然不可能说要去找燕楚："什么也不做，陪妈妈啊。"

"在医院？"

洛蔷薇蹙眉，不懂他为什么问这个问题："当然。"

墨时澈闻言只是淡淡地嗯了一声就没了下文，然后把所有咸鸭蛋的蛋黄都拨到了她碗里，他自己吃蛋白。

早餐过后，墨时澈把洛蔷薇送回医院，这才离开。

洛蔷薇进去医院洗了个手，等了十分钟就又出来了。

她立即打车到梧桐街中央花园的喷泉边，可根本没有看到想要找的那抹修长身影。

时间慢慢过去，洛蔷薇几乎找遍了整条梧桐街，却一无所获。

略微汗湿的长发黏在脸侧，她站在街边茫然地看着四周，一时竟不知道该走哪一边。

忽然，身侧有一个卖糖葫芦的老婆婆走过，洛蔷薇忙拉住对方："你好阿姨，我想问一下，你有没有见过一个大概这么高的男人，穿着那种很随性的T恤牛仔裤。"她伸手比画着，"他会弹吉他，他养了很多蝴蝶，就坐在这里的喷泉边上，每周五都来……"

老婆婆想了想，然后摇摇头："没见过。"

洛蔷薇颓然地放下手："不好意思，谢谢。"

此时手机响了，她看也没看就滑动接听了，那端传来男人低沉的嗓音："在哪里。"

"在医院，"洛蔷薇没什么心情，随便应付道，"先这样吧，这边不方便。"

她说完就挂断了电话。

停在街边的轿车上，男人挪开耳边的手机，抬眸看向不远处喷泉边上站着的纤细长裙女人。

她似乎很失落的样子，茶色长发被风吹乱竟然也不管，不停地左右看着，像是在努力寻找什么。

墨时澈正准备下车，忽然听见一道熟悉清脆的叫喊声传来："阿楚——"

他推开车门的手猛地一顿，随即整个身体都跟着僵硬了，像是一支无形的利箭从背后射过来，毫不费力地就射穿了他的心脏！

他缓慢地转过头，看见不远处的洛蔷薇双手拢在嘴边，沙哑焦急地大声喊着："燕楚！燕楚——"

一种极为酸涩无力的慌张感如同毒药在神经末梢蔓延开来，瞬间遍布全身，墨时澈喉结滚动，却只觉如鲠在喉。

喷泉边，洛蔷薇喊得嗓子生疼，想要继续去前面问人时，胳膊忽然被人大力一拽，男人低冷紧绷的嗓音蓦然响起："洛蔷薇。"

洛蔷薇愣了一下，猛地回过头，待看清男人的脸时却陡然清醒过来，只不过脸上表情还是有些蒙的："你……怎么在这？"

墨时澈没有错过她看到他时眼底那抹一闪而过的失望，心脏像是被一只大手紧紧攥住，连呼吸都变得有些困难——看到是他，就这么让她失落吗？

墨时澈几乎是面无表情地看着她，沙哑的声音也极冷："这话该我问你，一分钟前你在电话里说你在医院。"

"……"

所以他是看到她了，才打的电话？

洛蔷薇挣开他的手，抬手拨了拨凌乱的长发："我只是出来透透气，又不是囚犯，没必要什么都跟你交代吧。"

男人喉结上下滚动："为什么来梧桐街透气，这里离医院很远？"

她说得更随意了，像是在应付又像是真的不想跟他多说一句话："噢，可能因为这里漂亮。"

墨时澈盯着她精致瓷白的侧脸，以及她那飘忽不定却始终不愿意落在他身上的眼神，嘴角勾起阴冷跟嘲讽的笑，扣住洛蔷薇的手腕，拽着她就往车边走去。

"啊……"洛蔷薇猝不及防被他拉走，趔趄下险些跌倒，她奋力甩着手，可无法挣脱，就这么被他粗鲁地拉到车前，直接将她摁在了车门上。

洛蔷薇恼怒地蹙着眉："墨时澈你又发什么疯，我的手腕痛死了……"

下一秒，墨时澈低头凑过来，狠狠地封住了她张合的红唇。

带着无名怒气的吻瞬间席卷包围了她！

与其说是吻，不如说是啃咬，他霸道地封住她的嘴，咬她的唇瓣，咬她的舌头……带有强烈的掠夺占有意味。

洛蔷薇睁大眼睛，双手握拳在他身上捶打着："放……唔……"

她越是挣扎，他吻得越是凶猛，像是要把她吻死在他怀里。

直到她呼吸困难抬起膝盖顶向他的腹部，男人才堪堪松开她。

呼吸一得到自由，洛蔷薇抵在他胸膛上的双手立即用力，狠狠地将他推开！

墨时澈猝不及防之下往后退，背部重重撞在后方的路标杆上，发出刺耳的声响。

男人疼得俊脸微微一变，但痛色不过一闪而逝。

洛蔷薇用手背抹了抹微肿发疼的唇瓣，勾唇嘲讽道："墨总这是在回我昨晚的那个吻吗？可这么粗暴的吻我可是讨厌得很呢，说不定下次忍不住就一巴掌扇过去了。"

墨时澈漆黑的眸深沉地盯着她，喉间缓慢滚动，可"燕楚"两个字终究没有发出来。

见他不语，洛蔷薇也不想再说下去，生怕他又突然发疯吻过来："好了，我还有事，你忙你的。"

她说完转身要走，却被男人扯住胳膊推进了副驾驶座，他冷着俊脸发动引擎，直接掉头驶离梧桐街。

洛蔷薇攥着安全带，努力心平气和地问道："你这是要带我去哪里？"

墨时澈仍旧不说话，握着方向盘平静地看着前方，洛蔷薇看见他这副冷漠淡然的模样就来气，抬腿去踢他："墨时澈我要下车你听到没有！我不要坐你的车，我现在不想看到你！"

墨时澈神色一寒，握着方向盘的五指蓦地收紧，忽然重重一拳砸在了喇叭上！

嘀嘀嘀——

刺耳的声音响起，整辆车跟着晃动了一下。

洛蔷薇惊怔地看着他，她还是头一次看见他情绪这么暴躁。

墨时澈俊脸极冷，包裹在高档衬衫下的胸膛剧烈起伏，蓦地，仪表盘上的手机响了，他看也没看直接伸手接了，却不小心按成了免提。

极为客气恭敬的女声传来："墨先生您好，这里是beloved西餐厅，您早上预订的晚餐露天情侣座位现在已经准备完毕，请问您大概什么时候过来呢？"

"……"

车内突然陷入死一般的寂静。

洛蔷薇眼皮轻跳，原来他晚上约了其他女人啊，所以才会经过梧桐街，碰巧看到她？

手机里的声音还在响着："墨先生？墨先生您在听吗？"

墨时澈伸手想按挂断，可怎么按就是挂不掉，莫名的烦躁让他变得更加愤怒，他直接拿起手机扔向了后座。

咚的一声，车内瞬间安静了。

洛蔷薇："……"

然而安静不到二十秒，手机再次响起，墨时澈显然没有要接的意思，可铃声锲而不舍地响着，洛蔷薇被吵得头痛，转身伸手捞后座上的手机。

男人骤然出声，语气难得带着压抑的暴躁："不许捡！"

洛蔷薇不睬他，捞了半天才捞到手机，看着屏幕挑了下眉道："是奶奶，打的第四个了，你确定不接？"

墨时澈薄唇紧抿，拿过手机，清了清嗓子："奶奶。"

墨老太太焦急的声音传来："澈儿啊，刚才红樱的助理来电话说她在拍戏的时候摔伤了，我今天腿上老毛病又犯了去不了，你快过去看看，就在西郊的影视城……"

男人脸上没什么表情："我现在没空。"

墨老太太叹了口气，忧心忡忡道："你不去那我只能忍痛去了，澈儿，红樱是个好丫头，这些年对我一直很好，对你也好，她出事奶奶不可能不去看的。你就代替奶奶去看一眼不行吗？"

虽然没开扬声器，但洛蔷薇间或还是能听见几个字的，看样子奶奶很擅长在孙子面前演苦情戏啊……

说到最后，男人淡声应道："好。"

见他挂了电话，洛蔷薇主动开口道："你去忙你的吧，在路边把我放下来就行，我正好吃点东西散散步。"

墨时澈没看她，打了方向盘淡淡道："你堂妹拍戏摔伤了，奶奶让我代她过去看看，你陪我一起去。"

娱江影视城是江城最大的影视基地，占地面积近千亩，墨氏跟穆氏都持有这里的股份。

洛红樱在这拍一部古装宫廷大戏《美人红妆》，由知名畅销小说改编，关注度非常高，外界期待度也很高，她在剧中担纲女一号。

墨时澈的到来自然引起了一阵不小的轰动，不少明星跟导演都找借口往这边剧组凑，想要找机会跟他见上一面套个近乎，而且听说，他还带了新婚夫人来。

这还是除了婚礼之外，墨时澈第一次跟洛蔷薇共同出现在公共场合。

守在外面的洛红樱的经纪人余蓉见到墨时澈忙迎上来，哽咽着道："墨先生你终于来了，红樱现在在里面躺着，医生在给她检查，是从威亚上掉下来的，吓死我了……"

墨时澈俊脸上没什么表情，也没对此有所言语，只是回头看向身后不远处的洛蔷薇："你在那发什么呆。"

余蓉也跟着看过去，眼神立即带了几分敌意——很显然，嫌洛蔷薇跟过来碍事了。

洛蔷薇弯唇一笑："我没来过剧组，所以想看看宫廷剧的布置。"她优雅地伸了个懒腰，神态娇懒，"我去四周转转，你快进去看堂妹吧，我就不进去了，毕竟我对她没有祝福，我怕她被我气得吐血身亡。"

她说完转身就走，一旁的余蓉气得咬牙，忍不住哼道："还好意思说红樱是堂妹,身为堂姐居然说出这种话!"

一转头,余蓉却对上男人冷厉的目光,墨时澈语调很淡却很冷:"我太太说什么话还轮不到你来置喙,或者你有什么非提不可的意见,直接跟我说。"

"……"余蓉被他的话语震得心下微惊,忙摇头赔笑道,"墨先生误会了,我这人就是嘴碎了一点,我没有其他意思,更不可能诋毁洛……墨太太。"

墨时澈没再睬她,转身走进医务室。

病床上,还穿着古装戏服的洛红樱平躺着,两名医生正围在床边替她检查。

见到进来的男人,洛红樱本就泛着水光的眼睛一下子就红了,她忍着痛咬唇喊道:"时澈……"

墨时澈在病床边站定,低眸看了眼她手臂上的伤口,眼神跟情绪没有任何波动:"现在是什么情况?"

医生忙答道:"洛小姐从威亚上掉下来,右腿崴伤,左手轻微骨折,后脑也有点伤口,但目前没有大出血……"

男人直接打断他的话:"现在就送医院。"

洛红樱见他竟然如此关心自己,心中一喜,声音更娇柔动人了:"我没事的时澈,就是有点疼。谢谢你来看我,耽误你的时间了,可是我不想去医院,我害怕……"

"去第一医院,离家里近,奶奶想过去看你方便,"墨时澈淡淡地道,"她年纪大了,腿脚不方便,如果如你所说没事,以后这种事就不要告诉她,让她白白着急担心。"

洛红樱一愣,随即委屈地道:"不是的时澈,我……我其实想打电话给你,但我怕你嫌我烦……"

"也没必要打电话给我,洛二小姐,我结婚了,我妻子是你堂姐。"

墨时澈垂眸看着洛红樱,眼神是丝毫不掩饰的淡漠无情:"你受伤应该第一时间通知你的家人,而不是我跟我奶奶,或者是你堂姐要来看你,我作为你堂姐夫陪她过来。"

"……"

洛红樱一震，难以置信地抬眸看他——这可以算是她认识墨时澈到现在，他第一次对她说这么多字的话，说的却是这样的内容！

他这是什么意思，警告她不要过分接近他吗？可是她是他的私人医生，这些年一直陪伴他左右照顾他的身体，至于对他的感情……

她虽然从来没有像洛蔷薇那样表白过，但她不信墨时澈真的不知道！

洛红樱嘴唇颤动，嗓音哽咽着："可是时澈，在我眼里你跟奶奶都是我的家人，我一心一意对你们好，可是堂姐呢？她喜欢你追你，就想赶走我，还对你做了那么多失礼的事，为了得到你还算计你，你难道真的喜欢这样的女人吗？"

"她算不算计是她的事，我喜不喜欢是我的事，而我们是夫妻，"男人平淡的话语却带着无形的冷意，"所以这些都是我们夫妻二人的事，不需要向你交代，你也无权知道。"

墨时澈没有多待，等医生替洛红樱检查完后，他拨通了墨老太太的电话，让她跟洛红樱通了话放了心，就离开了。

他一走，洛红樱竭力维持的镇定就彻底崩塌了，她赶走了医生，余蓉推门进来，就看见她狠狠地把杯子摔在地上："洛蔷薇！"

"哎呀我的小祖宗啊，"余蓉赶忙跑过来，扶着她躺下，"你别砸了，这还轻微骨折呢，而且外边都是演员，别被人拍到落下话柄。"

洛红樱双眼通红，脸上是不甘和嫉恨的神色，没受伤的手死死地握拳："凭什么，他凭什么说我没必要打电话给他？洛蔷薇耍了手段才嫁给他的，时澈根本就不喜欢她！他们迟早要离婚的！"

她知道前几天在医院的事可能过了点，导致墨时澈对她的印象减分，所以她今天故意从威亚上摔下来，本以为能扳回一局，没想到他竟然说这样一番话！

"男人嘛，都是要面子的，要出轨谁会摆在嘴巴上说啊？"余蓉说道，"墨少来看你不就证明他是在乎你的？只不过洛蔷薇那贱人也跟着来了，所以他只能表现得淡淡一点，更何况他奶奶还那么喜欢你，你又是他的私人医生，别着急，慢慢来，他迟早是你的。"

洛红樱咬牙："可我不知道还要等多久，我一看到时澈跟那个贱人在一起就受不了，他应该是我的男人！"

余蓉拍拍她的手，笑了笑："他们在一起不过因为是夫妻，刚才出现的时候也没多亲密，而且洛蔷薇的性子又那么嚣张跋扈，我们有的是办法让她捅娄子犯错误……"

洛蔷薇懒洋洋地在剧组四处乱逛，虽然刚才那话是用来搪塞墨时澈的，但她确实也对拍戏这些事很好奇。

她绕过拍摄用的大殿房间，忽然听到一道尖锐蛮横的女声："就是你干的！"

她侧首看去，只见几个穿着戏服的女人站在不远处的房檐下，其中一个盘发的女人正推搡着另一个女人，那盘发女人边上的人也在帮衬着，一副仗势欺人的模样。

洛蔷薇一眼认出了那盘发的女人——林雅萍，洛红樱在娱乐圈的好闺密。

上一世洛红樱设计洛蔷薇跟燕楚被墨时澈捉奸在床，林雅萍就帮了不少忙，包括后来洛蔷薇被送到疯人院，在里面被残忍虐待鞭打，都有这女人的功劳。

而洛蔷薇更是清楚地记得，洛红樱在疯人院用尖针扎自己的胸时，林雅萍就站在边上笑，甚至用高跟鞋鞋跟踩她隆起的腹部，还拿板凳的凳脚用力砸她的手指，导致她右手指骨碎裂！

那些生不如死的惨痛经历还历历在目，洛蔷薇眼里浮现一抹强烈的恨意，她攥紧手指，微微昂首走了过去。

林雅萍正拿着件名牌连衣裙冲面前的女人吼着，气焰极高："唐思甜我告诉你，除非你能找到一个人证明我这裙子上的水不是你泼的，不然这事没那么容易过去！"

她身边站着四五个女人，都双手环胸眼神凶狠。

唐思甜拿着道具扇，漂亮恬静的脸上是毫无攻击性的轻柔笑容："林小姐，我说过是你误会了，我没有朝你的衣服上泼水，对我来说没有好处的事我没必要做。"

"呵呵,话都是你一个人说的,谁知道你居心何在,说不定你嫉妒我的这件连衣裙是个人定制款。"林雅萍冷笑,尖酸地道,"你有本事就找人给你证明,不然就给我舔干净!"

唐思甜闻言蹙起秀气的眉,也知道林雅萍是故意为难自己,不过就是因为自己没跟她们站在一边。

她只是单纯不太喜欢洛红樱,而且也不想参与女演员之间的拉帮结派,只想好好拍戏。

见她不说话,林雅萍底气更足,正要继续发难,一道懒洋洋的娇软嗓音传来:"谁说没人了,我做证啊。"

所有人都是一愣,抬头就看见穿着花瓣长裙的美丽女人施施然走过来。

洛蔷薇笑容张扬夺目:"这不是林家三小姐嘛,好久不见,原来你还活着啊。"

林雅萍见到她,表情更为蔑视了,听见她的话时脸一沉:"哟,这不是前段时间沸沸扬扬逼婚的洛大小姐吗?耍贱人手段逼不爱你的男人娶了你,还有脸出来呢?"

洛蔷薇却忽然皱起眉头,伸手拢在耳边:"哎,什么声音?"

林雅萍愣住:"什么?"

"噢,没什么,"洛蔷薇嘴角弯起抹笑看向她,"刚才有点吵,我以为是狗在叫呢。"

"噗……"唐思甜忍不住笑出声来。

林雅萍这才反应过来洛蔷薇在讽刺自己:"你……"她咬牙道,"洛蔷薇,你凭什么做证,你算什么东西!"

"你说了啊,我是洛大小姐,又逼男人娶了我,所以我现在还是江城第一豪门墨家的大少奶奶。"洛蔷薇笑得眉眼弯弯,"如果我都不算什么东西,那你岂不是猪狗不如?"

"……"林雅萍被噎得一时无法反驳,随即冷笑,"行啊,你拿什么证明这水不是唐思甜泼到我裙子上的?"

"证据啊……"洛蔷薇懒懒地挑眉，忽然弯腰端起一旁栏杆上的热水瓶，直接泼向林雅萍手里拿着的连衣裙！

"啊——"

热水瓶里的水自然是烫的，就这么泼到了连衣裙上，有一部分甚至溅到了林雅萍的手上，她被烫得立即痛呼出声，手也跟着松开了。

那条高档的连衣裙直接掉在地上，因为被开水烫过，上面的装饰都变了形，完全不能穿了。

林雅萍心疼地瞪大眼睛，气得话都说不完整："你……你……"

洛蔷薇直接把热水瓶朝她丢过去，林雅萍吓得赶忙躲开，却踩到了边上朋友的鞋子，几个人撞来撞去跌倒在地，折腾半天才被扶起来。

洛蔷薇似乎嫌脏，拍了拍手，林雅萍捂着手背瞪她："洛蔷薇！"

"你不是说要证明不是唐思甜泼的吗？"洛蔷薇摊手一笑，"我证明了呀——不是她泼的，是我泼的。"

"……"林雅萍愣了下，随即咬牙道，"你想挑事是吧？！"

洛蔷薇仍旧在笑，只不过眼底是没有笑意的："没错，你说得很对，我是想挑事啊，而且挑的就是你，怎么样？"

林雅萍完全没想到她会这么嚣张，冷冷地道："你以为你现在是墨家大少奶奶就了不起了？我告诉你，红樱可是墨老太太最宠爱的人，而且她跟墨家二小姐墨梨儿是闺密，墨大少爷今天还特意来看她，她在墨家地位比你高多了！"

说着，林雅萍正想叫身边的姐妹们帮忙，一旁却忽然传来一道磁性轻佻的嗓音："这么热闹。"

高大的男人朝这边走近。

穆云深穿着粉蓝色衬衫，薄唇间叼着根烟，单手插兜，俊美妖孽的眉眼间透着几分懒散和漫不经心。

洛蔷薇弯唇笑道："原来是穆公子，是过来找墨时澈的？"

"找他做什么，"穆云深迈着长腿悠然地走过来，开口时语气带着撩人的轻痞笑意，"我对男人不感兴趣，只喜欢漂亮女人。"

一旁的林雅萍看着这和谐的一幕，忙委屈地出声道："穆公子，你来评评理,唐小姐故意朝我的衣服泼水,洛大小姐还拿热水泼我,她们是不是该向我道歉?"

穆云深伸手取下唇间的烟,似笑非笑:"哦?两位这么勇敢。"

洛蔷薇一笑:"谢谢穆公子夸奖。"

林雅萍攥紧了手,忙又道:"对了穆公子,梨儿昨天还跟我和红樱视频聊天了,她还提到你了。"

"是吗?"穆云深淡淡应了句,长指弹了弹烟灰,"泼个水而已,女孩子嘛,不就是喜欢打打闹闹,我想不是什么大不了的事,林小姐应该也有这样大家闺秀的胸襟吧?"

他轻描淡写的一句话,相当于替洛蔷薇和唐思甜解了围。

林雅萍纵然惊讶他会这么说,但穆云深既然开了这样的口,她肯定不可能再做什么,否则就会得罪他了。

洛蔷薇弯着眉眼,笑意明艳:"穆公子果然是非分明,不愧是江城的少女杀手,让人忍不住心动呢。"

她说着回过头,本想让唐思甜说几句话,却见她双颊绯红,微微咬唇垂着眼眸,似乎……有点紧张又有点害羞的样子。

洛蔷薇仿佛想到了什么,嘴角勾起一抹了然的笑。

此时,不远处传来一道极为严厉的声音:"你们几个!在那边做什么!这戏到底还拍不拍了?!"

而后一个穿着T恤跟沙滩裤的男人走了过来,一脸不满,三十出头,脑后留着一点小辫子,下巴有文人惯有的随性的青色胡楂。

洛蔷薇立即认出了他——国际知名导演,刚从美国回来,在影视方面造诣极高,水平圈内圈外公认地好,名声很响,名字叫……岳京。

真是个大胆又特别的名字啊。

一想到这个,洛蔷薇忍不住弯起嘴角笑了,岳京的目光正好扫过她的脸,原本布满乌云的神情顿时愣住,他就这么盯着洛蔷薇的笑容看。

洛蔷薇还以为自己偷笑被发现了,正要开口,岳京却忽然指着她道:"你,过来试一下戏。"

洛蔷薇愣了一下,以为他认错人了:"我?"

"说的就是你！"岳京瞪她一眼，"我没那么多时间磨蹭，还不快过来！"

他说完转身走向拍摄棚，冲助手大声道："把洛红樱的女主戏服拿来给她穿，第一遍试戏，全部人员就位！"

洛蔷薇完全没反应过来，身侧的俊美男人淡笑着道："岳京这人向来目中无人我行我素，能被他看上的女演员没几个，既然选中你，试试看嘛，你反正也无聊。"

洛蔷薇回头看他，眼角微挑："穆公子为什么希望我试试看？"

穆云深叼着烟，含混随意地道："大概是因为墨时澈扔我的车钥匙，所以我想让他不爽。"

洛蔷薇："……"

兄弟感情真是深啊。

不过……试戏？还是洛红樱的女主戏份吗？

洛蔷薇纤指卷着发尾，没再多想，直接往前走去。

因为其他人员也要准备，唐思甜也忙跟了上去，不知是不是她走得太急，经过穆云深身边时崴了下，男人一把扶住她，天生痞气磁哑的嗓音响在她耳畔："小心。"

唐思甜脸颊更烫，头也没抬地道："谢谢。"

穆云深也不在意，松开了手。

因为是古装宫廷戏，戏服很繁缛，洛蔷薇一个人无法穿好，唐思甜便进来更衣室帮忙，趁着服装师去拿东西的时候，忽然道："洛小姐，刚才谢谢你替我解围。"

洛蔷薇勾唇笑了下："没事，我这人就喜欢打狗，尤其是那种乱咬人的。"

唐思甜被她逗笑，弯腰替她系腰带，洛蔷薇低头看见她还微微泛红的脸蛋，不由得想到上一世听到的消息——穆家大公子穆云深跟唐家二小姐唐思甜结婚了。

"好了，"唐思甜系好腰带后直起身，退后几步打量洛蔷薇的全身，由衷地赞叹道，"洛小姐，你好美，这个造型比洛红樱适合多了。"

洛蔷薇眯着眼道:"你说这话不怕被洛红樱听到然后找你麻烦?"

唐思甜微微一笑:"不说也会找啊,没区别呢。"

说得也是。

这妹子性格不错啊,蛮可爱的。

换好戏服后,洛蔷薇看了看剧本,幸好这场戏台词不多——她饰演的女主阮红妆是个贵妃,正冲另一个六品的贵人发脾气,质问她为什么陷害自己的孩子。

而饰演这个贵人的……正好是林雅萍。

洛蔷薇施施然走进来,姿势跟表情,真的犹如高贵骄傲的贵妃,气质完全浑然天成!

林雅萍看着朝自己走来的美人,不由得有些呆了。洛蔷薇来到她面前,扬手直接狠狠甩了她一巴掌。

洛蔷薇用了极大的力气,在林雅萍身形摇晃时忽然上前,一把揪住她的领子,冷艳的脸逼近,细白的齿咬着红唇逼问:"为什么陷害我的孩子?"

林雅萍瞪大眼睛看着她,不知道为什么,她竟然觉得洛蔷薇眼底的恨意是真实存在的,不是装出来的。

下一个镜头就是洛蔷薇转过身,看向门口走进来的皇帝。

就在她转身回眸那一刹那,在场所有工作人员几乎都愣住了,没有一个人出声——实在是太惊艳了。

并不是说洛蔷薇演技有多精湛出众,而是她长得太美,五官极其精致,妖娆与美艳结合,站着这样回眸一笑,就给人视觉的强大冲击与震撼!

虽然洛红樱也很美,但跟洛蔷薇完全不能相比,洛红樱美得不够震撼,也没有惊艳的感觉。

连向来眼界极高的岳京都怔住了,坐在摄像机屏幕前半晌说不出话。

周围一片安静,鸦雀无声。

洛蔷薇维持着回眸的姿势,不由得有些尴尬。这是什么情况,她是不是哪里没演好出丑了?

此时，墨时澈迈着长腿从不远处走过来，皱眉寻找着洛蔷薇的身影，那女人难道又趁机偷跑了？

然而他才走到拍摄棚边，就看见叼着根烟站在那的男人，顿时眯起眼问道："你怎么来了？"

穆云深斜眸觑他一眼："你的小娇妻在这惊艳全场，我闲着无聊看个戏。"

墨时澈眉头一皱，侧首看去，果然看见穿着华丽贵妃长裙、站在聚光灯正中央的洛蔷薇，而在场的所有男人眼睛都盯着她。

墨时澈俊脸蓦地一沉，骤然冷了声音："洛蔷薇，你给我下来！"

他一出声，大家都吓了一跳，纷纷低头摆弄手里的东西掩饰。

洛蔷薇本就尴尬死了，见他来了忙走下来，低声道："甜妹，你快来帮我换一下衣服，我那咬人不眨眼的老公来了。"

唐思甜再次被逗笑，忙扶着洛蔷薇去更衣间换衣服。

因为是试戏，所以洛蔷薇没化妆，很快换好衣服就出来了。她直接走到穆云深面前道："穆公子，今天还要多谢你推荐我去试戏呢，要不我肯定不敢，虽然没成功，但也算尝试一次了。"

一旁的墨时澈眼神立即冷了下来："洛蔷薇。"

"干吗？"洛蔷薇皱眉看他一眼，又看向穆云深，纤指卷着发梢笑道："不知道穆公子待会儿有没有空，为表示感谢，我想请你吃个……"

"他没有空，马上就要去谈事。"墨时澈接话，同时伸手拽住洛蔷薇的手腕，"我们现在回家。"

难得见墨时澈这副急躁愤怒偏又压抑的模样，穆云深挑眉，悠悠然开口道："嗯哼，我可能不谈事了，也许有空。"

洛蔷薇眼角一弯，其实是自己嘴馋了："那好啊，我正好知道一家冰激凌……"

"你没空，"墨时澈一把将她扯到自己身后，眉眼阴沉暗含警告，直视着穆云深，"你确定不去谈事？"

啧啧，他这还不是吃醋？这醋味都快酸死个人了。

穆云深故意叼着烟想了一会儿，才慢悠悠地道："哦，可能又要去了,那下次吧洛大小姐,先欠着。"

墨时澈眼神更冷,穆云深眼皮一跳,改了口:"不好意思,墨太太。"

洛蔷薇也不在意,淡淡一笑:"行啊,下次……"

她话还没说完,人就被墨时澈直接扣着腰搂走了,走过穆云深身边时,墨时澈还"不小心"用力踩了他一脚。

穆云深:"……"

他们走后,才从震惊里回过神的岳京立即起身要他们找人。

穆云深兴致盎然地眯起眼,掐灭烟头走过去:"洛大小姐的电话嘛,我有,想找她演女一号?"

回程路上墨时澈一直没说话,轿车直接开进了墨家别墅。

车刚停稳,洛蔷薇就打开车门下了车,径直进门换鞋往楼上走去,却在楼梯口被追上来的男人一把拽住胳膊:"洛蔷薇。"

洛蔷薇回过头,入目是男人一张阴沉的俊脸,眉眼处都是结了冰的阴霾,她略一挑眉:"墨总这又怎么了,煤气罐属性发作了?"

墨时澈没说话,只是沉沉地盯着她,手上越发用力,她感觉到疼,皱眉甩手:"墨时澈你放手!"

男人冷冷嘲讽:"放开你让你去那些男人面前搔首弄姿吗?"

洛蔷薇愣了一下才反应过来这个词语的意思,柳眉冷挑:"就算是这样怎么了,难道犯法吗?"

墨时澈冷笑道:"洛蔷薇,你想勾引云深以此来气我,嗯?"

"墨总真不是一般脸大呢,我勾引谁也不是为了气你,你能去看洛红樱我就不能跟穆公子说说话了?"

"就只是说说话?你不是还要约他去吃冰激凌?"

洛蔷薇笑盈盈地看着他,叹了口气:"其实说起来我也是蛮傻的,你说如果我一开始就是喜欢穆云深追他的话,可能我们会青梅竹马两情相悦步入婚姻殿堂生儿育女白头偕老……"

墨时澈眼神蓦地一冷:"洛蔷薇!"

洛蔷薇踮起脚，一张明艳的脸凑近他，眼睛里亮晶晶的全是挑衅："不爽的话……咬死我啊？"

墨时澈喉结一滚，下一秒伸手扣住她的后脑勺，低下头在她的红唇上重重咬了一下。

洛蔷薇疼得捂住嘴巴，抬眸怒瞪向他，偏偏男人面无表情地道："你叫我咬的，没咬死你算你欠我一条命。"

"……"

洛蔷薇转身走上台阶，同他拉开安全距离后，这才回头娇俏一笑，故意气他："对了，麻烦老公大人帮我转告一下穆公子，如果他对我有意思可以追我，毕竟我们的婚姻没有爱情完全是假的，你不如成全我跟你兄弟，做做好事回报社会啊。"

墨时澈仍旧没有表情，薄唇吐出冰冷的话："云深跟梨儿有婚约，他是我妹夫，我不会让你招惹他，你给我断了这心思。"

洛蔷薇微微一笑，眼底却是嘲讽而冰冷的："妹夫怎么了，你不也是洛红樱姐夫吗？人心难测，谁又知道谁是当真的。"

丢下这句话，她不再给他出声的机会，转身上了楼。

独留下俊美的男人站在楼梯口，暖黄的灯照在他头顶，在他眼下洒落一片阴霾。

墨时澈直接去了书房。

他坐在偌大的办公桌前，电脑屏幕上显示着核心数据，工作向来能让他冷静下来，可现在他一个数字都看不进去，只觉得越来越烦躁。

一想到她在影视城对穆云深言笑晏晏的模样，他就觉得心口像是有一只猫爪子在死命地挠。

蓦地，桌上的手机响起，来电显示……穆云深。

墨时澈看了眼，脸色顿时更黑了，他将手机翻了过去，直接无视。

过了不到一分钟，手机又响了，男人伸手摁掉。

直到数不清第几个电话响起，墨时澈彻底怒了，拿起手机接通："你有完没完？！"

"火气这么大，连我的电话都不接了，"那端，男人语气轻佻撩人，"你别告诉我你还在生气。"

"有事快说，"墨时澈沉着口气，"没事我挂了。"

穆云深慵懒地拉长音调："有事啊，我就想问问你洛大小姐睡了没，今天月色这么好，如果没睡出来吃冰激凌……"

墨时澈嗓音里压抑着暴躁，重重咬他的名字："穆云深！"

穆云深把手机拿远了点："耳膜都快被你震破了，我说你怎么跟个怨妇似的，什么时候开始你这刀枪不入的性格还会生气了，我很好奇洛蔷薇是怎么把你给驯服的。"

墨时澈沉默片刻，嗓音变得又冷又硬："所以你是特意打电话过来气我的？"

穆云深挑眉哼了一声："我本来觉得你被逼结个婚也无所谓，不过就是多了个女人，还是个百依百顺爱你的漂亮女人，日子只会过得更爽，怎么现在看来，你好像就差没被气得跳楼了？"

墨时澈嗓音冷冰冰的："你的错觉。"

穆云深低低地笑："行行行，看在你爱我这么多年的分上，要不要我教你怎么追女人？尤其是洛蔷薇那种曾经深爱你的女人，其实你想追很容易，但前提是——你没做过什么伤她太深的事，没有吧？"

这端安静了片刻，墨时澈低哑夹杂冷嘲的声音才响起："我伤害她？是她每天都在找那个叫什么燕楚的男人，鬼知道是谁。"

"时澈。"

"我不知道我还剩几条命给这个遗传的玩意儿折腾，云深，我从没想过结婚，也不想祸害其他人，是她拼命要缠上来的，"墨时澈晦暗地笑道，"既然缠了这么年，把我缠出了兴趣，她以为现在想走就能走吗？"

穆云深抿唇，沉声道："你爸都还活着，说明并不一定三十岁就是终点，他肯定有办法缓解毒性，等他下一次回来。"

"我爸有多讨厌我需要我告诉你吗？下一次回来……"男人唇边蔓延出更深更冷的笑，"也许他下一次会直接带枪回来杀我，毕竟我不是他跟那女人生的，他嫌我脏了他的血脉。"

穆云深沉默，良久才嗓音清晰地道："我绝对不会让你有事，你别想死了后把唐门的烂摊子丢给我，墨时澈，你给我好好活着。"

第二天一早，洛蔷薇是被电话吵醒的。

对方简单说明意图后，她也没多想，直接答应了。

午后的咖啡厅客人不多，洛蔷薇推门走进去，靠窗坐着的男人立即站起来朝她挥手："洛小姐，这边。"

洛蔷薇取下墨镜走过去，在他对面坐下，拨了拨头发："你好。"

年轻男人礼貌地笑道："洛小姐你好，我是娱月公司的。是这样的，昨天你的表演很让人惊艳，我们想邀请您参演古装宫廷大戏《美人红妆》饰演女主角阮红妆。"

洛蔷薇愣了一下，把玩墨镜的纤指也顿住了，她诧异地挑眉："邀请我？我没演过戏也不是科班出身，更没接触过表演这类东西，你确定不是在跟我开玩笑？"

"不是开玩笑，虽然演技专业很重要，但演戏最重要的是赏心悦目。"年轻男人微笑道，"洛小姐，你这张让人惊艳的脸就是资本，只要你往那一站，哪怕是忘词了，我想我们的收视率都会只增不减。"

洛蔷薇："……"

这真的是在夸她吗？

不过女人听到这种夸奖的话总是高兴的，她弯唇一笑："所以你们确定就是要我吗？可是进娱乐圈，我总觉得很麻烦很复杂呢，更何况我已经结婚了。"

"别人结婚了也许我们就不考虑了，但你的丈夫是墨时澈墨先生，江城应该没有女人不仰慕他，有这样的完美男神添加话题，我觉得我们的收视率更有保障了。"

"……"

"洛小姐只要答应，我们公司会立即跟你签约，用尽所有资源来捧你，让你成为闪耀夺目的娱乐圈女王。"年轻男人看着她，"据我所知，洛红樱小姐作为你的堂妹，也是墨先生的私人医生，跟他的关系挺亲近的，墨先生昨天不就是去影视城看受伤的她吗？至于你们的关系……"

他笑了笑，没有点破："我想你应该希望洛红樱小姐看到你取代她变成女主角，有时候踩人用其他方式会更让人……生气。"

洛蔷薇眯起眼睛，懒懒地道："你了解得挺多嘛。"

进娱乐圈吗？她非常需要钱，要妥善安置妈妈并且养活自己，作为明星最起码能满足这点要求。

洛蔷薇搅动着杯中的咖啡，良久出声道："好，我们签约吧。"

年轻男人像是知道她会答应，从身侧的公文包里拿出一沓合同："好的洛小姐，这是合约你看一下。对了，我忘了自我介绍，我是岳导的侄子，以后也是你的经纪人，我叫杨伟。"

洛蔷薇："……"

果然跟岳京大导演是一家人啊……

墨时澈晚上有个应酬，回到家已经是九点多了，跟奶奶打过招呼，他直接上了楼。

卧室内，洛蔷薇窝在躺椅上，长发全束在脑后，露出光洁的额头，她正抱着一堆纸，一手拿着笔写写画画，一副认真又刻苦的模样。

墨时澈皱起眉头，加重脚步走进去，放东西、开关衣柜都很大声。

洛蔷薇知道是他，但没理。昨天她才挑衅地说要跟穆云深在一起，就他的心眼跟脾气应该还要气个几天，正好，省得她还要应付他。

但她显然想错了。

墨时澈换了家居服就出去了，然后很快就又进来，虽然没有做什么，但他就是在房间不停走来走去，一会儿拉开床头柜抽屉，一会儿在她边上的柜子里翻东西……

不知道反复多少次后，洛蔷薇终于被吵得麥毛了，忍无可忍地站起身来："墨时澈你烦不烦！走来走去吵死了！"

听到她终于出声，男人嘴角勾起微不可见的弧度，转身面向她时却面无表情地道："怎么，我的卧室我还不能走动了吗？"

"你不就是看我坐在这里才走来走去的？"洛蔷薇圆睁着眼瞪着他，

本来要熟悉加背剧本就很烦躁了,这会儿更是气得抓头发,"要我滚出这个房间你才满意吗?"

墨时澈原本看她难得芙毛抓狂的模样莫名觉得有点……可爱,但一听她说的话,俊脸瞬间冷了下来:"你想滚去哪里,云深怀里?"

"……"洛蔷薇一愣,随即气得笑了,"合着你还在思考我跟穆公子的事吗?你要是这么要求也可以啊,我现在就收拾东西滚去他家,指不定你明天就能收到我们的婚礼请柬。"

墨时澈脸色更加阴沉:"云深不会喜欢你,他喜欢梨儿,更何况你以为穆家能接受你一个离过婚的女人?你除了一张漂亮的脸还有什么拿得出手?"

"谢谢墨总夸我,但我除了漂亮也不是一无所有啊,"洛蔷薇勾唇,"我这不是还有一个想来跟我求和又死鸭子嘴硬的丈夫吗?"

墨时澈神色蓦然僵冷:"我找你求和?洛蔷薇,我们两个是谁犯错误了?"

洛蔷薇微仰起脸,嘲讽地笑道:"麻烦墨总弄清楚,我去影视城是你硬拽我去的,就允许你去看洛红樱,不允许我试个戏看个帅哥了?不说我根本没做什么,要非说犯错,鬼知道你跟洛红樱在医务室发生了什么,说不定在偷情呢!"

墨时澈似笑非笑:"我看着像是会偷情的人?"

洛蔷薇扯唇道:"我可看不出来,毕竟这世道衣冠禽兽太多。"她说着摊了摊手,"不过我没所谓,你们爱怎么着就怎么着,但能不能别总没事找我磋,我们各玩各的不好吗?"

墨时澈一张俊脸已经阴冷到没了表情,他忽然上前几步,目光扫过她放在躺椅上的剧本。

洛蔷薇还没反应过来他要做什么,男人已经转身走了出去。

她松了口气,知道他肯定是又生气了,但她管不了那么多,明天还要去见导演跟制片人,她至少得先熟悉剧本。

事实证明她太低估了某人的怒意。

第二天一早,洛蔷薇才到片场就被经纪人杨伟告知,制片人暂时不见她，原因很简单，投资方不同意用她。

杨伟一脸不可思议地看着她："洛小姐，我以为你这种极品美女，把老公哄好应该很容易的呀，所以我昨天都没担心墨先生会不同意你进娱乐圈。"

"……"

洛蔷薇立即拨通墨时澈的电话号码，响了一会儿那端才接通，男人语气淡漠地道："什么事？"

她开门见山地问："墨时澈，是不是你让投资方别用我？"

他也没否认："可能是。"

洛蔷薇咬牙："你什么意思？我进娱乐圈跟你有什么关系，你想怎么样？"

"不是你说的嘛，各玩各的，"墨时澈淡淡地道，"所以我现在在玩我的，你又打电话来质问我干预我，是想主动求和？"

"……"

洛蔷薇被气得一时接不上话，那端男人又淡声道："就这样，我有会议。"

"墨时澈你……"

不等她把话说完，通话直接被掐断。

洛蔷薇听着听筒内嘟嘟的声音，气得差点把手机摔了。

这个不要脸的浑蛋！

洛蔷薇让杨伟尝试跟投资方谈，包括岳京也去沟通了，但皆是无果——整个娱江影视城都有墨氏入股，没哪个不长眼的敢得罪墨时澈。

洛蔷薇趴在影视城休息区的桌子上，一下午都在给墨时澈发短信，疯狂地轰炸他。

"墨时澈我告诉你你这种行为太卑鄙了！"

"你对付女人就用这种手段吗，难道你怕我进娱乐圈抢了洛红樱的风头？你们狼狈为奸！"

"你这个宇宙第一大渣男！还不接我的电话，你到底想怎么样？！"

不知道发了多少条消息，就在洛蔷薇手都酸了、手机也快没电的时候，突然提示有新信息。

她一愣，忙点开——

墨时澈："想睡你。"

"……"

洛蔷薇愣了几秒钟，忍不住脸红却又生气，回复："就因为这个破事，所以你让投资方不许用我？！"

墨时澈："是，但你不是经常说嘛——你咬我？"

"……"

洛蔷薇离开影视城后直接去了商场，逛到将近八点才回家。

墨时澈今天回来得很早，也已经洗过澡，穿着深灰色浴袍坐在落地窗边看周刊，手边还摆着一杯红酒。

听见她走进来的动静，男人头也没抬，直到洛蔷薇主动出声："墨总？"

墨时澈伸手端过高脚杯，优雅地抿了口酒："有事就说。"

"……"洛蔷薇深吸口气，摆出一个标准的微笑脸，"我现在去洗澡，洗完我们可不可以做一下夫妻之间的事？"

男人表情淡漠，黑眸平静无波，半晌才淡淡道："看你表现，看我心情。"

"好的……墨总。"

洛蔷薇强忍着上前扇他的冲动，转身拎着购物袋进了浴室。

三十分钟后，浴室的门被推开。

一阵带着香味的水汽扑面而来，墨时澈抬头就看见靠在门边的女人——

洛蔷薇走了出来，极短的裙摆遮不住大腿以上的风光，两根细长的吊带下露出肩膀到胸前一大片白皙的肌肤，再往下是不盈一握的腰肢……

她身姿妖娆地走向他，在他面前站定，微弯下腰，一张美艳风情的脸凑近他，娇媚地嘟着红唇道："老公，我洗好了，你是不是已经等得着急了呀？"

　　她说这话时微微朝他吹了口气，媚眼如丝，完全展露出女人的极致诱惑。

　　这女人……就是个活脱脱的妖精。

　　墨时澈喉结滚动，低哑地笑道："是我着急还是你着急？特意去买了件这么性感的睡裙，专门为了勾引我？"

　　"老公这话说的，我买睡裙当然是为了你呀。"洛蔷薇眯着妖媚的眼，小巧的舌尖伸出来在红唇上舔着，娇软地道，"我这么听话这么为你的'性福'着想，你是不是该奖励我呢？"

　　她其实也没做什么，但几句话几个小动作就足够勾起他浓烈的欲望。

　　墨时澈感觉下腹骤然紧绷，喉结已然滚烫，他眯眼笑了："洛蔷薇，我承认你是第一个成功勾引我的女人。"

　　他说着朝她伸出手去，想要搂她的腰，洛蔷薇却忽然向后退了几步，伸手按在胸口："老公，做之前我们要把话说清楚才行。"

　　墨时澈站起身来，一双黑眸如同看猎物般盯着她，长腿朝她迈了过来："说。"

　　"我要进娱乐圈，我要拍戏，我要当《美人红妆》的女主角，你要配合我宣传。"她往后退着躲开他的手，"你先答应我这些，否则我不跟你做。"

　　到了这一步，墨时澈哪里还会思考那么多，她说什么他都只会答应："好。"他几乎没有任何犹豫，嗓音喑哑，"你想要什么都行，只要你说的，我都答应你。"

　　洛蔷薇没想到会这么顺利，愣了一下，下一秒细腰就被一把搂住，紧接着就被男人抱了起来，一阵天旋地转之后被压在了床上。

　　墨时澈身体完全压着她，俯下身，薄唇落在她的脸蛋上。

　　她几乎下意识就闭上了眼睛。

　　"睁开眼睛，看着我。"

　　他的声音低沉而带着蛊惑意味，洛蔷薇缓缓睁开眼睛，哪怕她竭力克制，墨时澈还是清晰地从她眼里看见了抗拒与排斥。

他拨开她脸上的发丝，很耐心地吻着她的眉心、鼻尖，一直到嘴角："我会很轻，我保证，如果你痛了就打我，打到你泄气为止，嗯？"

洛蔷薇不知道该如何应对，只得僵硬地点了点头。

她不该再拒绝，也没有理由拒绝。

今晚她买睡裙时就决定豁出去了，只要能让自己强大起来，摆脱现在的生活摆脱他，那么睡一次没什么，她不该纠结在意，她也不是什么青涩女孩了。

可真正到了这一步，她还是控制不住自己的生理反应。她无法接受他，不管是身体还是心理，她都极度排斥他的亲昵。

感觉男人的手开始游移，洛蔷薇整个人更加僵硬了，垂在身侧的手紧握成拳，呼吸开始变得急促。

墨时澈的吻从她的下巴一路往下，在她脖颈处的蝴蝶胎记上来回亲吻着，一手摸到了她的底裤，就要扯下……

洛蔷薇胃里突然一阵翻涌，喉间骤然涌上一股腥甜，她猛地推开身上的男人，翻了个身趴在床沿："哎——"

她午餐吃得很少，又没吃晚餐，所以什么都吐不出来，只是不停地干呕着。

墨时澈本来沉溺于女人柔软的身体中，猝不及防被推开跌下床，手撑住地毯才稳住了身形，然后抬头就看见趴在那干呕的女人。

她神色痛苦地皱着眉，眼角被逼出了生理眼泪，喉咙处收缩，绝对不是装出来的。

墨时澈几乎刹那间黑了脸，巨大的挫败感像是一颗子弹，快准狠地射中了他的心脏，一股说不清的情绪蔓延开来，死死扼住了他的咽喉。

但他只是抿紧了唇，并没有说什么，过去很轻地将她扶起来，抱进了浴室。

洛蔷薇被男人放在洗手池旁，听见他低声道："需不需要去医院。"

"不用……"她轻摇下头，没有看他，很慢地道，"让我一个人待一会儿，你出去……关门。"

墨时澈低头深深地看她一眼，而后转身走出去，带上了门。

洛蔷薇在洗手池上趴了一会儿，那股难受的感觉好些后，她才拧开水龙头漱口。

墨时澈颀长的身形立在落地窗旁，看着窗外一片静谧的夜景。

洛蔷薇走出浴室，墨时澈没有任何反应。

她缓慢地走到他身后："刚才我……"

"你吐了，"男人没有转身，低冷地笑道，嗓音讥诮嘲讽，"洛蔷薇，你是恶心这件事，还是恶心我？"

洛蔷薇也没想到自己竟然会反胃，她还以为忍一忍就过去了……是她太高估自己了。

墨时澈没听见她的回答，以为她又不舒服，转过身却看见她嘴角勾着一抹嘲讽的笑。

她不是第一次这样笑了。

墨时澈俊脸越发冷峻，眼神深沉地看着她，嗓音也紧绷得沙哑："洛蔷薇，我在问你话，你哑巴了还是话都不想跟我说一句？"

"今晚是个意外，"洛蔷薇开口，"墨时澈，你也看到了，我是做好了准备的，所以我希望明天我去影视城试戏的事，你不要再为难我。"

"我没看到你做好的准备，我只看见了意外，"墨时澈薄唇微扬，笑容却带着晦暗的自嘲，"洛蔷薇，你见过买卖不成还能拿到报酬的生意吗？你未免想得太美。"

洛蔷薇闻言笑了："噢，你把这当买卖？"

墨时澈低冷地笑："是你当买卖，什么叫做好准备？洛蔷薇，你是我的妻子，这不是交易。"

"我们的婚姻不就是交易？"洛蔷薇笑得更加嘲讽。

墨时澈盯着她，嘴角忽然挑起一抹似笑非笑的弧度："洛蔷薇，我如果真的不愿意，你认为就凭你，逼得了我？你未免太高估自己。"

洛蔷薇还未理解他这句话的含义，男人已经转身走出房间。

翌日。

洛蔷薇起床洗漱后下楼，看见墨老太太正在阳台给盆栽浇水。

洛蔷薇微微挑眉，装作没看到她，拿出手机随便拨了个客服热线："喂，是我，已经准备开拍了是吧？唉，可是我今天去不了了，对了，你帮我跟池牧说一声……"

墨老太太拿着洒水器走进来，听见她的最后一句话不由得一愣——池牧？！

是现在最当红的那个小鲜肉？

墨老太太赶忙放下手里的东西，悄悄地朝这边靠近，洛蔷薇眼角余光瞥到她，淡淡勾起嘴角："嗯好，那就这样，让池牧等我电话。"

她说完挂了电话，蓦地转过身去——

墨老太太本来是想偷听的，却被洛蔷薇直接看到，顿时尴尬地僵了僵，重重咳嗽了一声，极为不自在地抿唇道："你刚刚说……你要给谁打电话？"

洛蔷薇笑着道："池牧呀，奶奶知道他吗？就是这两年很出名的那个小鲜肉。"

墨老太太刚想接话，但话到嘴边又强行咽下去了，只是凶巴巴道："哼，我怎么会对这种年轻明星感兴趣。"

洛蔷薇故作惋惜地叹了口气："我本来还想约他来家里吃饭的呢。"

她记得很清楚，上一世婚后她无意间撞见墨老太太网购池牧的海报，但老太太面子薄，不想让人说自己追星……

她说完作势转身要走，墨老太太终于忍不住了："等一下！"

洛蔷薇转过身，一脸无辜："怎么了？奶奶还有什么事吗？"

"其实……那个……那个池牧真的会来我们家吃饭吗？"墨老太太说完忙摆了摆手，"当然，我不是说要请他，就是随便问问。"

洛蔷薇歪着头想了下："我觉得我要是请的话，他会来的。"

"真的？"

"嗯，"洛蔷薇点头，又蹙眉道，"不过奶奶不是不喜欢他吗？"

"这个……其实也没有，"墨老太太摸着自己盘好的头发，"主要是家里很久没热闹过了，你叫人来热闹一下也挺好的。"

洛蔷薇假装恍然大悟："噢……"

墨老太太顿时有些紧张地看着她，生怕被她发现什么，洛蔷薇噢了半天却忽然道："不过……万一墨时澈生气了怎么办？他不允许我跟别的男人吃饭。"

墨老太太一听立即哼了一声："他敢！"

洛蔷薇便笑着道："那我现在就去给池牧打电话，问问他今天中午有没有空，择日不如撞日嘛。"

洛蔷薇一上楼，墨老太太立即叫来吴嫂，抑制不住兴奋地道："今天中午多准备点好吃的！把之前给澈儿买的那些贵的食材全部拿出来！"

远在公司办公室的墨时澈突然打了个喷嚏。

Chapter 04
我对我的爱已经仁至义尽

晚上，墨老太太坐在客厅沙发上，拿着中午池牧来吃饭时给她的亲笔签名照，宝贝似的左看右看，一脸心花怒放。

洛蔷薇端着水杯走过来，墨老太太立即把照片塞到口袋里，洛蔷薇看见了也不戳破，微笑道："奶奶，刚才我的经纪人杨伟给我打电话，让我转告池牧说中午谢谢您的款待，他很喜欢您呢，您是不是也挺喜欢他的呀？"

墨老太太闻言愣了一下，就要笑出来的时候立即板起脸，毫不犹豫地把孙子拿出来当挡箭牌："瞎说什么呢！我都一大把年纪了哪有什么喜不喜欢，还不是看在澈儿的面子上才款待你的朋友，哼！"

"是噢，那谢谢奶奶了，不过池牧……唉。"

墨老太太立即紧张地皱眉："怎么了？"

"我被导演看上让我出演《美人红妆》的女主角，正好跟池牧搭戏，但是不知道为什么投资方不肯用我……"洛蔷薇失落地又补了句，"恐怕以后就没机会见到池牧了。"

"还有这种事？！"

墨老太太一听最后一句话就急了，拍拍洛蔷薇的手："我现在就打电话问问，谁敢拦我的孙媳妇，当我们澈儿不存在吗？"

打了三四个电话，墨老太太放下话筒，一副沾沾自喜的表情："行了，你明天可以进剧组了。真是的，这么简单的事还要让我帮你办！"

此时，玄关处正好传来声音，走进来的高大男人显然听到了这话，换好鞋走向这边："你们在说什么？"

"哎，澈儿回来啦！"墨老太太一脸高兴地拉住孙子的手，"我跟你说啊，蔷薇马上要去演戏了，到时候跟梨儿一样，一人一个影后……"

墨时澈眉头一皱："不行。"

墨老太太一愣："为什么？"

男人眼皮一跳，自然不可能说不想她和其他男人搭戏，便淡声道："没有为什么，我不同意。"

洛蔷薇闻言一咬唇，立即伸手拉住墨老太太的袖子，委屈又娇软地道："奶奶，我知道他肯定是这个态度，要不我还是放弃吧……"

"好端端的为什么放弃！"墨老太太看向孙子，顿时就伤感起来，"你说你这个孩子，以前我也想去当明星演戏，为了你爷爷我放弃了，后来你爷爷走了，我又为了把你们拉扯大，放弃了梦想……你现在还要阻止你媳妇儿吗？你对得起我喂你吃饭帮你换尿布吗？！"

墨时澈黑着脸上了楼，墨老太太在他身后哼道："反正明天蔷薇必须去拍戏，不然你就是跟我这个奶奶作对！"

洛蔷薇回到卧室时，男人正好冲了澡走出来，一手还拿着毛巾擦头发。

洛蔷薇拨了拨头发："墨总现在总没有意见了吧？奶奶都帮我把关系疏通好了。"

男人似笑非笑："你挺会收买人心的嘛。"

"可我拼命追你十七年也没收买到你的心啊，你的意思你不是人？"

"承认你疯狂想要我的心了？"

洛蔷薇有种被他套进去的感觉，转身就想走，胳膊却被一把扯住："洛蔷薇，"男人嗓音低沉，"你以为这样我就阻止不了你，你就可以去演戏了吗?"

洛蔷薇没有挣开他,双眼看着前方雪白的墙壁,平静地道:"你如果非要阻止我也没有办法,但我想进娱乐圈,想做自己的事业,得到属于自己的成就。墨时澈,过去的二十二年我的生命里只有你,我对我的爱已经仁至义尽。"

卧室里陷入一片安静。

墨时澈没有出声,手也始终拽着她,等到洛蔷薇受不了想甩开他时,身体却骤然一轻,直接被抱了起来。

她下意识要挣扎,男人却把她抱到床上,掀开被子躺下,关灯。

洛蔷薇皱紧眉头要起身:"墨时澈,我不……"

"你确定不睡觉吗?"墨时澈从她背后搂住她的腰,让她的背完全贴着自己的胸膛,他的下巴抵在她的头顶,闭上眼睛道,"从今天开始不分床,让我抱着睡,我明天早上送你去影视城。"

"……"

卧室再次陷入静谧,就在洛蔷薇以为男人睡着了的时候,又听见他轻轻地开口:"你可以进娱乐圈可以拍戏,只要你不背叛我不闹着要离婚,我随你。"

洛蔷薇没再出声,装作睡着了。

她是一定要离婚的。

她不想再一次跌进无爱婚姻。

翌日。

墨时澈将洛蔷薇送进影视城,亲眼看见她走进剧组,才转身离开。

经纪人杨伟抱着三个保温盒在门口等着洛蔷薇,笑眯眯地道:"洛小姐,这是墨总吩咐给你准备的点心,我会保证你用餐的营养,因为墨总让我告诉全剧组,这几年你在调理身体,处于备孕期。"

洛蔷薇:"……"

他不抹黑她不舒服是吧?

洛蔷薇淡淡道:"放那吧,我待会儿吃。"

她转身走向化妆间,就见洛红樱在里面正低头跟林雅萍说着什么,一副极度生气的模样。

"哎呀,这不是我那个摔伤的堂妹嘛。"洛蔷薇踩着高跟鞋走进去,施施然笑道,"我还以为你至少要摔成半残呢,还能站着,看来动物的复原能力比人类强啊。"

洛红樱蓦地转过身,看到洛蔷薇表情更愤怒了:"洛蔷薇,你要不要这么不要脸,不就是我受伤时澈来看我吗?他只是关心我、在乎我而已,你有必要耍手段跟我抢女主角吗?"

洛蔷薇娇媚一笑:"首先呢,我老公来看你是我要求的,因为我觉得堂妹既然特意摔伤了,我至少得给点面子,不然万一抑郁自杀就糟了。"

她看着洛红樱越来越难看的脸色,笑容越发美艳:"其次,我没有跟你抢女主角,现在《美人红妆》的女主角就是我洛蔷薇,你什么都不是,因为我踩在你头上了,明白?"

洛红樱气得攥紧双手,几乎要冲过去撕洛蔷薇,洛蔷薇看着走过来的化妆师,挑眉笑道:"这里还有别人呢,堂妹千万要绷住,不然你辛苦保持这么多年的名媛人设就崩塌了。"

洛红樱死死咬着唇,一旁的林雅萍忍不住道:"洛蔷薇,你别太嚣张了!"

"噢,原来林小姐也在啊,不好意思,个子太矮我没看见,不过你说到嚣张确实提醒我了,"洛蔷薇冲她笑了下,侧首对化妆师道,"麻烦把我堂妹洛红樱的所有化妆品拿过来好吗?"

化妆师虽不明所以,也忙把洛红樱专用的化妆包拿给洛蔷薇。

洛蔷薇接过化妆包,而后用力往地上一摔,所有化妆品瞬间四分五裂……

洛蔷薇一脚踩在化妆包上,直视着洛红樱,一字一顿清晰地道:"看清楚,现在这里没你的事了,有多远滚多远,至于你说我抢你的东西——这才刚刚开始。"

洛蔷薇说完不再理睬洛红樱,转身走向化妆位:"行了,垃圾倒完了,我们开始吧。"

化妆师不敢多说，忙跟了上去。

洛红樱站在一堆破碎的玻璃碴中，几乎气得咬碎了牙齿！

一旁的林雅萍拉住洛红樱的手："红樱，你别气坏了身体，不值得。这狐狸精不就是抢了你的位置吗，就凭她还想进剧组拍戏，我不会让她得逞的，这女主角位置就是你的！"

洛红樱侧首看着林雅萍，咬牙道："你也知道时澈对我有多好，只不过被这贱人迷住了……雅萍，你这回一定要帮我，我把你当我妹妹一样看待，如果我跟时澈结婚了，我一定会让他把你捧到影后位置的！"

"我知道，你跟梨儿姐都是我的榜样，我们是姐妹，"林雅萍眼里划过一抹狠毒之色，"至于洛蔷薇，呵，你看着吧，我有的是办法弄死她！"

洛蔷薇在剧组适应了一小段时间，并且由岳京亲自给她讲戏、传授演戏的技巧，在彻底熟悉剧本以及人物后，正式投入了拍摄。

对于这次《美人红妆》突然换掉女主角，外界传得沸沸扬扬，多数粉丝持反对的态度——虽然洛蔷薇长相极为美艳，但她毕竟是非专业的新人，看好她的人不多。

相反，洛红樱拥有一大批粉丝，为她喊冤抱不平的一大堆，无脑去黑洛蔷薇。

拍摄现场，化妆师正在给洛蔷薇补妆，一旁的唐思甜趴在桌上刷微博："蔷薇，骂你的话都漫天飞了，我估计洛红樱请了水军，趁她现在处于'拍戏受伤'期间，黑你一波。"

"可能是吧，"洛蔷薇吃了口榴梿酥，"不过也正常，踩了狗一下，狗自然会回咬，更何况这还是只疯狗。"

唐思甜又被逗笑，脸蛋微微歪着："不过外界传闻看来有误，我看墨大少爷很喜欢你才对呀，"她指着桌上的一大堆精致点心，"天天送这么多东西过来，生怕你饿了。"

洛蔷薇懒洋洋地笑了下："噢，他可能是想把我撑死，替洛红樱报仇。"

唐思甜："……"

助理很快过来通知她们准备开拍。

这一场戏是阮红妆在大殿里跟皇帝对戏，并且喝下毒酒。洛蔷薇准备就绪后，岳京喊了开始——

因为已经充分了解过剧本，再加上试过很多次戏，洛蔷薇并不紧张，刚开拍就迅速进入状态，台词也丝毫没有出错。

很快宫女端上毒酒。

洛蔷薇还在对皇帝说着台词，演得很投入，但其实端起酒杯的那一瞬间，她微微分了神。这水的味道似乎有点熟悉……

但此时所有摄像头都对着她，正处于拍摄关键时期，她自然不可能多想什么，顺着剧情发展仰头将毒酒喝了下去。

"卡！"岳京满意地大喊一声，点点头站起来，"很不错，这一场洛蔷薇表演很到位，接下来这场你的神态可以更加……"

然而他话音未落，只见站在聚光灯中央的洛蔷薇身体忽然一软，毫无征兆地倒了下去。

所有人顿时慌了，离洛蔷薇最近的男演员忙蹲下身将她抱起来。

"快打120！通知墨少！"

洛蔷薇只觉得自己像是飘在空中。

她做了个梦，俊美高大的少年背着吉他，身边围绕着翩翩起舞的七彩蝴蝶，少年穿过浓雾一步一步走向她，嘴角带着邪气妖孽的笑……

"你救了我……你叫什么名字啊？"

"我叫燕楚，救命之恩当涌泉相报——你请我吃饭吧，美人儿？"

……

"薇薇，别喜欢那个浑蛋了，我带你走，带你去我的家乡，再也不让任何男人伤害你！"

"薇薇，从今天开始我保护你！你的事就是我燕楚的事！谁欺负你就是欺负我燕楚！"

……

梦到这里，画面陡然一转，尖锐冰冷的女声响起："洛蔷薇，我告诉你，那个小白脸叫燕楚是吧，时澈已经把他杀了！我亲眼看见时澈朝他开的枪！他是因你而死的！"

洛蔷薇浑身一震，猛地坐起身来，惊叫出声："阿楚——"

病房的门在此时被推开，高大的男人维持着推门的动作，另一手还端着保温杯，听到她喊出的两个字，他瞳孔微缩，身体瞬间变得僵硬——

洛蔷薇呆呆地转过头，愣怔惊恐地看着男人，仿佛还沉浸在梦中，苍白的唇张了张："你……杀了他……"

墨时澈面无表情："我杀了谁？"

他一出声，洛蔷薇又是一震，睁大眼睛盯着他看了好一会儿，又慢慢低下头："我……做梦……"

洛蔷薇伸手捂住脸，垂落下来的发丝遮住了她的表情，但掩饰不了她身体的轻颤。

墨时澈在原地站了片刻，而后走进来在她的床边站定："洛蔷薇。"

洛蔷薇一动不动，声音从指缝间逸出："我刚才做梦乱说的，你就当我没说。"

"你梦到什么？"

"没什么，都只是梦而已，"洛蔷薇摇摇头，喃喃地道，"不可能再发生了……这辈子再也不可能了……"

肩膀忽然被攥住，洛蔷薇下意识抬起头，男人俯下身捏住她的下颌，俊脸靠近她："洛蔷薇，什么叫这辈子再也不可能，你有事瞒着我？"

洛蔷薇同他对视了十几秒，思绪渐渐回归，她用力地别开脸："我没什么事瞒着你，你别一副审犯人的口吻，我听着不爽。"

男人喉结上下滚动："做梦梦到的是谁？"

"不记得了。"洛蔷薇淡淡地道。

墨时澈表情骤然一沉，维持着俯身的姿势，看着她眼里的排斥跟闪避。

身上逼人的压迫感始终存在，况且男人还紧紧搂着她的腰，洛蔷薇抬手推了他一下："你干什么呀，这样我不舒服。"

"你回答我，我就放开你。"

"你要我回答什么？我都说了我不记得梦到什么，更何况，"她抬起一张苍白但仍旧美艳的脸，笑容无畏且凉薄，"你可以放一万个心，我绝对不会梦到你。"

压抑已久的怒气瞬间飙升，洛蔷薇还没反应过来，男人已经站直身体，手里的保温杯被他砸在地上，滚烫的粥全洒了出来。

他表情深冷地看了她一眼，转身大步走了出去。

房间里安静下来，脸上挂着的笑容无法自控地一点一点变得僵硬，洛蔷薇慢慢地低下头，将脸埋入掌心。

阿楚……

是你托梦给我吗？

墨时澈站在医院的露天阳台上，点燃了一支烟。

他眯着眼，缓缓吐出浓白的烟雾，脑海中不停闪现洛蔷薇神色惊恐的脸，以及她喊出阿楚时的模样。

眼神刹那间变得晦暗冷涩，他拿出手机，拨出一个号码。

那端很快就接通电话，穆云深夹杂着笑意的嗓音响起："怎么了，我听说你那个小娇妻在片场昏倒了，是不是做梦喊了我的名字？"

墨时澈冷笑："所以你就是燕楚吗？"

穆云深差点没呛到："我随口开个玩笑，她做梦喊燕楚了？"

墨时澈沉默，很久才淡淡道："如果梨儿喊了其他男人的名字，你在边上，会怎么做？"

穆云深挑眉轻笑："我会怎么做我不知道，但我知道你肯定摔门走人了，所以我说你只适合被倒追嘛。"

"我觉得你今天可能会死。"

"……"

安静二十秒后，穆云深冷静开腔："时澈，其实很简单，你想清楚，你到底想得到什么——是洛蔷薇这个人还是她的心。如果是人，你直接把人扛上床；如果是她的心，那你要做的远不止这些，因为我觉得她应该是彻底不打算再爱你了。"

墨时澈回到病房的时候，洛蔷薇正弯腰找鞋子，可能是没找到，一只光着的脚已经踩到了冰冷的地上。

男人眉头一皱，几步走过去，一把搂住她的腰将她抱了起来，嗓音带着紧绷的严厉："洛蔷薇，刚昏倒就光脚下地，还想不想好了？"

将人放到床上后，墨时澈转身走向洗手间，拿了条拧干的热毛巾出来，弯下腰替她擦刚刚踩在地上的那只脚。

窗外的阳光洒进来，落在弯腰仔细帮她擦脚的男人身上，他英俊的侧颜显得极其专注，像是在做很重要的事。

心弦止不住微微一颤，她竟然觉得他的动作透着小心翼翼的……珍惜。

洛蔷薇忙闭了闭眼睛，甩开这种想法，坐起身按住他的手："你别擦了……好痒。"

墨时澈把她的双脚都擦干净，而后将刚才拎进来的保温盒拧开盖子，递给她："喝粥。"

洛蔷薇指了指桌上的空碗："刚才杨伟给我送过来，我喝过了。"

墨时澈瞬间有了直接处理掉杨伟的想法，面上却淡淡道："我买的跟他送来的不同，喝粥。"

"我喝不下。"

"我喂你？"

洛蔷薇不得已最终还是喝下了他买的粥。

墨时澈见她都喝完了，嘴角勾起一抹满意的笑，在床边坐下，忍不住用手指刮着她细白的脸蛋："今天你在剧组昏倒的事，应该是你喝的那杯'毒酒'有问题，我会让人去查，你这几天好好休息，嗯？"

洛蔷薇蓦地睁开眼睛，其实她想一想就知道是谁做的手脚，剧组里恨她的人就只有林雅萍。

林雅萍那种智商也就只会用这种手段了，想让她出事，这样女一号就可以是洛红樱了。

但关键点在于……那杯毒酒她端起来的一瞬间，竟然觉得味道很熟悉。

上一世燕楚在各种酒吧街头驻唱，也混一点黑，经常会弄一些味道奇异的草药，每一种药效都不同，而且会卖给道上的人。

洛蔷薇几乎可以肯定，林雅萍的药是找燕楚买的。

所以她不能着急，要慢慢来，不能让这一个重要信息溜了。

思及此，洛蔷薇开口，嗓音没什么情绪："不用你去查，我知道是谁，我自己能解决。"

他的方式太直接霸道，会吓跑猎物的。

墨时澈刮着她脸蛋的手指一顿，他盯着她面无表情的侧脸，嘴角勾起嘲讽的弧度："不用我查，你是觉得我不配吗？"

"墨总什么时候开始喜欢自我贬低了？"洛蔷薇笑着微撑起身体，伸手摸上他的脸，"不让你查是怕你累着啊，这么点小事还用不着你出马，我能搞定。"

"这么心疼我，那我是不是该给你个奖励？"

说着，墨时澈侧头亲了下她的手心，湿热的舌尖暧昧地扫过她的掌心肌肤，带起一阵战栗……

洛蔷薇触电般收回手，美目瞪着他，有气无力地道："抱我去浴室，我要洗个澡，身上都是药味。"

墨时澈眯着眼，俯身环住她的腰将她抱去浴室，薄唇有意无意地蹭着她的脸蛋。

洛蔷薇没事的消息很快传到剧组里，她本人要求明天就开工，不想耽误大家的档期和拍摄进程。

洛红樱当天就约林雅萍出来见面，墨镜下的双眼里满是怒意："你不是说她肯定大半年拍不了戏吗，怎么这就没事了？！"

"我也不知道……"林雅萍疑惑地皱眉，"那个男人明明告诉我这是苗族的烈性药，喝了会一直高烧不退，身上、脸上起大片疹子，半年都好不了。我还特地找人试了下，确实有这个症状，怎么到她身上就失效了……"

"你找谁买的？"

"一个在酒吧驻唱的帅哥，养了很多蝴蝶还会玩蛇……"

洛红樱烦躁地打断她："行了行了，找的什么乱七八糟的人，你看看你把事办成什么样了！"

"我……"林雅萍不由得咬住嘴角，她才不是乱找的，托了好多人才找到那个卖药的帅哥，而且就那么一点点药粉就花了她十八万！

林雅萍心里有点不爽洛红樱的态度，但忍住了，只是问："这一招不行，要不我再找人……"

"暂时别动她了，这事肯定已经引起别人的怀疑，接着动手容易暴露，让她先拍吧。"洛红樱攥紧双手，"我在娱乐圈混了这么多年，就不信弄不了她，黑都能黑死她！"

本来洛蔷薇第二天就要回剧组，但墨时澈不同意，让她住院观察了三天，身体各方面指标都确定没问题才同意她出院。

医院给洛蔷薇洗胃抽血，都没检查出任何有害物质，要么是那杯毒酒本来就无害，要么就是她体内天生带有抗体，直接解了药性。

但因为装毒酒的酒杯摔碎了，没办法提取毒酒中的毒性物质，这件事便成了一个谜。

洛蔷薇出院后立即返回了剧组。

因为赶工拍摄，还要替换掉所有洛红樱的戏份，所以工作量很大，下午刚拍完，岳京便通知晚上还有两场戏。

洛蔷薇换掉戏服洗了个苹果，边在附近散步边吃着，路过备用场景的帐篷时，忽然听见一阵熟悉的女人娇吟声……

她咬苹果的动作一顿，蹙眉轻声走过去，从帐篷的缝隙看进去——

只见浑身赤裸的男女正在里面激烈交缠，而女的赫然就是林雅萍！

至于那个男人……

洛蔷薇眼眸轻眯，眼里闪过一丝狡黠之意，然后站直身体在帐篷上重重踢了一脚！

里面的两人显然被她这一踹惊动，吓得慌忙分开，匆忙穿上衣服……

那男人先走出帐篷，林雅萍等了一会儿才走出来，走出没几步，一个人影忽然从树后走出来："林小姐这情偷得够爽啊。"

林雅萍吓得差点跌倒，捂着衣领瞪着来人："你……你怎么在这？！"

洛蔷薇把玩着苹果核，娇柔笑道："刚才那个男人……貌似叫汤成瑞哦？"

汤氏集团大公子，江城富二代里数一数二的花花公子。

"关你什么事！"林雅萍仰起头，不屑地看着洛蔷薇，"我告诉你，成瑞对我是真心的，我以后可是要成为汤家大少奶奶的，跟你这种不要脸逼婚的人可不一样。"

"是吗？"洛蔷薇微微一笑，把苹果核扔向林雅萍，拽着裙摆转身就走，"那我替你试试看。"

她走回剧组休息区，汤成瑞并没有离开，正坐在很靠后的地方玩手机。洛蔷薇眉梢一挑，施施然走过去："哎呀，这不是汤少嘛，一个人在这干什么呢？"

汤成瑞看到洛蔷薇顿时眼前一亮，他这个人极其好色，喜欢美女，曾经追过洛蔷薇被她拒绝了。

他盯着洛蔷薇美艳脸上露出的笑容，几乎都要看痴了，伸手想摸她的手："洛大小姐结婚后越来越漂亮了。"

洛蔷薇收回手，人却朝他坐得更近了些，双腿交叠，姿态妖媚："汤少嘴巴可真甜呢。可是我听说你跟我们剧组的林小姐走得很近呢。"

她身上的幽香气息引诱着汤成瑞，他恨不得立即把她扒光："你说林雅萍？玩玩而已，她跟你怎么能比，你比她漂亮多了。"

洛蔷薇手撑着下巴，幽幽地叹了口气："可是我还听说你有个女朋友叫梁子星呢，在一起八年多了，也不能跟我比吗？"

"子星是我家里安排的，"汤成瑞忍不住低下头想吻她，"如果洛大小姐肯跟我，那些人我都可以解决掉……"

"汤成瑞！"一道尖锐压抑的嗓音响起，林雅萍踩着高跟鞋走过来，

"你们在做什么？洛蔷薇，你勾引我男朋友！"

洛蔷薇仍旧优雅地坐在那："可是我听说汤少的女朋友叫梁子星呀，难道是你的别名？还是……你当'小三'哦？"

林雅萍一张脸气成猪肝色，她死攥着拳头："汤成瑞，你跟她胡说了什么？"

汤成瑞好好的兴致被打断，脸色难看口气也变得严厉："闭嘴！我跟洛小姐叙个旧而已，你懂什么！"

"就是说啊，汤少原来还追过我呢……"洛蔷薇纤指卷着发尾，娇嗔着道，"说起来我们交情还比较深呢，要不要一起去喝杯酒？"

汤成瑞正想答应，一道磁性冷峻的嗓音传来："墨太太，你要跟谁喝酒？"

洛蔷薇抬头，就看见站在灯光下身姿高大挺拔的男人——墨时澈一身深蓝色西装，英俊矜贵，漆黑的眸盯着她，表情似笑非笑："你不是叫我来接你回家吗？"

她什么时候叫了他？

洛蔷薇蹙眉，还未开口汤成瑞已经迎了上去，恭维地道："墨少，好久不见，要不要去喝一杯？"

"我不跟追过我太太的男人喝酒。"墨时澈俊脸冷漠，视线始终盯着洛蔷薇，"过来，回家了。"

洛蔷薇站着没动："我等下还有两场……"

她话未说完，身体已经被大步走过来的男人拦腰抱起，墨时澈抱着她转身就往外走："今天拍摄结束了。"

"你干什么呀！"洛蔷薇蹬着腿要下来，"还没结束，导演刚才说了……"

墨时澈一个冷厉的眼神扫过去，杨伟背脊一僵，立即道："是，已经结束了，墨先生、墨太太慢走！"

墨时澈将她抱到副驾驶座放下，洛蔷薇伸手整着裙摆，娇嗔地抱怨："墨时澈你太过分了，今晚明明……唔。"

男人毫无征兆地欺身压下来，扣住她的双手拉到头顶摁住，狠狠地吻住了她。

　　洛蔷薇没想到他会这么突然吻她，愣了下后，下意识地开始挣扎，却引来男人更深更凶猛的纠缠。

　　他强势地控制着她，呼吸着她身上的气息，感觉到她不受控制的战栗，吻得更加用力。

　　不知过了多久，就在洛蔷薇快不能呼吸时，男人抽离了她的唇，抵着她的鼻尖喘息着。

　　洛蔷薇埋着脑袋，不知是害羞还是恼怒，任由男人给她系上安全带，驱车回到墨家别墅。

　　一到家，她立即换鞋子冲上楼，反锁了主卧的门。

　　墨时澈站在客厅内，想了想还是拿出手机，拨通电话。

　　那端的穆云深才睡着就被吵醒，语气不善："大半夜的怎么了？"

　　墨时澈抿着薄唇："她好像生气了，进房间锁了门。"

　　"那你不会去哄？"

　　"是她先勾引别的男人，我有错？"

　　"那你没错就别哄啊，别理她。"

　　"不行，我今晚要抱着她睡，说了不分床。"

　　"所以你到底想怎么样？"

　　"我打电话给你你就这个态度？！"墨时澈冷冷地道，"我就知道你也是个废物，滚去睡觉吧。"

　　他说完就挂了电话。

　　穆云深在那头气到吐血，到底谁是废物？！

　　墨时澈在客厅来回走了几圈，又象征性地打开电视看了看，但最终还是关掉，上楼。

　　他站在主卧门口，反复敲门："洛蔷薇，你开门，我有话跟你说。"

　　敲了半天里面都没反应，墨时澈眉头紧皱，直接下楼拿来老虎钳，把房门门锁给拆了下来……

　　一推开门，他就看见洛蔷薇抱着膝盖坐在床上，长发如海藻般铺散在背后，听到动静，她抡起个枕头就砸过去："你出去！我不想看见你！"

墨时澈被砸中,却不妨碍他走向她,他几乎是第一反应弯腰搂住了床上的女人,方才悬着的一颗心重重落地。

"洛蔷薇,你以后再一个人在房间锁门试试看!"他手臂圈着她的细腰,吻着她的耳朵,"跟我说你听到了下次不敢了,否则我就弄到你求饶。"

他说着强行抬起她的脸,却发现她眼眶微微泛红——

墨时澈微微一愣,怎么也没想到这女人会是这么个状态,皱眉问道:"哭什么,你有什么委屈的?"

"不要你管!"洛蔷薇用力别开脸,双手在他胸膛上推拒捶打,"你放开我,你走开,滚出去!"

"滚"这个字显然刺激到了男人的神经,墨时澈用力扳过她的下颌,低头吻上她的眼睛:"洛蔷薇,你再说一个滚字试试看,信不信我直接上了你,就算你吐我一身我都不会放过你。"

"你走开,别碰我……"洛蔷薇不断挣扎,仿佛他是多么令她厌恶的病毒,抗拒意味极浓——

墨时澈更加不爽,忽然扣住她的腰肢,倾身将她重重压在了床上,带着怒气的吻落在她的脸上。

宽大奢华的卧室内,女人的衣裙和男人的衣裤丢了一地,渲染出暧昧的气息。

大床之上,洛蔷薇长发铺散在床上,墨时澈整个人压在她身上,不仅手不安分地揉着她,还不停地低头亲她。

洛蔷薇累得根本不想动,但身上黏黏的,她双眼盯着天花板,平静地道:"墨时澈,你把我弄得脏死了,我要洗澡睡觉,明天早上还要去剧组。"

墨时澈埋首在她颈窝内喘息着,闻言扳过她的脸深深地吻了片刻,像是这场欢爱结束的宣告,这才起身抱起她走向浴室。

彻彻底底洗干净后,墨时澈帮洛蔷薇擦干身体,又替她裹上丝质浴袍,把她抱到床边坐着,又拿来了吹风机,站在她身后为她吹头发。

他修长的手指穿过她长长的发丝,动作温柔仔细,仿佛生怕弄疼了她，片刻后，他嗓音沙哑地道："明天请假，我会跟导演说。"

洛蔷薇低垂着头："我要去剧组，那是我的工作，不需要你干涉。"

男人低低的嗓音像是在哄她："你哭了眼睛会肿。"

"又不是第一次被人看到眼睛肿了，"她自嘲地笑道，"以前追你的时候，你总是不理我，总是赶我走，我经常坐在河边哭，第二天所有人都笑我说我不要脸地追着男人跑，我早就已经习惯了。"

墨时澈吹头发的动作蓦地顿住，他低头看她，喉结滚动："哪一次？"

"你不是一直都看到我就赶我走吗？"洛蔷薇勾着嘴角，像是在说别人的过去那般平静，"我也不记得了。"

墨时澈过了好一会儿才道："我不知道你会哭，你看起来不是会躲着哭的女人。"

"死皮赖脸的人可能看上去都比较无坚不摧，"洛蔷薇兀自笑了下，"不过也无所谓了，所以有时候我能理解你，你讨厌我、恨我我都能理解，被讨厌的人缠着，那滋味不好受吧。"

身后的男人没说话，盯着她的侧颜看了一会儿，而后继续手上动作。

他之前说过不分床睡，吹过头发后就抱着她躺下了。

墨时澈紧紧搂着她，俊脸埋在她的发丝中，低哑地道："是不是还会痛？"

刚才她太青涩……

洛蔷薇脸蛋枕着手背，闭上眼睛："我忘了。"

他也没再问，只是亲了亲她的头发："睡吧。"

卧室内安静下来，只听得见均匀的呼吸声，不知过了多久，洛蔷薇忽然再次开口："墨时澈，我再也不会不要脸地缠着你，我真的很讨厌你，所以希望你也能一直讨厌我。"

所以千万不要对我好，一点点都不要。

抱着她的男人身体微微一僵。

卧室内连呼吸声都没了。

翌日，洛蔷薇早早就去了剧组。

由于昨晚有两场戏耽误了，所以她一来化好妆就立即开拍，结束后已经是十二点多。

杨伟将丰盛的午餐摆在她面前，全是她喜欢的，不忘补了句："这是墨总亲自准备的。"

"这不是德庄的菜吗？"洛蔷薇卸着口红，"是别人送来的吧，怎么成他准备的了？"

杨伟拿着筷子坐下跟着沾光："哎呀，也是墨总吩咐人送来的啊，要不这么贵哪儿能每餐都吃啊。"

洛蔷薇没什么胃口，吃了两块鱼："我甜妹今天怎么没来？"

"请假了，貌似有私事。"

洛蔷薇点点头，不过算算时间，林雅萍也该动手了……

果不其然，下午第一场戏才拍完，杨伟就拿着手机凑了过来。

"薇哥，"自从上次洛蔷薇摔了洛红樱的化妆包后，他私下对她的称呼就改了，"出事了。"

洛蔷薇接过手机一看，微博偌大的标题写着——

"汤成瑞疑似出轨，对象竟是新出道妖娆美女洛蔷薇……"

下面配图是昨晚他们坐在休息区说话的照片，洛蔷薇坐在汤成瑞边上，表情妩媚，再加上角度选得好，两人显得更加亲密。

文章大篇幅编造了他们疑似开过房的证据，甚至说汤成瑞来剧组就是为了找洛蔷薇偷情……

评论一边倒地指责洛蔷薇是个妖精，老公那么完美还勾引男人，骂声一片。

洛蔷薇翻了几页就把手机丢给杨伟，淡淡道："你帮我跟岳导说一声，晚上别安排我的戏份，我可能要请假。"

杨伟忙追上去，愁眉苦脸："薇哥，可是这新闻怎么办？我们是不是得跟公司联系想个办法……"

洛蔷薇不甚在意地笑了下："没事，先放着。"

她现在要做的就是等。

晚上七点不到，她就接到了一个陌生电话，约她出去见面。

洛蔷薇拿着手包走进酒吧，绕过喧闹的人群，来到最里面的桌位。

坐在外面的漂亮恬静的女人站起身："蔷薇。"

洛蔷薇一愣："甜妹？你怎么在这？"

"我陪我朋友来的。"唐思甜拉着洛蔷薇在对面坐下，坐在唐思甜身侧的女人一把拉住了她，嗓音冷漠："思甜，你对这种狐狸精还客气什么。"

洛蔷薇几乎是一眼就认出了对方——梁子星，汤成瑞谈了七年的女朋友。

洛蔷薇微笑："梁小姐，你肯定认识我，我就不用自我介绍了，不妨直说，我跟你男朋友汤少的绯闻是我故意弄出来的，就为了让你主动来找我。"

只不过她没想到，梁子星竟然是唐思甜的朋友。

"故意？"梁子星冷笑一声，神色高傲，"洛小姐，这种谎话你也说得出来。成瑞跟我相爱八年，他从来不会在外面找女人，你主动勾引他被别人拍到了，现在就开始胡扯了？"

洛蔷薇看着她神色间对爱情的自信，忽然觉得有些可怜可悲，是不是被爱情蒙蔽的女人，就是这样的？

梁子星看着对面美艳的女人低头嘲讽地笑，不由得更加气愤，重重捶了一下桌子："洛小姐，希望你能正面给我一个解释！"

"梁小姐，其实很简单，汤少出轨的对象是剧组里的女演员林雅萍，并且这女人想上位想害你，我看见过他们发生关系。"

"我凭什么相信你？"

洛蔷薇把玩着手包，淡淡笑道："你不信我也无所谓，七天后在汤家的天兰山庄有一场宴会，林雅萍也会去。而你会在那天晚上出事，被他们设计，被一群富商玩弄。"

梁子星一听完就想发火，可对上洛蔷薇那双漂亮却又极其镇定的眼眸，她忽然有些发不出声音来。

洛蔷薇纤长的手指轻点着桌面："我可以帮你完美解决这件事，并且让那对狗男女得到惩罚,但前提是你得相信我,否则七天后就是你的死期。"

梁子星霍然起身:"你凭什么断定……"

"好了,该说的我都说完了,你有我的号码,想通了就打给我。"

洛蔷薇站起身,走了几步回头看着梁子星,娇媚一笑:"梁小姐,我知道你很爱汤少,但人心难测,有时候背叛来得无声无息,比爱情潜伏得更深。"

看着她高挑纤细的背影消失在视线里,梁子星仍有些愣怔地站着。唐思甜见状站起身,握住她的手道:"子星,蔷薇是我在剧组新认识的朋友,她性格张扬但人很好,还帮过我,绝对不是个坏人。我觉得,她说的话你是不是可以考证一下?"

"我不相信成瑞会骗我,"梁子星低下头,美丽高傲的脸上有着不自知的迷茫,"他对我一直很好,他只是有时候花心了一点,但他绝对不会背叛我……"

唐思甜看着梁子星低垂黯淡的侧脸,伸手抱住她的肩:"子星,你先别着急,回去跟汤少好好谈谈,反正还有七天时间,一定能弄清事情真相的。"

梁子星低低地应了一声。

接下来的几天,洛蔷薇没有再主动找梁子星,她该说的话都已经说了,梁子星如果真的用心去查,不可能发现不了汤成瑞出轨的事实。

而那些炒作她跟汤成瑞的新闻的媒体都莫名其妙地道歉澄清,甚至两家最先爆料的媒体还遭遇了收购危机……

傻子都知道是谁干的。

这几天墨时澈仍旧会每天接她回家送她来剧组,但她不怎么搭理他,态度疏懒到话都懒得说几句。墨时澈也没过多表示,但除了她拍戏的时间外,他几乎时刻跟她待在一起。

而且哪怕她态度再冷淡,他都能抱着她睡觉,睡前和早晨也会吻她。

她真的想不通这男人是怎么想的……怕她给他戴绿帽子,需要黏成这样吗？

洛蔷薇正坐在休息区出神，忽然有人拍了拍她的肩："蔷薇。"

她蓦地回过神，暗自懊恼刚才竟然在想墨时澈，忙甩开那些思绪："怎么了？"

"子星不接我的电话，微信和短信也都没回，"唐思甜担忧地蹙着眉，"不知道是怎么回事，我都想打电话给汤成瑞了。"

"肯定是被汤成瑞那个渣男给哄好了，你打给渣男有什么用，估计还会骂你污蔑他呢，"洛蔷薇忍不住叹了口气，"恋爱中的女人果然都瞎了眼啊。"

唐思甜有些着急："那怎么办？明天就是天兰山庄的宴会了……"

洛蔷薇唔了一声："没关系，我会跟去的，你放心。"

唐思甜立即举手，模样透着几分认真和乖巧："我也要去！"

"不行，"洛蔷薇笑眯眯地否决，"这种事怎么能让我们这么可爱软萌的甜妹去呢，我会解决的，人太多反而乱。"

唐思甜撇嘴，失望地道："可是我也想去，我怕你一个人不安全。"

"你薇哥哥我有什么不安全的，"洛蔷薇摸摸她的脑袋，低哄着道，"甜妹听话，乖乖地等我的好消息，我回来请你吃蛋糕。"

洛蔷薇没有把去天兰山庄的事情告诉墨时澈，第二天早上墨时澈仍旧送她去影视城，然后她从影视城打车去了机场，好在距离不太远，二十分钟的车程。

到达天兰山庄已经是晚上，洛蔷薇很顺利地进入了山庄——不说她是墨时澈的妻子这样惹人注目的身份，洛家在江城虽比不上墨家，她洛家大小姐的身份想参加这样的宴会还是很轻松的。

洛蔷薇走在精致的山庄内，拨通了梁子星的号码。

那边很快接起来，洛蔷薇笑着道："梁小姐考虑得怎么样了，离你被算计时间不远了，要注意把握自救的时间。"

"洛小姐，"梁子星冷淡不耐的声音传来，"你不要再跟我说这些子虚乌有的事了，我跟成瑞已经好好谈过，确实是你勾引他失败，我希望你能有点廉耻之心。这次是看在墨少的面子上我不跟媒体爆料,如果再有下次,我会让你彻底翻不了身。"

说完梁子星就挂了电话。

洛蔷薇握着电话叹了口气,同样身为女人不拉梁子星一把她总觉得良心过不去,更何况还涉及林雅萍这个蠢货呢。

洛蔷薇抬眸看向四周,随即笑眯眯地朝一个巡逻的保安走了过去:"这位大帅哥,请问汤大公子在哪边包厢呢?"

梁子星挂了电话后走回了包厢,今晚是跟美国几个公司谈汤家的国际合作案,关系到汤成瑞是不是能顺利接手汤氏,她也过来帮忙。

实际上这七年来,她一直都在各方面帮助汤成瑞,不仅是他的未婚妻,更是他的左膀右臂。

所以她坚持认为汤成瑞是不可能背叛她的,只是洛蔷薇那个狐狸精在胡编乱造罢了。

几个富商很快到场,入座开席。

酒过三巡,汤成瑞出去接了个电话,回来后给梁子星端了杯果汁,温柔地道:"宝贝儿,我有几个哥们儿来了,我出去说几句话,你先帮我陪一会儿。"

梁子星善解人意地笑了笑,悄悄抬头亲了下他的脸:"好,你快去吧,我能撑住。"

汤成瑞眼底划过一抹志在必得的算计:"不愧是我的宝贝儿,晚上好好奖励你。"

他走了之后,梁子星倒了杯酒跟这些富商谈起市场行情,本想拖延时间,但他们显然不感兴趣,开始有意无意地说一些黄段子……

有一个富商甚至直接坐到她边上,握住她的手,嘿嘿笑道:"梁小姐,以前听汤少说过很多次你很漂亮,今天一见果然是个能说会道的大美人儿啊……"

梁子星闻言愣了一下,脑海中倏地浮现出在酒吧里洛蔷薇说过的话。

难道真的……被她说中了?

趁她愣怔之际，王总已经扑上来，用力撕开她的衬衫……

"啊——"梁子星尖叫出声，拼命挣扎起来，可王总的体重跟力气令她无法反抗，而且那几个富商也走了过来，一双双肥胖的手伸向她……

梁子星眼底浮现出浓烈的绝望，原来……原来洛蔷薇说得都是真的……

如果她早点相信洛蔷薇的话，就不会有这种下场。

包厢的门忽然被一把推开，女人娇媚的嗓音懒懒响起："这是在干什么呢，看起来很刺激啊。"

梁子星猛地侧过头，洛蔷薇美艳动人的脸映入眼帘，几乎同一时间，王总一把拽下了梁子星的裙子……

洛蔷薇柳眉竖起："住手！"

王总本想呵斥她，但转头看到站在门口的美丽女人，顿时眼睛一亮："你也是汤少叫来的？"

"我是警察叫来的，"洛蔷薇妖娆一笑，算着门外的手机到点该响了，她掐着时间说道，"他们现在就在外面。"

果然，她话音刚落，门外顿时响起一阵警笛声——

几名富商愣了一下，下意识放开了手，洛蔷薇趁机冲过去，一把拽起梁子星就往外跑去。

可这几个富商也不是吃素的，跟着冲过去，洛蔷薇没想到他们这么胆大，才跑到门口就被扣住了手腕——

洛蔷薇反手就是一巴掌扇过去："滚开！"

几名富商用力将她拽进屋，反倒不再理会梁子星，毕竟洛蔷薇长相要美艳得多，这种极品美女他们见得也不多。

洛蔷薇被摁在门边的沙发上，几乎拼了命在挣扎，富商没想到她这么烈，更是被挑起兴趣："待会儿就让你求饶！"

他话音刚落，洛蔷薇一脚踹中他的肚子，跌撞地撑起身要往外冲，富商也急了，直接抓起一旁的酒杯朝她砸过去！

几乎是同一时间，一只修长好看的手猛地伸了过来，挡在洛蔷薇前面。

只听砰的一声，酒杯重重砸中那只手，玻璃碎裂，鲜血流了出来……

富商一愣，紧接着男人一脚狠狠踢向他！

富商被踢得重重摔向后面的桌椅，忍不住痛呼出声，高大俊美的男人紧接着逼近，阴戾的嗓音响起："我的女人，谁给你的胆子碰。"

富商吓得哆嗦着往后缩，却被弯下腰的男人揪住领子一把拎了起来，男人森冷地笑道："你找死！"说着他猛地一拳挥过去——

洛蔷薇蜷缩着腿躺在沙发上，就这么呆呆地看着墨时澈把包厢里所有富商狠狠地揍了一顿。

他的一只手还在流血，混合着玻璃碴，看上去有些触目惊心。

他下手极狠，那几名富商几乎要被打死，躺在地上颤抖痉挛，满脸鲜血。

洛蔷薇从未见过这样暴戾嗜血的他，在她的认知中，墨时澈是淡漠清冷的，仿佛所有事都跟他无关。

警察很快冲了进来，墨时澈黑眸极冷地眯起，薄唇轻启："强奸、恐吓、受贿，数罪并罚，该怎么判我想你们局长应该很清楚。"

"是是是……"警察看他浑身杀气，哪敢惹他，点头如捣蒜，忙过去将几个富商拎起来架了出去。

包厢内顿时安静下来，只剩下男人压抑的呼吸声。墨时澈转身走到沙发边，弯腰去抱还蜷缩在上面的女人，嗓音也变得低哑许多："有没有受伤，我抱你去医院。"

洛蔷薇摇了摇头，像是有点吓到了，呆呆地看着他："你……你的手流血了。"

男人毫不在意，手落在她泛白的脸蛋上："别怕，没事了，我在这没人能碰到你、伤到你，不怕了不想了，嗯？"

她难得没有躲开他的手，只是盯着他，张了张嘴："你……怎么在这里？"

"是你来这里，所以我来这里。"墨时澈望着她，眼神幽深，"那你又为什么会在这里？"

"我……"

她话未出口，原本在门口跟警察说话的梁子星忽然走进来："洛小姐。"

洛蔷薇倏地回过神，撑着沙发站起身，梁子星盯着她，一字一顿道："你知道他现在在哪里吗，是不是跟那个贱人在一起？"

"是，"洛蔷薇没有瞒她，"不出意外的话，他们应该就在这山庄的某个房间里，不过这要问你，你应该知道汤成瑞平时都是在哪个房间。"

山庄顶级的总统套房内。

凌乱的大床上，女人双臂搂着男人的脖子："成瑞，你说她……现在是不是已经被那些富商调教得不敢反抗了？"

汤成瑞满头大汗，显然不太愿意回答这个问题，脸色有些晦暗。林雅萍见状咬唇，缠着他道："反正你是我林雅萍的男人，你以后只能娶我……"

话音刚落，只听房门被砰地推开——

梁子星踩着高跟鞋走进去，才看到门口地上散落的衣衫，她就仿佛脚下生了根一样，一步都动不了了。

洛蔷薇先她一步走进去。

大床上的二人吓了一跳，林雅萍猛地抬起头，看见走进来的女人，愣了一下，随即尖叫一声拉过被子遮住自己，洛蔷薇扯唇笑了："林小姐脸都已经不要了，还瞎遮什么呢。"

林雅萍眼里闪过惊慌之色，她愤怒地咬牙道："你……你怎么进来的？"

"门开了我就进来了啊，"洛蔷薇脸上仍旧带笑，语气七分蔑视三分冷讽，"你跟汤成瑞这种渣男偷情还非要栽到我头上，我可没你这么眼瞎。不过我很好奇，如果梁子星看到这一幕会怎么样呢？"

汤成瑞很快从慌乱中恢复过来，伸手就要去拿裤子穿："子星不会知道，她现在根本不可能过来，你要多少封口费……"

蓦地，一道清冷讽刺的女声传来："不可能吗？"

汤成瑞一愣，扭头看见走进来的女人，他猝然睁大眼睛："子星，你怎么……"

"我怎么会在这里,而不是被你卖给那群富商玩弄是吗?"梁子星攥紧双手,凄厉地笑道,"汤成瑞,我真的看错你了,我……也爱错你了……"

汤成瑞这下彻底慌了:"子星,你听我解释……"

他慌忙想要套裤子下床,然而此时房门外传来一阵脚步声,紧接着大批记者拥了进来,对着床上凌乱的男女疯狂地拍照录像——

"请问汤少为什么敢在自家山庄公然出轨?"

"请问林小姐为什么选择当'小三',你考虑过你的粉丝跟家人吗?"

"林小姐,之前洛蔷薇跟汤少的新闻是你故意栽赃的吗?"

林雅萍疯了一样想遮住脸:"不要拍我!不许拍我!"

而汤成瑞这下想跑也跑不掉了,只得也用双手捂住脸,背上全是方才欢爱时林雅萍抓出来的红痕……

洛蔷薇懒得看他们的丑态,走出房间,抬头就看见站在门外的男人。

墨时澈仍旧是那一身亚麻色衬衫、黑色西裤,只不过沾了点血迹衬出一股邪气逼人的张狂气质。

视线落在他仍旧满是鲜血的手上,洛蔷薇顿时一愣:"你……怎么还没去包扎?"

"你不是没空管我吗?"墨时澈面无表情地盯着她,"反正疼的是我,你又没有感觉。"

"……"

洛蔷薇问了懂这方面的服务员,拉着墨时澈到酒店大厅的休息区清理伤口。

将受伤的手放在扶手上,让服务员替他处理,墨时澈抬眸看着站在边上的女人,忽然出声:"你来这里处理这件事,为什么不告诉我?"

洛蔷薇正低头专注地看着他满是鲜血的伤口,闻言下意识地蹙眉:"我为什么要告诉你?"

为什么?

如果是燕楚，她是不是就会迫不及待地告诉他，分享她的一切？

墨时澈嘴角勾起嘲讽的弧度，忽然挪开受伤的手，不让服务员继续处理："不用你弄了。"他抬眸看向洛蔷薇："你来。"

洛蔷薇愣了下，随即蹙眉："可是我不会啊，我又不是医生，你手上还有残留的玻璃碴……万一我没弄好不得把你痛死。"

墨时澈冷冷勾唇："不是正合你意吗？"

洛蔷薇："……"

他好端端的怎么突然就阴阳怪气了？

想到他的手会受伤也是因为帮她挡，洛蔷薇只得接过工具，蹲下身小心翼翼地用镊子替他清理伤口。

她动作没个轻重，服务员在边上看着都觉得痛，偏偏墨时澈没有任何表情，低头盯着女人的侧脸，目光深邃专注。

好不容易处理包扎完，洛蔷薇出了一身冷汗，起身时腿都软了，被一同站起的男人一把搂住，她诧异地抬头看他："你都不觉得痛吗？"

墨时澈没说话。

痛当然是痛的，但跟那玩意儿发作时比，根本不算什么。

此时，大厅内传来一阵脚步声，梁子星捂着嘴走在前面，后方一群记者拿着话筒扛着摄像机，不停地在追问各种问题。

梁子星显然不想回答，想要尽快离开……

洛蔷薇见状柳眉一皱，挣开墨时澈走过去，挡在追上来的记者面前，微笑道："该拍的已经拍到了，梁小姐是受害者，没有必要为这件事做出任何回应，我想你们追错人了。"

虽然洛蔷薇目前还没有作品上映，但她的话题度已经够高，再加上她的美貌跟身份，算是近期热度最高的新艺人，记者们几乎立即将摄像头对准了她——

站在不远处的墨时澈俊脸一寒，大步上前，在记者几乎将话筒戳到洛蔷薇的脸上时，一把揽住她的腰，将她整个人搂到了怀里。

"我太太不接受采访，"男人长臂护在她身前，不让任何话筒或者是记者的手碰到她，语气疏离，"我们现在要回房间休息，她习惯早睡。"

记者们眼睛一亮，赶忙对着墨时澈搂着洛蔷薇的亲昵画面一阵狂拍。

酒店保安也赶了过来，将记者都疏散了出去。

大厅内恢复安静，墨时澈也松开了手，但因为二人靠得近，他很自然地低头在她的脸蛋上亲了一下，低哑地道："帮你赶走记者，你是不是也该亲我一下？"

洛蔷薇毫无防备地被吃了豆腐，鼓了鼓脸蛋，随即娇笑出声："墨总还真是大胆，万一那些记者回去发个新闻说我们恩爱有加，你不怕洛红樱看到吃醋生气啊？"

墨时澈听到这名字皱了皱眉，勾着嘴角似笑非笑："我怎么觉得是你在吃醋？不如我们出去在门口接吻，让媒体把我们的恩爱拍得更清楚点？"

"那还是算了，"洛蔷薇伸手在他的胸膛上摸了一把，把豆腐吃回来，"万一你控制不住发情不就演变成艳照门了吗？"

墨时澈眯起眼睛，在她收回手时快速低下头，薄唇在她手背上亲了一下。

洛蔷薇转过身，就看见站在前方落地窗边的梁子星一手撑着玻璃窗面，低着头长发掩面，似乎正在隐忍着什么。

洛蔷薇朝她走近，缓缓伸出手，搭在梁子星的肩膀上："我理解你的心情，但爱情不是生命的全部，你失去他的痛苦会让你成长。既然确定他不爱你，你就没必要继续爱他，放下他，你会发现生命中会有很多值得你去爱、去努力的东西，总有一天，那个值得你爱的人会出现，你要做的就是在他出现前，守好自己的心。"

酒店大厅很安静，女人清晰好听的声音一字不落地传入男人的耳膜里。

心脏不受控制地重重收缩，墨时澈站在原地，看着离自己不足十米的漂亮女人，却觉得两人之间有一整个世纪那么远。

仿佛他再也抓不到她。

又仿佛她确实已经毫不留情地丢弃了他，并且再也不会回头。

墨时澈跟洛蔷薇第二天就飞回了江城。

因为那几名富商涉嫌犯罪被捕，加上汤成瑞出轨的绯闻闹得很大，汤氏这次在天兰山庄的宴会不得不草草收场，并且为汤氏集团惹来了一堆负面新闻和麻烦。

林雅萍这个人也彻底毁了，所有的广告商都撤了资，并向她索要违约金，而她签约的电视剧也纷纷换角……

群众也是骂声一片，说她是不要脸的"小三"，她俨然已经成了全民公敌。

娱乐公司的办公室内，林雅萍穿着黑色宽大的风衣，取下脸上的口罩，整个人极其憔悴："红樱姐，怎么办？我现在不管走到哪都有人骂我，连我爸妈都不肯见我。还有……那些违约金已经上亿……"

洛红樱站在窗边，闻言转过身直接给了她一巴掌。

林雅萍被她打得向后趔趄了一步，洛红樱一张柔美的脸气得都扭曲了："你为什么会蠢成这个样子？！竟然让洛蔷薇带着梁子星抓了你的奸！"

林雅萍捂住脸，后悔万分："我当时看她勾引汤成瑞，就让剧组的人拍了下来，本来想好好黑她一波，没想到她竟然是为了认识梁子星……"

洛红樱气得指着她骂："一句你没想到就算了？洛蔷薇略施小计就把你弄得这么惨，真是丢我的脸！"

而最令洛红樱生气和难以置信的是——那个抢了时澈的贱女人，什么时候这么有心机有计谋了？她明明那么蠢的！

林雅萍也知道自己这次彻底完了，忽然扑通一声跪下来，一把抱住洛红樱的腿："红樱姐，你一定要帮帮我，我现在唯一的依靠只有你了……"

"滚开！"却不料，洛红樱一脚踢开她，居高临下地冷笑道，"你自己犯蠢惹出的麻烦凭什么要我帮你？你想把我一起拖下水吗？！"

林雅萍万万没想到洛红樱是这个态度，泪流满面地抬头："可是我害洛蔷薇还不是为了你吗？我跟她无冤无仇的，本来不可能被她盯上……"

"为了我？拉倒吧，你是为了自己，你别以为我不知道你以前还勾引过时漱！"洛红樱冷哼一声，直接冲门外的保镖喊道，"把她给我扔出去，再也不许她进来！"

林雅萍崩溃地哀号着："红樱姐！红樱姐你帮帮我，我求求你……"

两名保镖架着她，将她丢出了大厦。

林雅萍狼狈不堪地坐在门口，撕心裂肺地喊着，此时一辆轿车开了过来，车窗降下。

洛蔷薇垂眸看向地上撒泼的女人，挑眉轻笑："哎呀，这不是林小姐嘛，怎么跟只狗一样啊？噢不对，狗可不会身败名裂，这滋味……想想就爽得很啊。"

林雅萍蓦地抬头，看到洛蔷薇顿时怒意上涌："是你！我要杀了你——"

她挣扎着站起身想朝洛蔷薇扑过来，却被下车的司机一把摁住，司机扭头恭敬地问道："少奶奶，怎么处理她？"

洛蔷薇冲司机淡淡地道："把她弄上车，如果她不愿意就丢后备厢。"

轿车在一个偏僻的小巷停了下来。

司机将林雅萍拖出来丢在地上，洛蔷薇踩着高跟鞋走到她面前蹲下，微笑道："我很好奇，关键时刻你的好姐妹洛红樱怎么不保你，你为她做了这么多事，最后就这么狗咬狗哦？"

林雅萍冷笑道："是我看错了人，她就是个忘恩负义的贱人……"

"其实呢，你想东山再起也不是没可能的，我可以帮你……"洛蔷薇话锋陡然一转，"不过你得告诉我一件事。"

林雅萍眼睛一亮，现在的她只要有一点点希望都会抓住："只要你肯帮我重新站起来，我什么都可以告诉你，也可以帮你做事……"

洛蔷薇打断她的示好："我问你，那天拍戏你在我喝的那杯毒酒里下的药从哪买的？"

"我……"林雅萍第一反应想狡辩，但事已至此，她犹豫了下还是直说了，"是在一个叫'心迷'的酒吧，找一个驻唱买的。"

"什么样的驻唱？"

"淡金色短发，戴着顶鸭舌帽，长得很帅很痞气，经常叼着根棒棒糖，还有，他身边总是有五颜六色的蝴蝶……"

听到这里，洛蔷薇霍然站起身来——是阿楚。

林雅萍说的这个人，绝对是燕楚！

"洛小姐，"林雅萍见状抬头看她，"我都已经告诉你了，你答应我帮我东山再起……"

洛蔷薇回过神，笑眯眯地俯下身："噢，那你想我怎么帮你呢？"

林雅萍忙兴奋地道："我想先回到《美人红妆》剧组，这部剧肯定会大火的。"

"回剧组可以，只不过呢……"洛蔷薇伸手拍拍她的脸，"我现在又反悔了，不想帮你了。我这个人就是这么坏，你是不是想咬我呀？"

林雅萍一愣，随即气得差点一口气喘不上来："你——"

"看来你果然想咬我。"洛蔷薇站直身体，挑眉冲一旁的司机道，"听到了吗，她想咬我，给我打！"

"是，少奶奶。"保镖立即上前，拎起林雅萍就是一拳……

林雅萍被打得痛呼出声，躲又躲不过，只能怨恨地瞪着洛蔷薇："洛……洛蔷薇……你……"

洛蔷薇纤指卷着长发，淡淡笑道："你曾经也这么看着我被打，还参与了呢，很痛对吧？"

林雅萍被打得很是狼狈，听不懂她在说什么。洛蔷薇没有再多说，只对司机丢下一句话，转身走出了巷子。

"哪痛打哪，别打死就行。"

洛蔷薇没有像司机以为的那样，在巷子外面的车上等，而是直接打车走了。

她立即去了梧桐街的心迷酒吧，老板却说，那个养蝴蝶的驻唱已经不来了，他们也不知道他的名字。

洛蔷薇有些失落，在梧桐街转了一圈，直到天色已经彻底暗了，才打车回去。

她也说不清自己到底为什么如此迫切地想要找到燕楚，也许是重获新生产生的执念，也许是因为上一世连累他的愧疚，又也许是想要找到那种互相依靠的感觉……

虽然她对燕楚并不是男女之情，但燕楚确实是唯一一个对她好的人。

出租车在门口停下，洛蔷薇侧首看了一眼外面奢华的别墅，付了钱下车。

她经过别墅花园时，一道低沉沙哑的嗓音突然响起："去哪了？"

洛蔷薇吓了一跳，这才发现大理石桌边靠着个颀长的身影，她不由得蹙眉："你站在那干什么，故意吓我？"

墨时澈伸手取下唇间的烟，站直身朝她走过去，手指落在她的脸蛋上："下午甩了司机去哪了？"

"我去哪是我的自由，"洛蔷薇拍开他的手，挑眉道，"你怎么不说是你找的保镖不够专业，随便就被我给甩了？"

男人淡淡地笑："所以你承认是故意甩了司机？"

洛蔷薇："……"

又被他套进去了。

她懒得解释，转身就要走，却被男人一把拽住胳膊。淡淡的月光下，视线不经意扫过她的手，墨时澈陡然眯起黑眸："洛蔷薇，你的结婚戒指去哪了？"

洛蔷薇低头，发现自己左手无名指上确实空了，不由得蹙眉。她记得自己没特意拿下来过啊，那应该是拍戏的时候不小心弄掉了。

墨时澈盯着她微皱的鼻尖，语气也变冷了："洛蔷薇，我在问你话。"

洛蔷薇淡淡地道："噢，可能弄掉了吧。"

墨时澈眉头紧锁："什么叫可能弄掉了，你不会好好说话是不是？"

"你这么凶干什么，"洛蔷薇不甚在意地懒懒笑道，"结婚戒指不就是个摆设嘛，又不是什么重要的东西。"

墨时澈冷笑："洛蔷薇，你弄丢了我们的结婚戒指，就是这种态度?"

"那不然墨总觉得我该是什么态度,"洛蔷薇仰起脸,神色看上去毫不在乎且极为冷淡,"一个戒指而已,我们又不是你侬我侬真心相爱,迟早要结束的虚假婚姻难道还要配上虚情假意的珍惜吗,那不是更令人作呕?"

虚情假意的珍惜?

是怕戴了戒指那个什么燕楚会不高兴吧,还是说她下午甩开司机就是跟燕楚你侬我侬去了?

墨时澈手上力道倏地加重——

洛蔷薇眉头一皱,一把推开他:"你弄痛我了!"

墨时澈猝不及防,被她推得后退两步,俊美的脸上浮动着显而易见的怒气,仿佛下一秒他就要过来撕了她。

洛蔷薇立即往别墅走去,男人正想抓住她,却听见一道不悦的喝声:"你们小两口在吵什么?!"

洛蔷薇抬头看见墨老太太披着外套站在门口,喊了声奶奶,而后直接小跑进了别墅。

墨老太太自然看清了孙媳妇脸上的表情,扭头冲她的背影哼了声:"一点规矩都没有!"

墨时澈紧抿薄唇,连奶奶都没喊,迈着长腿就要进去——

"你给我等等!"墨老太太却拦住了他,她当然看见了孙子脸上沉沉的怒意,恨铁不成钢地咬牙,"澈儿啊,你媳妇儿虽说有点没规矩,但媳妇儿都是要哄的。"

墨时澈没开口。

墨老太太见状忙道:"我明天让人订江城最好的西餐厅,你带蔷薇去吃个饭,给我好好表现啊,别又乱瞪你媳妇儿,我的曾孙都要被你瞪没了!"

墨时澈闻言微微眯起黑眸。

他记得两年前,洛蔷薇就经常在公司门口等他,缠着他说要去吃西餐,还弄了很多玫瑰花跟蜡烛,只不过他那段时间每晚都会发高烧,所以从来没去过。

后来他拒绝得多了,她就慢慢没再提了。

所以说……她应该会很喜欢?

第二天吃早餐的时候,墨老太太在餐桌上说了烛光晚餐的事,说是朋友的孙子开的店,生意不好要去捧场,所以墨时澈就直接包场了……

洛蔷薇知道她多半是编的,但也没推拒,直接答应了。

墨时澈见她语气轻快,嘴里的牛奶似乎也变得甜了点。

今天剧组没有洛蔷薇要拍的戏份,但洛蔷薇还是去了。墨时澈把她送到影视城,而后驱车去了商场。

装潢奢华的首饰店内,英俊的男人一进来就吸引了所有目光,店员满眼桃心地递上精致的包装袋:"墨少,这是您要的钻石婚戒,只剩下这一对了,连夜从邻市调过来的。"

墨时澈检查后离开,又来到那家西餐厅。

连宿看到他吓了一跳:"少爷,你怎么亲自过来了?我正在监督他们布置呢,按照你的吩咐全部是玫瑰花……哦对,我马上去商场取戒指!"

墨时澈单手插兜,打量着餐厅内的布景:"戒指我已经取了。"

连宿闻言大受打击:"不是说好我去取的吗?少爷难道连这点信任都不给我……"

"我只是不想杀自己的助理,"墨时澈面无表情地看着他,"因为万一你弄丢戒指或者出了什么岔子,我肯定会直接弄死你。"

连宿:"……"

这时,餐厅的经理走过来一脸歉意地道:"不好意思墨先生,我们餐厅原来那个弹钢琴的人辞职了,今晚来了一个新的驻唱,弹吉他的,不过您放心,水平绝对很高,很会烘托浪漫气氛……"

"嗯,"墨时澈淡淡地道,嗓音沉冷,"总之我不希望出任何问题。"

夜幕很快降临。

司机提前一个小时去剧组接了洛蔷薇，结果等她到的时候，墨时澈已经在了。

顾长的身影挺拔地站在门口，看见女人下车朝自己走来，他几乎是下意识就伸出手去。

洛蔷薇也配合地把手递给他，像是高贵骄傲的公主般被王子牵着，走进奢华的餐厅——

玫瑰花瓣铺满每个角落，她每走一步都能看见用鲜红花朵编织而成的装饰，令她觉得仿佛置身于梦幻的西式城堡中。

洛蔷薇惊讶得红唇微张，睁大漂亮的眼眸："真漂亮。"

墨时澈垂眸看她，哑声轻笑："你喜欢这些吗？"

洛蔷薇眼眸弯弯地点点头："喜欢呀。"

墨时澈嘴角勾起浅浅的弧度，牵着洛蔷薇来到正中央的餐桌前。

他替她铺好餐巾，又把刀叉都摆成她方便拿的样子，自己才坐下。

洛蔷薇看着对面俊美的男人，微笑道："墨总今天很绅士、很贴心哦。"

"我一直都是这样，"他也淡淡地笑，"是你今天才发现。"

"是吗？"洛蔷薇眨眨眼，笑着问道，"墨总这是第几次跟女人来西餐厅吃饭呀？"

墨时澈淡淡道："第一次，"顿了顿，他嘴角勾勒出极为少见的柔和弧度，"所有的第一次都是你的，你说你是不是该负责到底？"

男人低沉沙哑的声音犹如大提琴的旋律，清晰地敲击着她的耳膜——

洛蔷薇闻言倏地一愣，哪怕理智第一时间告诉她这话不可信，但她的心还是不可避免地颤了一下。

她忙别开目光，伸手将脸侧的发丝别到耳朵上。

墨时澈看着她状似娇羞的模样，心头生出一股想狠狠吻她的冲动，然而不等他付诸行动，服务员端着餐点走了过来。

服务员离开后，洛蔷薇刚拿起刀叉，墨时澈却出声道："等会儿吃，"他眼底泛着清晰可见的笑意，"先把左手伸出来。"

洛蔷薇撇嘴："又怎么了，我都饿了。"

"待会儿让你吃个够,"男人淡淡笑着,"现在先把手伸出来给我,乖点,嗯?"

洛蔷薇意识到了什么,但又下意识否定了这种想法,没再扭捏,把左手伸向了他。

墨时澈握住她柔若无骨的手,黑眸深深地注视着她,另一手从口袋里掏出一枚戒指,朝她左手的无名指上套去。

这时不远处的演奏台上走出一个男人,熟悉的吉他声与哼唱声紧接着响起。

洛蔷薇浑身一震,随即猛地站起身,扭头看向演奏台。

墨时澈即将套上她无名指的戒指因她的动作而被挥开,叮的一声掉在地上,瞬间没了踪影。

墨时澈眼神一沉,霍然站起身,动作太大以至于带翻了手边的高脚杯,杯子掉在地上发出砰的一声巨响。

洛蔷薇却恍若未闻,睁大双眼,推开椅子走向演奏台。

她走得很慢,脸上带着巨大的震撼跟……惊喜之色,仿佛她即将靠近的,是她渴望很久的人。

墨时澈双手蓦地攥紧,一张俊脸彻底黑了,在她身后一字一顿叫她的名字:"洛蔷薇。"

洛蔷薇仍像是没有听见,慢慢走近演奏台,头顶的暖黄灯光落在她的脸上,也极其清晰地照亮了台上的男人的脸。

他坐在升降椅上,怀里抱着一把吉他,宽大的牛仔外套搭配着休闲牛仔裤,一条长腿微屈,淡金色短发下是一张俊美而痞气十足的脸,仿若涉世未深的少年,世间所有美好的词都可以用在他身上。

那男人显然也看见了她,漂亮的琥珀色瞳孔微微睁大,脸上也出现几秒钟的惊讶之色,随即邪气地笑了:"这位美丽的小姐,你看着很熟悉,我梦到过你。"

洛蔷薇走到他面前很近的地方才停下,像是想看清他的脸,可当真正看清了,她忽然又僵住了,眼眶毫无征兆地就红了。

她动了动唇瓣,不受控制地喊出两个字:"阿楚……"

后方的墨时澈浑身一震。

那男人神色一怔，随即露出笑容："第一次见面你就知道我的名字啦？而且你在梦里也是这么喊我的。我来正式自我介绍一下，我姓燕，名楚，你可以叫我燕楚，不过我觉得阿楚也很好听哎。初次见面，请多指教。"

"燕楚……"洛蔷薇重复着这两个字，忽然笑了，用力点头，"初次见面，请多指教。"

"你的眼睛怎么红啦？"燕楚不由得皱眉，随即伸手摸摸她的脑袋，"女孩子这么漂亮的眼睛可不是用来哭的，不哭不哭，你想听什么，我弹给你听好不好？"

洛蔷薇还未开口，后方忽然冲过来一道高大的人影，男人一把攥住燕楚的领子，直接将他从升降椅上拖了下来。

"墨时澈，你干什么！"洛蔷薇忙伸手阻止，可墨时澈并不睬她，他将燕楚拎到身前，俊美冷厉的脸逼近他："你是，燕楚？"

燕楚一手扣住墨时澈的手腕，另一手推他的肩膀，二人同时发力，将对方推开。

墨时澈薄唇弯起冷冷的弧度："有两把刷子，还会打架。"

"我爸逼我学的啊，我新买的外套都被你揪坏了。"燕楚整理了下衣领，皱眉抬头冲墨时澈道，"没错啊，我就是燕楚，那又怎么样？"

洛蔷薇忙走过去挡在燕楚身前，面对着墨时澈，眼眸中是显而易见的紧张与提防："你想做什么？人家只是这里的驻唱而已，你疯了吗？"

他疯了？

他费尽心思设计布置，带她来吃烛光晚餐，她眼里却只有别的男人，像是见到老情人那般红着眼睛，口口声声喊着阿楚……

墨时澈自嘲地低笑，眼神森冷，忽然绕过洛蔷薇又伸手要去抓燕楚——

洛蔷薇一惊，冲过去想要拉开燕楚。

可墨时澈用了极大的力气，结果就是她跟燕楚被同时推倒在地，跌在一起。

墨时澈瞳孔一缩，弯腰想去扶她起来，可洛蔷薇看见他伸过来的手又是一惊，忽然张开双臂将燕楚护在身后，抬头咬着牙冲墨时澈吼道："你敢动他试试看！你先打死我！"

墨时澈伸出去的手一僵。

她的话，每个字都犹如一根尖细的针，精准地刺中他的心脏！

疼痛的感觉瞬间蔓延至全身，仿佛连呼吸都骤然停滞。

他眯着黑眸，就这么望着地上的她，望着她张开双臂护着的男人，望着她脸上的防备跟恨意。

哪怕怀疑过无数次、求证过无数次，但直到这一刻，他才真真正正确定——这女人真的不爱他了。

她洛蔷薇，不爱他墨时澈了。

她爱了他十七年，然后在他早已习惯却毫无防备的时候收回爱意，给了他重而致命的一击。

燕楚显然没想到洛蔷薇会这么护着自己，心里莫名一暖，忙将她扶起来，弯腰拍了拍她的裙摆，担忧地道："小美人儿你没事吧？谢谢你保护我，还有，"说着，燕楚看向墨时澈，语气不悦，同时夹杂着一丝心疼，"我说你怎么能不高兴就乱推人，这么冰冷的地板女孩子的身体受得了吗？你是她丈夫吧？你应该跟她道歉！"

墨时澈眼神冷厉，似笑非笑地盯着燕楚："既然知道我是她丈夫，你还当着我的面搂着她的肩，是不是在暗示我可以剁了你的手？"

燕楚："……"

这也太粗暴了吧？！

燕楚顿时对怀里的漂亮女人又多了几分心疼跟打抱不平，手臂更加搂紧了她，琥珀色的眼睛瞪着面前强势的男人："我说，你平时在家是不是也会家暴她？打女人的男人最不是东西了，在我家乡那边是要被阉掉的！"

"……"

墨时澈本就黑沉的一张脸顿时更加阴冷，他下颌紧绷，眼眸中浮动着戾气，仿佛下一秒就会冲过去撕了燕楚。

洛蔷薇见状忙挣开燕楚的手，几步走过去抱住墨时澈的胳膊，仰头看他："墨时澈，我们先回家吧，我……有点累了，想睡觉，我们回去好不好？"

墨时澈低头看向怀里的女人，眼底的嘲讽之色更浓："怎么，宁愿跟我这种人回家，也不愿我伤他分毫？"

洛蔷薇更加用力地抱紧他的手臂，声音又低又闷："我想回家，墨时澈，我们现在就回家。"

不能再多待下去，否则……阿楚一定会被墨时澈打伤，她知道墨时澈打人很厉害的。

墨时澈垂在身侧的另一只手动了下，洛蔷薇立即条件反射地双手环住了他的腰。

上一次她这样抱他是结婚前，她想求他陪她去试婚纱。

而现在——她是怕他伤害另一个男人，一个她在乎、愿意挡在身前去保护的男人。

墨时澈嘴角溢出阵阵冷笑，忽然抬手落在洛蔷薇环在自己腰上的手背上，一个用力将她扯开——

燕楚见状眉头一皱，几步走过去："你不许再推她了！你不能对你妻子这么粗……"

却不料，他话未说完，墨时澈却将洛蔷薇拉到自己身前，直接拦腰将她抱了起来。

燕楚眉头皱得更紧，看到洛蔷薇被男人抱起来竟莫名觉得不舒服，伸手要去阻止墨时澈："你……"

"燕先生！"洛蔷薇却忽然出声，她从墨时澈胸前抬起脸蛋，用眼神示意燕楚不要再说，"今天很感谢你为我们演奏，我们先走了，你……早点休息。"

燕楚伸出的手微微一顿，他似乎有些失落，却还是收回手来："你们现在回家……没事吧？"

"没事，回家就休息了，"洛蔷薇勉强地冲他扯出抹笑，"就这样，拜拜。"

燕楚也跟着笑了，露出一排整齐洁白的牙齿："那你好好睡一觉。哦对了，你的名字叫……"

可不等他说完，墨时澈已经抱着洛蔷薇大步走了出去，独留下他明朗的声音回荡在偌大的餐厅里。

她走了，连晚安都还没说呢……

燕楚站在窗前看着走到轿车前的一男一女，高档轿车很快绝尘而去。

餐厅里只剩下他一个人，变得更安静了，可他耳边异常清晰地回响着梦里的呼唤声——

"薇薇……薇薇你是不是等我很久了？"

她的名字……是不是就叫作薇薇？

可是他连她的全名跟电话都不知道，还能再见到她吗？

车子几乎是飙回墨家别墅的。

一路上无论墨时澈怎么疯狂飙车，洛蔷薇都没有说话，只是抓着安全带，脸蛋别向一边。

车一停稳，她立即打开车门下去，头也不回地走进别墅。

墨时澈很快就跟了上来，在主卧门口堵住了她。洛蔷薇脸上除了刚才他飙车时被吓出的一点苍白之色外，没有任何表情。

她绕过他就想进门，男人一把拽住她的胳膊，俊美的脸上犹如结了一层冰："洛蔷薇，你就没有什么想说的吗？"

洛蔷薇别开脸没有看他，语气也冷淡得很："有什么好说的。"

墨时澈冷笑："说说你的阿楚吧，今晚见到他是什么样的心情，你不认为应该跟我说说吗？"

"噢。"洛蔷薇红唇一扯，这才仰起脸看他，"你既然都说是我的阿楚了，我决定不告诉你。"

她说完甩开他的手，直接朝浴室走去，墨时澈再度拽住她，声音低沉地陈述："可你是我的。"

洛蔷薇愣了愣，随即娇笑出声："墨总，你在开玩笑吗？我们的婚姻本来就是假的，我从来就不属于你，我是我自己的。"

墨时澈闻言瞳孔一缩，看她的眼神又惊又怒，仿佛……很受伤的样子。

受伤？

洛蔷薇想到这个词不禁觉得好笑："墨时澈，你干吗露出这种表情啊，搞得好像很受伤一样。"她轻快的语调带着淡淡的嘲讽，"以前我把心挖出来给你，也不见你看一眼，现在这样算什么？"

墨时澈攥着她的五指收紧，下颌紧绷："你的心，你确定你给我了，而不是给那个什么阿楚了？"

"我捧着我的心追了你这么多年，得到的却只是你的不确定，"她冷笑道，"所以现在我给了谁关你什么事？那是我的心，我又没有义务一定要给你。"

男人的手几乎要捏碎她的手臂——

"墨时澈！"洛蔷薇痛得吼了一声，咬牙道，"你放开我，你这样我会以为你爱上我了。"

墨时澈闻言笑了，声音缓慢低沉："爱不爱上你又怎么样，你别忘了你嫁给我了，你现在是墨太太，只要你还挂着这个头衔一天，就别想去找什么阿楚。"

"是吗？"洛蔷薇毫不服软地抬头对上他的眼睛，眼神慵懒无畏，"那离婚呗，这不是很简单？"

离婚？

墨时澈眼神骤然一暗，下一秒一个用力，将洛蔷薇掀到一旁的床上。

猝不及防之下，洛蔷薇重重摔在床上，又蒙又晕的："你发什么疯……"

墨时澈扯着领带走过去，嘴角勾着阴冷的笑："我觉得我可能确实疯了，疯到这么宠着你，让你开始无法无天了。"

口口声声的阿楚，口口声声的离婚，她把他墨时澈当什么？腻了就丢开的男人？

洛蔷薇撑起身体想跑，却被墨时澈轻易地扣住脚踝，一把拖了回来。

男人欺身压下来，直接动手扒她的衣服。

洛蔷薇起初还会挣扎会踢他打他，但都没用，他下了决心要她，她的反抗根本起不到任何作用，他霸道强势地缠着她、赖着她，任她怎么闹他就是不从她身上起来。

闹到最后她彻底累了，他才真正开始要她。

当他真正意义上要了她的那一瞬间，她整个人绷得紧紧的，双手在他背后抓出鲜红的痕迹。

不知道过了多久，激烈的动作终于结束。

墨时澈想抱洛蔷薇去浴室，床上的女人却惊得躲开，下一秒，一个响亮的巴掌落在男人的脸上。

墨时澈被打得别过脸去，却维持着半跪在床沿的姿势，舌尖在嘴角轻舔，自嘲地笑道："一个巴掌一次，我也觉得挺值得的——"

洛蔷薇闻言瞳孔一缩，蓦地又扬起手打过去。

男人可以躲开却没有躲，再次挨了她一个巴掌，他伸手摸了摸脸，勾唇看她："再多打两下，我是不是可以再来一次？"

洛蔷薇睁大眼睛看着他，唇瓣轻颤："墨时澈，我不是你泄欲的工具！"

男人冷笑："但你是我的妻子，既然你说离婚没什么大不了的，我觉得我也该提醒你身为妻子的义务，你说是不是？"

洛蔷薇愣了下，随即极为讽刺地笑出声来："这番话你也好意思说出来，墨时澈，你真让我对你刮目相看。"

"那你最好看得更清楚，我本来就不是什么好人，但从你选择爱我那一刻就已经注定，你选择了我这个人，"他冰冷的手摸上她的脸，"所以你现在是我的妻子，你要记住，这是你洛蔷薇自己的选择。"

她睁着已经微微泛红的眼睛，嘲讽地笑："所以，你是想说我自作自受是吗？"

"也许是，"男人站直身体，居高临下地冷睨着她，"但你现在是我的，不管你怎么辩解，你都是我的，不是燕楚的，也不是其他男人的。"

墨时澈披了件浴袍就下楼了，站在花园的喷泉边，低头点了支烟。

墨大少爷看了半天喷泉,越看越觉得烦躁,最后还是拿出手机拨号。

那端的穆云深又被吵醒,语气极其不爽:"大半夜的又怎么了?"

墨时澈冷嗤一声:"你除了睡觉还会做什么,跟猪有什么区别。"

"……"

穆云深刚想发火,墨时澈却忽然继续开口,把今晚发生的事都告诉了他。

穆云深趁机反讽:"所以你是想跟我说,你从结婚到现在这么久终于睡到老婆了,其他男人都没你这么废物吗?"

墨时澈俊脸一黑,但奇迹般没有爹毛,过了一会儿冷冷地问:"我该怎么做,你不是这方面的高手吗?给你机会表现。"

穆云深在那边低沉地笑:"其实你不就是想留住她?留住女人最好的办法是什么——孩子嘛。"

"生不生是我能决定的?"

"次数多了总有一次中的吧,你别让她吃避孕药不就行了?"

Chapter 05
洛蔷薇的蝴蝶胎记

翌日一早。

洛蔷薇一晚上没怎么睡着,所以起得很早,走过客厅时扫了眼茶几,发现满满的烟灰缸里还有冒着火星的烟蒂。

所以,他在这里坐了一夜没睡?

她才在餐桌前坐下,玄关处就传来开门的动静。

墨时澈迈着长腿走进餐厅,将手里的袋子丢到她面前。

洛蔷薇喝牛奶的动作顿住,看向那袋子:"这是什么?"

"避孕药,"墨时澈站在桌前,淡淡地道,"如果你不想要孩子的话就吃了它,可以解除你的后顾之忧。"

洛蔷薇握着玻璃杯的手蓦地一紧,她有半秒的愣怔,但很快就笑出声来:"啧啧,墨总已经贴心到这个份上了,只要睡过的女人都会提供避孕药?"

男人皱眉,他又没跟其他女人睡过,于是淡声道:"只为你提供。"

这种情况下洛蔷薇理所当然地理解成——因为她最会死缠烂打吗?

洛蔷薇嘲讽地勾了勾唇角,淡淡道:"行,放着吧,我会吃的。"

"现在就吃，"墨时澈站着没动，将袋子里的白色瓶子拿出来，拧开放到她面前，"吃一粒，我看着你吃。"

洛蔷薇眼瞳微缩，被他这么监视着吃药让她莫名有种耻辱感。她咬了咬下唇，伸手拿过药瓶倒出一粒药，也没喝水，就这么干咽了下去。

"可以了吧，"她抬头冲他道，喉咙因咽药而有些疼痛，但她笑得更为明艳，"我现在吃了，你可以放心离开不要打扰我吃早餐了吗？"

墨时澈看着她蹙着眉不太舒服的模样，走过去倒了杯水放到她手边："喝水。"

洛蔷薇也懒得生气了，端起水杯将水喝光，然后站起身来，拿起大衣跟手包就往外走。

墨时澈一把拽住她的胳膊："你还没吃完早餐，"他喉结上下滚动，后半句话才说出来，"陪我一起吃。"

"拜你所赐，我喝水喝饱了，你还是让院子里的狗陪你吃吧。"

说完，洛蔷薇甩开他的手往外走去，走到玄关处又回头冲他微微一笑："还有，墨总，事后让女人吃药真的很没品，既然你这么担心跟我有孩子，以后就别跟我做，省得你提心吊胆的。"

洛蔷薇说完走了出去，重重摔上了门。

她快步走到别墅外，恰好碰到下车的穆云深，穆云深看到她微微一笑："洛大小姐，这是怎么了一身火气？"

洛蔷薇扯唇一笑："没什么，被狗咬了，穆公子最好也小心点。"

她说完直接上车离开。

"……"

穆云深转身看到走出来的俊美男人，邪气地挑眉："怎么样？我看你女人好像不太高兴，你奶奶养的狗咬她了？"

"……"墨时澈忽然上前踩了他一脚，在穆云深开口追究之前岔开话题，"药已经给她了。"

穆云深微愣："什么药？"

"我把瓶子里的避孕药倒出来，换成了形状相同的维生素，"墨时澈淡淡道，"我看着她吃下去的，她肯定以为自己吃过了，就不会再在外面买了，不就等于没吃避孕药吗？"

穆云深简直难以置信："你的意思是，你拿着避孕药叫她吃，并且她还以为那真的是避孕药？"

"有什么问题吗？"

穆云深："你觉得你特地拿避孕药给她吃，她作为女人心里会怎么想？"

墨时澈皱眉："能怎么想，她不是自己也会买来吃？"

穆云深："……"

他真是……服了。

墨时澈看着他的表情，神情冷了下去："你这是什么表情，这不是你出的主意？"

穆云深忽然觉得他不该教墨时澈的……他们的想法好像根本不在一个频道？

因为林雅萍被雪藏退出娱乐圈了，她的角色换了个演员，所以有关她的戏份都要重拍，洛蔷薇的空余时间就变得多了。

她去剧组转了一圈，然后去看了妈妈，出来的时候才下午两点。

她没心情逛街买东西，但又不想回家，最终还是来到了梧桐街。

司机把车开去另一边的停车场，洛蔷薇站在街边，望着车来车往的马路，有些失神。

墨时澈那种小心眼的男人肯定会让餐厅老板换驻唱，她去问也不会有结果……不知道下一次见燕楚会是什么时候。

洛蔷薇呆愣地站了一会儿，转身漫无目地往前走去。

她才走出没几步，身后忽然传来一道着急的叫喊声："小心！"

洛蔷薇还未反应过来，细腰便被一只大手用力搂住，整个人被一股大力带着往前跌去，下一秒响起的是清脆的瓷器碎裂声。

抱住她的男人跟她一同摔倒在地，洛蔷薇摔得蒙了一瞬，抬头才看到她刚才站的地方，砸下一个花盆。

男人急切却明朗的声音在耳边响起："你没事吧？有没有摔到

哪里？"

洛蔷薇浑身一震，蓦地别过头——

燕楚极具辨识度的俊脸映入眼帘，他还是穿着昨天那件牛仔外套，见她不动，伸出一根手指在她眼前晃着："小美人儿？你怎么啦？不认识我啦？"

洛蔷薇蓦地睁大双眼，极为震惊地看着他。

他竟然还是救了她一命，哪怕方式完全不同。

燕楚见她神色始终呆愣愣的，不由得皱眉嘟囔："该不会是摔到脑子了吧？"

他的手才碰到她的额头，洛蔷薇忽然惊了一下回过神，慢慢地道："我……没事。"

燕楚伸手扶她起来，弯腰拍着她裙摆上的灰："脸这么白还说没事，女孩子家的就别瞎逞强了，吓坏了吧？"

此时，刚才从楼上扔花盆的人下来道歉了，说是不小心碰到的，但好在没有人受伤。

整个过程洛蔷薇都有些失神，直到那人走了，燕楚再度喊她："小美人儿，你确定不用去医院看看吗？"

洛蔷薇抬头看他："你……救了我。"

燕楚笑眯眯地道："对啊，我现在是你的救命恩人，你是不是该对我笑一个？"

她看着他慵懒散漫的笑容，嘴角不由得弯了起来。

"对嘛，你看你笑起来多美，"燕楚勾着唇，忽然拉住她的手，"跟我来，我弹吉他给你听。"

洛蔷薇被他拉到梧桐街的喷泉边，燕楚拿起放在那里的吉他，坐下来对着她边弹边唱。

听着他熟悉悦耳的声音，洛蔷薇仿佛回到记忆里的场景，她每次不开心的时候他都会弹吉他给她听，甚至陪她商量用什么方法追墨时澈……

"哎哎哎，你的眼睛怎么红了？！"燕楚唱到一半就停下了，忙站起身，"你是不是心情不好，是不是……你丈夫昨晚打你了？"

洛蔷薇忙低下头，伸手擦了擦眼睛："没有……有沙子进眼睛了。"

"这种话我才不信呢，"燕楚轻哼，又笑眯眯地弯下腰，一张俊脸凑近她，"好啦，我有一个办法绝对能让你忘记不开心的事，你先闭上眼睛。"

洛蔷薇看着他，然后闭上了眼睛。

燕楚似乎后退了几步："三、二、一……睁开！"

洛蔷薇闻言睁开眼睛——只见燕楚缓缓张开双臂，上百只蝴蝶围绕着他翩翩起舞，犹如漂亮的蝶舞彩绘画，美得绚烂窒息！

周边路过的人也不由得停下脚步，惊艳地望着这边难得一见的奇观……

燕楚站在飞舞的蝴蝶中间，明眸皓齿，美好得像是童话里的王子："我阿妈说女孩子都喜欢蝴蝶，你喜欢吗？"

洛蔷薇笑着点点头："喜欢。"

她情不自禁地伸出手去，那些蝴蝶像是感应到一般，竟然朝她飞了过来，纷纷落在她的长裙上，簇拥着她……

这时一只蝴蝶落在她的脖颈处，竟然跟她的蝴蝶胎记奇迹般吻合。

燕楚惊讶地问道："你这个……是胎记还是文上去的？"

洛蔷薇想了想："小时候就有了，后来问过我妈，她又说是觉得好看带我去文的，我也不是很清楚。"

燕楚闻言盯着看了一会儿，也没再多问，而是望着她的笑容："你看，我的蝴蝶成功让你笑了，你是不是该请我吃饭？"

洛蔷薇弯唇笑了："当然，而且你是我的救命恩人，你有什么条件尽管提，就当我报恩。"

燕楚睁大琥珀色的眼眸盯着她："真的可以提？"

"可以啊。"

"那……你养我！"燕楚眼巴巴地道，"我从家里逃出来带的钱都花光了，现在身无分文，我好饿，中午都没吃饭，我想吃烤鸭跟比萨还有烧鹅……"

洛蔷薇："……"

洛蔷薇带燕楚吃了所有他想吃的——从下午三点吃到晚上七点。

最后她带他去看了一套精装修的公寓，地段相对比较安静，看中后直接就买了下来。

燕楚张大嘴，伸手指指她又指指自己："你……买房子……送我？"

洛蔷薇拿着手包，微笑道："拎包入住，我看你除了一把吉他什么都没有，明天去买点衣服，以后这里就是你的家。"

"你你你……"燕楚震惊又激动，"你真的养我？！"

"嗯，这不是你提的条件吗？要是收回也行啊……"

"不收回不收回！"燕楚立即站直，行了个标准的军礼，"我们薇薇大人说什么就是什么！不过……我心里有点过意不去哎……要不还是写你的名字？"

洛蔷薇撩着头发笑了笑："一套公寓而已，是我欠你的，不过我暂时买不起别墅，你别嫌弃就行。"

燕楚显然没听懂她的话，皱眉低声道："说出来你可能不信，我经常会做梦梦到一个女人，我对她说我会一辈子保护她，可画面忽然就跳到她撕心裂肺地哭着，跟我说'阿楚对不起是我害死了你'，说完她就消失了，我疯了一样去找她，但怎么找也找不到……

"最后我梦到她生的孩子被摔死了，她自己也死了，脖子上插着一根装有剧毒的针管，浑身是伤地躺在血泊里……我想救她却救不了，那种失去她的感觉很窒息很痛苦……"

顿了顿，他嗓音又低了几度，直直地看着她："薇薇，那个女人……跟你长得一模一样。"

洛蔷薇浑身重重一震。

他梦到的所有场景，都是上一世真实发生过的。

燕楚盯着她的反应，轻声问道："薇薇，我说的这些……你梦到过吗？"

洛蔷薇惊讶过后，垂下脸掩住眸中的悲痛之色，良久才开口，嗓音晦涩："也许……以后有一天我能把这一切告诉你吧。"

燕楚疑惑地皱起眉头："这一切？"

洛蔷薇抬起脸，已经恢复姣媚的笑容，边说边朝外走去："没有啦，快走，我们出去逛商场，你总该买点其他衣服，我请客哦。"

燕楚盯着她高挑纤瘦的背影，眉头皱得更紧。

难道……梦里那些事真的发生过吗？

二人一起走出公寓时，看见了站在门口的男人。

墨时澈背靠着轿车门，一条长腿微微屈起，指间夹着根烟，只是这么站着，浑身都张扬着成熟男人矜贵又性感的魅力。

洛蔷薇看到他的一瞬间有些惊讶，但很快就笑了："这不是墨总嘛，这么巧，你这是等人吗？"

"等你，"墨时澈掀起眼皮看她，薄唇吐出烟雾，淡淡道，"既然下来了就过来，天黑了，该回家了。"

"可是现在夜生活刚刚开始呢，"洛蔷薇冲他妩媚一笑，"墨总先回去吧，我跟朋友要逛街，失陪。"

她说完转身叫上燕楚就要走，墨时澈眼眸一暗，下一秒倏地丢掉香烟，迈着长腿冲过去一把握住燕楚的肩膀——

洛蔷薇几乎是同一时间抵住他的手，用力将他推开，怒道："墨时澈，你干什么？".

"不想我动他吗？"男人噙着笑看着她，神情优雅又无赖，"那跟我回家，嗯？"

"……"

洛蔷薇没想到他竟然能直接说出这种话，嘲讽地笑道："墨总现在是开启地痞无赖的模式了？"

墨时澈一把搂过洛蔷薇的腰，圈着她往车边走去，低头在她耳边道："你现在要是敢跑，我就过去打到他爬不起来。"

洛蔷薇气得想咬他，但还是深吸口气忍住了，扭头冲燕楚笑了笑："阿楚，不好意思，我老公有间歇性羊痫风，我陪他回家治病，你逛逛就早点休息，晚安。"

"……"墨时澈俊脸一黑，索性将她拦腰抱起，直接放进副驾驶座。

高档轿车绝尘而去。

燕楚原本已经伸出的手缓缓收了回来，神色落寞。她又走了……而对方是她老公，他连开口叫她留下来的资格都没有。

如果……如果她婚姻生活很不幸、很痛苦，她老公不懂得珍惜她……那么他愿意代替她老公，成为保护她、爱惜她的那个人。

已经在梦里体会过无数次失去的痛苦，他不想再体验了——他不要再失去她。

轿车内一片安静。

墨时澈面无表情地握着方向盘，女人明显带着愤怒的呼吸声在耳边响起，他越听越烦躁，抿唇忍了半天还是开口道："洛蔷薇。"

"……"

"你别告诉我你在生气。"

"……"

"你有资格跟我生气？"

"……"

得不到任何回应，男人胸膛重重起伏，忽然砸了下喇叭："洛蔷薇，你很吵！你的呼吸声吵到我了。"

心上像是有只猫爪子，挠得他坐立难安。

洛蔷薇懒得理他的无理取闹，表情冷淡却语气严肃地道："你不许动燕楚。"

墨时澈眉眼一寒，忽然一打方向盘，紧急刹车后解开安全带，直接侧身朝副驾驶座的洛蔷薇压了过去。

这一系列动作不过几秒钟，等洛蔷薇反应过来时已经被狠狠吻住了！

炙热而狂野的吻描绘着她的唇，吞噬着她的舌。

而他似乎不只是单纯想吻她，大手疯狂地扯着她的领口……

洛蔷薇不知道他为什么突然发疯，开始疯了一般地挣扎："你放开我……墨时澈我们早就该离婚了，你别这样，我不要……"

墨时澈听到她的话怒气和醋意更甚，扳着她的下颌疯狂地吻咬着，一路从她的脸蛋吻到脖颈，再到锁骨……

她的肩上蝴蝶停留过的地方还有不少残留的花粉，在男人粗哑喘息地吻着她时，微小无味的花粉被他悉数吸入鼻腔……

几乎是刹那间，墨时澈只觉得浑身如过电般一僵，随即剧烈而尖锐的疼痛猛地蹿上背脊。

这种感觉太过熟悉，墨时澈飞快地从洛蔷薇身上起来，发动引擎。

这里离墨家别墅不过几百米，男人握着方向盘，以最快的速度往前飙去。他握着方向盘，感觉到鼻间有温热的血液正往下流……

墨时澈抬起手遮住流出的血，用尽全力将车子停在墨家别墅门口，而后倾身打开洛蔷薇那边的车门，用力将她推了出去。

洛蔷薇反应过来时人已经被从副驾驶座推到地上，重重跌了一下。

下一秒车门就被关上，但轿车很小心地往后退了点防止轮胎轧到她，而后才疾驰而去。

洛蔷薇没有发现这个小细节，揉着摔疼的屁股站起身来，忍不住冲着轿车驶离的方向空踢了一脚："浑蛋！"

轿车在空旷的街道上歪曲地行驶着。

驾驶座上，男人鼻间的血已经喷涌而出，大量的黏稠血液沾湿了衣领，他的视线变得模糊，呼吸也开始紊乱而急促……

他很清楚，是那个遗传的玩意儿发作了。

墨时澈咬破嘴唇维持着极为短暂的清醒，伸手将安全带扣弄坏，这样就解不开安全带了，他就不会下车自残。

他颤抖着手摸到仪表盘上的手机，拨出号码，那端响了两下就接了，穆云深的轻笑声传来："你是不是又跟你老婆……"

男人痛苦低沉的嗓音从喉咙深处逸出："云深……"

穆云深脸上的笑容蓦地僵住，他只愣了不到半秒，霍然从沙发上站起身："你在哪？我现在就去找你。"

墨时澈显然已经不能说话，手机从他的掌心滑落下去，血液中传来奇痒无比的痛感，剧烈又凶猛……

他想摸出药盒，却已经无法自控，疯狂地想要扯断安全带，用车上一切尖锐的东西往自己身上划……

浓重的血腥味在车内蔓延。

墨时澈喉间发出痛苦至极的低吼声，他终于再握不住方向盘，轿车直直地撞向前方的桥墩！

穆云深火速让人去定位墨时澈的手机所在的位置，等他赶到的时候轿车就停在桥上，车头已经被桥墩撞得惨不忍睹。

他心下一沉，飞快地走到驾驶座边。

里面坐着的男人浑身是血，黑色短发也被鲜血浸湿，墨时澈闭着眼睛，安全气囊弹了出来，而他的脑袋就靠在上面。

"时澈……"穆云深低低地喊了一声，缓慢地伸出手，探到他的鼻下……

有呼吸，只不过极浅。

穆云深骤然松了口气，紧绷的神经也跟着一松，他单手撑着车门差点跪下去："你他妈……吓死我了。"

墨时澈连夜被送往私人医院。

医生替他打了镇静剂，清理了身上的伤口，这才退出重症监护室。穆云深立即起身上前："怎么样了，他身上有没有其他伤口？"

医生摇摇头："只有用钥匙划出的几处血痕，因为有安全气囊挡着，所以没有其他车祸伤，而且这次墨少自残不算特别严重，应该是撞车那一下的剧烈震动把他撞晕了，否则……后果不堪设想。"

穆云深微眯起眼睛："怎么，这次发作比以前都要严重？"

"是的，按理来说，墨少一直在服药，应该比较稳定才对。这次应该是吸入了什么会引起发作的毒性粉末，具体是什么不得而知。"

老医生叹了口气，又道："不过墨少身上这遗传病是苗疆人弄的蛊毒，初步只知道苗族的蛊毒是一种能入侵人体的细菌，能控制人的整个神经系统跟内分泌系统，但我们现代医学对此还是一窍不通，只能用现代强效药物进行简单的细菌控制，但十次有八次会失败。"

穆云深眉头紧紧皱起，喉结滚动："按你今天的检查情况来看，他……还有多久？"

知根知底的老医生垂下了头："穆少，您知道的，墨家跟穆家世代被蛊毒缠身，除了您运气好没有被遗传，其余的……墨少的太爷爷、爷爷，还有您的所有父辈，都没有活过三十岁……"

"可时澈的父亲活下来了，墨青山今年已经四十六岁了，他为什么没死？"

"这个我也不知道，墨青山先生说过吗？"

穆云深沉默。

墨青山恨时澈，见到他就打，恨不得他死得越快越好，所以就算找到了抑制蛊毒的方法，也不可能给时澈的。

半晌，穆云深沉沉开口："让你们去找苗疆老医生，找得怎么样？"

老医生一脸绝望地叹气："穆少，所有苗疆人都在唐门燕家堡内，那边遍地是剧毒蛇蝎，我们根本靠近不了。"

燕家堡。

穆云深倏地想到什么，拿出手机拨号——

洛红樱从邻市赶过来时已经是深夜了。

私人医院坐落于郊区，偏僻且安静，穆云深叼着根烟站在门口，洛红樱拎着真空药剂盒快步走过来："穆公子，时澈在里面吗？"

"嗯，还没醒，"穆云深淡淡地道，"药拿来了就快进去给他注射，已经耽误一天了，这可不是开玩笑的事。"

洛红樱听出他语气中暗含的严厉，咬唇道："好，我马上就进去，因为昨天邻市有个重要活动，本来我是不会去的……"

穆云深打断她的话："你喜欢他吗？"

洛红樱一怔，好一会儿才道："我……我一直很爱时澈，一点不比洛蔷薇少，可是他已经结婚了，所以我不敢靠他太近……"

"结婚？几个月前他没结婚的时候你不也是这样？"

穆云深嗤笑道："你若是真像你所说的很爱他，就安安心心做他的私人医生，何必跑去当什么明星，导致他每次发作你都不能及时出现——或者说，你没有把握能让他娶你，所以当明星挣钱是你的退路？"

说完，他深吸口烟，不急不缓地吐出层层烟圈："你没有办法像洛蔷薇那样全心全意抛开一切去爱时澈，那就不要觉得不甘心。不管洛蔷薇是什么样的人，但她爱时澈这些年付出的是全部真心，从头到尾都对得起爱这个字。光凭这一点，洛二小姐，你就输了。"

洛红樱眼睛一下子就红了，蓦地抬头："可是时澈不爱她，洛蔷薇根本就是逼婚，是强人所难！"

"那可未必，"穆云深勾唇轻笑，"三年前洛蔷薇在酒吧喝醉跟人起争执打架，闹得很严重，你应该有印象，你以为她是怎么从局子里出来的？是时澈连夜去抱她出来的，虽然后来时澈有几个月没理她，但那件事是他替洛蔷薇解决的，并且警告那些人不许找洛蔷薇的麻烦。他爱不爱洛蔷薇我不知道，但要说丝毫不放在心上，我想也是不可能的。"

洛红樱这下彻底怔住了，好半天没有说话。那次……她爸妈还偷偷打招呼让局子里的人对洛蔷薇狠一点，但他们怎么也想不通怎么第二天这件事就被抹得一干二净了。

原来是时澈保了洛蔷薇……她竟然一点都不知道！

"洛二小姐，按你的话说，他既然已经结婚，你还不如全身而退，何必折磨自己？"

穆云深取下唇间的烟，视线落在她手里的药盒上："所以，你不如把这药的配方交出来，以后你也不用当时澈的私人医生了，不要有交集，对你也是最好的。"

洛家世代学医为墨家服务，所以一直在钻研苗疆蛊毒，洛红樱的爷爷研究出了这种抑制蛊毒的药剂——虽然不能彻底解毒，却是目前所有药剂中最有效的。

不过，配方一直掌握在洛家手中，这也是洛红樱会成为墨时澈的私人医生的最主要原因。

洛红樱闻言低下头："我也没有具体的配方，这些药还是我爷爷在世时留下的，用完了就没有了，我们还要去山上找……"

不管她这话是真是假，但明显是不会给配方的。

穆云深不再多说，淡淡地嗯了一声，迈开长腿就要离开，洛红樱忽然冲他道："穆公子，你不问我……关于梨儿的事情吗？"

男人脚步微顿，嗓音不见起伏："她让你问我吗？"

"也不是，她就是问过……你最近怎么样，好不好。"

"我很好，"穆云深淡淡地笑道，"让她在柏林照顾好自己，其余的不用担心。"

无菌病房内，俊美苍白的男人双眼紧闭躺在病床上。

洛红樱推门走进去，先替墨时澈量体温、检查心率，随后拿出盒子里的药剂。

她将针头对准他的脖颈动脉处——

几乎是同一时间，男人倏地睁开眼睛，一双瞳孔竟然是极深的猩红色！

他看着她的眼神很陌生，像是根本不认识她，薄唇动了动，似乎想要说什么……

洛红樱吓了一跳，但知道他还处于病情发作期间，忙将针头扎入，开始注射。

一管药剂打进去，十分钟左右，墨时澈瞳孔中的猩红色渐渐褪去，恢复了正常的黑色。

他缓慢地闭上眼睛，重新陷入昏迷。

洛红樱这才放下心来，看着病床上的男人，不甘心地伸手握住他的手："时澈，难道你真的喜欢洛蔷薇吗？可是你明明那么讨厌她……"

她说着喉间哽咽了下，而后咬了咬唇，脱了鞋子躺到病床上，拉起墨时澈的一只手臂搂住自己的肩膀，而后从口袋里拿出手机……

墨时澈身上穿的是病号服，宽松的领口露出了两侧性感的锁骨，洛红樱拉开他的领口，又拉过他的另一只手，放在自己的胸口处，摆出极为亲密的姿势。

然后她举起手机，用高清相机拍下了这一幕……

墨时澈连续三天都没有回来。

洛蔷薇本以为他只是太生气了所以不想回家，直到连宿到家里来拿公司的文件，她才知道他连公司都没去。

连宿下楼的时候，洛蔷薇正好坐在餐厅吃杞果西米露，看到他淡淡问了句："墨总这是不打算回家了吗？你帮我问问他，既然这样我是不是也可以在剧组住？"

连宿转身笑着问道："少奶奶这是想少爷了吗？"

洛蔷薇闻言手莫名一抖，差点咬到勺子，她眯起美眸看向他："你知道我生起气来会怎么乱打人吗？"

连宿一秒变严肃脸："少爷这几天有很棘手的公事处理，结束了肯定会回家的，少奶奶放心。"

洛蔷薇低头哦了一声。

连宿前脚刚走，她的手机便振动起来，提示有一条新的微信。

洛蔷薇点开，是洛红樱发来的一张照片——

场景是在床上，洛红樱一脸甜蜜地躺在墨时澈的臂弯内，脑袋枕在他的胸膛上。

墨时澈显然是睡着了，但一只手放在洛红樱胸前，甚至洛红樱胸口还有捏揉出来的红痕……

洛蔷薇无法自控地浑身一震，刚要点保存，图片就被洛红樱撤回了。

紧接着对方又发了一条文字微信过来："堂姐，我这几天在邻市参加活动呢，不过现在腰酸背痛的，很累，你还好吗？"

她说得很隐晦，但意思已经足够明显。

墨时澈这几天不在家，显然是去陪她了——照片就是最好的证据。

洛蔷薇将手机锁屏，扔到不远处的沙发上。

她甚至不想再看洛红樱说了什么，低头继续吃东西，可方才很甜的杞果西米露忽然间就没了味道。

洛蔷薇放下勺子，慢慢地低下头，微卷的长发滑下来遮住了她黯淡

173

的脸。

此时三楼的卧室内——

正在敷面膜的墨老太太忽然听到铃声，忙拿起手边的无绳电话，接通后那端的男人低哑地喊了声："奶奶。"

墨老太太一愣，而后霍然坐起身来，惊得面膜都掉了："澈儿？！你居然在出差的时候打家里电话了，怎么了，出什么事了吗？"

他以往要出差都只是让助理回家打个招呼，绝对不会打电话回来的。

"……"墨时澈静默几秒，才淡淡道，"嗯，我这边有点急事处理，您这几天还好吗？"

"当然好啊，你放心，你媳妇儿我也给你盯着呢，她晚上都按时回家的……"墨老太太忍不住开始唠叨。

"奶奶，"墨时澈按着眉心打断她，"既然这样，你让蔷薇接个电话，我跟她说几句。"

这都三天了，那女人总应该有点想他。

他都见鬼地……忍不住想她，不停地想到她。

"那好！马上啊！"

墨老太太赶忙抽了张纸擦了擦脸，冲下楼大声喊道："蔷薇啊，你老公来电话了！"

洛蔷薇原本坐在餐桌边发呆，闻言不知为什么浑身一震，猛地站起身来，动作太大带翻了手边的碗，瓷碗摔在地上，发出砰的声响！

"哎呀你这个女娃娃……"墨老太太忙把无绳电话塞给她，"快去那边接电话，看你，想老公想得人都傻了！"

"……"

洛蔷薇只得拿过电话走到稍远的阳台上，才将电话放到耳边，就听见墨时澈低哑微紧绷的声音："打翻碗了吗？有没有割到手？"

她脑海中浮现出他跟洛红樱的床照，红唇勾出极深的讽刺笑容："墨总管得有点多吧，我割到哪里跟你有什么关系？有什么话就说。"

男人原本因为听到她的声音而变得愉悦的脸，蓦地就冷了："洛蔷薇，这就是你跟你老公说话的态度？"

洛蔷薇食指卷着发梢冷笑："不好意思我就这种态度，不爽你就跟我离婚啊，我求着你跟我说话了？"

　　墨时澈嗓音骤然像结了冰："你再跟我说'离婚'两个字试试看？"

　　"离婚离婚离婚……"洛蔷薇偏偏一口气说了十几个，而后将话筒拿到嘴边，"我告诉你墨时澈，我要跟你离婚，跟你这种又渣又恶心的男人一天都过不下去了！"

　　墨时澈安静地听她说完，冷笑道："怎么，你现在为了燕楚就这么忍不住，豁出去了？"

　　洛蔷薇将心里那股无名火一股脑发泄了出来："当然，我现在很喜欢阿楚，喜欢到想马上跟他结婚。而我现在很讨厌你，讨厌到听到你的名字就想吐！"

　　她说完就挂了电话。

　　那端病房内的墨时澈俊脸一寒，听着听筒内的嘟嘟声，还裹着纱布的手蓦地攥紧，而后扬手直接将手机砸了出去！

　　穆云深正好推门进来，一个不明物体蓦地砸过来，他迅速侧身避开，就见手机把墙面砸出一个小凹槽……

　　他扭头冷冷瞪着墨时澈："墨时澈，你这伤还没好全就又动气，你不想要命了是吧？"

　　"有事说没事滚。"

　　"我滚了谁来管你？"穆云深薄唇扯出一抹冷笑，"你那个整天要跟你离婚的小娇妻？我看她都不如我爱你。"

　　墨时澈面无表情："那不然你去变个性丰个胸嫁给我？"

　　"行，那我现在飞泰国，"穆云深冲他摊了摊手，转身就走，"至于那个燕楚的事，你找其他人告诉你。"

　　一听到"燕楚"两个字，墨时澈瞳孔蓦地一缩："等一下。"

　　穆云深顿住脚步，等他的后半句话，墨时澈胸口被洛蔷薇气得堵着一股气，好半天才闷声道："我手疼。"

　　"……"

　　穆云深听到这三个字有火也发不出来了，转身走到敞开的窗边，点了支烟缓慢地道:"严格来说,他跟我们是一条船上的。"

墨时澈蓦地抬眸,反应极快:"你别告诉我,他是唐门燕家的。"

唐门——目前由墨、穆、燕三大家族组成,当今世界统领整个亚洲以及欧洲的金融界龙头老大,财团实力雄厚,并且涉及地下黑色组织,势力范围很广,权力极大。

"燕楚,苗疆族系,唐门燕家老爷燕天晏的独子,燕家堡的少堡主,性格潇洒爱玩,不喜欢被家族的规矩束缚,经常从家里逃出来周游世界,曾经在德国柏林待过三年,被燕家抓回去,一个月后又逃了出来。"

墨时澈精准地捕捉到关键词:"柏林?"

"燕楚在柏林洪堡大学修了两年音乐专业,其间谈了一场恋爱。"

穆云深将一张照片丢到被子上——

背景是蓝天白云的学院,男孩穿着宽松的黑色背心和牛仔裤,抱着把吉他在低头调音,而站在他身侧身着连衣裙的女孩漂亮优雅,笑容温柔极有气质。

赫然是燕楚跟……墨梨儿!

墨时澈眯起黑眸:"他现在还跟梨儿在一起?"

穆云深叼着烟,烟雾模糊了他的眉眼:"应该已经分手了,是梨儿先追的他,我派去的人在学校里打听到的,分手原因不得而知。"

"云深,"墨时澈将视线从照片上移开,低沉地道,"我前两天问过梨儿什么时候回来,你们的婚约日期快到了。"

"这就是燕楚目前所有的资料,"穆云深打断墨时澈接下来即将出口的话,淡淡地道,"至于他为什么来江城,可能只是来玩,其他的我都不知道。"

墨时澈没再开口。

病房内安静得只听得见窗外的风声。

洛蔷薇出门的时候接到燕楚的电话,他说在公寓无聊让她去陪他打游戏吃鸡爪,她说今天剧组有事,但燕楚不肯,软磨硬泡地要她过去……

洛蔷薇知道他贪玩,想到剧组正好在招募调音师,索性就带他一起去试试看。

唐思甜知道洛蔷薇今天有戏份，提前替她泡好了暖身茶，洛蔷薇拿着手包走进来，笑眯眯地轻捏她的脸蛋："哎呀，我们甜妹真是贴心，我最爱你了！"

燕楚原本叼着根棒棒糖走在洛蔷薇身后，走马观花地四处看看，当他看到唐思甜的时候，一下子愣住了。

洛蔷薇见燕楚站着发呆，伸手将他拉过来："我给你介绍，这位金发帅哥叫燕楚，是我的……嗯，救命恩人，现在整天跟着我蹭吃蹭喝。"

燕楚盯着唐思甜的脸，琥珀色的瞳眸动了动，这才缓慢地出声："你姓唐，叫唐思甜？"

唐思甜愣住："你怎么知道我叫什么？"

"刚才不是有人喊你的名字吗？"燕楚很快恢复以往的笑容，"这名字一听就有耳缘，你看我孤身一人漂泊在外也没个亲人……不如我认你当妹妹吧？"

二人都被他这突如其来的一句话吓了一跳，洛蔷薇眯起眼睛斜他："你怎么不认我当妹妹？"

燕楚微笑，语气不自觉地低沉："我阿妈跟我阿爸就生了一男一女，我妹妹是我带大的，但她在我八岁的时候丢了。这么多年了，我一直在找她……而你，跟我阿妈长得几乎一模一样。"

只不过他阿妈是苗族姑娘，唐思甜穿的是汉人的衣服罢了。

唐思甜有些愣怔，虽然这说法很荒唐很有搭讪的嫌疑，但看燕楚说话的样子……又不像是假的。

洛蔷薇卷着发梢笑道："那你得先问问人家同不同意啊，指不定你勾搭不成反被揍呢？"

"啊……糟了！"燕楚一脸恐慌地望向唐思甜，"甜妹，我家薇薇是不是误会我了？"

唐思甜但笑不语，燕楚却忽然后退一步，朝洛蔷薇单膝跪下："不行，我现在要表达一下我对你的心。"

洛蔷薇抬腿踢了他一下："干什么呢，快起来，被人看到才会误会。"

她弯腰去扶他,燕楚却握住她的手,另一只背在身后的手忽然变戏法般变出一朵鲜艳的玫瑰花,举到她面前:"我的女孩,日月天地可鉴,我对你绝无二心。"

洛蔷薇一愣,脑海中莫名浮现墨时澈俊美阴沉的脸,她浑身微微一震,猛地抽回手向后退了几步。

该死!她为什么要想到那个渣男?他跟洛红樱能背着她出轨,她难道还不能收其他男人的花吗?

思及此,洛蔷薇弯下腰接过燕楚手里的玫瑰花,娇媚地笑道:"谢谢你的花,很漂亮。"

"可是我感觉你并不是真心想收,你刚才躲了一下。不过没关系,"燕楚站起身来,伸手拨开她脸颊边的发丝,温柔地笑道,"薇薇,我等你,等到你愿意为止。"

一道嘲讽的女声在这时传来:"这不是堂姐吗?怎么收别的男人的花呀,还要不要脸啦?"

洛红樱踩着高跟鞋走过来,显然是刚到,但这边毕竟是剧组,她也没有多说什么,高傲地走去跟制片人套近乎了。

燕楚皱眉:"薇薇,这是谁?"

"我堂妹,也是'小三',"洛蔷薇想到床照就恶心,懒得多费唇舌,勾唇冷笑,"跟我那个渣男老公出轨的女人就是她,不过无所谓,收拾她是迟早的事,那种垃圾男人我也不会要了。"

唐思甜也拧眉叹气道:"洛红樱也是够恶心的,陷害你的次数不要太多,偏偏这女人狡猾得很,抓不住她的把柄。"

燕楚琥珀色的眼眸微微眯起,他忽然蹲下身摸了摸脚下玩耍的小狗,而后低下头凑近它的眼睛,像是在交朋友般同它对视,手指在狗狗的耳朵以及背后或轻或重地揉着……

洛蔷薇正想问他在做什么,只见燕楚忽然拍拍小狗的脑袋,而后扬手朝不远处的洛红樱一指——

下一秒,那只小狗猛地往前狂奔过去,直接扑上去狠狠咬住了洛红樱的大腿!

"啊——"洛红樱吓得尖叫出声,整个人狼狈地从椅子上摔下来,也顾不上自己名媛淑女的形象了,痛得大叫着,"来人啊!快帮我把这只疯狗弄走!快啊!"

边上的片场工作人员都过来帮忙,但那只小狗像是跟洛红樱有仇似的,死死咬住她的大腿不放。

片场工作人员又不敢硬拉,怕小狗咬得太紧会扯下洛红樱的肉,劝哄了半天,甚至连小狗的主人也就是制片人都过来哄,小狗仍旧不肯松开。

洛红樱疼得跟个疯婆子一样叫喊着,脸上的妆都花了,身上昂贵的套裙扣子也散开了,双腿几乎裸在外面……

一旁有人偷偷拿出手机拍起视频来,洛红樱从出道到现在,还未曾在片场丢过这么大的脸!

洛蔷薇惊讶地看着这一幕:"阿楚……"她想到他刚才对小狗的动作,转过头看他,"你会……驯兽术?"

燕楚慵懒地眯着眼笑:"会一点,我阿妈原来教我的。"

洛蔷薇:"……"

最后没办法,有人只得拿刀过来想要割伤那只小狗,试图让它因疼痛而松开洛红樱……

洛蔷薇见状红唇一咬,低声道:"阿楚,你能不能让小狗松口?"

燕楚双手环胸,眼神冷然:"他们弄伤那只狗也没用,它不会松口的,除非把狗弄死。"

可洛蔷薇并未因此而高兴,皱眉道:"可再怎么咬洛红樱她也只是受伤,但那只狗狗可能会因此死掉。"

她并不是同情洛红樱,只是小狗是无辜的,没必要因为恶心的贱人丢了性命。

燕楚瞅她一眼:"没想到我家薇薇这么善良啊,不愧是我从小梦到大的女孩。"

他说着用手吹了个口哨,那只狗听到果真立马松了口——

洛红樱疼得都快昏过去了,但还是气得忍不住用高跟鞋去踢那只狗……

制片人忙心疼地把自家的狗抱起来，原本想跟她洽谈新片，这下子彻底没了想法，冷冷地道："洛二小姐，我家狗狗一向很乖，如果不是你主动招惹试图伤害它，它是不会咬你的。"

洛红樱看出他眼里的厌恶，也心知合作泡汤了，但此刻她管不了那么多，被助理抬上了救护车。

果不其然，第二天这件事就成了各大报纸新闻的头版头条——

因为那种品种的狗狗是很乖巧的，不会主动咬人，所以大家纷纷认定是洛红樱在私下里有虐待宠物的行为，甚至还有媒体专门写了篇分析的文章，说她肯定是怎么虐待小狗……

一时间文章被疯狂转载，还上了热搜第一，网上骂声一片。

洛红樱在医院看到这消息，几乎要气疯了，在病房里乱砸东西。一旁的助理余蓉忙劝道："这事让网民们骂一阵也就过去了，到时候公司再想办法帮你洗白，你别太放在心上。"

"一定是洛蔷薇那个贱人干的！竟然还能控制小狗，她一定是只狐狸精！"洛红樱气得脸庞扭曲。她从出道名声就很好，何曾被粉丝和网民这样谩骂攻击过！

她骂着骂着忽然想到洛蔷薇今天拿的玫瑰花，问余蓉："你知道洛蔷薇身边那个长得很俊的男人是谁吗？就是今天她带去片场那个！"

"不知道，应该不是明星，新面孔……"余蓉看着她的表情，"你有什么想法吗？"

"呵——"洛红樱冷笑一声，"墨青山出轨在外面包养'小三'，所以时澈跟他奶奶都对这种事很在意，我本来还想雇个男人来栽赃洛蔷薇，现在她却自己送上门来了！"

她说着拿出手机递给余蓉："你去找这两个狗仔，让他们想方设法跟踪洛蔷薇……"

因为这一周墨时澈都不在家，再加上燕楚跟唐思甜正式认了兄妹，所以洛蔷薇每晚都会过去公寓吃晚餐，顺便策划他们三个人合开工作室的事。

然而洛红樱虐狗的新闻才沸腾了不到一天，立即被一条大新闻压过——

"墨家大少奶奶出轨包养小白脸，还同居！"

随着新闻爆出的是一组模糊的照片，可以看见洛蔷薇跟一个陌生男人拎着外卖共同走进公寓，一路有说有笑。

公寓内，唐思甜瞪大眼睛："蔷薇，这是你跟燕哥哥昨天去买炸鸡腿的照片？"

燕楚凑过去看了眼："我这也被拍得太丑了吧，为什么把我的腿拍得这么短？"

洛蔷薇踢他一脚，吃了口蛋糕："用脚指头想都知道是洛红樱干的，没想到她动作还挺快的。"

她话音才落，手机就响了——来电显示墨家别墅。

她直接接了，那端墨老太太开口就直接问道："蔷薇啊，那些照片是怎么回事？人家都打电话来家里问了！"

"哎呀，奶奶别激动嘛，"洛蔷薇起身走到阳台上，身体靠在栏杆上，"那些是狗仔瞎拍的，为了炒话题度。那个男人是我的助理，我们只是在谈工作而已，我晚上都回家的呀。"

"那也要注意点啊！"墨老太太不高兴地哼了声，盯着报纸，"而且这照片里的男人怎么越看越像池牧啊……"

洛蔷薇弯唇娇笑："奶奶怎么看谁都像池牧啊，想他了呀？"

墨老太太一下子红了脸："你……你胡说什么！我随口问问，总之你不许在外面乱来，澈儿才你是老公！"

"奶奶不想池牧吗？"洛蔷薇故意叹了口气，娇软地道，"本来下周五是您的六十大寿，我还跟池牧说好了，让他亲手做一个礼物送给您呢，唉，好可惜呢……"

墨老太太顿时来了精神，把孙子忘到九霄云外，紧张地问："你……你已经跟池牧说好了？"

"对呀，已经定了，不过既然奶奶不想就算啦……"

"没有！"墨老太太赶忙出声，意识到自己激动又补充道，"既然说好了做礼物还是做吧，省得人家说我们墨家的人不守信用。你说说你就知道惹麻烦……好了就这样，早点回来！"

说完墨老太太就急匆匆地挂了电话。

洛蔷薇眯起眼眸，心中已然有了计策。呵，洛红樱想黑她，行，她就让洛红樱偷鸡不成蚀把米！

洛蔷薇从阳台上走进来，看见客厅里唐思甜趴在茶几上睡着了，浴室传来哗啦哗啦的声音，应该是燕楚去冲澡了。

她正准备换个台看有没有好看的电视，手机忽然又响了，她手一滑不小心接了，接通之后才看清来电显示是……墨时澈。

他又给她打电话干什么？

洛蔷薇皱眉，拿着手机还未开口说话，浴室里忽然传来燕楚的声音："薇薇，把我那件白色T恤拿给我，我洗澡忘了拿衣服！"

洛蔷薇愣了愣，完全没想到燕楚会突然在浴室里这样喊她。这句话别说是有经验的人，但凡是正常的成年人，基本都会脑补出暧昧的场景。

电话那端男人呼吸明显一沉。

燕楚犹在浴室里喊着："薇薇你听到没有？你再不帮我拿我光着出去了啊……"

空气陷入死寂一般的沉默，墨时澈极低极冷的声音率先传来："洛蔷薇，你现在在哪里，跟那个小白脸在一起？"

洛蔷薇唇瓣微动，脑海中蓦地浮现他跟洛红樱的床照，红唇嘲讽地一扯，娇媚地笑道："对啊，墨总稍等，我去给阿楚拿衣服。"

男人在电话里倏地低吼："洛蔷薇——"

洛蔷薇直接把手机挪开，拿了T恤走到浴室门口，从门缝里递进去。燕楚接过衣服时还用湿漉漉的手指挠了挠她的掌心，被她啪的一声拍开。

燕楚在里面委屈地叹息："哎，薇薇真是小气，摸一下你的手也不行啊……"

洛蔷薇转身走远，这才重新将手机放到耳边："好了，墨总说吧，什么事？"

墨时澈冷笑："你问我什么事？"

洛蔷薇撑在阳台的栏杆上，眯着眼睛欣赏下面的夜景："噢，那我猜的话，应该是报纸上的新闻吧，说我出轨包养男'小三'的事？"

"我给你三分钟解释这件事的机会，"墨时澈声音紧绷，"以及刚才他让你拿衣服的事，一并解释清楚，我要听实话。"

洛蔷薇娇娇地笑道："谢谢墨总还给我解释的机会，我好感动呢。其实老公，你也别生气，我没有出轨，在阿楚的公寓吃晚餐而已，阿楚刚才也只是冲澡让我帮忙拿一下衣服，我跟他什么都没发生过……"

听她这么说，无论真假，墨时澈的怒气多少散了点，他打这通电话的想法就是，她如果说没有，他就相信她。

然而下一秒，洛蔷薇话锋陡然一转："但是我今天没有出轨不代表我没有这个想法，我要跟你离婚，等你这次回来我们就离婚，一秒钟我都不想再耽误。"

墨时澈声音骤然一冷："洛蔷薇，你故意的？怎么，想用燕楚来气我吗？"

"气你？"洛蔷薇莫名被这两个字挑起了压抑的怒火，以及心里极为难受不爽的情绪，她冷冷地笑道，"墨时澈，你以为你是谁，我做什么事就非得围绕你转？我告诉你，我就是不喜欢你了，我就是喜欢燕楚，我要跟他过一辈子！"

墨时澈浑身狠狠一震，勾唇冷笑："是吗？你确定你一个二婚的人家看得上你？"

洛蔷薇回以轻慢无谓的笑："看不上也无所谓啊，我玩玩嘛，玩得高兴就行……"

墨时澈终于听不下去，冷硬着嗓音打断她："我不可能跟你离婚。"

洛蔷薇语调懒散："那不离婚也行，我们就各玩各的，看看谁先被对方抓到……"

病房内的墨时澈蓦地攥紧了手，手背上的点滴针头因他的用力，血液倏地倒流。

一旁正在配药的女护士见状惊叫出声："啊……"

洛蔷薇一听到女人的叫声，心口蓦地一紧，顿觉一阵恶心袭来，立即挂断了通话！

不要脸的大渣男，自己在外面偷女人，竟然还有脸打电话来质问她？

洛蔷薇简直气到脸部变形，转念一想又觉得没必要这么气。她低头揉了揉眼睛，准备回家，然后一转身就看到了站在阳台外的燕楚。

他淡金色的短发湿漉漉的，穿着宽大的白T恤跟沙滩裤，看上去像个不谙世事的美少年，但偏偏他眼含情愫，直勾勾地盯着她："薇薇。"

洛蔷薇有些尴尬，毕竟她刚才算是跟墨时澈吵架，也不知道燕楚听到了多少。

她拨了拨长发，笑着走进去："时间不早了，我去把甜妹叫醒……"

"薇薇，你喜欢我吗？"

洛蔷薇脚步一顿。

燕楚侧首看她，眼神闪动，又问了一遍："你喜欢我吗？"

洛蔷薇垂下眼睑："阿楚，对不起，我刚才只是……"

"你不想说也没关系，哪怕现在不喜欢也没关系，"燕楚缓慢地转过身面对她，抬手抚上她的长发，温柔地道，"我现在不是在做梦了，我有一辈子的时间等你，我会一直保护你、守着你，不再让你受伤。"

洛蔷薇微微别开头，一时不知该如何接话。

燕楚看着她侧着脸唇红齿白的娇艳模样，忽然生出想吻她的冲动。他喉间轻滚，缓慢地朝她俯下身……

门铃忽然响了。

趴在茶几上的唐思甜倏地从梦中惊醒，噌地站起身来。燕楚也在刹那间站直身体，装作什么都没发生过。

来人是司机，或者说是墨时澈安排在洛蔷薇身边的保镖兼卧底。

司机直接道："少奶奶，少爷让我上来接您回家。"

"好啊，刚好也到点了，"洛蔷薇弯眸一笑，拿起沙发上的手包，"甜妹一起走吗？"

唐思甜困得动不了，又倒了下去："我一会儿走，再眯十分钟。"

"行，我先回去，"洛蔷薇临到门口嘱咐道，"甜妹小乖乖，千万别忘了跟池牧说明天的事。"

唐思甜迷迷糊糊地举起手："啊，我记得……一定记得！"

洛蔷薇转身下了楼。

门一关上，燕楚立即跑到阳台，双手扒着栏杆，低头看着公寓门口女人高挑的身影上了车，然后车子驶远，直到看不见……

他一个人在阳台上站了很长时间，直到感觉冷才回到客厅。

翌日，洛蔷薇很早就去了剧组。

跟她猜想的一模一样，洛红樱提前出院了，并且特意选在这里接受记者采访，让昨天在场的人帮她解释，她没有虐待过狗狗。

采访进行得很顺利，洛红樱才送走记者，忽然看见穿着戏服的洛蔷薇拿着手机走到房子后面，她顿觉有情况，立即偷偷地跟了过去。

果不其然，她才靠近就听见洛蔷薇妩媚撒娇的声音："好了啦，那就听你的嘛，晚上七点在你的公寓等你。嗯，今晚只有我们两个，你想怎样都行……"

洛红樱听到这句话眼睛一亮，忙小心地离开，回到安全的地方后拿出手机拨通余蓉的号码："今晚七点，在燕楚的公寓……捉洛蔷薇的奸！"

她挂断电话后走出剧组，又拨通了墨老太太的电话。

这段时间因为洛蔷薇的关系，她跟墨老太太联系得少，关系也没那么密切了，就连穆云深都来提醒她别再纠缠墨时澈，一定是洛蔷薇从中挑拨的！

今晚一过，她要洛蔷薇把属于她的都还给她！

晚上六点四十多，守在公寓外的轿车里的余蓉拿着望远镜，看到出现在门口的一男一女，立即拨通洛红樱的电话："红樱，我看到洛蔷薇跟燕楚进公寓了……"

洛红樱在那头问道："你确定是燕楚吗？"

"确定，"余蓉认真看了好几次，"绝对是燕楚，我在剧组见过他。"

"好，我现在在墨家，马上过去，有情况你随时跟我联系，记住，一定要通知所有记者！"

洛红樱说完从洗手间走出来，对门外的墨老太太遗憾地道："奶奶，我的朋友已经跟我说了，堂姐跟一个男人进了公寓，而且动作还很亲密……"

墨老太太听了一愣，气得立即拿出手机："我打电话问她！"

"奶奶，您问她她会承认吗？"洛红樱按住她的手，善解人意般提议道，"不如我们现在去捉她，捉到了堂姐也就哑口无言了，您也有证据说她，也算是为了时澈好，不是吗？"

墨老太太皱起眉头，洛红樱忙挽住她的胳膊："走吧奶奶，车子都准备好了，时澈现在不在家，您总不希望他回家后伤心难受吧？"

"那……"墨老太太迟疑着，又怕丢人，"你确定你没弄错？"

"绝对不会错的，"洛红樱趁机乖巧地撒娇，"奶奶，这么多年我骗过您吗？"

墨老太太看她一眼，最终还是点头："好，那我们现在就去。"

洛红樱让余蓉冒充物业给洛蔷薇打电话，说有要紧事要见业主。

洛蔷薇也没怀疑，应声后起身去开门。

然而她才拧开门锁，门忽然从外面被人大力拉开，洛红樱率先走了进来，站在玄关，看到沙发上坐了一个男人，顿时就兴奋了，但脸上的表情震惊不已："堂姐，你……你真的在这里！"

洛蔷薇穿着漂亮又华丽的长裙，像是要故意给记者拍一般。她看到洛红樱，神色震惊："怎么会是你……"

洛红樱很满意看到她这副惊慌失措的表情，转身去扶身后的墨老太太："奶奶，您还好吗？"

墨老太太满脸怒气地走进来，正想指着洛蔷薇大骂，忽然看见沙发上的男人起身走过来，她怔了下，随即整个人都愣住了："池……池牧？"

洛红樱也愣住了——不是燕楚吗，怎么变成池牧了？！

墨老太太看看池牧，又看看洛蔷薇："你们两个在这里……"

她话音未落，门外忽然传来一阵骚动，紧接着拥进来一大批记者，闪光灯对准洛蔷薇跟池牧疯狂地拍着。

记者举着话筒问道："洛小姐，我们接到匿名举报，说你跟神秘男人亲密进入公寓，请问你们只是聊天什么都没做吗？"

"请问你对于这一出轨行为有什么想说的吗？墨先生知道吗？"

墨老太太顿时黑了脸，忙转过身将记者都往外推："请你们先出去，这是我们墨家的家事，不管我孙媳妇是否出轨，我会问清楚给大家一个交代。"

门被关上，记者都被堵在门外，但仍旧没有离开。

毕竟洛蔷薇是很大的新闻话题，哪怕《美人红妆》还未开播，但单单墨时澈的太太这个身份，就足以让她被万众瞩目。

墨老太太将记者赶出去后走回来："蔷薇，你给我解释清楚，你们这是在干什么？"

洛红樱见状咬住嘴唇，不是燕楚也无所谓，总之是个男人就行，她忙道："堂姐，你这也太过分了，时澈还在出差，你就跟其他男人在公寓……"

洛蔷薇垂着脑袋，长长的头发垂落下来更显得她神态委屈，但她没有开口，双手为难地在身前绞在一起。

池牧看了她一眼，又看向墨老太太："奶奶，其实我们……"

"池牧，"洛蔷薇却叫住他，伸手拉了拉他的袖子，轻轻摇头，支吾地道，"我们……没在干什么……没什么。"

洛红樱见她这副样子，心中更是高兴："堂姐，都到这份上了，你就实话实说吧，你出轨总比继续撒谎骗奶奶跟墨时澈要好！"

洛蔷薇竟也任由她说，没回嘴，而是下意识回头看了一眼茶几。

洛红樱捕捉到她的这个小动作，忙快步朝茶几走去。

她看到茶几上的东西的那一刹那，整个人都愣住了："这……这是……"

墨老太太见状也走过去，然而她看到茶几上的东西时，一张老脸顿时僵住!

只见上面摆着很多剪纸跟工具，还有已经做了一半的凳子、台子……赫然是一个迷你版的京剧戏台!

甚至一旁还有剪纸剪出的"六十大寿、寿比南山"几个字……

墨老太太几乎瞬间就明白了——这是洛蔷薇和池牧在亲手做她的大寿礼物!

黑老太太脸色一阵青一阵白，顿时觉得十分对不起洛蔷薇，她这么尽心尽力地为自己准备礼物，却还被人诬陷说是出轨!

而且方才洛蔷薇明明可以说出事实，但因为自己嘱咐过她不能把自己喜欢池牧的事说出去，那丫头竟然为了她，真的忍着没说!

自己却听信谗言来捉奸……

思及此，墨老太太侧首狠狠瞪向一旁的洛红樱，洛红樱浑身一震，这突如其来的转变让她话都说不出了："奶奶，我……我不知道……这……"

墨老太太愤怒地瞪着她——从以前到现在，她从未用这种眼神看过洛红樱!

但墨老太太也就只看了洛红樱几秒，而后转身走回玄关，洛蔷薇咬着红唇，娇软地道："奶奶，对不起，我只是想给您一个惊喜，才跟池牧约在这里做礼物……"

墨老太太看着她美艳动人的脸，心里更是又怜惜又愧疚，握住她的手轻拍道："孩子，你放心，我绝对不会让你白白受委屈的。"

她说着偏头看向洛红樱："这些记者是你叫来的?"

洛红樱还处于震惊中，闻言张了张嘴："我……我不是……"

墨老太太没有再问她，打开了门，直接对着门外记者们的摄像头跟话筒，从容地微笑道："这件事是个误会，其实是我老太婆追星，我是池牧的粉丝，但又脸皮薄，我孙媳妇儿孝顺，怕我不好意思，就偷偷地来，为我过几天的大寿准备惊喜跟礼物……"

所有记者都愣住了，没想到会是这样一个神转折——洛蔷薇从"出轨门"瞬间转变为孝顺的孙媳妇儿!

但他们不愿跑了一晚上的新闻就这样泡汤,有记者咄咄问道:"可是洛小姐为什么要把地方选在这样的公寓呢,哪怕是为了做您的礼物,但毕竟孤男寡女,墨先生又不在,他们之间发没发生那种不正当的关系,您能确定吗?"

墨老太太毕竟没有跟记者正面交锋过,她并不是不相信洛蔷薇,只是一时被问愣住了,不知该如何回答。

记者见她愣住忙又问道:"请问您是不是也怀疑洛小姐跟池先生?他们两个偷偷约在这里……"

他话音未落,蓦地被一道磁性的男性嗓音打断:"是谁说他们偷偷约?"

所有人纷纷转过头去——

只见高大挺拔的男人迈着长腿走出电梯,简单的白衬衫、黑西裤穿在他身上却显得矜贵英俊,来人浑身上下散发着极其魅惑的男性荷尔蒙气息。

墨时澈走到门前,低头看向方才逼问墨老太太那名记者,薄唇掀起淡淡的笑:"是你说我太太跟池先生偷偷约吗?"

那记者被他看得后背一阵发凉,顿时话筒都缩回去了:"墨先生,我只是猜测……"

墨时澈打断他的话,语调淡漠却锋利:"没有根据的事强行乱加猜测,这是诽谤这个词的释义?"

"……"

记者没再说话,往后退了几步,不敢惹他。

墨时澈绕过他,走向站在玄关处愣住的洛蔷薇。

他很自然地伸手搂住她的腰,将她从池牧身边搂到自己怀里,抬手拨开她脸上的发丝,语气明显比方才低柔了很多:"我路上堵车,你们等我很久了,嗯?"

他这句话相当于彻底解了围,所有记者顿时没话可说了。

洛蔷薇也没想到墨时澈竟然会出现,还这样帮自己解围。她本来有别的方法应对,但显然……他这么说是最好、最有效的。

她有些蒙，但这种时候不可能说什么，只是轻轻地点头："嗯……一直在等你。"

墨时澈闻言勾起嘴角："我的错，不该让你等。"

他说着长指抬起她的下巴，竟直接当着所有人的面，低头在她的红唇上亲了一下："不要生气，我补偿你，随你想怎么样。"

洛蔷薇浑身一下子僵住了，但碍于记者在场，她强忍着没有推开他，墨时澈却搂着她又亲了第二下，薄唇蹭着她的脸蛋不愿意抽离。

洛红樱在一旁看着气得攥紧了手，面部表情都快扭曲了。这个该死的贱人，时澈为什么会从医院过来，竟然还这么帮她？

既然事情已经明了，记者们也不好再问什么，全都走了。

墨老太太一张紧绷的老脸这才松懈下来，刚才幸亏澈儿来了，否则她都不知道怎么面对这些缠人的记者！

今天这脸简直丢大了……不仅害得媒体认定洛蔷薇出轨，还不得已说出了自己追星的事！

墨老太太越想越生气，洛红樱见她脸色难看，忙走过去挽住她的胳膊，惹人怜地喊道："奶奶，这件事我也没想到……"

她本想像以往一样哄哄墨老太太，却不料墨老太太用力抽回了手，脸上表情冷淡又疏离："以后我们家的事，不需要你一个外人来管。"

外人……

洛红樱浑身一震，难以置信地看着墨老太太——从她有记忆开始，墨老太太一直是很宠她、很喜欢她的，从未对她说过这样的重话！

她顿时有种想哭的冲动，墨老太太却没有再看她，对墨时澈道："澈儿，我先回去了，你待会儿带蔷薇回家，别太晚，我让吴嫂给你们温着补汤。"

她说完转身往电梯走去，池牧见状看了洛蔷薇一眼，而后也走了出去："奶奶，我送送您吧。"

公寓楼顶，天台。

燕楚仰躺在长椅上吃爆米花看星星，唐思甜从栏杆边走过来："燕哥哥，我看见记者都走了，不过不知道墨老太太走了没有。"

燕楚丢了个爆米花到嘴里，站起身来："我们先去吃饭，等薇薇的电话再给她带回来。"

唐思甜点点头，二人才走到另一边的楼梯口，却迎面撞见了走上来的男人。

穆云深单手插兜，唇间叼着根点燃的烟，嗓音凉薄："果然躲在这里。"

一看到他，唐思甜浑身倏地一僵，脑袋下意识低了下去。

燕楚微眯起眼睛："你是，穆云深？"

穆云深淡淡地笑道："原来认得我，那想必也认得时澈跟梨儿了。"

燕楚痞痞地挑眉："认不认得又怎么样？"

"不怎么样，允许你认得，但……"穆云深取下唇间的烟，弹了弹烟灰，语气陡然转冷，"他们都不是你能招惹的人，离他们远一点，否则别怪我对你不客气。"

"哦，原来你是来警告我的啊，"燕楚眉宇间流露出与生俱来的桀骜之气，他毫不畏惧地双手环胸，"可是很可惜，我就是喜欢洛蔷薇，至于喜欢她会惹到谁，那我管不了。"

穆云深嗤笑道："你会后悔。"

燕楚点点头，又摊摊手："那就等到我后悔再说，那一天没到谁都不知道会是什么情况，穆先生现在断言是不是太早了？何况就算后悔又怎么样，我喜欢就行，我乐意。"

穆云深笑了笑，那笑饱含太多冷讽跟寒意，他踩灭烟头，长腿忽然迈上一级台阶，附到燕楚耳边："你喜不喜欢洛蔷薇我没兴趣也不想管，我只想告诉你别惹到时澈头上，不管你们苗疆人有什么怪癖，你敢动他一下，我让你爬都爬不出江城。"

他说完站直身体推了他一下，燕楚猛地往后退了两级台阶，险些跌倒，被唐思甜扶住。"燕哥哥……"

穆云深见状嘲讽地勾了勾唇："魅力挺大啊，喜欢一个还吊一个。"

他眼风扫过唐思甜，眼神冷淡而鄙夷，唐思甜被他这尖锐伤人的眼神看得浑身一震，咬住了下唇。

穆云深离开后，唐思甜看着他消失在楼道转角的背影，眼神不自觉地黯淡。燕楚看着她的侧脸，皱起眉头："甜妹，你喜欢他？"

唐思甜回过神，脸颊倏地就烫了："啊……没有啊，我在想他跟你说了什么。"

"啧啧，瞧瞧你脸都红了，还说不喜欢。"燕楚抬手搭住她的肩，将她拉到自己面前，"要不要哥哥帮你追他啊？"

"才不要，"唐思甜推他，咬唇别过脸去，"我才不喜欢他，你别胡说八道。更何况他有未婚妻，墨时澈的妹妹墨梨儿。"

燕楚出现半秒的愣怔，随即他恍然大悟刚才穆云深对自己的态度，眯眼笑了，原来……是因为喜欢梨儿啊。

燕楚拍拍唐思甜的脑袋："这男人有什么好的，哥哥帮你找个好的，把他忘了。"

"我……我又没喜欢他！"唐思甜拍开他的手，转身走下楼去，"快走啦，待会儿墨总上来了才更麻烦呢。"

公寓内，气氛安静且弥漫着无法言说的尴尬。

只不过墨时澈没什么表情，手臂搂着洛蔷薇的腰，时不时低头用鼻尖去蹭她的脸颊，嗅着她肌肤上的香气。

最先出声的是洛红樱，她知道这样的情况自己待下去没有好处，于是柔声道："堂姐、时澈，我先回去了，你们也早点……"

"行了，别演戏了。"

洛蔷薇打断她虚假的话，从墨时澈怀里挣脱出来，撩了撩茶色的鬈发，笑道："既然今晚这么巧大家都在场，不如就把话说开吧，藏着掖着容易得心肌梗塞呢。"

洛红樱莫名心慌，面上却装作神色不解："堂姐你说什么呢，我们有什么话要说吗？"

"看来是装上瘾了啊，你跟墨总果然是绝配噢。"

墨时澈听到第二句话俊脸明显一沉："洛蔷薇，你再给我乱说一句？"

哎呀，才说一句就心疼了？

洛蔷薇纤指卷着发梢，神色娇懒："我知道堂妹今晚是想来捉我的奸，只不过好像不成功耶，我想可能是因为人蠢所以做的事都弱智，别人随便放根线就上钩了，败得很丢人、很惨噢？"

"……"

洛红樱气得指甲掐进了肉里。她就知道，今晚是洛蔷薇故意设的局，为的就是让奶奶对她失望讨厌她！

洛红樱咬着唇，脑海中忽然闪过一个念头，忙道："难道堂姐的意思是，你跟那个燕楚是真的？"

"真的假的又关你什么事？"洛蔷薇红唇勾出冷笑，"直说了吧，我们大家心里都清楚现在是怎么回事，也没什么好装的。我知道你爱墨时澈，想嫁给他，但只要我没跟墨时澈离婚，你在外人眼里就是'小三'，你想转正很简单——"

洛蔷薇冷然而轻蔑地看向洛红樱："只要你洛红樱公然站出来，向所有人承认你是'小三'，你插足了我跟墨时澈的婚姻，背着我跟他上了床，我二话不说马上同意离婚。"

不等洛红樱出声，墨时澈率先皱眉冷冷道："洛蔷薇，你说我跟谁睡了？"

"哎呀，都到这时候了墨总还要装？"洛蔷薇嘲讽地冷笑，"照片堂妹都发给我看过了。"

"照片？"墨时澈俊脸一寒，黑眸倏地扫向洛红樱，"你发了什么照片给她？"

"我……我没发过！"洛红樱这下彻底慌了，瞪向洛蔷薇，"堂姐，你别胡说八道，我跟时澈之间清清白白，我们从来没发生过什么！"

洛蔷薇没想到他们这时候还要演戏，笑得更冷："那照片是狗发的？"

墨时澈俊脸阴沉得几乎可以滴出水来，冰寒的眼神仿佛要射穿洛红樱："把话给我说清楚，你到底弄了什么照片发给她？"

"我没有……我什么都没做过！"洛红樱强忍住身体的颤抖，转身就要走。

墨时澈眼神一暗，几步上前，一把拽住洛红樱的手臂，丝毫不留情地一拽——

他用了极大的力道，洛红樱整个人直接摔向一旁，后背重重地撞在鞋柜上，发出砰的一声，人也随即跌在地上："啊……"

连洛蔷薇都没想到他会突然这么做，惊得睁大了眼睛。

墨时澈微俯下身，一把揪住洛红樱的领子将她拎了起来，阴冷地眯眼看着她："所以，一直是你在蔷薇面前挑拨我们的关系？挑得她整天要跟我离婚？"

"不是……"洛红樱从未见过墨时澈发这么大的火，惊恐地看着他，拼命摇头，"时澈我没有，是堂姐乱说的，因为她很不高兴我喜欢你……"

"你喜欢我？"墨时澈仿佛听见了什么好笑的笑话，舔唇嗤笑出声，眼神跟语气都透着毫不掩饰的轻蔑跟不屑，"就你也配说喜欢我？你这样的女人送一百个到床上我都不会看一眼，如果不是因为你是洛家的医学继承人，你以为你有资格站在这里跟我说话？你以为你自己算个什么东西。"

他这番话说得直白又无情，一点面子跟余地都没留，洛红樱一愣，眼眶刹那间就红了："时澈，你……你怎么可以这么说……"

墨时澈脸上的表情冷漠而残忍："我有什么不可以说的，如果你们洛家这个医学世家不想再做下去了，我可以帮忙让你们消失。"

洛红樱的眼泪滚了下来，她嗓音低得只有两个人可以听见："我不会走的，时澈我要照顾你的身体……"

"我的身体是你挑拨我跟我女人的砝码？"墨时澈一把扣住她的脸，几乎要捏碎她的颌骨，他阴冷地嗤笑道："只要你动一点威胁我的念头，那谁都别想好过，等我死的那天，我要你们洛家全家给我陪葬。"

洛红樱没想到他会说出这么重的话，整个人瑟瑟发抖，墨时澈看见她的脸就不舒服，皱眉松开了手。

洛红樱重重跌坐在地上，脸色惨白，不停地大口喘气。

洛蔷薇站在后面看着这一幕，此时也是蒙的，这……什么情况？演戏给她看？

墨时澈转过身看向洛蔷薇，眼神深邃，直接解释："我不知道她发了什么照片给你，但我那晚把你送回家后出了车祸，这几天都住在私人医院，昏迷了两天。"

他说着解开左手的袖扣，将袖子卷上去，露出一大截缠着纱布的手臂。

可能是因为方才用了力，伤口已经裂开了，纱布上渗出不少鲜红的血迹……

而他偏白的手背上也是青青紫紫的，显然是打点滴时留下的。

洛蔷薇这才注意到他嘴角跟眼角也有淡淡的瘀青，下颌处细看也有伤痕。

"你说其他的我可以等你去考证，但你说我在外面跟别人上床，我墨时澈做过就是做过，没做过就是没做过，"墨时澈盯着她，眼神极其认真，"你如果实在弄不清楚这一点，我捅她几刀证明给你看，或者，你想我捅自己也可以，只要你开口。"

男人语气虽然平静，却透着严肃跟澄清意味，仿佛……让她相信是多么重要的事，不管付出什么代价。

洛蔷薇心里那根弦莫名被重重拨动，她下意识别开眼，拨了拨长发："那还是算了，到时候你们都受伤了，我就成主谋了。"

洛红樱闻言惊得抬起头来，可能是墨时澈的语气太过严肃让她产生了恐慌，她忽然撑起身体，跌跌撞撞地往公寓外跑去。

墨时澈轻蔑地扫了她一眼，而后转眸看向洛蔷薇，眼神仿佛在询问：需不需要去把她抓回来？

洛蔷薇没理他，拿起一旁桌上的手包，转身就要走。

墨时澈高大的身体挡住了她："洛蔷薇。"

"让开，我饿了要去吃饭。"

她推开他就要走，却被男人拽住胳膊，墨时澈就这么无赖般拽着她、挡着她，不让她走："我不让开，除非你先相信我没跟别的女人上过床。"

"好好好，我相信你，行了吧？"洛蔷薇别着脸，"可以让我走了吗？"

墨时澈嗓音低哑："你相信了就不会是这个态度。"

"我相信该是什么样？"洛蔷薇蓦地回过头，好笑地看着他，"应该激动地抱住你吗？墨时澈，没出轨本来就是你应该做的，我还要对你感激涕零吗？！"

她说到最后甚至是吼出声来的，浑身都忍不住在颤抖。本来婚姻里他身为丈夫不出轨就是应该的，为什么她在知道真相后竟然会觉得感动？

她刚才竟然觉得……真好，洛红樱发的那张照片是假的，他是真的有别的事。

为什么她还会被这种事搅得心情一团糟？就因为洛红樱发的那张照片，她这几天晚上都失眠，吃什么东西都没胃口。

她已经不爱他了不是吗，她到底为什么要在乎，到底在发什么疯？！

墨时澈黑眸一眨不眨地盯着她，等她稍微平静，他才抬起手，想要拨开她颊边的发丝。

洛蔷薇别开脸，长发遮住她脸部的表情，她努力克制着情绪："现在可以放手了吗？"

"洛蔷薇，我只跟你上过床。第一次是在酒店你给我下药，其实我当时可以强忍着离开，但你让我忍不住也不想忍。"

"第二次是在我们家的卧室，你说要离婚我很生气。"

墨时澈眼神幽深："我这辈子活到这么大就这么两次，都是跟你，也只吻过你，我没有其他女人，婚后也没有做过对不起你的事。你追了我这么多年，赶走了我身边的所有女人，你必须相信我。"

洛蔷薇死死咬着唇，他每说一句话她的呼吸就重一分，最后她垂着头，声音闷闷地道："你别给我乱扣帽子，我赶走谁了，洛红樱还不是在你身边？"

墨时澈闻言皱起眉头，忽然转过身就往外走，洛蔷薇万万没想到他这时候竟然走了,下意识拉住他:"你干什么去?"

"你不是说洛红樱还在我身边吗?"男人回头看她,似笑非笑地勾唇,"那我让她以后都不再出现。"

他说完伸手拿起一旁的水果刀——

洛蔷薇不知道他来真的还是假的,但还是几步过去夺过了刀:"你疯了吗墨时澈,不许胡闹!"

墨时澈趁势一把握住她的手,将她的小手攥在掌心里,低头看着她,喉结滚动:"那你相信我,你不相信我我就杀人。"

她仰头冲他笑:"怎么,你威胁我?"

"嗯,威胁你,"他嘴角噙着低沉的笑,"不然试试看我敢不敢?"

"好端端的发什么疯,"洛蔷薇把水果刀扔得远远的,撇嘴嘟囔道,"不就是想让我相信你吗,搞得好像你多在乎我似的……"

墨时澈很自然地接话:"嗯,很在乎你。"

洛蔷薇一愣,随即整个人都僵住了,她缓缓地抬起头看向他,忍不住张了张嘴:"你……刚才说什么?"

墨时澈毫不掩饰地道:"我说我很在乎你。"

他丝毫没感觉到这是会让女人感动的情话,甚至下一秒冷了俊脸,咬牙森冷地道:"怎么,难道你想说你不在乎我,在乎那个小白脸?"

我很在乎你。

这简单的五个字犹如最甜、最浓的蜂蜜,猝不及防地滴进洛蔷薇的心脏,一下子甜入心坎。

被她死死压抑着的感情终于破裂了一个小口子,那些深埋的情愫一点点地流了出来……

洛蔷薇脸蛋噌的一下红了,她慌忙别过脸去,却被男人一把扣住下巴扳了回来——

在她被感动的这一关键时刻,墨时澈却极其阴冷地瞪着她,眼神仿佛要吃了她:"洛蔷薇,你要把脸扭到哪里去,我说在乎就让你这么不舒服?"

洛蔷薇瞬间就不感动了,气得用力拍开他的手:"墨时澈,你什么时候变得这么暴力了，以后不许捏我的下巴，会影响脸型！"

男人冷冷盯着她："你这张脸长得这么漂亮，还能怎么影响？"

洛蔷薇再次一愣，被他这么一夸顿时又不气了，咬了咬红唇，忍不住矫情地问道："你觉得我漂亮吗？"

男人想也没想地答道："漂亮。"

她心里喜滋滋的，又问道："那你见过的最漂亮的女人是谁？"

"目前是你。"

洛蔷薇才舒展的柳眉顿时又皱了起来："什么叫目前是我？"

"目前就是我活到现在见过的最漂亮的女人是你，"墨时澈丝毫没有要撒谎或者说好听的话哄她的意思，实话实说，"但也不排除以后见到比你更漂亮的人，所以我说目前。"

洛蔷薇闻言顿时又被气到了，扯唇一笑："噢，那见到比我更漂亮的女人，你就准备把我踢了，换个老婆？"

墨时澈一张俊脸顿时变得又黑又冷："你这么想被我换掉？想嫁给燕楚？"

"……"

洛蔷薇忽然觉得自己问他这些问题简直找气受，气得转身就走，墨时澈先她一步走到她面前，捧起她的脸，直接低头吻向她——

当他的唇触碰到她的嘴唇的那一刻，墨时澈甚至条件反射地做好了被她推开的准备，但她没有，她甚至闭上了眼睛，睫毛轻轻颤着，像是……在期待他的吻。

他有半秒的愣怔，然后直接吻住了她的红唇。

他撬开她的贝齿，舌与舌的纠缠间，呼吸变得急促，墨时澈改为双手搂住她的腰，将她抵在玄关的吧台上，凶猛而深深地吻着她。

这一吻绵长而激烈，吻到最后，洛蔷薇感觉自己差点溺毙在这个吻里，墨时澈鼻尖抵着她的鼻尖微喘着气，薄唇忍不住啄吻着她："走，不在别人家做。"

他特意强调"别人"两个字，洛蔷薇也没力气想那么多，靠在他胸膛上喘息，墨时澈亲了亲她的脸蛋，直接将她拦腰抱起，大步走了出去。

洛蔷薇以为墨时澈会带她回家，可没想到，他带她去了4S店。

都已经这么晚了，迈巴赫4S店的老板被强行从被窝里拖出来，苦不堪言地到维修厂房给他们开门。

"墨先生，这是您前几天派人送来修的车。"老板摊开记录本，指着上面的登记时间。

墨时澈看着洛蔷薇，淡淡道："看清楚。"

洛蔷薇也困了，打了个哈欠："噢，看清楚了。"

"用手机拍下来。"

"为什么？"

男人淡淡地道："防止你抵赖，以后非冤枉我出轨，不让我亲不让我摸也不让我睡。"

老板迅速低下头去，洛蔷薇只觉得脸都丢光了，咬唇怒道："墨时澈！谁让你胡说八道的！"

墨时澈眯眼看着她："你确定你不拍？"

那眼神大有"你不拍我就在这吻到你拍"的意思。

洛蔷薇咬了咬牙，只得拿出手机把记录本拍了下来。

她以为这就结束了，墨时澈又强行带她去了医院，让医生给自己检查，确定他的手臂跟身上的伤是最近几天新添的。

然后他又要带她去交通局看他出车祸时的监控画面……

洛蔷薇困得不行，实在受不了了，抱着他的手臂撒娇："不去了墨时澈，我相信你相信你，你没对不起我，我们回家好不好，我要洗澡睡觉……"

墨时澈搂着她的腰，让她跟个树袋熊似的趴在自己的胸膛上，低头亲着她的额头，诱哄般道："你相信我，而且以后都不会再乱说我跟别人怎么了，不会再一口一个要跟我离婚了，乖乖地跟我睡让我亲，嗯？"

"是……"洛蔷薇困得眼睛都睁不开了，双手环抱住他精瘦的腰，闻言止不住地点头，"我乖乖地跟你睡……我现在就要回家睡……"

墨时澈垂首看着她妩媚又娇憨的模样，嘴角勾起愉悦的弧度。他亲亲她的嘴唇，声音喑哑地道："好，现在就带你回家睡，回我们家。"

Chapter 06
第二人格叫墨枭

洛蔷薇小睡了一觉，迷迷糊糊中听见哗啦啦的水声，紧接着背部一凉，上衣直接被脱了下来……

她一愣，蓦地清醒过来，睁开眼就看见男人压下来的俊脸。

墨时澈微俯下身，眉头紧拧着，双手放在她文胸的背扣上，正在努力地试图解开……

而洛蔷薇被放坐在洗脸池上，脑袋靠着他赤着的胸膛，这个姿势下，男人健硕的胸肌正好在她面前，她甚至能听见他的心跳声，一下又一下，重重敲击着她的耳鼓，让她的心跳也跟着加快。

洛蔷薇僵在那，一时竟然不知如何反应。

墨时澈显然跟文胸背扣斗争失败，怎么解都解不开，他懊恼地抿唇，忽然直起身从一旁的洗漱台上拿了什么过来，只听咔嚓一声……

胸前骤然一凉，洛蔷薇这才反应过来，他竟然把她的文胸给剪了！

她立即就怒了，噌地站起身来："墨时澈！"

男人显然没想到她忽然睡醒，一手钩着她被剪开的文胸，另一手拿着作案工具——剪刀，看着她，完全没有被抓包的窘迫，反倒皱眉嫌弃地道:"以后在家里不要穿这玩意儿,比手铐还难弄开,麻烦死了。"

"这个是我新买的!"洛蔷薇双手护胸,咬唇怒瞪着他,"限量版的!你赔给我!"

洛蔷薇气得不行,立马就要去抢回文胸,但这么一抬手,胸前风光立即遮挡不住了……

墨时澈目光一沉,眼眸中欲火翻滚,他将她的文胸绑在自己的手腕上,迈着长腿直接朝她逼近。

洛蔷薇毫无征兆地看见他腰间的浴巾掉落,惊得瞪大眼睛,结结巴巴地往后退:"你……你别过来……我……报警……"

"我是你老公,你报警做什么?"墨时澈俊美的脸在暖光灯下被衬出一股邪气逼人的致命诱惑,他舌尖舔着薄唇,低低哑哑地笑道,"让他们送套子来吗?"

"……"

洛蔷薇慌张无措地往后退,可脚下倏地一滑,直接朝身后的浴缸倒去——

下一秒,一只有力的臂膀搂住了她的腰,墨时澈欺身过来,将她重重压在镶嵌于墙壁里的落地镜上。

玻璃镜面的冰凉感让她更加清醒,浑身都绷紧了。

浴室里水汽氤氲,暧昧的水雾在空气中蔓延。

他炽热的呼吸贴着她的耳朵,舌尖卷着她的耳垂:"洛蔷薇,给我,嗯?"

一阵酥麻感在她心里砰然炸开。

她被染上绯色的唇动了动,明明是拒绝,声音却酥媚入骨:"不行……"

"行,以后跟我都要说行。"他嗓音喑哑地诱哄着她,缠着她、吻着她,每个字都透过他的唇落在胸口,而后传进她的心里,"洛蔷薇,你爱我,以后也会一直爱我,我是你唯一的男人,我们好好过下去,嗯?"

洛蔷薇努力睁大眼睛,想要拒绝,但她做不到。

独属于墨时澈的男性荷尔蒙气息包围着她,侵占了她的理智,光是他在她耳边的低声呢喃，就足够让她沉沦。

对于这样的墨时澈，洛蔷薇根本不具备任何抵抗能力，或者说，她潜意识里并不是那么想抵抗。

墨时澈握住洛蔷薇的肩，将她瘫软的身体翻转过来正对自己，四目交接，坦诚相对。

他缓慢地低下头，这个吻不粗暴也不急切，而是极具耐心，像是情窦初开的少年，初尝心爱女人的甜美，小心翼翼又紧含不放。

他的手搂着她的细腰，让她跟只袋鼠似的挂在自己身上。

他的唇也逐渐开始移动，每到一个地方都留下属于他的烙印。

浴室内气温急剧攀升，白雾般的水汽仿佛都知道害羞，变得越来越浓，环绕着纠缠的两人。

洛蔷薇美眸迷离，在男人再次低下头时，抬手环住了他的脖子，踮起脚率先吻住了他。

墨时澈眼眸蓦地亮了，绽放出压抑却极致欣喜的光芒，更深更重地回应着她。

浴缸里的热水早已漫了出来，流过洛蔷薇足尖紧绷的脚丫，烫得她一个激灵。

洛蔷薇不知何时被抱到床上的，也不知道自己是什么时候睡着的，迷迷糊糊之中，脑海中还在回放着墨时澈说过的那些话。

"我说我很在乎你。"

"洛蔷薇，我是你唯一的男人，我们好好过下去。"

她不想轻易相信，可他的神色分明又不像假的，她认识他这么多年，从未见过他露出这种表情，用这种语气对她说话。

她已经可以确定，洛红樱发的那张照片是假的，也就是说……上一世的那些肯定也是假的。

他能那样对洛红樱，是不是证明他们之间真的没有什么，是清白的？

他……是真的想跟她好好过下去吗？

不可否认，这个念头一浮现，她的心竟然剧烈地跳动起来——他是她深爱了这么多年的男人啊，叫她如何在朝夕之间彻底放下？

如果……如果真的能就这么好好过下去……也好啊。

她控制不住自己，觉得满足而幸福……

洛蔷薇美艳的脸上还残留着激烈过后的绯红，她抱着身侧男人的腰，脑袋朝他怀里拱了拱，像是下意识想要寻找温暖安心的依靠。

墨时澈长臂搂着她的腰，不知餍足地垂首亲了亲她的脸蛋，正想拉过被子给她盖上，放在床头的手机忽然响了。

他拿过来，看见来电显示：阿楚。

男人目光一沉，伸手直接接了，那端，燕楚轻快而带着笑意的声音传来："薇薇，你在哪呢？我跟甜妹刚吃完夜宵，要不要给你带……"

墨时澈没有急于说话，而是将手机放到枕头上，抬手轻柔地托住洛蔷薇的脑袋，低哑地道："睡我手臂上，你没穿衣服会着凉，嗯？"

听筒那端的燕楚骤然握紧了手机——

"嗯……"洛蔷薇模糊地应了一声，像是被打扰了很不满，粉嫩的唇撒娇似的嘟了嘟，脑袋蹭着他的胸膛又睡了过去。

墨时澈又忍不住亲了亲她的鼻尖，这才不急不缓地重新拿起手机，嗓音慵懒而沙哑："不好意思，我刚帮我太太洗完澡，她累得睡着了，你找她有什么事可以先跟我说。"

燕楚在那端沉默着，安静的夜里，只听得见他微重的呼吸声。

墨时澈也不着急，拿着手机惬意地等着，修长的手指轻轻拨开怀里女人的长发，露出她光洁柔嫩的脸蛋，他又凑过去反复地亲吻着她。

那亲吻的声音不刻意也不压抑，刚好能被那端的人听见，燕楚攥紧手机，半分钟后忽然喊道："墨时澈。"

"嗯？"墨时澈顿住动作，但薄唇还在洛蔷薇的脸上轻蹭着，应得很随意，"燕先生又不是娘们儿，有话不能直说吗？"

燕楚低声问道："你爱薇薇吗？"

"她是我妻子，我娶的女人我当然爱，难道你以为我选择结婚只是玩游戏吗？更何况，"墨时澈微撑起身体，讽刺地笑道，"就算我不爱她，她也是我娶回家的女人，跟你有什么关系，用得着你多管闲事？"

燕楚没有说话。

顿了顿，墨时澈警告意味极浓地加了一句："你如果不想惹祸上身，就不要再想方设法靠近她，我的女人不是你能招惹的。"

"我喜欢她，"燕楚直白地道，"所以如果你伤害她，我会把她从你身边抢过来。"

"你永远也没这个机会，死了这条心。"

墨时澈说完直接挂断了电话。

听着听筒中的嘟嘟声，燕楚有些呆愣地看着屏幕，等到它暗下去的时候忙又按亮。

屏保是他跟洛蔷薇一起吃麻辣鸡爪的合照，照片里的她冲着镜头笑，美得让周围的一切都失去了颜色。

薇薇……

燕楚喉间滚动轻喊出声，随即又按灭了屏保。

如果……她跟她老公生活得很幸福，他是不是该选择放手？

洛蔷薇这一觉睡得很沉，却出乎意料地做了噩梦。

梦境是她上一世死前的场景，刚出生的宝宝被洛红樱狠狠摔在地上，她撕心裂肺地哭喊着，鲜血流到她的脸上……

她尖叫一声，猛地睁开眼睛。

下一秒，搁在腰间的手骤然搂紧，紧挨着她的男人低下头，放大的俊颜映在她的眼眸中："怎么了，做噩梦了？"

洛蔷薇还在喘着气，一时缓不过神来，墨时澈见状抬起她的下巴吻住了她。

这个早安吻温柔而缱绻，竟神奇地缓解了她紧绷的神经，让她很快从梦境的痛苦挣扎中回过神来。

洛蔷薇呆呆地看着身边的男人，半晌陡然反应过来，伸手推他的肩："你……唔……没刷牙！"

"都亲这么久了才想到这一茬，不觉得迟了吗？"他咬着她的唇瓣，低低地笑道，"为了奖励你昨晚都抱着我睡——我抱着你刷牙。"

墨时澈掀开被子将她从床上抱起来，赤着的上半身在清晨的阳光下带着慵懒性感的美，洛蔷薇靠在他的胸膛上，双手下意识勾住他的脖子。

墨时澈微微一愣，眸中有光芒亮起，他直接将她抵在浴室门口的墙壁上，低下头又是长长的一个深吻。

洛蔷薇推了半天才推开他，懊恼地鼓着脸瞪他："不许亲了，我要刷牙。"

墨时澈眯眼欣赏着她参毛的娇憨模样，这才抱起她走进去。

他让她坐在洗脸池上，上半身靠在他的胸膛上，一手揽着她的腰，一手挤了牙膏放到她唇边。

洛蔷薇伸手去接，墨时澈却避开，捏着她的下巴让她张开嘴，低头仔细地帮她刷着牙。

她抬眸看着镜子中男人俊美的侧颜，男人表情认真又专注，仿佛帮她刷牙是一件多么值得重视的事。

洛蔷薇心里莫名一暖，早上因为那个噩梦而带来的阴霾也被她挥开，她不是没想过要清醒、要坚定，但这样的墨时澈让她无从抵抗、无力拒绝。

也许……她真的该给现在的他们一次机会……也许命运不会再无情地重复，也许他心里是有她的。

"发什么呆，漱口，"墨时澈用牙刷点她的鼻尖，"大早上的在想谁，嗯？"

"没有呀，"洛蔷薇歪着头，素颜的她更显得清纯美艳，她忽然凑近他，伸手妩媚地摸着他的俊脸，"当然是在想老公你呀，我听说，每天帮老婆刷牙洗脸的男人是最帅的，就是不知道墨总打算帅几天呢？"

"是吗？"墨时澈薄唇一勾，伸手扯开浴袍的带子，"刚好我也听说了，早上在浴室跟老婆亲热的男人是最强壮的，看来你是在暗示我？"

洛蔷薇飞快地滑下台子就往外跑，下一秒却被勾住腰拉了回去。

她来不及挣扎，男人的吻已经落了下来，伴随着咬牙切齿的笑："本来还想让你缓几天，看来昨晚喂得太少，不如我们把从结婚到现在欠的都补回来？"

"……"

接下来的一周多时间，洛蔷薇几乎每天都在腰酸腿软中度过，拍戏也频频迟到。

墨时澈就跟上瘾了一样，每天都缠着她，而洛蔷薇还是在坚持吃墨时澈给她的那瓶"避孕药"。

燕楚这些天照常出现在她身边，一如往常地嬉皮笑脸，拉着她去吃各种小吃，只不过每天晚上墨时澈都会来接她回家，燕楚虽然失落，但也从来没有说过。

一切都很正常，往平静美好的生活发展着。

很快到了墨老太太六十大寿那天。

因为墨老太太向来不喜欢大肆铺张，所以这些年的寿宴都是以家宴的形式举行，这次也不例外，在洛老太太的极力邀请下，最终决定在洛家别墅举行。

寿宴定在七点整。

洛蔷薇来得比较早，尤玉莲满心期待地来开门，结果脸上的笑一僵："怎么是你？"

"婶婶这话说的，当然是我呀，这也是我家呢。"

洛蔷薇一身娇艳的花瓣长裙，拿着手包施施然走进来，美眸四处看了看，最后目光落在正中央的一桌子菜上。

此时洛世荣也从厨房出来了，往她身后看了看，也沉了脸："怎么就你一个人，时澈跟老太太没来？"

"我老公在公司开会呢，奶奶还在做美容，所以我就提前来看看。"洛蔷薇食指卷着发梢，嘟着嘴道，"叔叔好凶噢，不怕吓到我吗？"

尤玉莲忍不住讽刺道："呵，不就是爬上了时澈的床，有什么了不起的，现在还学会嚣张了？"

要的就是她主动挑起来，洛蔷薇眉梢一挑，红唇一勾："既然婶婶都说我嚣张了，我总得做点什么，不然可亏了呢。"

话音刚落，她忽然伸手拉住桌布，用尽全力一拽，只听一阵噼里啪啦的声音，桌上所有才做好的菜全被摔到了地上。

206

洛世荣顿时心疼地瞪大了眼睛，这可是他早上六点起来，亲自买菜洗菜，忙活到现在才弄出来的一大桌子菜！

洛蔷薇用湿纸巾擦了擦手，看了眼墙上的时间："现在是六点，你们还有一个小时再弄出一桌菜，实在不行可以去饭店买现成的呀，只不过奶奶嘴巴那么刁，很可能会吃出来不是你做的噢。"

洛世荣差点被气昏过去，被用人扶着才站稳。尤玉莲冲过去想动手，洛蔷薇目光却骤然一冷："你们之前动我妈妈的账我都还没算，你现在敢再打我一下，你信不信我让你下半辈子都还不清？"

"……"

尤玉莲咬牙瞪着她，最终还是放下了手。

洛蔷薇将湿巾纸揉成一团丢到洛世荣的脸上："好好准备吧。当然，你们也可以主动跟奶奶告状说是我弄的，看看她是觉得不可能，还是觉得你故意挑拨想破坏她的寿宴。"

她说完转身优雅地走了出去，留下洛家一堆人气得半天说不出话来。

晚上七点，所有人到齐，寿宴正式开始。

敬酒祝福过后，大家开始动筷子，墨老太太才吃了一口就皱眉，她以前吃过无数次洛世荣做的菜，这味道完全不对。

她又看了看这一桌子菜，脸色顿时就不好看了，这很明显不是洛世荣做的，竟然蒙骗她！

而且如果不是洛家人说亲手做家常菜招待她，她还准备跟澈儿和蔷薇去江上坐游轮过寿的，哼！

洛世荣自然看出墨老太太不高兴，可她没主动开口，他肯定也不能说什么。

这就是洛蔷薇厉害的地方，她算到奶奶要面子绝对不会戳破，那洛世荣他们就算想澄清也只能把实话闷在心里，白白吃个大哑巴亏！

一整个寿宴下来墨老太太都没怎么跟洛家人说话，更是没怎么理洛老太太，而是跟其他几个玩伴说着话。

墨时澈对他们更不可能有什么表情，也没吃几口菜，始终拉着洛蔷薇的手放在自己腿上，时不时揉她的手腕捏她的手指，像是她的手是什么好玩的珍贵东西，令他不舍得放开。

"奶奶是不是没胃口呀？"洛蔷薇笑眯眯地站起身来，顺便也把自己被男人紧握的手解救出来，"我去给你炖个蛋羹，以前我妈妈也经常炖给我吃。"

墨老太太闻言露出笑容："好啊，哎呀，还是我孙媳妇儿懂事，知道为我着想……"

她说着一拍手，兴奋地道："而且我跟你们说，蔷薇最近可能吃了，整天说自己很累，说不定快有了。你们说我的重孙子重孙女小名叫什么好？胖胖？多福？招财？"

墨时澈："……"

洛蔷薇："……"

那不是小狗的名字吗？！

一旁的洛红樱听见这些话，气得几乎要把筷子攥碎。她借口接电话回到自己的房间，从柜子里拿出十多天前买的东西——

穿山甲片，并且已经被她用工具细细研磨成粉。

她本来不想这么做的，在发生公寓的事情之前，她从未动过这个念头。

可……时澈，是你非要那么无情地对我，是你跟洛蔷薇一起逼我的！

厨房内，洛蔷薇打好蛋后加了点盐，将碗放进了蒸锅里。

她转身去冰箱内找葱，此时一个用人进来倒醋，趁她不注意将手里的粉末撒进了她的蛋羹里……

洛蔷薇切好葱花，掐着时间在边上等着，十五分钟一到立即关火。

蛋羹的香味立即蔓延开来，洛蔷薇戴着隔热手套将蛋羹端上桌，舀了几大勺端给墨老太太，然后立即感觉到一旁冰寒的目光——

她扭头就见墨时澈冷冷地盯着她，从开餐到现在一直被忽视让男人很是不爽，一脸被抢了女人的表情。

洛蔷薇对他这不知名的醋意简直无语，又舀了几勺蛋羹给他，男人的脸色这才稍微缓和点,但还是拉过她挨着自己坐下,让她看着他吃。

桌上的话题继续围绕在墨家未出世的曾孙身上,洛蔷薇有一搭没一搭地说着话,墨时澈吃了几口蛋羹忽然放下勺子,半分钟后对洛蔷薇说去洗手间,洛蔷薇也没在意,继续陪墨老太太聊天。

可过了大概二十分钟,墨时澈还是没回来。

洛蔷薇疑惑地蹙眉,忽然发现对面洛红樱的位置也是空的。

她心口莫名一紧,下意识抬头看向楼上……

二楼,洛红樱的房间内。

洛红樱推门进去时,墨时澈正半跪在柜子边,似乎在急切地翻找什么东西,听见有人走进来,他倏地转过头,俊美的脸上布满汗珠,脸部线条紧紧绷着。

"那个缓解的药剂在哪?"墨时澈简单又快速地问道,体内一波又一波的痛感袭来,令他连呼吸都觉得极度痛苦,他咬牙强忍着,"拿给我,现在。"

洛红樱走进来,带着歉意地柔声唤道:"时澈……你是不是很不舒服?"

墨时澈感觉喉间一腥,有沸腾的鲜血即将涌上来,他骤然冷喝出声:"我叫你把药剂给我!立刻!马上!"

他伸手就想拽她过来逼问,可下一秒,一阵蚀骨的剧痛迅速蔓延到四肢百骸——

墨时澈极其沉闷地低吼一声,擦着墙壁跪了下去。

他痛得伸手扼住自己的脖颈,强迫自己保持清醒。他不能在这种时候发作,洛蔷薇还在下面,万一她上来会吓坏她的,他会伤到她……

可他根本忍不住,穿山甲片的特异功效引发了他体内的毒素,撕裂般的疼痛令他疯狂地想要自残,俊美的脸因剧痛而扭曲着。

突然墨时澈整个身体重重一震,瞳孔彻底变成了深红色,像是彻底变成了另外一个人。

男人扶着墙壁,极其缓慢地站起身来,脸庞仍旧俊美无俦,却有种嗜血病态的冷酷气息。

而他看着洛红樱,眼神完全是在看一个陌生人,红眸微微眯起,邪肆地笑道:"漂亮的女人,又是你,我记得上一次出来看到的也是你,好像有七年了,这孙子真是自私,凭什么他能天天存在,我就得被压住?"

他的嗓音虽然没变,说话的风格和语调显然已经不同……这不是墨时澈会说的话。

洛红樱睁大眼睛看着他,神色是害怕的,但她知道自己成功了。

七年前,她无意间用了穿山甲片给墨时澈当补药,却导致他极其严重地毒发。她原本以为他会跟以往一样自残,但他在一阵剧痛挣扎后,忽然出现了……第二人格。

她去查询过资料——

这是因为墨时澈体内的毒素经常发作,在无数次极其痛苦的情况下,大脑产生了强烈的自我保护意识,不断在清醒与痛苦中交替,最终分裂出完全独立的第二种人格。

并且,只能在他体内毒素达到顶峰发作的情况下才会出现。

第二人格在七年前第一次出现的时候,洛红樱极其害怕,但那时候第二人格应该还不是太稳定,所以只出现了几分钟,连话都没有说就消失……

但已经过去七年,墨时澈体内的毒素浓度又上升了一个高度,完全足够让第二人格能正常维持,并且开口说话。

男人打量着洛红樱,似乎嫌热,不耐烦地扯了扯领带:"说话啊,老子到现在还不知道他叫什么名字,你是他的女人?"

洛红樱不想否认,点了点头:"我……我是他的女人,他叫……墨时澈。"

"姓墨?"男人嘴角邪勾,眸中流露出不屑跟张狂之色,不可一世地仰起下巴,"身体都是一样的,那我也得姓墨才够味啊,那我就叫墨枭——枭雄的枭,我要彻底把他弄死在这具身体里。"

洛红樱不由得吞咽了下口水:"你……你想一直出现,成为主导人格,完全……把墨时澈压住吗?"

"废话，当然想！"墨枭转过身照镜子，摸着这张棱角分明的俊美脸庞，"脸长得倒是够帅，身材也极品，这具身体就应该是我的！"

洛红樱努力压抑着自己的害怕，上前一步："我……我可以帮你……"

墨枭闻言蓦地转过身，一双嗜血的红眸望着她，忽然伸手拽住她的肩，毫不怜香惜玉地将她用力掀到床上，随即欺身过来，将洛红樱压在身下，一手撑在她的头侧，一手捏住她的脸："你说你是墨时澈的女人，那我要打败他，是不是得先把你给办了啊？"

洛红樱惊喜又幸福地看着压在身上的男人。

她其实是很怕墨枭的，她是深爱墨时澈的，但墨时澈眼里心里只有洛蔷薇，她想得到他，似乎只有这一种方法……

思及此，洛红樱伸手勾住墨枭的脖子，露出清纯羞涩的笑："墨时澈出轨了不爱我了，我……我想报复他……"

墨枭不怎么在意地道："他出轨了那你就跟我，反正我也没女人！"

洛红樱咬着唇："那……我现在愿意给你……"

时澈，我要把自己给你……

洛红樱心里默念着墨时澈的名字，微撑起身体，想要凑过去亲吻他的薄唇……

几乎同一时间，房门外忽然传来急切的脚步声。

洛蔷薇半天不见墨时澈下来，去洗手间也没看见人，便疑惑地上楼来找。

她绕过长长的走廊，一间一间房间找过来，最终来到最靠里的一间。她知道，这是洛红樱的房间。

房门半掩着，借着走廊的灯光，洛蔷薇这个角度正好能看见里面——

只见大床上，俊美的男人双腿撑在女人身侧，一手还放在她的脸上，而女人钩着男人的脖子，做出要亲他的姿势……

虽然他们都穿着衣服，但那气氛一看便知是准备做什么。

洛蔷薇身体一僵，浑身的血液像是骤然凝固，脸蛋刹那间变得惨白。

她僵硬又呆愣地站在原地，一时竟然失去了开口说话的能力。

墨枭显然也听见了脚步声,扭过头就看见一个纤细的身影站在门口。

可不等他说话,洛红樱忽然用力推开他,下床几步跑到门边,直接将房门关上反锁,然后她故意装出一副偷情被撞破的样子,喘着气对外面道:"对不起堂姐,你什么都没看到,我……我们马上就出去……"

洛蔷薇站在门口,没出声也没动,双眼死死盯着被关上的房门。

看清了吗,洛蔷薇?

为什么要陷入他的温柔陷阱?为什么……还天真地想要给这份可笑的爱一个机会?

没听见声音,洛红樱忙又楚楚可怜地道:"堂姐,你能不能先下去,我……我待会儿跟你解释,我求求你别骂时澈,是我主动勾引他的,是我的错……"

求求她吗?

她也想求求自己,别再找死了。

洛蔷薇嘴角勾起嘲讽的弧度,最后看了一眼门板,冷笑着道:"墨时澈,你们谁都没错,是我的错,是我不知悔改。"

她说完转身走向楼梯口,下楼时双腿一软险些跌倒,她扶着扶梯,咬牙强撑着走了下去。

偌大的餐厅里寿宴还在进行着,洛蔷薇谁也没看,拿着手包直接从正门走了出去。

"哎,蔷薇啊,你去哪……"

身后有人叫她,她却没回头,出了洛家后一直跑一直跑,跑到终于累了停下来,发现在一个陌生的十字路口。

是啊,她去哪?

洛蔷薇迎风站着,风吹起她美丽的裙摆,偶有路过的男人想跟她搭讪,看见她脸色惨白眼神呆滞,也就不敢靠近她了。

手机忽然响起。

她动作机械地拿出手机,看也没看就接了,那端,男人轻快带笑的声音传来:"薇薇在干什么呢,我一个人好无聊……"

洛蔷薇鼻子倏地一酸,开口时嗓音沙哑:"阿楚……"

燕楚一下子就听出她不对劲，噌地从沙发上坐起来："怎么了这是，谁欺负你了？你在哪？我马上去找你！"

二楼的房间里，洛红樱听见洛蔷薇的脚步声离去，正松了口气，抬头却看见墨枭毫无征兆地低吼一声，双手抱着头跪了下去。

他整个人靠在床边，颀长的身体扭曲挣扎着……

洛红樱看见他瞳孔一会儿变黑一会儿变红，知道穿山甲片的药效要过去了——

第二人格果然很难存在太长时间，除非……有浓度更高的药，能让他体内的毒素长期保持活跃，这样才能彻底压制住属于墨时澈的主人格。

她学医这么多年，但迄今为止都没有研究出来，穿山甲片里面的什么成分能让墨时澈毒发……人体细胞构造太复杂，而她对蛊毒又完全不了解。

洛红樱正在思索着，忽然听见墨枭发出一声极其痛苦的低吼，甚至用头去撞墙，手在胸口抓出道道血痕……

下一秒，墨枭踉跄着站起身，突然极冷地笑了一声，伸手朝洛红樱抓去！

"啊——"洛红樱吓得慌乱地打开房门，正要跑出去，抬头却看见门口站着一道高大的身影。

她愣了下，因为心虚嗓音有些颤抖："穆……穆公子……"

而楼下的长辈们也都上来了，墨老太太担忧的声音传来："澈儿啊……"

穆云深目光一沉，迅速走进房间关上房门，将门反锁。

他扫了洛红樱一眼："你房间里应该有药剂，去拿出来准备好。"

洛红樱没想到他会过来，应该是墨时澈感觉到不舒服时给他打了电话，慌忙点头："好，好的……"

"老子不要打什么药！"墨枭突然大吼出声，摇摇晃晃地走过来，穆云深伸手想扶他："时澈……"

墨枭蓦地抬起头，红色瞳孔惊到了穆云深。

213

墨枭看着面前俊美妖孽的男人，对这个世界仅有的一些记忆浮现，他忽而一勾唇："原来是你，我们终于能面对面了。"

穆云深瞳孔一缩，几乎刹那间明白过来。

以往墨时澈每一次毒发都是他陪着，其中有几次，他看见病床上的墨时澈睁开眼睛，但……眼眸是血红色的。

他以为墨时澈醒了，可墨时澈看他的眼神凶狠又陌生，很快就又陷入昏迷，根本没有开口说话的机会。

难道说，那几次他看到的……就已经不是墨时澈？

所以这个人是谁，为什么能占据墨时澈的身体。

穆云深来不及细想，墨枭忽然掀起唇，挑衅般冷笑道："给老子记住，以后老子才是这具身体的主人，墨时澈迟早会死，你既然帮他，那老子就杀了你！"

他说着一拳挥了过来，两个男人顿时陷入激烈的打斗中。

只不过大多是墨枭往死里打穆云深，穆云深除了躲开没有还手，他出手打伤的是墨时澈，要养伤的肯定也还是墨时澈。

就在墨枭几乎要把穆云深打死的时候，洛红樱找到了药剂，站在一旁不敢上前："穆公子……"

穆云深眼角余光扫过去，趁墨枭状态不稳定时，勾住他的腿弯，一个侧身接过针管，立即朝墨枭的脖颈处扎进去，迅速推动注射……

墨枭浑身倏地一僵，有将近几分钟没动，而后眸中的猩红色缓缓褪去，逐渐转换为正常的黑色。

男人在极度痛苦中睁开眼睛，看清面前的人，撕裂带血的薄唇动了动，声音沙哑地低沉出声："云深……"

话音刚落，墨时澈倏地闷哼一声，有浓稠刺目的鲜血从他鼻间流出来，他缓缓闭上眼睛倒了下去。

穆云深上前一把抱住他，掌心紧贴着墨时澈汗湿的背部，伸手捶了他一拳，但力道不重，勾唇笑了下："你他妈……差点就打死老子了。"

穆云深将墨时澈放到床上，想要站起身，可胸腔内气血剧烈翻涌，他猛地扶住床沿半跪下去，吐出一口鲜血。

洛红樱吓了一跳，忙弯腰要扶他："穆公子，你没事吧？"

穆云深抬了下手，阻止她要碰到自己的手："不碍事。"

他长指擦掉嘴角的鲜血，眯眸冷声道："你出去把外面的人疏散出去，尤其是你们洛家的那些人。洛二小姐，你是签了保密协议的，如果他们知道时澈的病，哪怕只是一点点苗头，我想后果你都负担不起。"

"我明白……"洛红樱点头，这一点她确实遵守了，这些年，知道墨时澈的病情乃至这个遗传病的就只有他们几个人，"穆公子放心，我谁都不会说的。"

公寓里。

燕楚拎着炸鸡上来的时候，洛蔷薇正背靠着沙发坐在地毯上，抬头看着落地窗外的满天繁星，而她脚边丢着十几个空的啤酒瓶。

燕楚皱眉，立即甩了鞋子大步走进去："薇薇，说好不许偷喝，炸鸡不给你吃了！"

他将炸鸡在洛蔷薇面前转了一圈，故意用香味诱惑她，刚要拿走就被撑起身体的女人一把抱住袋子："我的……"

洛蔷薇半趴在地上，胡乱地扒开袋子，抓起鸡腿就往自己嘴里塞，直到两边脸颊撑得鼓鼓的。

"哎哎，薇薇你慢点，我不跟你抢……"

燕楚怕她噎着，忙蹲下身，却看见洛蔷薇塞着塞着动作忽然慢了下来，然后眼泪毫无征兆地从她的眼睛里流出来。

燕楚一愣，伸出去的手顿在半空中。

洛蔷薇维持着半趴着的姿势，眼神空洞而呆滞，不知道在看什么，但仿佛又在很专注地看着某个人："你知道吗，我今年二十二岁，除了小时候不懂事的那几年，我的生命里一直只有他……"

她机械地咬着嘴里的肉，像是那样可以缓解心口的疼痛："我想我这辈子什么都不想要，只要追到他那就是最幸福的，跟他结婚为他生宝宝，一直陪他到老，然后骄傲地跟孩子们说，爱你们的爸爸是妈妈这辈子最勇敢、最厉害的事……"

她流着眼泪吃着,忽然又笑了:"可是我已经尝试过了啊,我能做的都做了,死皮赖脸地追着他、求着他,女孩子的矜持我全都不要,我就想要他……可不管我怎么努力都走不到头……"

她说着抬起头看着燕楚,显然已经醉了,摇晃着伸出一根手指:"我……已经害死过宝宝一次了,明明自己也死得那么惨,我为什么就是不长记性……"

燕楚闻言愣了下,随即反应过来,一把握住她的手:"薇薇……你说什么?"

他眼里闪烁着难以置信的光芒——她说,死得那么惨?

"我……我说我死过一次了……"

洛蔷薇仰起脸蛋,眯起蒙着水雾的美眸,声音压得很低:"你知道吗,上一世我跟宝宝都死了。他没有来看我,一次都没有来,我躺在地上好痛好痛,到处都是血,宝宝身上也是血……我……我重生了……"

燕楚浑身一震,琥珀色的瞳眸因震惊而微缩,他弯腰捧着她的脸:"薇薇,你说你……重生了?"

那是不是代表,他从小到大做的那些梦,全是真的?

燕楚沉溺在震惊中,久久无法回神。

重生,这个词他最初是在父亲主持的家族会议中听到的——传说只有苗疆圣女的后代惨死才有可能得到这个机会,而且……那些都只是古老的传说而已,谁也没有真正见过。

可薇薇……怎么可能是苗族的?

燕楚视线不由得往下,落在她脖颈处的蝴蝶印记上。

洛蔷薇还在低低地诉说着,眼泪流下来打湿了他的手:"我发过誓不再爱他了,再也不要爱他了……可是我……我忍不住……"

她双肩抖动着哭出声来,那哭声不大,可每一声都是情到绝望的挣扎:"我忍了,我真的忍了,可他说……说他很在乎我,要跟我好好过下去……我不知道要怎么样才能不心动,我努力克制了,我告诉自己要清醒,可我真的做不到……"

她的声音渐渐低下去,眼泪流进嘴里,苦到声音几乎都哑了:"我心动了，我相信他了，我想好好跟他过下去，我想如果我再努力一下，也许……他也会爱上我……"

燕楚喉间滚动，心口被狠狠刺痛，他伸手抹去她眼角的泪："薇薇。"

洛蔷薇任由他擦着眼泪，眼睛睁得大大的："阿楚，你说我是不是……很傻？"

"没有，你一点也不傻。"燕楚低下头看着她，"你是世界上最漂亮的女孩，是全世界最好的，没有人比你更好。"

"不，你骗我……"洛蔷薇摇着头，眼泪又流了下来，"可他不喜欢我，如果我这么好，墨时澈为什么不喜欢我？"

"那是他瞎了眼，是他不懂珍惜，"燕楚不厌其烦地替她抹着眼泪，捧着她的脸犹如捧着稀世珍宝，"他不算什么，让他滚，会有人喜欢你、爱你、珍惜你。"

"会吗？"洛蔷薇看着他，分明在哭，忽然又傻傻地笑起来，"可是阿楚，我真的好喜欢他，好喜欢好喜欢……"

燕楚修长的手指一僵，低眸看着她露出心甘情愿的傻傻笑容，他喉结滚动："薇薇……"

他俯下身，额头抵着她的前额，很慢很耐心地道："那以后不喜欢他了，换一个喜欢你、能一辈子保护你的人喜欢好不好？"

洛蔷薇歪着头，露出困惑的神色："喜欢我的人……会有吗？"

"有，"燕楚盯着她的眼睛，温柔地笑，"薇薇，我就是那个好喜欢好喜欢你的人，以后换我来珍惜你，再也不让任何人伤害你，好不好？"

洛蔷薇仍旧处于醉醺醺的状态，闻言咧开嘴傻乎乎地笑："好啊，那你要说话算话，不能跟墨时澈那个浑蛋一样，一边说在乎我，一边还跟洛红樱在床上……大浑蛋……"

她说着说着眼睛又红了，燕楚倾身过去一把抱住她纤瘦的身体："薇薇，把那个浑蛋忘了，这是最后一次为他哭，以后有我在，他别想伤你一根头发。"

"好，把他忘了……"洛蔷薇吸着鼻子重重点头，娇憨地笑道："彻底忘了！以后……以后再也不喜欢他了……"

可她边说边指向自己的胸口，纤指在心脏的位置用力戳着，含混不清又委屈地道："可是这里……好痛……"

燕楚抱着她的双臂骤然收紧，他低头亲吻着她的长发："我们去睡觉，睡醒了就不痛了。"

他横抱起她走向卧室，将她放在大床上，又拿了热毛巾替她擦手擦嘴。

洛蔷薇喝醉了不安分，胡乱扭动着身体，领口随着动作滑下去，露出白皙圆润的小肩膀，衬着她发丝凌乱的妩媚模样，极为诱人。

燕楚拿着毛巾的手一顿，倏地感觉到一股邪火猛地冲向腹部，浑身的血液都跟着沸腾。毫无疑问，他想要她。

不是心疼不是怜惜，是男人对女人最原始的喜爱跟渴望。

燕楚从未产生过这种感觉，他从小就爱浪迹天涯吃喝玩乐，对其他东西都不感兴趣，他接触的女人也不多，唯一谈过的恋爱就是跟墨梨儿。

但那是墨梨儿在柏林追了他半年多，每天雷打不动地给他送花送亲手做的东西，他觉得一个女孩子做到这份上确实不容易，再加上当时他父亲催他回去结婚，他就答应了墨梨儿。

但他对谈恋爱没什么概念，也从未动过真心思去好好谈，墨梨儿又是个娇生惯养的大小姐，心高气傲受不得一点委屈，久而久之他就厌了。

然后他提出分手，随便买了张机票飞来江城……

再然后他就碰到了洛蔷薇，他梦了二十多年的女孩。

是命中注定吗？

燕楚强忍着体内的冲动，伸手拉过被子给洛蔷薇盖上，裹住她露出来的肩膀。

他俯下身，在洛蔷薇的额头上落下轻轻一吻："薇薇，好好睡一觉，把他忘了……我坐在这里陪你，以后也一直陪你。"

私人医院内。

穆云深翻着手里的报告单，一大堆专业数据让他看得头疼，他放下报告："我就想知道，他这样的情况到底属于什么症状？"

老医生推了推眼镜："目前看来，应该是双重人格没错，简单来说，墨少每次毒素发作都会极其痛苦，在这种极致的痛苦之下，大脑跟神经为了自我保护，分裂出第二人格来共同承受这痛苦，久而久之……这个人格逐渐成型，成为一个独立的人。"

"独立？"穆云深眯起眼睛，"也就是说，时澈不知道第二人格的存在？"

"不知道，每个人格都是独立拥有记忆的，并且思维的运转和决策不受其他人格的干扰和影响，完全独立，等于是一个全新的人。"

穆云深冷笑："所以说，如果这第二人格以后能稳定出现，就能彻底取代时澈，占据他的身体跟一切？"

老医生点头："是……有这个可能，不过只能在毒发的时候出现。"

穆云深眼神深邃，未再开口。

半晌，他起身走向病房。

洛红樱正端着用完的针管走出来，看见他忙道："时澈还没醒来，穆公子要不先回去休息吧，这里我来看着。"

"不用。"穆云深简单应了句，在经过洛红樱身侧时，忽然淡淡开口，"当时你在二楼卧室，是不是看见时澈病发的时候眼睛是红色的？"

洛蔷薇一愣："是……怎么了吗？"

"他有没有跟你说奇怪的话？"

"好像说了几句，但是我都没有听清，而且他好像很痛苦、很疯狂的样子……"

洛红樱装作自己完全不知情，绝口不提墨枭："穆公子，是不是老医生跟你说了什么？时澈怎么了吗？"

"没有，"穆云深没再多问，只是淡扫她一眼，"跟以前一样，你负责按时打针，别出任何差错。"

墨时澈始终在输液治疗，彻底醒来已经是四天后。

穆云深推门进来就看见男人赤着脚站在地上，身上还穿着病号服，微弯着腰，一手挂着点滴，一手在柜子里翻来翻去。

因为动作幅度太大，点滴瓶几度摇晃，他手背上的针头已隐约可见血色……

穆云深皱眉，几步冲过去扯住他："你刚醒又在发什么疯，打个点滴偏要血倒流出来你才乐意是吧？"

墨时澈抬起俊脸，略显苍白的薄唇紧抿着，朝他伸出手："把我的手机还给我。"

穆云深冷笑："怎么，想叫殡仪馆来接你去火化？"

"洛蔷薇肯定给我打电话了，"墨时澈维持着伸手的姿势，眉头极度不悦地紧皱着，仿佛在指责穆云深耽误他找媳妇儿，"我在这躺了四天，她肯定急疯了，你现在给我拨她的电话。"

穆云深好笑地挑眉，直接将挂壁电视打开，转到娱乐台，正好在播放《美人红妆》的主演共同出席知名晚会……

洛蔷薇一身华丽的长裙，成为全场焦点，她对着镜头美艳风情地笑着，从容地回答着记者的问题，全然没有半点着急的样子。

墨时澈侧首看着偌大屏幕上笑容满面的女人，瞳孔微微收缩，很快又道："她不知道我在医院。"

"我给她发短信了，说你车祸后遗症导致身体不适，她回了我两个字。"

穆云深将手机滑开放到他面前，清晰的"活该"二字映入他的眼帘。

墨时澈面无表情地看着，半分钟后收回了视线："这不是她回的。"

"就是她回的，我给她打电话，说你在私人医院，然后她让人送来了花，"穆云深微笑，"不对，准确来说是白菊花花圈，专门送给死人的，我让连宿拿给你看？"

墨时澈仍旧没有表情，莫名执拗般坚持否认："不是她送的，你怎么不知道是燕楚那个小白脸在搞鬼？"

"行，就算都不是她，都是别人在搞鬼，但是据我所知，你在这躺了四天，她这四天都没有回家，而是住在燕楚的公寓里，"穆云深摊手，"这是你派给她的司机兼保镖汇报的，我只是转告你。"

墨时澈眼底掠过浓烈的冷意，他忽然抬手用力拔了手背上的针头，鲜血顿时喷涌而出，男人毫不在意，直接往病房外走去："备车，我要回城。"

"不许给他备车！"穆云深叫住连宿，看着墨时澈高大挺拔的背影，"时澈，我早说过这个女人不爱你了，你何必执着非要她不可？"

墨时澈没有回答，而是冲连宿重复道："去备车。"

"不许去！"穆云深鲜少有这般动怒的时候，他迈上前，在墨时澈身后站定，"你今年二十四岁，我爸二十六岁那年毒发痛得在我面前用刀捅死了他自己，你知道这不是开玩笑的，什么都可以开玩笑但蛊毒不行。"

"我知道。"

"你知道那你就放手，"穆云深薄唇紧抿，看着洛蔷薇送来的花圈，低声道，"时澈，跟她签字离婚，我陪你出国找医生治病，治好了我们再回来。"

墨时澈没有说话，也没有动，手背上扎针的地方有血不断地流出，深红的血液滴落在地上，有些触目惊心。

如果他现在出国，如果他签字离婚，她就彻底不再属于他，或者说……立即就会属于别人。

那个吵了他十七年的女人，是他的女人、他的妻子，他为什么要让给别人？

墨时澈嘴角勾起自嘲的笑，站在原地静默了半分钟，而后继续迈着长腿往外走去。

穆云深冷冷的声音在身后响起："行，墨时澈，你有种，你今天只要走出这里，以后别再找老子，拿你的残命去陪洛蔷薇玩吧，我要是再管你的死活我穆字倒过来写！"

身后传来巨大的摔门声，连宿不敢回头去看，小心翼翼地提醒道："少爷，穆公子好像生气了……"

墨时澈没有说话，俊美的脸上除了薄唇有些苍白，看不出任何表情跟想法。他来到医院专用的更衣室，洗漱后换回衬衫西裤，修长的手指系着袖扣，突然声音喑哑地问道："她这几天都住在燕楚的公寓吗？"

连宿愣了下才反应过来墨时澈是说洛蔷薇，忙道："是的少爷，少奶奶这四天确实都住在燕楚的公寓……穆公子没有乱说。"

墨时澈动作顿了一下，很快又继续："她有没有问你我在哪里？"

"没有……不过少奶奶寄了一个快件到墨氏，我带过来了，但是没有拆开。"

连宿赶忙去外面车上将快件取来。

是一个文件夹，墨时澈撕开包装，里面薄薄的几张纸滑了出来，飘落在他脚边。

男人低头就可以看见标题的几个大字——离婚协议书。

气氛刹那间凝滞，连宿大气都不敢出。

墨时澈垂首看了几分钟，而后弯腰捡起那几张纸，撕碎揉成团后直接丢进了垃圾桶里。

他继续从容不迫地系着领带，忽然淡淡问道："燕楚现在跟洛蔷薇合开了公司是吗？"

"是的，前段时间才成立的……"

洛蔷薇今天戏份不多，下午两点多就结束了，她才从片场出来就接到警察的电话，说燕楚……被抓了。

她愣了下，而后火速赶往警察局。

"洛小姐，这是以燕先生为法人代表的公司，名为'燕薇'。"警员将一沓资料递到她面前，"据我们目前掌握的情况来看，这家公司涉嫌洗黑钱并且进行不正当交易，所以我们拘捕燕先生进行审讯调查，合情合理。"

洛蔷薇听着就觉得荒唐，冷笑道："你们有什么证据？拿出来我看看，要是胡说八道就立马放人！"

警员不卑不亢："不好意思洛小姐，这是刑事案件，您无权过问。"

洛蔷薇强忍怒气，点点头："行，那我要见人，燕楚在哪？"

"燕先生还没有醒过来。"

"什么叫没醒过来？"洛蔷薇眉眼一冷，"你们对他做了什么？"

"我们拘捕的时候燕先生极力反抗,甚至有袭警的行为,我的几名同事同时使用了电棒……"

洛蔷薇心口一紧,骤然攥紧双手。她知道在这里多费口舌也无用,转身走出了警察局。

司机在门口候着,见她出来立马打开车门:"少奶奶,要去哪里?"

洛蔷薇红唇扯出一抹冷笑:"墨时澈不是应该提前告诉你了吗?他让人动了阿楚,肯定送我去他那里。"

"可是……"司机挠挠头,"我没接到少爷的电话啊,他都好几天没联系我了。"

没联系?

洛蔷薇自然不会信这种话,拎起裙摆上了车:"行吧,随你怎么说,现在送我去墨氏,越快越好。"

"好的,少奶奶。"司机不敢多问,车子很快飙到了墨氏大厦。

洛蔷薇直接乘私人电梯来到顶层。

这里她很熟悉,曾经她追墨时澈的时候,不知道来过多少次,甚至想方设法躲在他的办公室过夜,就为了第二天顺利把亲手做的蛋糕递给他,而不被拦在下面。

那时候的她很傻,一颗心除了他什么都装不下。

她自嘲地想,她早该忘了。

洛蔷薇踩着高跟鞋走出电梯,目不斜视地朝着总裁办公室走去,然而还未到门口,便被一道婀娜的身影拦住:"不好意思,你不能进去。"

洛蔷薇皱眉。

面前的女人叫夏媛,是墨时澈的秘书,总想勾引墨时澈,只不过从未成功过。

洛蔷薇扫了她一眼,淡淡地道:"我要见墨时澈,叫他出来。"

"墨总正在会议室开季度会议,时间应该会很长,他吩咐过,不能让任何人打扰。"夏媛优雅地微笑道,"洛小姐可以坐着等,或者下次再来。"

洛蔷薇微微挑眉,美艳的脸蛋上扬起凉薄的笑:"夏小姐的称呼是不是错了？墨时澈是墨总，那我就应该是总裁夫人，还是说你身为秘书连最基本的礼仪都不懂？"

夏媛脸上的笑差一点挂不住，但她强行忍住了："总裁夫人，是我一时口误了。"

洛蔷薇没再看她，把玩着手机挂饰在沙发上坐下："我要见墨时澈，你去汇报。"

夏媛咬牙看她一眼，转身去了楼下会议室，很快又上来了，脸上的笑又恢复了，还多了几分得意："墨总说会议期间谁也不见，请你回去。"

"噢。"洛蔷薇淡淡地应了一声，知道墨时澈是故意的，那她就坐在这里等他。

一直等到夜幕降临，墨时澈还是没有从会议室出来，夏媛收拾东西要走，洛蔷薇起身叫住她："你别告诉我，墨时澈还在开会。"

夏媛这才冷淡地道："墨总一个小时前就下班了，晚上在德庄有重要饭局，他已经过去了，我现在也要过去。"

洛蔷薇愣了下，随即冷笑一声。怎么，耍她玩？认定了她非找他不可是吧？

她也没再多问，直接去了德庄。

但德庄是高档私人饭店，没有预约卡是进不去的，洛蔷薇打墨时澈的电话但他没有接，发短信也通通没有回。

十点多的时候，在德庄吃饭的人基本都走光了，洛蔷薇孤零零地蹲在路灯下，也不顾裙摆蹭到地面，还在不停地给墨时澈发短信。

手机提示电量不足百分之十时，她让司机去买了个充电宝，边充电边继续发。

德庄后面是河，就这一个出口，她不信他真的就不出来了。

十二点，整座江城都笼罩在深夜之下。

德庄三楼的包厢内，高大俊美的男人站在落地窗前，满室的黑暗中，只有他指间夹着的烟有着忽明忽暗的猩红火光。

他低垂着眸，看着下方蹲在路灯边的纤细身影，眼神未曾移动分毫。

丢在桌上的手机不停振动，提示着他有电话跟短信。

墨时澈深深吸了口烟，听着那振动的提示音，再看着洛蔷薇固执不走守在下面的身影，竟莫名获得了巨大的快感。

仿佛一切都回到了从前——她爱着他、追着他，满心满眼只有他。

什么时候这份爱忽然就不见了？她会在他面前演戏甚至掩饰，然后她身边有了其他男人，超过了他在她心里的地位。

他察觉到强烈的危机感，可他对她再怎么好，仍旧觉得这女人的心不再完全属于他了。

这种患得患失的心情像是一根细线缠着他的心脏，缓慢勒出深刻的血痕，痛得他忍无可忍。

墨时澈又点了支烟，就这么低头看着蹲在下方的洛蔷薇，病态地享受着这虚无但又浓烈的错觉，一种她还深爱他的错觉。

他一边嘲笑自己做这种没用又可笑的事，一边又只想把这样的时间延长再延长。

可悲又矛盾，他淡淡地想，估计穆云深知道了会笑死他吧。

墨时澈就这么站在窗前看着下方，维持着一个姿势，脚边全是熄灭的烟头。

连宿悄悄推门进来，闻着这浓重的烟味，想说什么又不敢说。少爷这真是……以前可是一根烟都不抽的，不要命了吗？

不知道过了多久，久到下方的洛蔷薇已经靠着路灯睡着了，墨时澈才掐灭手里的烟，转身走向门外。

连宿以为他要下去见少奶奶，却听见他被烟熏得沙哑的嗓音低沉道："去拿一床厚毛毯过来，还有一个舒服的枕头，要又高又软而且干净的，给你十分钟。"

连宿摸不着头脑，却立即冲出去照办。

洛蔷薇不知道自己是怎么睡着的，她原本是强撑着的，但因为这几天都没有睡好，常常半夜醒来然后就失眠到天亮，所以扛不住睡了过去。

她原以为肯定会睡得很难受，一醒来却发现自己在轿车后座上，垫着她最习惯的高软枕头，身上还盖着厚毛毯。

因为是高档轿车，后座也很宽敞，所以她睡得十分舒适。

见她醒了，守在外面的司机忙上前拉开车门："少奶奶您醒了，早餐要喝豆浆还是牛奶？对面就有卖，我这就去买。"

洛蔷薇掀开毛毯下了车，揉着眼睛："我怎么会睡在车上？"

天已经彻底亮了，德庄已经彻底没人了，墨时澈趁她睡着就走了吧。

"呃，这个我也不知道……"司机挠挠头，"可能是您半夜迷迷糊糊就上了车？"

这谎撒得……毫无技术含量。

洛蔷薇也不为难他，知道肯定是墨时澈把自己抱上车的，但他显然不打算见她。是因为心虚，还是不想放过阿楚？

不管是什么，她都不能让阿楚继续在警察局待下去了。

洛蔷薇紧抿红唇，忽然对司机道："去买双份早餐。"

司机以为她要去公司跟墨时澈一起吃，没想到洛蔷薇直接让他开去警察局。

值班的还是昨天下午的警员，看见她也不惊讶："洛小姐，有什么事吗？"

洛蔷薇走进来，站在靠近桌子的地方："我要见燕楚。"

警员仍旧是昨天那一套说辞："不好意思洛小姐，燕先生还属于我们待提审的看管人员，在拘留室，您不能见他。"

"是吗？"洛蔷薇红唇一勾，忽然抬起美眸看向他，"那天去抓燕楚的时候，你也用电击棒电他了？"

那警员点点头："是的。"

"噢，这样子啊。"洛蔷薇柳眉轻挑，突然伸手拿起桌上的电击棒，直接朝警员腰侧电去，一旁的警员忙冲过去按住她。

洛蔷薇也不反抗，丢了电棒举起双手，微微一笑："我袭警，也犯法了，有这里的监控视频为证，还有这么多人看到了，你们应该也要拘留我吧？"

所有的警员都愣住了，面面相觑，洛蔷薇从身后的司机手里接过还冒着热气的袋子："在拘留室吃早餐应该可以吧？刚好燕先生也在，我给他带了一份。麻烦带路。"

洛蔷薇确实袭警了，也把话说到了这份上，再加上警局内还有其他群众，不拘留她肯定是不行的。

拘留室的门被打开，燕楚已经醒来，听见声音以为是警员，坐在小床边没有抬头，直到熟悉的声音在头顶响起："阿楚。"

燕楚一愣，蓦地抬起头："薇薇？"他看向她身后的警员，"你怎么……"

洛蔷薇微微一笑："早啊，我来给你送早餐。"

警员关门之前说道："洛小姐，对于你袭警的事我们会调查，或者你可以让你的家人来保释你。"

洛蔷薇置若罔闻，走到小床边坐下，将豆浆、油条跟小笼包都拿出来："快吃，不然要冷了。"

燕楚一听就知道怎么回事，霍然站起身来："薇薇，你现在就去找墨时澈，让他把你保出去，你没必要跟我一起待在这里。"

"可是我饿了呢，"洛蔷薇夹起一个小笼包，"阿楚，你不陪我吃吗？"

燕楚看着她安静的侧脸，缓慢地坐了下去，低声道："薇薇，是我没用，连累你。"

"说什么呢，"洛蔷薇弯唇笑了，"是我连累你啊，是我瞎了眼，害自己还害朋友。好了不说了，你再不吃我都吃光了啊。"

燕楚没再说话，笑着揉揉她的脑袋，伸手去拿油条。

两人早餐正吃到一半，拘留室的门忽然被大力推开，高大俊美的男人迈着长腿走进来，浑身气息冷厉逼人。

墨时澈看着在简陋的小床边坐着喝豆浆的女人，薄唇紧抿成一条线，极其压抑冷沉地喊她："洛蔷薇。"

洛蔷薇不睬他，低头慢慢地喝着豆浆，墨时澈竟然也没动，就这么站着，耐心地等她喝完，仿佛担心她会呛到或者烫到。

当洛蔷薇放下杯子的刹那，墨时澈眼神一暗，毫无征兆地上前，一把拎起燕楚摁在墙上，直接一拳挥了过去。

他俊脸逼近燕楚，毫不留情地冷冷嗤笑道："怎么，蹲个拘留室还要女人陪你受苦给你安慰，身为男人窝囊废物成这样，还想跟我抢老婆？"

燕楚眼眸一沉，下一秒直接朝墨时澈挥拳，还手。

二人在拘留室大打出手，踢翻了椅子，警员们听见动静忙冲进来，洛蔷薇看见他们手里拿着电击棒，神经一紧，几步上前挡在燕楚身前。

"不许打了！"洛蔷薇张开双臂，冷淡地看着墨时澈，"墨时澈，放了他，我们的事情跟他没关系，是我个人的问题，你要关就关我，不要牵连无辜。"

墨时澈眼底被狠狠一刺，黑眸顿时冷冷眯起："过来。"

洛蔷薇不动："你放他走。"

墨时澈盯着她："你自己走过来我就放。"

洛蔷薇迟疑了一下，还是走了过去。

墨时澈伸手圈住她的腰，将她重重搂进自己怀里，伸手拨开她脸边的发丝，低头亲了亲她的脸蛋，这才掀起眼皮看了燕楚一眼，薄唇冷启："滚。"

燕楚站着没动，死死盯着被墨时澈搂着的洛蔷薇，垂在身侧的手紧攥成拳，仿佛下一秒他就要冲过去将她抢过来。

"还不滚？"墨时澈嗓音冰寒，"我看在我老婆的面子上给你一次机会，你别给脸不要脸。"

燕楚脚下一动，正要出手，洛蔷薇忽然出声："阿楚，"她站在墨时澈怀里转头看着他，平静地道，"你先回去好好休息，我没事，他不会把我怎么样的。"

燕楚对上她的眼睛，半晌后点点头："好，你随时给我打电话，我都在。"

他说完走出了拘留室。

"洛蔷薇，你需要这样跟另一个男人交代吗？"墨时澈低头看着她，嘴角勾起嘲讽的弧度，"我是你老公，我能把你怎么样？"

她四天不回家跟别的男人住在一起，当着他的面这么护着别的男人。

他如果真的要把她怎么样，她以为她能这么舒服？

洛蔷薇没说话，挣开他的手往外走去。

墨时澈眼神一暗，几步追上去，从后面将她拦腰抱起，长腿迈出警局。

洛蔷薇知道挣扎没用，任由他抱上了车，男人让她坐在他的腿上，圈着她的腰，低头不断地在她的脸蛋上亲吻着："早餐吃饱了，嗯？"

洛蔷薇别开脸："你再亲我也许会吐出来。"

墨时澈动作微顿，没再亲了："今天什么安排？"

"要拍戏，你没事就可以走了，"洛蔷薇强忍着挣开他的冲动，语气近乎厌恶，"我晚上会回家住，你如果再找阿楚的麻烦，我会闹得你知道什么叫真正的麻烦。"

墨时澈没说话，只是抱着她的手臂微微收紧，半分钟后冲司机道："去娱江影视城。"

洛蔷薇以为他只是要送她过去，没想到墨时澈陪她一起下车进了剧组。

她今天有几场很重要的戏，到了剧组后就直接进去化妆看剧本，没再管墨时澈。

因为今天都是对峙戏，所以NG了很多次才过，洛蔷薇换了衣服卸好妆，已经是晚上八点多了。

她回着微信走出来，抬头就看见男人指间夹着根烟站在影棚边，边上围了一堆人，不停地跟他说话套近乎，甚至还有女演员。

他竟然还没走？

洛蔷薇愣了下，而墨时澈显然也看到了她，掐灭烟朝她走过来。

才一靠近，他的手臂就自然而然地圈住了她的腰，低头又要亲她："彻底结束了？"

她偏头躲开："别总亲我，一身烟味。"

男人没亲下去，但仍旧用鼻尖蹭她的脸蛋："不喜欢我抽烟，那我以后不抽了，嗯？"

"我喜不喜欢是我的事，你抽不抽是你的事，"她懒懒地笑了笑，"别混为一谈，这两件事没什么关系。"

这句话让墨时澈的脸色骤然冷了下来,他忽然抬手扳过她的脸,毫无征兆地狠狠吻住了她,像是某种烦闷压抑的情绪得不到宣泄,他狂野而凶猛地吞噬着她的唇舌,吻咬着她,掠夺占领她所有的呼吸……

洛蔷薇神经一紧,直接对着他的舌头咬了下去,淡淡的血腥味瞬间在二人嘴里蔓延开来。

墨时澈停住了吻,慢慢地退开,舌上的伤让他清醒,也让他烦躁,他额头抵着她的额头,急促呼吸着:"洛蔷薇,他平时是不是都是这样陪你的?"

这个他很明显指燕楚。

洛蔷薇咬着嘴角,冷淡地道:"要陪也是正大光明地陪。墨时澈,你别想方设法找阿楚麻烦,他不过是我的一个男性朋友而已,难道你没有女性朋友?"

男人想也没想地道:"没有。"

确实没有,他要女人做朋友干什么,有她一个做老婆就够了。

她闻言笑了下:"噢。"

他有的女人都是床伴吧。

墨时澈看着她眉眼间流露出的嘲讽之意,不由得眉头紧锁:"你这一声噢是什么意思?我没有女性朋友,你不该很高兴?"

她笑得明艳,却像是戴了副伪装的面具:"我为什么要高兴?你有没有是你的事,反正你也不陪我,随便你啊。"

墨时澈紧盯着她,喉结滚动:"怪我陪你陪得少吗?是平时少,还是这些年都少?"

"我不怪你。"洛蔷薇仍旧笑着,"以前你没陪过我,现在我也不需要了,正好,我们都省了麻烦。"

墨时澈眼神深邃:"我以后都陪你,只要你说,什么都可以。"

"是吗?那行,"洛蔷薇仰起脸,"我们离婚,明天就去离。墨时澈,这段婚姻互相欺骗又这么痛苦,到底为什么要继续下去?"

"什么叫互相欺骗?"他嘴角带着意味不明的笑,"你骗我什么,我又骗你什么?"

"我骗你说我也想跟你好好过下去啊,你就当我前几天脑子抽风了吧。"

她拨了拨被风吹起的长发，像是在掩饰情绪，顿了顿才半开玩笑地嘲弄道："至于你骗我，可能很多吧，比如你其实有什么病瞒着我呢，我最讨厌有病的男人了，会让我非常没有安全感。所以我们还是早点离婚吧。"

影视城靠着山，所以风很大，冷风吹过男人僵硬冰冷的身体，他就这么平静地看着她，瞳孔紧紧收缩。

身后路灯的光洒在他高大的身影上，有着说不出的晦涩暗淡气息。

我最讨厌有病的男人了。

所以她是不是又多了一个讨厌他的理由？他自嘲地想。

洛蔷薇不知道他为什么突然不说话了，表情还那么阴暗，不过她也没有要问的心思，懒得再跟他啰唆，觉得有些冷，缩了缩肩膀，转身朝影视城外走去。

只不过她一动，墨时澈也立即迈着长腿追上来，脱下西装外套将她的上身裹住，长臂揽着她的肩，将她完全护在自己怀里："回家？"

他的语气不是肯定句，而是带着询问。

洛蔷薇抱着双臂，被他这么护着确实暖和了不少，所以她也没挣开他，只是眯着眼懒洋洋地问道："不回家，我们去酒吧蹦迪怎么样，放松放松心情？"

墨时澈似笑非笑："想跟我酒后乱性？"

洛蔷薇也笑："也可能是跟别人，比如外国混血帅哥什么的。"

男人俊脸几乎刹那间变冷，直接俯身一把将她拦腰抱起："回家。"

这回是肯定句了。

回到家后，洛蔷薇吃了小馄饨，因为今天拍戏踩了好久的泥巴，所以她总觉得脚丫脏脏的，用洗脚盆打了热水，坐在卧室的软椅上，想弯下腰去洗洗脚，但吊了威亚的腰很酸，洛蔷薇正想放弃，面前忽然笼过一道阴影。

墨时澈不知何时走了过来，她还没开口，就见他在自己面前蹲了下去。

他解开袖扣，挽起袖子，手伸进水里握住她柔软的脚。

他一句话都没说，就这么蹲着，低着头替她洗脚，动作专注而仔细。

不知是水温太热，还是他的手掌热，洛蔷薇感觉一阵悸动从脚部迅速蔓延到全身神经，她咬唇想要将脚抽回来：“我自己来。”

男人没放手，修长好看的手捧着她的脚，他显然没帮其他人洗过脚，所以小心翼翼：“拍戏太累就不用去了，你可以在家，想买什么做什么都随你，我养得起你。”

许是因为他的嗓音太过低沉温柔，洛蔷薇竟感觉心尖在微微发颤，这种跟心动类似的情绪让她浑身一震，猛地用力把脚从他手里抽了出来。

动作太大，水溅了男人一身，也溅到了地毯上。

墨时澈手搭在膝盖上，抬头看她，嘴角带着轻笑：“怎么，你想让我喝你的洗脚水……”

“我们离婚，”她打断他的话，语气有些急促，“明天就去民政局办手续，墨时澈，算我求你了，放过我。”

方才温馨的气氛刹那间荡然无存。

男人维持着蹲着的姿势，黑眸盯着她：“水打翻了，是我去重新打一盆来，还是抱你去浴室洗？”

“我说我们离婚。”

“我抱你去浴室洗，洗完一起睡。”

他说着站起身，伸手就要去抱她，洛蔷薇猛然推开他，向后退了两步站稳身体，微微咬牙：“墨时澈，你逗我玩是不是？”

“是你在逗我玩。”墨时澈扣住她的腰，将她抵在墙壁上，随即覆身过来，不由分说地压着她，狠狠地吻着她。

直到洛蔷薇再度咬了他，他才结束这个凶狠的吻，但薄唇仍旧摩挲着她的唇瓣，黑眸弥漫着怒气死盯着她，每个字出口都带着咬牙切齿的意味：“洛蔷薇，你到底想要我怎样？”

他的嗓音愤怒又无奈，甚至带着几分隐忍的痛苦。

洛蔷薇躲不开他无处不在的气息，索性不躲了：“我说了，我们离婚，你听不懂人话是吗？”

“为什么离婚？”墨时澈下颌紧绷，扣着她的腰肢的手收紧，一字一顿咬牙道,"我哪里做得不好你可以说,不满意你也可以说,我没说不改,你为什么全盘否定我?洛蔷薇,你凭什么?"

她眯起眼睛:"你哪里做得都还不错,至少比以前好一万倍。"她纤指戳着他胸口的位置,冷冷地笑道,"但是墨时澈,你没心的,你心里都是欺骗跟谎言,我受不了这样的婚姻,所以我想离婚。"

"我心里是什么你看得见?"

"当然看得见。"

他低沉地笑:"你如果看得见就不会要跟我离婚,你在我心里看不见你自己?"

洛蔷薇微微一震,抬眸看着他。

墨时澈也看着她,眼神不躲避也不闪烁,就这么直直地同她对视。

她很快移开目光:"不得不说你的演技确实好,跟洛红樱天生一对。"

男人冷漠地道:"你别老给我扯什么洛红樱,跟我没半点关系的人,你找借口给我扣罪名也扣得像样点,嗯?"

"跟你没关系?"洛蔷薇到底忍不住,嘲讽地道,"在洛家二楼房间把她压在床上的人不是你?"

洛家二楼?

墨时澈闻言皱起眉头,俊脸骤然冷了下来:"不是我。"

"你的意思是我瞎了?"

"洛蔷薇,我说了不是我,要么是你看错了,要么是其他人,"墨时澈紧盯着她,语气恼怒且厌恶,"就算我要跟她出轨,我会选择在洛家让你看到?你觉得我有那么蠢吗?"

洛蔷薇挑眉:"所以你是承认了你在其他地方跟她出过轨?"

墨时澈:"……"

他忽然想起穆云深曾经说过的一句话:女人都是不讲理的,你命好,碰到洛蔷薇这种全心全意爱你的,你就不用受这种罪了。

所以她现在不是全心全意爱他了?

墨时澈顿时更怒了,又凶又恼地道:"我说了我没有过!"

洛蔷薇抵着他的胸膛,挑衅地笑着:"你当然说你没有,毕竟你肯定不想被扣上出轨的罪名，但我看见了就是看见了，更何况也不是第一次了。"

她说完推开他就要走，墨时澈一把扯住她的胳膊，俊脸冰寒："洛蔷薇，我不管你为什么给我乱扣出轨的帽子，但我把话放在这里。第一，我从来没出过轨；第二，婚我是绝对不会离的，你怎么闹都不会有用，趁早死了这条心。"

洛蔷薇咬牙怒瞪着他："墨时澈，你到底要不要脸？"

墨时澈面无表情地看着她："要不要都无所谓，你还是我的妻子就行。"

"……"

洛蔷薇气到快吐血，猛地将他推开，转身走出去，却被追上来的男人从后面拦腰抱起。

"把脚洗干净，我们睡觉。"

洛蔷薇来不及挣扎，就被男人抱进浴室，强行给她洗脚洗漱，又把她抱上了床。

她以为他会来强的，毕竟他浑身散发着压抑的怒意，她能感觉到。

但墨时澈没有，他只是把她压在身下，无论她挣扎或者拳打脚踢，他通通无视，完完全全像个孩子那样黏着她、缠着她，疯狂地吻着她，从她的唇瓣到锁骨再往下，都留下了属于他的印记。

洛蔷薇起初还反抗，但慢慢也就没了力气，任由他摆布。

墨时澈这才开始扒她的衣服。

等到洛蔷薇昏昏沉沉睡过去的时候，感觉天都快亮了。

自然也睡得很不好，她本来就睡眠浅，一点点动静就会醒，起床气加上被折腾一夜腰酸背痛，当洛蔷薇睁开眼看见站在落地镜前系领带的男人时，怒气噌的一下到了顶峰。

她掀开被子，直接下床朝他冲了过去。

墨时澈听见脚步声转过身，就见穿着睡裙长发凌乱的女人扑进他怀里，张口咬在他胸前——

男人眉头一皱，疼得闷哼出声，手臂扣住她柔软的腰肢，但洛蔷薇咬得太狠，他一时半会儿竟拉不开她。

墨时澈也没弄疼她，就这么站着任由她越咬越深。

直到嘴里感觉到淡淡的血腥味，洛蔷薇才松开嘴，看见男人昂贵的衬衫被她咬破，渗出丝丝血迹。

心不受控地微微一疼，但很快又转化为愤怒，那些伤心、嫉妒、痛苦的情绪全部涌了上来，洛蔷薇咬牙伸手重重捶他："浑蛋！"

一边出轨死不承认一边还在床上折腾她！不要脸的大渣男！

墨时澈低头看着面前女人活色生香的脸蛋，哪怕张扬着怒意，但总比昨天面对他时那种冷冰冰的表情要好得多。

他抬手替她擦掉唇瓣上的血迹，俯下身亲了亲她的脸蛋："你乖乖的，晚上回来我们继续，以后我每天都满足你、陪着你，一天都不缺席，所以你也用不着去找燕楚，对他好对你也好，嗯？"

墨时澈处理完被她咬过的地方，换了件衬衫就去了公司。

洛蔷薇坐在客厅的沙发上。只要他们一天没离婚，她就走不掉，也躲不开墨时澈每天晚上的纠缠，这让她更加烦躁不已。

墨老太太正好从外面遛狗回来，看见她坐在沙发上一脸呆滞，不由得走过去："蔷薇啊，这是怎么了，不舒服？"

洛蔷薇抬起脸勉强一笑，端起水杯："我没事奶奶，就是心情不太好。"

墨老太太想到上次搞错了去捉她的奸，心里还是有些愧疚，握住她的手拍了拍："有什么事就跟我说，我老太婆别的帮不到你，但如果澈儿欺负你，我还是能帮你教训他的。"

洛蔷薇微笑："奶奶舍得呀？"

墨老太太想到自己那个跟"小三"住在国外的儿子，不由得叹了口气，略微严肃地道："那要看是什么问题了，如果他背着你在外面胡来，那我肯定站在你这边。咱们女人不吃这种哑巴亏，这是原则问题！"

洛蔷薇听着这番话，脑海中倏地闪过一个念头……

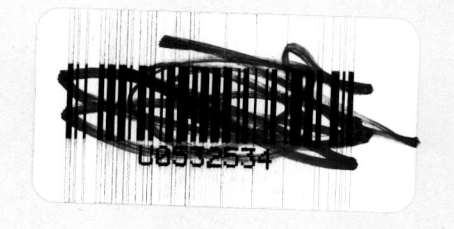

别来无恙

[下册]

沐笙箫 著

青岛出版社

Chapter 07
我亲你一下那算初吻吗？

中午，咖啡厅。

夏媛在服务员的带领下走进包厢，落座后冷淡地道："我午休只有一个半小时，有什么事吗？"

洛蔷薇把玩着墨镜，淡淡笑道："夏小姐何必对我这么深的敌意，就因为我嫁给墨时澈了？"

夏媛微微咬唇："我是喜欢墨总没错，但谁也没规定我不能喜欢他，我又没做什么，你用不着这样讽刺我。"

洛蔷薇仍旧笑着："噢，那你想过要做什么吗？"

夏媛抬眼看她："墨总夫人，你要说什么就直说。"

洛蔷薇眯着眼，从包里掏出一张卡推到夏媛面前："夏小姐，这里是三百万，事成之后我会再给你一部分。"

"你想让我做什么？"

"其实话已经说开了，你既然有这个心思，而我现在有这个需求，那你就可以做你想做的事——只不过你可能需要牺牲一下自己的名声，就看你愿不愿意。"

夏媛愣了几秒钟，随即反应过来："你……让我去勾引墨总？"

"勾引他的女人太多了，我想你也未必能成功，"洛蔷薇喝了口咖啡，苦涩的味道蔓延开来，她淡淡地道，"我是让你直接上他的床，然后曝光给媒体，让全世界都知道他出轨，这样我就可以打官司顺利离婚。"

夏媛闻言愣住了，极为诧异地看着洛蔷薇："你……要跟墨总离婚？"

"这是我的事，夏小姐只需要考虑答应还是不答应。"

夏媛咬唇："可是，我要怎么才能跟墨总……睡？"

墨时澈平时在公司或是其他场合，永远一副冷漠的模样，仿佛谁都入不了他的眼，她几乎没见他笑过。

洛蔷薇捏着勺子搅动咖啡："这个用不着你担心，我会安排好，你听我的就行。"

夏媛沉默了。

几分钟后，她开口道："好，我答应你，但是我有个要求，我不吃避孕药……如果怀孕了，我要生下来。"

洛蔷薇眼皮一跳，抬眸看她，几秒后笑了："那是你的事，随你。"

谈好后，两人一同走出咖啡厅，夏媛看着身侧漂亮的女人，忽然问道："我很好奇，你追了墨总这么多年，现在却用这种方法跟他离婚，你心里不会……难受吗？"

洛蔷薇戴上墨镜，没有回答她，直接上车离开。

会难受吗？

可继续被绑在这段婚姻里，她就不仅仅是难受了。

长痛不如短痛。

墨氏总裁办公室。

男人坐在桌前，修长的手指转着钢笔，面前是加急要批阅的重要文件，他却一个字都看不进去。

她到底看见了什么，为什么突然就把他跟洛红樱扯在一起？

他压着洛红樱是绝对不可能的，他毒素发作的时候痛成那样，只会自残，绝不会做这种事。

墨时澈眉头紧锁，拿过边上的手机，拨通穆云深的电话号码。

那端提示关机。

对方明显是把他拉黑了……

墨时澈又用办公室电话拨，这回倒是接通了，只不过墨时澈才说一个字，穆云深听出他的声音，立即挂了电话。

墨时澈："……"

他生个气要多久？又不是女人！

墨时澈黑着俊脸坐在那，差点没把电话给砸了，平缓了心情又把连宿叫进去。

连宿道："少爷，洛红樱小姐前天出国了，去意大利参加一个什么服装展，不知道什么时候会回来。"

"她一回来立即通知我。"

夜幕降临，九州酒店。

墨时澈走到总统套房门口，不等他抬手敲门门就开了，洛蔷薇单手扶着门，歪着头看他："哎呀，墨总这么准时，八点还差三秒钟呢。"

墨时澈看着她姣美的脸蛋，眼睛轻轻眯起，眼底蓄着笑："你约我我能迟到吗？"

洛蔷薇眉眼弯弯，抱着他的手臂将他拉进房间。

房内铺满了玫瑰花瓣，甚至在大床上摆出一个心形，正中央的西餐小桌上摆着蜡烛跟红酒。

气氛旖旎而暧昧。

墨时澈站在房间中央，眯着眼扫了一圈，眸中笑意更浓："怎么，发现你老公的好，想跟我表白吗？"

洛蔷薇倒了杯红酒走过来，顺便伸手扯开了浴袍的带子。

浴袍滑落，露出她穿着黑色蕾丝裙的妖娆身体，长长的鬈发披下来，妩媚到极致。

墨时澈盯着她，下腹骤然紧绷，喉结重重滚动："洛蔷薇，你自己说你是不是妖精?"

"你说是就是呀,"洛蔷薇走到他面前,纤臂勾住他的脖子,"老公先喝一口?"

墨时澈低头看着她手里的酒,眯眼笑了:"下药了,嗯?"

洛蔷薇脸上笑意不减,红唇轻轻噘起:"是啊,下了,想重温一下我们的第一次,你不成全我?"

墨时澈勾唇:"成全你。"

他低下头,就着她的手抿了口酒,洛蔷薇嫌他喝得少了,索性自己喝了一大口,踮起脚吻住他的唇。

墨时澈猛地扣住她的后脑勺,加深了这个吻。

红酒在二人嘴里变得更为醇厚,最后还是洛蔷薇咬着墨时澈的舌,让他全部喝了下去。

相拥的男女倒在了床上,娇嫩的玫瑰花瓣被碾出鲜红的汁液。

墨时澈俯首吻着她,浑身滚烫,思绪也在发烫,扳着她的脸,眼神深邃而炙热:"你以后都不会跟我说离婚了,永远都像今天晚上一样,嗯?"

洛蔷薇仰脸看着他,笑容勾人心魄:"那要看今晚老公的表现让不让我满意了。"

墨时澈志在必得地笑道:"那让你叫到哑。"

药效疯狂上涌,墨时澈已经受不了了,俊脸涨红布满汗珠,浑身肌肉紧绷得不像话,仿佛随时要爆发。

洛蔷薇却忽然翻身在上,弯腰捡起被他丢在地上的皮带,将他的双手紧紧地绑在床头。

墨时澈看着肆意妄为的女人,嗓音因药效而变得沙哑难耐:"洛蔷薇,我们先做一次,我再陪你慢慢玩,乖,嗯?"

洛蔷薇俯下身,伸手摸了摸他滚烫的俊脸,眼眸微微闪动:"可是我现在就想玩,老公等一等哦,我还有个礼物给你。"

她下了双倍的药,药效极强,她知道他已经彻底忍不了了。

洛蔷薇下床走向浴室,门被推开,里面真空穿着浴袍的夏媛忙忙站起身，脸上的表情焦急而期待："我……现在出去吗？药效已经发作了吗？"

洛蔷薇缓步走进去，没有看她，只是很轻地应了一声："嗯。"

夏媛忙整理下头发走出去，在经过洛蔷薇身侧的时候，下意识朝她看了一眼——竟然看见有眼泪从洛蔷薇的脸颊上滑下来。

夏媛一愣，她这是……哭了？

她不是想跟墨总离婚的吗？但夏媛是不可能问的，万一洛蔷薇现在反悔了，那这个天大的好机会就没了。

思及此，夏媛立即拉开门出去。

洛蔷薇浑身僵硬地站在洗脸池前，直到咸涩的泪流进嘴里，她才猛地一震，惊觉自己在流泪，忙打开水龙头掬起冷水往脸上扑。

她在难受什么，疯了吗？

她不是应该已经麻木了吗？可为什么心脏还会抽痛？

眼泪源源不断流进嘴里，苦涩的感觉如电流般蔓延全身，她双手撑着洗手池，仿佛被压垮般深深弯下腰去。

蓦地，外面传来一声女人的尖叫，紧接着是类似撞到柜子的响声，以及男人极其沙哑的嗓音："滚……我叫你滚开！"

洛蔷薇一愣，忙转身开门出去。

她并没有看到她以为会发生的场景，而是看见夏媛狼狈地摔在西餐小桌边，应该是从床上被男人推下来的，椅子也倒了。

而墨时澈双手不知何时挣脱了皮带，他摇晃着下了床，整个人都在颤抖。

药效已经发挥到极致，他浑身肌肉紧紧绷起，偏白的皮肤呈现出血管暴起的红色。

可以看出他在死死强忍着，但两倍的药效不是一般人忍得住的，他俊脸布满汗珠，迫不及待地想释放自己叫嚣的欲望……

墨时澈死死咬着牙，忽然跌撞着走到西餐小桌边，夏媛以为他是要抱她去床上，心里一喜，立即就要站起身。

可下一秒，却见墨时澈伸手拿起了高脚杯。

可能因为太过痛苦，他整只手都在剧烈颤抖。

墨时澈掌心包裹住高脚杯，修长的五指握紧杯口，而后抬起手往下狠狠地按了下去！

砰——

极重的力道下，高脚杯在男人手里碎裂开来，无数碎玻璃顿时刺破了他的掌心，鲜血如注般流了出来……

巨大的疼痛感蹿上他被药效控制的神经，墨时澈刹那间清醒了几分。

他立即弯腰拽起夏媛，粗暴地拖着她往前走。

"墨总……"夏媛被他拽得很痛，但怎么叫都没用，墨时澈甚至都没看她一眼，仿佛只当她是一件毫不重要的东西。

他高大的身影跌跌撞撞，走到浴室外的洛蔷薇面前，左手的鲜血顺着他的脚步一路滴在地毯上……

墨时澈低下头，看着面前的女人，眼神阴冷，每个字都是从齿缝里咬出来的，发音时牙关还在颤抖："是你……想把她送到我的床上？"

洛蔷薇完全没想到他会做出这样的举动，呆呆地看着他扎满了玻璃碴、满是鲜血的左手："你……"

"我在问你话！"

墨时澈忽然甩开夏媛，伸手攥住洛蔷薇的肩，欺身上前将她重重抵在墙壁上，低头看着她，眼神痛苦而愤怒："你想让她……跟我睡？你是一点都不在乎，还是说你想甩掉我……已经到了这个地步？"

洛蔷薇感受到肩上传来的痛感，蹙起眉头，墨时澈低低地冷笑："痛吗？"他染血的长指攥住她的下巴，"洛蔷薇，原来……你也会痛吗？"

他抬起她的脸，她眼里的一抹红瞬间惊住了他。

墨时澈浑身一震，死死盯着她的眼睛，喉结重重滚动："你哭什么？"

"我没哭！"洛蔷薇猛地别过脸，咬着下唇，嗓音哑哑的，"我没哭，我没什么需要哭的。"

"你哭了，"他粗重的喘息声越发急促，左手已经血肉模糊，但仍旧一眨不眨地看着她，"是不是想到我要跟别的女人睡，所以你哭了？洛蔷薇……你舍不得我。"

"我没有!"洛蔷薇死死咬唇,浑身都在颤抖,冲着他声嘶力竭地喊了出来,"墨时澈,我没有舍不得你,我根本不需要舍不得你!你跟洛红樱怎样我都不想管,但我求你别绑着我!别故意做那些会让我感动的事!你明知道我抵抗不了,但你还是在肆无忌惮地骗我!我不想再死一次,不想再痛苦终生!我不过就是爱你,我已经知道错了,缠着你的那些年让你烦、让你痛苦我弥补不了,但现在结束总好过继续痛苦。算我求你了,我们离婚吧,放过我,也放过你自己。"

她说到最后嗓子都吼哑了,每个字音都像是撕裂出来的。

墨时澈猩红的瞳孔猛地收缩,染血的薄唇缓慢张合,勾着嘲讽意味极浓的笑:"是不是我说多少遍我没出轨你都不会相信我,爱我对你来说已经是需要放过了吗?"

她始终吸着气,仿佛稍微松懈眼泪就会掉下来:"是,我已经吃过教训了,不想再吃第二次……我不要再爱你了。"

墨时澈浑身一震。

他忽然转过身,打开房门将夏媛直接拎起来丢了出去,而后关上门,将门反锁。

洛蔷薇还未反应过来,就被回过身的男人吻住。

他怕扎满碎玻璃的左手划伤她,所以始终举在身侧,只用右手强势地搂着她,两人从门边一路纠缠到了大床上。

他将她丢到床上,终于彻底忍不下去,覆身压下,狠狠惩罚。

洛蔷薇不是没挣扎过,但他的右手掐着她的腰,只要她一动,他满是鲜血的左手就不得不跟着抬起,鲜血也顺着滴落下来……

她看着都觉得疼,死死咬着唇,到底还是闭上眼睛,任由他为所欲为。

满室旖旎,伴随着两人的喘息,暧昧的空气始终萦绕,直到天边渐渐泛起鱼肚白。

男人缓慢地从床上撑起身体,左手已经疼得没了知觉,墨时澈面无表情地穿好衣服,也不顾是否染了血,下床后走出套房,径直来到对面房间门口，敲门——

　　里面的娱乐狗仔一开始还想假装不在，但当墨时澈开始抬脚踹门的时候，到底还是过来开了门。

　　他才打开门锁，墨时澈就一脚将门完全踹开，狗仔被门弹得摔跌在地上，头晕眼花一时爬不起来。

　　墨时澈扫了眼房内桌上的摄像机、笔记本电脑，就知道没有找错。他淡淡开口，嗓音还透着情欲未褪的沙哑："把你拍到的照片拿出来。"

　　狗仔还想装傻："你胡说什么……"

　　男人面无表情地道："我给你十秒钟，别挑战我的耐心。"

　　"……"

　　狗仔看他一脸冷厉杀气，根本不敢惹，忙去将笔记本电脑抱过来给他。

　　电脑上是邮箱界面，有他跟夏媛先后进入房间，还有他被一只纤细手臂拉进房间的照片……角度选得很好，暧昧又引人联想，标题是关于墨家大少酒店出轨的。

　　显然，狗仔已经制作好，正准备发送出去。

　　此时，狗仔忽然看向墨时澈身后："洛，洛小姐……"

　　墨时澈转过身，对上女人漂亮的眼眸，洛蔷薇显然才醒来，身上披着浴袍，长发凌乱地披在肩上。

　　墨时澈看着她："这个狗仔是你找来的吗？"

　　她的脸蛋因累了一夜略显苍白："是。"

　　"你想让他拍到我跟夏媛，发出去告诉全世界我出轨是吗？"

　　"是。"

　　"然后你就可以打官司跟我离婚是吗？"

　　"是。"

　　洛蔷薇悉数承认，半点没有要耍赖否认的意思。

　　墨时澈盯着她，半晌竟勾唇笑了："好。"

　　他接过狗仔手上的笔记本电脑，直接按下了邮件发送键。

　　狗仔忙道："这个不能撤回的，会被杂志社直接爆出去……"

"如你所愿。"墨时澈看向洛蔷薇，脸上表情似笑非笑，"你既然想让大家这么认为，那就爆出去，不过你要清楚的是——"

他语气陡然一冷，强势而不容置喙："不管爆或不爆、我出不出轨、你打不打官司，我都不可能跟你离婚，这辈子你只能在我墨时澈的户口本上，当我的女人、我的妻子，任何事都动摇不了这一点。"

丢下这句话，他转身迈着长腿离开。

洛蔷薇纤细单薄的身影站在房间门口，表情僵硬而呆滞，很久都没有动。

她忽然又轻声笑了。

这辈子能有多长，她也许根本就走不到头。

穆云深跟外国客户来酒店喝早茶，才走进大厅就看到一道高大的身影正冷漠地往门口走去。

他瞄了一眼，本不想理，但视线不经意瞥到男人垂着的满是鲜血的左手，俊脸陡然一沉，几大步走过去挡住了那人。

他还在生气，语气也是冷的："你在这里做什么？"

墨时澈眼皮也没抬："不是挂我的电话吗？你管我做什么？"

"……"穆云深不怒反笑，"但我看见你流血就想让你包扎一下，不然你死在外面还是要叫我去收尸，我没那闲工夫。"

他说着伸手扣住墨时澈的肩，将他朝一旁的休息区拽去。

墨时澈冷着脸想甩开他，穆云深却发力按住他，冷冷一笑："墨时澈，你别逼我去找你女人的麻烦，你说洛蔷薇那张漂亮的脸被打一顿会不会很可惜？"

墨时澈动作一顿，竟真的没再动。

穆云深见状更气了，将他拽到休息区重重按着坐下，吩咐助理去找酒店医务室后，低头冷声嗤笑："怎么，这才几天就这么宝贝了，你这手是为了表白伤成这样，还是洛蔷薇用玻璃杯给你砸成这样的啊？"

墨时澈面无表情："你是在心疼我吗？"

"……"穆云深俊脸微微一僵，随即笑得更冷，"我要是心疼你我不是人，我心疼要饭的都不会心疼你！"

此时，助理带着医生过来，忙用工具替墨时澈清理伤口。

因为时间太长，碎玻璃已经黏住了皮肉，用镊子夹下来的时候会非常痛，墨时澈左手放在扶手上让医生清理，俊脸微垂着，看不清表情，但绝对不可能好受。

穆云深看着都觉得疼，不由得抿唇，吩咐助理："去拿块干净毛巾来让他咬着。"

墨时澈掀起眼皮看他："你不是说不心疼我吗？"

穆云深气得都笑了："行，你就痛死在这里，让洛蔷薇来给你收尸。"

穆云深说完转身就走，临走前还踢了墨时澈一脚。

墨时澈被踢了也没什么表情，只是盯着穆云深的背影，而后又低下头去。

安静了一会儿，医生忍不住提议道："墨先生，需不需要去医院打麻药再取玻璃碴？这样太痛……"

"不用，"墨时澈垂着眸，淡淡地道，"让它痛，你继续。"

他要记住这痛，记住洛蔷薇是他的女人，他哪怕痛死都不可能放手。

墨时澈出轨的事在当天早上十点被爆出来，然后迅速引爆话题，成为各大社交软件的热搜第一，引发了一大波舆论大潮。

一部分人认为墨时澈简直是渣男，老婆那么漂亮还在外面玩野的，但另一部分他的颜控粉认为肯定是洛蔷薇当演员不干净，所以墨时澈在外面找也是被逼的……

一时之间，这件事几乎成为全江城最大的新闻，就连洛蔷薇主演的《美人红妆》都连带着被炒上了热搜前三，火了一把。

洛蔷薇倒是无所谓被议论，每天照常拍戏，她以此事为由向法院起诉离婚，墨老太太果然如之前所说的，站在了洛蔷薇这边帮她。

但不管她们做什么，又或者法院怎么派人下来调查调解，墨时澈也不解释什么，始终只有一句话——我不会同意离婚。

甚至到最后，洛蔷薇去法院，对方就找各种理由推托不见她，或者让她回去等消息。很显然是墨时澈找了人。

夏媛看到报道更是气死了，不是气外界认为她跟墨时澈有一腿，而是都已经报道出来了，可她根本没跟墨时澈上过床！

洛蔷薇根本就是在耍她！

夏媛越想越气，但现在正处于风口浪尖上，她也没办法找洛蔷薇理论，只得正常去墨氏上班，只不过公司女同事对她的态度都变得很差。

总裁办公室。

宽敞的落地窗边，高大的男人笔挺地站着，左手被纱布包裹着，右手夹着根烟，袅袅烟雾缭绕，模糊了他俊美的容颜。

夏媛推门走进来，脸上是精心化过的妆容："总裁，您找我吗？"

男人吸了口烟："她找你，跟你说了什么？"

"她……夫人吗？"夏媛反应过来，忙道，"夫人找我，让我……跟你睡，她说她会负责下好药，让我在浴室等着，她来叫我我就出去……然后她找记者，这样就可以跟你离婚……"

想到洛蔷薇耍自己，夏媛心里越发气了，咬唇胡乱补充道："夫人还说，让我不要给你戴套也不要吃药，如果我怀孕了，她打官司的胜率会高很多……她还说我生下孩子就可以嫁给你，省得你以后纠缠她，她实在很讨厌你……"

墨时澈夹着烟的手微微一颤，长长的烟灰掉落在他脚边。

他沉默了半分钟，才又问道："她给了你多少钱。"

"三百万，我都没动，卡在外面，我马上拿进来。"

墨时澈转过身，嘴角冷冷勾起，似笑非笑道："所以说，夏秘书，任何人给你三百万，你就可以背叛公司是吗？"

夏媛一愣，忙辩解："不是的总裁，我没背叛公司，这只是……"

"对我使心眼动手脚就是背叛公司，"墨时澈表情淡漠，"我不认为区别在哪。"

夏媛心里一惊，她知道墨时澈最厌恶这种事，以前但凡出卖公司或者他的人，最后都被他弄得很惨，她忙道："总裁，这件事我……"

"行了，你先出去吧，"墨时澈却漠然地打断了她，微微眯起眼睛，"收拾一下，待会儿五点陪我去参加一个宴会。"

夏媛又是一愣，不知道他为什么突然转变态度："宴会？"

"没空可以不去。"

"有的！"夏媛惊喜地道，"我马上去准备……谢谢总裁。"

磨砂玻璃门被关上。

墨时澈在办公桌前坐下，从最下面带锁的抽屉里拿出一本相册。

那是结婚前洛蔷薇送给他的情人节礼物，里面全是她的照片，翻到后面甚至还有她只穿文胸、围着浴巾露腿等的照片……

最后一页有她用彩色笔写的字——

首先祝我高冷又可爱的墨大帅情人节快乐！你是世界上最帅、最man、最厉害的男人！全宇宙第一！

这些都是我精心拍、精心选的，亲手做了半个多月，封面也是我画的！好看吧！快表扬我亲我！

那个……我的身材是不是很好很惹火？我保证真人可以让你看个够！我等你哦，24小时随传随到！

你未来的美丽、永远爱你的老婆——洛蔷薇留

墨时澈垂眸盯着这些秀气的字，他甚至清晰地记得，他刚拿到这本相册是在情人节的上午——

当时他在办公室，外面很多部门经理在等，马上要开季度会议，快递员送来相册，他就顺手拆开翻了翻，正好翻到洛蔷薇翘着臀露着背的那张照片。

他只看了一眼……然后那天上午的季度会议突然就取消了。这个会议非常重要，关系到下个季度的资金安排，整个墨氏的工作跟运营都被打乱。

墨时澈又气又怒，连续半个月没理洛蔷薇，因为这件事洛蔷薇还难受了很久，到他家和公司找他，都被他拒见了。

再后来是她在酒吧跟人打架进了局子,他听到这事更生气更不想理她,但想到她那张脸,又怕她被那些混混占便宜,还是连夜去警局把她抱了出来。

他记得很清楚,那时候洛蔷薇穿着花裙子,浑身脏兮兮的,在警局看到他就扑过来抱住他,哭得一把鼻涕一把泪,然后还不停地跟他撒娇说:"墨时澈他们欺负我,你帮我教训他们,我屁股好痛肚子也好痛,你带我回家帮我洗澡好不好,我要吃糖醋肉……"

他很严厉地凶了她,但还是带她回家洗了澡,等连夜让人买了糖醋肉来,她已经趴在浴缸边睡着了。

墨时澈不得已进去把她抱出来,洛蔷薇浑身光溜溜的,然后……他竟然没忍住摸了她,甚至还有想要趁她睡着偷偷占她便宜的冲动。

这种荒唐念头让他觉得自己疯了,于是糖醋肉也没给她吃,直接给她穿上衣服把她丢车里让人送回洛家。

往事走马观花般在脑海中闪过,他时常会想起,她仰着脸噘着嘴看着他的模样,一双大眼睛里装的全是他,仿佛他就是她的全世界。

现在的她对他只有冷淡跟疏离,更甚至是莫名的敌意跟……恨意。

墨时澈薄唇紧紧抿着,眼神晦涩黯然。

墨时澈出轨的事情曝光半个月之后,不仅没有平息,墨时澈甚至开始带着夏媛出席各种商业宴会。

虽然两人全程零交流,也没有任何肢体动作,但他的确带她去了。

不过毕竟只是宴会,说明不了什么,只是给了人们更大的想象空间……猜测他们肯定是真的有一腿。

燕楚看到报道的时候简直气炸了,差点掀桌:"薇薇,我去替你教训他,要不然我把他绑过来让你用鞭子打?!"

洛蔷薇窝在藤椅上,吃着薯片刷剧,闻言斜他一眼:"这主意不错,但问题是,"她美眸在他身上转了一圈,"身高、身材都达标,不过就你这奶油小生的样子,我感觉想打败他有点困难。"

燕楚顿时就怒了:"你你你……"他几步走过来,双手撑在她身侧,

"薇薇，你小瞧我，你知不知道男人是不能小瞧的？"

洛蔷薇弯唇冲他微笑："噢，那你知不知道女人是不能凶的？"

"我……我哪有凶你！"燕楚瞪着她，琥珀色的眼眸中映着她美艳的脸蛋，他忽然朝她俯下身来，整张脸凑到她面前，紧紧盯着她，像是玩笑又像是认真地道，"薇薇，要不我们试试？刚好我这么喜欢你，你就当给我一次机会，而且说不定墨时澈知道后一生气就跟你离婚了——"

他的呼吸变得很重，喷洒在她的脸上，薄唇几乎就要亲到她——

洛蔷薇呼吸一紧，倏地伸手推开了他。

燕楚向后踉跄两步，撞到了装饰柜。

洛蔷薇从藤椅上站起来，手里的薯片掉在地上，脸蛋略显苍白，眼神惊慌。

燕楚没想到她反应会这么大，忙抿唇道："薇薇，我不是故意的，刚才没忍住想亲你，你打我。"

他上前拉起她的手往自己脸上打，洛蔷薇抽回手，拨了拨长发，垂眸道："没事，我知道你开玩笑的，我……去睡一会儿。"

她转身快步离开阳台，甚至有些落荒而逃。

燕楚盯着她纤细的背影，紧紧皱起眉头。

他看得出，洛蔷薇刚才不只是受到惊吓，更多的是……排斥。

墨时澈每次搂她、亲她的时候，她虽然都很不情愿、很抗拒，但绝对不是这种下意识散发出的排斥。

燕楚垂下眸，眼神黯淡，最后还是去房间敲门，温柔地道："薇薇，我下楼去买烧烤，你先睡，我回来叫你起来吃。"

天已经黑了，公寓通往夜市的巷子里没什么人，燕楚双手插兜往前走，忽然听见身侧有动静。

下一秒，十几个男人从四周的黑暗里冲了出来，齐刷刷将他围住，而后整齐地朝着他单膝跪地，恭敬地道："参见少堡主！"

燕楚站定脚步，极为不耐地皱起眉头："你们怎么找到这里来的？"

"是堡主吩咐我们出来找您的，"为首的男人道，"请少堡主跟我们回去，燕家堡需要一个新的领导者。"

"那就让兰姨替我阿爸生个儿子，我阿妈一死他们就结婚了，这么多年不孕不育吗？"燕楚冷笑，神色冷漠，"我不会回去的，让开。"

几个男人面面相觑，最后一人道："少堡主，堡主说，您如果不肯回去，那请您帮忙确定一件事，可以再给您半年时间。"

燕楚抬眸看他。

"如今唐门局势动荡，我们燕家堡必须加快速度吞并墨家跟穆家，才能稳坐唐门门主的位置，所以您需要想办法确定一下，墨时澈跟穆云深谁身上有蛊毒遗传病，还是两人身上都有。"

墨时澈跟穆云深？

"我不做，"燕楚直接拒绝，眼神透露出厌恶之色，"我早就说过，我不喜欢做这些事，他们有病没病跟我没关系，我对唐门也不感兴趣，更不想害人。"

"……"

他说了这番话，男人们都无话可说，甚至有人从包里掏出绳子想绑他。

燕楚眼神一寒，倏地冲上前，一把抢过绳子，扬起后在地上狠狠一抽，激起一片灰尘，"要么把我杀了，要么都给我让开，现在就滚！"

栖息在附近的蝴蝶通通朝这边飞过来，如同一团密集的乌云。

男人们知道他的蝴蝶很厉害，真的怒起来能直接弄死人，也不再留了，全部撤退。

独留下燕楚站在原地，一张清俊的脸上喜怒难辨。

蝴蝶飞过来停留在他身上，讨好般围着他翩翩起舞。

《美人红妆》进入拍摄中期，洛蔷薇作为主演以及岳京大导演力捧的新人，不可避免地要出席各种活动。

她忙得从早到晚都在剧组，甚至经常拍夜戏或者去外地宣传，这段时间很少回家。

而墨时澈也出差了几次，再加上手上的伤发炎感染住院几天，二人几乎没有见过几面。

今晚的宴会主办方是娱江影视城大股东，几乎邀请了江城所有明星以及上流权贵。

每个人也都接受了邀请，只有穆云深拒绝了，给出的理由很简单、很直接：不想看见墨时澈，我们有仇。

主办方有些蒙地接受了这个理由……

宴会在九州酒店的露天花园举行。

哪怕有各路明星跟富商大鳄打头阵，但墨时澈到场时还是引起一阵轰动，瞬间成为全场焦点跟话题中心。

尤其是……他身边跟着夏媛，这种大场合下，夏媛等于是他默认的女伴了。

更让大家觉得劲爆的是——洛蔷薇这个正室夫人今天也在场。

墨时澈一到场就被几名投资商围住，说着生意上的话题，夏媛微笑着站在他边上，盛装出席，短披风加小洋裙，时尚知性。

蓦地，一道娇媚带轻笑的嗓音传来："哎呀，这不是我的老公墨总嘛，好多天不见了呢。"

闻言，众人都齐刷刷地转过头去——只见洛蔷薇端着高脚杯走过来，她穿着纯黑色蕾丝半镂空长裙，裙摆妩媚摇曳地拖过地面，犹如暗夜里绽放的黑色玫瑰，妖娆到极致。

墨时澈一入场就在不着痕迹地搜寻她的身影，这会儿看到她走过来，俊脸却骤然一冷——

是谁让她穿这种若隐若现的裙子了？是谁设计的镂空？

该死。

这种衣服她以前只会穿来勾引他！

洛蔷薇一出现，全场的目光都定格在她身上，无一不在惊叹她的美。

而跟洛蔷薇一比，同样盛装出席的夏媛立即黯然失色，显得艳俗又普通，毫无亮点可言。

名媛们带笑的议论声传入耳膜，夏媛气得暗自攥紧了手，洛蔷薇不就是长了一张狐狸精的脸吗？有什么了不起的！

洛蔷薇施施然站定，微笑地看着面前俊美的男人："墨总怎么一脸凶巴巴的呢,看到我不高兴吗?"

墨时澈冷冷地盯着她,多看她身上那镂空裙子一秒,脸就更黑一分:"嗯,不高兴。"

"这么直接啊……人家多丢脸呢,"洛蔷薇撇了撇嘴,随即又笑了,"那我们明天就去离婚吧,反正你看你都带着'小三'……哦不,夏小姐公然出入各种场合秀恩爱了,我该给她腾位置了你说对不对?"

"看不出来你这么贤良淑德。"墨时澈似笑非笑地看着她,幽深的黑眸让人琢磨不透,"不过基于你如此体恤我为我着想,我觉得我不该错过这么贤惠的女人,所以我们还是不离婚了,墨太太。"

洛蔷薇:"……"

不等她再开口,一旁的夏媛却忽然出声:"洛大小姐,我想你是误会了,我是墨总的贴身秘书,墨总去哪都会带着我,我们已经习惯了彼此的存在,所以我们哪怕在一起也是因为互相吸引、互相爱慕,绝对不是你嘴里所说的'小三',我从来不做那种事。"

这番话虽然说得隐晦,但是个人都听得出来,她是在变相地炫耀她如今在墨时澈身边的地位。

边上的名媛们都投来惊讶的目光,夏媛顿时昂首挺胸,自信十足。

她相信墨时澈会带她参加各种宴会,肯定是因为已经离不开她了,虽然他暂时没碰她,但应该只是在等待时机而已,或许他是怜惜她,想给她适应的时间。

更何况还有洛蔷薇这个棘手的妻子,说不定要分他的财产,所以他们还没谈好。

墨时澈闻言皱起眉头,眼底划过浓重的厌恶跟怒意,目光紧接着落在洛蔷薇的脸上,此刻竟忍不住隐隐期待她能说些什么。

愤怒也好,嘲讽也罢,他想要看到她从心底发出的情绪——因为在乎他、为他吃醋、嫉妒而产生的情绪。

洛蔷薇听见夏媛那番话不由得勾唇笑了,在她笑的这几秒钟内墨时澈都没有出声反驳,她想这就代表他默认了吧,或者说……纵容了。

她心头没什么多余的感觉,只是觉得很可笑,她没有去深究这可笑之中是否还隐藏了其他情绪,就算有,那也是可以被忽视的。

她早就不该因为这种事伤心难受了,早该习惯了。

洛蔷薇纤指卷着发梢,冲着墨时澈微微一笑:"墨总,首先祝福你找到互相爱慕的女人,其次这里正好有监控视频,我会让法院的人来取证,明天我们法庭见。"

她说完转身就走,自始至终没有一句愤怒的话或者怨言,甚至一直在笑,仿佛碰到了多么开心的事。

墨时澈一张俊脸阴沉得几乎可以滴出水来,还包裹着纱布的修长五指因愤怒骤然用力,直接捏碎了高脚酒杯。

砰的一声脆响,惹得所有人都转头看去。

夏媛心里一喜,心想墨时澈肯定是因为洛蔷薇羞辱自己而生气了,思及此她底气更足了,此时正好有侍应生端着酒走过来,她心里一动,趁着混乱偷偷伸脚绊了一下。

侍应生一个不稳撞到洛蔷薇身上,眼见着就要连带着她一同跌入前方的莲花池里,下一秒,洛蔷薇却忽然伸出手拽住了边上的夏媛,借助力道稳住身体,然后再用力一推!

只听扑通一声,夏媛被推得往前跟跄几步,而后直接跌进了莲花池里!

"啊——"她惊声尖叫,狼狈地扑腾着,"救命……墨总……救我!"

洛蔷薇勉强站稳,但还是有些摇晃,那侍应生见状忙搂住她,红着脸问:"洛小姐您没……"

"事"字还没出口,一个人影猛地冲过来,一把扣住侍应生搂在洛蔷薇腰上的手臂,狠狠地扯开。

侍应生被扯得往后退了几步,险些跌倒,还下意识地想去扶洛蔷薇,只不过这回不等他有所动作,一只有力的手臂直接横过来把美丽的女人抢走。

洛蔷薇反应过来时人已经在墨时澈怀里,男人铁臂紧紧搂着她的腰,嗓音又冷又怒:"洛蔷薇,你胆子上天了是不是?"

她不仅穿成这样,还明目张胆地让其他男人搂着她,那跟直接摸她的腰有什么区别?

洛蔷薇感觉腰都快被他给勒断了,再听他这么说,心尖发紧,她仰起脸蛋冷笑:"我胆子有多大你第一天知道吗?不过推了一下你的新宠,你有必要气成这样?"

墨时澈闻言瞳孔骤地紧缩,像是发现她的愤怒跟在乎,他紧张地低头看她:"你承认是你推的,那你说,为什么推她?"

洛蔷薇觉得好笑:"没为什么啊,我看着不爽就推了,比如这样——"

她说着猛地抬起脚,高跟鞋直接踩在了他的皮鞋上!

墨时澈疼得脸色微微一变,洛蔷薇趁机一把推开他,从他占有欲极强的怀抱中逃开。

墨时澈脸色阴沉,又要上前将她搂过来,却被身侧的酒店经理打断:"墨先生,夏小姐已经被救上来了……"

男人面无表情:"所以?"

经理蒙了,墨先生这些天不是到处带着夏小姐吗?应该很宠爱才对啊,这……都险些溺水了不该关心呵护一下?

墨时澈并不关心,再度抬眸却发现面前的洛蔷薇不知何时不见了。

而那个侍应生也不见了,墨时澈脸色顿时一沉。

此时,浑身湿透裹着毯子的夏媛走过来,眼泪汪汪地委屈道:"墨总,刚才是洛小姐推我……"

她这么说,边上的人不由得都看了过来,如果真的是洛蔷薇推人,那真的就有点过分了,毕竟夏媛刚才差点溺水。

墨时澈掀起眼皮看她,神色淡漠得仿佛只是在闲聊:"是吗,你有什么证据?"

夏媛急切地道:"就是她,是她拽了我一把,有监控……"

墨时澈淡淡地打断她:"是你自己掉下去的,跟她无关。"

夏媛一愣:"可明明是……"

"夏媛,"墨时澈黑眸冷冷眯起,"是你自己。"

他的声音压得很低，旁人可能听不见，但夏媛明显感觉到，这已经是很严厉的警告了。

她都差点被淹死了，他竟然还要逼自己帮洛蔷薇隐瞒！

夏媛死死咬住唇，但纵然再气，此时她也只得道："应该是我弄错了……我好像是自己绊了一下才掉下去的。"

她这句话一出，边上看热闹的人也都散了。

墨时澈闻言什么都没再说，连一句关心都没有，直接越过她走向另一边。

夏媛气得指甲都快掐破掌心。不行，她不能这么坐以待毙，否则洛蔷薇一定会想方设法把她从墨时澈身边赶走。

洛蔷薇正靠在假山边上吃蛋糕看星星，抬眸就看见夏媛正跟一个男人说话，还时不时朝她这边指过来，然后又指向楼上的房间……

洛蔷薇假装没看到，美眸却眯了起来。

没过多久，一名侍应生走了过来，托盘中放着一杯酒："洛小姐，这是新品葡萄酒，请您品尝。"

洛蔷薇轻挑眉梢，微笑着接过酒杯轻晃着，眼角余光偷偷瞥去，果然看见夏媛站在不远处盯着她。

洛蔷薇眼底闪过一抹兴味的光，而后仰头喝了一口酒。

夏媛亲眼看见她有了吞咽的动作，这才转身走开。

她一走，洛蔷薇忙转身吐出嘴里的酒，但为了逼真，她多少还是喝了一点下去……算了，大不了待会儿去医院洗个胃。

确认夏媛不在，洛蔷薇忙去茶水间找了纸笔，模仿墨时澈的笔迹写了一张很简短的字条——407房，我等你。

她原来为了偷偷回绝那些追墨时澈的女人写的情书，所以练习了好久模仿他的笔迹，像是蛮像的，不过细看会有破绽。

但按照夏媛的段位，估计看到字条就高兴疯了，绝对没心思鉴定真伪。

洛蔷薇找了个侍应生，塞了钱后让他以墨时澈的名义把字条给夏媛送过去。

然后她端着那杯下了药的酒回到花园,直接找到那名姓李的富商。

李总显然还在焦急地等夏媛的消息,看到洛蔷薇时愣了下:"洛小姐……你怎么过来了?"

洛蔷薇手臂搭在他的肩上,美艳的脸蛋上带着勾人的笑:"我看李总一个人在这里很无聊的样子,所以想来陪陪你。"

李总本就好色,这会儿一个活色生香的大美人在眼前,他立即激动地握住她的手:"洛小姐,看你好像很热,估计花园空气不好,要不我们去房间聊?"

洛蔷薇用力咬了下舌头,夏媛是放了几倍的药?她才喝下去一点点,现在竟然开始浑身冒汗了。

她妩媚地笑着,将酒杯凑到李总嘴边:"你先喝一点嘛,我才喝过的呢……"

李总被她勾得分不清东西南北,彻底把夏媛的交代忘到九霄云外了,洛蔷薇一喂,他忙喝了几大口。

"你先去房间等我好不好?"洛蔷薇轻靠在他身上,纤指在他喉结上画圈圈,"407房,我出去送一下朋友就过去。"

"好,我这就去房间。"李总说着伸手搂着她的腰,忍不住就要凑到她脸上亲。

然而正要亲到时,肩膀忽然被人一把攥住,随即整个人被一股大力拎了起来。

男人森冷冰寒的嗓音紧接着响起:"墨太太,我可以理解为你在这公然出轨吗?"

洛蔷薇听见声音蓦地抬眸,由于李总被拎了起来,她没了倚靠,整个人也晃了晃,险些跌倒。

下一秒细腰被一把扣住,墨时澈将她重重搂到怀里,掌心贴着她腰侧的肌肤,这才感觉到她浑身发烫。

他眉头一皱,本想伸手贴她的额头,却发现她呼吸略微急促,小巧的鼻尖也出了不少细汗,脸蛋红扑扑的,明显是喝了那种药。

墨时澈表情登时更冷，黑眸转向一旁的李总，冷冷眯眼："李总这是几个意思，玩女人玩到我太太头上来了？"

"不是不是！"李总忙摇头，但因为被洛蔷薇喂了有药的酒，一直在冒汗，"我只是在这等女伴，是洛小姐自己过来的……"

墨时澈低头看向怀里的女人，洛蔷薇被他搂着不得不趴在他的胸膛上，小手攥着他的衬衫，仰起酡红的脸蛋笑道："是我主动过来的，我看李总蛮帅的……"

墨时澈眼神一沉，长指按住她的唇不让她继续说下去，侧首对身后的连宿道："把他带走。"

洛蔷薇闻言忙从他怀里踮起脚看过去，含混地道："别啊，夏小姐还在407房间等着呢，李总不过去太可惜了吧。"

墨时澈抬起她的下颌，似笑非笑："你设计的，嗯？"

"你都知道还问我？"洛蔷薇懒懒地笑着，"怎么，墨总这么宝贝夏媛啊，还特意赶过来阻止我。"

墨时澈没说话，或者说他没心思说话，手指在不停地擦她的口红、眼影、眉毛……以及她脸上的妆。

她陡然反应过来，用力挣开他，向后趔趄了两步，抬眸看向前方的装饰镜——她脸上的妆都被他擦花了，五颜六色像一只大花猫！

洛蔷薇顿时就怒了："墨时澈，你故意的是不是？！"

他明知道她最爱美，竟然在这种场合弄花她的妆！

"我故意？"墨时澈眯起眼睛，眼底却蓄着极浓的占有欲跟怒气，"是我故意还是你故意？在这种场合穿得这么露，洛蔷薇，你是有多想勾引男人？"

洛蔷薇听他这么说，心里莫名一紧，像是被针扎过一样泛起细密的疼。

她却笑出声来，弯唇自嘲道："那可能是吧。"

她说完转身就走，可还未走出两步就被男人从身后拦腰抱起。

洛蔷薇也不意外，手臂勾住他的脖子，有些晕乎乎地靠在他的胸口："墨总不去找你的夏媛小宝贝吗？她可是在407房等你呢，万一李总过去

258

了你就要吃醋糟心了……"

"是吗？"墨时澈低头看她，嘴角勾起抹薄笑，"可是我现在更糟心你，其他人我暂时没空管。"

洛蔷薇噘着红唇，嘲讽地笑："那我真是亏了，你的夏媛小宝贝想设计我，我为了将计就计还喝了一口下了药的酒呢……"

男人闻言脚步一顿，含着笑的眼眸也冷了下去："是你主动喝的？"

"对啊，我不喝怎么让夏媛相信自己的奸计得逞了呢。"

她的脑袋被药效弄得有些蒙，所以嗓音也没那么嘲讽尖锐，反倒有种娇媚的味道："她想设计我，那我反将一军嘛，差点成功了，不过现在都毁了，谁让她有你护着呢。"

墨时澈眼神冰寒到了极致："所以说，你明知道自己喝了那种药，还去勾搭那个姓李的？"

洛蔷薇不明白他为什么这么问，疑惑地蹙眉："对啊，有什么问题吗？"

墨时澈没再回答，抱着她走到停在外面的轿车内，直接把她丢进了后座。

洛蔷薇在真皮座椅上颠了下，痛得鼓起了脸蛋，只是不等她抗议，男人跟着弯下腰，欺身压了下来。

她所有的声音都被狠狠地吻了回去。

墨时澈呼吸粗重，喷出的气息也是炙热的，洛蔷薇知道自己力气没他大，挣扎也是白费，所以她只是懒懒地抓着他的衬衫，任由他为所欲为。

听见刺啦一声时，洛蔷薇愣了一下，然后倏地反应过来——他竟然把她的长裙给撕了？！

这条黑色蕾丝镂空长裙是她选了很久，花了大价钱订购的，从意大利空运过来，付钱的时候她还一阵肉疼，但想着这么漂亮又能穿去参加活动，于是一咬牙就买了。

结果却被他这么随手给撕了！

洛蔷薇气得几乎发抖，抬起头用力地咬在了墨时澈的肩膀上。

但墨时澈除了肩膀微微僵硬了下，完全不为所动，不顾她的反抗，把她的镂空长裙彻底撕得破破烂烂，然后揉成一团扔到了车窗外。

洛蔷薇只感觉心在滴血，下意识伸手做了个要去抓衣服的动作，然后手腕就被一把扣住拉了回来，手指还被惩罚般咬了一口。

看着心爱的长裙被撕成了烂布，洛蔷薇心里又气又急，又莫名一阵委屈……

不就是夏媛设计她，她反将一军吗？他有必要这么生气吗，折磨惩罚她也就算了，竟然连她的裙子也不放过！

洛蔷薇越想越气，正想说话，下一秒，男人咬牙切齿的声音重重落在她的耳畔："洛蔷薇，以后你再敢随便喝药招惹男人，再敢穿这种镂空透视的裙子，我看见一次撕一次，看见超过两次，我直接撕了你。"

洛蔷薇一愣，然后心里那点委屈毫无征兆地放大，眼眶蓦地就红了。

墨时澈垂眸看着她红了的眼睛，心口一紧，本能地就想哄她，但一想到她喝了药竟然还敢跑去摸李总的喉结，顿时又气黑了脸。

他伸手抓过她的手，放到自己的衣领上，一边亲着她的眼泪一边低声道："不就一条裙子吗？我撕了你的，那现在也让你撕我的。"

说着他握着她的手猛地往下一拉，只听刺啦一声，他的衬衫也被撕开，露出肌肉紧实的胸膛，极具男性荷尔蒙诱惑力。

洛蔷薇瞪大了眼睛，一时沉浸在眼前的美色之中，墨时澈像是很满意她的反应，勾唇低头吻向她："现在我们平等了，乖，不哭了。"

他说完覆身而下——

同一时间，酒店407房间。

夏媛仔仔细细洗了个澡，抹了高档的身体乳，还用卷发棒夹了头发。

想到洛蔷薇今晚穿的黑色镂空长裙，夏媛又打电话给前台，买了一套黑色的情趣内衣换上。

一切准备就绪后，她拿着"墨时澈"给的字条，焦急地等待着。

房门忽然被敲响，夏媛一喜，忙对着镜子整理下衣服，带着笑过去开门。

可门外的人让她一愣："怎么……是你？"

"是少爷吩咐我过来的。"连宿将手里的小袋子递给她,"你把这个吃了。"

夏媛闻言忙接过打开,看见里面的药,本想待会儿吃,连宿又递过来一瓶水,她就直接服下了药片,咬唇问道:"总裁……什么时候过来?"

"你先去床上等着,少爷马上来。"连宿说完就走了。

夏媛吃了药后感觉浑身发烫,渐渐就有些坐不住了。

房门再度被打开,同样也吃了药的李总被连宿推了进来。李总急忙来到大床边,看见夏媛迷迷糊糊地躺着,她似乎很热,正在脱衣服,李总急忙过去压了上去……

墨时澈抱着洛蔷薇小眯了一会儿,再次醒来已经是晨曦微亮了。

他本想直接回家,但洛蔷薇死活不肯,非要去酒店房间洗澡。她的长裙已经被他撕成烂布了,她就这么裹着他的西装回去像什么样。

她在他怀里拽着他的领子瞪着他,恼怒的模样可爱又娇憨,墨时澈看着微微眯起眼睛,低头亲了亲她的唇,抱起她走向酒店,并吩咐人送衣服过来。

等洛蔷薇洗完澡吹好头发换上衣服,已经是几个小时后了。

轿车将要驶入墨家别墅时,司机却回头道:"少爷,门口停着一辆车挡住了路。"

墨时澈迈着长腿下车,靠在车门边的燕楚站直身体,朝他看过来。

四目相对,无形却浓重的火药味霎时滋长蔓延——

墨时澈面无表情:"燕先生来做客还是来要饭?我家不接待陌生人。"

燕楚微微一笑:"我来找薇薇,跟你无关。"

"我的妻子怎么会跟我无关?"墨时澈冷冷地道,"更何况我们累了一夜,我现在要抱她回家睡觉。燕先生,好狗不挡道。"

燕楚闻言皱眉,眼睛却忽然一亮,看向他身后:"薇薇!"

墨时澈转过身,见洛蔷薇正扶着车门下来,几步走过去要搂她的腰。

洛蔷薇却躲开了他的手,看也没看他一眼,径直走向燕楚。

墨时澈眼神一暗，上前一把拽住她的胳膊。

燕楚也在同一时间拽住了洛蔷薇。

两个同样高大俊美的男人一人拽着她的一只胳膊，又同时出声。

"洛蔷薇。"

"薇薇。"

二人抬眸对视，眼神如足以燎原的星火碰撞——

安静了将近十秒钟，燕楚率先开口道："约好了下午一点拍杂志封面，我打你的电话没人接，在酒店也没找到你，我想你可能回家了，所以来接你过去，顺便吃饭，你不是说想吃大闸蟹？"

洛蔷薇点点头："嗯，是有点饿了，我们过去吧。"

她说着转头看向墨时澈，美艳的脸蛋上略带疲惫跟困倦："我下午还有工作，墨总没什么事可以放开我了吧？"

她想他应该是没什么事了，或者……他想跟她一起吃饭？刚才在酒店他说过要一起吃的。

她并不是多想跟他一起吃饭，但……不知道为什么她有种奇怪的期待。

墨时澈薄唇紧抿，黑眸盯着她，似乎在思索要说什么。

燕楚莫名有点紧张，如果墨时澈说出什么不能抗拒的理由，薇薇可能就要留下来，不能跟他去吃饭了。

然后约莫过了半分钟，墨时澈喉结滚动，低哑地道："不许走，你还没吃药。"

这个药很明显……是指避孕药。

一旁的连宿蓦地抬起头，用一种诧异的目光看着自家少爷，一瞬间觉得自家少爷这些年的聪明睿智跟商界奇才的称号都是假的吧……

这是故意想气走少奶奶吗？

就连燕楚都愣住了，奇怪地望向墨时澈，甚至在思考他的这句话是不是有什么其他暗示。

洛蔷薇立即就听明白了，拨了拨长发，为自己方才的期待感到可笑："噢，谢谢墨总贴心的提醒。"

她说完甩开他的手，本想待会儿在外面买药吃，但又不想他追问自己，索性走进别墅拿出墨时澈买的那瓶"避孕药"，又拿了瓶水出来，当着他的面服下药片。

她将药瓶跟水都丢给他，弯唇一笑："行了，我走了，今晚夜戏可能不回来。"

墨时澈深邃的黑眸就这么盯着她，闻言很快接话："我去接你。"

"再说吧。"

洛蔷薇转身走向轿车，燕楚过去帮她拉开车门，她坐进去后戴上墨镜，淡淡地道："阿楚，开车。"

轿车绝尘而去。

墨时澈站在原地，盯着轿车消失的方向，久久没动。

身后，连宿忍不住出声道："少爷，你为什么不跟少奶奶说，你想她留下来陪你吃饭呢？"

墨时澈闻言才回过神，垂下眼睫淡淡地道："她不是想吃大闸蟹吗？"

"那少爷你也可以陪少奶奶吃啊。"

"她不是讨厌我吗？"男人自嘲道，"我陪她她可能一口都吃不下，累了一晚上，既然她说饿了，那就让她好好吃顿饭。"

连宿闻言愣了下，想要反驳，却发现找不到可以反驳的话。

他莫名有点心疼自家少爷了……这么小心翼翼不是他墨时澈的作风，他我行我素这么多年了，什么时候会在意别人的感受？

墨时澈弯腰捡起地上的药瓶，转身走进别墅。

他不想承认也不会承认，但可能事实的确如此——燕楚能让她开心，可他不能。

燕楚带洛蔷薇去了那家很有名的大闸蟹店，只不过她虽然饿但莫名没什么胃口，最后还是没吃什么。

拍完杂志封面已经临近黄昏了，洛蔷薇一到剧组就接到通知，制片人帮他们报名了野外真人秀，一是为了提高知名度，二是宣传电视剧，也算是跟电视台合作。

为期七天,而地点是……云南。

燕楚一听就愣住了:"为什么要去云南?"

"那边比较有意思呀,苗族的风土人情什么的。"唐思甜托腮道,"我都好久不敢去云南了,这次又推不掉了,正好去看一看。"

洛蔷薇正在涂指甲油,也没抬头,笑道:"甜妹怎么不敢去,怕被蛇咬?"

她倒是没什么想法,去就去呗,她拍戏无聊正想去旅游呢,而且……不想看见那个大渣男跟他的新宠小秘书。

"不是……"唐思甜似乎想到什么,低下头去,声音也变小了,"就是以前去过有点阴影……哎呀没什么啦,燕哥哥好像不太想去的样子?"

她说着一抬头,却发现燕楚正盯着她,眼神极为深邃,唐思甜微微一愣:"燕哥哥,怎么了?"

"没事,"燕楚回过神,伸手揉揉她的脑袋,"去吧,我的家乡就是云南,我带你们玩。"

正好阿妈的忌日就在这几天,他带她去看看,祭拜一下。

阿妈等妹妹已经等了太多年……他不想再让她错过了。

墨时澈是在第二天下午接到这个消息的。

很显然,连宿的到来解救了一堆被训了几个小时的主管,等到人走了,墨时澈才冷冷开口:"什么野外综艺?"

连宿忙道:"就是华威卫视举办的,《美人红妆》的特别宣传片,请的都是剧组的人,唐思甜跟池牧、洛蔷薇跟燕楚……"

他话音未落,办公室内的气氛骤然凝结成冰——

墨时澈签字的动作一顿:"池牧是因为什么去的?"顿了顿,他的嗓音更冷,"燕楚那东西又为什么会去?"

"池牧是唐思甜的官方CP,公司一直在炒他们,所以凑成一对去了……当初少奶奶能请到池牧去家里跟老太太吃饭,就是唐小姐帮的忙。

"至于燕楚,他跟少奶奶合开了娱乐工作室,然后制片方可能觉得燕楚的形象好,所以让他跟少奶奶搭档情侣……"

墨时澈眼神骤然一寒,手里的签字笔蓦然被掰断。

连宿顿时闭了嘴,生怕墨时澈下一秒把笔飞过来插在他的胸口上……

又过了好几分钟,他才听见墨时澈冷冷地开口:"你知道该怎么做,现在就去办。"

连宿:"……"

我……我不知道啊!

飞机是早上九点的,拍摄真人秀出发当天,参与的一行人很早就到了机场。

唐思甜看见洛蔷薇顺利来了,有些惊讶地低声问道:"薇哥,你家墨总没阻止你参加吗?毕竟你是跟燕哥哥搭档……"

洛蔷薇吃着草莓:"没有啊,我没跟他说,他估计不知道吧。"

她说着想喂唐思甜一个,却见她瞪大眼睛看着前方:"怎么了甜妹?"

唐思甜张了张嘴:"不,墨总……已经知道了。"

"什么?"

洛蔷薇不解地皱眉,然后扭过头就看见一身休闲装、戴着墨镜走过来的俊美男人。

墨时澈走到他们候机的地方,身后还跟着两个推行李的随从以及……拎着包浓妆艳抹的夏媛。

节目组的总导演看见他忙站起身:"墨总,您来了,快坐。"

洛蔷薇美眸瞪到最大:"你、你为什么会来?"

"需要理由吗?"墨时澈摘下墨镜,淡笑着看她,"想来就来。"

"是吗?"洛蔷薇瞥一眼他身后的夏媛,又笑了,"不过墨总胆子挺大噢,公然带着'小三'参加这种活动,不怕遭天谴啊?"

"不是有你在吗?"男人似笑非笑地眯着眼,"你勤快点勾着我,我保证全程属于你,嗯?"

"……"

洛蔷薇气得抓了几个草莓就往他嘴里塞，墨时澈很配合地全吃了，最后还咬住她的手指不让她抽走。

洛蔷薇咬唇对他拳打脚踢，却被男人一把搂住腰，低头吻住她。

洛蔷薇只觉得这个男人简直是彻底不要脸了，一张脸气得通红，在旁人看来他们这却是极为暧昧亲密的打情骂俏。

夏媛在一旁气得攥紧了手，但只能咬牙忍着。既然这次时澈带她去云南参加这节目，那她一定要想办法狠狠地整一下洛蔷薇。

燕楚来的时候看到墨时澈站在那，不由得惊讶了下："薇薇……他也去？"

洛蔷薇已经懒得再提了，用帽子盖住脸靠在椅子上："不管他，爱去就去。"

燕楚不由得抿唇，如果墨时澈这趟去云南……那里是燕家堡的地盘，不知道阿爸会不会有什么举动。

不过阿爸之前提到的是两个人，目前只是墨时澈要去，而穆云深……

燕楚刚想到这个名字，身后就传来脚步声，紧接着是总导演的声音："穆公子，您怎么来了？"

燕楚："……"

穆云深穿着粉蓝色线衫，唇上似乎永远叼着根烟，他微眯着眼睛，俊美妖孽的模样轻佻又痞气："大家都在等我吗？你们的荣幸。"

一直神色淡漠的墨时澈终于有了表情，起身迈着长腿走向他："你来干什么？"

穆云深冷笑："关你什么事，你是我什么人，自己先把老婆跟'小三'处理好，OK？"

墨时澈："……"

穆云深不再理他，径直走向总导演，噙着笑道："朴导，池牧先生临时接了个广告要拍，所以来不了了，我来顶替他的位置。"

说着，他的视线落在一旁垂着脑袋的唐思甜身上，两步过去，伸手搂住她的细腰："唐小姐的搭档换成我了，要不要先彼此熟悉一下？"

唐思甜先是感觉自己被搂住了，接着头顶响起男人磁性的嗓音，她整个人几乎是重重一震，而后猛地推开了他。

她往后退了两步，脸蛋又红又白，像是害羞又像是紧张害怕。

穆云深显然没想到自己会被女人推开，眉头顿时不悦地皱起，玩味地道：“唐小姐这是……害羞过度，还是害怕我？”

“没有……”唐思甜低垂着脑袋，咬住下唇，“我……我有点登机恐惧症，你别放在心上。”

穆云深扫她一眼，想到梨儿也是晕机严重，顿时失了兴趣："是吗？"

见他不再追问，唐思甜莫名松了口气。

其实她不该紧张的，他本身就不知道是她，再加上过去这么久……他绝对不可能认出她来的。

朴导看着前后走上飞机的一行人，满心有苦不能言，这不是《美人红妆》的特别宣传片吗？现在被这些公子哥儿随意这么一换人，貌似变成了……

相爱相杀的豪门大戏？

几个小时后，飞机在云南降落，一行人乘节目组的专车抵达苗家寨。

中午整理休息过后，下午正式开始拍摄。

因为这项综艺本身就是情侣配对模式的，所以按照现在的情况——墨时澈跟夏媛一组，洛蔷薇跟燕楚一组，穆云深跟唐思甜一组。

然后组跟组之间做游戏比赛，胜利的那方可以优先选择今晚的晚餐。

朴导本以为墨时澈会要求换组，但他竟然什么都没说，俊脸上也没什么表情。

夏媛更是高兴得不行，她就知道，时澈是喜欢她的，跟洛蔷薇暧昧不过是为了在大家面前演戏而已！

游戏很快开始。

第一轮很简单，把女方吊在半空中，下面则是满是黄泥的浅水潭，然后男方踩独木桥过去解救，只要解开绳子就算解救成功。

首先被吊着的是夏媛。

墨时澈很轻松地走到独木桥中央，微微俯身去解夏媛手上的绳索。见他靠近，夏媛温柔地喊道："时澈，你慢一点，我好怕……"

墨时澈没有看她，十秒不到就解开了绳索。夏媛心里一喜，正准备欢呼，却见墨时澈没有把她拉上去，而是直接松开了手。

夏媛一愣，第一反应就是抓他的手，其实有那么一秒的时间她是可以抓到的，却不知为什么墨时澈挪开了手，然后随意地朝她抓了下，像是想要抓住她，又像是故意做个样子。

于是夏媛就这么毫无支撑地往下掉，整个人重重地摔进了泥潭里！

"啊……时澈救我……"

她扑腾着、挣扎着，但一呼救，黄泥就从她张开的嘴里灌了进去。

夏媛猝不及防地喝了一大口稀泥，顿时恶心得想吐，但一张嘴就又喝下黄泥……

节目组的人立即派人把夏媛捞了上来，她一上岸立即趴在地上呕吐不止，整个人都被黄泥裹着，连头发都黏着泥巴，看上去滑稽又搞笑。

旁边看着的人都忍不住笑出声来，包括洛蔷薇都笑了。夏媛听见笑声立即扭过头瞪她，气愤到发抖："朴导，肯定是有人动了手脚，所以我才会掉下去的！"

朴导也是左右为难："这个……"

夏媛咬着唇，语气柔弱地道："墨总，你帮我跟朴导说让他查一下，我不能白白被弄成这样……"

"不用查了，"墨时澈已经从独木桥上下来，面无表情地道，"是我没抓住你。"

夏媛瞪大眼睛看着他，墨时澈仍旧神色淡漠："所以你想怎么样？"

"没有！"夏媛忙扯出温柔的笑容，摇头道，"墨总你也是不小心，是我自己没抓稳。"

"你知道就好。"

"……"

夏媛被带着去洗澡换衣服。

而在洛蔷薇被绑燕楚去解救的时候，墨时澈则全程站在水潭边上，仿佛随时做好跳下去救洛蔷薇的准备。

等夏媛出来，第二轮游戏开始，是女方拿着竹筐站在水池边，男方站在不远处丢球，看谁丢的个数多就算赢。

夏媛抱着竹筐站在洛蔷薇边上，想到自己对着的是墨时澈，不由得油然而生一股骄傲感。然而下一秒，一个球砸过来正中她的额头。

夏媛才痛呼出声，下一个球紧接着砸了过来……

墨时澈显然运动细胞十足，一个又一个球接连不断地丢出去，全部砸在了夏媛脸上或者身上，痛得她不停地躲，但又不敢跑开。

好不容易结束的口哨吹响，夏媛松了口气，然而最后一个球飞过来砸中她的脚踝，夏媛脚下不稳滑了下，整个人直接跌进后面的水池里……

一下午游戏下来，燕楚跟洛蔷薇那一组85分获得第一名，穆云深跟唐思甜70分第二名。

而墨时澈跟夏媛这组5分垫底……尤其是夏媛跌了一次泥潭、两次水潭，脖子上还被砸青了一块，看上去像是经历了一场酷刑那般狼狈。

朴导简直都不敢看了，从节目开播到现在，还从没有哪组得过这么低的分数，而且也没有哪个女嘉宾这么狼狈丢人……

他有些尴尬地道："墨总，你们这个组的得分情况……"

"我不会玩，"墨时澈看着他，淡淡地道，"所以就5分，是犯法还是怎样？"

朴导："没有，对于新人来说已经很好了，很棒！"

晚餐是在不远处的河边烧烤。

因为墨时澈和夏媛这组5分垫底，所以食材只有两根玉米，而第一名、第二名分别有鸡跟鱼。

男人们负责生火，女人们则在河边清洗食材。

三个大男人都半蹲在火堆边上，研究怎么让火烧得更旺，燕楚说道："她们女孩子应该不太会洗东西，我去看看，你们先弄。"

他话音刚落，对面的墨时澈忽然对着炭火堆吹了一大口气。

一阵黑色的炭灰立即朝着燕楚扑面而去，他脸上顿时蒙了一层黑灰，呛得他整个人往后一坐，不停地咳嗽起来。

燕楚被灰蒙得眼睛都睁不开了，皱着眉挥手扇风："咳咳……你……"

"sorry，意外。"墨时澈看燕楚一眼，站起身淡淡道，"你先处理好自己，我去看她们洗菜。"

看戏的穆云深："……"

sorry从他墨时澈嘴里说出来，听着跟活该没什么区别。

河边。

夏媛手里的是玉米，洗起来很简单，可洛蔷薇跟唐思甜手里的是鸡和鱼，哪怕是杀好的，她们这种名媛小姐也是绝对不敢洗的。

两个漂亮女人蹲在那你看我我看你，谁都不敢动手。

一旁的夏媛见状嗤笑一声："洛大小姐连鸡都不敢洗，我真怀疑你的生活能力。"

"噢，夏小姐连鸡都能随便洗，我真怀疑你的生活水平，"洛蔷薇抬头冲她弯唇一笑，"在家当用人的？"

"你……"夏媛被噎得无话可说，本就憋了一下午气，这会儿终于忍不住道，"我就算在家当用人，时澈也会舍不得，我已经把我的第一次给他了……"

洛蔷薇还未有所反应，又听见夏媛骄傲地道："就在宴会那天晚上，407房，他一直跟我待到早上才离开。"

洛蔷薇一愣，难道说墨时澈没阻止李总过去？

见洛蔷薇露出错愕的表情，夏媛更加得意了，仰着脸道："我没吃药，如果怀孕了我就会生下来，他肯定会负责。"

"噢，"洛蔷薇似笑非笑地眯眼，"看来墨总要喜当爹了，不过没关系，他当然是选择原谅你啊。"

夏媛没听懂洛蔷薇是什么意思，正想问，身后忽然传来一阵脚步声，紧接着响起男人磁性的嗓音："蹲着做什么？"

夏媛忙抬头："时澈……"

墨时澈仿佛完全没有注意到她，话也是盯着洛蔷薇说的："怎么不洗菜，不敢洗？"

"是呢，"洛蔷薇双手托腮，仰起脸蛋笑眯眯地看着他，"要不帅哥你来帮我们洗一下？如果洗得干净我可以赏你一枚香吻……"

她话音未落，墨时澈已经几步上前，俯身搂住洛蔷薇的腰，直接将她摁在草坪上，低头深深地吻了下去。

"唔你……"洛蔷薇没想到她随口开个玩笑，他竟然说吻就吻，而且边上还有人！

她恼怒地挣扎着，可男人强健的身体压着她，双手同她十指交扣按在身侧，缠绵地吻着她。

蹲着的唐思甜脸颊一红，忙将脑袋埋入膝盖中。

夏媛则惊得瞪大了眼睛，她从未见过这样的墨时澈，在清醒的状态下对一个女人如此肆无忌惮且纠缠不休，这不应该是他会做的事……

在夏媛的认知里，墨时澈应该是冷情冷性的，不该对欲念表现得如此激烈。

吻了足足有十分钟，墨时澈才结束这个绵长的吻，起身的同时将洛蔷薇抱了起来。

洛蔷薇气得对他拳打脚踢，墨时澈任由她又踢又蹬地闹，伸手将她凌乱的长发抚顺，嘀着笑又低头亲了她的脸蛋一下："吻完了，我现在洗菜，你站边上等，别弄湿裙子，嗯？"

洛蔷薇一张脸蛋涨得通红，但她又拿他这种不要脸的行为无可奈何，只能鼓着腮帮气呼呼地瞪着他。

见她站着不动，墨时澈索性俯身将她横抱起来，走到离河远一点的地方放下，然后拿着鸡去河边洗。

夏媛看得几乎嫉妒到要爆炸，但强忍着没有表露出来。

吃完晚餐后，为了拍摄素材，朴导提议道："今晚月色这么好，要不要玩点刺激的游戏，真心话大冒险？玩三次大家就去休息，奔波一天也累了。"

洛蔷薇纤指卷着发尾，笑着道："玩也行啊，问题是不一定都说真话呢。"

"这不能耍赖啊,游戏规则嘛,"朴导说着抽了根竹扦,在地上转了一圈,"同时被指到的两个人一起回答问题。"

然后被指到的人是……墨时澈跟洛蔷薇。

"来来来,"朴导眼中散发出八卦的光芒,他搓着手问道,"墨总跟墨太太一块儿说,你们的初吻几岁,在什么地方?"

墨时澈:"十六岁,学校操场。"

洛蔷薇:"十九岁,游乐场。"

众人:"……"

洛蔷薇红唇一弯:"没想到墨总这么早熟呢,十六岁就在操场跟女生玩亲亲。"

墨时澈面无表情:"所以到底是谁约我去操场,然后故意摔倒让我扶她,趁机偷亲我还死巴着我不肯放的?"

洛蔷薇愣了一下,这好像……真的是她……

但她忍不住反驳:"我只是亲你一下那算初吻吗?"

墨时澈勾起薄唇:"所以咬我舌头你是不准备承认了?"

"……"

她有吗?

洛蔷薇不由得红了一张脸蛋,低头咬了口鸡翅,含混地道:"哦,是我记错了。"

墨时澈冷冷地道:"忘光了就忘光了,找什么借口。"

"哎呀哎呀,话题扯远了啊,"朴导忙打圆场,将一罐啤酒递给洛蔷薇,"墨太太说错了得自罚一罐啊,而且还得说清楚十九岁的游乐场是怎么回事。"

洛蔷薇接过啤酒,撇撇嘴道:"学校操场是初吻的话……我十九岁生日在游乐场时就是第二次吻了,是我记错了。"

却不料,她才说完,墨时澈冷淡的嗓音再度响起:"那是第三次,第二次是在我的卧室。"

洛蔷薇一怔:"你的卧室?"

墨时澈极度不悦地盯着她："那天我发烧了，早上十点半你来给我送粥，非要看着我吃，我说不吃你就闹，后来我吃了你又要陪我睡，爬进我的被子里偷亲我，这难道不是你做的事？"

这下就连穆云深都有些震惊地看向墨时澈——他竟然记得这么清楚？他不是一直不喜欢洛蔷薇吗？

洛蔷薇："……"

她有吗？

见她一副懊恼深思的表情，墨时澈一张俊脸顿时更冷，嗓音控制不住地微微拔高："洛蔷薇，你别告诉我你全忘了。你那个脑袋留着到底有什么用？"

被他劈头盖脸这么一吼，洛蔷薇顿时也委屈了，咬着唇怒道："谁规定我非要记得？不就是不记得那些丢脸的事吗，你有必要生气？"

丢脸？

墨时澈闻言冷笑一声。现在有了新男人，跟他的过去就是丢脸的事了？

洛蔷薇撇着嘴不想理他，玩个游戏而已都要找机会吼她，大浑蛋！

她其实最不喜欢喝啤酒了……

这个想法才冒出来，一只修长的手忽然伸过来，直接抽走了她手里的易拉罐。

墨时澈拉开拉环，仰头就将一罐啤酒一口气喝完，抬眸看见洛蔷薇正诧异地看着自己，他冷冷扯唇道："我替你喝，毕竟你脑子不好使也是我的错，谁让你是我娶回家的。"

洛蔷薇："……"

一旁的穆公子听着简直要崩溃了，忍不住侧首看向墨时澈，低声问道："你其实是不是很想离婚？"

帮女人喝罚酒就喝罚酒，好好的事他非得加一句话，他是故意的还是情商被狗吃了？

墨时澈本就心情烦躁，闻言冷冷道："怎么，等我离婚了你要嫁给我？"

273

穆云深："你现在脸也不要了是吧？"

朴导眼看着两个人要打起来的样子，忙又打圆场："已经罚过了哈，现在第二轮开始！"

竹扦再次转动，这次转到的人是……燕楚跟穆云深。

朴导敲着空易拉罐问道："燕先生跟穆公子一块儿说，你们初恋的名字，以及谈了几年，撒谎的不是男人啊。"

穆云深："墨梨儿。"

燕楚："墨梨儿，一年。"

气氛刹那间凝结——

在场的人除了墨时澈以外都是一脸震惊的神色，洛蔷薇更是瞪大了眼睛。阿楚跟……墨梨儿谈过恋爱？

朴导也尴尬到变形，忙轻咳一声道："那个，穆公子的不算啊，都没说谈了多少年……"

"我跟梨儿的婚约是长辈很早定下的，她一出生就是我的未婚妻。"穆云深倾身上前，夹着烟在篝火堆上点燃，眯着眼淡淡地道，"如果婚约算是谈，那就是从她出生到现在谈了二十三年；如果不算，那我也不知道谈了多少年。"

燕楚朝他扬了下啤酒："我不知道梨儿身上有婚约，她没跟我说过。"

穆云深吸了口烟，缓慢地吐出浓白的烟圈："所以燕先生是在分手后说前女友不对吗？这应该不是男人该有的作为？"

"我没那个意思，"燕楚皱眉，直接道，"只是你说有婚约，我解释一下而已。"

穆云深勾唇，淡淡轻嗤："是吗？"

无形的火药味再度蔓延……

朴导简直要剖腹自尽了：为什么不管问到谁都这么危险啊！

算了，再玩最后一次就赶紧结束。

然后这次竹扦转到了……穆云深跟唐思甜。

朴导一看轮到唐思甜顿时又有兴趣了，想挖她的料，赶忙问道："你们说一下……喀喀，各自的初夜是几岁啊，在什么地方。"

穆云深："二十岁，云南。"

唐思甜看着他，见他说得很坦荡、很自然，完全没有看她一眼。

他果然不知道是她……

虽然这些年她一直离他很远，也知道他绝对不可能知道，但真正确定的时候……她心里还是控制不住地失落酸涩。

唐思甜低着脑袋，纤白的手指攥紧易拉罐，朴导推了推她："唐小姐还没说呢，穆公子都说了，你不能耍赖啊。"

穆云深也眯着眼看向她，有那么一刹那竟觉得这女人垂着脑袋的模样很眼熟，但也只是一秒，他不甚在意，长指轻弹着烟灰笑道："唐小姐是没有过，还是害羞？"

唐思甜浑身一震，被他这么一问，她突然就撑起身体，转身跑开。

穆云深顿时皱眉，从来没有被女人这样忽略跟躲避过，他站起身就要追，洛蔷薇却喊住他："穆公子！"

洛蔷薇站起身，美眸盯着他："甜妹可能没有或者不想说，女人在这种事上都是害羞的，希望你们不要刨根问底。"

穆云深眉梢一挑，伸手取下唇上的烟，慵懒无谓地笑道："行吧，洛大小姐说得是，我本身也是随便问问。"

见鬼了，他刚才竟然想追上去。

燕楚皱眉看着唐思甜跑远的方向，然后又看了眼穆云深，抿紧了唇。

人都差不多散了，朴导看这情况也知道是问不出什么来了，收拾东西准备结束今天的拍摄，却听见墨时澈淡淡地喊道："朴导。"

朴导忙抬起头："墨总？"

"你也听见了，我太太说女人在这种事上都是害羞的，"墨时澈站在他面前，单手插兜，眯着眼淡淡地道，"所以我想我太太的意思是，刚才的片段你最好剪掉，她不希望播出来。"

朴导当然不愿意："可是墨总，我觉得这些都是精华……"

墨时澈视线扫向他手里的机器："那朴导要小心点，万一这玩意儿摔坏了，是不是就什么都没了？"

朴导:"我今晚就剪掉,墨总放心!"

墨时澈这才迈步离开,身后的夏媛叫住他:"时澈!"

"你叫我什么?"墨时澈转过身,此时这儿已经没人,他眼神极冷极寒,话语更是毫不留情,"夏秘书,我希望你能摆正自己的身份,我是你的上司,我不认为我们熟悉到你可以喊我的名字的地步。"

"不是的……"夏媛咬住唇,想到那晚在407房发生的事,越发不甘心,"我只是以为我们已经很亲密了,所以……"

墨时澈漠然打断她,神色冷厉无情:"我不想听你在这里说这些废话,另外,不要再试图对洛蔷薇做什么,否则后果自负。"

他说完转身离开,留下夏媛呆呆地站在原地。

晚上休息是安排在篝火堆不远处的空地上搭帐篷。

洛蔷薇把唐思甜找了回来,两人走回帐篷区域时,一道修长的人影忽然走过来。燕楚看着洛蔷薇,话却是对唐思甜说的:"甜妹,我有话想跟薇薇说,你先回去睡觉。"

"好,"唐思甜点点头,没有多问,"你们也早点休息。"

她转身走回自己的帐篷,正弯腰拉开拉链,男人磁性悦耳的嗓音忽然在头顶响起:"唐小姐终于回来了,我以为你今晚要露宿野外。"

唐思甜一惊,下意识往后退了两步,却被男人一把搂住了腰。穆云深低头看着她软白的脸蛋,玩味地轻笑道:"你很怕我?"

"没有,穆公子误会了,"唐思甜强自镇定,挣扎着想从他怀里出来,"你别抱着我……被朴导拍到了不好。"

穆云深薄唇噙着笑:"那为什么不敢看我?"

她越挣扎,他越是搂紧不放,尤其是她红了脸蛋但仍旧蹙眉用力推他的模样,无端激起了他浓厚的征服欲。

真的很久……没有过这样的感觉了。

唐思甜听他这么问脸颊更红,不管怎么都推不开他,而穆云深显然不打算放开她,甚至朝她俯下脸,似乎是想要亲她……

唐思甜浑身开始发烫,她忽然低下头,一口咬在了穆云深的手背上!

"嘶——"穆云深吃痛,力道微松,唐思甜趁机推开他,几步退后跌坐在地上,然后迅速爬进了帐篷,拉好拉链跟保险扣。

帐篷里点着灯,所以穆云深能看见她抱着膝盖蜷缩着坐在那,时不时抬起脑袋往外看一眼,似乎是想确定他走了没有。

这女人……可爱。

穆云深没有在帐篷外站很久,临走之前看着里面的纤瘦身影,兴味地笑道:"唐小姐最好是把自己藏好,别被我逮住。你咬我的这一口,我会让你还的。"

唐思甜看着他离去的修长身影,不由得懊恼地捶着腿,她不是故意的,只是他非要搂着她逗她……

是不是把他给咬痛了?

他会不会因此就……特别讨厌她?

Chapter 08
曾经那么爱过，谁会舍得

不远处，洛蔷薇拨了拨被风吹乱的长发："阿楚，你要跟我说什么？"

"我跟梨儿，也就是墨时澈的妹妹谈过恋爱的事，我没有刻意想瞒你，只是你没有问过关于这方面的事，我就没有说，"燕楚认真地解释道，"是她先追我，半年左右，当时我阿爸逼我回去结婚，我不想，所以就答应她了。分手是我提的，我其实没有喜欢过她，这句话我也跟她说清楚过。"

他话音才落，身后就传来男人嗤笑的嘲讽嗓音："既然不喜欢为什么要答应在一起？"

墨时澈迈着长腿过来，伸手将洛蔷薇搂到怀里，眯眼看着眼前的男人，"而且燕先生也真是搞笑，大晚上在这跟我太太说你跟我妹妹的恋情，是不是搞错了对象？"

洛蔷薇立即想推开他，可墨时澈圈在她腰上的手臂紧了紧，低头看她，那眼神仿佛在说：你再敢动，我就直接吻你。

洛蔷薇相信他这死不要脸的人什么事都做得出来，于是咬着下唇没动。

燕楚闻言皱眉:"墨先生,我在跟薇薇说话,我不认为与你有关。"

"与我无关?一个是我妻子,一个是我妹妹,"墨时澈眼底勾出浓浓的嘲讽之色,"你跟我妹妹谈完又想来勾搭我妻子,我觉得无论作为哥哥还是丈夫,我都不可能不管。"

"我跟梨儿从开始到结束,一切说得清清楚楚,不是你所说的那样。"燕楚微微一笑,"至于薇薇,她是我珍惜、在乎的人,跟她解释我没有蓄意欺骗,不是合情合理?"

墨时澈冷笑:"珍惜、在乎别人的妻子,你这个理由还真是冠冕堂皇,难道扣顶帽子你就不是第三者插足了?"

"墨时澈!"洛蔷薇立即蹙眉,"你胡说八道什么……"

燕楚却打断她的话:"我知道她是你的妻子,但墨先生,"他忽然上前几步,二人身高差不多,燕楚在他肩侧站定,用只有二人能听见的声音坚定地说道,"薇薇跟着你如果很开心、很幸福,那我祝福你们;但如果她伤心难受,那我绝对不会让你继续伤害她,我说过会保护她一辈子。"

他侧首看着墨时澈,嗓音压得更低:"而就目前的情况来看,我只看见她为你掉眼泪、为你痛苦,所以,我有权追求她,我们公平竞争,你是丈夫又怎么样?毕竟最重要的是,你在她眼里什么都不是。"

墨时澈的眼神骤然变得阴鸷冷沉。

燕楚说完这番话后,擦着他的肩膀离开。

洛蔷薇没听见他们说什么,回头看了眼燕楚的背影,又看向墨时澈,却发现他表情阴沉,脸上覆盖着一层薄薄的怒意,眼眸里涌动着寒意。

这是……生气了?

阿楚说了什么把他惹生气了?

她正想开口,搂着她的男人却忽然俯下身狠狠吻住了她。

洛蔷薇睁大眼睛捶他,却撼动不了他半分。这里都是节目组的人,她也不可能大声叫喊……这男人是不是就吃准这点了,动不动就占她便宜。

不知吻了多久,墨时澈终于抽离,鼻尖抵着她的鼻尖,喉结滚动着问道:"洛蔷薇,我在你眼里是什么?"

洛蔷薇听见这个问题不由得有些恍惚。二十年了，墨时澈对她来说，曾经是她的全部吧。

　　但那又怎么样？她笑得漫不经心地道："这个问题真是老土……你在我眼里，什么都不是啊。"

　　墨时澈身体微微一僵，他看着她明亮的眼眸，心一点一点凉了下去："那燕楚是什么？"

　　"是阿楚啊。"

　　"我跟他没有区别？"

　　"怎么可能没区别呢，"洛蔷薇笑得眉眼弯弯，"我挺讨厌你的，但我挺喜欢阿楚的。"

　　搂在她腰上的手臂骤然收紧。

　　洛蔷薇痛得蹙眉，用力推开了他，墨时澈被她推得退后两步，黑眸仍旧望着她，眼神竟带着几分慌张跟狼狈。

　　仿佛她说的话多伤他的心一样。

　　仿佛……他有多爱她、多在乎她似的。

　　洛蔷薇立即甩开这个想法，转身弯腰要拉开帐篷拉链，却被几步上前的男人一把扣住手腕："晚上不安全，我跟你住一个帐篷。"

　　见她抗拒地蹙眉，墨时澈喉结艰涩地滚动，淡淡补充道："我不碰你，你睡，我坐在边上守着。"

　　"不需要，你睡你的。"

　　洛蔷薇说完推开他的手，进了帐篷，拉上拉链跟安全扣。

　　她简单地洗漱后就钻进了睡袋，可能是白天真的累了，洛蔷薇很快入睡，醒来时外面已经蒙蒙亮。

　　她伸着懒腰打开帐篷，本想去外面透透气，一抬头却看见站在外面的高大身影。

　　墨时澈单手插兜，另一手夹着支烟，眯眼看着远处的山，听见动静又迅速低头看向探出脑袋睡眼惺忪的女人："醒了？"

　　洛蔷薇有些愣怔地看着他："你……该不会在这里站了一晚上吧？"

　　男人弹了弹烟灰，淡淡地道："你不是不让我进去坐着嘛，所以我只能站着，也省得你睡不踏实，总有个讨厌的人在边上，多烦。"

"……"

她怎么有一种他在反讽的感觉？

但想到他在外面站着守了一夜，洛蔷薇莫名有点愧疚，咬着唇别开眼，嘟囔道："一大早就知道抽烟，空气都被污染了，讨厌。"

墨时澈将烟拿到唇边吸了一口，自嘲地浅笑："反正你也不喜欢我，多讨厌点也无所谓了。"

洛蔷薇蹙眉，不知道他为什么阴阳怪气的，她也懒得说了："行了，那你抽着吧，我去河边洗脚顺便散步。"

她一往前走，墨时澈立即掐灭烟头要跟上去，洛蔷薇却突然转过身，美眸瞪着他："不许跟着我，一身烟味，快去洗干净。"

墨时澈闻言勾起嘴角，看着她的眼神竟带着几分希冀："把烟味洗干净就可以跟着你了，嗯？"

洛蔷薇莫名有点不敢对上他的眼神，转身就走："那要看我的心情。"

墨时澈果然没再跟上去，或许真的觉得……身上的烟味让她反感。

可晚上站在帐篷外，明知道她就睡在里面，如果不抽烟，他真的会控制不住自己，冲进去抱她、吻她。

墨时澈去附近苗寨的酒店里冲了个澡，又用现有的食材做了早餐，然后去河边叫洛蔷薇，却没有找到她的人影。

他立即找节目组发动所有人去找，最后有人说看见她在河边洗了脚，又问本地居民哪里可以采花散步，有人给她指路说，前面的那座山。

墨时澈跟燕楚对视一眼，而后几乎是同时转身冲了出去。

这座山的入口处有两条路，左边很宽，右边相对窄些。

墨时澈听见身后燕楚跟上来的脚步声，薄唇紧抿，思索不到两秒钟，而后跑向左边的入口。

燕楚看了眼他的背影，转身跑向右边。

天空无端被乌云笼罩，周围变得灰蒙蒙的。

燕楚在山路上奔跑寻找着，忽然听见身后传来窸窣的声响。

他蓦地转过身，抬眸看过去，只见那小山坡上，竟全是密密麻麻的青蛇，少说也有上千条，正以极快的速度向前窜动着！

燕楚一惊，这些蛇他再熟悉不过，是他们燕家堡的蛇。

他还未有所动作，眼前蓦地闪过两个人影，甩出藤鞭缠住燕楚的双臂，而后扣着他的肩将他往前押去。

"放开我！"

燕楚咬牙怒道，但藤鞭不是他能挣开的，两名苗族壮汉将他押到前方不远处的树荫下，踢了下他的腿弯让他跪下。

"楚儿，"头顶传来威严的嗓音，"你什么时候回来的，也不跟阿爸说一声。"

燕楚蓦地抬起头，看向面前庄严的男人："是你让人放的蛇？"

燕天晏脸色肃穆地看着他："你怎么跟我说话的？"

"把蛇都召回去，"燕楚咬着牙跪在那，一张俊脸上布满汗珠，"阿爸，算我求你，你放蛇如果是为了让我回家，那我现在就可以跟你回去。"

"可你还是会跑，楚儿，阿爸要的是你心甘情愿回来接手燕家堡，你是男人，这才是你该做的事。"

"可是我不想！"

燕天晏淡淡地笑了："我听说，你在江城一直跟一个姑娘混在一起，叫……洛蔷薇，还是墨时澈的妻子？"

燕楚瞳孔蓦地一缩："你想怎么样？"

"阿爸很高兴，你能跟墨时澈抢女人，毕竟我们迟早也是要吞并墨家的，他的女人就是你的，但是你要知道——"

燕天晏话锋一转，陡然加重音量："对于一个男人来说，有权有势、心狠手辣才是最重要的，否则你会败得很惨，会什么都得不到，只能眼睁睁看着你爱的女人被别的男人得到，那感觉很挫败、很窝囊，让你痛不欲生。"

燕楚眼眸猩红，趁着两名壮汉松懈，蓦地挣脱藤鞭，站起身退后几步，而后转身就跑。

壮汉们还想追，却被燕天晏抬手止住："不用追了，"

他看着燕楚的背影，浑浊的双眼微微眯起："他争不过墨时澈的，终有一天他绝望了就会回来的，到时候让楚儿亲手杀了墨时澈，把他的尸体悬挂在燕家堡的匾额下，当成楚儿接手堡主的贺礼。"

天空越来越阴沉，炸雷在头顶闪过。

另一条宽阔的山路上，男人片刻不停地往前走着，边找边喊着洛蔷薇的名字，却无人应答。

墨时澈找了一段路，又来到一个三岔路口——三条小路。

他上前几步，在中间那条路的路口蹲下来，拨开地面上的泥土。

一小片花瓣映入眼帘，他拿起来看了看，显然还是新鲜的，应该刚摘不久。

墨时澈立即起身，拣了根粗壮的树枝，顺着这条路边走边拨开草丛，看看洛蔷薇是否昏倒在里面。

蓦地，他听见一阵紧张的喘息声，虽然很轻，但他仍在刹那间感觉出来那是洛蔷薇发出来的声音。

墨时澈心头一紧，立即往发出声音的地方走去，用树枝拨开高高的草丛，一眼就看见在小山坡上站着的美丽女人。

准确来说，洛蔷薇是不得不站在那里，因为她周围的草地上，爬满了密密麻麻的青蛇！

洛蔷薇的手腕似乎割伤了，鲜血染红了她的袖口。

听见动静，她蓦地抬头，看见男人的刹那，眼眶差点红了，吓白的脸僵硬着，委屈又害怕地喊道："墨时澈……"

"我在这里，现在就过去你身边。"墨时澈看着她，黑眸平静而深邃，像是有一种力量，让她安心，他的嗓音也放柔了，"你别动，什么也别做，闭上眼睛乖乖等着，给我一分钟，嗯？"

洛蔷薇咬紧下唇，颤颤巍巍地去看那些密密麻麻的蛇，声音娇软而颤抖："我……我怕……"

正常人看到这么多蛇都会害怕，更何况她一个女人，而且洛蔷薇从小就怕滑溜溜的东西，一条蚯蚓都能吓到她。

"不要怕，是我的错，我早上不该抽烟，不该惹你生气，我承认错误，"墨时澈黑眸里甚至还蓄着笑，像平时一样同她说话，不厌其烦地哄着她，"待会儿我过去，你打我骂我踹我，想怎么样都随你，让你发泄个够，你说什么都行。"

他边说边捡起不远处地上的粗麻绳，应该是居民上山留在这的，他将粗绳捆在树上后，拉扯着确认牢固性，整个过程中，他的眼睛始终看着她。

墨时澈将粗绳缠绕在手臂上，薄唇勾起蛊惑的笑："我现在就荡过去，你数五下，好不好？"

"好……不，不好！"洛蔷薇睁大美眸，似乎又突然反应过来，急忙摇头，"你别过来，这些蛇好像不咬我的……你别管我了，要是被咬了就麻烦了，趁它们还没到你那边，你快点走！"

"你在这里，我能走去哪里？"墨时澈眯眼笑着，"你以为我说不离婚是说着玩玩的？你这辈子都别想赶我走。"

"现在不是死要面子的时候！"洛蔷薇瞪着他，因为着急有点语无伦次，"这些蛇肯定有毒，被咬了就完了。你快走，别管我了……我……我死了你就可以娶洛红樱了，你也不用嫌我烦了……"

墨时澈闻言俊脸一沉："洛蔷薇，你再给我胡说八道试试看，我把你扒光了打屁股！"

洛蔷薇小嘴一撇，顿时更委屈了："我都要死了你还凶我！你自己出轨又整天带着小秘书你还凶我！我再也不要喜欢你了，我讨厌死你了……"

她说着红了眼睛，极度委屈地盯着他，楚楚可怜的小模样极其动人。

墨时澈心头顿时产生无数自责跟疼爱的情绪，他蓦地向后退了几步，而后猛地冲上前，准备借助绳子朝她荡过去。

洛蔷薇本以为他刚才只是说说而已，见他真的荡过来，顿时瞪大了眼睛，惊慌地尖叫道："墨时澈，不要！你不要过来！"

她话音未落，墨时澈长腿在树干上蹬了下，身体顺势下落，站定在她身侧。

也许是因为有不同气味入侵,原本在周围窜动的蛇群顿时更不安分了,有几条猛地朝墨时澈蹿了过来!

洛蔷薇慌忙推他:"墨时澈你快走!你走啊!"

可下一秒,她就被有力的手臂重重拥住。

墨时澈一只手按住她的脑袋,一只手圈住她的腰,牢牢将她护住。

蹿过来的几条蛇咬在了墨时澈的脚踝跟手腕上,并且咬住不放。

一阵剧痛蔓延全身,他被咬的地方顿时溢出鲜血,下一秒鲜血就转成黑紫色。

墨时澈压抑地闷哼了一声,却将怀里的女人搂得更紧。

洛蔷薇被他死死抱着,脑袋被按在他胸膛上,完全看不见是什么情况:"墨时澈,你……你被咬了吗?"

"没有,"墨时澈嗓音微哑,低头亲了亲她的发顶,"没被咬,别瞎想,这些蛇不咬人,别怕,嗯?"

"可是……"洛蔷薇下意识贴近他,攥着他的衬衫,"刚才那几条蛇明明蹿过来……"

墨时澈低笑,哄着她:"又跑了。"他轻拍她的背减轻她的恐惧,"我们先离开这。"

他朝边上的蛇群扫了一眼,除了刚才蹿过来的那几条蛇,其余的都没有动静,在原地窜动,像是畏惧什么,所以不敢靠近。

墨时澈没时间多想,手腕跟脚踝的疼痛在蔓延,他耽误不得,立即用粗麻绳缠住自己的手臂,抱着洛蔷薇,退后几步猛蹬大树往前荡去。

洛蔷薇一离开,蛇群立即覆盖了她刚才站的地方。

墨时澈抱着她荡到更远的地方,两人落地后,墨时澈俊脸苍白,额头溢出细汗,视线快速扫过她的全身:"有没有摔到哪里,哪里痛?"

洛蔷薇摇头,伸手去扶他:"你……你摔疼了吗?"

"不疼。"墨时澈将被咬的手背到身后,另一只手摸着她冰凉的脸,"现在彻底不用怕了,我说了没事,我们要赶快离开这里。"

他说完背对着她蹲下身,洛蔷薇还没反应过来,手臂被他一扯,而后整个人往前跌在他的背上,墨时澈把她背了起来。

洛蔷薇一愣，立即挣扎着想下来："你不用背我，我自己可以走的。"

"刚才是谁吓得腿软？"墨时澈嘴角勾笑，颠了颠背上的女人，"乖点，搂着我的脖子。"

墨时澈背着洛蔷薇走了另一条路，他走得很快，但脚上被蛇咬伤的地方越来越痛，浑身渐渐发软。

洛蔷薇双手环着他的脖子，脸贴着他的脑袋，感觉到他的身体在微微颤抖，她咬了咬唇道："墨时澈……"

男人应得很轻："嗯？"

洛蔷薇咬住下唇，声音很低地道："其实……我觉得我挺对不起你的。"

男人淡淡地道："为什么说对不起？"

"就是……我觉得我某些方面确实有点自私。"

她撇着嘴，像是不愿意承认，但又很沮丧地不得不承认："我缠着你这么多年，无视了你所有的拒绝，不顾你的意愿，强行占据你的生活……"

虽然很不情愿，但最终她还是向现实低了头："虽然看起来是我追你很执着、很辛苦，但其实你也很痛苦吧？毕竟被一个你一点都不喜欢的人缠着……"

她这句话话音才落下，男人沙哑的声音下一秒就响起："你为什么确定，你是我一点都不喜欢的人，你认真问过我吗？"

洛蔷薇一怔，控制不住心头的悸动，动了动唇瓣："你这话……是什么意思？"

她心跳忽然加快，满怀信心地期待着他的回答。

然而下一秒，就听见墨时澈嫌弃又不悦地道，"什么意思你听不懂吗？洛蔷薇，你从小到大成绩在班里都是倒数，我看你就是天生脑子笨，已经无药可救了。"

洛蔷薇："……"

她满心的期待顿时被这么一番话给气没了，正要开口，墨时澈却突然顿住了脚步，声音低沉地道："洛蔷薇，你先下来。"

"啊？好。"

几乎在她双脚站稳的下一秒，男人高大的身形微微摇晃了下，而后跪了下去！

"墨时澈！"

洛蔷薇惊得忙蹲下身扶他，这才发现他撑在地上的手背上黑紫一片，而他的右脚踝处也溢出黑色的血……

洛蔷薇浑身一震，眼眶蓦地红了，忍不住吼出声："你……你被蛇咬了为什么不说！你还背我……墨时澈你是不是傻，你疯了是不是？！"

墨时澈垂着头跪在那，俊脸上布满细密的汗珠，薄唇苍白，好半响才握住她的手："洛蔷薇，你现在听我说……每个字都认真地听清楚。"

他声音沙哑，条理却极其清晰："前面就是河，有水源就肯定有出口，我一路上看过了，有人留下的痕迹，附近肯定有其他村庄或者本地居民的木屋，你现在就走，天黑之前一定能出去。"

洛蔷薇瞪大眼睛，立即打断他："我不走，你被蛇咬了，你快坐下，我看看……"

"洛蔷薇！"墨时澈倏地低吼出声，黑眸愠怒地瞪着她，神情严肃，"我没有跟你开玩笑！那些蛇随时可能会再蹿过来，在这里待着不安全。"

洛蔷薇被他这么一吼，登时愣住了："你……你叫我一个人走？"

墨时澈看着她，忍不住抬手用指腹摩挲着她的脸蛋，语气到底还是放软了："我走不了了，你一个人也不用怕，不会有事的，相信我，嗯？"

"你觉得我是因为怕，才这么问你的吗？"她美眸中氤氲着水雾，"刚才蛇群那里你没有丢下我，现在我会丢下你一个人走？"

墨时澈对上她迷蒙的眼眸，指腹轻柔地抚过她脸蛋上的每一寸肌肤，像是不舍，又像是叹息："你不要有这种心理负担，如果三天后我还是没出去，你替我跟奶奶说一声，就说我遇难了，跟你无关。"

他话音才落，洛蔷薇却突然挥开他的手，猛地站了起来："墨时澈，你凭什么这么说？你凭什么替我决定？"

墨时澈自嘲地笑了："洛蔷薇，你要知道我在说什么，我是在放你走。只要我死在这里，就没人再缠着你，我们的婚姻关系也不再存在，你就彻底解脱了。"

洛蔷薇仍旧死死地盯着他，有泪水从她的脸颊上滑落。

墨时澈一怔，完全没想到她会是这个反应，盯着她，薄唇轻动："洛蔷薇，你哭什么，难道你想说，你舍不得我吗？"

下一秒，洛蔷薇蓦地嘶吼出声："是！我舍不得你！"她咬着牙，浑身颤抖，眼泪流了一脸，"曾经那么爱过，谁会舍得！"

墨时澈闻言狠狠一震，眼神幽深地看着她："你说……你爱我？"

洛蔷薇胡乱地抹着眼泪，狠狠地别过脸去，像是不愿意让他看到她从未示人的脆弱。

墨时澈心里忽然就生出无尽的复杂情绪，像是迫不及待地想要将压抑了这么多年的感情宣泄出来，将他从未说过的话、从未吐露过的心事，毫不掩藏地呈现在她面前。

他撑着身体想要站起来去抱她去替她擦眼泪，可脚踝的剧痛提醒着他目前所处的境地——

他不能拿她的命开玩笑。

墨时澈剑眉紧锁，强行压下情绪波动，声音沙哑地一字一顿道："洛蔷薇，我不需要你那假惺惺的舍不得，别逼我动手把你打走，嗯？"

洛蔷薇静静看着他，没有动。

就在他想要推她的时候，她却突然扑过去，低下头用嘴吸住了他被蛇咬伤的地方！

墨时澈脸色剧变，极其震怒惊慌地攥住她的肩："洛蔷薇！你想死是不是？！"

可洛蔷薇死死抱着他的胳膊不松手，用力吸着他手背上被蛇咬的伤口，吸出黑紫色的血就吐到边上，再重复动作……

墨时澈想要用力拉开她，又怕伤了她下不了重手。

蓦地，墨时澈只觉浑身一僵，一股熟悉的尖锐疼痛从背脊蹿上来，他闷哼一声，黑色的瞳孔中开始有猩红色闪现。

他立即推开洛蔷薇,可洛蔷薇跌坐在地上后又爬起来,凑过来道:"墨时澈,你……你怎么了?很痛吗?"

洛蔷薇害怕又慌张,握着他的手反复看着,她手上被割破的地方有鲜血溢出来,滴进他的伤口里……

不到半分钟,男人手背上黑紫色的伤口颜色迅速变浅,眸里的猩红色也快速褪去。

墨时澈原本已经做好如果毒发就从一旁的斜坡跳下去的准备,疼痛却渐渐消失,原本沸腾的血液慢慢平复。

洛蔷薇盯着他的手背,惊喜地瞪大了眼睛,激动得语无伦次:"伤口……墨时澈,黑血不见了……"

墨时澈闻言蓦地低下头,果真看见被蛇咬伤的地方恢复正常颜色,而方才要毒发的痛感也都没了。

难道……她替他吸了毒血,毒素转移到她身上了?

思及此,墨时澈倏地倾身过去捏住她的下颌,紧张地看着她:"你有没有哪里不舒服,背上很痛或者很痒?"

"没有……"见他肯靠近自己,洛蔷薇伸手一把抱住他的腰,"我不管,反正我不会丢下你一个人走的,墨时澈你自己狼心狗肺,别以为我也是狼心狗肺的!"

"洛蔷薇!我在问你有没有不舒服!"

墨时澈皱眉,攥着她的肩将她扯开,正想继续检查她的情况,却见她红着眼睛,极其委屈地瞪着他:"你凶我……你刚才还背我,现在一转头就又凶我!"

"……"墨时澈表情微微一僵,"我没凶你,是你不听话。"

"我哪里不听话了?"洛蔷薇咬着唇瓣,"是你不听话!是你叫我一个人走!"

"……"

墨时澈没再说话,伸手去拉她的手,却被她用力甩开:"不许你碰我!"

他眼皮跳了下:"不是你刚才扑过来抱着我不撒手?现在又不能碰

你了?"

他话音才落,洛蔷薇的眼泪就流了下来。

墨时澈心口一窒,抬手去抹她的眼泪,低低地道:"哭什么。"

洛蔷薇拍开他的手,站起来转身就要走,身后却突然传来男人痛苦的闷哼声。

洛蔷薇一惊,忙又蹲下身扶住他,焦急地问道:"怎么了?是不是哪里痛?"

她话才说到一半,忽然被男人一把抱住,墨时澈黑眸中蓄着难得一见的坏笑,低头亲她的脸蛋:"看你跑到哪去。"

洛蔷薇一怔,意识到被骗了,顿时更加恼怒了,重重地推开他:"你……你这个不要脸的浑蛋!"

她撑起身就往前走,墨时澈立即跟着站起来,微跛着脚几步上前从背后一把抱住她。

她愤怒地挣扎:"你放手!"

"不放,"墨时澈双臂环着她的腰,"放了你丢下我就走了。"

洛蔷薇咬着唇:"你刚才不是叫我丢下你吗?"

"我要是死了你就可以走,我没死你就还是我的,"墨时澈顿了顿,又很孩子气地补了一句,"我一个人的。"

"凭什么你说了算!"洛蔷薇越想越委屈难受,恼怒地道,"你又不喜欢我,我为什么要听你的,你放开我……"

"喜欢你,"墨时澈低下头,埋首在她的秀发中,嗓音闷闷哑哑的,"一直很喜欢你。"

洛蔷薇一震,随即所有挣扎的动作都停了下来,呆呆地站在原地,好半晌才找到自己的声音:"你……你说什么?"

墨时澈不说话了,俊脸还埋在她的头发里,闻言只是双臂搂紧了她。

"墨时澈?"洛蔷薇偏过头,用脸蛋蹭他的脑袋,"你怎么不说话?"

墨时澈被她蹭了十几秒,才抬起脸,却只是低声道:"我们去前面喝点水休息一下,你也累了,嗯?"

他说完俯身就想把她抱起来,洛蔷薇却推开他退后几步,拧眉道:"你刚才说什么,我要再听一遍。"

墨时澈看着她:"我说我们去前面喝水休息。"

"再前面一句。"

"……"

然后他又不说话了。

"你别告诉我你已经忘了!"洛蔷薇鼓起脸蛋,极度不高兴,"墨时澈,你今天要是不再说一遍,我们就都不要走了,等蛇来被蛇咬死算了!"

墨时澈看着她这副混世小霸王的模样,娇俏可爱得他挪不开眼:"洛蔷薇,你身为一个女孩子,就这样没皮没脸地逼着男人跟你表白,嗯?"

洛蔷薇噌地就红了脸,手都不知道往哪里放,又羞又恼:"我……你……"

男人眯眼笑着,下一秒就听洛蔷薇道:"所以,你承认你刚才在跟我表白?"

"……"

这回换墨时澈俊脸一僵,下颌线条都绷紧了。洛蔷薇紧盯着他的表情:"是不是?为什么不敢承认?难道你其实是骗我……"

"怕你说不喜欢我,"墨时澈忽然出声,"怕你说讨厌我,说喜欢燕楚,我不想听见这些,听了很难受。"

洛蔷薇怔了下,随即一股暖流涌入她的心脏,瞬间蔓延至四肢百骸,令她止不住地颤抖。

墨时澈上前,弯腰将她抱起来,洛蔷薇双手顺势搂住他的脖子,两人沉默着向前走去。

洛蔷薇手上的伤口虽然简单包了下,但仍旧有鲜血溢出来,滴在地上……

在他们身后不远处的草丛里,上千条青蛇蠢蠢欲动,但碍于那鲜血独特的气味,竟然没有一条敢越界靠近。

前方不远处是条小河，地势稍高，墨时澈找到一个山洞，有猎人住宿留下的痕迹，很干净也很安全。

他在四周找了一根粗长的树枝，弯腰卷起西装裤裤脚又脱了鞋袜，然后去河里……叉鱼。

洛蔷薇忙拉住他："你先休息一下，脚踝上不是还有被咬的伤口吗？"

墨时澈安抚她道："你没吃早餐，现在饿了，我给你烤鱼吃，吃饱了再走，嗯？"

洛蔷薇鼓起脸蛋："我不饿。"

她话音刚落，肚子忽然发出声响。

洛蔷薇："……"

墨时澈勾唇低低地笑起来，她不禁有些呆愣地看着他。从她认识墨时澈到现在，今天是看他笑得最多的，他笑起来真的很好看。

墨时澈低头亲了亲她的脸："坐着乖乖等。"

洛蔷薇从来不知道墨时澈会的东西这么多，下河叉鱼、生火、洗鱼烤鱼……

她抱着膝盖坐在火堆边上，看着他翻烤着鱼，忽然开口问道："墨时澈，如果有一天我死了，你会怎么样？"

"没有这个如果，"墨时澈没看她，淡淡地道，"因为只要我没死，我就不会让你出任何事，所以没有那一天。"

洛蔷薇眼神微变，下巴压着手背，没再出声。

墨时澈将烤好的鱼剔了刺，放进嘴里咬几下，将那种很小的刺再挑出来，才放心地喂给洛蔷薇。

洛蔷薇酡红着脸蛋："你吃过的我不要吃……"

"你忘了你大一那年吃鱼卡了刺去医院挂急诊的事？"墨时澈捏着她的下巴不让她躲，"这鱼刺多，乖点，嗯？"

洛蔷薇被他圈在怀里，嘟着红唇："你怎么什么都知道？"

墨时澈淡淡地道："我还知道你第一次来'姨妈'吓哭了，打电话给我跟我说你要死了。"

"……"

说话间,一块鱼肉从他的唇间喂了过来,这样的吃法导致她每吃一口都得跟他亲一下,彼此的呼吸暧昧交缠着,然后气氛慢慢就不对了。一条鱼喂完,她的唇也被他彻底占领了。

他捧着她的脸,很慢很温柔地亲吻着她,舌尖描绘着她的唇齿。洛蔷薇没有像往常一样抗拒,微仰着脸回应他。

这无疑给了墨时澈最大的鼓励,他一把抱起她,边吻着她边走向不远处的山洞。

他将她放在干净的稻草堆上,覆身压下去,吻逐渐变得狂野而激烈。

在男人的大掌钻进她的裙摆里时,洛蔷薇抓住了他的手,睁开意乱情迷的美眸看着他:"墨时澈,你告诉我,你跟洛红樱之间到底是什么关系?不许骗我。"

"没有任何关系,"墨时澈轻卷她的耳垂,每一个字都在她耳畔荡漾开来,"从来只有你,洛蔷薇,我只属于你。"

他炙热的呼吸喷洒在她的肌肤上,洛蔷薇全身的每一个细胞都在悸动颤抖,仿佛所有的血液都集中注入心脏,那一刻心灵的满足感跟幸福感达到前所未有的巅峰。

墨时澈的薄唇从她的脖颈上一路往下,待她动情后再度回来,封住了她的唇,缱绻地勾着她的小舌纠缠。

"没有其他人,洛红樱、夏媛那些通通不是,我没有碰过其他女人,没有背叛过你,"他低哑地道,"以前没有,现在没有,未来更不会有。相信你的男人,嗯?"

洛蔷薇抱着他的脖子,对上他深情的眼神,有那么一瞬间她脑海中没有任何想法,只剩下他的脸。

哪怕是飞蛾扑火、前路未知,至少这一刻,她只想选择相信他。

洛蔷薇撑起身,主动凑过去吻住他的唇。

墨时澈身体一震,随即眸中荡漾开巨大的惊喜,他扣住她的后脑勺,加深了这个吻。

山洞内欢情旖旎,山洞外火堆还在旺盛地燃烧着。

不远处，一道颀长的人影缓慢地靠近。

燕楚走到河边，看见了地上的鱼骨，以及……一件男士的西装外套。

他记得，那是早上墨时澈穿的。

他转身走向山洞，然而不等他靠近，里面传来了女人娇媚的吟哦声。

这声音……他再熟悉不过。

燕楚浑身僵硬，心口钝痛，他想转身离开，脚下却像生了根，动弹不得。

是他来晚了，让墨时澈先找到薇薇，否则……也许就不会这样。

燕楚攥紧手里的树枝，上面有鲜嫩多汁的小果子，是他怕找到洛蔷薇时她口渴给她摘的。

他低着头站在那，眼神晦暗，凛冽的寒风刮过他的脸，异常生疼。

两人往山下走时，洛蔷薇忽然想到什么："这里这么偏远，苗寨村里也没有药店，就算连夜去买，也不一定能在四十八小时内买到药……"

墨时澈皱眉，眼神紧张地看着她："你要买什么药？"

"避孕药呀，"洛蔷薇纤指卷着发梢，"老公不是时刻惦记着让我吃吗？"

"不吃药，"墨时澈迅速接话道，"怀上了就生下来，生多少我都养得起，嗯？"

"老公变得这么快哦？"洛蔷薇笑眯眯地看着他，"是谁追着要我吃药来着？"

墨时澈的表情顿时有点不自然，他俯首亲着她的唇，亲昵地蹭着她："以前的事不提了，以后都不吃了，好不好？"

洛蔷薇不依不饶，笑得威胁意味十足："那我之前吃的药都算啦？"

"……"

"墨时澈你别以为沉默就算了！你给我说清楚，你……"

"之前给你吃的不是避孕药，"墨时澈声音低沉地道，"是维生素，因为我想让你怀孕，用孩子留住你，所以骗了你。"

"……"

洛蔷薇愣了半分多钟才反应过来，瞪大眼睛望着他，不知道为什么，虽然被他骗了，她却没有生气的感觉，心里莫名……还有很微妙的暖流划过。

见她不说话，墨时澈变得有些紧张："洛蔷薇，我允许你生气，但不能因为这个不理我，听见了？"

洛蔷薇别过脸去，眼睛里却闪着莹莹的光芒，又软又糯地道："那谁叫你骗我的，我回去就吃药，我才不要给你生孩子……"

墨时澈俊脸一冷，正要开口，陡然感觉到身侧的丛林里有窸窣的动静……

下一秒，一个高壮的苗族男人冲了出来，手里拿着一把细长的刀，朝墨时澈刺。

墨时澈立即将洛蔷薇护到身后，抬手扣住那人的手腕，用力一拧，同时踢向那人的腿骨。

那苗族男人很显然不是墨时澈的对手，被他三两下撂倒在地。

洛蔷薇在一旁看得胆战心惊。

墨时澈踩住那人的腕骨，居高临下地冷睨着他："是谁派你来的？"

苗族男人咬牙："是燕楚派我来的，他是我们燕家堡的少堡主！"

墨时澈跟洛蔷薇同时一怔。

墨时澈脸色阴沉如水："燕楚叫你来的目的是什么？"

那苗族男人愤恨道："少堡主说，等你身边的这个女人上了山，我们就放蛇，你肯定会上山来救她……"

洛蔷薇蓦地睁大眼睛："不可能！"

墨时澈冷笑："是想咬死我吗？还是想让蛇咬我后发生点什么？"

"我也不知道，好像听少堡主跟其他人说，要测试什么……"

墨时澈翻了下苗族男人的领子，果然在领尖处看到用金线缝的小小的"燕"字。

他眼神更冷："所以蛇没咬成，就让你来了？"

"刀上也抹了毒粉，少堡主说，不能让你什么事都没有就这样下山。"

墨时澈听完后面无表情，沉默了大概一分钟，将苗族男人绑在树上后，搂着洛蔷薇离开。

墨时澈跟洛蔷薇顺利地回到苗寨村，在帐篷区域碰到了穆云深，穆云深浑身沾了不少泥土，显然也是去山里找人才出来。

一看到墨时澈，穆云深先是愣了下，而后几大步走过来，一把攥住墨时澈的肩："你死哪去了？！你……你干脆死在山里算了，还出来做什么？！"

墨时澈什么都没说，任由穆云深骂，看见不远处站着的燕楚，墨时澈眼神蓦地一冷，推开穆云深，朝燕楚走去。

燕楚也刚从山上下来，正在跟唐思甜说话，忽然被冲过来的男人一把揪住领子，而后整个人被扯过去，重重抵在了树上。

墨时澈眼神阴鸷地盯着他，冷冷嗤笑："想对付我就直说，需要利用一个女人吗？你有没有想过如果她被蛇咬了怎么办？还是说，你早就提前给她吃了什么？"

燕楚不解地皱眉："你什么意思？"

"我什么意思你不清楚？"墨时澈冷笑，"怎么，敢做不敢当吗？"

"我没做过什么，"燕楚扣住墨时澈的手腕，"请你松手。"

"你不说是吧？"墨时澈冷冷眯眼，"我今天就打到你说实话为止！"

话音刚落，他直接一拳朝燕楚挥过去！

燕楚猝不及防被打中，趔趄了下险些跌倒。

眼看着墨时澈一拳又要挥过去，一道纤细的身影忽然冲过来，张开双臂挡在燕楚面前："住手！"

墨时澈扬起的拳头倏地顿住，见洛蔷薇竟然奋不顾身冲过来护着燕楚，瞳孔不由得收缩："洛蔷薇，让开，这件事跟你无关。"

"肯定不是阿楚做的，"洛蔷薇看着墨时澈，"你先别动手……"洛蔷薇侧首，把在山上碰到那苗族男人的事简单复述了一遍，问，"阿楚，这件事你知道吗？"

燕楚立即想到了燕天晏，站直身体，一字一顿认真地道："我不知道，薇薇，我从来没有想过也不可能会害你，我没有做过。"

洛蔷薇点点头："你听见了，"她看向墨时澈，"不是阿楚做的，肯定是有人想陷害他。"

墨时澈嘲讽地道："他随便说两句，你就深信不疑？"

"他不会害我的，"洛蔷薇看着墨时澈，坚定地道，"谁都有可能害我，但阿楚不会。"

墨时澈冷冷勾起嘴角："你的意思是，哪怕我会害你，他也不可能害你？"

洛蔷薇几乎下意识地回答："是。"

气氛刹那间凝结。

墨时澈死死地盯着洛蔷薇，可能因为夜风寒凉，洛蔷薇下意识缩了缩肩膀，墨时澈见状眼神一暗，一把将洛蔷薇拽进怀里，横抱起她大步走了。

"薇薇！"

燕楚立即就想追过去，身后的朴导忙拉住他："行了，墨总都放你一马了，你还跟去做什么，找死啊。"

燕楚攥紧手，脸上张扬着怒气与不甘，朴导见状拍拍他的肩，语重心长地道："看得出来你喜欢洛大小姐，但是没用，你争不过墨总的，人家有权有势，你有什么啊？"

有权有势？

所以如果自己有权有势，是燕家堡最年轻的堡主，随便就能击败墨时澈，那薇薇是不是就会留在自己身边？

可他不想……不想成为杀人不眨眼的冷血魔鬼。

燕楚站在原地没动，只觉心头又苦又涩。

墨时澈抱着洛蔷薇去了苗寨的酒店，开了房让她洗热水澡，待她出来又帮她吹干头发，趁她护肤的空隙，亲手煮了鸡蛋面端上来，他知道她吃不惯这里的野味。

他就坐在边上看着洛蔷薇小口地吃,偶尔有汤汁溅到下巴上,他也会拿纸巾帮她擦干净。

整个过程中他没跟她说一句话,甚至连眼神交会都没有,等她吃完消化一会儿,他又抱着她走回拍摄区域。

回到帐篷,墨时澈把洛蔷薇放下,淡淡地道:"早点睡,早餐我会送来。"

他说完转身就要走,洛蔷薇一把拽住他的手:"墨时澈。"

"要什么,我去拿。"

"你生气了对吗?"

男人没有回头,眼神平静地看着外面:"没有。"

"你就是生气了。"洛蔷薇攥着他的袖子,咬着下唇,"你是不是气我……护着阿楚?"

墨时澈冷笑:"我可不敢,指不定他放条蛇就把我咬死了。"

洛蔷薇跪起身,从后面抱住他的腰,脸蛋贴在他的后背上,慢慢地道:"我没有其他意思,只是阿楚真的不可能害我,这点我可以百分百确定,所以我才不让你打他。"

墨时澈没有动,任由她抱着:"你为什么百分百确定?"

"因为阿楚一直是这样的人,他如果想害我不可能等到现在。"

墨时澈转过身,捏住她的下颌:"洛蔷薇,"他眯起眼睛看她,"你才跟燕楚认识多久?什么叫他一直是这样?"

洛蔷薇对上他的眼睛,笑了笑:"就是一直啊,有什么问题吗?"

"你有什么事瞒着我?"墨时澈眼神深邃而探究,几乎下了结论,"你跟燕楚以前认识。"

洛蔷薇歪头想了想:"嗯,算是吧。"

"怎么认识的?"

"在我很痛苦的时候认识的,他以前天天陪着我,还会帮我想讨好你的办法,我不高兴就哄我笑,我生气就让我随便发泄,什么事都会挡在我前面,当我的开心果、出气包……反正他对我很好,比你对我好一万倍哦。"洛蔷薇懒懒地说着,明艳地笑着,"只不过后来……他出了点意外，我们就走散了。"

男人越听俊脸越冷："什么意外？"

洛蔷薇的脸色一下子就僵了，她很快掩饰下去，低下头道："没什么，不要再提了，反正……不会再发生了。"

"你怎么知道不可能？"墨时澈盯着她，"什么都有可能发生，谁知道明天会怎么样。"

洛蔷薇蓦地抬头看着他，眼神有些震惊，又有几分迷茫："是吗？"她兀自笑了下，随后点头道，"是啊，谁知道明天会怎么样。"

洛蔷薇抬手抚上他的脸，细细地看着他的轮廓："墨时澈，你说，我为什么就这么喜欢你呢？这得需要多大的勇气啊……可是我真的忍不住，你一说喜欢我，我就感觉心脏都要爆炸了。"

她本该彻底远离他的，本该……恨他一辈子才对。

可她显然高估了自己的定力，也低估了他对她的影响……她真的控制不住想跟他在一起。

"为什么需要勇气？"墨时澈紧锁着她的眼睛，却从里面看到了悲伤与一种很奇怪的恐慌，他皱眉，"洛蔷薇，你到底在害怕什么？"

"没什么，随便感慨人生而已。"洛蔷薇眨眨眼睛，纤臂缠上他的脖子，小舌舔着唇瓣，"我的帅气老公墨总，你还在生气吗？我跟你玩亲亲，这件事就彻底翻篇好不好？"

墨时澈望着她那妖精似的勾魂模样，喉结上下滚动："那你说清楚，怎么个翻篇法？"

"就算你不相信阿楚，难道还不相信我吗？"洛蔷薇撒娇般嘟起红唇，"我这么乖这么爱你，你再不相信我，那人家就不活了。"

她话音刚落，细腰就被一把搂住，墨时澈俯首狠狠吻住了她。

良久，墨时澈长指扣住洛蔷薇的下颔，薄唇贴着她的唇瓣："这次翻篇，放过他一次，但没有下次，嗯？"

洛蔷薇慵懒地睁开迷离的眼，凑过去亲了一下他的下巴："哎呀，翻篇啦，亲爱的墨总么么哒。"

墨时澈下腹一紧，又狠狠封住她的唇，不忘纠正："是老公。"

二人抱在一起，在帐篷内肆意嬉戏。

突然，墨时澈觉得脑袋里传来一阵撕裂般的钝痛，不等他有所反应，思绪就被彻底抽离。

男人忽然停住动作，洛蔷薇奇怪地推了推他："怎么了……"

灯光太过昏暗，她看不清男人原本幽深的黑眸渐渐变化……直到彻底变成深红色！

墨枭闭上眼又睁开，第一眼就看到身下香肩半露的美艳女人。

墨枭眼睛一亮，什么都没想，低头就吻向女人的肩，另一手落在女人的腿上……

几乎是同一时间，帐篷的帘子被人掀开，俊美的男人弯腰走进来，语气不善："墨时澈，你给我出来……"

墨枭蓦地转过头去。

四目相对，穆云深看见他深红的双眸，倏地一震，不等墨枭开口，他先一步出声："蔷薇，"他省去了洛字，"你出去。"

他一进来，洛蔷薇立即推开身上的男人，迅速拉上滑下肩膀的衣服。

她显然并没有察觉到有什么不对劲的地方："穆公子，这么晚有什么事吗？大晚上打扰别人呢。"

"有很重要的事，"穆云深眼睛紧盯着墨枭，却冲洛蔷薇重复道，"蔷薇，你出去，现在就出去。"

许是他语气太过严肃，洛蔷薇不明所以地眨眨眼，但他们男人之间的事她也不想参与，于是转身往帐外走去。

经过墨枭身边时，她踮起脚在他的下巴上亲了一下："已经翻篇了哦，墨总要说话算数，我去找朴导吃夜宵，等你。"

洛蔷薇离开后，帐篷内的气氛顿时变得剑拔弩张。

墨枭意犹未尽地摸着下巴，挑眉看向穆云深："啧，这女人真漂亮，又是墨时澈在外面养的女人？"

穆云深淡淡带过："是苗妓，跟他没什么关系。"

让墨枭知道洛蔷薇的身份，不会有什么好事。

墨枭啧啧出声："他还真会玩啊，难怪他老婆要跟老子上床呢，整一个孬种。"

穆云深闻言皱眉:"他老婆?"

墨枭张狂地笑道:"对啊,老子这么有魅力,这不是很正常?"

"他老婆叫什么,你知道?"

墨枭低头看着自己身上的衣服,皱着眉,似乎很嫌弃:"废话,叫什么……洛红樱?这名字真难听,还是刚才那美人儿叫蔷薇好听。"

洛红樱?

难道当时在洛家二楼的房间,她跟墨枭说了什么?

穆云深眯起眼睛,没对墨枭解释什么,但看着他在身上左摸摸右捏捏,心头顿时溢出浓浓的不爽:"这具身体是墨时澈的,我明确告诉你,你迟早要死,所以别妄想你能做什么。"

"死?"墨枭忽然上前几步,伸手掐住穆云深的脖子,冷笑,"姓穆的,那我也明确告诉你,我就是要这具身体,他墨时澈迟早要死。就凭我现在不需要他毒发就可以出来,你觉得距离我完全占领这身体还有多久?"

穆云深眼神骤然一寒,一把反扣住墨枭的手腕。

确实,时澈这次没有毒发,墨枭竟然也出来了,是不是证明墨枭越来越无法被压制,越来越……活跃?

墨枭猛地甩开手:"行了,我好不容易出来一趟,不跟你在这里磨叽,我去找刚才那个蔷薇美人儿。"

他说完就要掀开帐篷出去——

穆云深倏地一惊,知道绝对不能让墨枭在任何人面前出现,伸手拿起一旁的木架,咬牙朝墨枭的后脑勺用力一砸!

一阵猛烈的眩晕感袭来,墨枭摇晃着往下跪倒,视线模糊间,他阴狠冷笑,断断续续地道:"行啊……你非要把我赶回去,那我就再受点伤,反正……醒来后疼的是墨时澈……"

他说着抬起手,用尽全力将手臂在帐篷锋利的挂钩上狠狠一划,鲜血顿时喷涌而出!

墨枭闷哼一声,朝穆云深挑衅地笑了下,而后闭上眼倒了下去。

穆云深一把抱住他倒下的身体，将他平放在睡袋上，拿过一旁的急救医药箱。

不知道用了多少医用棉总算将血止住，穆云深正包扎伤口时，躺着的男人发出一声轻微的闷哼。

穆云深立即试探着喊道："时澈？"

墨时澈缓缓睁开眼睛，喉结轻微滚动："洛蔷薇……"

"刚才唐思甜来找她，她出去了。"穆云深随口带过，手落在他的后脑勺上，掌心替他轻揉着，"你感觉怎么样？"

墨时澈听他这么说紧拧着的眉头才松开，顿时感觉手臂一阵尖锐的疼痛："我……是不是毒发了？"

他说着想低头看自己的手臂，穆云深忙伸手捂住他的眼睛："没有，你没事，可能是被蛇咬了残留毒素影响所以突然昏倒，不小心划到了手臂。放心，洛蔷薇没有看到，我会跟她解释。"

墨时澈声音沙哑地道："你不是生我的气不理我了吗？"

"没有，已经败给你了，"穆云深拿过一旁的外套给他盖在身上，低声道，"你累了，睡吧时澈，等你睡着了我再走。"

墨时澈没再说话。

穆云深拿开手的时候，发现墨时澈已经闭上眼睛睡着了。

他垂眸盯着墨时澈苍白疲倦的睡颜，想到方才墨枭阴冷的笑，心口一阵发寒。

待了片刻，确认墨时澈彻底睡着了，穆云深收拾掉包扎的东西，起身走了出去。

帐篷外，洛蔷薇端着一盘烧烤回来，看见穆云深站在外面抽烟，笑着道："穆公子跟墨总说完悄悄话了？"

"嗯，时澈睡了，"穆云深叼着烟眯眼看她，"他很少吃消夜，你不要吵醒他，让他睡吧。"

这才多久，突然就睡了？

洛蔷薇皱眉，踌躇着问道："是不是……被蛇咬伤的缘故？"

"也许是。他刚才晕倒时划伤手臂，我让他睡了。"

洛蔷薇转身就走:"那我把烧烤端去给摄像师傅吃,马上回来照顾他。"

"洛大小姐,"身后,穆云深淡淡的声音传来,"你跟时澈彻底和好了,准备不计前嫌跟他过一辈子了吗?"

洛蔷薇顿住脚步,没有回头,任由风吹起她的长发:"我不知道你说的前嫌是什么意思。"

"我也不知道,但从你之前的种种表现来看,你的爱是夹杂着怨恨的。也许你自己并不觉得,也许是这么多年你一直主动爱得太辛苦了,我也可以理解,不过,"穆云深从唇间取下烟,语气认真道,"时澈从小身体底子就不好,性子骄傲又偏执,我想你也明白,就像现在他非要你不可,别说其他人,连你都阻止不了他。既然如此,我希望你好好对他,别总是惹他生气,你们夫妻之间的其他事我不好评价,但花心这点——时澈向来清心寡欲不沾女色,更何况你堂妹洛红樱那种货色,他是绝对看不上的。"

洛蔷薇端着盘子的手微微捏紧,她回头看着穆云深,微笑道:"所以穆公子,墨时澈跟你提过洛红樱的事,是吗?"

"女人果然喜欢抠字眼吗?"穆云深轻佻地笑了,"时澈今天冒死救你,你认为像他这种淡漠无情的男人,有几个人能让他放在眼里?"

洛蔷薇沉默了几分钟,而后歪头笑了:"谢谢穆公子的忠告,我替我家墨总谢谢你这个好朋友。"

"别了,"穆云深冷笑,"老婆都搞不定,我替他说好话,他回头指不定还要怪我,白眼狼一个。"

洛蔷薇:"……"

她怎么感觉穆公子怨念这么大呢?

洛蔷薇回到帐篷,看见墨时澈的左手手臂上包着纱布,顿时觉得心疼。她在他边上坐下,小心翼翼地捧起他的手臂,男人立即醒了,睁开眼下意识就是喊她的名字:"洛蔷薇……"

"我在,"她鼓起脸蛋替他吹着伤口,眼神责怪又心疼,"你怎么好端端的在帐篷里也能受伤,是不是我不在你就不乖了?"

"嗯,"他微眯着眼,嘴角的笑带着宠溺意味,"是我的错,随你惩罚,嗯?"

她把他的手臂放到一旁不压着,而后骑坐在他身上,俯下身趴在他胸口上,嘟着嘴娇软地喊道:"老公……"

墨时澈抬起另一只手搂住她的腰,大掌轻抚着她的背,笑声越发低柔:"嗯,我不是在嘛,多叫两声给我听听。"

"老公老公老公……"洛蔷薇纤指在他的胸口上画着圈圈,"刚才穆公子跟我说,觉得我对你不好……你觉得呢?"

墨时澈握住她的手指放到唇边亲了亲:"乖,不生气,我回头揍他。"

洛蔷薇:"……"

果然……穆公子是有多了解她家墨总啊。

"我才没生气,我哪有那么小气……"洛蔷薇眨着媚眼,"老公,你就说实话吧,是不是真的觉得我对你不好呀?"

墨时澈长指捏捏她的脸蛋,眼神深情专注:"只要你不说离开我,你就哪里都好。"

洛蔷薇一愣,心头忽然无法自控地软了下去:"你……这么怕我离开你吗?"

墨时澈望着她,淡淡地道:"谁不怕死?"

洛蔷薇缓了一下才理解他的意思……她离开他,就等于让他死?

她将脸埋入他的脖颈内,嗓音娇甜:"那、那你对我好一点,我就不离开你。"

墨时澈挑起她的下巴,吻住她娇艳欲滴的唇。

帐篷内一片旖旎风光。

许是因为白天太累,墨时澈只要了洛蔷薇一次便放过她。

女人温顺地蜷缩在他怀里,攥着他的衬衫熟睡过去。

墨时澈单臂搂着她,亲了亲她被汗水沾湿的额角,抬眸望向帐外。

手臂传来的尖锐疼痛提醒着他,今晚的事没那么简单,云深有事瞒着他。

耳畔传来女人均匀的呼吸声,墨时澈低头看着她恬静满足的睡颜,缓慢地闭上眼睛。

唐思甜原本是来找洛蔷薇商量明天的搭配,但一靠近帐篷,听见里面传来的暧昧声,她顿时脸蛋一红,赶忙跑远。她本想回帐篷,但又没睡意,索性去河边散步,顺便给家里打个电话。

她拿着手机才走到河边,就看见河岸上坐着一道修长的身影。

唐思甜一愣,靠近后闻到一阵浓烈的酒味。男人听见脚步声回头看她,她顿时诧异地张大了小嘴:"穆……穆公子?"

他脚边全是空酒瓶,而且是高浓度的威士忌。

照这样喝下去……得出人命吧。

思及此,唐思甜忙走过去,弯腰想要扶起他:"穆公子,你不能这么……啊。"

纤细的手臂被拽住,她整个人趔趄着跌进了男人的怀里。

穆云深搂住她的细腰,俊脸凑近她,凤目微眯,已然是醉了:"不是说很怕我嘛,怎么现在又敢主动靠近了,跟我玩……欲擒故纵?"

唐思甜哄道:"穆公子,你喝醉了,我扶你回帐篷,好不好?"

"不好,"穆云深打断她的话,"我没醉,我记得……"他伸手捏住她小巧的鼻尖,眼神变得危险,"你咬了我一口,现在你被我逮住了,你跑不了了……要你还。"

"我……我不是故意的……"

唐思甜话未说完,穆云深忽然喝了一大口酒,而后挑起她的下颌,低头狠狠吻住了她的唇。

他撬开她的唇齿,将冰凉的酒液悉数喂给了她。

唐思甜被辛辣的味道呛得红了眼,穆云深却像是喂上了瘾,不依不饶,边喂边啃咬着她的唇……

很快,一瓶威士忌见底。

唐思甜本就不胜酒力,一瓶酒下去便彻底醉了,脸颊红红的,眼神也变得迷离，晕乎乎地靠在他怀里，手臂环着他的脖子，伸出一根手指："穆公子，我跟你说，我……我喜欢你很久了……"

穆云深慵懒地笑道："很久……是多久。"

"就很久啊，就……"她蓦地张开双臂，欢呼出声，"有一整个宇宙那么大那么久！"

她说着仰头看他，忍不住凑过去亲他的下巴："但我知道你不喜欢我，你有未婚妻了，你……你又不知道五年前那个女人是我……唔！"

穆云深忽然一个翻身将她压住。

他看着她酡红的脸蛋，以及眼神乖巧却又醉了的媚态……

他想要这个女人。

穆云深什么都没想，再度低头吻住了她。

一夜疯狂，天边晨曦微露。

穆云深只觉得头痛欲裂，他缓慢地睁开眼睛，看见了自己臂弯中躺着的女人。

他一动，唐思甜也醒了，二人安静了几秒，而后同时撑起身体。

唐思甜一张脸滚烫如火烧般，她慌忙整理好衣服，穆云深正要开口，忽然听见前方传来脚步声，他抬头就看见墨时澈单手插兜站在那，正面无表情地看着他。

穆云深被他看得莫名一震，彻底清醒过来，整了整衣服站起身，正想去拉身侧的女人，唐思甜却低垂着头，先一步飞快地往前跑去。

唐思甜一跑，河边就剩下了两个大男人，一个衣衫凌乱颓靡性感，一个衣冠楚楚俊美冷漠。

安静了不知道多久，穆云深先开了口，语气有些不爽："你一大早跑来河边做什么？"

墨时澈淡淡地道："你该庆幸来的是我而不是节目组的人，不然明天你就会上头条。"

穆云深："……"

墨时澈面向河面，点了支烟，穆云深伸手抢过来叼在自己嘴上，半晌淡淡地开口："你不想揍我吗？"

"为什么揍你?"

"替梨儿揍我,"穆云深自嘲地笑,"她如果知道了,应该更有理由吵着取消婚约。"

墨时澈俊脸上没什么表情:"她在柏林跟燕楚谈了一年恋爱在先,我是不是也该揍她?然后你心疼了还得反过来揍我,这事我最不讨好,不干。"

穆云深低笑一声,没说话。

他也不知道自己昨晚为什么会要了唐思甜,哪怕是喝醉了,他以前也从来没有酒后乱性的时候。

可能是亲吻她的感觉太过于美好,令他有种很奇怪的熟悉的亲密感,这感觉让他更加疯狂地想要她——

但很明显,她并不是处女,确定了这一点,穆云深莫名感觉到浓重的不悦。

穆云深烦躁地将这个人从脑海中抛开,侧首低沉道:"时澈,回江城后……我有很重要的事要跟你说。"

墨时澈没有说话,淡漠地望着平静的河面。

今天的拍摄任务很简单,是在本地居民家制作当地美食,一结束唐思甜就说身体不舒服回帐篷了,洛蔷薇正要跟去看看,却被追上来的男人一把搂住了腰。

她蹙眉推他:"我要去看甜妹……"

墨时澈低头亲她,薄唇迷恋地摩挲着她的脸蛋:"我没吃早餐,陪我去吃?"

洛蔷薇想到他的手臂划伤了,就任由他抱着去了早餐店。

夏媛站在后面看着他们亲密的一幕,气得几乎咬碎了牙。

从她到这里的第二天就开始被冷落,不仅没人搭理她,她还要看着他们秀恩爱,而且墨时澈每晚都睡在洛蔷薇的帐篷里!

她不能放任这种情况继续下去,否则他们一旦关系缓和,她就很难再立足。

思及此，夏媛捏紧了手，她记得，那晚在407房间是有录像的——因为第二天早上她在浴室洗澡时，从门缝里偷看见连宿进来收走了一个摄像头。

她当时只觉得墨时澈有独特癖好，所以没有去问。

现在看来……这是个好机会！

夏媛立即回到帐篷区，趁节目组的人都没注意的一个空当，溜进墨时澈的帐篷，翻了半天翻出他的笔记本电脑，开机却发现需要输入密码。

她试了半天都不对，最后突然想到什么，输入了洛蔷薇的姓名拼音以及她的生日。

竟然提示解锁成功！

夏媛更是嫉妒得发抖，急切地在电脑里搜寻起来，很快就找到一个命名为"夏媛·407"的文件夹。

她忙点开，里面果然是一个视频文件。

夏媛欣喜若狂，忙用U盘将其拷贝下来，她正准备点开看看，帐篷的帘子忽然被掀开。

她一惊，迅速拔了U盘藏到口袋里。

墨时澈走进来，扫了眼她手里的笔记本电脑，表情淡漠："你在这里做什么？"

夏媛咬着唇娇柔地道："我……我一个人有点无聊，又没找到你，所以想来你的帐篷等你。"

"出去。"

夏媛委屈地站着，试图冲他撒娇："时澈，自从那晚之后，你已经好多天没碰我了，我很想念你……"

"那又怎么样？"墨时澈冷冷淡淡地打断她，"需要我扔你出去吗？"

夏媛见他一副生人勿近的冷漠样子，只得失落地一步三回头地出去了。

帐篷内恢复安静，墨时澈蹲下身，长指点了两下被夏媛碰过的笔记本电脑，眼底闪过一抹了然神色。

酒店豪华包厢。

墨时澈正跟穆云深在窗前聊生意上的事，看见洛蔷薇进来，立即迈开长腿走过去，自然地伸手搂住她的腰："才睡醒？怎么不打电话给我？"

洛蔷薇伸手将他推开，蹙眉道："你别总搂我，我要去那边坐。"

墨时澈低低地笑，再度搂住她："是不是没睡够，我抱你去那边沙发上再眯一会儿，嗯？"

几乎同一时间，夏媛走进包厢，看见这一幕顿时咬紧牙关。

看见前方的投影仪，她悄悄从一旁绕到投影仪后面，将U盘插入笔记本电脑，取消原来的播放设置，设定了那个"夏媛·407"的视频……

一切都弄好后，夏媛确定没人往这边看，这才猫着腰溜出来。

晚餐很快开始，服务员端上苗寨特色火锅。

朴导站在偌大的投影屏幕前，举着话筒感慨了一番，最后道："现在我们这档节目的初步剪辑片已经出来了，大家都看一看，不满意的地方可以提，包括一些字幕跟特效。"

他说着按下了播放键。

大屏幕上出现画面，但不是节目的，而是在一个房间里。

朴导一愣，还没问出口，夏媛忽然站起身，几步冲过去抢了他手里的遥控器，转身面对着在座的人道："这个视频……是我把自己交给时澈的那个晚上。"

所有人闻言都震惊了，齐刷刷地看向墨时澈，包括坐在他身边的洛蔷薇。

墨时澈却没有任何反应，仍旧低头仔细地剥着虾，将剥好的虾肉全部放到了洛蔷薇的碗里，仿佛这事跟他完全无关。

夏媛见状更气，于是鼓起勇气继续道："这个视频是时澈录的，我希望大家帮我讨一个公道，也希望时澈对我负责，给我一个交代。"

她是背对着大屏幕的，说话的同时，视频继续播放着。

只见画面里，房门被推开，一个男人走进来，直接朝夏媛扑了过去……

夏媛还没意识到不对，忽然有人惊呼道："这个男人是谁？"

夏媛一愣，倏地回头看去，只见屏幕上播放的画面中，压着自己的男人忽然扭了下头，那张脸赫然是——那个猥琐的富商李总！

夏媛整个人僵住了，难以置信地盯着屏幕，呆住了："这……这是……"

怎么会变成李总……不，不可能！

夏媛抓住手里的遥控器，慌忙就想将视频关掉。

原本在剥虾的墨时澈倏地掀起眼皮，拿起桌上的叉子直接朝她飞了过去。

叉子重重打在夏媛的手上，打掉了她手上的遥控器。

全场顿时鸦雀无声。

夏媛望着自己被叉子划出血痕的手背，疼得立马红了眼眶："时澈……"

"这视频不是你偷换了要放的吗？"墨时澈面无表情地看着她，"既然要放，那就放完。"

"我只是……只是……"夏媛望着他俊美而无情的脸，眼泪彻底忍不住了，"我只是爱你而已！我这么爱你你凭什么这样对我？！"

"你爱我，"墨时澈神色淡漠，"又关我什么事？"

夏媛一震，没想到他竟会这么说，几乎嘶吼出声："既然不关你的事，你为什么要把我带在身边？你明明就是喜欢我。更何况是洛蔷薇为了离婚才把我送给你的，你要怪也不该怪我，我有什么错！"

她这句话一出，在场的人包括穆云深都震惊了，原来夏媛……是洛蔷薇塞给墨时澈的？

"你有什么错，需要我解释给你听吗？"墨时澈黑眸落在她的脸上，眼神无情而残忍，"首先，不管谁找你，你身为墨氏的员工，既然能收下钱并且答应对我动手脚，那下次如果有人让你害我，你一样会答应，你这样的做法已经背叛了墨氏。

"其次，我将你带在身边只不过是参加宴会，连你的手都没碰过。我对你说过一句有关男女方面的话吗？如果没有，何来的喜欢你？"

夏媛还是不服气："那天晚上你写字条约我去407房间，难道是你故意设计我跟李总？你为什么要这么做？"

"是你想陷害我跟李总，"洛蔷薇忽然出声，美眸冷冽地看向夏媛，"难道夏小姐忘了你跟李总计划给我下药的事？要不要把端葡萄酒给我的侍应生找来问清楚？"

顿了顿，她红唇一勾："对了，你以为的墨总给你的字条其实是我写的，他的笔迹模仿得最像的人是我。"

夏媛这回彻底愣住了："所以，是你们……联合设计我？"

"你好像弄反了，"墨时澈掀起眼皮看她，"是你试图设计我太太在先，所以我才会原封不动地还给你，才会有这段视频。至于其他的，你还没有值得我动手的价值。"

夏媛浑身发抖，忍不住问道："你觉得我背叛了墨氏、背叛了你，可洛蔷薇把我送给你，她也是设计你给你下药……你难道就意识不到她以后也可能会害你吗？！"

"我的女人，"墨时澈毫不犹豫地道，"我心甘情愿。"

夏媛重重一震，心头控制不住地涌出疯狂的嫉妒，她忽然几步冲上前，端起正在沸腾的火锅，直接朝洛蔷薇泼了过去！

墨时澈眼神一凛，反应极快地侧身挡在洛蔷薇面前，同一时间抬手一掀桌子，用桌板挡住了泼过来的滚汤，随即猛地一踢，直接将桌板跟火锅都踢向夏媛！

"啊……"夏媛尖叫，火锅剩余的热汤悉数洒在了她身上，桌板又重重地朝她砸了过来，餐厅内一度陷入混乱……

夏媛因烫伤被紧急送去县医院。

节目组的人也都震惊得好半天没反应过来，晚餐自然没吃成。

洛蔷薇从餐厅洗手间出来没看到墨时澈，听边上的人说他也去医院了。

她没有多想，挽着唐思甜往帐篷区走去，一道修长的身影忽然挡在两人面前："薇薇。"

唐思甜见状借口接电话走开了。

洛蔷薇拨了拨长发，先开口道："我跟甜妹正要去吃烧烤，要不要一起吃点？"

燕楚看着她，眼眸中光影闪动："你跟墨时澈……和好了吗？"

洛蔷薇歪着脑袋，笑了笑："算是吧，他跟我表白了。虽然没有鲜花和蛋糕，也不浪漫，不过我想给彼此一个机会，试着好好相处。"

燕楚眼底划过一抹失落和黯然神色，嘴角却扬起笑，伸手揉揉她的脑袋："不管你喜欢谁，不妨碍我保护你，墨时澈欺负你你就告诉我，我第一个替你揍他。"

洛蔷薇看着他明亮的眉眼，发自内心地冲他弯唇笑道："阿楚，谢谢你。"

"傻丫头，"燕楚屈起长指敲敲她的额头，"跟我不说谢，什么时候都不许说。"

她是他找了二十多年的女孩，是他在梦里错过无数次、又始终执着的人。

所以不管发生什么，他都会守护她一辈子。

医院。

夏媛左腿、右手臂跟后背被烫伤，右脚踝轻微骨折，左脸下方也被滚烫的火锅汤溅到了一小部分，红肿破皮了。

病房门被推开，高大英俊的男人走了进来。

夏媛躺在病床上，一看到他，哭肿的眼睛立即更红了，慌乱地解释道："墨总，我……我不是故意要用火锅汤泼洛小姐的，我只是一时冲动……"

墨时澈走到床前，居高临下地睥睨着她，语气极冷："你知道如果那盆火锅汤迎面泼到她的脸上，会有什么后果吗？"

夏媛拼命想要替自己辩解："我……我当时昏头了，我不想害洛小姐的……墨总，你明天带我回江城的大医院吧。"

"你明天的机票我已经让人取消，"墨时澈面无表情地道，"住院在这，出院后也在这，以后你就留在这，不用再去任何地方。"

夏媛愣了几秒，而后惊恐地瞪大眼睛："墨总，不要……我不要留在这，我知道错了，我下次再也不敢了！"

"你差点害死她，"墨时澈眉宇间布满阴鸷之色，语气冰寒，"如果不是因为她先找的你，你已经没有命说你错了。"

夏媛浑身一震。

男人转身走了出去，没有再看她一眼。

因为夏媛的突发情况，节目的录制只得被迫中断。

朴导原本还想把前面拍摄完成的部分剪辑一下播出去，毕竟有墨时澈、洛蔷薇以及外界盛传的第三者夏媛引爆话题，收视率怎么着也得是全网第一啊。

但是没想到准备回程的当天，摄制组竟然发现装着所有拍摄片段的U盘不见了，备份的电脑也不见了，就连……摄像机都不见了。

朴导吓得忙让节目组的人去找，得到的结果仍旧是：没人看见。

他百思不得其解，正急晕了头，墨时澈单手插兜走过来，扫视一圈，最后淡淡地道："不见了正好就不用播了，包括这几天发生的事，我想你们应该都没看见的。"

众人："墨总，我们什么都没看见。"

墨时澈这才满意地转身离开。

留下朴导一个人风中凌乱。

整个节目组提前一天打道回府。

飞机的头等舱内，洛蔷薇抱着墨时澈的腰，趴在他胸膛上睡觉，男人用毛毯将她的身子裹住，大手有一下没一下地轻抚着她的长发。

唐思甜看了一眼忙别过头去，冲一旁的燕楚道："燕哥哥，你这次来云南不是说要祭拜谁的吗？"

"嗯，我去过了。"燕楚微笑，他是去祭拜阿妈，但看唐思甜这两天都不舒服，再加上情势也乱，就没叫上她。

顿了顿，他忽然随口道："以后我叫你思思吧，不然总跟着薇薇叫甜妹。"

思思……阿妈叫楚思,她一定很希望听见他这样叫妹妹吧。

"好啊,叫什么都行。"

飞机在江城机场降落。

因为飞行时间不长,也不怎么累,洛蔷薇跟唐思甜直接坐专车去剧组,出去一周,有些戏份需要补上。

墨时澈本来要送她过去,却被穆云深拉住,开着车,带他去了一家……很偏僻的精神病院。

轿车在门口停下。

穆云深没有立即下车,而是点了支烟,墨时澈看着门口的牌子,神色一点点沉下去:"为什么带我来这里?"

"我已经预约了医生,进去就可以检查。"

"云深。"

"时澈,"穆云深吸了口烟,缓缓吐出浓白的烟雾,半晌才侧首看向他,"在进去之前,我要跟你说一个……人,他叫墨枭,准确来说,是他说自己叫墨枭。"

墨时澈面无表情地看着穆云深:"所以他是谁?"

"是你自己,他就在你的脑海里蛰伏。"

安静的轿车内忽然连呼吸声都消失了。

洛红樱刚从意大利的服装展回来,下飞机不到一小时,就接到一个电话,来电显示竟然是……墨时澈。

洛红樱愣了下,顿时欣喜不已,赶忙接起来:"时澈,我刚下飞机,正想给你打电话,你还好吗?"

那端,男人的声音淡漠得没有一丝情绪:"晚上八点,夜欢301,我有事找你。"

"好的,对了时澈,我给你带……"

洛红樱话还没说完,听筒内已经传来嘟嘟的挂断声,她咬了咬唇,对一旁的余蓉道:"把我接下来的所有活动都推了,我要去见时澈。"

余蓉竖起大拇指笑道:"可以啊,不过现在都在传墨总找'小三',你可得抓紧了,别被其他人抢了先。"

"他找'小三'也算是件好事,至少证明他不是真的喜欢洛蔷薇。"洛红樱摘下墨镜,一副志在必得的表情,"放心吧,时澈从头到脚都是我的,我不会允许任何女人抢走。"

洛红樱先去泡了牛奶浴,做了头发和护理,又试了几个小时的衣服,这才满意地出门。

八点的夜欢纸醉金迷,是上流社会的寻欢天堂。

洛红樱拎着包包下车,没有直接进去,而是绕到了停车场。

墨时澈的黑色迈巴赫很是惹眼,车牌后四位是0808。

洛红樱的脑海中突然闪过一个想法,洛蔷薇的生日不就是8月8号吗?

而且她记得,墨时澈的每辆车的车牌号都有8,是巧合,还是……他特意选的洛蔷薇的生日?

难道他很早开始就喜欢洛蔷薇了?!

洛红樱一想到这就觉得恐慌,她强行压下情绪,叫来泊车员:"墨先生让我帮他到车上取东西,把车门打开。"

泊车员也知道她跟墨家的关系,忙照做。

洛红樱先打开前车门,将一个包装精致的礼盒放到副驾驶座上,然后又坐进车后座,确定没人往这边看,便弯腰将贴身的黑丝内裤脱下来,揉成一团扔在座位下隐蔽的地方,这才下车走进夜欢。

池牧正好跟几个哥们儿在这边开party,出来接完电话正要走回去,却看到洛红樱从走廊那边走过来,微笑着对接待员道:"墨少约我来的,301包厢。"

池牧拧眉想了想,还是拨通了唐思甜的号码:"思甜,你现在有空吗?你跟洛蔷薇不是闺密吗,我刚才看到……"

301包厢内。

没有酒瓶没有音乐,只开了一盏浅橙色的灯。

高大俊美的男人站在墙镜前,黑眸一眨不眨地看着里面自己的脸。

很熟悉，却又很陌生。

墨枭，这两个字从墨时澈的薄唇间轻轻吐出，却带着极冷的怒意。

房门忽然被敲响，紧接着被推开。

洛红樱走进来，语气甜腻而温柔："时澈，你是不是等很久了，路上堵车……"

墨时澈背对着她，站着没动。

洛红樱见状放下包，顺便脱了薄大衣，里面是浅粉色低胸吊带裙，裙摆刚刚包住臀。

她扭着腰朝他走过去："怎么没点酒，时澈你想喝什么，我让……"

男人冰冷的嗓音在包厢内响起："你跟他很熟，对吗？"

洛红樱脚步一顿，一下子没反应过来："他……"

"墨枭，"墨时澈盯着镜子里的自己，薄唇轻启，"你是不是早就认识他？"

洛红樱一震，没想到他会突然问这个，忙道："时澈，我……我不认识他，就上次在洛家你毒发时他出现过一次，突然出现的，吓到我了，跟我也没说几句话……"

她以为穆云深不会告诉墨时澈，还是说墨枭这段时间又出现了？

"是吗？"墨时澈转过身看着她，眼神冰凉阴鸷，"说了什么能说到床上去，并且让洛蔷薇看到？"

洛红樱蓦地抬起头，矢口否认："我没有！"

"所以你用了什么办法控制墨枭？"

"时澈，你真的误会了……"洛红樱委屈地解释道，"那次我都没反应过来，墨枭就扑过来压住我，还说要对付你，我很害怕地挣扎，他还打我。后来堂姐上来了，我怕墨枭会打堂姐，才冲过去关门的……"

墨时澈黑眸毫无温度地盯着她："也就是说，你并没有办法控制墨枭是吗？"

洛红樱忙摇头道："没有，我怎么可能控制他。时澈，双重人格不是其他人可以控制的……"

"既然如此，那你可以滚了。"

自始至终墨时澈看她的眼神都毫无表情："还有一句话我想应该让你知道——不管那个墨枭对你有什么心思,他都是从我的身体里分出去的第二重人格,既然我跟你永远不可能发生什么,那他也不会,我恶心你,那他也必须恶心你。我迟早会让他死在我的身体里,永无见光之日。"

　　洛红樱难堪得像是被一巴掌甩在脸上,她忽然扑过去抱住他的腰："时澈……"

　　墨时澈眼神一寒,扯住她的胳膊狠狠地将她掀到墙上,身体逼近,大掌掐住她的脖颈,阴冷地笑道："想死是吗?我可以成全你。"

　　下一秒,包厢门锁传来被拧开的动静,而后门被人一把推开。

Chapter 09
她曾经送他的所有礼物

洛蔷薇站在门口，面无表情地看着墙边靠得极近的男女。

墨时澈蓦地回过头去，看到洛蔷薇的瞬间瞳孔收缩，洛蔷薇对上他的眼睛，撩唇笑了："墨总，我说你怎么这么大晚上不回家呢，原来跟我堂妹在这里玩呢。"

墨时澈在她开口时就松了手，走到她面前，伸手想要摸她的脸蛋，却被洛蔷薇抬手用手包挡住，她美眸明艳地挑起："这手可才掐过我堂妹的脖子呢，墨总又准备用它来摸我？"

墨时澈闻言放下手，而后冷冷瞥向站在墙边的洛红樱："滚。"

洛红樱攥紧了手，刚才他掐住她脖子的那一刹那，她真的感觉到了窒息……

想了想，她不甘心地拿起沙发上的包包跟薄大衣走了出去。

包厢内顿时安静下来。

墨时澈低头看着面前美艳的女人，忍不住凑过去亲她的脸蛋："你怎么突然来夜欢了，司机送你来的？"

洛蔷薇别开脸，扯唇冷笑："就准许你在这跟女人偷情，不许我过来玩玩吗？"

"我没跟谁偷情，叫她过来是问她上次在洛家二楼的事，同时说清楚她跟我之间的界限，不想让你下次再因为她误会什么，"

墨时澈盯着她慢慢地道，语气有几分紧张："刚才是她突然扑过来抱我，我才掀开她掐住她的脖子。"

洛蔷薇听着他这番话，其实是相信他的，但心里还是莫名地不舒服，进而生出委屈、愤怒以及不想理他的情绪，她抿着红唇，忽然转身就走。

墨时澈本来还在紧张地等着她的反应，见状忙迈开长腿追了上去，想伸手拉她，又怕她更生气，伸出去的手收了回来，就这么紧紧跟在她身后。

走出夜欢的大门，洛蔷薇忽然转过身去，朝他伸出手："把你的车钥匙拿来，我要开你的车回去。"

墨时澈看着她，虽然不知道她要做什么，还是很快地道："钥匙交给泊车员了，我带你去找他要，嗯？"

洛蔷薇哦了一声，没有异议："好啊。"

泊车员送来车钥匙，洛蔷薇打开车门，一眼就看见副驾驶座上的礼盒——范思哲的牌子，显然是礼物。

是洛红樱这次去意大利带给他的礼物？

不过要按照墨时澈这种闷骚的性格，就算收下，肯定也不会这么明目张胆地放在副驾驶座上，很可能是洛红樱自己找泊车员要了钥匙放进来的。

思及此，洛蔷薇又打开车后座的门，弯腰看了看，果然看见座椅下方的一条……黑丝内裤。

她用两指捏住，直起身放到墨时澈面前："墨总，你能不能解释一下这是什么？"

墨时澈俊脸一冷，立即道："我不知道这是谁丢在我车里的，跟我无关。"

洛蔷薇弯唇笑着："当然是我那个喜欢你的堂妹呀。"

墨时澈看她一眼，拿出手机开始拨号。

那端很快接了，语气还带着点惊讶："时澈？"

男人冷漠地问道："你放在我车里的礼盒跟裤子是怎么回事？"

"啊……礼盒是我出国给你带的礼物，我怕你不收所以就擅自做主放进你的车里了，时澈你别怪我好不好？"洛红樱哽咽着，嗓音楚楚惹人怜，"至于你说的什么裤子……我不知道呀。"

墨时澈没有再问，挂断了通话，淡声道："她不承认，夜欢向来不设摄像头，就算有这个角度也拍不到车内，她这样做百分之九十是为了惹你生气，我绝对不会对这种恶心的女人感兴趣，你不要瞎担心，嗯？"

墨时澈说着拉开副驾驶座车门，弯腰拿起那个礼盒。

洛蔷薇却按住他的手，挑起柳眉看他："墨总这是干吗，这可是我堂妹千里迢迢从意大利给你带的礼物呢，你该不会想扔了吧？"

"她从哪里带的跟我有什么关系，"墨时澈淡淡地道，"对我来说都是垃圾。"

这话……她听着倒是蛮舒服的。

洛蔷薇轻哼一声，拿过礼盒坐进车内，直视前方："关门，开车，回家睡觉。"

墨时澈抿起薄唇，没再说什么，俯身替她系好安全带。

回到墨家别墅，洛蔷薇推开车门下了车，没有进去，而是来到后院，将狗屋里墨老太太养的泰迪抱了出来。

她拆开礼盒，里面是一件高档手工衬衫，定制款的。

洛蔷薇把衬衫给泰迪狗狗穿上，大概是气味不合心意又太大，才套上，泰迪直接低头咬住，刺啦一声就将昂贵的衬衫给咬破了。

意识到闯了祸，泰迪嗷嗷叫着就想逃跑，洛蔷薇却笑眯眯地摸摸它的头："乖，做得好，待会儿奖励你哦。"

身后响起男人的脚步声。

洛蔷薇站起身，从他的手臂上搭着的西装外套里摸出手机，蹲下身给穿着超大衬衫的泰迪照了几张照，又从他的通讯录里找到洛红樱，将照片发了过去，还贴心地配了一段文字："堂妹，谢谢你送的衬衫，我刚才给家里的狗试过了，除了有点大和一咬就破以外没有其他缺点，很棒呢。夜深了，我要跟老公洗鸳鸯浴去了，祝你做个好梦哦。"

"好了，"洛蔷薇拍拍手，将手机丢还给他，"睡觉。"

墨时澈对此什么都没说，回到卧室洗了个澡，刚出浴室，一个柔软的东西就朝他扔了过来。

他接住低头一看，是自己的枕头。

漂亮的女人坐在床上，瞥他一眼："洗好了就出去，今天不许你睡床。"

"为什么？"男人站着没动，"理由。"

"因为我心疼我以前送你的那些礼物啊，"洛蔷薇歪头笑着，"一想到我辛辛苦苦准备的东西全被你扔了，我心里就特别不舒服，除非你有本事把那些东西变出来，否则你这一周都不许上床睡。"

墨时澈闻言薄唇轻勾："所以说，如果我变出来，就能上床跟你睡？"

"对呀，我心情好了当然愿意抱着老公睡。"洛蔷薇纤指卷着发梢，"但前提是你得全部变出来，少一个都不行，可都是我的心血。"

"行，你说的，"墨时澈淡淡道，"穿鞋，跟我上楼。"

洛蔷薇懒洋洋地趿着拖鞋跟在他身后，墨时澈带着她来到四楼，打开靠内的一扇房门。

洛蔷薇本来以为会有什么特别的惊喜，然而进去后发现是间放书画的杂物室。

她刚要冷哼出声，却见墨时澈走到墙边，将一幅壁画取了下来，墙壁上顿时出现另一扇门！

墨时澈从口袋里取出钥匙，打开门锁推开门，洛蔷薇瞬间闻到一阵花香，情不自禁地一步一步走进去。

水晶灯被男人打开，入目是极其精致的装修，跟外面的杂物室完全是天壤之别。

而房内整齐地矗立着一个又一个柜子，上面摆满了各式各样的礼物！

这些礼物被保存得极其完整，甚至连装饰用的彩条跟袋子都还在。

洛蔷薇震惊地睁大眼睛，这每一个……全是她送给他的礼物！

阳台上还有一盆又一盆小植物摆在上面，活着的上面还有水珠，死了的也被透明的罩子罩了起来，整齐地并排放着。

洛蔷薇指着那些植物，嘴巴微微张大："这……这是……"

墨时澈站在她身后，淡淡地道："这是你去年婚前送我的，那天是周一，早上九点半你打电话说买了很多小植物要放在我的办公室，你送来的时候我去开会了，我出来时你已经走了。"

洛蔷薇慢慢回忆起来，这些植物都是她亲手栽种的，因为看了新闻说电脑边要放绿色植物，所以她想放在他的办公室里。

那天她确实兴高采烈地送去了，只不过第二天她再去，却没在办公室看到这些植物，那时她问过夏媛，夏媛说……总裁都扔掉了。

为此她难受了很久，把家里剩下的小植物也都扔掉了。

洛蔷薇有些怔怔地道："你……为什么拿回家放在这里，放在办公室不好吗？"

"放在办公室会有人碰，"墨时澈淡声道，"你送的，我不想让任何人碰。"

洛蔷薇低下头，慢慢地笑了："可放在这里……不就不能防辐射了吗，那就没意义了……"

"它本身的存在就是最大的意义，不需要别的。"

洛蔷薇半晌没说话，随后转身走到其中一个柜子边，拿起一个很丑很土的熊宝宝。

它的肚子上有一个大大的桃心，上面被她用红线绣着"洛蔷薇（爱心）墨时澈"的字样。

"这是你高一下学期期末考前一周送我的，说祝我模拟考顺利，还亲手画了张画，让人塞在我的课桌里。"

洛蔷薇下意识就想找字条，墨时澈又道："那张画被我后桌的男生抢去看，被吹到窗外，找了很久找不到，所以我打了他。"

她忽然想到什么："就是你高中跟人打架，还进了警察局的那次？"

墨时澈当年在学校始终被当成男神，成绩长期位居全年级第一，各方面都很优秀，唯一一次被记过……就是跟同学打架，最后双双见了血，直接进了医院。

至于原因，在江城高中一直是个谜。

"嗯，"墨时澈应得淡然，视线扫向一旁的柜子，"那是我住院的时候你送我的葫芦，你说可以化凶辟邪。"

洛蔷薇红着脸，垂着脑袋："我去医院看你，你都不让我进病房，还让护士把我赶走。"

"你的日记本里不是写着，最怕的事情是去医院吗？"

洛蔷薇抬头看他："你为什么都记得？"

墨时澈也看着她："我为什么要忘记？"

"你把这些礼物放在这里，是因为什么？"

她以为他会说些甜蜜的话，但墨时澈只是淡声道："每天来看，会觉得很放松很舒服，再辛苦都不觉得累了。"

顿了顿，他薄唇掀起邪气的笑："洛蔷薇，你知道我这些年一直想做的一件事是什么吗？"

洛蔷薇好奇地眨着眼睛，还来不及问，男人忽然欺身过来，将她压在墙壁上。

他低头吻着她的眼睛，嗓音低哑地道："想在这个房间里，看着这些礼物，听你喊我老公，说你爱我。"

墨时澈一路往下，吻住她的唇，辗转缠绵。

洛蔷薇脸蛋红得几乎要滴血，身体瘫软，不知何时被他放到了地毯上。

墨时澈在她耳畔低语诱哄："洛蔷薇，你爱我……说你爱我。"

洛蔷薇在爱与欲的沉沦间听着他的低语，但无论他怎么哄怎么缠，她始终没有对他说出"我爱你"三个字。

夜渐渐深了，二人就这么相拥着躺在这间礼物房的地毯上。

空气中弥漫着欢愉过后的暧昧气息。

洛蔷薇枕在男人的手臂上，耳畔传来他均匀的呼吸声。

她缓缓睁开眼睛，出神地盯着他俊美的睡颜，纤指轻抚上去，反复摩挲，久久留恋。

"墨时澈……"良久，她喃喃出声，眼神痛楚而迷茫，"为什么……那个时候，你没有来呢？"

他爱的到底是她洛蔷薇这个人，还是因为命运走向的改变，她挑起了他的兴趣跟征服欲，他才爱上她的？

她解不开这个心结。

可尽管如此，她还是好喜欢他，就像是命中注定在劫难逃。

男人忽然于睡梦中皱眉，梦呓着喊道："洛蔷薇……你冤枉我……"

洛蔷薇忍不住弯唇笑了，深吸口气，甩开脑海中那些没有结果的想法，小脑袋朝他怀里蹭了蹭，抱着他的腰闭上了眼睛。

丁繁英出院之后就被洛蔷薇送去旅游，直到今天才回来。

洛蔷薇去机场接她，本想让她去疗养院住一段时间，但丁繁英不肯，非要回洛家住，说是太久没回去对洛老太太不敬，也没给父亲洛世清上香……

洛蔷薇怎么也拗不过妈妈，又不放心她一个人，只能送她回去。

洛家老宅的客厅内，洛老太太正坐在沙发上看电视，看到丁繁英和洛蔷薇从玄关进来，什么也没说，冷哼了一声，摆着脸色。

洛蔷薇无视了洛老太太，拉着丁繁英上楼，结果在楼梯转角处碰到正下楼的洛红樱。

看到她出现在洛家，洛红樱明显一怔，随即想到那天晚上收到的信息，气得发抖，语气刻薄又嘲讽："哟，这不是堂姐吗，该不会是被时澈赶回来了吧，我们家可供不起你这种勾三搭四的狐狸精。"

"你们家？"洛蔷薇勾唇笑道，"堂妹你别忘了，洛氏虽然是你那猪狗不如的爸爸在管，但我爸也是有股份的，这就等于我有继承权，这房子也有我的一份哦！"

洛红樱咬着牙："你敢骂我爸爸？！"

"对，骂的就是他，怎么样？"洛蔷薇朝她靠近一步，美艳的脸蛋逼近她，"要不要试试看甩我一巴掌的后果？"

"……"

想到墨时澈现在这么宝贝洛蔷薇，洛红樱咬牙强忍下这口气，转身走了。

洛蔷薇和丁繁英进到房间，洛蔷薇趴在妈妈的床上，一副闷闷不乐的样子，侧眼看着丁繁英整理衣服，忽然问道："妈，你跟爸到底是怎么认识的，为什么会嫁到洛家来？"

丁繁英闻言身体微僵，忙调整表情转头道："就那么认识的……你怎么突然问起这个来了？"

洛蔷薇翻了个身仰躺着，望着天花板："妈，我还是想带你离开这里，以后都不要回来了。"

"又来了！"丁繁英瞪她一眼，"你跟时澈都结婚了，肯定是要好好过的，难道你舍得离开时澈吗？"丁繁英在床沿坐下，握住洛蔷薇的手，忍不住感叹道，"蔷薇啊，妈真的什么都不图，也不需要你为妈做什么，妈就希望你能幸福，这样也算是有个交代了……"

洛蔷薇蹙眉："什么交代？"

丁繁英眼神闪烁，忙道："没什么，就是……跟你爸有个交代。"

"我都不太记得爸爸的样子了……"洛蔷薇抱住妈妈的腰，撒娇般蹭着，"妈，再给我一点时间，我一定会让你以后都舒舒服服地过。"

"你过得幸福妈就开心了。"

这天，洛蔷薇拜托娱乐圈的朋友，帮忙找到一个靠谱的私家侦探。

她付了定金，让对方去查洛世荣这几个月出入过什么场所。

几天后，私家侦探发来十几张清单。

洛蔷薇一个个排除，花了一天时间，最后目标锁定锦瑟大酒店。

她立马通知私家侦探，从今天起24小时在酒店盯着。

三天后，洛蔷薇正跟唐思甜在美容店做指甲，就接到私家侦探的电话，说洛世荣跟一个女人一前一后进了锦瑟大酒店。

一拿到房间号码，洛蔷薇立即用网络IP给尤玉莲发匿名短信："你老公在外面玩女人，不信你就去看看，锦瑟大酒店5519，保证你不去会后悔。"

"在干什么呢,神神秘秘的。"唐思甜凑过来,洛蔷薇收了手机,捏捏她的脸蛋:"走,甜妹,带你去看戏,绝对是年度大戏,疯狂互撕那种。"

洛家。

尤玉莲一收到短信就炸了,最主要的是她打洛世荣的电话竟然还不在服务区,她顿时急了,拉着洛红樱就要出门。

洛老太太拄着拐杖走过来:"怎么了这是,急急忙忙的。"

"妈,有人给我发短信,说世荣跟女人开房……"

洛老太太立即道:"不可能!我儿子不是这种人!"

尤玉莲越想越心慌:"可是他的手机也打不通……不行,妈,我一定要去看看!"

"我跟你们一起去,"洛老太太板着脸,"要是你冤枉了他,回来我要好好给你上上课!"

三人来到锦瑟大酒店,直奔5519房间,刚到五楼,就撞见从另一边电梯里出来的洛蔷薇。

尤玉莲一愣:"你……你怎么在这?!"

"跟我闺密过来找她从纽约飞过来的朋友。"洛蔷薇挽着唐思甜,微笑道,"二婶来干什么呢?堂妹跟奶奶也来了呀。"

尤玉莲顾不上那么多,火急火燎地去找房门号,来到5519门口就要大力拍门,洛蔷薇忙拦住了她,然后捏着鼻子上前敲门,细着嗓子道:"您好,服务员送水果,麻烦开一下门。"

如此敲了三四次,里面总算传来动静,伴随着男人极度不爽的抱怨声:"送什么水果,烦死了……"

听到这个声音,尤玉莲心口一紧,但还是抱着侥幸的心理,不相信会是洛世荣的。

咔嗒一声,紧接着房门被推开,尤玉莲看进去,下一秒,洛世荣那张略显肥胖的脸赫然出现在视线中!

他光着脚,身上随便裹着浴袍,显然是刚从床上爬起来,脖子上还有被抓出的鲜艳红痕……

洛世荣看着门外一脸惊愕的妻子、女儿以及母亲,整个人都蒙了,而后迅速就想关上门——

尤玉莲却突然疯了一样,猛地冲过去撞开房门,尖声叫嚷着:"那个狐狸精在哪?!勾引我老公……给我出来!"

她边叫嚷着边冲进去,果然看见地上散落着女人的文胸跟衣裤,床上的被子隆起一个人的形状……

"你给我起来!"尤玉莲就要去掀被子,洛世荣忙过去一把拉住她,"你干什么,别乱叫,不嫌丢人的!"

"我丢人?"尤玉莲转过身,眼眸泛红,"你背着我在外面玩女人还说我丢人?"

"我……我这是……"洛世荣一副为难又烦躁的样子,眼角余光忽然瞥见走进来的洛蔷薇,顿时灵光一闪,怒道,"是她!是这个小贱人故意设计我!"

尤玉莲回过头去,洛老太太也看向洛蔷薇,用拐杖指向她:"肯定是你故意栽赃污蔑我儿子!"

"噢,是吗?"洛蔷薇一手搭在唐思甜肩上,一手卷着发梢,漫不经心道,"要不然我们现在去找酒店录像,看看你是不是跟床上的女人一起进来的?"

"你……"洛世荣一时不知如何辩解,气得脸色发青,"是你发短信给她们的对不对?是你派人调查的!"

"你出轨是事实啊。"洛蔷薇语气轻蔑。

一旁的尤玉莲爆发出一声尖锐的怒吼:"洛世荣!"

洛世荣一惊,猛地转过头,想要去哄尤玉莲,尤玉莲却转身就走,洛老太太见状拉住她:"玉莲,你根本没必要这么生气,男人玩玩也正常,世荣是个好男人,他只不过犯了个小错误而已……"

没想到,向来捧着洛老太太的尤玉莲却甩开她的手,走到门口的水果台边,身后的洛世荣还在不停地说着:"老婆,这次真的是个意外,我……我也是一时糊涂被设计了,绝对不会有下次……"

下一秒，尤玉莲忽然伸手拿起果盘中的水果刀，转身朝着洛世荣扑了过去！

洛红樱跟洛老太太顿时大惊，洛红樱忙冲过去拉住尤玉莲："妈！你别冲动！"

"放开我！"尤玉莲双眼通红，已经愤怒得失去理智，推搡间水果刀在洛红樱的手臂上划出一大道血口子……

洛老太太见状一惊，生怕儿子受伤，走过去就要用拐杖打尤玉莲，洛红樱忙又拦住她："奶奶你别打我妈，我来劝她……"

"让开！"洛老太太一把推开她，想打洛蔷薇又忌惮墨家，实在气不过，举起拐杖就朝洛红樱身上打，"都怪你，你这个没用的丫头。"

"奶奶，我……"洛红樱想开口，却被拐杖打得跌倒在地，痛呼出声，"啊！"

尤玉莲还在跟洛世荣吵着，扭头看见女儿被打，气愤值顿时达到顶峰。

她蓦地转过身，趁洛世荣不备，直接将匕首狠狠刺向洛世荣的裤裆中间！

"啊——"洛世荣脸色剧变，惨叫出声，捂着血流成河的下身，倒在地上……

洛红樱瞪大眼睛，吓得一时动不了，洛老太太更是睁圆了眼睛，又是痛心又是惊惧："世……世荣……我的儿……"

手里的拐杖掉在地上，洛老太太捂住心脏，表情痛苦万分，忽然浑身抽搐了几下，直直地往后倒去！

尤玉莲握着匕首呆呆地站在那，片刻后疯狂地大笑起来："哈哈哈哈，洛世荣，你背叛我……你活该！"

突逢巨变，洛红樱吓得脸都白了，赶忙爬起来，颤颤巍巍地拿出手机打急救电话。

此时，床上躲在被子里的女人听见这么大的动静，总算是坐起来穿衣服了。

唐思甜听见动静转过头去，看见床上的女人的瞬间，整张脸唰地白了，震惊地张大了嘴："妈……"

妈？！

洛蔷薇倏地转过头去，看了眼那女人，压低声音道："甜妹，她是……你妈？"

唐思甜僵硬地点了点头。

床边，容兰芝套好裙子站起身来，看见唐思甜也怔了怔："你……你怎么在这里？"

她一出声，尤玉莲立即转过头，死死地瞪着容兰芝，忽然朝她冲了过去。

"妈，小心！"唐思甜离得更近，冲过去将容兰芝拉到自己身后，尤玉莲举着匕首，尖声骂着："你这个贱女人，勾引我老公，我要杀了你，我要杀了你……"

眼见匕首就要刺到唐思甜，一旁的洛蔷薇迅速转身，用尽全力抬起茶几边的椅子，直接朝尤玉莲砸了过去！

砰——

木椅重重地砸在尤玉莲身上，尤玉莲惨叫一声，整个人摔倒在地，手上匕首也掉了。

"妈！"刚打完急救电话的洛红樱忙又扑到尤玉莲身边，着急地喊道，"妈你没事吧，你怎么样……"

洛蔷薇也是惊魂未定，站在边上喘着气。

唐思甜忙朝洛蔷薇跑过来，手在她身上摸着，急切地道："蔷薇你没事吧？"

"洛蔷薇！"洛红樱蓦地站起身来，"是你！你想害得我家四分五裂！"

"你说对了噢，我就是这么想的，并且也成功了。"洛蔷薇笑眯眯地道。

"……"洛红樱气得脸都扭曲了，牙关不停打战。

很快，急救人员赶了过来，将昏倒过去的洛老太太、下身全是血的洛世荣，以及昏过去的尤玉莲抬了出去，送去医院抢救。

洛红樱还打电话通知了墨老太太，所以洛蔷薇也要过去。

洛蔷薇想让司机先送唐思甜回去，唐思甜忙道："没事的蔷薇，我跟我妈聊一聊再回去，你先去忙你的，别担心我，有事我打电话给你。"

洛蔷薇闻言只好跟着救护车一同离开。

房内顿时只剩下两个人。

容兰芝从包里摸了根烟出来，唐思甜见状蹙眉，伸手抢过烟："妈，你……"

她似是不知道该怎么说，紧紧抿着唇瓣，随后忍不住道："你怎么可以这样，爸对你那么好，他身体不好还每天做饭给你吃，你……你太过分了！"

"我有什么过分的。"容兰芝嗤笑一声，又拿了根烟点燃，"我告诉你，你哥现在被困在赌场还缺三百万，本来今晚洛世荣答应先借给我这笔钱，现在倒好，被你给搅黄了！"

"钱我会去筹，给我两天时间，"唐思甜脸蛋紧绷，哽着嗓子道，"今晚你先回家，爸今晚要打吊瓶，他肯定希望看到你。"

"再等下去你哥就没命了！"容兰芝瞪着她，越想越气，伸手掐她，"我看你爸就是被你给气病的，他冒着生命危险把你一个孤儿救回来，花钱把你培养出来。本来池牧追你，你们都可以结婚了，我们就可以拿到一大笔聘金，结果你倒好，被人家妈妈带去医院验身后，人家直接不要你了！我们唐家的脸都被你一个养女给丢光了！"

唐思甜眼睫轻颤，垂着眼眸，好半晌才沙哑地道："回家，爸在家等你。"

"今晚弄不到钱你别想回家！"

容兰芝说着从包里拿出手机，走到洗手间开始小声打电话。

唐思甜站在原地，橙黄的灯光包裹着她的身体，令她越发显得单薄又纤细。

容兰芝很快出来了，扯着她就往外走："走，我已经联系好谢总了，他之前就来问过我你的事，对你很感兴趣，今天他正好住在这家酒店，你跟我去见他。"

"我不去!"

唐思甜猛地甩开她的手,容兰芝顿时怒了,转身给了她一巴掌:"必须去!你的命都是我们唐家捡回来的,你别给我狼心狗肺忘恩负义!"

唐思甜被打得偏过脸去,随后被容兰芝强行拉到了七楼的房门口。

容兰芝敲过门后,房门很快被打开,她直接用力把唐思甜推了进去。

唐思甜趔趄下重重跌倒在地,掌心擦破了皮,谢总笑着忙过去扶起她:"唐小姐细皮嫩肉的,可不能乱摔啊。"

唐思甜立即躲开他的手,自己扶着墙壁缓缓站了起来。

"谢总,今晚我女儿就拜托你照顾了,"容兰芝脸上挂着笑,"我女儿长得这么漂亮,又是个大明星,想约她的人可多了……"

"我知道,我喜欢唐小姐很久了,"谢总笑着道,"我这边还在谈生意,我的客人在阳台打电话,你先回去,唐小姐就留下来,钱我少不了你的。"

他话音刚落,阳台的推拉门被推开,打完电话的男人迈着长腿走进房间。

唐思甜抬头看去,正好对上穆云深轻佻的凤目,二人同时一愣。

谢总听见动静也转过头去,忙笑着道:"穆总,不好意思,您先坐,我这就来。"

穆云深扫了唐思甜一眼,嘴角勾起抹嘲讽的笑,随即别开眼淡淡地道:"行,你随意。"

唐思甜身体一僵,迅速低下头去。

本来她被容兰芝强行拉来是愤怒的,但一看到穆云深,她所有的情绪都转为羞耻,以及无穷无尽的悔意。

他一定……更恶心她了吧。

谢总给容兰芝签了张支票,刚递过去,就猴急地扯着唐思甜的手臂,直接往她胸上摸……

"等等。"不远处沙发上的男人放下咖啡,站起身走过来。

谢总有些诧异:"穆总……"

穆云深单手插兜,在容兰芝面前站定:"他给你多少钱,我给你双倍，你女儿，我买。"

容兰芝一听，立马道："穆总，谢总刚才给了我700万……"

"三千万，以后你女儿跟着我，"穆云深眯起眼淡笑着，但眼底毫无笑意，"以后我不希望她再被卖给其他人，这是最后一次。"

容兰芝赶忙答应道："好的好的，这是肯定的，以后我们思甜就是您的人了！"

穆云深懒得听她废话，直接给她开了支票。

容兰芝拿着支票走了后，唐思甜站在房间墙边，仿佛被人扇了两巴掌，脸上火辣辣地疼。

"戳着做什么？"穆云深见她站着不动，眉头不悦地皱起，扯着她的手臂就往外走。

谢总本想叫住他，最终没敢出声。

医院。

洛世荣、尤玉莲以及洛老太太都被推进了急救室。

洛红樱在外面焦急地等待着，转过头却看见洛蔷薇靠在墙边玩手机，顿时一阵怒火上涌，几步冲过去抢过洛蔷薇的手机，重重往地上一摔！

啪的一声，手机顿时摔裂屏，直接报废了。

"洛蔷薇！"洛红樱咬牙怒道，"你竟然还跟没事人似的在这里玩手机，里面躺着的也是你的奶奶、你的二叔二婶，你怎么就这么狠心！"

洛蔷薇心疼地看了一眼自己的手机，抬头时眼神冰冷："不好意思，那是你的，更何况论狠我怎么比得过你呢？"

"你……"洛红樱忍无可忍，扬手就要扇她，身后忽然响起脚步声。

下一秒，手腕被一只大手截住，随即洛红樱就被一股大力掀开，重重摔在墙壁上。

男人磁性低沉的嗓音响起："怎么回事，有没有受伤？"

洛红樱忍着痛抬起头，就看见墨时澈站在洛蔷薇身前，俊脸紧绷，眼神紧张，大手在她身上摸索检查："哪里伤到了，我让医生马上来。"

"我没事。"洛蔷薇任由男人检查，慵懒地笑着，"倒是堂妹貌似摔伤了呢，墨总不去关心一下吗？"

这时墨老太太也被连宿搀着急急忙忙地走了过来："澈儿你慢点，等等我啊，哎哟我都跟你说了好多遍，不是蔷薇出事……"

洛红樱一看到她，便痛苦地喊道："奶奶……"

墨老太太见洛红樱竟然狼狈地摔在墙边，叫连宿过去扶起了她，扶了扶老花镜："怎么回事啊？"

"我奶奶跟爸妈他们……"

急救室的门这时突然被推开，医生走了出来。

洛红樱顾不上其他，赶忙过去询问情况。

医生翻了翻单子道："洛世荣，下体被尖锐的刀具刺伤，由于伤口太深，性功能丧失，至于能不能正常小便，这个要看恢复情况。

"尤玉莲，被重物砸中背部，只是瘀青红肿，很快就可以恢复，但她应该是受了什么刺激，目前精神状况有点不正常。

"还有那位老奶奶，也是受了刺激，脑血栓发作中风，基本确定会偏瘫在床。"

交代到这，医生又补了句："三位伤者情况都挺严重的，你们家属准备一下照顾的事吧。"

洛红樱眼前一黑，几乎要昏过去，医生一走，她立即转过身流着泪道："奶奶，都是堂姐，是她找私家侦探调查我爸，害得他们闹成现在这样，她还用椅子砸我妈……她是这一切的罪魁祸首！"

墨老太太有些惊讶地看向洛蔷薇。

墨时澈没说话，黑眸沉沉地看着洛蔷薇，想让她依靠自己，用依赖的口吻说：老公，我被欺负了，你帮我讨回来。

但洛蔷薇没有，她没有看他，更没有对他说什么，只是笑眯眯地卷着发梢："哎呀，堂妹这么激动干吗，你爸是自作孽，这可能就是善恶到头终有报吧？"

墨时澈一张俊脸上没什么表情，片刻后他忽然转身走向电梯，墨老太太忙拉住他："哎呀你要去哪啊？"

"透气。"

333

丢下这句话，男人高大的背影便消失在电梯口。

墨老太太摸不着头脑，不知道到底发生了什么，见洛老太太被推出来，便直接去了病房。

洛红樱正想也跟上去，洛蔷薇淡淡的声音在身后响起："堂妹真是傻得可以，现在还哭哭啼啼的有什么用？以他出轨的事，你觉得奶奶对他能有多少好感？你难道忘了，墨青山就是因为包'小三'常年不回家？"

洛红樱像是突然明白了什么，心里发寒，颤抖地道："洛蔷薇，这些全是你故意设计的……"

"是故意的啊，只不过刚好你家人都够蠢，结果比我预期的要好呢，而且难道你忘了，"洛蔷薇走到她面前，俯下身，贴近她耳边道，"洛红樱，我早就跟你说过，钝刀磨骨才能体会极致的痛苦。接下来的人生，你要面对破碎的家庭、残缺的爸妈和中风的奶奶，我想你会很享受噢。"

洛红樱攥紧了手，额角青筋暴起，气得想要崩溃嘶吼！

洛蔷薇却看都没看她，转身走向电梯。

才走出医院大门，洛蔷薇就看到坐在便利店门口的长椅上的男人。

墨时澈指间夹着根烟，时不时抽一口，眯着眼缓缓吐出浓白的烟圈，浑身散发着颓靡又慵懒的性感魅力。

路过的女孩都忍不住停了下来，围在不远处盯着他看，有人拿出手机开始偷拍。

一个黑长发穿校服的女孩从人群中被推出来，慢慢走到长椅边，清秀的脸上满是爱慕跟害羞："帅哥你好，我……能不能要一个你的微信号？"

一道娇媚的声音插了进来："应该不能噢。"

那女孩侧首就看见一个穿着长裙极为美艳的女人走过来，忍不住咬唇："你是谁……你凭什么替这位帅哥说话？"

洛蔷薇媚眼看向墨时澈："帅哥，你说我凭什么替你说话？"

墨时澈几步迈到洛蔷薇身前，长臂一伸将她拽到怀里。

洛蔷薇还未反应过来，就被低下头的男人狠狠吻住了。

她睁大眼睛，很快便伸手圈住男人的脖子，踮起脚配合地回应着他的热吻。

那女孩见状气得脸都青了，转身小跑着离开。

周围的人一散，墨时澈立即扯下脖子上女人的手臂，也离开了她的唇。

洛蔷薇一副委屈兮兮的表情："老公，怎么不吻啦？"

墨时澈闻言朝身侧看了看。

洛蔷薇疑惑地问："你在找什么？"

"在找你说的老公在哪里。"他面无表情地道。

洛蔷薇眨着眼："你不就是我老公吗？"

"是吗？我怎么不觉得，"墨时澈似笑非笑，"有我跟没我对你有什么区别，反正你什么都不告诉我，也用不上我，老公这个称号我可能配不上。"

"……"

她说墨总好端端的生什么闷气，原来是因为这个……

墨时澈说完那一番话转身就走。

洛蔷薇一怔，冲过去拉他，却被男人甩开。

他腿长，走得又快，她根本追不上，看着他越走越远，洛蔷薇急中生智，直接蹲了下来，捂着胃部喊道："啊——肚子好痛……"

走在前面的男人明显顿了下脚步，随即还是继续往前走。

洛蔷薇不停地痛呼："真的好痛……痛死了……呜——"

她低着头喊了半天觉得他可能真的不会回头了，叹了口气，正要站起身，就听见头顶传来男人紧绷的冷漠嗓音："哪里痛？"

洛蔷薇一喜，忙抬起头："老公，你不生气啦？"

她没控制住脸上露出了笑容，墨时澈见状俊脸一冷，有种被耍了的感觉，转身又要走。

洛蔷薇忙站起身，但蹲太久脚都麻了，啊了一声重新跌了回去，紧接着手臂被人一拽，然后整个人被不知何时折回来的男人搂进了怀里。

洛蔷薇赶忙抬起双手圈住他的脖子："老公，你再走我肯定会摔倒，你忍心让你这么漂亮的老婆摔在地上吗？"

虽然知道她这么说故意的成分很大，但这一招对墨时澈来说屡试不爽，他到底没能松手，手臂圈紧她的腰："哪里痛？"

"就这里痛……"洛蔷薇拉过他的手覆在自己的胃部，"真的好痛，我是不是要死了……"

墨时澈低头在她的唇上用力咬了一下："不许乱说话，犯了错就给我老实点。"

洛蔷薇："……"

他就这么给她定罪了？

墨时澈横抱起洛蔷薇走到长椅边放下，转身进了便利店，很快就又出来，手里拿着一个热水袋，看上去是用过的。

洛蔷薇有点惊讶，是他找店员要来的吗？

墨时澈坐下，将她抱到自己的腿上，拿着热水袋敷在她的胃部，低头用薄唇贴了贴她的额头，声音低哑地问："是不是还很痛，我抱你去看医生？"

"不要！"洛蔷薇赶忙搂紧他的脖子，心里莫名暖暖的，埋首在他的颈窝内，"你就抱着我，我就不痛了。"

很明显……是在耍无赖。

墨时澈没说什么，低头攫住她的唇，缓慢而缠绵地吻了一会儿："原谅你了，不过罚你每天晚上多跟我做一次，反抗无效。"

洛蔷薇哼了一声，但嘴角轻轻勾了起来，整个人朝他怀里蹭了蹭。

又过了一会儿，她忽然想到什么，抬起头来："墨时澈，把你的手机借我用一下，我要给甜妹打个电话。"

难得她这么乖顺地窝在他怀里，墨时澈显然不愿意被打断，淡淡地道："我没有她的号码。"

"我会背呀，你把手机给我。"

男人皱眉："我的号码你会背吗？"

洛蔷薇想都没想地答道："你不是上个月换号码了吗？我当然不会啊。"

墨时澈一张脸顿时又黑又冷，他拿出手机："先把我的号码背熟了再打，背十遍给我听，错一个数字就从头来过。"

洛蔷薇："……"

高档轿车开到一栋别墅外停下。

穆云深推门下车就往里走去，唐思甜不知道他什么意思，但还是跟了上去。

卧室是简欧风装潢，纯深色系，很适合男人独居。

穆云深扯着领带走到酒柜边拿出瓶龙舌兰，瞥了眼拘谨地站在门口的唐思甜："戳着做什么，去把自己洗干净。"

唐思甜闻言似是想到什么，下意识往后退了一步，这个闪躲的反应明显勾起了穆云深的兴趣，他放下酒杯，朝她走了过来。

唐思甜强迫自己冷静，在他即将靠近时开口道："穆公子，你跟墨梨儿小姐……是订婚了对吗？"

穆云深脚步一顿，"墨梨儿"三个字似是触了他的逆鳞，他扬唇冷漠地道："唐小姐，你是我花大价钱买来的，对于买的含义我想你应该很明白。我跟我未婚妻的事与你无关，你不要试图去招惹她，也不要越界。"

唐思甜表情微微一僵，感觉心尖针刺般疼痛。

手机铃声忽然响起。

唐思甜忙拿出手机接起来，洛蔷薇娇俏的声音传来："甜妹，你在哪，回家了吗？"

房间很安静，听筒内的声音清晰地传出。

唐思甜有些不知如何开口："我……我马上……"

手机忽然被抢了过去，穆云深直接道："她现在在我家。"

"穆公子？"那端的洛蔷薇明显愣了一下，"甜妹在你家？"

穆云深睐着眼淡淡地道："洛大小姐该不会自己有老公还想打扰别人吧？我们要继续，先挂了。"

唐思甜见状，忙上前想要抢回手机："我还没跟蔷薇说……"

穆云深将手机丢到不远处的沙发上，看向她时眼神多了几分不悦，语气更冷：“你别想着去找洛蔷薇借钱，她最后还是要找时澈拿，那是墨家的钱。”

换而言之，那也是跟墨梨儿有关的，她不能沾染。

唐思甜没有再去抢手机，低下头，缓慢地道：“我从来没想过要找蔷薇借钱，也没想过招惹墨家，这点你完全可以放心，我自己的命，我自己知道的。”

她很明白唐家是个无底洞，她必须去填补，但别人没有这个义务。

"唐小姐知不知道，"穆云深长指抬起她的下巴，指腹摩挲着她瓷白的肌肤，低低地笑道，"认命的女人通常很薄情，所以你是想告诉我你不长情吗？"

唐思甜乖巧地抬起脸，温软地笑道："我薄情还是长情，对你而言似乎并不重要吧。"

"现在重要，"穆云深俯下身，轻轻地笑道，"你喜欢我。"

唐思甜浑身一僵。

这四个字像是一直被她小心翼翼藏着的宝藏，从来都是夜深人静时独自回味，从来不敢见光示人。

她几乎下意识地道："不，我……"

"在云南的时候，你偷看我，早餐往我的袋子里放牛奶，我的衣服也是你偷偷帮我洗了晾在外面的。"穆云深鼻尖抵着她的鼻尖，眯着眼玩味地道，"还有那晚我在河边喝醉了，是你主动靠近我，是你勾引我。"

他靠她这么近，从未有过的紧张感几乎让唐思甜站立不住，她摇着头想要往后退："我……我没有……"

穆云深捏着她的脸蛋："喜欢我就说，我允许你喜欢。"

话音刚落，他吻住了她。

出乎唐思甜的意料，他吻得温柔而绵长，大手捧着她的脸，含着她的唇一寸寸攻克，很耐心地等她张开嘴，才探入舌与她纠缠。

唐思甜由一开始的抗拒到慢慢沉沦，手指攥紧他的衬衫，身体几乎瘫软在他怀中。

下一秒男人拦腰将她抱起，走向一旁的大床。

唇齿交缠间，暧昧的温度渐渐升高。

二人同时攀升到巅峰时，穆云深咬着她的耳朵，微喘着道："唐思甜，继续喜欢我，你家的那些事我替你扛着。留下来住在这里，陪我。"

唐思甜感觉心几乎要跳出嗓子眼，她听见自己说："好。"

洛世荣住院的第二天，就接到了法院的传票——洛氏其他股东控诉他有幕后操纵、挪用公款等经济犯罪行为，并且已经拿到了确凿证据！

碍于洛世荣目前还在手术恢复期，所以暂时没有拘留他，但警方已经在着手调查，并且冻结了洛世荣的所有账户。

洛红樱得知这个消息时几乎要被气疯。

毫无疑问，这件事百分之百是墨时澈干的。

洛红樱立即去墨氏找墨时澈，但不管她用什么方式，都被拒见。她去找洛氏其他的合作商帮忙，也都被拒绝了。

洛红樱走投无路，这时被公司雪藏已久的林雅萍忽然找到她，说得到了朋友的内部消息……

几天后，林雅萍在机场接了人，直接来到租住的偏僻公寓。

林雅萍推开门走进去："红樱，人带来了。"

洛红樱打量着眼前脸上有烫伤的女人："你就是前段时间，一直跟在时澈身边的夏媛？"

夏媛明显感觉到她眼里的鄙夷，尽管很不舒服，但还是忍了："我就是。"

洛红樱冷冷道："我花了这么大精力把你从云南弄出来，你必须有足够证据栽赃洛蔷薇，否则我会把你丢回去。"

夏媛忙道："当然有，但我们要提前说好，你要给我足够的酬劳……"

这天洛蔷薇正在剧组拍戏时，几名警察突然找到她，为首的人拿出警员证件："洛小姐，你因涉嫌故意致人二级烫伤，以及策划、教唆他人强暴妇女等，需要接受调查，请跟我们走一趟。"

洛蔷薇看见警察身后站着的夏媛，目光一凛。

夏媛迎上她的目光，眼底泛起恶毒的恨意，面上却很凄惨可怜："洛蔷薇，是你把我丢在云南，是你将煮沸的火锅泼到我身上……"

她说着在众目睽睽之下掀起裙摆，只见大腿上布满了烫伤的疤痕，狰狞交错，极为恐怖！

周围的人顿时倒吸一口凉气。

夏媛继续流着泪道："你还让苗寨的人强暴我，不让我回来，逼迫我留在那受尽屈辱……"

她卷起袖子，只见手臂上全是抽打的痕迹。

洛蔷薇冷冷勾唇，夏媛选择她在剧组这天报警，为的就是当众说出这些话吧？

夏媛越说越悲恸，警察不想引起骚动："夏小姐，请一并跟我们回警局协助调查。"

见洛蔷薇被带上警车，唐思甜立即拨通了墨时澈的电话号码……

洛蔷薇被简单审问了一番后，坐在拘留室里等待着第二轮审问。

夏媛从门口走进来，在她面前站定，低声笑了："洛大小姐，没想到吧，我们还能再见面。"

"是没想到，"洛蔷薇微笑，"差点忘了，我该送你一个见面礼。"

她说着直接扇了夏媛一巴掌。

夏媛被打得偏过脸去，也不还手，摸着脸笑道："你都要坐牢了，这一巴掌我不跟你计较。"

"你这么确定我会坐牢？"洛蔷薇眯眼笑着，"是伪造好的证据已经提交了，还是说你找了个新靠山？是洛红樱把你从云南接回来的？"

其实这并不难猜到，洛家被搅成那个样子，按照洛红樱的性格，不可能不反击。

"是谁重要吗？"夏媛志在必得地笑着，压低声音道，"洛蔷薇，这次你死定了。你信不信，哪怕墨时澈再权势通天，这些罪行已被曝光在众目睽睽之下，你绝对翻不了身。"

哪怕她手里的证据是伪造的，但也是唯一存在的证据，当初在云南所有的拍摄存档连同摄像机都已经被墨时澈毁掉。

哪怕当时有节目组的人看见，但口说无凭，就算众人站出来澄清也可能被当成是被墨时澈收买的，而她夏媛凭满身伤痕以及悲惨的现状，足以掀起惊天舆论。

审讯室的门忽然被人一脚踹开，夏媛转过身去，只见高大俊美的男人走了进来，站到洛蔷薇面前，手臂一伸搂住她的腰，黑眸冷冷一扫，那凌厉的目光吓得夏媛浑身一震，下意识往后退了一步："总裁……"

墨时澈神色阴戾，伸手就要拎起她，夏媛想到他是怎么把火锅汤跟桌板踢到自己身上的，吓个半死，立即转身跑了出去。

拘留室内安静下来，墨时澈紧紧搂住怀里的女人，狠狠地亲了一会儿，才意犹未尽地停下，手指拨开她颊侧滑落的长发："没事了，我带你回家。"

洛蔷薇搂着他的脖子，神秘兮兮地凑过去咬他的耳垂："刚才你一亲我就激发了我的灵感，我突然想到一个好办法……"

同一时间。

洛红樱在警局对面的小酒店里盯着。

夏媛很快出来，脸色有些惨白，洛红樱鄙夷地瞥她一眼："你怎么回事，口供都录好了？"

夏媛当然不会说是被墨时澈吓的，忙道："都录好了，放心吧。"

洛红樱抿唇，挥了挥手："行了，你回出租房吧，现在关键时刻，你别到处露面。"

夏媛一脸不高兴地走了。

洛红樱继续盯着，约莫过了半个小时，一道高大挺拔的身影从警局出来，同时送出来的还有局长，而不见洛蔷薇的身影。

洛红樱顿时激动得心猛烈一跳，洛蔷薇竟然没被他带出来，是不是证明他们吵架了？

洛红樱高兴不已，又等了两个多小时，才看到洛蔷薇从警局里出来，边走还边抹着眼睛,像是……在抹眼泪。

而原本接送洛蔷薇的轿车也没有来,洛蔷薇孤零零地站在路边打出租车。

洛红樱见状戴着口罩也打了辆车,跟在洛蔷薇后面来到墨家别墅。

等洛蔷薇进去十多分钟后,她才过去敲门。

墨老太太正在客厅打毛衣,看到她走进玄关,有些不高兴地皱眉,但还是不咸不淡地笑了笑:"红樱来了啊,怎么今天有空?"

洛红樱将刚才临时买的补品放在桌上:"我听说堂姐出了点事,有点担心,所以过来拜访一下,正好也好久没看奶奶了。"

她话音未落,便听见楼上卧室传来摔东西的响声,紧接着是男人的怒吼声:"滚!洛蔷薇,你给我滚出墨家!"

洛红樱一愣,这是……时澈的声音?

墨老太太也放下毛衣针站起身,这时楼梯处传来脚步声以及女人撕心裂肺的吼声:"墨时澈,你竟然为了一个'小三'叫我滚,你这么爱夏媛你就去找她啊!我是瞎了眼才会看上你!"

"我叫你现在就滚!拿上你的东西滚!"

砰的一声,一个大红色的行李箱从楼梯上被丢下来,重重摔在地上。

洛蔷薇捂着嘴从楼梯上跑下来,她身后的台阶上,俊美冷漠的男人居高临下,无情地睥睨着她:"滚得越远越好,我再也不想看见你。"

洛蔷薇抬头看着他,神色决绝:"墨时澈,我们离婚,我名声再坏、再被人诬陷都跟你无关,你放心,我绝对不会再来找你。"

她说完拎起行李箱就往外走,墨老太太赶忙过去拉住她:"蔷薇啊,你……你别走啊!有什么事好好坐下来说,我们都是一家人,澈儿这孩子就是脾气臭,我好好跟他说……"

"奶奶,他自己包'小三'还有脸怪我,我把'小三'丢在云南有错吗?他太过分了!"

洛蔷薇红着眼睛,说完推开墨老太太的手,一抬头就看见站在那儿的洛红樱。

洛红樱眼底是嘲讽看戏的得意,嘴上却柔柔地喊道:"堂姐,你先别激动……"

洛蔷薇见到她先是愣了一下,而后目露恨意,飞快地往外跑去。

"哎……蔷薇啊!"墨老太太腿脚不利索,追也不是不追也不是,焦急地看向楼梯上的男人:"澈儿,你快追啊!"

墨时澈冷冷地道:"让她走,她要离婚就离,我受够了。"

丢下这句话,他转身回了房间。

不过几天时间,洛蔷薇迫害夏媛的新闻已经满天飞,占据各大娱乐APP热搜榜第一。

哪怕警方只是根据程序询问了洛蔷薇,甚至连定罪都谈不上,但舆论从来不需要多么确切的证据,只需要一点苗头,就能传得如火如荼。

《美人红妆》剧组也因此受到影响,洛蔷薇所有的通告跟节目都停了,有关她的封面杂志广告都撤了。

一时之间,洛蔷薇声名狼藉。

夏媛看到这消息时高兴不已,正想打电话给洛红樱,没想到她却主动来了。

夏媛打开门,洛红樱一脸嫌弃:"林雅萍这找的什么破地方。"

"我也正想说,我不想再住在这样穷酸的地方了,"夏媛双手环胸看着她,"现在这事进行得这么顺利,洛蔷薇也臭名远扬了,你是不是该给我换个好点的房子?"

洛红樱站在客厅中央:"你觉得在江城合适吗?"

夏媛走到她面前:"我没说在江城,我要移民加拿大,按照之前说好的,你先把该给我的钱给我。"

洛红樱皱眉,现在洛家这个情况,洛世荣、洛老太太在医院每天都需要花钱,洛氏又出了事,她的卡已经透支了。

夏媛看着她的反应,顿时就紧张了,嗓音也拔高了:"你什么意思,你别告诉我你想赖账啊?"

洛红樱忽然想到什么,勾唇笑了:"我不赖账,只不过我现在想把这件事闹得再大一点,让洛蔷薇彻底翻不了身。你只要答应,我就把钱给你。"

夏媛不耐烦地道:"还要怎么做?"

洛红樱朝她走近一步:"我跟你说,其实很简单……"

她话没说完,忽然从包里掏出一把匕首,直接捅进了夏媛的腹部。

鲜血喷涌出来,夏媛脸色剧变,睁大眼睛:"你……"

"只要把你杀了,嫁祸给洛蔷薇,再制造她畏罪自杀的假象,那一切罪名就坐实了,她这个人也会彻底消失,"

夏媛痛得脸都扭曲了:"你……竟然敢……"

洛红樱阴冷地道:"沾染时澈的女人都得死,因为他是我的!"

夏媛讽刺地笑了,挣扎着抬起头:"你以为,墨时澈就会是你的?他爱洛蔷薇……他很爱她……你永远也得不到……"

"他不爱洛蔷薇!"洛红樱一脚将夏媛踢倒在地,咬牙道,"墨时澈就是我的,我迟早会得到他!"

夏媛笑得更加嘲讽:"总裁不爱你,你也配不上他……"

洛红樱瞳孔一缩,蹲下身将匕首拔出来,再狠狠地刺进去:"给我闭嘴!"

夏媛浑身一震,缓缓闭上双眼,彻底没了声音。

洛红樱扯下手上的薄膜手套,又从包里拿出一条长裙——这是她从洛家洛蔷薇曾经的房间里拿的。

洛红樱换上长裙,戴上帽子,又用口罩包住脸,起身走了出去。

翌日一早,一条新闻震惊了所有人——夏媛死了!

而警方在她的出租屋附近仅有的几处摄像头中发现一个可疑的女人,看不清面目,但身形……跟洛蔷薇极其相似,并且有人指证出洛蔷薇穿过的那条裙子。

于是洛蔷薇再度被带进警局审问。

虽证据不足,仍旧是审完就放了她,但这足够掀起惊涛骇浪,洛蔷薇被推至舆论的风口浪尖,一时间骂声一片,闹得满城风雨。

洛蔷薇本人倒是没什么回应,从警局出来直接坐专车回了现居的小别墅。

夜晚，十一点。

偌大的小别墅内空荡荡的，只有洛蔷薇一个人。

她穿着白色睡裙坐在沙发上，盯着屏幕里的综艺节目。

落地窗忽然传来轻微动静，一身黑色紧身衣的女人走了进来。

洛蔷薇放下遥控器，站起身，啪嗒一声，客厅内不算太亮的壁灯被打开。

洛蔷薇一下子就看清了面前女人的脸，以及她手里的匕首。

"堂妹这是干什么呢？"洛蔷薇撩唇笑了，"大晚上带着刀来找我，是想新仇旧怨一起解决？"

"我以为时澈对你有多好，看来也不过如此，"洛红樱讥诮道，"才出事就把你赶出家门，只能证明他心里没有你。"

洛蔷薇眯眼笑着："不管怎么样，我好歹会是他的前妻，可你是什么？"

洛红樱仰起脸："我会嫁给他，成为墨太太。"

洛蔷薇咄咄逼人："我觉得墨总哪怕是娶夏媛，都不可能娶你——"

"那个蠢女人已经被我捅死了！"洛红樱瞬间被激怒，"她不会再出现，你死了后也不会再有其他女人，他身边只有我！"

"原来夏媛真的是你杀死的？"洛蔷薇面露惊讶之色，仿佛十分害怕般往后退，"你……你难道想杀了我吗？"

洛红樱冷冷地笑："反正你已经翻不了身了，我不妨告诉你，你明天就会被发现死在这里，我已经让人模仿伪造了你的遗书，里面会写你因为冲动杀了夏媛心里无法承受，所以畏罪自杀了。"

洛蔷薇并不意外，仍旧笑着："可是墨时澈已经把我赶出来了，我都要跟他离婚了，你何必还要对我动手？"

"我说过，沾染时澈的女人都该死，你嫁给他了就更不例外。"洛红樱握紧匕首道。

洛蔷薇冷冷勾唇："哪怕我死了，你也进不了墨家，你知道为什么吗？"

洛红樱阴冷地笑道："用不着你操心，我一定会进。"

她说完猛地朝洛蔷薇冲过去，扬起匕首直接刺向她——

几乎同一时间，一道高大挺拔的身影从黑暗中闪出来，一把搂过洛蔷薇，长腿抬起朝洛红樱踢了过去！

洛红樱痛呼一声，被踢倒在地，匕首掉在手边。

洛蔷薇伸手在身后的墙壁上一按，骤然灯光大亮，只见偌大的客厅四壁上，竟然悬挂着十几架夜光摄像机，正对着他们所站的位置！

而正中央是一面巨大的液晶屏幕，上面显示的是直播室画面。

她们方才说的一切，都已经被现场直播给上亿观众！

而弹幕上全在疯狂地刷着"洛红樱去死""恶毒的女人不要脸""洛红樱判死刑立即执行"等留言……已超过一百万条。

"不……这不可能……"洛红樱惊愕地睁圆眼睛，看着大屏幕上自己狼狈仓皇的丑态，又抬头看着搂着洛蔷薇的男人，"时，时澈……你怎么会……你们不是……"

墨时澈看都没看她一眼，拿出手机拨号："进来。"

十几名警察破门而入，洛红樱被反铐住双手押了出去。

直播画面已经被关掉，客厅恢复安静，洛蔷薇忽然转过身抱住了墨时澈。

男人反手将她搂紧，低头亲吻她的发顶："怎么了，是不是被吓到了？"

洛蔷薇埋首在他怀里，摇摇头："没什么，我想回家了，我饿了，想吃小汤圆。"

墨时澈微微勾唇，俯身将她拦腰抱起，往外走去。

洛红樱因涉嫌故意杀人罪等被捕。

目前警方正处于取证调查阶段，哪怕洛世荣多方疏通关系，但由于证据确凿，再加上网上的舆论，洛红樱根本没有被捞出来的可能。

不仅洛氏面临倒闭，洛红樱也面临各广告公司的天价违约金，洛家一时之间穷途末路。

而洛蔷薇的人气跟关注度却急剧上升,她跟墨时澈的婚姻被网友给予了极高的评价,以前洛蔷薇在江城那些不好的名声也被洗得干干净净,旁人对她只剩下艳羡。

晚九点,夜欢会所。

墨时澈跟洛蔷薇来得最迟,穆云深叼着根烟坐在中间,眯着眼睨墨时澈一眼:"你是典型的有了女人忘了兄弟,我要不提醒你今天是我生日,你是不是都不打算来了?"

墨时澈单手插兜,淡淡地道:"看在你过生日的分上,饶了你污蔑我。"

穆云深:"……"

洛蔷薇听着他们的对话,忍不住翻白眼,看见唐思甜坐在另一边,便过去跟她说话。

生日party很快开始,偌大的蛋糕被侍应生推进来,穆云深眉峰微皱:"谁买的蛋糕?"

他们这群公子哥儿过生日从来不准备蛋糕。

"是我订的,"唐思甜抬起头,咬着唇赧报地道,"过生日就是要吃点蛋糕的,你就当是一个仪式,不能少。"

一旁的哥们儿起哄道:"来来来,一起切蛋糕。"

穆云深跟唐思甜被一群人簇拥着推到蛋糕车旁,一同握着刀切了蛋糕正在这时,包厢的门忽然被推开。

拖着行李箱的漂亮女人站在门口,灰色薄款风衣里是浅色长裙,精致美丽的脸上神色清冷,正蹙着眉,似乎很疲倦的模样。

离门最近的哥们儿吓了一跳,忙站起身:"这不是……梨儿吗?"

听见这个名字,唐思甜猛地抬起眼,下一秒,身侧的穆云深迅速走了过去。

刚才切蛋糕的刀被他随意丢在盘子里,塑料盘承受不住这样的重量,从推车上掉了下去,切好的第一块蛋糕打翻在唐思甜的裙子上,而后掉在地上。

穆云深来到门口,伸手接过女人手里的行李箱:"梨儿,什么时候回来的，怎么不说一声，我去机场接你。"

"就突然很想回来，今天不是你生日吗？"墨梨儿弯唇笑了笑，"我前几天在朋友圈看到他们说你要办party，所以想来送礼物给你。"她说着从包里拿出个盒子递给他，"云深，生日快乐。"

穆云深接过，嘴角轻轻勾起，揉揉她的长发："是进来玩一会儿，还是我送你回家休息，你晕机，累不累？"

墨梨儿轻摇了下头："没关系，今天是你的生日party，你得玩尽兴，我在这坐会儿就行。"

穆云深揽着她的肩将她带进包厢，沙发上的墨时澈也站了起来，墨梨儿看到他身侧的洛蔷薇时有些惊讶，但还是淡笑着喊道："哥、嫂子。"

洛蔷薇只是冲她笑了笑，没多说什么，毕竟她跟洛红樱是很好的闺密。

"梨儿，"墨时澈淡淡地道，"这次回来多久？"

"可能不回去了吧，柏林那边的课程修得差不多了，"墨梨儿坐在他边上，忽然压低声音问道，"哥，红樱她……真的杀了人吗？"

墨时澈交叠着长腿，闻言神色更淡："你不是都看过新闻了，她想害你嫂子，所以自作自受。"

墨梨儿狐疑地看了眼挨在他身侧的洛蔷薇，二人似乎很亲密，但之前哥哥不是被逼婚的吗？这才几个月，怎么突然……

但见墨时澈毫无兴趣，她也就不再提了："嗯，只要哥哥和嫂子没事就好。"

如果红樱真的杀了人还想嫁祸给嫂子，那她也帮不上忙了。

穆云深给墨梨儿要了杯温热的果汁，在她身侧坐下。

生日party后面本来还有一些节目，都是穆云深跟这些哥们儿玩骰子比赛之类的，但现在墨梨儿来了，谁都不会不识趣地喊他来玩游戏。

唐思甜站在蛋糕车旁，看见沙发上穆云深正低头听着墨梨儿说话，神情专注，神色从未有过地认真。

她有些恍惚，又有些想笑，蹲下身把打翻的蛋糕收拾好扔掉，又去洗手间擦干净裙子。

出来后，唐思甜坐在沙发上玩手机，没再让自己抬头往那边看过一眼。

因为墨梨儿的到来，party结束得很早。

洛蔷薇跟他们玩骰子喝了点鸡尾酒，脸蛋红扑扑的，墨时澈搂住她，朝墨梨儿看了眼："跟我的车回家吗？"

穆云深拿起外套，披在墨梨儿的肩上："我送她回家，不当你们夫妻的电灯泡。"

他说完揽着墨梨儿的肩走出去，没有再往包厢内看一眼。

墨时澈也想走，洛蔷薇却挣开他的手，转身走回包厢，看见唐思甜还坐在那吃蛋糕。

"甜妹，怎么了？"洛蔷薇在她身边坐下抱住她的肩膀，"怎么还不走呢，让墨时澈送你回家。"

"不用了，我……约了朋友去做夜间美容，朋友很快就来接我。"唐思甜满嘴蛋糕，脸蛋鼓鼓的，"你先走吧蔷薇，我马上吃完啦。"

"你……有问题……"洛蔷薇喝了酒晕乎乎的，美艳的脸逼近她，"从墨梨儿出现，你就一脸闷闷不乐，是不是穆公子欺负你？"

"没有的，我跟穆公子什么都没发生过，那天晚上那个电话是个意外，只是他正好送我回家。"唐思甜垂眸笑着，"谢谢你蔷薇……我真的没事。"

洛蔷薇抱着她不肯撒手："你不许骗我。"

好不容易哄走洛蔷薇后，唐思甜一个人在空荡荡的包厢里坐了很久，直到侍应生进来收拾，她才起身离开。

墨家别墅。

墨梨儿坐在餐厅里喝着银耳汤，看着对面俊美的男人："云深，你不喝一点吗？这汤很甜。"

脑海中忽然浮现出一张甜软的脸蛋冲他傻笑，穆云深皱眉，心里涌起一丝无名的烦躁情绪，他把玩着打火机，淡淡地道："我不饿。"

"云深，我们……有两年没见了吧，"墨梨儿搅动着汤，声音很小，

"去年哥哥来柏林看我,你没来。"

穆云深语气冷淡:"嗯,你不是不让我去看你吗?"

墨梨儿没再说什么,喝完了汤,站起身来:"我……这些天晚上都睡不好,总做噩梦……"

"我留下来陪你。"

穆云深将她送回房间,墨梨儿洗完澡出来,发现他站在书柜边翻着书,咬了咬唇道:"要不你还是回去……"

"你睡,我看着你。"

"那你睡哪里?"

"跟小时候一样,你睡着了我睡地上。"

墨梨儿低着头嗯了一声,掀开被子躺上床,穆云深关了灯,转身走到阳台上,关上玻璃推拉门,倚着栏杆点燃一支烟。

墨梨儿翻了个身背对着阳台,躲在被子里拿出手机点开通讯簿,看着上面的星标联系人——楚哥哥。

她犹豫片刻,还是点下拨通键。

那端仍旧是不变的提示音:"您好,您拨打的电话已关机……"

墨梨儿失望地挂断,将手机塞到枕头底下,转过头看向阳台上的身影,确定他还在,这才强迫自己闭上眼睛。

翌日一早,墨家餐厅内。

好不容易孙子、孙女、孙媳妇儿跟准孙女婿都在,墨老太太脸上就差没笑出一朵花。

吃了没一会儿,她就道:"梨儿啊,你也老大不小了,今天云深也在,干脆定个日子,你们什么时候结婚?"

"奶奶,"墨梨儿抬起头,精致的脸上表情清清冷冷的,"我暂时不想结婚。"

"胡说什么呢,你和云深都不小了,再这样耽误下去要到什么时候啊?"

墨老太太忍不住唠叨:"当初是你任性非要去柏林留学,本来那时候结婚，现在肯定孩子都有了，女人啊这种事不能拖……"

"奶奶！"墨梨儿最受不了长辈唠叨，放下勺子蹙眉道，"您不要再逼我了，不然我就取消婚约，重新回柏林去念书。"

墨时澈闻言皱眉，语气有些严厉："梨儿，怎么跟奶奶说话的？"

墨梨儿咬着唇没再说话。

但墨老太太听见这话，情绪一下子就激动了："娃娃亲怎么能取消？！你……你们一个个都不想待在家里，你爸爸是这样，一走这么多年也不回来，你现在也是……你们简直是要气死我！"

墨老太太说完推开椅子撑着桌子站起来，转身就想往楼梯走去，然而才走出两步，忽然一阵猛烈的眩晕感袭来，整个人直接倒了下去。

江城第一医院。

医生从急救室出来，摘下口罩道："老太太这是急性心梗引发的昏倒，目前情况比较严重，需要住院观察治疗，家属请签字。"

墨时澈接过单子签字，洛蔷薇询问了大概的注意事项，谢过医生。

墨老太太很快被推出来，进了重症监护病房。

墨时澈站在病房前，单手插兜，透过玻璃窗看着病房里的墨老太太。

洛蔷薇站在他身后，看着他这副模样有些心疼，几步过去搂住他的胳膊："奶奶不会有事的，很快就会好起来。"

墨时澈虽然没说话，手臂却搂紧了她的腰。

医院走廊上。

墨梨儿眼睛泛红，看着面前的穆云深，低声道："云深，对不起，关于婚约的事……"

"有什么对不起的，我们不是早就说好了，"穆云深低头看着她的脸，淡淡地道，"如果你真的找到喜欢的人，不用顾忌婚约。"

墨梨儿微微笑了，又咬了咬唇："云深，如果以后你……有了其他喜欢的女人，一定要告诉我，我……"

她似是不知道怎么说下去，停了会儿才道："我没有别的意思，只是希望我们永远像小时候那样，是关系最好的……"

"会的，我说过就会做到，"穆云深抚着她的长发，"你跟时澈永远是我最重要的人。"

墨老太太在医院住了几天，情况有所好转，但人仍旧没什么精神。

洛蔷薇中午过来陪她吃了午餐，又哄她睡午觉，出来时正好碰到墨时澈，她便拖着他去外面便利店给奶奶买池牧代言的小零食。

二人买完后走回医院，却发现门口停了好几辆一模一样的黑色林肯。

墨时澈扫了眼车牌，眼神一沉，拉着洛蔷薇迅速走进电梯。

墨老太太的病房门敞开着，几名保镖守在门口。

墨时澈迈着长腿刚要走进去，迎面碰见走出来的男人，他神色一冷，声音冰寒："你来干什么？"

墨青山看着面前的儿子，眉头立即皱了起来，眼神透着一丝厌恶："墨时澈，这就是你跟父亲说话的态度？"

墨时澈冷笑一声，眉梢眼角全是嘲讽的冷意，墨青山见状更气，强压着情绪道："奶奶生病了为什么不打电话给我，这些年你跟奶奶住在一起，就是这样照顾她的？"

"打电话给你？"墨时澈冷冷勾唇，嗤笑道，"打给一个长年在外面包'小三'，不回家不顾发妻子女的儿子吗？那样奶奶可能会气得更严重。"

"你……"墨青山气得一时说不出话来，扬手就想甩墨时澈一巴掌！

而此时，病房里走出来一个女人，声音悦耳好听："发生什么事了？"

墨青山立即转过身，面色一下就柔和下来，讨好般低声道："妩儿，没事，我那个儿子过来了，不懂事乱说话，我教训他几句。"

苏妩神色淡漠，抬头朝门外的两人看去。

但当她看到洛蔷薇脖子上的蝴蝶胎记时，浑身骤然一震！

洛蔷薇也在看她，第一反应是——这个女人好美。

苏妩看上去就像只有三十多岁，丝毫不显老，她的美不只是脸，浑身都透着一股妩媚成熟的异域风情。

苏妩整张脸都白了,她的棠棠……不可能在这里……

墨时澈抬眸看见苏妩盯着洛蔷薇,眼神骤然变得凌厉:"把你的眼睛给我收回去。"

"你怎么跟你苏姨说话的!"墨青山立即就怒了,冲过去就又想要打墨时澈,洛蔷薇赶忙把墨时澈往后拉,焦急地劝道:"爸爸你别这样。"

不远处传来一阵高跟鞋踩着地板的声音,墨梨儿走过来,挡在墨青山跟墨时澈中间,抬头看着墨青山,冷冷地道:"爸,你几年不回来,一回来就要打哥哥是吗?"

"给我让开,这没你的事!"

墨梨儿看着一旁的苏妩:"这个女人就是你养的'小三'吗?"

墨青山简直要被气死:"谁让你这样说话……"

下一秒,墨梨儿直接扬手甩了苏妩一巴掌!

苏妩本来就在发愣,被这一巴掌直接打得趔趄了下,墨青山忙扶住她,抬手就要朝墨梨儿打过去:"谁让你这么没教养!"

墨时澈眼神一寒,几步上前,一把揪住墨青山的领子,将他抵在墙壁上,俊脸逼近,阴鸷冷笑:"你有什么资格打我跟梨儿?从小到大你管过我们兄妹一天吗?墨青山,你凭什么?!"

墨青山板着脸,反手就给了墨时澈一拳:"我是你父亲,当然有资格,你这个孽子!我当年就应该弄死你!"

父子俩在病房门口大打出手,最后还是墨老太太被洛蔷薇用轮椅推出来,才勉强止住了这一场打斗。

墨时澈的嘴角跟眼角都被打破,洛蔷薇忙拉着他来到护士站,按着他在椅子上坐下,自己去拿来棉签跟酒精。

她站在墨时澈面前俯下身,小心地替他处理着伤口:"疼吗?"

墨时澈没说话,洛蔷薇低下头,才发现他垂在身侧的手紧紧攥着,肩膀也在微微颤抖。

洛蔷薇心脏微微一抽。

她直起身体,抱着他的脑袋,纤指顺着他的短发,轻声宽慰着他:

"时澈，也许爸爸是有苦衷的，也许……"

"他恨我，"墨时澈声音闷在她怀中，语气嘲讽，"他没有苦衷，他一直巴不得我去死。"

洛蔷薇一愣："可是为什么……"

男人自嘲地笑道："可能因为小时候我不仅是妨碍他追求真爱的累赘，还是个经常生病的废物，就该去死，活下来只是侥幸。"

"才不是！"洛蔷薇心口一窒，抱紧了他的脑袋，"我老公才不是废物，你这么优秀，爸爸肯定只是说话比较难听……"

"他抛弃我妈，临走前还打了她，导致我妈精神出现问题一直住在疗养院，拒绝见任何人，包括我跟梨儿，"墨时澈喉结上下滚动，"所以那时候我就觉得，结婚到底有什么用，再喜欢再爱又有什么用，最后只剩下背叛，让人恶心。"

洛蔷薇没想到他竟然被家庭影响得一直这么想，所以……他以前才那么抗拒女生吗？

她心口酸酸的，低下头亲他的脸，慢慢地道："不是这样老公，你不是说喜欢我吗？我们的婚姻会很幸福，我不会背叛你……你不要再这么想，好吗？"

墨时澈闭上眼睛，抬手用力搂住她的腰，整张脸深深地埋进她的怀里。

自从洛世荣和洛红樱接连出事之后，洛家别墅里的管家和用人也都相继辞职走了，只剩下丁繁英一个人住着。

这晚，丁繁英才躺下，忽然听见落地窗处有动静。

等她掀开被子下床时，一个穿着风衣的纤细人影已经站在她面前，女人伸手揪住了她的领子，将她重重抵在墙壁上！

丁繁英正想惊叫，看见那张脸时却蓦地睁大眼睛："大……大小姐……"

"果然是你……小英，你还有脸叫我，"苏妩面色冰冷，"当年我把棠棠交给你，让你找个干净人家，让她像正常的女孩一样快乐地成长生活，可是你做了什么——"她咬着牙怒道，"你竟然让她嫁给墨青山的儿子！你疯了吗？！"

丁繁英摇着头："大小姐，小小姐很喜欢时澈，我……我只是觉得那是上一代的恩怨，不应该牵扯到他们……"

"当年我们南苗疆盛家被灭门的惨案，就是墨家跟穆家的人合伙干的！我丈夫盛峰死了，我的双胞胎女儿苗苗也死了！尸骨无存！"

苏妩极度愤怒，浑身颤抖："我在墨青山身边待了这么多年，就是为了挑拨他们家的关系，掏空墨家所有的财产，我就快要成功了，可现在棠棠是墨青山的儿媳妇，她还那么喜欢墨时澈，你要我怎么告诉她这一切？！"

说完，她松开了手，丁繁英一脸惨白地顺着墙壁滑下去。

苏妩面无表情地道："我绝对不会让棠棠继续跟墨时澈在一起，他骨子里流着墨家的血，绝对不是什么好东西。"

丁繁英有些艰涩地道："可是小小姐真的很喜欢时澈，我看时澈也不像坏孩子……"

苏妩冷笑："灭门之仇，你觉得算什么？我如果让棠棠跟着墨家的男人，又算什么？我拿什么跟峰子交代？"

她说完转身往外走去："你暂时继续待在这，不许给棠棠透露一点风声，我会处理这件事。"

苏妩才走出洛家别墅，一辆轿车忽然从黑暗中开过来，横在她身前。司机下车打开后座的车门，穿着唐装的男人下了车。

苏妩一见到他立即冷了脸："天晏，你跟踪我？"

"阿妩，我只知道你来了江城，所以过来看看你，我们好久没见了。"

燕天晏说着走到她面前，伸手想抚她的脸："怎么突然过来了，跟墨青山一起？"

苏妩躲开他的手："我本来只是过来对付墨氏，但我看到棠棠了。"

燕天晏瞳孔一缩，面上却淡淡地问："棠棠？你在开玩笑吧，当年你不是让你的丫鬟把她带走了？"

"洛蔷薇就是棠棠，墨时澈的妻子。"

燕天晏显然是震惊的，沉默片刻才道："如果我没记错的话，楚儿也在追这个女人，前段时间还因为这女人不肯回家。"

苏妩倏地抬眼看他："你儿子燕楚？"

燕天晏点头，盯着她的脸，目光深情："阿妩，我们青梅竹马一起长大，但最后你嫁给了盛峰，这一直是我心里最大的遗憾。现在我儿子喜欢你女儿，是不是天注定？"

苏妩同他对视，几乎在刹那间懂了他的意思——

公寓内，燕楚躺在卧室的床上睡着。

他在做梦。

梦里洛蔷薇躺在一间手术室里，洛红樱给洛蔷薇注射了剧毒的药物后，转身走了出去。

燕楚立即追出去，但怎么追也追不上，紧接着场景转到一个又黑又空旷的地方，他猛地转过身，一个黑洞洞的枪口对准了他——举着枪的男人赫然是墨时澈！

墨时澈嘴角挑起冷笑，恶意满满地看着他，而后扣下了扳机，砰——

燕楚浑身一震，霍然坐起身来。

他浑身都是冷汗，剧烈喘着气，这才发现是在做梦。

燕楚愣愣地缓了一会儿，侧首看向窗外，发现天已经亮了，想到今天剧组有些调音的事，他便掀开被子下床，正准备去浴室冲澡，门铃忽然响了。

他过去打开门，看到门外站着的人时神色骤然一冷："你什么时候来江城的？"

"路过办事，顺便来看看你，还不允许我想儿子吗？"燕天晏拎着袋子走进屋，淡淡地笑道，"这公寓看着很不错，你自己挣钱买的？"

燕楚双手插在睡衣兜内，显然不打算回答，直接道："阿爸，我不会跟你回家，更不会接手什么燕家堡，你如果是来劝我的，那死了这条心。"

"我又没说这些，"燕天晏将手里的袋子放在餐桌上，"过来，陪我吃个早餐，我们父子好久没一起吃饭了。"

燕楚皱着眉，但还是走过去坐下。

燕天晏果然没再多说什么，吃完早餐就走了，说是要赶飞机。

燕楚自然不会留他，他一走燕楚就冲了澡换衣服准备出门，但总觉得晕乎乎的，一摸才惊觉额头滚烫……

Chapter 10
洛蔷薇，把孩子生下来

《美人红妆》已经进入后期收尾制作阶段，重要的调音工作是燕楚做的，但今天已经接近傍晚了，燕楚竟然还没来，甚至连一条信息都没有。

洛蔷薇有些担心，拨通燕楚的电话，才得知他发烧了，昏昏沉沉睡了一天。

她怕他一个人在家出什么事，于是跟杨伟说了一声自己有事先走，在附近买了份热粥，打车去了燕楚的公寓。

燕楚听见门口传来有人进来的动静，勉强睁开眼，下床打开卧室的房门。

洛蔷薇正好把粥放在桌上，见他出来走过来伸手摸他的额头，才发现简直烫手："我的天，阿楚你烧得这么严重？！"

"薇薇，你不用特地跑一趟的……"

洛蔷薇拉着他往沙发走去，按着他的肩让他坐下，打开热粥放到他面前，又把勺子递给他。

见她这么关心自己，燕楚不禁喉头发涩："薇薇……谢谢你。"

"谢什么啊。"洛蔷薇白他一眼，拿过沙发上的毯子裹在他肩上，

"是不是没胃口？那你至少喝一半，空肚子不能吃药的。"

燕楚舀了一勺粥送进嘴里，艰难咽下："嗯，听你的。"

顿了顿，他抬眸看着她，俊脸苍白："薇薇，你最近这段时间……过得开心吗？"

"开心呀，"洛蔷薇歪着头，有些感慨地道，这些话，她也只会对燕楚吐露，"我发现其实墨时澈对我挺好的，尤其是和好之后，可能我之前对他也有一定的误会吧……我相信他没骗我。"

"那就好，"燕楚淡淡地笑道，"既然对你好就跟他好好过，别让自己有任何后悔的机会。"

"现在不是说这个的时候！"洛蔷薇屈起手指在他的脑袋上敲了一记，"快喝粥，喝完我们去医院，你再烧下去都该熟了。"

燕楚笑笑，低头认真喝粥，在洛蔷薇的注视下勉强喝下了半碗。

洛蔷薇怕他睡着，不停地跟他说着话，等到燕楚放下勺子，她便拿来他的外套给他披上，扶着他往外走。

两人都没发现，茶几上的果盘里，燕天晏早上趁燕楚不注意丢进去的白色小药丸散发着淡淡的气味……

洛蔷薇跟燕楚才走到门口打开门，一阵晕眩感骤然袭来，两人同时倒了下去……

七点，墨时澈从公司出来，直接驱车来到影视城。

杨伟正在偷撩小女生，看见他吓了一跳，忙站起身："墨总。"

墨时澈语气淡淡地道："洛蔷薇还在卸妆？"

杨伟忙道："没有啊，大概三个小时前，洛大小姐有事先走了。"

墨时澈皱眉："走了？去哪里了，她有没有说什么？"

"她只是说有急事先走了。"杨伟想了想，"哦对了，她还说让我跟岳导请个假，说燕楚今天不来了。"

墨时澈听见燕楚这名字就不舒服，他打洛蔷薇的电话没人接，又打到医院墨老太太的病房，她也不在。

他忽然后悔撤了留在她身边盯着的司机，这也是洛蔷薇提出来的，说不喜欢被人监视，软磨硬泡撒娇让他撤掉。

墨时澈又打了几个电话，甚至找杨伟要了唐思甜的号码，可唐思甜也不知道洛蔷薇的去向。

墨时澈冷着脸回到车内，抿唇想了想，一打方向盘，朝着燕楚公寓的方向驶去。

公寓楼内很安静。

墨时澈站在门口，敲了半天门没人开，他重新拨打洛蔷薇的手机，听见铃声从门内传出来，但始终没有人接听。

他一颗心顿时悬了起来，发现门锁是密码锁，眉心紧拧，按下四个数字——0808。

下一秒，门锁竟然嘀的一声打开。

墨时澈拉开门走了进去，顿时闻到公寓内弥漫着一股奇异的香气，很是暧昧。

浴室的门敞开着，地砖湿漉漉的，显然有人洗过澡。

男女的衣服交缠散落，从浴室一直蔓延到卧室。

墨时澈顺着衣服走到卧室门口，忽然感觉脚下踩到一个东西，他低头一看，是一个纯黑色的蕾丝文胸。

这是……洛蔷薇经常穿的。

墨时澈伸手推开门。

房内拉着厚厚的窗帘，大床之上，洛蔷薇和燕楚都侧身躺着，燕楚一条手臂在被子外搂着洛蔷薇的腰，两人姿势亲密，露在外面的肩膀都是光裸着的。

床单凌乱，地上是拆开的避孕套盒子。

墨时澈瞳孔收缩，心口剧烈颤动，刹那间浑身僵硬。

燕楚迷迷糊糊地醒过来，因发高烧而浑身滚烫，下意识喊道："薇薇……"

洛蔷薇也醒了，只觉得头痛欲裂，想到昏过去前闻到的异香，倏地睁开了眼，努力想要撑起身体，然后一扭头就对上了门口墨时澈面无表情的

360

俊脸。

她一怔，低头看见睡在自己身边的燕楚，仿若一个惊雷在脑海里炸响！

然而不等她开口，墨时澈忽然几步走进来，将燕楚从床上连人带被子拽了起来，朝客厅拖去。

洛蔷薇跌撞着滑下床，随便从一旁的衣架上拿了件浴袍裹住自己，急急忙忙跑出去。

墨时澈将燕楚重重摁在客厅的装饰墙上，直接一拳挥了过去！

燕楚猝不及防，被打得跌倒在一旁，连带着花瓶乒乒乓乓碎了一地。

他半趴在地上，手心被碎瓷片割破，鲜血流了出来……

洛蔷薇一出来就看见他一手的血，忙冲过去抱住墨时澈的胳膊："墨时澈，别打了，事情不是那样的，你冷静点……"

"冷静？"墨时澈侧首看她，眼睛通红，扯唇阴戾冷笑，"我媳妇儿都跟其他男人脱光躺一起了，你让我冷静？"

"不，不是的……"洛蔷薇拼命摇头，急得眼睛都红了，"阿楚不会对我做什么的，肯定是有人设计陷害我们，我们什么都没发生……"

墨时澈看着她急泛红的眼眶，心头愤怒更甚，一把捏住她的下颌，冷嗤道："都已经这样了，你就这么相信他？你怎么知道不是他设计的？"

"真的不是，他只是发高烧了，我来送他去医院……"

洛蔷薇双手死死抱着墨时澈的胳膊，生怕他会突然甩手离开……

而这个动作在墨时澈看来，仿佛……她多怕他会伤害燕楚似的。

她身上穿着燕楚的浴袍，长发上也是燕楚的气息，就连嘴里口口声声也是燕楚。

墨时澈黑眸里溢出浓烈的占有欲跟怒意，死死盯着她，忽然一把扣住她的手腕，拿起桌上她的包跟手机，将她往外拽去。

"薇薇……"燕楚怕她会受伤，撑起身想追出去，但严重的高烧加上强烈的头晕，他连站起身都很困难。

洛蔷薇连鞋都来不及穿，就这么光着脚被墨时澈拽出公寓，走了几步就觉得脚底被刺得生疼。

墨时澈听见她的抽气声，脚步微顿，而后转身将她拦腰抱了起来。

他把她放进后座，开车回到墨家别墅。

一路上他都没有跟她说话，到家后又把她抱出来，直接上了二楼。

洛蔷薇拽着他的领带，又急又紧张，浑身都在颤抖，说话断断续续的："墨时澈，你听我说，真的不是……不是你看到的那样……"

墨时澈没说话，来到卧室，将她放下后扒了她身上的浴袍，把她抱进浴室，放进浴缸里，打开热水。她挣扎着要起来，男人却倾身吻了过来，大手在她的肌肤上肆意游走。

洛蔷薇被他捏得生疼，眼睛都蒙上了一层水雾，她伸手推着他："墨时澈，你别这样，你相信我好不好？我跟阿楚真的没发生什么，真的没有……"

墨时澈动作微顿，抵着她的鼻尖，粗重地喘息着："你是不是怕我杀他？你一直……怕我杀他。"

"不是，我不是这个意思……"洛蔷薇捧着他的脸，哽咽着急切地道，"我知道你不会的，我……我爱你……墨时澈我爱你，你相信我，墨时澈你相信我……"

她说着凑上前想要亲他。

墨时澈黑眸深深地看着她，忽然觉得背脊上蹿上一阵熟悉的尖锐疼痛，他瞳孔一缩，下一秒霍然站起身来，猛地向后退了几步。

洛蔷薇想要搂住他的手顿在半空中。

他躲开了。

他是不是……已经开始嫌她脏了？

洛蔷薇眼睁睁地看着男人转身大步离开浴室，立即站起身想追，却脚下一滑重重地跌回浴缸内，呛了口水，咳得眼睛都红了。

洛蔷薇愣愣地坐在浴缸里，眼泪从眼角滚落下来。

他不相信她……是不是这就是命？

命定的一切，终究还是会发生……

她像是丢失灵魂一般，就这么一动不动，直到热水完全变冷。

墨时澈快步走出卧室，往楼梯走去，才走下几级台阶，他忽然往跪下，勉强扶着扶手才没有跌下去。

他强撑着走出墨家别墅，上车，发动引擎开到离家稍远一点的地方。

疼痛越来越剧烈，他越来越忍不住，从口袋里摸出手机，拨号。

"云深……来接我，我……不行了。"

接下来的两周时间，墨时澈都没有回家。

洛蔷薇打了无数个电话、发了无数条短信，但通通没有任何回信，她去墨氏也找不到人。

他就像是人间蒸发了一般，毫无踪迹。

她去穆氏找穆云深，却被拒见。

最后她来到穆云深所住的别墅区，坐在车里日夜不分地堵他。

宾利车一驶入，就被横冲出来的车拦住。

洛蔷薇从后座下来，走到车门外，抬手敲车窗："穆公子。"

穆云深推门下车，颀长的身形立在她面前，淡淡地道："洛大小姐大驾光临，什么事？"

"墨时澈在哪里？"洛蔷薇眉眼间透着没休息好的疲倦，定定地看着他，"我要见他，带我去。"

"他心情不好，去国外度假了。"穆云深懒懒地眯着眼，"洛大小姐，如果我是你，我会给时澈多一点时间缓一缓。"

洛蔷薇道："我跟燕楚什么都没发生过，什么事都没有。"

"但躺在一张床上这事是真的，如果我的女人跟别的男人躺一起，我的反应可能比时澈要狠得多，毕竟男人最不能忍这种事。"

洛蔷薇浑身僵硬，良久她慢慢地道："那你帮我跟墨时澈说，我给他时间，我在家等他，多久都等，让他一定要记得回家。"

她说完转身，走了几步又回头："穆公子，你一定要帮我转告墨时澈，我哪里都不去，就在家等他。"

穆云深点了点头，看着轿车驶远，这才转身走回别墅，径直来到二楼卧房。

大床上，俊美的男人沉睡着，右手挂着点滴。

见他进来，何护士立即站起身："穆公子。"

"他怎么样？"

"墨少中午醒过一次，但很快又睡着了，应该是药物导致的嗜睡。"

穆云深站在病床边，垂眸看着床上的男人，片刻后低低地笑了："你说你，非要帮洛蔷薇搞什么洛家，现在洛红樱坐牢了不能再拿药来，遭罪的还不是你自己。"

何护士见状犹豫着道："穆公子，要不然让墨少封闭治疗半年……"

"不，"穆云深注视着墨时澈俊美苍白的脸，想到医生今天说的话，闭上眼睛，喉结上下滚动，"既然他想媳妇儿，等他醒了就让他回家吧，他想做什么就去做，我不会再拦他。"

半年太长了，还能有多少个半年？

半个多月的时间缓慢又煎熬地过去，洛蔷薇这段时间极少去剧组，基本待在家里。

墨时澈回来得很突然。

傍晚，洛蔷薇正跟用人在厨房学煲汤，玄关处忽然传来开门的声响，紧接着是车钥匙被放在台子上的声音。

洛蔷薇飞快地转身跑出去，就看见穿着白色衬衫的高大男人正低头换拖鞋。

她仿佛在做梦一般，愣愣地走过去："你……"

墨时澈抬头看她，气色好了一些，不再苍白。

洛蔷薇紧紧地盯着他，红唇微张，明明发短信能说一大堆话，但真的看见他，她又不知道该从何说起。

"……"

墨时澈转身想去外面车上把公司文件拿进来，洛蔷薇却一惊，赶忙抱住他的胳膊："老公你回来啦！还没吃晚餐吧？你先坐，我……我在学习煲汤，马上端一碗给你尝尝……"

她说着将他拖到沙发边，按着他坐下，然后快步走向厨房，一步三回头,到厨房门口确定他还坐着,这才进去。

不到两分钟,她就端着瓷碗出来了。

"你尝尝看,"洛蔷薇将瓷碗放在他面前,舀了一勺递到他嘴边,呼呼地吹着,"是鸡汤,很鲜的。"

墨时澈黑眸沉沉地盯着她,喝下一口,洛蔷薇还想再喂,却被他按住了手:"我不饿,你自己喝。"

她咬唇:"就喝一碗,鸡汤喝了对身体好的。"

墨时澈沉默两秒,端起碗就这么喝了。

洛蔷薇露出笑容,接过空碗:"你想吃什么吗?要不然我们去外面吃,或者……"

男人打断她的话:"洛蔷薇。"

她洋溢着笑容的脸微微一僵,但下一秒她又继续笑着道:"啊……我在,怎么了?"

墨时澈看着她,却没有说话,视线往下看向她的脚——她刚才跑出来太急,拖鞋被踢掉了,脚上毛茸茸的家居袜也穿得歪歪扭扭的。

他起身将她掉在地上的拖鞋捡起来,在她面前蹲下来,将她的袜子穿正,又将拖鞋套在她的脚上。

洛蔷薇低头看着半跪在自己面前的男人,刹那间感到无比心慌,忙俯下身握住他的手:"我自己来,我自己可以穿的……"

墨时澈握着她的脚没放,薄唇微动,洛蔷薇生怕他说出什么话,忽然推开他,摇晃着才站稳:"要不然我做饭给你吃吧?家里有新鲜牛排,煎一煎味道肯定不错……啊还有鲜榨的橙汁,我现在就去弄……"

她说完转身就要走,却被男人一把拽住胳膊:"谁让你做这些事的?"

她始终在笑:"做饭给你吃呀,这些天我一直在等你回家,现在你终于回来了,要庆祝……"

"洛蔷薇,"他喉结上下滚动,"我不喜欢你这样。"

洛蔷薇一震,缓慢地道:"我……这样不好吗?对你好……不好吗?"

"我不喜欢你讨好我，"墨时澈看着她道，"你不需要做这些事，你的手不是拿来做饭端汤的，既然以前不做，那嫁给我后就更不需要做。"

洛蔷薇低下头去，声音又低又紧张："可是我不做，我怕你……会更生气……"

她真的不知道该怎么做，她怕他会甩手离开或者说要……离婚……

墨时澈淡淡地道："我生什么气？"

"那天在阿楚的公寓，我跟他真的没有……"

墨时澈再次打断她："不重要。"

洛蔷薇一愣，抬头看他："你……说什么？"

"那些都不重要，"墨时澈伸手抚上她的脸颊，眼眸深邃，表情眷恋而又带着无名悲恸，"不管怎么样你都是我媳妇儿，这件事翻篇，嗯？"

洛蔷薇完全没想到他会是这个态度，有些呆愣："你……真的不生气吗？"

"你不是说什么都没有，你说我就相信你，"墨时澈淡淡地笑，"那我为什么生气？"

洛蔷薇张了张嘴，却说不出话来。

可他如果真的相信她，为什么这么多天不回家？

他是相信了，还是……不在乎？

洛蔷薇怔怔地站着，想问却不知道该如何开口。

墨时澈俯身将她抱起来，放到餐桌的椅子上坐下，将她的围裙跟手套解下来，又替她拿来iPad，低头在她的脸蛋上亲了亲："休息会儿看看剧，我去煎牛排。"

男人动作很快，显然比她熟练得多，煎好的嫩牛排被端到了洛蔷薇面前，还有蔬菜沙拉以及鲜榨果汁。

"尝尝，我很久没做。"

洛蔷薇看着他倒了杯纯净水："你……不吃吗？"

"我不饿，"墨时澈站起身，"我去换套衣服，你乖乖吃。"

他上楼来到卧室的洗手间，迅速关上门，下一秒就冲到马桶边，手掌按着胃部，将刚才喝进去的鸡汤全部吐了出来。

"时澈,药物会导致你吃什么都想吐,可能会持续半个月,你不能沾油腻,一点都不行,我会让人每天去给你打营养素。

"另外,医生建议你封闭式治疗半年,但根治的可能性……几乎为零,所以我已经帮你推掉了,我知道你更想回家,时澈,回家吧。

"这几天我去找过墨青山,他说没有解药,还说……你死了都不关他的事。"

墨时澈弯着腰缓了一会儿,才直起身漱口洗脸,换衣服。

他下楼时门铃正好响了。

用人去开门,燕楚走进玄关。

墨时澈正走到楼梯中间,看见燕楚目光一寒:"你来做什么?"

餐厅内的洛蔷薇也站起身,紧张地看着他。

燕楚抬头看着墨时澈:"我来解释那天的事。"

墨时澈同他对视,而后垂眸看向洛蔷薇:"你先吃,吃完我带你去江边散步。"

燕楚跟在墨时澈身后上了楼。

洛蔷薇想叫住他们,但又怕墨时澈会误会……她攥紧刀叉,重新在餐桌边坐下,叉起牛排塞进嘴里,只觉得味同爵蜡。

书房里。

墨时澈立在落地窗前,点了一支烟,却没有抽,只是闻着烟味提神。

燕楚站在他身后,被碎瓷片割破的手已被纱布包扎起来:"你知道我阿爸一直想让我回去接手燕家堡,所以才故意设计陷害我跟薇薇在床上被你看到,让你打压我,逼我回去。"

"所以?"

燕楚道:"我希望你不要怪薇薇。"

怪?

墨时澈想到洛蔷薇裸着身体跟燕楚躺在床上的画面,想到洛蔷薇在家等他、为了讨好他洗手作羹汤的画面,他捧在手心的女人,为什么要经历这种难堪又羞辱的事?

他不喜欢她小心翼翼的样子，好像显得她有错一样。她有什么错，她根本没错。

墨时澈讽刺地笑道："这事还轮不到你来置喙，更何况你既然知道燕天晏为了逼你回去会做这种事，就该自觉地离洛蔷薇远一点。"

燕楚抿唇，半晌问："你不信她？"

"我信她，"墨时澈淡淡地道，"不信你。"

燕楚愣了一下，随即轻声笑了："你不信我无所谓，我也不需要你的信任，但你既然说了相信薇薇，就不要因此伤害她一分一毫。否则，我绝对不会放过你。"

"她是我的妻子，跟你没有半点关系，任何事都轮不到你来放不放过的。"

墨时澈眯眼冷嗤："滚。"

燕楚下楼时，洛蔷薇还在吃牛排。

她几乎是机械地往嘴里塞着，每咬一下都莫名觉得想吐，但一想到这是墨时澈煎给自己的，又很努力地强行咽下。

听见脚步声，她立即站起身看过去："阿楚……"

怎么……就他一个人下来了？

"墨时澈在楼上接电话，我已经跟他解释过了，这件事是我爸为了逼我回去故意设计的。"燕楚看着她苍白的脸，愧疚又心疼，"对不起薇薇……是我连累你。"

"不，这也不是你的错。"洛蔷薇摇摇头，扯出一个笑容，"阿楚，你先回去好好休息，我会跟墨时澈好好沟通，清者自清，他不是不讲理的人，你别担心我。"

燕楚点点头，抬起手想摸她的脑袋，但最终还是放下，勉强勾了勾唇："薇薇那我先走了，有什么事你随时给我打电话。"

洛蔷薇送走燕楚后，转身正好看到墨时澈下楼。

他什么都没说，带着她去花江边散步，走了一圈回来洛蔷薇竟然又饿了，吃了一大碗小馄饨后被男人抱上了楼。

对于燕楚或者那天的事,他不再提一个字,仿佛一切从未发生过。

时间又这么不痛不痒地过了几周。

苏妩走进医院病房时就看见洛蔷薇坐在床边削苹果,对着墨老太太有说有笑,她有些惊讶——洛蔷薇跟墨时澈没吵翻吗?

是不是那件事最终被燕楚给澄清了?

苏妩勉强露出笑容走进去:"妈,蔷薇也在啊。"

墨老太太应了一声,她其实并不喜欢苏妩,但儿子墨青山认定了这个女人,跟着了魔似的,她再反对也没用,更何况……她也希望儿子能幸福。

苏妩走到床边,双眼始终盯着洛蔷薇:"那个,我炖了莲子猪心汤……蔷薇也喝一点吧?"

洛蔷薇嘴角微报,苏妩等于是她公公的"小三",她每次面对苏妩都觉得有些尴尬……

不过奇怪的是,她对苏妩并不排斥,反倒觉得她身上有一种很亲切、很熟悉的气息。

苏妩听洛蔷薇说好顿时更高兴了,忙将汤盛出来,一碗端给墨老太太,一碗端给洛蔷薇:"来,蔷薇你尝尝阿姨的手艺。"

洛蔷薇接过后道了声谢,象征性地吃了几口,下一秒,一阵恶心反胃的感觉猛地涌上来,她脸色一变,急忙放下碗冲向洗手间。

苏妩赶忙跟过去,看见洛蔷薇弯着腰在呕吐,心里一惊:"棠……蔷薇,怎么了?"

洛蔷薇午餐没吃几口,她还以为是肠胃不好,但在墨老太太跟苏妩的强烈要求下,被苏妩带着去挂了妇科。

检查结果很快出来——她怀孕了。

胎儿目前……七周。

洛蔷薇整个人都是震惊的。

苏妩显然比她更震惊,听到这个消息脸都白了。

棠棠竟然……怀孕了,而且还是墨时澈的孩子,是墨家的种……

苏妩缓步从洗手间走出来，看见洛蔷薇正坐在长椅上打电话："老公，你晚上早点回家，我想吃M家的草莓蛋糕，你帮我买……"

苏妩听见她软腻撒娇的语气，浑身冒冷汗，踉跄着几乎站不稳。

他们竟然还如此如胶似漆……

墨时澈回来时天已经黑了。

客厅没有开灯，他换好鞋走进来，车钥匙放在大理石台上的声音惊醒了蜷缩在沙发上的女人。

洛蔷薇揉着眼睛抬起头，墨时澈已经俯下身来吻住她，轻咬着她的唇瓣："怎么在这里睡？"

她嗓子有些哑，撇嘴抱怨道："在等你……你都没有早回来。"

墨时澈在她身侧坐下，圈着她的腰将她搂住，另一手将盒子放到她面前："你的草莓蛋糕，我去的时候店提前关门了，我打电话让他们过来开门现做，等了一个半小时。不能怪我，不许生气，嗯？"

"……"

洛蔷薇凑过去在他的脸上亲了一口："喏，奖励。"

墨时澈扳着她的脸又是一个长长的深吻，吻得洛蔷薇都快瘫软了，捶着他的胸膛他才放手。

洛蔷薇打开盒子，大口大口地吃着蛋糕，墨时澈眸底蓄着笑，长指轻刮她的脸蛋："慢点吃，没人跟你抢。"

"有人啊，"洛蔷薇歪头一笑，"宝宝会跟我抢呢。"

墨时澈显然没听懂："宝宝是谁？"

"是我们的宝宝啊，"洛蔷薇抬眸直视着他，眉眼弯弯，"墨时澈，我今天去医院做检查，医生说我怀孕了，宝宝现在……七周。"

墨时澈闻言先是一愣，随即整个人都怔住了。

洛蔷薇望着他眸底散开的情绪，有震惊，有难以置信，还有莫名难言的隐忍，但……就是没有惊喜。

他显然……并不高兴。

她怀孕七周，正好就是她跟阿楚被设计那个时间段，前后差了没几天。

她根本没办法证明给墨时澈看，这孩子其实是他的。

命运就是巧，没有洛红樱还有燕天晏，她再怎么化解、再怎么努力……都避不开。

洛蔷薇嘴角的笑容一点一点僵下去，她忽然低下头去，将剩下的蛋糕全部塞进嘴里，边吃边含混地笑道："这个蛋糕很甜，我觉得宝宝可能是个女孩，不然我怎么这么想吃甜食呢……"

她叽叽喳喳地说了一大堆，墨时澈始终没有说话，只是眸色深沉地注视着她，僵在那儿，连手指都没有动一下。

洛蔷薇忽然站起身来，空空的蛋糕盒被打翻在地。

她站在那，面对坐着的他，平视前方："墨时澈。"

他没有应。

"不然，"她说到一半顿住，垂眸笑了，"我去把宝宝……打掉吧。"

原本坐着的男人倏地抬头，下一秒，他也站起身来，低头看她，俊脸紧绷，喉结上下滚动，声音极其沙哑："打胎对身体不好。"

洛蔷薇轻轻地笑了："如果对身体没有影响，你就会让我打掉吗？"

"不好就是不好，不要打。"他俯下身，双臂拥住她，动作很轻，仿佛怕伤着她跟孩子，"生下来……洛蔷薇，把孩子生下来。"

她头靠在他的肩上："生下来以后，你会一直陪着我吗？"

不等他回答，她又笑着道："墨时澈，其实我很脆弱的，说不定会产后抑郁，需要老公时时刻刻在身边哄着。还有，以后宝宝要上幼儿园、小学、初中……会有很多很多事情，有苦有甜还有生气愤怒……五年、十年或者二十年，你都会陪着我们吗？"

墨时澈没有回答，环着她的双臂一点点收紧，但很快又松开，拨开她颊侧的长发："吃了蛋糕还饿不饿，我去给你做晚餐，嗯？"

她歪着头想了想："想吃西红柿鸡蛋面，一个煮鸡蛋一个煎鸡蛋，再放点火腿和葱花。"

"好，"他亲亲她的脸蛋，"你坐着看看电视，我很快就煮好。"

墨时澈蹲下身将地上的蛋糕盒收拾干净，立即去厨房煮面，在她快要吃完时，又泡了一杯温牛奶给她。

他始终没有回答她的问题，她也没再问，当作没有问过。

饭后，墨时澈牵着她在花园里散了会儿步，等到她打哈欠了，才抱着她回房间。

夜渐渐深了，床上的女人侧身熟睡着。

始终没有睡着的男人坐起身来，视线落在女人的腹部上，那儿仍旧光滑平坦，难以想象，竟然孕育着一个小生命。

他缓慢又小心地伸出手去，落在她的腹部，掌心感受着温热的肌肤，想到里面有个属于他们的小宝宝，有那么一刹那心仿佛要跳出嗓子眼。

蓦地，洛蔷薇发出一声嘤咛，翻了个身。

墨时澈闪电般收回手，像个偷糖的孩子那般紧张地盯着她，生怕吵醒她。

确定她没有醒，墨时澈动作很轻地下了床，来到阳台。

"五年、十年或者二十年，你都会陪着我们吗？"

哪怕没人告诉他，墨时澈又何尝不懂，这次穆云深为什么在他醒来后第一句话就是：时澈，回家吧。

以往的每一次穆云深都会强迫他留下来接受治疗，告诉他终有一天会好的，所以慢慢地他也认为自己可能会好。他竟然也抱有这种……可笑而天真的侥幸心理。

尤其这种想法在跟洛蔷薇结婚后越发浓烈，他有时候甚至会忘记自己有病，觉得自己是正常人，可以像正常人一样生活，不会再痛，不用担心随时会死去。

可他终究不是，他没有那个命。

那他凭什么要她生下自己的孩子？墨时澈，你凭什么这么自私？

所以他当初为什么没有忍住，为什么要娶她？

墨时澈低头点燃一支烟，才抽几口，神经被刺激得微微一痛，浓稠的鲜血立即从鼻间流了出来，滑过下巴，染红睡衣领口。

洛蔷薇迷迷糊糊地醒来，发现身侧没人，她倏地坐起身，看见了站在阳台上的男人。

他垂在身侧的长指间夹着根烟,已经快要燃到尽头,显然他在那站了有一会儿了。

她盯着他的背影看了一会儿,而后重新躺了下去。

他没说不要这个孩子,他说让她生下来,所以她不该胡思乱想,该相信他……

洛蔷薇闭上眼睛,强迫自己入睡。

空旷的公路上,押送犯人的厢形警车平稳地行驶着。

后车厢内,洛红樱穿着囚服,戴着手铐,长发全被扎在脑后,脸色憔悴,双眼空洞无神。

开车的司机跟身边的警员聊着天,忽然感觉腿部很痒,不等他低头看去,一条小蛇猛地蹿上来咬在他的手上!

司机顿时松开方向盘,警车直接撞在了一旁的护栏上。

一旁的树丛里突然蹿出上百条小蛇,几分钟内就爬满了整辆车……

洛红樱身边的警员才打开后车厢门就被蛇咬中,倒了下去。

洛红樱惊惧不已,尖叫着往后躲。

此时车门已被打开,穿着紫色套装的漂亮女人出现在她面前。

女人只不过挥了下手,那些靠近洛红樱的小蛇立即退开,洛红樱难以置信地望着她:"你……你是……"

"我是谁不重要,但我听说你是墨时澈的私人医生?"

苏妩微笑,小蛇密密麻麻地在她身上流窜攀爬,却不咬她:"只要你把你知道的关于他的一切情况告诉我,并且帮我做一件事,我就让你不用坐牢。"

墨时澈下班后鬼使神差地去了一趟商场。

他戴着超级大的墨镜,先是逛了逛男性专区,接着逛了逛影音专区,最后装作若无其事地来到了……母婴专区。

哪怕戴了墨镜,但仍然惹眼,墨时澈一走进来,就立即吸引了所有妈妈跟小朋友的注意,纷纷朝他看过来。

就连导购员也第一时间凑了过来:"先生您好,需要买什么吗?"

墨时澈生平第一次来这种地方,还到处都是小孩子的声音,听得他莫名有些紧张:"我刚怀孕。"

导购:"……"

墨时澈:"我老婆刚怀孕,我只是随便看看。"

导购立即善解人意地道:"是不是刚知道喜讯,想买个小礼物当纪念呢?这边有很精致的小袜子套装,男女宝宝都很适合哦。"

墨时澈伸手拿起一双小袜子,真的很小,还没他的一半手掌大。

孩子以后出生了,就……这么小的?

他难以置信地蹙着眉,低头仔细地看了半天,导购见他终于放下,才笑着问道:"先生要买哪一种呢?"

"这三排,"墨时澈伸手指了下,"全部给我包起来。"

导购:"先生,您长得很像墨少呢。"

墨时澈:"不认识。"

"……"

墨时澈拎着一个很大的袋子走出母婴专区,边走边拿出手机发短信,本想说买了礼物给她,但反反复复编辑很多遍,最后只发了简单的一句话:"在家等我。"

女人不是都很喜欢惊喜吗?

他好像还从没让她惊喜过。

墨时澈来到地下停车场,才走到迈巴赫边,陡然感觉身后不对劲。

他倏地回过头去,几乎同一时间,一条小蛇猛地蹿了过来,直接咬在他的脖颈上。

墨时澈脸色骤然一变,剧痛蔓延全身,刹那间跌撞着跪了下去。

他扶着车门的手一点点滑下去,直到彻底倒在地上,身体痛苦而扭曲地挣扎着、低吼着,黑色的瞳孔逐渐被血色取代……

穿着高跟鞋的黑衣女人拿着针管走近,蜷缩在车边的俊美男人缓慢停止了挣扎,撑着地面重新站了起来。

他活动着脖颈，侧过头望着走近的女人，一双红眸张狂嗜血，舔唇笑道："好久不见。"

洛红樱微微一笑："是很久了，不过我有办法，让以后不这么久……"

墨枭伸手一搂，勾住她的腰将她抵在车门上，长指抬起她的下巴，气焰嚣张："什么办法？别跟老子弯弯绕绕的！"

洛红樱笑着凑近他的耳畔："很简单的，你听我跟你说……"

二十分钟后。迈巴赫倒车后猛地往前重重撞开防护栏，以最快的速度飙出地下停车场。

墨家别墅。

迈巴赫停在车库外，俊美张狂的男人推门下车，一双嗜血红眸被黑色美瞳遮住。

男人走上白瓷台阶，用指纹打开门锁。

墨枭站在玄关处，望着客厅内华丽的装潢，有一种微妙而奇怪的感觉。

这是墨时澈的家？

墨枭边打量着周围边走上通往二楼的楼梯，脚步声忽然响起，同时还有女人娇软甜腻的声音："老公，你回来啦！"

穿着睡裙的女人从楼上小跑下来，直接扑进他怀里，双手抱着他精瘦的腰，仰脸嘟嘴撒娇："你怎么才回来，我都差点睡着了。"

墨枭低头看着怀里的女人，第一反应——这不是穆云深说的那个苗妓？

第二反应——真漂亮，比洛红樱那张脸漂亮多了。

于是他什么都没想，低头吻向她的唇，手搂上她细软的腰。

洛蔷薇本来想要回应他的吻，但男人吻得粗暴而用力，完全没有以往的缱绻缠绵，洛蔷薇感觉到疼，生怕伤了宝宝，立即用力推他的胸膛："不要，墨时澈你别这样……"

墨枭原本吻得投入又忘情，猛地听见"墨时澈"三个字，倏地松开手，洛蔷薇往后趔趄几步，后背抵住扶手才站稳。

她有些诧异地看着他："墨时澈……我不是故意的，我只是怕伤到宝宝……"

墨枭闻言冷笑一声，忽然问道："你爱我吗？"

洛蔷薇不懂他为何冷笑，但还是毫不犹豫地回答："我当然爱你。"

墨枭邪气一笑："可是我不爱你了。"

洛蔷薇浑身一震，刹那间白了脸蛋："为什么？"

"因为你怀了别的男人的孩子，我觉得脏，所以……"

墨枭说着忽然伸出手，在洛蔷薇肩上重重一推！

洛蔷薇身后就是长长的楼梯，她重心不稳，被推得往后跌去。

"啊——"她尖叫出声，眼里浮现无限的惊恐之色，伸手想抓住男人的手："墨时澈，救我们的宝宝！"

墨枭却躲开她的手，眼神冷厉地看着她的惊慌失措。

洛蔷薇心口一凉，下一秒重重摔在台阶上，而后顺着层层楼梯滚了下去，身体摔在客厅冰凉的地砖上。

浓稠的鲜血从双腿间流出来，洛蔷薇只觉得所有的痛都集中在小腹上，她双手下意识想要护住孩子："宝宝……我的宝宝……"

男人走下楼梯，在她面前蹲下身。

洛蔷薇视线蒙眬地看向他，苍白着唇艰难地道："墨时澈，我没有骗你……是我们的宝宝，救救宝宝，带我去……医院……求你……"

她抬起的手重重垂落在地砖上，绝望的眼泪从她的眼角滑落。

墨枭看着躺在血泊中昏迷过去的美丽女人，心口不知为何骤然一紧，伸手要抱她。

高跟鞋踩着瓷砖的声音传来，洛红樱走了进来，墨枭站起身，朝她伸出手："把药剂拿来，老子要送这女人去医院。"

"你疯了？待会儿有人会来送她去，你跟我走……"

洛红樱话还没说完，墨枭忽然神色一变，而后低吼一声，跪了下去，痛苦地抱着头，俊脸微微扭曲，眼眸中的猩红逐渐退去……

洛红樱见状一惊，她已经给墨枭打了苏妩给的毒剂，毒素应该能让墨枭这个人格维持至少小半天才对，怎么会这么快就要被吞噬了？

难道……是因为洛蔷薇受伤吗？

洛红樱嫉妒地攥紧拳头，但她知道此时自己不宜久留，立即转身走了出去。

跪在地上的男人痛苦抽搐着，犹如受伤的兽嘶哑低吼，片刻后眼眸彻底变黑。

墨时澈睁开眼睛，第一眼就看见面前的女人以及她身下那一摊触目惊心的鲜血……

墨时澈重重一震，俊脸上浮现出从未有过的慌张神色，他颤抖着俯身抱住她冰冷的身体，蓦地红了眼眶："洛蔷薇，没事了，乖，不怕了……我们去医院，现在就去……"

毒素在体内肆意地蔓延，每动一下都撕裂般牵扯着神经，墨时澈死死咬着牙，一步一步往外走去。

眼前越来越黑，墨时澈努力睁大眼睛，胸膛剧烈起伏，却不停地低声哄着她："洛蔷薇，不怕了……乖，不要怕，我在……"

喉间骤然一甜，墨时澈猛地吐出一口鲜血。

剧烈的疼痛令他根本站不住，墨时澈缓慢向下跪去，却始终没有放下怀里的女人。

玄关处忽然传来脚步声，有人走了进来，惊讶地喊道："这是……怎么了？"

听到声音，墨时澈像是终于放心，俯身将洛蔷薇轻轻地放在地毯上，下一秒整个人重重倒了下去！

江城国际机场。

燕楚拖着行李箱过了安检，坐在等候区，拿出手机编辑短信。

"薇薇，这次的事真的很对不起，都是我连累了你，现在看到你跟墨时澈这么幸福，我很开心也很放心。我思考了很久，为了不让我爸再做什么过分的事，我可能要先回云南了，以后也许会再过来江城玩……"

广播提示飞往云南的航班登机。

燕楚起身走向登机口，拇指犹豫着悬在发送键上方。

他这一走，阿爸肯定不会再轻易放他出来，真的……不知道什么时候能再见到洛蔷薇。

燕楚眼眶酸涩，攥紧手机，机械地往前走着，正要把登机牌递给空姐，忽然听见边上有人小声道："哎，我刚才在第一医院工作的表姐给我发微信，说洛蔷薇从楼梯上摔下来住院了，下身全是血，孩子估计保不住了……"

燕楚蓦地抬起头，眼中涌上震惊之色，而后飞快地转过身，一路撞开周围的人往机场出口处冲去。

医院急救室。

洛蔷薇浑身冰冷地躺在手术床上，边上的护士忽然惊叫道："糟糕，她没有呼吸了，心跳也停了！"

"快准备强心剂！"

医生开始电击，洛蔷薇纤瘦的身体重重弹起，心电图忽然有了波动，呼吸也在刹那间恢复。

所有人都松了口气，女医生却忽然叹气道："她的孩子没有保住，还是流掉了……准备清宫吧。"

与此同时，私人医院昏暗的房间内，浑身是血的男人躺在床上，身体不停地出着汗，冷热交替，折磨着他的神经跟感官。

穆云深朝身后的医生和护士吩咐道："快准备点滴，还有……"

"云深……"墨时澈声音沙哑，"洛蔷薇……怎么样了？"

"她在第一医院，人没事，连宿过去看过，说燕楚在手术室外面。"

"孩子是不是还在？"

"时澈。"

"孩子还在吗？"

"时澈，你身体里有毒素，你先……"

"孩子不在了，是吗？"

378

穆云深抿唇，好一会儿才道："孩子已经确认流产了。"

墨时澈没再说话。

过了片刻，穆云深突然看见有透明的液体顺着墨时澈的眼角滑下。

穆云深浑身一震："时澈……"

从小到大，墨青山再无情、毒发时再痛、伤得再重，他都从来没有见墨时澈哭过。

这是第一次。

墨时澈觉得喉结连滚动都变得困难，良久，他沙哑着嗓音道："去医院，我要去看我跟洛蔷薇的孩子。"

穆云深抬手落在他的肩上，才发现他浑身都在颤抖，穆云深沉沉地道："时澈，你先为你的身体着想，孩子已经不在了，你打过点滴再去。"

"那是我跟洛蔷薇的第一个孩子，"墨时澈嗓音极其沙哑，"我现在就去，孩子应该已经恨我了，去晚了肯定会更不高兴。"

洛蔷薇受伤流产的事被医生走漏了风声，哪怕墨时澈跟穆云深的人联合采取应急措施封锁消息，但消息还是传了出去。

一时之间，第一医院拥入大批记者，工作人员不得已只得请警察在外面维持秩序，不让闲杂人等进入。

天渐渐黑了，空无一人的走廊上响起沉重的脚步声。

墨时澈来到最靠里的病房外，透过门上的玻璃往里看去。

他原本只是想看一看就走，但还是忍不住伸出手拧开门把，往里面走去。

病床上美丽的女人安静地躺着，巴掌大的脸上罩着氧气罩，容颜苍白，完全没了往日明艳妩媚的气息。

墨时澈在病床边站定，喉结滚动，声音嘶哑："洛蔷薇……是不是很痛？"

男人缓慢地俯下身，想握住她的手，却发现自己满手血迹，他收回手，额头抵着她的手背："是我让你痛，你是不是……恨我？"

"跟宝宝一起恨我。

"洛蔷薇,恨我吧……"他笑得自嘲又悲戚,"是我害死了我们的孩子。"

墨时澈在她的额头上落下轻轻的一吻,闭上眼睛,声音低得只有自己听得见:"对不起……我爱你。"

病房门忽然被推开,一个高大的身影冲进来,一把拽住墨时澈的胳膊将他往外拉。

墨时澈被摔在走廊坚硬的墙壁上,燕楚欺身而上,双手揪住他的领子,死死地瞪着他:"是你推她下楼的是不是?是你怀疑孩子不是你的所以推她的是不是?!"

墨时澈被他揪着领子,低低地笑起来:"是我,要打我是吗?打吧。"

他话音刚落,燕楚直接一拳挥了过去。

墨时澈被一拳打得趔趄了一下,又被燕楚拎起,但他始终没有还手。

燕楚双眼血红,每一拳打得都极狠:"为什么要这样?你都说了相信她为什么还要这么做?!你知不知道她差点死了,你连女人都不放过,你才是该去死的那个!"

燕楚膝盖猛地顶向墨时澈的小腹,墨时澈重重跪在地上,吐出一口鲜血。

他手掌撑着地面,嘴角染着鲜血,神情妖冶又诡异:"你没说错……我才是该去死的那个。"

他或许早就该死,九岁那年墨青山就该把他弄死。

那样洛蔷薇就不会碰到他、不会喜欢他、不会嫁给他,她那么善良、那么漂亮、那么美好,一定会有很爱她的男人,好好照顾她,呵护她一辈子,而不是他这种病魔缠身不能给她安定幸福的男人。

他有什么资格拥有她?

墨时澈半跪在地上,勾唇自嘲地笑道:"多打几拳,替洛蔷薇出出气,她……那么痛。"

那个睚眦必报的小气女人,连平时早上一起刷牙时他不小心把泡沫弄到她的脸上，她都要抱着他的脑袋咬他的下巴咬上半天才肯罢休。

现在这么痛，她怎么会服气呢?

他的女人……傻兮兮的女人。

燕楚看着他这副认了罪却又无端悲戚的模样，竟有点下不去手了。他弯腰再度把墨时澈拎起来，咬着牙道："墨时澈，你要是个男人以后就离薇薇远一点，她再也没有命让你伤害和折腾，你不配她爱你，你一点都不配！"

他蓦地松开手，墨时澈后背重重地撞在墙上。

"既然你不相信她，又伤害了她，那你就没必要再假惺惺地来看她，"燕楚挡在病房门前，冷冷地道，"你也不配。"

墨时澈缓缓转过身，一步一步往前走去，强忍着没再回头。

他确实已经不配了。

急救室外，被临时叫来的医生递给面前的男人一个医用铝盒："墨先生，这是墨太太流产时流出来的胚胎小血块，因为情况比较特殊，所以我们的护士还没来得及处理掉。"

墨时澈僵硬地伸手接过。

这是……洛蔷薇为他怀的……他们的孩子。

墨时澈在原地静默许久，攥紧手里的铝盒，转身离去。

穆云深在医院顶层的置物室找到了墨时澈。

他以为墨时澈出了什么事，急得半死，正想推门进去，却发现里面亮着橙黄的光。

上百支白色蜡烛被点燃，摆满了房内的每一个角落，男人跪在中央，面前的灵台上放着一个医用铝盒。

墨时澈双手放在身侧，什么都没做，垂眸看着盒内的东西，神情专注。

像是在祭奠。又像是在陪伴。

穆云深喉结滚动，低沉问道："你刚才说，时澈……还有多少时间？"

他身后的何护士声音压得很低："老医生说，最少半年，最多……一年半。"

穆云深眼神一暗，伸出去的手收了回来，他缓缓闭上眼睛："你回去吧，我在这里陪他就好。"

何护士点点头，忽然又问道："穆公子，为什么……墨少不告诉洛小姐，让心爱的女人陪着自己走完这最后一段路程呢？"

穆云深望着里面跪着的男人，缓缓道："如果不告诉洛蔷薇，那么于洛蔷薇来说，她就只是被心爱的男人伤害，这种伤害哪怕再深，她也会慢慢恢复，伤害会随着时间淡化，她会重新面对生活，重新爱人。"

他的声音低沉沙哑："但如果告诉她真相，那就等于让她失去爱人，她要眼睁睁地看着时澈痛苦病发直到死去，那会成为一种深入骨髓的绝望，摧毁她对整个人生的希望，哪怕时澈死后，她也只会沉浸在这种绝望之中，日日夜夜思念他。

"所以，时澈宁愿洛蔷薇恨他，因为恨一个人比爱一个人更轻松。"

何护士听完什么都没再说，安静地站了一会儿就离开了。

穆云深在门外守了一夜。

翌日早上，墨时澈捧着医用铝盒走出来，看向站在门外的穆云深。

"云深，我要立遗嘱。"

因为手术后恢复得很好，洛蔷薇很快从重症病房转回了普通病房。

丁繁英跟燕楚轮流照顾着她，唐思甜戏少的时候也经常过来。

洛蔷薇刚醒来时，得知宝宝没了，没有吵闹也没有哭喊，只是闭着眼睛靠在病床上安静了很久，然后睁开眼睛，指了指床头柜上的保温盒。

她要吃饭。

七天之后，她已经可以下床适当活动、散步。

这一周多的时间，她既没有出现精神崩溃的情况，也没有大的情绪波动，只是有点喜欢发呆。

在她能下地的第一天，燕楚过来看她，她开口说了第一句话："我要见墨时澈。"

燕楚放下手里的乌鸡汤，抿唇："薇薇，你暂时先好好养……"

"他是我老公，我流产了，他无论如何都应该来看我。"洛蔷薇打断他的话，朝他伸出手，"把我的手机拿来，我要给他打电话。"

燕楚无法反驳她，沉默片刻，只得把手机递给她。

可洛蔷薇联系不上墨时澈。

无论她发短信、打电话还是联系他身边的任何人，他一直没有给她任何回音。

她打回家问过，用人说他已经回去了，但他就是无视她的任何消息。

洛蔷薇想要立即去找他，但身体不允许——摔伤加上子宫严重出血，不好好养会落下严重的病根。

她每天按时吃饭，不管丁繁英做多难喝的补汤她都会乖乖喝完。

又过了两周多，洛蔷薇的身体已经恢复到可以正常小跑了，墨时澈仍没有跟她联系。

关于她这次流产住院的消息，真的是四处都已经炸开锅了，各种各样匪夷所思的传言都有，甚至还有人说她是假怀孕假住院，为了帮《美人红妆》剧组宣传造势……

唐思甜削着苹果，眉眼温婉："外面那些人爱说让他们说去，你就当没看见，还顺便能让你每天上热搜增加话题度，反过来想也是变相的好事呢……蔷薇？"

洛蔷薇回过神："嗯？"

"你在想什么呢？"

"没什么，"洛蔷薇轻轻笑了下，"随便发发呆。"

唐思甜咬着唇，现在丁繁英跟燕楚都不在，她忍不住道："蔷薇，这些天你都没有哭过，醒来后也没有提过孩子……你如果真的很难受不要憋在心里，你说出来，或者对着我哭都可以……你别闷坏了，好吗？"

洛蔷薇没有回答，低着头，半晌才很轻地道："我不哭。"

顿了顿，她又重复道："不哭。"

唐思甜看着一阵心疼，起身用力抱住她："那就不哭，蔷薇，以后都不哭了。"

洛蔷薇靠在她怀里，闭上了眼睛。

护士按时来给她打针，她喝了助睡眠的药，很快就睡着了。

迷迷糊糊间，她仿佛感觉到有人用手指触碰她的脸颊，然后冰凉的唇亲吻着她的鼻尖和嘴唇，那亲吻一直蔓延到脖颈，再到手指……

那感觉，熟悉得令她忍不住颤抖。

洛蔷薇蓦地睁开眼睛，病房内空无一人，她伸手摸摸自己的脸，竟然还有些发烫。

洛蔷薇怔怔地躺了几秒，而后掀开被子下床，连鞋也顾不上穿就冲出了病房。

她一打开房门，站在门口说话的两个人都回过头来看她。

洛蔷薇看看穿着白大褂的女医生，再看看燕楚，眼睛微微睁大："刚刚是不是……墨时澈来了？"

燕楚蹙眉："没有，他没有来过。"

"不，他肯定来了……"

洛蔷薇摇摇头，转身就想追出去，燕楚一把拉住她："薇薇，你刚恢复好一点，就想光着脚乱跑吗？墨时澈来了我肯定会告诉你，但他确实没来。"

洛蔷薇有些愣怔，被燕楚抱回了病床上。

燕楚拉过被子给她盖上，洛蔷薇忽然开口："阿楚，我想吃……拉面，突然很想吃。"

"行，我去买，你睡会儿，回来叫你。"燕楚拿着钱包就出去了。

他走了不到三分钟，洛蔷薇立即下床，胡乱套上鞋，拿过手机，打开病房门冲了出去。

她穿着病号服乘电梯下楼，直接来到医院后方的停车场，一边找着，一边用手机拨通墨时澈的电话号码。

一阵熟悉的铃声从身后传来，洛蔷薇猛地转过身去，正好同站在车边抬头看过来的男人四目相对。

她眼睛一亮，立即跑过去："墨时澈！"

墨时澈拉开车门坐进去，洛蔷薇跑到车边，伸手拉住了车门把手。

墨时澈立即从里面反锁了车门。

洛蔷薇这些天始终黯淡的瞳孔终于有了光彩，她盯着他的侧脸，喘着气急切地问道："你既然来看我，为什么不等我醒来就走？"

墨时澈目视前方，没有看她，俊脸上没有任何表情："我没有来看你。"

"墨时澈。"

"我来对面的商业大厦谈生意，车停在这里而已。"

"你就是来看我的，你还进病房亲我了，那不是做梦，我感觉到了……"

墨时澈打断她道："是你的错觉。"

洛蔷薇忽然止住声音，半响后缓慢地问了个很傻的问题："墨时澈，我……流产了，你知道的吧？"

墨时澈放在车门控制键上的手猛地攥紧："嗯。"

洛蔷薇抬头看他："那天在楼梯上，把我推下去的人……是……你吗？"

墨时澈："是我。"

洛蔷薇浑身一震。

她低下头，安静片刻后忽然摇摇头道："不，不可能，你不会推我的，你在云南都能舍命救我……你对我那么好……"

墨时澈面无表情，冷淡地道："松手，我还有其他事。"

洛蔷薇紧紧盯着他："你明明是相信我的……"

"松手。"

"我不！"

洛蔷薇死死攥紧车门把手，一阵风吹来，她缩了缩肩膀。

墨时澈因她这个动作而瞳孔收缩，倏地怒吼："洛蔷薇！给我松开你的手！"

洛蔷薇被他吼得浑身一震，呆呆地看着他。

墨时澈薄唇微抿："你松手，我下车，我们找个地方坐下说，嗯？"

他放柔了语气，于是洛蔷薇下意识松开了手。

下一秒，墨时澈一踩油门，轿车朝前飞驰而去。

"墨时澈！"

洛蔷薇倏地睁大眼睛，立即朝前追去，可她身体还没彻底恢复跑不快，脚上穿的又是棉拖鞋，跑了没几步就重重跌倒在地……

她咬着下唇，努力撑着地面站起身，想要打个车再追，却被身后跑过来的男人拽住了胳膊。

洛蔷薇回过头就对上了燕楚阴沉的俊脸。

他手里还拎着汤跟拉面分开装的打包盒，眼神从未有过地严厉，就这么定定地望着她："你根本就不想吃拉面对吧，你把我支开，只是为了下来追他，对吗？"

洛蔷薇站着没有说话。

燕楚胸膛起伏："你要追我不拦着你，你想做什么我拦不了也没资格拦，哪怕他把你推下楼，摔得流产，你也还是……"

"他不是那样的人！"洛蔷薇蓦地甩开燕楚的手，也顾不得这是哪儿，几乎嘶吼出声，"他不是！他绝对不是！"

"行，那你就去追！"燕楚冷笑一声，将手里的打包盒重重摔在地上，"你现在就去追！反正你的身体你自己都不当回事，我更犯不着拿命去保你，我燕楚再管你一次燕字就倒过来写，你爱追就去追！"

他说完转身就走，才走了没几步，身后忽然传来咚的一声。

洛蔷薇直接昏了过去。

燕楚立即转身冲过去将她抱起。

"她没什么事，就是受刺激了加上情绪太激动，大脑短暂缺氧，所以才昏倒。"医生说道，"放心，她很快就会醒。"

医生走后，燕楚走到床边，正想拿毛巾给洛蔷薇擦擦额头的汗，转头就对上她睁开的眼睛。

气氛一时沉默。

洛蔷薇动了动唇瓣，还未开口，燕楚却先一步出声："对不起薇薇，我不该冲你发脾气，我只是……一时气不过，你就当我什么都没说过，如果以后你不想我……"

"谢谢你，阿楚，"洛蔷薇看着他，喉间哽咽，"真的谢谢你陪着我……谢谢。"

一周之后洛蔷薇出院。

丁繁英怕她回墨家又会起争执受伤，便让她先搬去燕楚原先住的公寓，地段安静环境又好，她也跟过去照顾洛蔷薇。

洛蔷薇几乎很少说话，他们安排什么她就跟着照做，她精神也不太好，大多时间在睡觉，或者发呆。

在洛蔷薇出院的第七天，有快递送件上门。

丁繁英去超市了，洛蔷薇在房间睡觉，开门收件的人是燕楚。

燕楚撕开文件袋的封口，从里面拿出几张A4纸，上面五个加粗的黑字——离婚协议书。

燕楚忽然想到什么，迅速开门走出去，果然在上方楼梯转角处站着高大的男人。

墨时澈后背靠着墙壁，微屈起一条长腿，显然已经在那站了很久，脚边全是燃尽的烟头。

听见脚步声，墨时澈也低头看过来，随后掐灭手里的烟，顺着楼梯走下来，单手插兜站在燕楚面前。

燕楚以为墨时澈会说什么，却听见他第一句话问："她瘦了吗？"

"你问这话有什么意义吗？"燕楚讥诮地看着他，"人是你从楼梯上推下来的，你觉得流产对一个女人的伤害有多大？"

墨时澈没有回答，安静地站着。才短短十多天时间，燕楚竟然莫名感觉……瘦的人不是洛蔷薇，而是墨时澈。

半晌，墨时澈忽然开口问道："你爱她吗？"

燕楚一怔，随即又怒了："你难道还想说她的孩子是我的？姓墨的，我真的……"

"你爱她吗？"

"我爱她又怎么样？难道你以为……"

"那就照顾好她，"墨时澈打断他的话，神色暗淡，语气平静，"陪着她、保护她，让她开心快乐地过一辈子，这一点，你一直比我擅长。"

燕楚再次怔住，疑惑地皱眉："你……什么意思？"

墨时澈继续平静地道："就是字面上的意思，我跟她很快就会离婚，你可以追求她，我虽然非常不喜欢你这个人，但我不质疑你对她的心。"

蓦地，一道娇软带着愤怒的声音传来："你凭什么帮我做决定？"

两个男人同时转过头去。

洛蔷薇扶着门站在门口，身上还穿着睡衣，长长的鬈发披在肩上，更衬得她脸蛋苍白。

燕楚立即走过去扶住她："薇薇，你什么时候醒的？"

洛蔷薇双眼紧盯着墨时澈，眼眸中水光闪动："你既然这么在意我的未来，为什么要这样对我？你为什么非要抛下我？"

墨时澈俊脸木然没什么表情，望着她的眼神也无丝毫波动："离婚协议书我已经让人送来了，你尽快签了，我不想拖拖拉拉。"

他说完转身就走，洛蔷薇立即甩开燕楚的手追上去："墨时澈！"

墨时澈走进电梯，在她即将冲进来时，高大的身形挡在电梯门口，垂眸看着她的眼神又冷又伤人："洛蔷薇，你缠了我这么多年，又背叛我怀上别人的孩子，现在我终于可以解脱，不要这么死皮赖脸，别让我看不起你。"

他的声音冰冷得没有一丝情绪。

洛蔷薇所有的动作生生顿住，电梯门缓缓合上，彻底隔绝了男人冷漠的表情。

楼道间忽然变得极为安静。

燕楚走过去，将离婚协议书交到洛蔷薇手上："薇薇，这是墨时澈让人送来的，你好好看看，需要我的时候再告诉我。"

洛蔷薇拿着离婚协议书在床上坐了一晚上。

翌日，她起得很早，洗澡、洗头发，换上美丽的长裙，将自己的长发打理得漂漂亮亮的，又很认真地化了淡妆，拿过包出门。

洛蔷薇直接打车来到墨家别墅。

天刚亮没多久，她走到大门前，想要用指纹锁开门，却发现自己的指纹已经不能用。

洛蔷薇看见男人的迈巴赫停在车库外，没打电话也没叫人，只拿着包站在门口等着。

用人出来浇花时发现了她，忙转身去叫墨时澈。

穿着白衬衫、黑西裤的男人从别墅内走出来。

隔着一扇大门，洛蔷薇望着走近的俊美男人："墨时澈，你把门打开。"

"离婚协议书签好了吗？"墨时澈面无表情道，"如果签好了，我们现在去民政局办手续。"

"你不说清楚我不会签的，"洛蔷薇固执地道，"你之前说的那些我通通不接受，你不顾性命救我，帮我洗脚抱我刷牙，这些都不是装的……你爱我！"

"我不爱你，"墨时澈冷漠地道，"一时兴趣而已，换个女人也一样，只是你那张脸长得漂亮，我兴趣难免浓一点。"

洛蔷薇没有说话，定定地看着他。

墨时澈转身走回别墅，约莫十五分钟后，他再次出来，身后跟着几个拎着行李箱的用人。

这回大门打开了，行李箱被放到洛蔷薇面前，墨时澈淡淡地陈述："这是你在我家所有的东西，我让人给你收拾出来了，你不要再来了。"

洛蔷薇低头看着那些行李箱，半晌道："你不说清楚，我不会走的。"

"你还要我说什么？"她的固执让墨时澈莫名感到愤怒，"洛蔷薇，你追我这么多年我接受了没错，但我从来没承诺过会一辈子不变心。男人靠不住，你已经不是纯情小女孩了，这一点我想你应该很清楚。"

洛蔷薇低着头，眼眶酸涩。

墨时澈紧抿薄唇，没再说什么，转身走回别墅。

洛蔷薇没再喊他，沉默着站在门外。

天渐渐黑了，洛蔷薇仍旧在门外站着。

脚步声再次响起，墨时澈走出来，站在她面前，面色仍旧淡漠："洛蔷薇，到底要怎么样你才肯答应离婚，你说，我做。"

"要怎么样吗？"洛蔷薇低垂着脑袋，轻笑了下，"要不然你给我下跪吧，你没有下跪求过婚，那离婚至少该求……"

她话未说完，面前高大笔挺的男人忽然跪了下去。

洛蔷薇浑身一震。

墨时澈双膝跪地："我求你放过我，也放过你自己。"

洛蔷薇有些恍惚，然后又轻轻地笑了。

多么可悲……又可笑啊。

她闭上眼睛，想象着曾经无数次幻想过他向自己求婚的场景，眼泪掉下来的同时，勾着红唇笑道："好，我答应你……放过你，也放过我自己。"

洛蔷薇拒绝了墨时澈让司机送自己，拖着几个大行李箱离开。

她在距离墨家别墅不远的公园长椅上坐了下来。

手机忽然响起，她直接接了，那端传来燕楚的声音："薇薇，十一点多了，你什么时候回来，需不需要我去接你？"

洛蔷薇很久没说话，燕楚越发担心："薇薇……"

"阿楚，我答应他了，跟他离婚。"

"……"那端忽然沉默。

"我们明天早上去民政局，已经说好了。"洛蔷薇低着头，盯着地砖的纹路，慢慢地道，"我今晚不回去，我在墨家附近的公园，想一个人静一静，以后……可能都不会再来了。"

安静片刻，燕楚轻声应道："好。"

她正要挂断电话，燕楚忽然又喊道："薇薇。"

"嗯？"

"我今晚不睡，你有事随时给我电话。"

"好。"

洛蔷薇站起身，沿着公园缓慢地走着。

这个公园环着花江，前段时间她跟墨时澈经常吃完晚饭来散步，他会紧紧牵着她的手，会在人少的时候低头偷亲她，会……

她忽然无法继续回忆，眼泪顺着脸颊慢慢滑下。

爱他一直是她的一场美梦，从小时候做到现在的梦。

圆过、碎过、补过。

终于……还是要彻底灰飞烟灭了。

翌日。

离婚手续简单得只需要带证件签字确认——跟结婚一样。

洛蔷薇接过工作人员给的离婚证，看着上面的三个字，良久才反应过来。

从民政局出来的时候天气很好，阳光暖洋洋地洒在身上，洛蔷薇站在长长的台阶上，任由风吹起她漂亮的长鬈发。

身后的男人走下来，单手插兜站在她身旁的台阶上："为什么不要我给你的东西？"

"要不起啊。"

洛蔷薇回头看着他，脸上挂着多日不见的明媚笑容，几分真实几分浮夸："墨先生给我的东西随便加起来也有几个亿，我是很想要，但肯定会让我有心理负担，所以想想还是算了。"

"我捧你，"墨时澈看着她在阳光下的白皙侧脸，眼神深邃专注，"你想演什么戏、想拿什么奖，只要你想，随便你挑。"

"墨先生别忘了，"洛蔷薇笑了笑，"我们离婚是因为我出轨还怀了别人的孩子，既然如此，你应该讨厌死我才对，这么想方设法想要补偿我是什么意思？搞得好像出轨的人是你。"

墨时澈淡淡地道："那你就当是我。"

"都已经结束了，不说了。"洛蔷薇拨了拨长发，"替我跟奶奶说一声对不起，谢谢她对我的关心跟宠爱，我先走了。"

她说完转身走下台阶，身后的男人忽然出声喊住她："洛蔷薇。"

洛蔷薇顿住脚步。

"你就没什么要对我说的吗？"

洛蔷薇回头看着他，微眯起美眸："谢谢你，让我短暂快乐……嗯，很感动。"

墨时澈有些恍惚。

洛蔷薇看着他深邃的眉眼，弯唇笑了笑："墨时澈，再见了。"

墨时澈怔怔地望着她走下台阶，越走越远，像是突然产生剧烈的彻底失去的感觉，下意识伸手抓了下。

可他摊开掌心，只有一根微卷的茶色长发。

风一吹就不见了，再也找不回来。

一周后，机场。

洛蔷薇最开始是被骗来的，她以为是唐思甜要出国所以来送，来了才发现，原来自己的行李都被打包好了，而戴着棒球帽的燕楚递给她一张机票，以及一张密密麻麻的计划表。

燕楚得意扬扬地道："薇薇我跟你说，这可是我跟思思花了三天三夜做出来的，你看路线图，我们第一站是罗马，然后再转威尼斯……"

洛蔷薇看着手里厚厚的十张纸："要去……多少天？"

"不久，两个月吧。"

"……"

洛蔷薇蹙眉，莫名产生倦怠情绪，然后转身就走："我不想去。"

"你不想去也可以，你就继续待在家，每天起床就发呆，到点了逼自己吃饭，然后下午坐在阳台上继续发呆，一天浑浑噩噩地就这么过去，半夜失眠，白天补觉，一天说的话不超过三句。"

燕楚看着洛蔷薇纤瘦的背影，一字一顿道："再这么下去，不需要两个月，一个月，甚至只要两周，你就会变得彻底不认识自己，你会颓废萎靡，失去原本属于你的美好的东西。如果你觉得这样是你想要的，那你回去，我不拦你。"

洛蔷薇站着没动。

她这段时间都是这样过的吗？

不远处的休息区，男人单手插兜，望着站在那说话的一男一女。

不知道燕楚跟她说了什么，她又转过身，跟着他走向安检区。

她似乎没有很低迷也没有变瘦，身上穿着的还是时尚的衣裙，无论走到哪依旧是美艳又惹眼的。

身后的连宿低声问道："少爷，需不需要查一下洛小姐跟燕楚……"

"不需要，"墨时澈淡淡地打断他，微眯着眼，"让她去玩吧，跟谁去、去哪里、去多久，我已经管不着了。"

墨时澈没再多看，在洛蔷薇跟燕楚过安检时就转身往外走去。

唐思甜因为最后一场杀青戏所以来迟了，抱着小背包往里跑时，忽然看见另一边的通道走过一个高大颀长的身影。

那是……墨时澈？

唐思甜有些愣怔，但里面在广播她乘坐的航班已经到达，时间来不及，她赶忙收回视线跑进去，急匆匆过了安检，飞奔着才赶上。

飞机内，燕楚跟洛蔷薇已经坐下了。

唐思甜轻轻地放好包坐下，探起身看了看戴着眼罩睡着了的洛蔷薇，这才凑过去拉了拉燕楚，低声道："燕哥哥，我刚才……在机场入口处碰到墨时澈了。"

"墨时澈？"燕楚皱眉，"他也要出国吗？"

"不是，他是往外走，可能来送人的吧？"唐思甜猜测道。

"不管他。"燕楚将眼罩递给她，自己也戴上，"睡会儿吧，要飞很久。"

飞机起飞时，洛蔷薇轻轻拉下眼罩，望向小窗外的蓝天白云。

墨时澈也来机场了吗？

两个月后。

江城，夜欢会所。

洛蔷薇甚至都追不上唐思甜的脚步，唐思甜冲到最靠里的环形酒台门口，几个文身的高壮男人立即拦住她："干什么？"

唐思甜抓着背包，喘着气急切地道："我来赎唐羽风，他是不是在里面？"

"在啊，刚打完。"

高个子打量着唐思甜酡红的脸蛋，伸手就想摸，忽然一只纤白的手挡住他的手腕："哎呀，这位大哥怎么一言不合就想摸人家小姑娘的脸呢，是不是不太好哦？"

高个子本想发怒，但低头看见面前女人美艳的脸蛋，顿时就没了怒气："不然，摸你吗？"

洛蔷薇卷着发梢笑道："想摸我也行啊，先把唐羽风带出来，是死是活，总得让我们先看看人再说吧？"

高个子使了个眼色，很快被打得鼻青脸肿的唐羽风就被拖了出来。

唐思甜蓦地睁大眼睛："哥！"

"思甜，你快走，别理这群畜生……"唐羽风挣扎着想要过来，被重重踢了一脚跪倒在地。

唐思甜急红了眼："你们要多少钱，开个价，我带我哥走。"

"钱倒是不缺啊，我们现在就想玩玩女人……"

高个子伸手就想搂洛蔷薇，身后的胖子忽然拉住他："头儿，我看这女人……好像是墨时澈的前妻。"

墨时澈？

高个子听见这名字顿时愣了一下。

既然他们都这么说了，洛蔷薇觉得这个身份不用也可惜了，于是笑着道："你们既然知道我是墨少的前妻，还想继续吗？"

高个子不肯认怂："喊，既然都是前妻了，说明他不要你了，你有本事打电话给他啊！"

洛蔷薇脸上仍旧挂着笑，眉心却忍不住蹙了蹙。

她并不是不敢给他打这个电话，而是不确定墨总会有什么反应。

她不过几秒钟的沉默落在对面男人们的眼里，便成了——不敢。

高个子这下直接不管了，伸手就搂住洛蔷薇的腰，另一个胖子也把唐思甜拽到怀里。

洛蔷薇俏脸一冷，刹那就怒了，准备去抓身旁桌上的空酒瓶。

几乎同一时间，一道慵懒淡然的声音倏地响起："夜欢什么时候这么开放了，大庭广众之下就能随意玩女人。"

唐思甜蓦地抬起头，看着从黑暗中慢慢走出来的男人。

穆云深唇间叼着根烟，神态漫不经心又轻佻得很，他徐徐笑着，像是在看戏，表情看不出喜怒。

江城有句话，有穆云深在的地方，一般都有……

洛蔷薇顺着唐思甜的视线看去，一眼就看见站在穆云深身后的男人。

墨时澈穿着最简单的白衬衫、黑西装裤，单手插兜，脸上没什么表情，神色淡然又透着天生拒人于千里之外的冷漠。

他显然也看见了洛蔷薇，神色未曾有半分变化，只不过视线落在她被高个子搂着的腰上时，瞳孔极度不悦地缩紧，插在裤兜内的手蓦地攥紧。

但他并没有动作。

倒是穆云深缓步走了过去，那胖子看见他靠近已经吓得哆嗦，松开了搂着的女人，只不过唐思甜也愣住了，所以才没有反应。

穆云深走到唐思甜面前，替她整理着被扯乱的衣领，另一只手取下唇间的烟，朝那胖子身上摁去。

烟头被摁在衬衫上，火星迅速燃烧布料烫穿皮肤，那胖子痛得惨叫一声，都忘记躲了。

穆云深却仿佛只是将烟摁灭在烟灰缸里那样平常，看着面前吓得脸蛋都白了的女人，弯唇笑了："胆这么小，还敢来这种地方赎人？"

胖子捂着被烫伤的地方，剧烈的疼痛让他没了理智，抓起啤酒瓶就想朝男人砸过去，穆云深正盯着唐思甜，没空跟他打，于是淡淡喊道："时澈。"

下一秒，身后的墨时澈上前一把扣住胖子要砸向穆云深的手，很轻松地将手腕拧脱臼，将人重重甩出几米。

洛蔷薇挑了挑眉，不由得感叹，墨总真是没出息，现在居然给穆公子当保镖。

她正想着，墨时澈满身戾气地转身朝她走了过来，洛蔷薇还以为他看穿了自己的想法要揍自己,却见墨时澈扣住搂着她的高个子男人的手腕,将人家的整条胳膊都拉脱臼了,另一只手将高个子怀里的洛蔷薇拽到身后。

高个子男人痛得整张脸都扭曲了,洛蔷薇看得胆战心惊,正想开口,但墨时澈显然并不打算就这样罢休,单手提着那高个子男人的领子,一手顺势抄起桌上的啤酒瓶在桌沿砸碎,满是碎玻璃碴的一端朝着高个子男人搂过洛蔷薇的手臂扎了下去。

高个子男人疼得张大嘴却叫不出声来,手臂流着血倒了下去。

穆云深望着这一幕,并不意外,玩味地看向洛蔷薇。

墨时澈神色几度变化,最终喉结滚动了下,道:"我送你回去。"

"用不着,"洛蔷薇转身走到唐思甜身边,"甜妹,我陪你……"

穆云深先她一步开口,对唐思甜道:"你哥哥我会让人送到医院去,保证他明天就没事。现在你乖乖地跟我回去。"

唐思甜微微一震,来不及细想,穆云深已经搂着她的腰往外走去。

洛蔷薇看着他们亲密的背影,微微歪着头,若有所思。

穆云深的助理将唐羽风送去了医院,并且收拾了酒吧的残局。

洛蔷薇始终站在边上看着,等救护车来了,她拍了照片发给唐思甜,让唐思甜安心。

酒吧内喧嚣继续,洛蔷薇却有些意兴阑珊,四处看了一圈,慢悠悠地走到吧台边,朝酒保勾了勾手指:"给我来一杯鸡尾酒,要甜的哦。"

酒保见她长得漂亮,端着酒走近她:"这位美女,你尝尝我调……"

他话还没说完,一只修长的手伸过来,夺走了高脚杯,然后将酒全部倒在地上,淡淡的磁性嗓音响起:"你喝了会醉。"

洛蔷薇看着身侧淡漠矜贵的男人,好笑地挑眉:"我醉不醉好像跟墨总没什么关系哦?"

墨时澈平静地看着她:"我不想看见明天的报纸头条是我的前妻在酒吧撒酒疯,连带着丢我的人。"

"……"

洛蔷薇懒得跟他多说,笑着递给酒保一张百元大钞,转身走向舞池,却又被拽住了胳膊。

她忍不住回身瞪向身后的男人："你又怎么了？"

"快十一点了。"

"那又怎么样？"

"你该回家睡觉了。"墨时澈看着她美艳的脸，勾唇，"还是说你其实就是这么恶俗，喜欢玩这种掉价的游戏？"

洛蔷薇甩开他的手，转身往外快步走去，墨时澈立即迈着长腿跟上。

二人走到酒吧门口，墨时澈接过泊车员递过来的车钥匙，低声冲洛蔷薇道："冷吗？我送你回去。"

夜欢是夜高峰地段，很难打车，墨时澈正想拉她，洛蔷薇却几步上前，走到一个法国小哥面前，眨着眼笑道："帅哥，载我一程呗。"

墨时澈脸色骤然一沉。

那法国小哥见到如此美艳的东方女人，立即热情地打开了车门，洛蔷薇坐进去后，一只有力的手臂却忽然伸了过来，挡在欲关上的车门上："洛蔷薇，给我下车。"

洛蔷薇靠在后座上，把玩着斜挎的小包："我为什么要听你的？"她仰脸看他，"你又凭什么管我坐谁的车？"

墨时澈下颌紧绷，侧首看向蒙了的法国小哥，用标准的法语冷冷道："她是我妻子，我们闹了点小矛盾，你不想乱掺和的话就跟她说清楚。"

法国小哥看他一脸要撕人的表情，又听他说是夫妻，只得礼貌地拉住车门："sorry。"

"……"

洛蔷薇听不懂法语，自然不知道墨时澈说了什么，但法国小哥都这么说了，她只得下车。

她刚站稳，墨时澈就挡在她面前，重复道："我送你回去，上车。"

洛蔷薇懒得再拉拉扯扯了，淡淡地道："行吧。"

她坐进后座，一路上都没说话，靠在后座上看窗外的风景，却觉得越来越不对劲，她忽然撑坐起身："墨时澈，你这是开去哪，我住的公寓不是往这里走。"

397

墨时澈攥着方向盘的手收紧，他淡淡别开眼："这边近，不用等红灯。"

洛蔷薇蹙眉，但她向来是路痴，撇撇嘴又靠在座椅上："你开快点，我困了。"

男人低低地嗯了一声。

轿车四十多分钟后才开到公寓楼下。

墨时澈下车，替她打开车门，俯下身来，看见抱着包昏昏欲睡的女人，低声道："如果真的很困我抱你上去，送你到家门口，嗯？"

他虽然在问，但也没等她回答，已经将她拦腰抱了出来。

洛蔷薇被他一抱就醒了，立即就想要下来："你干什么呀……"

墨时澈踢上车门，转身往楼道走去："是我开错路导致你困成这样，我需要负责任。"

洛蔷薇不再挣扎："如果被人看到你抱我，说墨总跟前妻纠缠不休多不好。"

他眸色微黯："怎么，怕燕楚看到吗？"

"阿楚回云南了，后天才回来。"

墨时澈迈上台阶，低头看怀里女人又粉又嫩的脸蛋，喉结滚动强忍住想要亲她的冲动，在家门口将她放下。

洛蔷薇靠着墙站稳，打了个哈欠。

他看着她娇憨的神态，在洛蔷薇揉眼睛时，还是忍不住开了口："你们进展到什么程度了？"

"你说谁啊？"

他神色不善："除了燕楚还能有谁？"

"哦，无可奉告。"

洛蔷薇转身想开门，墨时澈一把拽住她的胳膊，声音略微严厉："洛蔷薇，以后少去夜欢那种地方，你这张脸太招男人，你应该比谁都清楚，别做蠢事，嗯？"

蠢事？

洛蔷薇的火气被这个词挑了起来，她输入密码拉开门，头也不回地走进去，砰的一声摔上门。

墨时澈神色晦暗，在门外站了一会儿，转身下楼，上车离开。

轿车才开出去一小段距离，墨时澈想了想，一打方向盘，又将车开回公寓楼下，找了个隐蔽的地方停着。

他掏出根烟点燃，深深地吸了口，抬眸看向亮着灯的那一扇窗户。

明天她肯定要出门，他守在这还能看见她一次。

手机忽然振动，他目光一动，却在看见发件人时顿时没了兴致。

是何护士。

何雅："墨少，记得按时吃药，睡前要注射抗生素，我明天会过去给你补药。"

浓白的烟雾掩住了男人俊脸上晦暗艰涩的情绪。

Chapter 11
我爱你，我爱你，我爱你

穆家别墅。

穆云深将车停在门口，下了车就往别墅内走去。唐思甜推门下车，有些不知所措，但还是跟在他身后进去了。

偌大的客厅空荡荡的，唐思甜换了鞋走进来，看见男人的领带被随手丢在沙发上，有一半已经滑落在地上。

她叹了口气，走过去捡起来叠好，身后响起男人凉薄的嗓音："我以为你又会跑，怎么乖乖进来了？"

唐思甜吓了一跳，转过身就看见穆云深站在她身后，动作优雅地解着袖扣，一双勾人的凤目却定格在她身上。

被他这么看着，她只觉得心口剧烈跳动，微微低下头："我……没有跑啊。"

"那柜子里你的衣服是被谁带走的？还有桌上的钥匙，"穆云深含笑看着她，语气却带着几分不悦，"我让你住在这，意思就是没有我的允许，你就必须一直住着，我记得我没让你走。"

因为梨儿回来再加上时澈的事，他前段时间很忙，回来却发现这女人竟然自己收拾东西走了，连一个字都没留下。

唐思甜一时不知该说什么，也不想解释，绕过他就要往洗手间走去："我去一下……"

下一秒她就被男人扣住腰肢，狠狠摔进了身后柔软的沙发里。

唐思甜摔得头晕目眩，眼前一阵发黑。

穆云深随即欺身压下来，双手撑在她的头侧，完完全全将她禁锢住，炙热的气息喷在她的肌肤上，他眯眼轻笑："不把话说清楚，你还想给我跑？"

虽然他们有过肌肤之亲，但在客厅沙发上这个姿势总归是不雅的，唐思甜忙伸手推他："你先起来，万一你家里人突然来了……"

"我没有家里人。"穆云深薄唇噙着淡笑，低头重重咬在唐思甜的锁骨上。

"啊——"她吓得蜷起身子，挣扎中碰到脚踝，唐思甜忽然嘶了一声，痛得整个身体都僵了一下。

穆云深迅速撑起身体，低头果然发现她脚踝上有一处血痕，应该是在夜欢时不小心蹭到的。

穆云深皱眉，丢下一句"别动"，立即起身去拿来医药箱，在她脚边蹲下，熟练地用棉签和碘酒给她消毒。

他神色认真，很容易让人有一种……专注深情的错觉。

当他的手指握住她的脚踝时，仿佛他的指尖有电流蹿过，唐思甜控制不住地微微战栗，身侧的手都攥紧了。

她盯着他英俊的侧脸，咬了咬唇，问道："墨小姐回来了，你……晚上没有陪她吗？"

穆云深动作微顿，但也不过半秒，随即勾唇笑道："怎么，你是在吃醋吗？"

唐思甜身体一僵，忙道："不是，我只是好奇……你们不结婚了吗？"

穆云深淡淡地道："暂时不结，也许以后都不会结。"

唐思甜微微睁大眼睛，似乎难以置信："为什么？"

穆云深抬眸看着她干净又清纯的脸蛋，心头忽然生出无限的掌控跟占有欲，他忽然撑起身，再度将她逼进沙发内："可能因为……你现在这么看着我，我比较想跟你结。"

唐思甜心跳骤然漏了一拍，整个人都因为这句话愣住了。穆云深望着她呆愣的模样，只觉得可爱又有趣，伸手扣住她的后脑勺，重重地吻了下去。

医药箱被打翻在地，但已无人去管。

翌日。

早餐结束后，穆云深送唐思甜去影视城。

一路上，穆云深几次瞥她都见她低头看着手机，不由得皱眉道："在干什么？"

"啊……我在看剧本，"唐思甜抬头看他，鼓鼓脸蛋叹气道，"是《锦绣江山》的剧本，我是女一号，台词多到爆炸，我都背好几个月了。"

穆云深忍不住伸手捏了捏她的脸，眯眼笑道："剧本比我重要？"

唐思甜拉开他的手，半晌垂眸很小声地嘟囔道："剧本怎么能跟你比。"

穆云深显然没听见，她也没再说。

到了影视城，唐思甜推门下车，忽然听见一阵高跟鞋的声音响起，抬头就看见一身连衣裙的墨梨儿走了过来，身后还跟着一个年纪稍大的女人，应该是她的经纪人。

身后紧接着传来车门开关的声音，唐思甜回头时穆云深已经下车了。

墨梨儿看见他微微一笑："云深，你今天怎么来影视城了？"

穆云深迈着长腿走过来，单手插兜淡淡地道："送她过来。"

墨梨儿的视线落在唐思甜身上。

见她看向自己，唐思甜出于礼貌冲她点头道："墨小姐。"

"嗯。"墨梨儿清冷地应了一声，神情淡漠。

唐思甜没再多说，跟穆云深打了招呼，便抱着包走远了。

墨梨儿盯着唐思甜纤瘦的背影，不由得有些恍惚。她其实听说过唐思甜，早在她还没回国的时候，就有朋友告诉她，穆云深最近养了个漂亮的女人。

她并不意外，也没什么其他情绪，这几年穆云深身边不是没有过女人，但她知道他都只是玩玩而已，更何况……她又做不到陪在他身边。

但不管他身边的是谁，只要她回到江城，他就一定会结束。

可今天看来，他显然没有要跟唐思甜结束关系的意思。

墨梨儿陷在自己的思绪里，直到男人温柔的嗓音在头顶响起："梨儿。"

她倏地回过神，却低下头去，穆云深取下唇间的烟，皱眉问道："怎么了，是不是发生什么事了？"

墨梨儿虽然是大明星，但息影两年再回来，毕竟没那么风光了。

"没什么，"墨梨儿低声道，"就是……刚才我跟蔡姐商量过，复出的第一部戏，我想演《锦绣江山》的女一号。"

穆云深听到这剧名觉得很熟悉，忽然想到刚才在车上，唐思甜那丫头说她是女一号？

他低头看着面前漂亮的女人，淡淡问道："梨儿，为什么想演这个？要不我让岳京单独给你打造一部剧？"

墨梨儿性格一直很固执，闻言抿了抿唇道："可我喜欢这部，很难得，从背景到人设我都喜欢。"

穆云深沉默几秒后嗯了一声，伸手揉揉她的长发："好，那你演女一号，我去让剧组换人。"

墨梨儿由衷地笑了笑："云深，谢谢你。"

"跟我说什么谢。"

"对了，我……还想拜托你一件事，"墨梨儿拿着包的手攥紧，声音压得很低，"我想你帮我找一个人。"

"名字。"

"燕楚。"

穆云深夹着烟的手微微一抖，随后眯着眼笑了笑："你在柏林的前男友吗？"

墨梨儿没回答，只是低声道："云深，你可以帮我找吗？"

"嗯，"穆云深应了一声，烟雾模糊了他俊美的脸，他的神情显得漫不经心又琢磨不透，"有消息我会告诉你。"

洛蔷薇来到剧组时，唐思甜正坐在休息区的小椅子上，编着一根根红线串成的东西。

她好奇地凑过去坐下："甜妹，这是什么？"

"幸运红绳呀，我听剧组的长辈说，串在钥匙上或者挂在车上，会带来好运，也能辟邪。"

唐思甜弯唇笑着，摊开手，一个红绳编织成的中国结躺在掌心内，极为漂亮精致。

洛蔷薇笑眯眯地睨着她："准备送给穆公子吗？红绳定情？"

唐思甜噌地红了脸："蔷薇，你再胡说八道我不教你了！"

洛蔷薇无所谓地摊摊手："你教我我也没人送啊。"

"不如你编一个送给燕哥哥？"

"哦，好啊。"

洛蔷薇拿起红绳就准备学，忽然有人喊道："思甜，导演找你！"

唐思甜忙放下手里的东西起身过去，洛蔷薇本来就是过来找她去吃晚餐的，索性也跟过去看看，然后就听见导演跟唐思甜说，她的女一号被换掉了。

唐思甜当场就愣住了。

这部《锦绣江山》是两年前就敲定要拍的，女一号当时就选了唐思甜，她为这个角色准备了一年多，付出了很多努力。

洛蔷薇一听就忍不住了，走上前去："开机仪式都举行了，宣传也做了，现在说换就换，这不是耍人玩吗？"

这个导演是岳京的朋友，对洛蔷薇自然是知道的："洛大小姐，这也不是我决定的，消息来得很突然，具体什么情况我也搞不明白。思甜，等明早制片人过来你再问问吧。"

洛蔷薇蹙眉问："换成谁了？"

"暂时还不知道。"

唐思甜没再多问，她在娱乐圈混了这么些年，很清楚如果上面非要换人，她是无能为力的，只是多少有点怨气跟不服气，她如今的咖位跟能力又不是无法胜任这个女一号。

洛蔷薇跟唐思甜吃过晚餐，分别时捏了捏她的脸蛋："甜妹乖，别闷闷不乐的，换角的事我会替你弄清楚的。"

唐思甜回到穆家别墅没多久，穆云深也回来了。

他显然心情不是很好，表情有些阴郁，她洗完澡出来就被男人直接抱到了床上。

唐思甜躺在柔软的被褥中，身上的男人从她的唇瓣吻到下巴再到锁骨，动作带着迫切的渴望跟喜爱。

她想到洛蔷薇的话，正在纠结要不要说今天被换角的事，穆云深却忽然咬着她的下巴，声音低哑地道："你不是准备演《锦绣江山》的女一号嘛，那个角色我换给梨儿了。"

唐思甜浑身微微一僵，连呼吸都跟着停顿，她睁大眼睛望着他："是你……换给墨小姐的吗？"

"嗯，"穆云深应了一声，薄唇亲着她小巧的腮帮，动作亲昵，"梨儿刚回来，复出的第一部戏对她很重要，她说喜欢《锦绣江山》。"

唐思甜心口一震，随即泛出酸软的痛感，不重也不深，但缓慢得像是凌迟。

她慢慢地道："我也喜欢这部戏，我准备了一年半。"

这一年半来，除了平日里工作拍戏，她所有的空闲时间都在了解融入这部戏，台词也背了好几本，哪怕是跟洛蔷薇、燕楚去旅游的两个月，她晚上回酒店都会看剧本。

穆云深舔咬着她的耳朵，没什么表情变化，仍旧不停地亲着她："片酬我会翻倍给你，就当你这一年半的辛苦费，如果其他片子你有想拍的，可以告诉我。"

唐思甜闻言轻轻地笑了笑："那如果，我跟墨小姐不小心又喜欢上同一部戏了呢？"

穆云深已经扒下她的睡裙，埋首在她胸前，嗓音性感又蛊惑："让她拍，反正有我养着你，你拍不拍戏都无所谓，干脆在家玩。"

"那墨小姐为什么要拍戏？"

"她喜欢。"

唐思甜身体一僵，身侧的手攥紧了被单，攥到自己手心发麻，突然又觉得没有意义，缓慢地松开手。

她不记得自己怎么睡着的，最后听见穆云深在她耳边声音沙哑地说话，带着几分咬牙切齿的味道："唐思甜，以后你只能乖乖跟着我……你这副身子我不舍得给别人碰一下。"

第二天一早，洛蔷薇驱车来到《锦绣江山》剧组，直接找了制片人。

对方一见是她，立即道："洛大小姐，这事真的是上头下命令要求换的，我们再大也大不过投资方啊，真没办法。"

洛蔷薇把玩着墨镜，淡淡地问："这剧投资方是谁？"

"星光娱乐，是……墨氏旗下的子公司。"

墨氏？

洛蔷薇愣怔了几秒，随即问道："换成谁了？"

制片人一脸苦相："墨梨儿，那可是墨总的亲妹妹，还有穆公子给她撑腰，江城背景最硬的女明星，我们这些人哪里敢得罪啊。"

制片人还想说什么，却见洛蔷薇已经转身走了出去。

墨氏总裁办公室。

例会结束后，几名重要部门的主管照例开始汇报工作，外面忽然响起争执声，然后办公室的门被重重地推开。

只见一身深蓝色长裙的漂亮女人站在门口，拿着手包跟墨镜，美艳勾人的脸上挂着浅浅淡淡的笑。

"哎呀，开会呢，"洛蔷薇笑眯眯地歪着头，"我是不是打扰墨总了呀？"

她的身后,秘书吓得赶忙道:"对不起墨总,我拦过了,但是洛大小姐她非要……"

从洛蔷薇出现那一刻墨时澈就一直盯着她,闻言淡淡地道:"嗯,都先出去吧,晚点继续。"

待人都走了后,洛蔷薇巧笑嫣然地走进来,顺手带上了门,然后走到偌大的办公桌前。她虽然一直在笑,但眼里明显带着怒气。

墨时澈微微眯眼:"看起来,我似乎惹了你。"

"所以说墨总是故意的咯?"

洛蔷薇说着俯下身,双手撑在办公桌上,跟坐在椅子里的男人对视:"所以,《锦绣江山》的女一号是你让人换掉唐思甜的?"

《锦绣江山》?

墨时澈根本不知道这是什么,皱起眉头,洛蔷薇见状微微咬唇:"墨时澈,是就是,没什么好不承认的。如果你说不是,我保证立马就走——"

她最后一句话话音刚落,男人几乎立马答道:"是。"

是不是承认了,她就……暂时不会走了?

"竟然真的是你?!"洛蔷薇立即就怒了,"你为什么换掉唐思甜,是因为墨梨儿想演这部戏,还是说,你用我的朋友来报复我?"

墨时澈没说话,对她的所有质问都无所谓,黑眸紧锁着她的脸:"你说什么就是什么。"

"所以你承认是为了报复我?"洛蔷薇越想越气,攥紧手,强压着情绪道,"说吧,你费尽心思把我引过来,怎么样才肯把我朋友的女一号换回来?"

"这么两肋插刀?"墨时澈淡淡地笑,"燕楚知道你因为朋友就随便来找前夫,不会生气吗?"

洛蔷薇此时没什么心思多想,冷淡地道:"我跟阿楚只是朋友,他才不会像你一样这么神经病。"

"朋友?"墨时澈眯眼,眸色幽深暗沉,"这么久了,他还没把你追到手吗,还是说你已经找了其他男人?"

洛蔷薇懒得跟他多说，淡淡地道："我的私事就不劳烦墨总操心了，快说正事吧，我没时间在这耗。"

墨时澈嘴角勾着冷笑，又带着莫名的警告意味："要么你就做好我以后可能会一直这样纠缠你的准备，要么你就跟清清楚楚的男人在一起，二选一，你选。"

"清清楚楚的男人，你指谁？"

"燕楚。"

洛蔷薇笑得更加嘲讽："你现在对阿楚的好感度这么高了？这么想撮合我们在一起？"

"他爱你，所以会对你好，"墨时澈下颌紧绷，薄唇吐出冷静而理智的话，"他没有黑历史，没有乱七八糟的女人，跟梨儿谈过那段也什么都没发生，背景强大，配得上你，会给你幸福。"

洛蔷薇很长地哦了一声："你怎么不说我离过婚配不上他呢？"

洛蔷薇以为他会嘲讽自己，却听见墨时澈低低沉沉地道："你谁都配得上。"

他话语中的肯定意味让她心口骤然一跳，无数熟悉的感觉如潮水一般涌了上来。

洛蔷薇微微蜷起手指，笑得自嘲："墨时澈，你知道跟女人说这句话意味着什么吗？"

墨时澈看着她清亮的眸子："不重要。"

"那你觉得什么重要？"

他显然不打算回答："刚才的二选一，你还没有选。"

洛蔷薇似笑非笑："如果我不选呢？"

墨时澈神色更淡，像是在说一件很简单的事："那么在我有生之年，你就什么戏都拍不了。"

洛蔷薇定定地看着他，怒极反笑，忽然扬手将他桌上的笔筒挥到地上。

她把他的办公室给砸了。

所有能摔的东西她都往地上摔，不能摔的就乱扔，文件也抛得四处乱飞。

墨时澈全程面无表情，任由她砸。

不知手被什么割到，洛蔷薇忽然嘶了一声，一下子就不动了，痛得皱起了小脸。

原本坐在椅子上冷眼旁观的男人下一秒就站起身，几大步过去将她搂住，语气难掩焦急："怎么了，弄伤了哪里？"

洛蔷薇手心被台灯割出一道血痕，鲜血正源源不断地往外流。墨时澈瞳孔收缩，立即将她抱起来放到沙发上，然后取来医药箱。

他半跪在她面前，握着她的手，小心翼翼又格外认真地替她清理着伤口，想哄她几句又不知该说什么，最后出口时，所有的焦急跟心疼都成了严厉的训斥："洛蔷薇，你多大的人了，摔个东西也能把自己弄伤，你还有没有脑子？"

洛蔷薇低垂着脑袋，听他这么说便想把被他握着的手缩回去，结果一动伤口血流得更多了，墨时澈倏地低吼出声："还乱动！你的手不想要了？！"

洛蔷薇被他吼得一僵，突然抬眸看他，墨时澈气得还想吼，却在对上她通红的双眼时怔住。

不等他有所反应，她忽然扑过去，张嘴狠狠地咬在他的肩膀上。

墨时澈背脊蓦地一僵，却没有推开她。

洛蔷薇就这么死死地咬着，直到嘴里尝到血腥味，才缓慢地松开嘴。

男人的白衬衫上很快出现鲜红的血迹。

墨时澈声音低哑地道："消气了吗，要不然换个地方给你继续咬？"

听着他温柔得像是刻意哄着她的语气，洛蔷薇神色有些恍惚，心口泛出酸涩感，眼睛里忽然涌出眼泪。

墨时澈没想到她说哭就哭，就那么愣在那里。

洛蔷薇坐在沙发上，方才质问他时的嚣张气焰已全部消失不见，不停地掉眼泪。

墨时澈那纵横商场时杀戮无情的果断睿智顷刻间崩塌，他甚至是手足无措地盯着身前的女人，蹲着也不是站着也不是，更不敢坐在她边上，怕引起她更激动的情绪。

他紧拧着眉想了想，还是伸手笨拙地替她擦着眼泪。

洛蔷薇已经很久没这样哭过。

她无数次对自己说，不哭，哭了也没用。

墨时澈转身拿了纸巾，然而还没碰到她的脸，就听见洛蔷薇颤着牙关慢慢道："墨时澈……我恨你。"

男人伸出的手一僵，他望着她的脸，半晌低低地笑了。

终于……还是恨他了。

墨时澈微垂下眼眸："也许再过几个月我就出国了，到时候，你可能就永远见不到我了，江城不会再有我这个让你恨的人，你可以安心待在这里。"他摸着她的脸蛋，轻笑，"洛蔷薇，有种就过得幸福点给我看，让我悔不当初，嗯？"

不等她反应，男人低头看了眼腕表："现在是11点30分，燕楚12点10分的飞机到江城，我会打电话让他来接你。现在是午餐时间，你必须先吃饭。"

墨时澈说完转身走了出去，洛蔷薇还怔怔地坐着，结果不到五分钟，他就回来了，大手托着个餐盘，上面摆着精致的四菜一汤跟一碗白米饭，全是她爱吃的。

墨时澈看了眼她受伤的右手，将托盘放在自己腿上，用勺子舀了一勺白米饭，搭配好菜，递到她嘴边。

洛蔷薇也不想再折腾了，掀起眼皮："你出去，我要一个人吃。"

墨时澈微怔，随即压低声音道："你的手受伤了……"

洛蔷薇闭上眼睛："我看见你就没胃口。"

墨时澈举着勺子的手顿住，半晌还是收了回来，将餐盘放在茶几上："那你慢慢吃，手痛或者有什么事再叫我，我就在外面。"

他说完起身走了出去，门被轻轻带上。

同一时间，江城国际机场。

墨梨儿坐在黑色大巴车内，边上两名女孩在给她补妆，她今天是来机场拍照的。

她刷着微博看粉丝的私信,但显然没什么兴致,正想让蔡姐催摄影师快点,蓦地,机场出口处走出一个戴着棒球帽、高大颀长的男性身影。

墨梨儿愣怔了下,随即猛地推开身侧的女孩,拉开车门就冲了下去。

燕楚推着行李箱走出来,身后忽然响起急促的脚步声,随后手臂被一把拽住。

他回过头,入目是一张漂亮精致的脸。

"楚哥哥?真的是你……"墨梨儿睁大眼睛,惊讶至极,"你怎么来江城了?你是来……找我的吗?"

燕楚没想到会在这碰到她,但他的意外也就只有几秒,随即勾唇笑了笑:"梨儿,"他喊得客气而疏离,"我在这有朋友,我还有事,先走了。"

"等等!"墨梨儿几步上前挡在他身前,咬着唇,艰难地开口道,"当时在柏林,你说分手,我……我是赌气才说随便你,我并不是那么想的……"

"梨儿,"燕楚站在阳光下,朝气而英俊,嗓音平静,"当初我们在一起时就已经说得很清楚,只是给彼此尝试跟了解的机会而已,我也从未对你做过任何逾矩的事,分手时也明说了,我们已经结束了。"

墨梨儿一震,似是没想到他会这么说,喃喃地道:"结束……"

铃声忽然响起,燕楚从口袋里拿出手机。

下一秒,手机直接被墨梨儿抢了过去。

她本以为是他的新女朋友打来的,但当她看清来电显示的名字时,手指已经下意识滑动接听了。

那端,墨时澈低沉微哑的嗓音传来:"过来把洛蔷薇从我这里接走,你不是说爱她吗?下飞机了也不打电话关心她吃没吃午饭?"

墨梨儿如遭雷击,傻傻地愣在原地。

楚哥哥喜欢……嫂子吗?

燕楚愠怒,把手机抢回去,说了声"马上过去"就挂了,他转身就要走,墨梨儿彻底急了,立即看向车边的保镖:"拦住他!"

411

四名黑衣保镖立即过去，挡在燕楚身前。

"你知道，我很喜欢你，在洪堡大学第一眼看见你就喜欢上你了……"墨梨儿站在燕楚身后，每个字都说得艰难而缓慢，"我知道那一年里我经常耍性子，在朋友面前让你难堪，但我保证以后不会了，我全都会改……楚哥哥，你再给我一次机会，好吗？"

燕楚甚至连表情都没有变化："梨儿，我们早就结束了，让你的保镖让开。"

墨梨儿攥紧手心，咬唇道："我不让你走！"

"那你可能要换一批保镖，"燕楚回头看她，琥珀色眼眸隐隐浮动着冰冷的暗芒，"你觉得区区四个人拦得住我吗？"

墨梨儿愣愣地望着他，直到燕楚上车离去才恍然反应过来，下意识想追，却脚下一绊，重重摔倒在地……

燕楚驱车来到墨氏。

洛蔷薇正坐在沙发上发呆，看见他推门进来便站起身，看向一旁站着的男人，嘲讽地勾唇："他来了，我可以走了吧？"

墨时澈盯着她，半响才嗯了一声。

洛蔷薇不再理他，拿过包走了出去："阿楚，我们走。"

燕楚应了一声，抬脚要走时，侧首望向失神的男人："既然你希望我们在一起，那我永远不可能再把她让给你，你也别想再碰她一根头发，否则我不会善罢甘休。"

燕楚送洛蔷薇去了影视城，刚停好车手机就响起，他看了眼来电显示，眉头厌烦地皱了起来，直接挂断。

洛蔷薇见状，不由得问道："怎么了阿楚？"

"没事，家里的一些事，"燕楚摸摸她的脑袋，眼底有散不去的阴霾，但面上仍是笑着的，"我会处理好，你别担心我。"

尽管如此，洛蔷薇还是担忧地蹙眉道："阿楚，有什么事你就告诉我，如果我能帮你的话，我一定会尽全力帮的。"

燕楚微笑起来："嗯，我会的。"

《美人红妆》已经部分杀青，但后期制作还没结束，演员也经常需要过去补戏。

午后的阳光暖暖的，洛蔷薇跟唐思甜一块儿趴在木桌上，岳京从不远处走过来，看见两个人都神色蔫蔫的，于是搬了张小板凳过来坐下。

"怎么了这是，无精打采丢了魂似的。"

洛蔷薇："我前夫欺负我，我沉浸在离婚的打击中有错吗？"

唐思甜："我的女一号没了，还不允许我悲伤一下吗？"

"嘁，多大点事啊，要我说你们都是脑子缺根弦。"

岳京一张人生导师脸，剥着橘子道："蔷薇你有什么受打击的，既然离了就离了呗，你身边又不是没男人了，燕楚那么帅一男人戳在那你看不见吗？他又那么喜欢你，明显是在等你，你接受他不就得了，幸福美满大结局，感情啊，都是慢慢处出来的。"

"还有思甜，"岳京看向唐思甜，"你看看，你现在跟着穆公子，虽说《锦绣江山》的女一号他给了墨梨儿，但是他今天一早就打电话给我，说要斥资几千万，让我单独为你打造一部清宫大剧。"

唐思甜一愣，霍然抬起头："为了我？"

"废话！穆公子肯为你这么大手笔，说明你在他心里是有一定地位的，但是你如果非要拿自己跟墨梨儿比，那就没意思了。"岳京慢悠悠地道，"你想想，穆公子跟墨梨儿从小一起长大，二十多年的感情，早已是亲人级别的地位了，他们还有过婚约，你跟穆公子才认识多久，才相处多久？你们现在只是同居阶段而已，如果他因为你就对墨梨儿冷淡，那他才是狼心狗肺好吗？"

唐思甜一时之间愣住了。

"不管是男人还是爱情，都是要争取的，看你怎么定位你跟穆公子的关系。"岳京吃着橘子瓣，"假如你只是认为你们是合作关系，那到期就结束了，但是假如你想得到他这个人，就去努力争取，怕什么啊，大不了失败呗，让蔷薇教你，怎么追男人她最擅长了。"

洛蔷薇翻了个白眼："得了吧，追男人在我这就是个惨痛的例子好吗?"

岳京踢她一脚:"拉倒吧,墨总宠你的那段时间,把剧组的女人都羡慕瞎了。"

洛蔷薇撇撇嘴,忽然撑起脑袋看向迷茫的唐思甜:"甜妹,你别想那么多啦,反正穆公子跟墨梨儿不会结婚了,那你就直接跟他说你想当他的女朋友,软磨硬泡让他答应,然后你们就正常谈恋爱,谈得好就继续,不好就拉倒,再换就是了,又不是只有他一个男人!"

岳京摆出一张微笑脸:"那洛大小姐,你倒是放下过去跟燕楚在一起啊。"

洛蔷薇又软绵绵地趴了回去,哼道:"阿楚是不是给你钱了,让你来收买我?"

岳京:"哦,我待会儿去找他要。"

洛蔷薇:"……"

傍晚五点多,穆云深来剧组接唐思甜,他没带她去外面吃饭,而是回了穆家别墅。

一进玄关,穆云深就将她抱到沙发上,按着她的腰肆意亲吻。

唐思甜听到用人周妈在厨房的动静,脸更红了:"你别……这是客厅……唔……"

穆云深气息不稳,小腹处一阵紧绷,咬着她的唇狠狠地道:"就你这小模样,我从早亲到晚都嫌不够。"

唐思甜脸蛋烫得都快烧起来了,红扑扑的极为诱人:"穆云深,我听岳导说……你让他帮我定制一部电视剧,是吗?"

"嗯,"男人埋首在她脖颈间,薄唇顺着她的下巴吻上来,"你想演什么样的都可以告诉他,想要谁和搭档都行,全都依你。"

唐思甜感受着他落在自己肌肤上炙热的吻,听他温柔地说着宠溺的话,努力让自己往岳京说的那些话上想,却丝毫感觉不到开心。

男人的吻越发激烈,她却睁着眼睛看着天花板,有几分失神。

周妈看着沙发上亲吻的男女,等了很久才敢叫他们吃饭。

饭桌上全是她喜欢的菜色，唐思甜看见时有几分愣怔，周妈忙笑着道："这些都是先生吩咐我做的，说是唐小姐你喜欢吃。"

穆云深替她盛汤夹菜，细心又专注，俊美的眉眼在灯光下少了几分桀骜轻佻，多了几分居家的柔情。

唐思甜捧着碗，拨动着饭粒道："我昨天做了个礼物，要送给你。"

穆云深喝汤的动作一顿，唇畔染笑："什么礼物？"

"现在不说，"唐思甜鼓了鼓脸蛋，"晚上再给你看。"

门铃在这时忽然响了。

周妈过去开门，惊讶地喊出声来："墨小姐……你这是怎么了？"

唐思甜微愣，然后看见对面原本在给她夹菜的男人迅速放下筷子，起身大步走了过去。

门口，墨梨儿满身狼狈，衣服上沾着泥，长发也是湿的，显然是淋了雨。

穆云深见状立即皱眉，吩咐周妈马上去拿干净浴巾，他则揽着墨梨儿的肩将她扶进来，低声问道："怎么了梨儿，发生什么事了？"

墨梨儿被他揽到沙发上坐着，想到门口那双高跟鞋，抬头看向餐厅，果然看见唐思甜坐在那。

她莫名心里更堵，喉间哽咽："云深，我是不是打扰你跟唐小姐吃饭了，我……"

她说到一半，眼泪就流了下来。

穆云深脸色阴沉，抽了几张纸巾给她擦着眼泪："梨儿，先别哭，跟我说怎么了，什么事都能解决，嗯？"

客厅内水晶灯折射着炫目的光，高大俊美的男人站在美丽的女人身旁，俯着身，侧脸映出紧张而又温柔的弧度。

唐思甜蜷起手指，收回目光，端起碗往嘴里扒饭。

吃过饭，她上楼回到卧室洗了个澡，正准备看部电影就睡觉，房门忽然被推开。

男人走了进来，唐思甜抬手拨了下长发，先开口道："你不用管我，我不会出房间……"

"梨儿摔伤了，今晚要住下，她认床，主卧这张床她以前睡过，"穆云深在床前站定，低头看着唐思甜素净的脸蛋，缓慢地道，"思甜，你先去客房睡，只是今晚，明天一早我就送她回家。"

唐思甜拨头发的手像是被针扎了一下，微不可察地颤了颤，而后缓缓放下，她抬起眼睛看着他："墨总不能来接墨小姐回家吗？"

穆云深神色未变："长兄如父，梨儿怕时澈。"

"哦，原来这样，"唐思甜点点头，掀开被子下床，抱着自己的笔记本看向他，"要不然我今晚回家吧，正好我哥哥……"

"不用，你睡客房，"穆云深眼眸紧锁着她，嗓音带了几分不悦，"要看你哥哥我明天陪你去，我说过，你以后都住在这里。"

唐思甜神色平静，拿起床头柜上自己的手机跟充电器，转身往房外走去。

穆云深在她走过身边时一把拽住她的胳膊："你不高兴。"

他这句话不是疑问句。

"没有啊，穆公子怎么会这么说，"唐思甜侧首看他，温婉恬静地笑了笑，"我为什么不高兴？墨小姐才是这里的主人，我只是暂住而已，迟早要搬走的。"

穆云深凤目微眯，这句话让他莫名不爽："我说了你以后都住在这，你听不懂还是故意这么说？"

"以后是多久？"唐思甜同他对视，仍旧温柔笑着，像是在开玩笑，"也不过就一段时间而已，难道你会娶我吗？"

穆云深薄唇轻扯，表情似笑非笑："怎么，想嫁给我？"

唐思甜摇头："不想。"

穆云深握着她手臂的修长五指骤然用力，几乎要捏碎她的骨头。

唐思甜痛得蹙起眉，咬唇推他："你放开！"

穆云深眼神冰冷地盯着她："你不想嫁给我，想嫁给谁？"

她的第一个男人吗，她念念不忘的对象？

"穆云深，你现在抓着我说这些无聊的事有意义吗？"唐思甜心平气和地看着他，"墨小姐还在楼下等着吧，你不怕她等太久吗？"

她这句话刚落音，男人就松开了手。

唐思甜心头一紧，没再说什么，转身走了出去。

周妈从客房出来，看见她有些尴尬地笑了下："唐小姐，客房我已经收拾好了。"

唐思甜微笑："谢谢。"

走向客房时，她听见穆云深吩咐周妈："把主卧的床单换了，去煮碗面端上来，不要放葱。"

唐思甜握着门把的手紧了紧，而后拧开门走了进去。

主卧内。

墨梨儿坐在床沿，手里攥着手机。

穆云深端着瓷碗走进来，将碗放在桌上："梨儿，吃点东西，如果腿还痛我就让医生过来。"

墨梨儿低着头，声音沙哑："你也早就知道了，是吗？"

"知道什么？"

"知道燕楚在江城，知道……他喜欢我嫂子，甚至……还跟我嫂子住在一栋公寓里！"

墨梨儿说着猛地抬起头看他："你为什么不告诉我？你知道我在找他，你还说会帮我找……"

"洛蔷薇不是你嫂子，她跟时澈离婚了，"穆云深没什么表情，淡淡地道，"更何况我告诉你有用吗？燕楚一直喜欢洛蔷薇，你再怎么追他也不会有结果。"

墨梨儿表情僵住，慢慢地摇头："可是他怎么会喜欢洛蔷薇的，洛蔷薇爱了哥哥那么多年，她不会喜欢燕楚的……"

穆云深声音平淡："那都是他们的事，既然现在时澈希望他们在一起，他们最终应该会在一起。"

墨梨儿迷茫地抬起头："为什么？哥哥跟嫂子感情不是变好了吗？哥哥为什么要这么做……"

穆云深眸色几度变化，最终只是淡声道："梨儿，燕楚这个人你该翻篇了,他不爱你,不会给你幸福。"

墨梨儿哽咽着,想说什么最终还是没说,她看着他忽然问道:"云深,你……喜欢唐小姐吗?"

这个卧室,全是属于女人的甜软味道。

不等他回答,她又摇着头喃喃地道:"肯定是喜欢的,不然你怎么会让她住进这里,这里只有我跟哥哥来住过……"

这里是他的家,他不会随便让人住进来。

所以他现在……也喜欢别人了吗?

思及此,墨梨儿莫名一阵心慌,一下子站了起来,语无伦次地道:"云深,我之前说取消婚约的事,你……是不是生我的气了?我……我只是害怕结婚,不想让你被我拴着……我……"

穆云深走过去揽住她的肩,低声道:"梨儿,先把面吃了,然后去洗澡。你情绪不稳定,需要休息。"

半夜,唐思甜睡得迷迷糊糊的,房门传来被轻轻推开的声音,她刚有点惊醒,身侧的被子被掀开,紧接着一只大手伸过来搂住她的腰,整个人被躺进来的男人搂了过去。

她一惊,下意识挣扎,然后下巴被扳了过去,下一秒就被狠狠地吻住。

穆云深霸道地撬开她的唇齿,缠着她深吻,唐思甜摸到他身上的睡衣,仿佛意识到什么,开始用力挣扎。

她的反抗似是激发了男人的占有欲,穆云深吻着吻着翻身压住了她,密密麻麻的吻落在她的脸上、脖子里。

下一秒,男人忽然停了下来,重新躺回她身边。

唐思甜心脏微颤,细密绵长的痛楚如电击般在心口震荡开,她将被男人扯开的睡衣扣好,翻个身抱住被子。

穆云深很快又伸手搂过她,动作强势,唐思甜知道挣扎也是白费力气,索性任由他搂着。

过了一会儿,她开口道:"穆云深,我把钱还给你吧。"

卧室内很安静，男人呼吸平缓，但她知道他没睡。

她一出声，穆云深就将她搂得更紧，啄吻着她的额头跟发顶，气息灼热："然后？"

唐思甜语气平静地道："然后我就搬出去，结束这段迟早要结束的关系。"

"你觉得我们之间，是还钱就能结束的？"

穆云深长指捏住她的下颌，俊脸凑近她，危险又蛊惑地眯眼轻笑："思甜，你要弄清楚，你是我看上的女人，跟你欠我什么无关。给你钱帮你是我愿意宠着你，哪怕你并不需要钱，如果我想要你，你就必须留在我身边。"

唐思甜望着他，神色有几分迷茫："你……很想让我留在你身边吗？"

"嗯，"他回答得没有犹豫，薄唇亲着她的唇瓣，"留下来，思甜，留下来陪我。"

"如果我说我要走呢？"

"你走不了，"穆云深也不怒，搂着她志在必得地道，"我可以允许你闹脾气耍小性子，你想做什么、要什么都可以告诉我，但是背叛我和离开我，这两点你但凡沾边——"

他低头，鼻尖摩挲着她娇嫩的脸颊，语气不重却带着极浓的警告："我不是什么好人，什么事都做得出来，所以你乖乖听话，嗯？"

唐思甜闻言盯着他愣愣地看了一会儿，闭上了眼睛："我想睡觉了。"

穆云深拉过被子盖住她的肩膀，让她枕着自己的手臂："嗯，我们睡觉。"

唐思甜强迫自己入睡，意识模糊间，听见外面走廊传来开灯的声音，似乎还有脚步声。

身侧的男人立即就醒了，小心地把手臂从她的颈下抽出来，然后掀开被子下床出去了。

客房的床上又变得空空荡荡的，刚才他躺过的地方余温很快散了，恢复一片冰冷。

翌日一早,唐思甜刚起床就接到岳京的电话,她还没开口,那端岳京就感叹开了:"哎呀我的妈呀,快看看蔷薇的觉悟,昨天我才开导呢,人家今天就行动起来了!"

唐思甜打开微博一看,热搜第一就是"洛蔷薇、新男友"。

新闻标题也写得很劲爆——墨家前少奶奶洛蔷薇一扫离婚阴霾,跟新富二代男友共进晚餐有说有笑。

岳京啧啧有声:"瞅瞅,虽说这富二代比不上燕楚帅,但也不错啊,蔷薇总算是开窍了。你也抓紧,快点把穆公子拴紧,争取啊!"

挂了电话,唐思甜站在洗漱池前挤着牙膏。

其实岳导跟蔷薇说的都很有道理,努力去争取一段感情、一个爱的男人,最终才不会后悔,才能获得幸福。

但那是要建立在平等交往的基础上,而她只是穆云深买来的一个消遣。

她很清楚,自己并没有资格。

本就没什么自尊可言,就不要再做这种不自量力的事了。

唐思甜下楼时周妈正在厨房收拾垃圾,唐思甜打开手包,顺手就把前几天编了很久的中国结丢进了垃圾桶,然后简单地吃了片粗粮吐司,正喝着牛奶,楼梯上响起脚步声,还有穆云深接电话的慵懒声音:"蓝易明吗?他确实跟穆氏合作过……怎么,洛大小姐跟他好上了?"

手机那端的墨时澈显然压抑着暴躁情绪:"把这个蓝什么的所有资料给我发过来,立刻!马上!"

唐思甜正要走,听见这个名字顿住——蓝易明就是现在跟蔷薇传绯闻的富二代。

给穆云深打电话的……是墨时澈?

穆云深显然也看见了她,立即结束通话:"行,我让助理发给你。"

"站在这等我?"穆云深走到她面前,低头亲亲她的脸颊,"去吃早餐。"

"我吃过了,"唐思甜微微偏头避开他的亲吻,问道,"刚才是墨总给你打的电话吗?"

穆云深听她说吃过了不由得皱了皱眉,系着袖扣应道:"嗯。"

"墨总为什么非要跟蔷薇离婚?"唐思甜蹙着眉,"我看墨总应该是很爱蔷薇的,之前对她那么好,是有什么原因吗?"

穆云深眼皮轻掀,低低地笑了:"想从我这里套话吗?一般女间谍都是采取色诱。"他俯身挑起她的下巴,"要不我给你这个机会,我们晚上试试看?"

"你……"唐思甜脸颊一红,立即往后退了几步,"也就是说……是有原因的吗?"

穆云深恢复漫不经心的表情:"能有什么原因,不爱了、不感兴趣了,就这么简单。"

唐思甜正要追问,墨梨儿从楼上走了下来:"不好意思云深,我起晚了,是不是耽误你去公司了?"

穆云深淡淡地道:"没事。"

唐思甜没看墨梨儿,拿起桌上的包:"你陪墨小姐吃早餐吧,我先去剧组。"

穆云深一把拽住她的胳膊:"我待会儿送你去。"

"云深,"墨梨儿走过来,较之昨晚暗淡的气色已经恢复不少,她低柔地道,"你送唐小姐去剧组吧,我待会儿自己去医院看看拿点药就行了。"

她一说医院,穆云深陡然想起她昨晚摔伤了腿,手上力道微松,唐思甜就挣开他的手,转身走了出去。

穆云深盯着她纤瘦却笔直的背影,薄唇不悦地紧抿起,墨梨儿见状咬唇:"云深,唐小姐是不是……生气了?"

"没有,她生什么气,"穆云深收回目光,淡淡地道,"别瞎想,去吃早餐,我陪你去医院。"

说完,他转身走向餐厅,却在周妈没扎紧的垃圾袋里看到一个红色的东西。

他走过去拨开袋子，将其捡了起来，是一个漂亮精致的红色中国结，下方系着一块小小的木牌，上面刻着一个娟秀的"深"字。
　　周妈见状忙道："这是刚才唐小姐扔的，我以为不重要就没捡。"
　　穆云深盯着手里的中国结，微微眯起眼睛。这就是那女人说的，送他的礼物吗？

　　短短几天时间，洛蔷薇跟富二代男友蓝易明的绯闻就占据各大媒体头条，成为众人关注的焦点。
　　洛蔷薇本人却不甚在意，傍晚蓝易明来影视城接她去吃西餐，她懒洋洋地应了，上车时看见不远处有狗仔在偷拍，还笑着伸手打了个招呼。
　　吃西餐时，蓝易明送了她一大束红玫瑰，她也笑着收下，抱在怀里有说有笑，丝毫不顾忌跟过来的狗仔。
　　晚餐结束后，蓝易明提出开车去江边兜风，洛蔷薇也没拒绝。
　　夜晚的花江景色很美，蓝易明开着跑车，时不时看向副驾驶座撑着脑袋发呆的美丽女人："蔷薇，你以后有什么打算吗？"
　　洛蔷薇歪着头，长发被风吹起拂过她的脸颊："以后啊……还没想呢，可能继续演戏吧，还挺有意思的。"
　　"也不错，你这张脸不演戏可惜了，"蓝易明笑了笑，"那你会一直留在江城吗？"
　　洛蔷薇应得更随意了："可能吧，去哪都无所谓。"
　　"有没有考虑过美国？"蓝易明侧首看她，"我家的根基全部移过去了，家人已经在那边定居，如果你想发展演艺事业一样可以……"
　　他话音未落，眼前忽然晃过一阵强光灯，蓝易明下意识打了下方向盘，然后整辆车就撞上了迎面而来的轿车车头。
　　砰的一声，车身重重晃动，二人身体都向前倾了下，又被安全带拉了回来。
　　前方的车子车门打开，而后高大俊美的男人朝他们走过来。
　　蓝易明正问洛蔷薇有没有受伤，副驾驶座的车窗已经被长指叩响，男人的声音一贯磁性冷漠，夹杂着些微压抑的暴躁："下来。"

洛蔷薇看见男人走过来时有些愣怔,但很快脸上就没什么表情了:"我没事。"

蓝易明率先下车,看向立在车边的男人:"墨先生,刚才……"

墨时澈看也没看他,仍旧敲着车窗:"下车。"

洛蔷薇将车窗降下一丁点缝隙,没看墨时澈:"有什么事你跟易明说,我不是驾驶员,没必要下车。"

墨时澈听见"易明"两个字,整张脸骤然变得黑沉,下颌紧紧绷起,连眼神都是冰寒的:"洛蔷薇,我叫你现在就下车!"

"墨先生,这件事我们两个处理就行了,"蓝易明打断他的话,"我跟我女朋友都没受伤,你如果也没受伤,那我想只是撞了一下……"

"不是撞了一下,"墨时澈掀起眼皮看他,"是你撞到我的车了,我的车前灯被你撞坏了,我怀疑你酒驾。"

蓝易明愣了下,随即笑道:"赔钱……"

墨时澈冷冷地笑道:"你说赔钱就赔钱?全世界都是你家的吗?"

说完,他直接拿出手机报警。

十分钟后,距离最近的警车火速到达。

墨时澈站在自己的迈巴赫边,面无表情地冲警察道:"他无缘无故撞我的车,可能想要我的命,我要求立案侦查。"

"墨时澈!"洛蔷薇立即就怒了,推门下车,"你胡说八道什么,刚才分明是你开大灯先晃我们的!"

墨时澈眼神更冷:"刚才舍不得下车,现在一说他你就下来了?"

洛蔷薇:"……"

警察终于找到插话的机会:"墨少,你刚才是说……蓝少撞了你,是吗?"

蓝易明走过来,眉头紧皱:"我没撞他,是他先撞上来。"

"是你先撞我,"墨时澈抬眸看他,面不改色地道,"你各种纠缠我的前妻,指不定还对她进行性骚扰,然后被拒绝,于是对我这个前夫嫉妒导致心生歹意,想开车把我撞死,以泄心头之恨——八成就是这样。"

不等蓝易明反驳,洛蔷薇已经先一步出声了:"墨先生这话说得就很搞笑了，蓝少是我男朋友，哪里来的纠缠跟性骚扰？"

墨时澈神色阴沉，眼里溢出浓烈的怒意，他蓦地上前几步，一把拽住洛蔷薇的胳膊。

蓝易明见状赶忙上前想拉住墨时澈，然而就在他碰到墨时澈的手臂的同时，墨时澈像是终于找到揍他的理由，转过身一拳重重挥向他！

蓝易明猝不及防，被他打得趔趄了下撞在车门上。

墨时澈上前揪住他的领子，几乎将他提起来，眼神阴冷，用只有他们两人能听清的声音道："她不是你能碰的女人，给我滚远点。"

"墨时澈！"洛蔷薇冲过去抓住他的手臂，怒道，"你松手！你疯了是不是？！"

"心疼了？"墨时澈侧首看她，冷笑着嘲讽，"就这样弱不禁风的男人，值得你叫他男朋友？"

"就你这样蛮不讲理的我都敢说是前夫，我还有什么不敢的？"洛蔷薇怒瞪着他，"你松不松手？警察在这你还公然打人！"

墨时澈眯眼冷笑："是他先抓我的手臂，我属于正当防卫。"

洛蔷薇气得咬紧唇瓣。

在墨时澈的坚持下，一行人被带去了警察局。

警员给蓝易明验酒驾录笔录，洛蔷薇坐在外面的休息椅上，见墨时澈从审讯室出来，立即起身走过去。

男人却看也不看她，径自走到拿着公事包的人面前："李律师，不管起诉成不成功，或者你用其他方法，我要这个姓蓝的今晚出不了警局。"

洛蔷薇走到他面前，脸上是怒然的嘲讽："墨时澈，做坏事也不遮掩一下，你就不怕我听见吗？"

"现在你听见了，"墨时澈平静地看着她，"我弄的就是他，所以怎么样？"

洛蔷薇怒极反笑："看不出才跟我离婚两个多月而已，你已经不要脸到这个地步，既然这样——"她卷着发梢，娇俏地笑道，"你权大势大，我们升斗小民斗不过你，他今晚出不了这里，那我也留下来陪他好了，大不了就说是我教唆他撞你咯？"

她说完转身往审讯室走去，墨时澈嘴角勾起冷笑，几步上前，从后面将洛蔷薇拦腰抱了起来。

"啊——"洛蔷薇惊叫出声，手脚并用地挣扎着，在场警员只是看了一眼，没人说话也没人阻止。

墨时澈将洛蔷薇抱到车后座放下，她就立即爬起来要下车："你放开我！滚开！"

墨时澈俯身将她压回去，伸手扯下颈间的领带，将她的双手绑在了座椅上，然后用后座的安全带将她的双腿也缠了起来。

墨时澈回到驾驶座，发动引擎，洛蔷薇起初还挣扎，后来渐渐没了力气，瘫软在后座上，气得不停喘气。

一路上他任由她骂，一言不发，将车子开回了墨家别墅。

无论洛蔷薇怎么反抗都拗不过他的力道，被男人抱到主卧，甩在了大床上。

"蓝易明，父母经商，现居华盛顿，粗略统计有过三十七个女朋友。"墨时澈站在床边，黑眸直视着她，"一个月前，他的前一任女朋友为他堕胎，半年前，他的前前任女朋友为他自杀，他换女朋友的速度比你换包还快，出了名的花花公子——洛蔷薇，你是瞎了还是傻了？"

洛蔷薇嘲讽地轻笑："那又怎么样，男未婚女未嫁，我还不能跟追求者吃个饭了？"

墨时澈俊脸一冷："所以你是不肯跟他分手了？"

洛蔷薇挑衅地看着他："本来也没打算在一起的，既然你这么说，我明天就跟他订婚好了，我就不信你还能把我怎么着。"

墨时澈忽然欺身上前，洛蔷薇还以为他要强来，却见墨时澈不知从哪拿出了橡皮绳，把她的双手绑在了床头。

洛蔷薇愣了下，然后开始剧烈地挣扎。墨时澈站直身体，居高临下地冷睨着她："在你想清楚这件事之前，你就待在这。"

丢下这句话，他转身走了出去，还将房门反锁上了。

这意思是要囚禁她了？

洛蔷薇反应过来，咬着牙大喊："墨时澈！你把我松开！你凭什么绑着我！我要去告你！人渣！"

客厅。
墨时澈坐在沙发上，握着威士忌，一杯又一杯，仰头灌下去。
强烈的灼烧感让他尝到了肆虐的快感，就像是楼上那个让他要死了都放不下的女人。
还有多久来着？
不记得了，不久了吧。
墨时澈扯唇轻笑，一瓶烈酒喝完又拿了一瓶，喝到最后倒在沙发上，睁着迷蒙的眼望着头顶的水晶灯。
迷迷糊糊间，一道巨大的雷声在夜空中炸响，紧接着楼上传来一声短促的尖叫。
墨时澈霍然睁开眼睛，刹那间坐起身，快步上楼，焦急地拧开房门。
房间窗帘没拉，一道又一道骇人的闪电伴随着轰隆作响的雷声，像是作乱的妖魔。
大床之上，被绑着双手的女人身体缩成一团，显然是被吓着了，双肩不停地颤抖着，喉间逸出断断续续的呜咽声。
墨时澈身形摇晃着走近她，蓦地又是一道惊雷，洛蔷薇吓得不停地往后缩："啊——"
男人俯身将她抱住，醉意蒙眬的黑眸半眯着，却凭着本能低头去亲她："别怕，洛蔷薇，我在这，不要怕……"
他的薄唇吻到她脸颊上滚烫的眼泪，身体微微一震，把她抱得更紧了："别哭了，打雷而已，没什么可怕的，我在这里陪你……"
"我不要你陪！"洛蔷薇用力挣扎，惊惧加上被绑着让她又愤怒又委屈，眼泪流了满脸，"你浑蛋，你放开我！离婚是你要离的，叫我走的也是你，是你叫我走的！"
"是我的错，"墨时澈不停地吻去她的泪，声音低沉，"都是我的错，我知道，我知道我让你很痛，我都知道……"
洛蔷薇挣扎间，就见墨时澈薄唇微张，黑眸氤氲着水雾，声音沙哑地道:"我爱你……"

她浑身一震,难以置信地瞪大眼看着他:"你说……什么?"

"我爱你……"他低下头,俊脸埋入她的颈间,一遍又一遍地低喃着,"我爱你,我爱你,我爱你……"

洛蔷薇僵硬着身体,感受着他压在自己身上的重量,甚至以为自己幻听了,困难地出声:"你……你知道我是谁吗?"

"洛蔷薇……"

墨时澈两个月来疯狂压抑的情绪跟思念被酒精刺激到最大程度,他捧着她的脸,像是渴了很久的人终于喝到水,上瘾般不停道:"我爱你,洛蔷薇,我爱你……"

他胡乱扯着她的衣服,用最本能、最原始的方式宣泄着感情,仿佛永远不知餍足,片刻不停,"我爱你"三个字也从未离开过她的耳畔。

两人犹如抵死缠绵,直到晨曦微露,才逐渐平息下来。

洛蔷薇早已累得昏睡过去,墨时澈两个月来的严重失眠终于在今晚被治愈,搂着她的身体缓缓睡去。

早晨八点多,生物钟让墨时澈醒了过来。

他第一眼看见的便是洛蔷薇娇媚的睡颜,愣了愣,又闭上眼睛,再睁开看见的还是她,而他的手还环在她的腰上,掌心还能感觉到那细腻的肌肤。

他愣怔了半晌,就这么一眨不眨地看着她,而后霍然撑起身体,几乎跌下床去。

墨时澈在床边站了很久,想伸手去触碰她,望见手背上细密的针孔,最终还是将手收了回来。

洛蔷薇醒来时阳光已经铺满地板。

无比熟悉的卧室让她有几分失神,坐起身时被子滑落,她低头看着遍布全身的吻痕,而后想到什么,赶忙掀开被子下床。

昨晚身上的衣服已经被扯破,她以为这里已经不可能再有她的衣服,但打开衣柜看到满满一柜子崭新的当季新品时愣了愣,衣服还全是她喜欢的牌子。

心里刹那间盈满难以言表的情绪,她从衣柜里随便挑了件过膝裙,套在身上就匆匆走出了房间。

洛蔷薇下楼来到客厅,看见披着深色浴袍坐在沙发上抽烟的男人,顿时有几分委屈:"墨时澈,你过来抱我一下……"

墨时澈没说话,但过了十几秒还是按灭烟头,起身过去将她抱到了沙发上。

洛蔷薇撒娇般控诉道:"以后你不许不经过我同意就……"

"对不起,昨晚喝多了,难免做了点出格的事,"男人在她对面坐下,掀起眼皮看她,"都是成年男女,以前还是夫妻,这种事也不算什么,不过总归是我的错,我需要负责。"

洛蔷薇微愣,听到他的最后一句话正想出声,却见墨时澈从茶杯下抽出一张填好的支票,推到她面前。

她低头一看,七千万。

洛蔷薇表情一点一点僵硬,好半晌才找到自己的声音:"我从来不知道,我能这么值钱。"

墨时澈淡淡地道:"之前离婚的时候,我给你赡养费你没要,如果你嫌少我可以加。"

"墨时澈。"

他没应她,重新撕了张支票:"翻倍加给你。"

"我不要钱。"

"或者你想要什么?"

"你不知道吗?"

男人握笔签字的手一顿。

洛蔷薇双手放在膝盖上,双眼一眨不眨地看着他。她从来不是个会低声下气哀求的女人,此时几乎是用尽全身力气才说出这句话:"你昨晚说……你爱我,说了很多次。"

墨时澈语气更淡了:"所以怎么样?"

"我不知道你到底是怎么想的,"洛蔷薇捏紧双手,一字一顿说得缓慢而艰涩,"其实离婚之后,我一直在等你的解释,我觉得你一定会给我一个解……"

她话未说完,玄关处忽然传来开门锁的声音,然后门被推开。

洛蔷薇蓦地转过头,看见一个穿着裙子的短发女人走了进来。

何雅一手拎着保温饭盒,另一手的袋子里装着男人打点滴要用的药物,她有些惊讶此时看见的场景:"墨总,我是不是不该……"

墨时澈站起身朝她走过去,伸手揽住她的肩,嗓音低沉而温柔:"怎么过来了,不是说了我去接你吗?"

何雅身体一僵,有难以控制的喜悦在眸中氤氲开,但更多的是震惊:"我……"

沙发上的洛蔷薇也站了起来,看着被男人揽着的女人,脸蛋变得惨白。

墨时澈搂着何雅走过来,侧首瞥向洛蔷薇,淡淡地道:"该说的已经说完了,你回去吧。"

洛蔷薇看着他走到餐厅,将那女人带来的保温盒打开,然后取来两副碗筷放到女人面前:"吃吧,吃完我带你出去。"

何雅有些拘谨,但还是坐下了,墨时澈给她夹着菜,完全无视了沙发边的女人。

洛蔷薇不知道为什么觉得很可笑:"墨时澈,你要骗我也用不着找这种你不会喜欢的类型……"

下一秒,他冷淡的声音打断了她,甚至带了点嘲弄的笑意:"洛蔷薇,我昨晚不过喝醉睡了你一晚而已,值得你把自己看得这么重要吗?"

洛蔷薇浑身一震,这句话甚至比他给她钱更为羞辱,已经超过了她的承受范围。

她眼眶蓦地泛红,转身就往门口走去,餐桌边的男人立即站起身,几步追过去拽住她的胳膊、

洛蔷薇回头时心里还忍不住带了几分期待,却见墨时澈走到沙发边拿起她的包跟支票,又从抽屉里拿出一瓶药,递给她,淡淡地道:"把药吃了。"

洛蔷薇闻言浑身止不住一颤，她有几秒的愣怔，而后伸手接过他递过来的东西。

因为昨晚是他强行把她抱进来的，所以她的鞋子落在沙发边上，墨时澈弯腰捡起来，放到她的脚边，直起身时女人一个巴掌甩了过来。

他受下了，表情没有任何变化："我没空送你。"

洛蔷薇将脚塞进高跟鞋里，抱着包头也没回地走了出去。

客厅内恢复一片安静。

墨时澈站在原地，望着空荡荡的门口出神，直到身后响起何雅犹豫的声音："墨总……我们该去医院了，穆公子跟迈克医生已经到了。"

墨时澈良久才回过神，微垂下眸，喉结艰涩地滚动了一下："嗯。"

洛蔷薇没有打车，一直走到离墨家别墅不远的公园，在长椅上坐下。

她记得很清楚，离婚前被他赶出墨家的时候，她也拖着行李箱坐在这里。

午后的太阳渐渐没了，天空变得阴沉沉的。

没多久，洛蔷薇就看见墨时澈的迈巴赫驶出了墨家别墅。

她尖瘦的下巴垫在膝盖上，仍旧环抱双膝坐着。

天渐渐黑了，约莫晚上八点的时候，迈巴赫终于重新出现在视野内。

洛蔷薇立即站起身追了过去。

她偷偷站在墨家别墅大门外，看见墨时澈跟白天那个短发女人下了车，然后一起走进别墅。

二楼卧室的灯亮了起来，窗帘被那个女人拉上。

一个小时、两个小时……那个女人始终没有出来。

又过了一会儿，卧室的灯熄灭。

洛蔷薇怔怔地望着一片漆黑的卧室窗户。

那个女人……真的住下了。

她呆呆地站了一会儿，而后缓慢地转身离开。

影视城。

墨梨儿看见燕楚从录音棚走出来，拿着手机，一副想打电话又犹豫的模样，正想朝他走过去，却见两个男人走到他面前。

那两人似乎说了几句什么，燕楚很不耐烦的模样，但是跟着他们走了。

墨梨儿立即跟了上去。

燕楚走到外面一辆面包车旁，车门打开，一个高大的男人走下来，男人年过四十，但仍旧气势逼人："楚儿，你考虑得怎么样了，阿爸已经在江城等你好几天了。"

"我没什么好考虑的，"燕楚清俊的脸上是桀骜不驯的表情，"我早就说过了，我不会结婚的。"

燕天晏皱眉："燕家祖训你也不是第一天知道了，再过几个月你就二十五岁了，如果你还不结婚，那阿爸也没办法救你——那些长老会把你带进深山里的蛊窖，你得在里面待十年。"

"让我跟不喜欢的女人结婚我做不到，"燕楚神色冷淡，"长老们要来抓我那就抓吧，反正……"他抬眸看着燕天晏，勾唇讽笑，"我又不是你跟你心爱女人的孩子，就算我死在蛊窖里你应该也不会太难过，毕竟当年阿妈死的时候你也没掉一滴眼泪——"

燕天晏打断他道："你不是喜欢洛蔷薇吗？就不能想方设法追到手？"

燕楚越发不耐烦，挥挥手："行了，你别在这烦我了，快走吧。"

燕天晏面色难看，临走前还是降下车窗，严肃道："楚儿，我没跟你开玩笑，深山蛊窖里都是蛇蝎毒虫，你如果进去了，会后悔不服祖训的。"

车子驶远，燕楚在原地站了一会儿，正要转身离开，忽然听见动静，转头看向一旁的大树："谁在那里？"

墨梨儿咬唇，扶着树干走了出来。

燕楚眼神一寒："梨儿，你故意躲在那偷听吗？"

墨梨儿缓步走到他面前，没回答，而是直接道："刚才你爸爸说的话是什么意思？你这几个月内不结婚，就要被关十年吗？"

"这跟你没关系，"燕楚转身就走，"很晚了，梨儿，回家吧。"

"楚哥哥！"墨梨儿喊住他，几步走过去，声音放低，"如果我说……你需要的话，我们可以假结……"

燕楚脚步微顿，没有回头："梨儿，你别再找我了，没有任何意义。"

"你说只会跟喜欢的女人结婚，"墨梨儿咬了咬下唇，"是不是只有嫂……洛蔷薇，才会让你选择结婚？"

"是，所以不要再找我。"

丢下这句话，燕楚大步走回了摄影棚。

墨梨儿怔怔地站在原地，直到他的背影在视线中消失。

洛蔷薇回到公寓，正准备开门进去，一旁忽然走出一道纤细的身影。

"嫂子，"墨梨儿脸色有些苍白，想了想还是改了称呼，"蔷薇，能不能占用你几分钟时间，我有话想跟你说。"

洛蔷薇有些诧异她会找自己："有什么事吗？"

"关于……燕楚的事。"

墨梨儿把方才偷听到的话全部告诉了她。

洛蔷薇有将近半分钟时间惊讶得说不出话来。

墨梨儿看着她，轻哽咽着道："蔷薇，现在他的父亲逼他结婚，你能不能……帮帮他？否则他就要被关进深山的蛊窖里，肯定会非常痛苦……"

十年……

洛蔷薇动了动唇："我……能怎么帮他？"

墨梨儿攥紧双手："他说只跟喜欢的人结婚……反正你跟我哥也不可能了，你也知道楚哥哥很喜欢你，你能不能……嫁给他？"

"梨儿！"一道冷喝声打断她的话。

燕楚从黑暗中走出来，手里还拿着车钥匙，显然是刚回来。

他走到墨梨儿面前，表情漠然："是你自己回家，还是我打电话让你哥哥来接你？"

"你不敢让蔷薇知道这件事吗？"墨梨儿看着他，咬了咬嘴角，"你对她这么好你为什么不敢说？你难道真的想被抓进……"

"墨梨儿！"燕楚冷下脸，"我说已经够了，你非得闹到我讨厌你的地步是吗？"

墨梨儿浑身一震，盯着他看了几秒，而后冲洛蔷薇冷冷地道："如果你不想看他被折磨到死，就不要这么狼心狗肺见死不救。"

她说完转身离开。

燕楚转过身，见洛蔷薇脸色苍白，长发有些凌乱，一副失魂落魄的模样，皱了皱眉，俯身将她拦腰抱起，走进公寓。

浴缸内放满了热水，燕楚将洛蔷薇放进浴缸里，拿过浴巾挂在边上："薇薇，你先洗澡，我就在外面客厅。"

他说完转身往外走，身后忽然响起女人沙哑的声音："阿楚，墨梨儿说的……都是真的吗？"

燕楚顿住脚步，应声："是。"

"所以这段时间你都少言寡语，我问你什么事你也不说……"洛蔷薇抱着膝盖坐在浴缸里，长发湿了一半，"你为什么不告诉我？"

燕楚沉默片刻，而后走回来蹲在浴缸边，平视着她："薇薇，对不起，我不是故意瞒着你，只是不想让你产生压迫感，不想让你因为我而有心理压力。我这辈子想娶的女人只有你，"

顿了顿，他微笑着道，"所以如果不是你，我宁愿被抓进去关十年，也不会结婚，这是我心甘情愿的。"

洛蔷薇愣愣地看着他："十年……你……疯了吗？"

"我没有疯，也不是开玩笑，"燕楚伸手拨开她颊侧黏着的发丝，"薇薇，这段时间我知道你心情不好，其实我很想追你，每时每分每秒都在想，但我又想，如果你心里还想跟墨时澈复合，那我追你就没有任何意义，就是在强迫你，我不想让你有压力。

"但我刚才看到你的手机壁纸已经不是你们合影的那张，你换掉了，是不是证明你想要重新开始？如果是这样——"

燕楚握住她柔若无骨的手,深深地注视着她的眼睛,沉稳地道:"我想娶你,哪怕你当作救我一命才嫁给我,我这辈子也不想再错过、再后悔,我愿意用尽我的所有让你幸福快乐……我爱你,也希望用这份爱焐热你的心,无论需要多久,请你给我这个机会。"

说完这番话,他低头很轻地吻了下她的手背:"你不用急着答复我,我给你考虑的时间,快洗澡吧,我去给你买消夜。"

门被出去的燕楚带上,浴室内顿时空空荡荡的只剩她一个人。

洛蔷薇维持着原来的姿势坐在浴缸内,盯着不断溢出浴缸的水,良久没有动。

Chapter 12
新婚快乐，我的女孩

三天后。

万众瞩目的古装大戏《美人红妆》正式举行开播大典。

地点在江城歌剧院，导演跟所有主演全部参加，江城所有媒体跟娱乐界大咖也都到场了。

岳京第一个上台致辞，紧接着每名主演也都要发表拍摄期间的感想，以及对自身饰演的角色的看法，算是必要流程。

洛蔷薇被安排在最后一个压轴，下台的岳京走过来，见她又在出神，晃了晃手："等得不耐烦了？该不会晚上还有约会吧？"

洛蔷薇白他一眼，撇撇嘴："别瞎说，我现在可是单身。"

岳京斜她一眼："哎哟，前几天的那个富二代男朋友呢？"

洛蔷薇答得随意："噢，被我前夫弄分了呗。"

岳京看见她眼底掩不住的悲伤跟寂寥，摸摸她的长发，笑着说了句："丫头啊，人生还很长，别以为结束了，你这才刚开始呢。"

洛蔷薇有些莫名其妙，但很少听到岳导这么感悟人生，便似懂非懂地哦了一声。

唐思甜凑过来抱了抱她，一脸不能泄密的愧疚模样，冲她握了握拳："蔷薇，加油，我看好你哦。"

洛蔷薇一头雾水，也来不及思考，最后看了一眼致辞稿就上了台。

然而她才握住话筒还没说几句话，剧院内的大灯忽然暗了下去，唯一一束灯光落在她的身上。

身侧响起脚步声，穿着白色西装的英俊男人拿着花走上台。

洛蔷薇侧首看着一步一步走向自己的男人。

这是她曾经幻想过无数次的场景，只不过……物是人非。

燕楚在她面前站定，微笑着道："薇薇，对不起，我等不及让你考虑那么久了，我怕你会拒绝我。我知道你可能做不了决定，但我还是想告诉你，我想娶你是因为想照顾你、守护你。"

他的声音压得又低又沉，只有他们两个人能听见："我知道你有心结，哪怕你一时忘不了墨时澈，但我愿意跟你一起努力，陪着你从他的阴影中走出来。我可以等，等你慢慢接受我、爱上我……

"我们先婚后爱，婚后你想要的自由或者事业我都可以给你，我只要你就好。你可以把这当成暂时假结婚，救我一命，也……救你自己一命。给我一次机会，也给自己一次机会。"

燕楚朝着她单膝跪下，一枚钻戒出现在他手里，他倏地提高声音："洛蔷薇，嫁给我。"

洛蔷薇低头看着面前清俊温润的男人，有几分恍神。

还能……重新开始吗？

过往的一幕幕在脑海中快镜头般掠过，悲伤、痛苦、欢笑、泪水……最终是两本冷冰冰的离婚证，以及在墨家别墅门口，他给她下跪求她离婚时的决绝表情。

洛蔷薇闭上眼睛，艰难地动了动唇，听见自己道："好。"

鸦雀无声的剧院顿时爆发出一阵雷鸣般的掌声。

"哇！洛蔷薇答应了答应了！"

"求婚成功啦！还不赶紧戴上戒指！"

燕楚目光震动，温柔地执起面前女人柔软的手，将钻戒套在她的手指上。

他站起身，张开双臂一把抱住了洛蔷薇："薇薇……我爱你。"

洛蔷薇被燕楚重重拥在怀里，感受到他欣喜颤动的身体，喉间轻哽，眼泪从眼角滚落下来。

全场欢声雷动，早已准备好的庆祝彩带撒了一地。

媒体们更是激动不已，疯狂地拍着照，本来只是电视剧的开播大典而已，谁能想到竟然产生了这么有价值的劲爆新闻！

阁楼包厢内，一身孤寂的男人站在窗边，低头看着下方的剧院正厅，当台中央的洛蔷薇说出那个"好"字时，他握着高脚杯的五指骤然收紧，直接将杯子捏碎，玻璃碎片划破掌心，带出浓稠的鲜血。

低低沉沉的笑声从他的喉间逸出。

她答应了。

她要嫁给燕楚了。

心头浮现的自嘲、愤怒、嫉妒、不甘……最终全部被他压了下去，只剩下心如死灰般的淡漠。

包厢门忽然被推开，连宿走了进来："少爷，刚才迈克医生来电话，说是让你现在过去……"

"不用了，告诉他我不会再去，既然不可能治好，就不必再浪费时间了。"

连宿倏地激动了："少爷！"

虽然治不好，但迈克医生说过，也许有机会延长一到两个月的生命……之前少爷还是愿意的，现在洛大小姐一决定结婚，他就准备放弃了吗？

男人打断了他的话："另外，这几天燕家肯定会公布结婚日期，他们几号结婚，你就帮我订几号的机票，就订……"

他忽然顿住，脑海中浮现女人娇艳的笑颜："墨时澈，新婚蜜月我一点都不满意，你要补偿我……唔，我想去西雅图！"

墨时澈嘴角勾起一抹宠溺的笑，他闭上眼睛道："订去美国西雅图的机票，在当地找个清静点的墓园，墓碑上面不用刻字，刻一朵蔷薇花吧。"

连宿一震,看着他颀长笔挺的身影,眼眶一下子就红了。

他还想说什么,但见墨时澈闭着眼睛,仿佛沉浸在回忆中,只得默默退了出去。

因为燕楚突然求婚,开播大典变成庆祝大典,在场的明星、媒体纷纷送上鲜花和祝福。

天色渐暗,热闹过后,人群散去。

剧院内恢复安静,清理工还没过来打扫,台边摆放着成排的祝福鲜花,争奇斗艳。

高大俊美的男人从空无一人的台阶上走下来,暖色灯光洒在他身上,却驱散不了他那一身薄凉。

他一步一步走到台边,看着一簇簇鲜花,眼神无波。

半响,墨时澈俯下身,将手里的红色蔷薇放在其中。

身后响起高跟鞋的声音,男人眼神一沉,缓慢地转过身去,撞进女人漂亮的眼睛里。

洛蔷薇看到他时有那么一刹那是震惊的,但她很快掩下情绪,勾唇笑了下:"墨总怎么也来了,我以为你从不出席这种活动呢。"

她今晚很美,白色流苏长裙,茶色的鬈发慵懒垂下,妆容很淡,眉眼间却尽是女人妩媚勾魂的性感美。

墨时澈单手插兜,淡淡地道:"陪女伴过来,这部剧公司有赞助。"

"那多谢墨总赏光,还有,"她美眸扫了一眼,虽然不知道哪束花是他送的,但他刚才俯身的动作肯定是在放花,她冲他笑道,"谢谢你的花。"

墨时澈望着她明艳的笑容,有几分失神,而后嘴角轻勾:"不用谢,恭喜。"

"嗯。"应了一声,她比了个手势,"那我去找我的包啦,走的时候忘拿了。"

"嗯,"他注视着她的脸,"再见。"

"再见。"

洛蔷薇朝他挥挥手，擦着他的肩走过去的刹那，脸上的笑容微微僵硬，脚步却没有停。

墨时澈也迈着长腿往外走去。

二人背对着走向相反的方向。

只剩下舞台顶端一束灯光晃动着，最后照在了那束蔷薇花上。

因为洛蔷薇被求婚，《美人红妆》的收视率第一天就爆了，热搜度持续飙升，超越了同期的所有新剧，彻底大火。

万能的网友又想方设法去扒燕楚这个人，不相信他只是工作室的小小调音师这么简单。

果然，没过几天，云南大理的燕家就对外宣布了婚讯，并且将结婚日期定在一个月后的8月8号，正好是洛蔷薇的生日。

燕家堡主燕天晏一掷千金，花七亿买下了整个江城花江别墅区，作为儿子的婚房。

这个消息一出，整个江城都沸腾了。

岳京看着报道，目瞪口呆，忽然转身看向洛蔷薇："我收回昨天劝你的话，我真的服了，你这丫头命也太好了吧！"

洛蔷薇没什么表情，趴在工作室的桌上拨弄着盆栽，岳京踢她一脚："多少女人梦寐以求的事，你还闷闷不乐个屁啊。"

洛蔷薇白他一眼，撇撇嘴，桌上的手机响了，来电显示……墨老太太。

三十分钟后，医院。

洛蔷薇敲门走进病房，墨老太太一看到她就激动了，赶忙叫她坐到床边，拉着她的手开始哀叹："蔷薇啊，澈儿那个浑蛋竟然让你流产……我会天天替你打他的，打到他给你道歉为止！"

"奶奶，"洛蔷薇打断她道，"过去的事就不要再提了，我跟墨时澈已经结束了，以后我们都会有新的生活……都会更好的。"

墨老太太抹着眼睛:"造孽啊,本来我再过几个月就能抱重孙子了……"

此时,护士推门进来量血压,墨老太太见有外人,不好再说自己孙子的不是,不停叹气道:"蔷薇啊,你说你跟澈儿本来多幸福啊,多么煞杀旁人的一对鸳鸯,结果不知怎么搞的就离婚了……"

洛蔷薇心里暖暖的,墨老太太就是嘴硬心软,对她一直很好。

护士走了后,墨老太太又拉着洛蔷薇说了很久的话,没有过多问什么,只是嘱咐她要多注意身体,女人小产是很伤身的。

天色渐暗,洛蔷薇正想起身告辞,房门忽然被推开,高大俊美的男人走了进来。

洛蔷薇扭头看过去,二人皆是一愣。

墨老太太忙道:"那个……是我叫澈儿过来的,正好送你回去,天都黑了,你一个女孩子家,自己回去不安全。"

墨时澈显然也是被奶奶骗过来的,眼底有几分错愕,但只不过几秒就恢复平淡:"我在外面等你。"

洛蔷薇本想推托说自己回去,但一想又觉得那样特别矫情,哪怕是普通朋友,男人送女人回家也是正常的。

六点多的江城堵车严重,黑色的迈巴赫内,洛蔷薇坐在副驾驶座,拿着手机在玩消消看。

玩了几把都是输,她便开了车窗透气,手撑着下巴随口道:"我听奶奶说,你下个月要去美国定居了?"

男人应得很淡:"嗯。"

洛蔷薇笑了笑,想到在墨家别墅见到的短发女人,懒懒道:"跟你那个小情人去那边结婚啊?"

墨时澈握着方向盘,目视前方,脸上没什么表情:"可能。"

洛蔷薇点点头,也没别的话说了,正想调个电台听歌,侧首却看见有浓稠的鲜血从男人鼻间流下……

她愣了一下,随即惊慌地道:"墨时澈,你……你流鼻血了……"

墨时澈低头看见自己白色衬衫上的鲜血,伸手在鼻间抹了下,一手的血，胸膛内蓦地泛起一阵钝痛，拉扯着神经。

他最近发病越来越频繁，且毫无征兆。

墨时澈抿起薄唇，第一时间打了方向盘，迅速在相对安静的路边停下车子。

洛蔷薇急忙从包里翻出湿纸巾，拆开递给他："你快擦一擦……"

"下车，"墨时澈食指抵在鼻间，没有看她，嗓音有些沙哑，"自己打车回去，或者让燕楚来接你。"

"你鼻血流成这样让我怎么走？"洛蔷薇柳眉紧蹙，维持着递纸巾的动作，"你快擦一擦……不对，流鼻血应该把头仰起来才行。"

"洛蔷薇，"墨时澈微垂着头，握着方向盘的手上青筋暴起，脸色越发苍白，"我叫你下车，立刻，马上。"

洛蔷薇不理会他，强行将他拉下车，到路边的便利店内的休息区坐着。

她让他仰着头靠在那，然后买了条干毛巾，跟收银的大妈说话时，才得知她原来是诊所的医生，于是拜托她帮忙看看是什么原因，这里离医院太远，还堵着车，短时间内回去很难。

洛蔷薇带着大妈走到休息区时，墨时澈身体靠在长椅上，手里的毛巾按在鼻间，闭着双眼，竟然……睡着了。

大妈见状忙走过去，想要伸手摸墨时澈的额头，男人倏地睁开眼，眼眸中布满红血丝，眼神冷漠而阴鸷："滚开！"

大妈被吓得往后退了几步，差点摔倒，洛蔷薇忙扶住她："对不起，他不是故意的，他这个人脾气就这样……"

见她放低语气跟别人说话，墨时澈眼神暗了几分，喉结滚动，艰难晦涩地出声："我在这里休息就行，你回去。"

洛蔷薇还未说话，手机铃声忽然响起。

来电人是燕楚，她也没掩饰，接起来说了下大概的情况，那端的燕楚沉默两秒后道："你在那等我，我过去接你。"

"好。"

挂断电话后，洛蔷薇在长椅边坐下，蹙眉道："我打给穆公子，让他来接你吧？"

墨时澈没说话，她侧过头，发现他竟然又睡着了，胸膛浅浅起伏着，脸色苍白，似乎很疲倦、很难受的样子。

穆云深跟燕楚几乎是同时到的。

洛蔷薇把大概情况说了，穆云深听后只是淡淡地道："嗯，他这段时间急性鼻炎，有点上火。"

他说完俯下身，轻握住墨时澈的肩，以极低的声音在他耳边道："时澈，能站起来吗？我带你回去，嗯？"

墨时澈微睁开眼睛，眼眸充血而迷蒙，却在看见面前站着的另外两个人时立即站起身来。

他拿下毛巾，好在鼻血已经不怎么流了，他淡淡应了声："嗯。"

"那就麻烦穆先生送墨先生回去了，"燕楚微微一笑，手臂揽住洛蔷薇的肩，"薇薇，我们走吧。"

墨时澈眼神微黯，表情仍旧淡漠。

"多谢洛大小姐通知我，"穆云深眯眼轻笑，"虽然流鼻血不是什么大事，但他这样开车总归是不安全的。"

"没什么，"洛蔷薇弯唇，"何况墨总也是为了送我回家。"

墨时澈黑眸看着她，哑声道："再见。"

洛蔷薇忽然想到在剧院碰到的那次，他也对她说了再见。

她笑了笑道："再见。"

燕楚搂着洛蔷薇离开。

穆云深看着他们成双的背影，又瞥了眼身侧的男人，冷冷嗤道："我如果是你，不如弄死燕楚，你得不到的女人凭什么送给他，谁都别想好过。"

墨时澈没说话，穆云深看着他衬衫上的血，心口堵得慌，正想骂他几句，墨时澈却轻晃了下，随后倒了下去……

穆云深神色一变，伸手一把将他抱住："时澈。"

影视城。

墨梨儿一早就被通知过来定妆试戏，结束后已经是下午，今天她要跟穆云深一起去医院看奶奶，前几天就约好了。

然而她在休息区等了半个多小时，穆云深还是没有来，以往他若跟她有约，他是从来不会迟到的。

墨梨儿拨通他的电话号码，那边过了一会儿才接："梨儿。"

"云深，你还过来吗？"

"我现在就在第一医院，思甜在片场中暑昏倒了，还在挂点滴，"穆云深低声道，"抱歉，我忘了时间，我让司机去接你，或者我们明天去看奶奶？"

墨梨儿愣了一下，没想到他会因为其他女人推掉跟她约好的事："不用了，我自己去看奶奶，"她淡淡地道，"你陪唐小姐吧。"

说完她就挂了电话。

蔡姐这时走过来："梨儿，穆公子什么时候过来，这边制片人想见见他……"

墨梨儿脸色冷淡，站起身往外走去："他没空，你推了吧。"

蔡姐愣了一下，见四周没人，扯住她道："梨儿，你虽然年轻漂亮家里又有钱，但你听蔡姐一句劝，男人得攥在手里才是自己的。穆公子喜欢你这么多年又对你这么好，你才从来没有危机感，可是我知道他最近养着个女人，听说百依百顺，每天接送……"她顿了顿，叹了口气，"你也真是心大，就不怕他变心吗？感情这事说不清的，不要等他娶了别人你再后悔，世界上可没有后悔药吃的啊。"

直到到了医院，蔡姐的话还在墨梨儿脑海中不停回放着。

她鬼使神差地去了一趟临时住院部，上下找了一圈，果然在顶层看见站在病房外的男人。

穆云深站在窗边抽着烟，烟雾模糊了他的脸，他似乎有些烦闷，时不时侧首看一眼病房的方向，显然是在看里面躺着挂点滴的女人——唐思甜。

墨梨儿心口微微一紧。

她从未看见过穆云深对哪个女人这么……上心，唐思甜是第一个。

为什么偏偏是唐思甜？哪怕是任何一个其他女人，墨梨儿都不会这么惊慌。

可偏偏是唐思甜，是五年前……那个女人。

墨梨儿在走廊尽头站了很久，看着穆云深一根接一根地抽烟，却始终没有要离开的打算。

她咬紧了唇，转身离开。

回到墨老太太的病房，墨梨儿有些心不在焉，趴在床边刷微博，忽然刷到燕楚跟洛蔷薇求婚的视频，脸色一僵，立即逃避般退出微博。

房门忽然被推开，穆云深走了进来，身后的助理拎着补品，穆云深淡淡地道："奶奶、梨儿，我有点事耽误了，来晚了。"

墨梨儿闻到他身上的烟味，蹙了蹙眉没说什么。

墨老太太看到他们自然是高兴的，叫到床边唠叨了半天，最后握着墨梨儿的手叹气道："梨儿啊，你跟云深都老大不小了，也该结婚了，再这么拖下去，我这把老骨头都不知道能不能参加你们的婚礼了……"

墨老太太说着红了眼睛，墨梨儿凑过去抱住她，哽咽着道："奶奶，你别胡说，你会一直健健康康长命百岁的。"

哄睡了老太太，墨梨儿送穆云深走出病房。

"云深，你要回去了吗？"

"我去临时住院部看看，"穆云深没有避讳，"思甜还没醒。"

"嗯。"墨梨儿点点头，"那我送你过去吧，正好走走。"

穆云深自然没什么意见。

二人一路走着都没说话，一直到了唐思甜的病房门口，穆云深正准备推门进去，墨梨儿忽然出声喊道："云深。"

穆云深侧首："嗯？"

"可以占用你五分钟吗？"

她很少用这种口气跟他说话，穆云深转身朝她走过来，眉峰轻皱："怎么了，梨儿？"

"刚才奶奶说的话……"墨梨儿咬了咬唇，缓慢地道，"你考虑过吗？"

穆云深低眸看着她:"我不明白你的意思。"

"奶奶说让我们结婚……"她的脸垂得更低了,嗓音也细得几乎听不见,"你现在是不是……已经不会娶我了?"

他微微眯起眼睛,眼神变得深邃。

"奶奶说得……确实是对的……"她断断续续地道,"我觉得你也该结婚了,我们有婚约,从小到大一直在一起,你也说你喜欢我……我……我的第一次……"

说到这句话时,墨梨儿心虚地顿了一下,才又道:"我的第一次也是给了你,虽然你说让我找一个爱我、照顾我的人,我……我觉得没有人会比你更好……"

穆云深听她说完这番话,没有多余的表情,只是看着她,确认般问道:"梨儿,你确定想要跟我结婚吗?"

"嗯。"

这个字,墨梨儿应得清晰而肯定。

几乎是下一秒,穆云深就出声了:"好,那我们结婚。"

墨梨儿蓦地抬起头,表情惊喜又震动:"你……你愿意娶我吗?"

"我本来就是要娶你的,小时候就说过了。"他伸手轻抚她的脸颊,淡淡地笑道,"婚礼的事我会安排好,你拍你的戏,安心等着做新娘,嗯?"

墨梨儿点点头,难得地露出毫不遮掩的笑容。

穆云深看着面前女人美丽的脸庞,追逐呵护了多年的宝贝终于要彻底属于他,他心头却溢出无限空虚的荒芜感,丝毫没有意想之中的喜悦。

可能是等了太多年,岁月沉淀了他想得到她的渴望,他淡淡地想。

墨梨儿走后,穆云深站在病房门口,跟方才的心境完全不同,伸手推门时动作顿了顿,片刻后还是推门走了进去。

病床上原本躺着的女人已经坐了起来,一头乌黑的长发垂在腰间。

她手上的针头已经拔掉了,药瓶里还有一半药水没有打完,药液正通过针头不断地滴到地上。

穆云深眼神一冷,大步走过去,手臂自然而然地伸过去扣住她的腰肢:"谁让你自己拔点滴的,还想再昏倒一次?"

唐思甜被他搂在怀里,低垂着眉眼,嗓音带着醒来后的软糯,但多了几分艰涩的沙哑:"我不想打点滴,穆云深,我们先回你家吧。"

她用的是"你家",这样疏离的字眼莫名让穆云深觉得不舒服,但他没多说什么,将她拦腰抱起:"好,回家再让医生过来看。"

穆云深让助理收拾东西,他则抱着怀里的女人上了车。

轿车驶入穆家别墅。

穆云深将唐思甜抱到卧室的床上,拉过被子给她盖上,没有像往常一样亲她,而是揉了揉她的脑袋:"乖乖躺着休息,我让周妈煮点热粥上来。"

他说完转身往外走去,才走到门口,女人温柔恬然的声音在他身后响起:"你要跟墨小姐结婚了,是吗?"

穆云深脚步微微一滞,但也就那么几秒,随即他回过头看着她:"你偷听我跟梨儿说话?"

唐思甜蹙眉,似乎对"偷听"这样的字眼很不喜欢:"我只是恰好醒来听见,如果知道你们在外面说话,我不会下床走过去的。"

穆云深黑眸深深地望着她:"所以,你这么问我,是想表达什么?"

唐思甜没有回答他,低垂着头,半晌才看向他:"既然这样,我该搬出去了吧?"

搬出去?

穆云深眼眸微微眯起,声音也变冷了:"唐思甜,我记得我跟你说过很多次,你住在这里或者去哪里,是我来决定,不是你。"

唐思甜茫然地看着他,像是听不懂他的意思:"你应该要把这里当成你们的婚房吧,你不是说过这是你爸爸亲手建的别墅吗?"

"你很希望我把这里当成婚房?"穆云深眼睛一眨不眨地望着她,表情似笑非笑,"你完全不介意?"

"……"

唐思甜完全不懂他到底想说什么,不想在这时候引起不必要的争吵,于是掀开被子下床:"我现在就收拾东西吧?"

穆云深看着纤瘦的女人光着脚踩在地板上,吃力地将行李箱从柜子旁拖出来,蹲下身嘟囔着:"就一点衣服,还有护肤品,一个行李箱正好够了……"

行李箱的锁扣忽然被男人踩住,头顶传来男人阴沉的声音:"我准许你搬出去了?"

她不知道他为什么要反复问这个问题,心头酸涩,也有一种无力感,疲倦地开口道:"穆公子,我今天不太舒服,你就别逗我玩了,我把东西收拾好早点离开,这样我们都能早点休息不是吗?"

"不舒服就不要收拾了,"穆云深垂眸看她,淡淡地道,"去洗个澡喝点粥,然后回床上睡觉。"

唐思甜愣了下,随即轻笑,语气带着几分无奈和自嘲:"你明知道这是不可能的,为什么还要对着我说这些话呢?"

"什么叫不可能?"

"你要跟墨小姐结婚了啊,我们的交易自然就结束了,我怎么还能住在这呢?"她仰起脸笑了笑,"难道你还能不结婚吗?"

穆云深黑眸紧锁着她的脸部表情:"你希望我不结婚?"

"没有,"唐思甜摇摇头,她不会有这样的妄念,哪怕有也只是夜深人静时自己偷偷想想罢了,绝对不可能对任何人说,"你放心吧,我不会有这种想法,更不可能破坏你跟墨……啊。"

她话未说完,站在她身前的男人忽然攥住她的肩,将她拎起来毫不留情地丢在了大床上。

不等她反应,男人已经欺身压下,长指捏住她的下颌,阴沉的笑声带着不知名的怒意:"你不会有这种想法,你巴不得我马上娶别人,然后你好搬出去逃离我,嗯?"

一口一个搬出去,这就是她所谓的喜欢他?

连一句争取他、挽留他的话都不说——她是欲擒故纵,还是性格如此?

唐思甜被他捏痛,蹙眉捶着他:"你别这样……穆云深,我没有别的意思,游戏规则就是这样,我们好聚好散,这样难道不对吗?"

恰恰因为这是对的，所以穆云深只觉得胸腔内浮动的怒意更甚，他冷笑道："成年男女之间的游戏，你倒是领悟得很透彻，这么识时务，我是不是该夸奖你？"他话锋陡然一转，"可是看到你这么乖巧，不吵不闹，我反倒觉得更生气了，你说该怎么办？"

唐思甜茫然地睁大眼睛："你……什么意思？"

穆云深捏着她的脸，语气阴鸷："唐思甜，我讨厌女人想离开我的样子。"

说着，他的手已经从她的上衣下摆钻了进去，指尖触到肌肤的刹那，唐思甜倏地一震，用力推他："不要！穆云深你不可以再碰我！"

"为什么不可以？"男人强势地扯开她的领口，低头吻向她的唇，重重咬字，"我想要就没有不可以的。"

"你走开，你别这样……"唐思甜用力摇头，疯狂地挣扎着，"你要结婚了，你不能这样，你不可以……"

"你不是不在乎我结婚？不是说你没有其他想法？"穆云深冷笑，"既然你不在乎，我要结婚跟要你又有什么关联？"

"不要……啊！"她抗拒的话刚出口，穆云深已经狠狠地占有了她。

唐思甜一双眼睛睁得极大，就这么死死地瞪着他，身侧的小手紧攥成拳，眼眶通红。

穆云深眯起眼睛看着她，唇畔终于勾出一丝笑意："终于生气了？"

他还以为她真的没有脾气，尽管这也是他最初会看上她的重要原因——乖巧，恬静，小白兔一样不带刺，让人觉得舒服又甜软。

他喜欢这样的女人，所以愿意捧在手里宠着呵护着。

但在她得知他要结婚却丝毫不生气也不闹，甚至还善解人意地主动提出离开的时候，他又觉得异常愤怒。

所以想方设法把她弄生气了，他才觉得心底舒服了一点。

他不想深究这样的矛盾从何而来，见她抖得小身体都要散架了，还是伸出手去将她搂到怀里："别闹了，我抱你去洗澡，嗯？"

唐思甜没再挣扎，任由他将自己抱起来："穆云深，"她轻声喊他，眼神平静而空洞，"你玩够了吗？能不能放我走了？我……真的很累……

也挺难受的。"

穆云深脚步一顿，胸腔内不轻不重地震了下，他低头看着她："我没说过我在玩你。"

"不是玩吗？"她轻轻地笑了，"如果墨小姐现在打电话来，你会告诉她，你跟我在一个房间里吗？"

像是要验证她的话，床上的手机忽然响了。

穆云深视线扫过去，来电显示梨儿。

唐思甜看他的表情就知道是谁，她闭了闭眼睛，轻推了下他的肩："你接电话吧，我收拾东西。"

他这回没再用力气，她轻而易举就从他怀里下来了。

唐思甜捡起衣服穿上，手背抹着眼睛，快步走到衣柜边，迅速将自己的衣服拿出来塞进行李箱里。

蹲下身时她听见身后男人接电话的声音没有了对着她时的阴鸷嘲弄，温和而轻柔："梨儿。"

唐思甜拿着衣服的手微微一紧，呼吸间带出令人窒息的酸涩感，她以最快的速度收拾好东西，拖着大大的行李箱下了楼。

穆云深打完电话从书房出来，卧室里已经没了人影，他俊脸一沉，立即下楼找人。

周妈难过地道："唐小姐刚刚走了，说以后不会再过来……"

穆云深冷着脸，拿着车钥匙就快步走了出去。

唐思甜拖着行李箱走出别墅区时，高档轿车朝这边驶了过来。

她下意识往后退了几步，让开路。

车子却在她面前停了下来，车窗降下，男人望向她，声音淡然却带着强势意味："上车，我送你。"

"不用了，"唐思甜抿唇，语气疏离而客气，"我自己打车回去就行了，谢谢。"

穆云深握着方向盘，淡淡地道："太晚了，不会有车的，你别犟，别惹我不高兴，嗯？"

唐思甜摇着头，有些急切地拒绝道："真的不用了，你去忙你的事情吧，我让我朋友来接我。"

穆云深看着她坚定的神色，淡淡笑道："既然有朋友接你，那我在这陪你等吧。"

约莫二十分钟后，一辆黑色轿车以极快的速度飙了过来，车子停稳，车门打开，英俊温润的男人走了下来。

穆云深侧首看清他的脸，顿时冷冷眯眸："怎么是你？"

燕楚大步走过来，本想直接揽着唐思甜就走，但看见她下巴跟脖颈处都有交错的吻痕，长发凌乱，双眼还红红的……一猜就知道发生了什么事。

燕楚眼底一冷，毫无征兆地侧过身，直接一拳挥向穆云深："你这个畜生！"

二人瞬间大打出手。

唐思甜一惊，忙要过去拦住，燕楚却冲她皱眉厉声道："思思，你站那别动，别过来伤着了。"

思思？呵，喊得这么亲密。

而且唐思甜竟然真的乖乖没动，像是很听他的话。

穆云深见状神色不悦，拎起燕楚的领子："姓燕的，你也是够恶心的，不久前才向洛大小姐表白求婚，怎么，这么快就跟她的闺密搞到一块儿去了？不过……"他嘴角勾起恶意的笑，肆无忌惮地嘲讽道，"就算洛蔷薇知道了也没关系，就算你在外面有再多女人，她也不会在意——因为她不爱你。"

燕楚骤然寒了脸："穆云深！"

"被我说中恼羞成怒了吗？"穆云深不屑地冷嗤，"你把洛蔷薇当成宝又怎么样，她只不过是退而求其次抑或其他原因才选择了你，你信不信，只要时澈肯回头，洛蔷薇立即就会甩了你——"

燕楚被激怒，再度一拳挥过去："你给我闭嘴！"

穆云深接住他的拳头，眼神轻蔑地瞧着他："打我的后果你考虑过吗？燕家堡？呵，你们燕家掌权人是你爸，你说了不算，没权没势花钱还要靠你爸，你算个什么废物东西。"

"我不知道我算什么，"燕楚冷冷勾唇，表情似笑非笑，"不过我很好奇梨儿为什么来找我，要我再给她一个开始的机会。你说她是喜欢我，还是退而求其次嫁给你？"

唐思甜闻言忙冲过来，一把抱住燕楚的胳膊："燕哥哥，你别再说了……我们走吧。"

穆云深俊脸蓦地一冷，眼风扫过唐思甜被风冻得苍白的脸，冷笑一声，甩开手上车离去。

燕楚在原地站了一会儿，而后将行李箱放到车上："走吧思思，我送你回去。"

唐思甜点点头，愧疚地低下头，喉间轻哽："对不起，燕哥哥，让你大晚上跑过来替我解决这种事，我实在不知道找谁……"

燕楚微笑，摸摸她的脑袋："这有什么，你是我妹妹，你的事就是我的事。"

燕楚将唐思甜送回唐家别墅，看着女孩纤瘦的背影，觉得一颦一笑都像极了阿妈。

思思……他血浓于水的亲妹妹，只是现在还不是能说的时机。

他忽然想到，如果以后穆云深继续欺负思思，他是不是连保护她的能力都没有？

如果墨时澈真的突然变卦要抢走薇薇，他是不是也没有能力抢回来？

所以，对于男人来说，有权有势，站在巅峰掌控一切，是不是……真的很重要？

燕楚回到公寓时已经凌晨两点多了。

他开门走进客厅，卧室房门正好打开。

穿着睡裙的洛蔷薇揉着眼睛走出来，看到他时微微一愣："你才回来吗？"

"嗯，"燕楚走近她，温柔地道，"薇薇，你是不是想喝水，我帮你倒。"

洛蔷薇睡眼惺忪地点点头，燕楚端着杯子走过来，递给她时俯身轻吻了下她的发顶。

洛蔷薇身体微僵，下意识往后退。

燕楚伸手搂住她的细腰，将她圈在怀里。

洛蔷薇身体更僵硬了，抬手推他："阿楚……"

她忽然闻到他衬衫上有淡淡的香水味，动作微微一顿。

燕楚显然也感觉到了，看她表情就知道她闻到了，正准备解释，却见洛蔷薇打了个哈欠："早点休息阿楚，我先去睡了。"

她推开他转身要回房，燕楚却一把拽住她的胳膊："薇薇。"

"嗯？"

他看着她毫无波澜的眉眼："你不准备问我什么吗？"

"问什么？"她蹙眉，很快反应过来，而后笑了笑，"香水味吗？我知道你不可能有什么的，所以没必要问。"

是没必要，还是根本就不在意？

燕楚呼吸一窒，像是有一只大手忽地攥住了他的心脏。

他拽着她的胳膊的手缓缓松开，洛蔷薇走到房门口时，身后的男人忽然出声："薇薇，你说，有没有那么一天，你会爱上我？"

洛蔷薇站在原地，轻声喊他："阿楚。"

"我随口说说的，"燕楚立即打断她的话，笑了笑，"快去睡吧，很晚了，晚安，薇薇。"

"晚安。"

女人轻轻关上房门。

燕楚独自站在一片漆黑的客厅中，久久没有动。

几天后，穆云深跟墨梨儿对外公布了婚讯，婚期也定了——8月8号。

与燕楚和洛蔷薇同一天。

午后，江城最大的婚纱城堡内，接待员微笑着介绍道，"这十几款婚纱都是意大利设计师最新的作品，国际上也获过奖，燕先生跟洛小姐可以先看看。"

燕楚接过相册，翻开后递给身侧的女人："薇薇，你看看有你喜欢的款式吗？"

洛蔷薇正看着店内摆放的盆栽，闻言回过神来，淡淡笑了下："我对婚纱没什么要求，你喜欢哪种，我听你的。"

燕楚仍旧温和地笑着："我是男人不懂这些，当然是你选，你是新娘。"

一旁的唐思甜抱着洛蔷薇的手臂，翻着相册正想跟她说话，前方忽然传来恭敬的接待声："墨先生、穆公子、墨小姐，这边请。"

唐思甜蓦地抬起头，正好对上穆云深扫过来的目光，微微一愣。

洛蔷薇也顺着她的视线抬眸看去，看见了墨梨儿跟穆云深，以及他们身后站着的……墨时澈。

他穿着深色的衬衫跟西裤，单手插兜，表情淡漠，看上去仍旧俊美夺目，但似乎瘦了一些。

燕楚显然也看见了他们，搭在洛蔷薇肩上的手下意识揽紧了些。

六个人就这么面对面站着，室内气氛霎时变得诡异。

最终，还是穆云深噙着笑先开了口："洛大小姐，好久不见，越来越漂亮了。"

"穆公子真会说。"洛蔷薇弯唇轻笑，"你陪墨小姐来试婚纱吗？真是中国好未婚夫噢。"

"嗯，洛大小姐跟燕少也很恩爱嘛。"穆云深视线扫过燕楚揽着洛蔷薇的那只手臂，"搂这么紧，看样子是生怕被抢走了。"

墨梨儿轻声笑了笑："不至于吧，谁会抢呢？"她忽然回头看向墨时澈："哥，你觉得嫂子……洛小姐今天漂亮吗？"

墨时澈没什么表情，淡淡地道："漂亮。"

"比我漂亮吗？"

"一直比你漂亮。"

墨梨儿脸色微微一僵，她只是看不惯燕楚对洛蔷薇那么温柔，忍不住呛了一句而已，她收回目光道："云深，我们去那边坐吧。"

"嗯。"穆云深淡淡应了一声，话都懒得说，转身走开。

墨时澈自始至终没有任何表情跟反应，除去看洛蔷薇的那一眼，其他时候甚至连眼皮都懒得掀一下，给人一种……对他来说什么都已经无所谓的感觉。

他们离开后，洛蔷薇继续翻看相册，翻到末尾了才反应过来，又从头开始翻。

燕楚看着她心不在焉的动作，微微抿起了唇。

唐思甜倒是很认真在看，指着其中一套："蔷薇你看这套怎么样，抹胸加长裙摆，走在红毯上应该很美，搭配的男式礼服也不错……"

"好，"洛蔷薇抬头叫接待员，"就拿这套试试吧。"

"薇薇，这套你真的喜欢吗？"燕楚揽着她的肩，低头似有若无地亲吻她的头发，"不喜欢可以再看看，不着急，慢慢看，反正我在这陪你。"

"没有。"洛蔷薇能感觉到他有意无意的靠近，有些不适应，推了推他的肩试图拉开距离，"这套还挺漂亮的，就这套吧。"

燕楚没松手，反倒将她搂得更紧，洛蔷薇蹙眉，推他的力道加大了："阿楚你怎么了……你先松开我。"

察觉到她隐隐的怒意，燕楚眼底微刺，立即松开了手。

不远处的吸烟区，俊美冷漠的男人靠在墙边，长指间的烟燃烧出淡淡的烟雾，缭绕在他的身周。

他看着意式长沙发上被男人搂着的女人。他希望她幸福快乐，可当真正见到她在别的男人怀里时，他又抑制不住地疯狂嫉妒。

墨时澈喉间逸出轻嘲的笑声。

他以为蛊毒发作的时候已经够痛了，但那只是肉体上的，原来这种精神上的折磨，才是世界上最痛苦的。

接待员取来婚纱，洛蔷薇不想让其他人进去帮忙，一个人在里面折腾了很久才穿上，推门走出来时见外面没有人，便想先到镜子前看看。

然而她才走几步，背后的扣子忽然松开，整件婚纱直接往下掉！

洛蔷薇一惊，不等她有所反应，一道高大的身影忽然挡过来，长臂扣住她的细腰，将她抱了起来。

久违的亲密感让洛蔷薇心口颤动，男人迅速将西装外套披在她身上，将领口处拉拢收紧，完全遮挡住她走光的身体。

接待员匆匆忙忙小跑过来："不好意思洛小姐，我刚才去接电话……"

"你就是这样上班的？"墨时澈面无表情，眼神极冷，"有客人也不管，如果刚才的事有心人拍下照片，你知道会有什么后果吗？"

接待员被他阴鸷的眼神吓得不敢动："对不起洛小姐，我下次一定注意……"

"去把店里的监控删了，"男人语气强势得不容置疑，"包括监控室的保安的手机都检查一遍，如果有任何照片流出去，后果自负。"

"是，我马上就去！"接待员飞快地离开。

墨时澈单手揽着洛蔷薇的腰，俯身将她身上掉下去的婚纱拉上来，这才松开她。

洛蔷薇抓紧婚纱就往更衣室走去，男人却忽然拽住她的胳膊。

洛蔷薇微怒，然而不等她说什么，墨时澈忽然伸手，将她纤长脖颈上的项链摆正。

他收回手，退后一步看着她全身婚纱的美丽模样，眼底掀起汹涌的波涛，眼神几度变化，最终缓缓归为平静，嘴角勾出深刻的笑容。

墨时澈低低地道："新婚快乐。"

他的女孩，将会是江城最美、最幸福的新娘。

洛蔷薇愣了下，笑道："怎么，墨总不来参加我的婚礼吗？"

"嗯，不去，"墨时澈看着她，喉结轻微滚动，"我去美国定居，以后不会再回来，"

顿了顿，他补充道："你永远不会再看见我，如你所愿，江城留给你。"

洛蔷薇没说话，片刻后垂眸应了声："哦。"

她继续抬脚往更衣室走去。

男人的声音再次在她身后响起，低哑地重复道："新婚快乐。"

洛蔷薇没回头也没再应声，才走出走廊，一道身影挡了过来："薇薇，你换好了？"

燕楚正跟她说话，忽然抬眸看见洛蔷薇身后的走廊上，墨时澈单手扶着墙，另一手按着胸口，似乎处于极度的痛苦中，整个人缓慢地往下跪去……

他神色一变，立即拉过洛蔷薇不让她有回头的机会："薇薇，你去穿好吧，如果可以就这套。"

洛蔷薇没什么心思，轻应了声就垂着眸走了出去。

她一走，燕楚立即走向走廊，墨时澈已经单膝跪在了地上，双肩剧颤，太阳穴紧绷的青筋可以看出他正承受着巨大的痛楚。

燕楚忽然打开边上男更衣室的门，俯身揪住墨时澈的领子将他拽了进去，而后关门，反锁。

墨时澈摔在地上，痛得皱紧了眉头，但他显然连站起来的力气都没有，单手撑着地面，喉间发出闷哼声，浓稠的鲜血从他的鼻间流出来，滴落在地上。

燕楚站在门边，居高临下地看着跪在那痛苦挣扎的男人，眼神越来越复杂。

"少堡主，您需要想办法确定一下，墨时澈跟穆云深谁身上有蛊毒遗传病，还是两个人身上都有。"

燕楚想到这里，在墨时澈面前站定，垂眸睥睨着他："墨时澈，你身上有病是不是？"

这毒发时的症状，基本不会错了，是南苗疆盛家的蛊毒。

所以——他活不了了。

所以他狠心推开薇薇，放手得干脆又决绝。

所以……他并不是真的不爱薇薇了？

燕楚心头忽然溢出无限的恐慌，像是原本以为紧抓在手里的东西出现了裂缝，他猛地俯身双手提起墨时澈的领子，将他拎起来重重抵在墙壁上，凑近他，素来温和的眉宇间浮动着戾气："墨时澈，你如果有蛊毒，那就远远地离开去死，你已经残忍地伤害了薇薇，她现在是我的未婚妻，你如果再敢招惹她，我绝对不会放过你。"

墨时澈浑身都在颤抖，痛得根本没办法发出声音，俊美脸庞扭曲着，鼻血还在不停地流。

房门忽然被敲响，娇甜的女声传来："阿楚，你在里面吗？"

燕楚浑身骤然紧绷，手掌捂住墨时澈的嘴，不让他发出任何声音，侧首对着门外应道："薇薇，我在换衣服，很快，你去外面大厅等我一会儿。"

洛蔷薇放下手，淡淡地道："如果尺码不对你出来再说吧，试完觉得可以就定这套吧，我想回去补觉。"

她话语中的疲倦跟不在意其实很明显，燕楚眼神深暗："嗯，好，你累了就去坐着，我马上出来。"

"嗯。"门外的洛蔷薇离开了。

直到听不见脚步声了，燕楚才退开身。

燕楚一松手，墨时澈就顺着墙壁跌跪下去，他显然已经痛到极致，脸上溢满汗珠，脸色惨白，身体颤抖着，一手紧捂着心脏，仿佛随时会在剧痛中死去。

燕楚就这么看着他，眼神犹豫变化，最终抿唇冷声道："是你把薇薇让给我的，我不会再让你抢走她。"

说完，他转身开门走出去，然后顺手关上了门。

房间内顿时一片漆黑，只剩下男人在黑暗中痛苦挣扎。

接下来的时间风平浪静，很快到了婚礼前一天。

早晨，洛蔷薇接到丁繁英的电话，丁繁英这段时间身体不好，住在江城东郊疗养院休养。

明天就是婚礼，洛蔷薇自然是要过去接妈妈的。

燕楚并不在家，她也没有为了这个特意找他，而是自己驱车过去。

疗养院病房内，丁繁英坐在病床上，瞪大眼睛看着床前的人："大小姐，你说……小小姐流产跟你有关吗？"

苏妩冷着脸，年龄在她身上仿佛从未留下痕迹："她怎么能生下墨时澈的孩子？我是为了她好。"

457

"可是我看得出时澈对小小姐是真的好……"丁繁英摇着头,"小小姐如果知道真相肯定会很伤心,她爱了时澈那么多年……"

苏妩皱眉:"你懂什么,棠棠嫁给燕楚才会幸福,燕楚爱她,燕家会对她好。"

"可是……可是……"丁繁英忍不住道,"如果盛先生泉下有知,肯定会很不高兴。盛先生一直不喜欢燕家,更不喜欢燕天晏……"

苏妩跟燕天晏青梅竹马,盛峰作为苏妩的丈夫,自然对燕天晏有敌意跟防备之心。

苏妩打断丁繁英的话:"峰子不会怪我的,他肯定也希望棠棠幸福,他走了之后,天晏也照顾过我,我要复仇,他也帮了我很多。"

丁繁英看见她眉目间溢出的哀伤,没再说什么,叹了口气。

病房的门忽然被推开,洛蔷薇看着里面的两个人:"妈,这是……"

"你自己过来的吗?"苏妩面带笑容朝洛蔷薇走过去,"燕先生没陪你来吗?"

洛蔷薇有些诧异地看着她,这不是……墨青山的情人吗?

怎么会在妈妈的病房里?

丁繁英忙解释道:"哦,这是……我以前的同学。"

"我跟你妈妈认识很多年了,你小时候我也见过你,"苏妩拉着洛蔷薇的手,"棠棠,你还记得我吗?"

棠棠?

洛蔷薇疑惑地看着她,苏妩笑了笑:"你长得很像我走失的女儿,所以我忍不住就这么叫了……我以后就叫你棠棠可以吗?这样也显得亲密些。"

"……"

洛蔷薇不好说什么,总觉得有说不出的怪异感,苏妩见她没什么精神的样子,关切地问:"棠棠,明天就要结婚了,你不开心吗?"

开心吗?

洛蔷薇有些恍惚,好像跟墨时澈离婚后……她就没有真正开心过吧。

聊了一会儿,洛蔷薇去隔壁楼给丁繁英拿药,苏妩也起身离开。

二人一同乘电梯下楼，洛蔷薇和苏妩相处始终觉得尴尬，苏妩倒是很温柔，叮嘱她结婚注意事项，目送她离开。

苏妩正转身想走，忽然被不远处树荫下一道熟悉的身影吸引目光……

峰子？！

苏妩震惊地瞪大眼睛，权衡两秒后还是冲向那边的树荫。

等她追到树荫下，却没看到期望中的熟悉人影，她喘着气茫然地四处张望着，喃喃道："峰子……"

是她眼花了吗？

峰子跟苗苗都死了那么多年了……怎么可能还会出现？

最终，她失落地转身离开。

不远处的大树后，一道鹰隼般冷厉的视线锁住了苏妩纤细的身影，一身黑衣黑裤的男人缓慢地走了出来。

男人四十岁左右，眉眼轮廓成熟英俊，偏偏一双眼极寒极冷，周身散发着森冷的戾气，像是从地狱里踩着白骨爬出来的厉鬼。

苏妩，盛棠。

男人咀嚼着这两个原本该是与他最亲密的名字，嘴角勾起嘲讽阴森的笑。

都过得很好嘛。

那真是……太让他失望了。

男人冷漠地看着前方，直到苏妩的身影消失不见，才收回视线。

口袋里的手机振动，他拿出来，看见来电显示时森冷的眼神柔和了些许，接通电话："苗苗，我很快回去。"

疗养院主楼，二层。

穆云深站在走廊的窗前抽着烟，看着下方走过的女人身影。

没过几分钟，另一道男人的身影走过来拉住了女人，二人说了几句话，而后一同走向大门口。

苏妩跟……燕天晏？

这两个人认识？

穆云深皱眉，拿出手机拨号给助理："去查一下墨青山的'小三'跟燕天晏之间的关系。"

挂断电话后，他掐灭了烟走回病房。

大床上，俊美苍白的男人安静地躺着，手背上扎着点滴。

穆云深走过去："他什么时候醒？"

"穆公子，现在情况有点复杂⋯⋯"迈克医生道，"墨先生体内的毒素已经达到最厉害最活跃的状态，一般这种情况下，一个月内就会死亡⋯⋯"

顿了顿，他又道："但是因为墨先生在自我保护的情况下，分裂出了第二人格，现在毒素浓度这么高⋯⋯第二人格应该会持续出现。"

穆云深脸色极冷："什么意思？"

"也就是说⋯⋯墨先生能清醒出现的时候应该不多，或者说，也许在死前⋯⋯墨少很难有机会出现，哪怕出现持续时间也会很短。"

穆云深在床边站定，脸色阴霾。

迈克医生出去之前还说了一句话："穆公子，其实目前最安全的做法就是安乐死，这样至少墨先生不用太痛苦⋯⋯"

安乐死？

让他主动放弃时澈的生命，他绝对不会同意的。

穆云深在床边坐下，凝视着墨时澈的脸，低低哑哑地笑了："时澈，我明天跟梨儿结婚，不知道为什么心里挺烦的，想跟你说说话，你连这点机会都不给我吗？"

"洛蔷薇也要结婚了，她要嫁给燕楚，你真的不想再看一眼吗？"

"或者你醒来后改变心意，去把她抢回来？"

"记不记得小时候，我们总是比谁更厉害谁更狠，打猎、射击、搏斗，我总是不服输⋯⋯"

沉默了很久，穆云深再度出声，声音极低极沉："现在我服输了，你比我狠⋯⋯你连命都不要了。"

洛蔷薇接了丁繁英安顿在婚礼附近的酒店，驱车回到公寓。

晚餐燕楚叫了外卖，洛蔷薇没什么胃口，随便吃了几口，便抱着抱枕窝在沙发里，盯着电视屏幕出神。

燕楚收拾好桌子，拿着iPad走过来："薇薇，这是明天婚礼现场的布置图，你看看有哪个地方你不喜欢的，现在改还来得及。"

洛蔷薇勉强笑了下："我对这些不太懂，你喜欢就行了。"

燕楚动作顿了顿，随即垂眸嗯了一声："好，那我再看一遍。"

回房洗过澡后，洛蔷薇连头发都没吹，就这么湿漉漉地披着，走到窗台边坐下，望着夜色笼罩下的万家灯火。

这公寓地段僻静，从这儿望去，甚至能看见明天举行婚礼的地方——花江江畔。

可洛蔷薇无心欣赏，婚礼在即，她却莫名心慌，坐立难安。

她拿出手机，犹豫着拨打了墨时澈的电话号码。

那头提示关机。

她怔了怔，心头的慌张顿时无限扩大，立即转而拨打穆云深的电话号码。

那端响了一会儿才接听，轻佻磁性的男声没什么情绪："洛大小姐，有事？"

洛蔷薇握紧手机："穆公子，墨时澈……在你边上吗？"

"你不是明天结婚吗？"穆云深轻笑，"还找时澈做什么，他可是你前夫，不是该避嫌吗？"

洛蔷薇听出他话里的嘲讽，也不怒，咬了咬下唇道："他是不是发生了什么事？"

那端的穆云深有片刻的沉默，随即淡淡地道："你既然选择了结婚，那就好好去过你燕太太的生活，时澈的事跟你无关。"

他说完就挂了电话。

洛蔷薇听着听筒内的嘟嘟声，眼神更加茫然，攥着手机的手用力到指节泛白。

半夜，江城下起了倾盆大雨。

郊区老旧的出租房内，洛红樱蜷缩在小床上正睡着，门忽然被踹开。

她倏地惊醒，看着走进来的两个壮汉："你……你们要做什么？"

其中一人将手机递给她。

洛红樱看见来电显示是苏妩，忙接起来："我是不是可以走了？你答应过我，让我去外国的……"

听筒那端传来苏妩冰冷的声音："你不是害过蔷薇很多次吗？她那么恨你，你觉得我会留你的命吗？"

洛红樱顿时睁大眼睛："你……你想过河拆桥？！"

手机被壮汉抢走，苏妩只说了三个字："处理掉。"

洛红樱被拖到了外面的树林里，看见壮汉拔出枪，她吓得脸一白，忙哆嗦着道："只要你们不杀我，我什么都愿意做……"

说着，她心一横开始脱衣服，而后主动在草坪上躺下……

洛红樱是从小娇生惯养的名媛千金，虽然不及洛蔷薇美艳，但脸跟身材也绝对称得是上一等一的。

这般美色在前，两个壮汉哪里能忍，丢了枪就扑到她身上……

洛红樱迷迷糊糊地想，她为墨时澈留了二十多年的清白，就这样屈辱地没有了……想到苏妩的无情，她眼底浮现强烈的恨意——

既然苏妩这么想让洛蔷薇嫁给燕楚，那她就让苏妩知道什么叫失望！

唐思甜今天在影视城的剧组过夜，半夜听着雨声睡不着，等到雨停了，她便披了件衣服走到草坪上，想走走解闷。

忽然瞥到不远处停着一辆红色的法拉利，唐思甜一怔，以为是自己眼花了，忍不住好奇地走近……

驾驶座上的男人正靠着座椅，手上夹着根烟搭在车窗外，脑袋后仰，薄唇间缓缓吐出白色烟雾。

男人抬手吸了口烟的同时，唐思甜看清了他的脸，吓得下意识往后退了几步。

听见动静，男人倏地侧首看过来，看见她的瞬间嘴角不自觉地勾了勾。

穆云深开门下车，掐灭烟头朝她走过来。

唐思甜万万没想到他会出现在这里，连连后退："你……你怎么……"

"过来，"穆云深眯着眼，跟招小狗似的朝她招招手，"我心情不好，你别逼我过去捉你。"

"……"

唐思甜知道他什么事都做得出来，到底是在他手上吃过苦头的，想了想还是过去了。

她本以为他又会对自己做什么，但穆云深只是伸手揉揉她的脑袋："怎么不睡觉，跑出来做什么？"

他磁性的嗓音在寂静的夜里显得格外低沉温柔，仿佛有一种蛊惑人心的魔力。

唐思甜磕磕绊绊地道："我……我睡不着，出来走走……"

"嗯，那陪我坐会儿。"

"可是……"

不等她说完，穆云深忽然伸手抱住了她，很简单、很温柔的拥抱，不带男女间的欲念，就只是这么抱着。

唐思甜身体一僵，许是他的动作太轻，轻得她都忘了挣扎，慢慢开口："你明天结婚……不回去好好睡一觉吗？"

穆云深下巴抵着她的发顶，嗅着她清幽的发香，安心地闭上眼睛："我睡不着。"

"为什么？"

"不要问，"穆云深双臂环抱着她，"让我抱一会儿，我不折腾你。"

唐思甜没再说话，安静地任由他拥着，心底忽然涌出无限的酸涩跟惆怅感。只要他一出现，那些被她强行压下去的情绪就会疯狂地蔓延，犹如细密的针尖，肆无忌惮地扎在她心上。

良久，她轻轻地道："回去吧穆公子，明天是你大婚的日子。"

穆云深抱着她，眯眼轻笑："反复提醒我要结婚，怎么听着像你在吃醋，嗯？"

"我吃不吃醋又怎么样呢？"唐思甜笑了下，"难道我吃醋，你就能不娶墨小姐了吗？"

穆云深没说话。

他的沉默让她心口仿佛被针刺了一下，她忽然就推开他，后退了几步："我……我要回去睡觉了。"

穆云深黑眸深深地看着她，半分钟后低哑地道："嗯，回去睡吧。"

唐思甜有些诧异他突然这么好说话，但没再说什么，垂下眸道："嗯，晚安。"

她转身往回走去。

"思甜。"他在身后喊住她。

唐思甜脚步一顿，等着他说话。

但他最终只是道："晚安。"

"晚安。"唐思甜回头冲他笑了下，意识到自己已经说过这两个字了，想了想补充道，"新婚快乐，穆公子。"

穆云深没说话，看着她纤细的身影走远。

8月8日，天刚蒙蒙亮，整个江城就笼罩在喜庆之中。

四处张灯结彩，连路边的树上都挂上了红丝带。

长长的婚庆车壮观地排了十条街。

穆家跟燕家的两场盛世婚礼，分别在花江的南江畔花园、北江畔花园举行，两座花园中间只隔着一条马路。

约莫十点钟，两辆豪华婚车驶了过来。

车门打开，洛蔷薇跟墨梨儿同时下车，分别被两边的人簇拥进去。

不远处的路边树荫下，一辆黑色轿车缓缓驶过来，停下。

车窗半降下，后座上俊美苍白的男人安静地侧首望着热闹的婚礼现场，脸上毫无情绪，只是五指攥紧了手里的东西——一个很丑很土的熊宝宝。

它的肚子上是一个大大的桃心，用红线绣着"洛蔷薇（爱心）墨

464

时澈"。

墨时澈长指抚过那颗桃心，仿若沉浸在独属于他们的甜蜜回忆中，嘴角噙着淡淡的、宠溺的笑。

洛蔷薇——曾经是他看着长大的女孩，后来是追他爱他的女人，再然后是他深爱的妻子。

新婚快乐。

永远快乐。

驾驶座上，连宿回头轻声道："少爷，专机已经准备好了，"顿了顿，他斟酌着问道，"要不要下车进去看看洛大小姐？"

"不用，"墨时澈收回目光，闭上双眼，"走吧，去机场。"

连宿点点头，给机场那边的人发了条短信，再抬头时，墨时澈已经靠着座椅睡着了。

准确来说，是陷入半昏迷状态。

迈克医生说过，墨时澈体内的毒素太过活跃，他早就该撑不住的。

从墨家别墅到这里，他总共清醒的时间，连十五分钟都不到。

他强撑着到这里来，就为了远远地看一眼婚礼现场。

连宿鼻子一酸，差点哭出声来，好一会儿才强忍住，发动引擎驶向机场。

婚礼化妆间内。

洛蔷薇披着长发坐在椅子上，边上的几名化妆师正忙碌地替她化妆编发。

一切准备就绪，换上白色收腰长拖尾婚纱后，她站在镜子前，看着里面美艳妖娆的女人。时光仿佛在眼前飞快地倒退，退到她和墨时澈的婚礼那天……一切恍然如梦。

唐思甜在边上看着，忍不住赞叹："天哪，蔷薇，你太美了！楚哥哥看到肯定要被你迷晕了，你绝对是全世界最美的新娘。"

洛蔷薇站着没动，唐思甜走过去握住她的手："蔷薇，你怎么了？是不是太紧张了？"

洛蔷薇垂眸道:"嗯,可能是吧。"

她心里……莫名发慌。

唐思甜试图缓解她的情绪:"那我陪你说话,要不我们先聊点其他的?"

但仿佛是要印证洛蔷薇的紧张,下一秒,桌上的手机忽然响了。

洛蔷薇莫名一惊,急忙转身拿起手机。

陌生号码的来电显示更让她不安,洛蔷薇立即就接了:"喂?"

她心底隐隐期待会是墨时澈,可那端带着扭曲恨意的女声传来:"堂姐,还记得我吗?"

洛蔷薇神色一沉:"洛红樱?"

"对呀,是我,多亏堂姐还记得我呢,"洛红樱轻轻地笑着,"听说你今天结婚,嫁给燕家少堡主燕楚,多好的喜事啊,我来恭喜恭喜你……"

洛蔷薇冷笑:"你真是有几分老鼠钻洞的能耐,越狱了是吗,你想怎么样?"

"不想怎么样,只是发点东西给你看,当作你的新婚贺礼。"

洛红樱说完就挂断了电话,紧接着,洛蔷薇收到了几十条彩信跟短信,竟然是一封封病情诊断书,记录的全是墨时澈这些年来的病情,包括后来病情恶化的病危通知……

还有洛红樱跟……墨枭对话的视频。

"你只要冒充墨时澈,把她从楼上推下去,让她流产,让他们闹离婚,我就让你能经常出来……反正你用的是他的身体,你是他的第二人格。"

"老子才不是什么墨时澈!老子是墨枭!这具身体迟早是我的!"

洛蔷薇再往下翻,是墨时澈毒发时躺在床上打点滴的照片,他脸色苍白,双眼紧闭,仿佛……随时会这么死去。

最后还有几条文字信息:

"堂姐,看清楚了吗?时澈有家族蛊毒遗传病,活不过三十岁,之前以为能找到治疗的办法,但后来确定治不了了——所以他是将死之人。他

466

跟你离婚，只是不想让你知道真相。

"堂姐，我还拍到时澈去百货母婴专区买礼物呢，他肯定很期待你们的孩子出生，也很爱这个孩子，毕竟他从小没有体会过家庭的温暖……不过很可惜，孩子就这么流产了……

"堂姐，时澈这么爱你，对你这么好，你竟然连他要死了都不知道，还要嫁给别的男人……你说时澈现在是什么心情？看着心爱的女人嫁给其他男人，一个人心痛悲惨地死去……这是不是人世间最痛苦的事情？"

蛊毒遗传病、活不过三十岁、第二人格、将死之人……

这些陌生的词如一把把利刃，狠狠扎入洛蔷薇的心口，让她一时之间连呼吸都忘记了。

他活不了多久了……他不是不爱她了……

洛蔷薇脸色惨白，拿着手机几乎要跌坐在地上，一旁的唐思甜忙扶住她："蔷薇……怎么了？洛红樱怎么会找你……"

"不……"洛蔷薇震惊地摇着头，迅速翻到穆云深的电话号码拨通。

那端的男人显然也是在婚礼现场："洛大小姐，又有什么事？"

"墨时澈在哪里？"

穆云深的声音更淡漠了："你马上就要结婚了。"

"我问你他在哪里！"洛蔷薇颤抖着嘶吼出声，不停地重复问道，"他在哪里？他说他不会来，他走了是不是？他去哪里了……你告诉我！"

"告诉你又怎么……"

洛蔷薇陡然打断他的话："他有遗传病，已经活不了多久了是吗？"

穆云深忽然没了声音。

沉默了好一会儿，他才道："你知道了。"

洛蔷薇心脏一紧，原本在拨打这个电话前她还心存几分侥幸，希冀着洛红樱是骗她的，希冀着她说的全是假的……

她宁愿墨时澈是真的不爱她、不要她了，也不希望他身患绝症即将死去。

可穆云深承认了。

洛蔷薇手抖得几乎拿不稳手机："他真的病了是不是？他是不是因为这个才跟我离婚的……"她喃喃地说着，像是在询问他，但又像是已经确定，"孩子不是他推的，是他的第二人格，他是想要那个孩子的，他没有不相信我……"

听着她沙哑混乱的低语，穆云深应道："嗯，既然你都知道了我也不再瞒你，但现在距离举行婚礼只有十几分钟了，洛大小姐。"

片刻后，他才继续冷静地道："时澈狠心扮演伤害你的角色为的就是让你后半生能幸福安稳，燕楚无论从哪方面看都是你最好的选择。时澈能撑到现在还没倒下，就是期望看见你幸福，这样他才能安心地走，难道你想打破这一切，让他在最后关头失望吗？"

"你觉得他期望的能达到吗？"洛蔷薇如鲠在喉，"他这样不顾我的意愿推开我并且离开，让我嫁给一个我不爱的男人，你觉得我会幸福吗？或者说——你觉得他能真正安心吗？"

她深吸口气："一个人孤独地离开，或者说就这么孤独地……死去，你觉得最后的时刻他会多痛苦、多绝望？谁不想心爱的人陪在身边？他如果还爱我，你觉得他会不希望见到我吗？你觉得他这辈子……真的会没有任何遗憾跟不甘心吗？"

穆云深沉默。

振动声传来，他将手机挪开，看见屏幕上方通知栏显示的短信，是连宿的："穆公子，我们刚上飞机，少爷又睡着了，他刚才清醒了一小会儿，让我给你发短信，说，祝你新婚快乐，跟梨儿小姐好好过日子，让你从今以后……都不要再找他了。"

从今以后……就这样独自离开死在异国他乡吗？

他对自己……真是够狠。

穆云深瞳孔一缩，心脏深处蓦地带出浓重的心疼。

他将手机放回耳边，低哑的嗓音没了任何犹豫："江城国际机场，他已经上了飞机，飞往美国西雅图，他选择死在那里，葬在那里。"

洛蔷薇浑身一震，喃喃重复道："西雅图……"她迅速找回部分理智，"穆公子，我想拜托你……"

穆云深先她一步道:"五分钟后,我会让一辆车在门口等你,送你去机场,但我不知道时澈坐什么飞机,又去了西雅图哪里,都是他自己安排的,他什么都不让我知道。"

"好,我知道了,谢谢你穆公子。"

洛蔷薇点点头,即将挂断电话时,穆云深忽然又出声道:"洛蔷薇。"

她以为他还有什么忘了说:"什么?"

安静几秒,穆云深低低地道:"别让时澈有遗憾。"

"好。"洛蔷薇挂断电话。

几乎是通话结束的同一时间,化妆间的门被人推开。

主持人探头进来道:"洛小姐,婚礼马上开始,请您从这边准备上台。"

洛蔷薇握着手机,脑海中反复都是穆云深那句"时澈已经上了飞机",她甚至没有思考其他的能力,转过身就往房门外冲去。

主持人想拉她但没能拉住。

婚礼现场来了少说上百人,热闹非凡,可穿着婚纱的新娘子此时正奔跑在草坪上,离这场婚礼越来越远。

一排保镖忽然冲出来,挡在她面前。

洛蔷薇停下脚步,双手攥紧,喘着气冷声道:"让开。"

保镖们没有动,洛蔷薇正要伸手推人,身后忽然响起男人温润柔和的声音:"薇薇,你要去哪里?"

洛蔷薇动作一顿,身体微微僵硬,随后转过身看着面前的男人。

燕楚一身白色西装,高大英俊,长身玉立,气质干净得犹如童话里走出来的王子。

他就这么站着,看着她,眼里甚至还带着温柔的笑:"薇薇,所有人都在等我们上台,婚礼已经开始了,我们现在就过去吧。"

"阿楚,"洛蔷薇咬了咬唇,语气都是急切的,生怕耽误时间,"我没办法嫁给你了,墨时澈生病了,病得很重,他走了……我要去找他……"

燕楚浑身一僵，像是心里一直悬着的水晶球终于碎了，碎碴扎得他的心脏鲜血淋漓。

他微微睁大眼，声音恐慌而喑哑："薇薇，你要背弃我了吗？"

洛蔷薇有些惊慌："不是……"

她的眼里虽然聚起了歉意，但并没有丝毫要朝他走去的意思，只是哽咽着道："阿楚，我们结婚并不是因为相爱……你也说过，只是给彼此一个尝试的机会，更多的是因为要救你的命，所以我才会答应。但那时候我认为我能鼓起勇气去尝试，但是现在我发现我做不到……墨时澈生病了，我不可能不管他。"

燕楚一双明亮的眼暗了下去："那我呢？不结婚我就会被抓去关十年，薇薇，你也不管我的死活了吗？"

"你不会死的……"洛蔷薇摇着头，哪怕再慌乱焦灼，她还是替他考虑了，"阿楚，今天是我擅自离开婚礼现场，你可以告诉你的家族是我的错，婚礼推迟一段时间自然而然可以取消，而你也可以找其他女人跟你结婚，你有很多条路可以走，不会死的……"

燕楚安静地听着，等她说完后，他才出声："薇薇，如果，我今天就是不让你走呢？"

他看得出，她的时间不多，而且，这儿是燕家的婚礼现场，他是燕家少堡主，想拦住她再简单不过。

他不放行，她无论如何也走不了。

洛蔷薇微微一怔，但她没有时间思考其他，下一秒就接了话："阿楚，我知道我现在走很不负责，但我必须去……"

"薇薇，是你答应嫁给我的，"燕楚眼神深邃，语气带着乞求意味，"如果你今天从这里走了，我觉得我可能会控制不住，对你有那么一点点恨意……"

她话未说完，面前穿着婚纱的女人直接朝着他跪了下去。

燕楚身体重重一震，脸上始终维持的笑容终于僵住了。

"阿楚，我求求你，"洛蔷薇跪在他面前，婚纱如同白色花瓣铺展在草坪上，她声音哽咽却坚定，"我一定要走……我要去找他。"

燕楚有些恍惚，他看着她固执坚定的模样，清晰地听见了胸腔内自己的心脏被狠狠撕开的声音。

洛蔷薇还是走了，站起身推开保镖往外跑去，不一会儿就跑没了踪影。

他没出声，保镖自然不敢拦她。

燕楚始终站在原地，很久都没有动。

一阵冷风吹过来，他因紧攥成拳而麻了的手动了动，掌心的戒指掉落在草坪中。

你有很多条路可以走，不会死的……

燕楚喉结滚动，嘴角溢出森冷自嘲的笑。

当初她没有答应嫁给他的时候，他已经做好了绝对不娶其他女人、被抓进深山蛊窖的准备。

所以她凭什么认为，墨时澈失去她就无路可走，而他失去她，还有很多条退路？

给他希望又残忍地让他失望，她就这么无视他对她的爱吗？

还是说，因为她不爱他，所以他的爱就可以这么被轻视践踏？

薇薇。

你够狠。

洛蔷薇狂奔出北江畔花园，黑色的轿车已经停在门口。

她拉开车门坐进去，轿车以最快的速度飙到了江城国际机场。

洛蔷薇拿着手机就冲了进去。

她太着急慌乱，一路撞到不少人，几次踩到拖地裙摆跌倒在地，仍旧站起身不停往前跑。

可机场太大了，她又不知道墨时澈坐的是哪一班飞机，或者说……是专机。

"墨时澈！"她双手拢在嘴边大声喊着，沙哑急切的声音回荡在大厅里。

几乎所有人都看了过来，看着穿着婚纱的美丽新娘疯了一般找着一个男人。

有人认出她是今天跟燕家少堡主成婚的洛蔷薇，急忙拿出手机拍她，窃窃私语地议论着。

可这些洛蔷薇全然不在意，她边跑边拨打墨时澈的电话，听着一遍又一遍的关机提示音，眼睛渐渐变得通红。

"洛蔷薇，你有种就过得幸福点给我看，让我悔不当初，嗯？"

"我去美国定居，以后不会回来……你永远不会再看见我，如你所愿，江城留给你。"

"新婚快乐。"

"再见。"

原来……他的这些话是这个意思……

心脏像被一只大手紧紧攥住，疼得洛蔷薇几乎窒息。

傻瓜！

浑蛋！

他凭什么这么自私，自己生病了就残忍地推开她，连知道的权利都不给她。

他把她当什么了，把他们的爱情当什么了？

手机振动，是穆云深的短信："刚查到，时澈坐的是私人专机，CA1287。"

洛蔷薇蓦地抬起头，隔着巨大的钢化玻璃，她看见离她最近的登机口外，标号为1287的飞机正冲向跑道……

她眼眸瞬间睁大，失去的恐慌感让她直想冲出去："墨时澈！"

工作人员忙拦住她："小姐，您不能出去。"

"墨时澈！"

她嘶声地大喊着，却只能眼睁睁地看着飞机在跑道上疾驰，而后冲上云霄……

洛蔷薇紧绷的神经彻底崩断，整个人瘫软在地。

她没有追到他，他还是走了，就这样残忍地丢下她走了……

她大睁着眼睛，眼泪却始终流不出来，压抑的悲恸几乎将她纤瘦的身体击垮。

不知道过了多久,一名身穿工作服的男人走过来,俯下身恭敬地道:"洛小姐,我是穆总的人,替您准备了飞西雅图的专机,大概三十分钟后可以起飞。

"而且,现在外面燕家的人正在找您,应该快要搜到机场这边了,穆总让我问您,是回去继续跟燕楚结婚,还是乘专机去西雅图?"

洛蔷薇低垂着头,坐在冰冷的地砖上,冰凉的感觉似乎蔓延进她的四肢百骸,冷得她整个人都快要失去知觉。

但她仍旧没有犹豫地道:"去西雅图。"

"好的洛小姐,我还需要告诉您,我们查不到墨总在西雅图的任何安排,也不知道他会在哪里落脚,您去了很可能也找不到他。"

洛蔷薇仍旧垂着脑袋,很慢地应了一声:"哦,好。"

顿了顿,她又很快补了一句,语气不容置疑:"我要去西雅图,我会找到他的。"

墨时澈。

她默念着这个她爱了这么多年,仍旧爱不够、放不开的男人的名字。

哪怕是死,他也别想一个人偷偷地死去。